中国文库
文学类

高晓声小说选

高晓声　著

江苏文艺出版社

图书在版编目(CIP)数据

高晓声小说选/高晓声著. —南京：江苏文艺出版社，2009.9

(中国文库)

ISBN 978-7-5399-3230-9

Ⅰ. 高…　Ⅱ. 高…　Ⅲ. ①中篇小说—作品集—中国—当代②短篇小说—作品集—中国—当代　Ⅳ. I247.7

中国版本图书馆 CIP 数据核字(2009)第 096139 号

责任编辑：黄孝阳
责任校对：闻　艺
整体设计：翁　涌　李　梅
责任印制：王铁生　单浩生

高晓声小说选
Gaoxiaosheng Xiaoshuoxuan
高晓声　著

江苏文艺出版社　出版
http://www.jswenyi.com
江苏南京市湖南路 47 号凤凰台饭店 8 楼　　邮编：210009
北京铭成印刷有限公司印刷　　新华书店经销
2009 年 9 月第 1 版　　2009 年 9 月第 1 次印刷
开本：880 毫米×1230 毫米　1/32　印张：15
字数：362 千字　　印数：1—4500
ISBN 978-7-5399-3230-9
定价：30.00 元

高晓声

“中国文库”出版前言

“中国文库”主要收选20世纪以来我国出版的哲学社会科学研究、文学艺术创作、科学文化普及等方面的优秀著作。这些著作，对我国百余年来的政治、经济、文化和社会的发展产生过重大积极的影响，至今仍具有重要价值，是中国读者必读、必备的经典性、工具性名著。

大凡名著，均是每一时代震撼智慧的学论、启迪民智的典籍、打动心灵的作品，是时代和民族文化的瑰宝，均应功在当时、利在千秋、传之久远。“中国文库”收集百余年来的名著分类出版，便是以新世纪的历史视野和现实视角，对20世纪出版业绩的宏观回顾，对未来出版事业的积极开拓，为中国先进文化的建设，为实现中华民族的伟大复兴做出贡献。

大凡名著，总是生命不老，且历久弥新、常温常新的好书。中国人有“万卷藏书宜子弟”的优良传统，更有当前建设学习型社会的时代要求，中华大地读书热潮空前高涨。“中国文库”选辑名著奉献广大读者，便是以新世纪出版人的社会责任心和历史使命感，帮助更多读者坐拥百城，与睿智的专家学者对话，以此获得丰富学养，实现人的全面发展。

为此，我们坚持以邓小平理论和“三个代表”重要思想为指导，深入贯彻落实科学发展观，坚持贯彻“百花齐放、百家争鸣”的方针，坚持按照“贴近实际、贴近生活、贴近群众”的要求，以登高望远、海纳百川的广阔视野，披沙拣金、露抄雪纂的刻苦精神，精益求精、探赜索隐的严谨态度，投入到这项规模宏大的出版工程中来。

“中国文库”所收书籍分列于6个类别，即：(1)哲学社会科学类(哲学社会科学各门类学术著作)；(2)史学类(通史及专史)；(3)文学类(文学作品及文学理论著作)；(4)艺术类(艺术作品及艺术理论著作)；(5)科学文化类(科技史、科技人物传记、科普读物等)；(6)综合·普及类(教育、大众文化、少儿读物和工具书等)。计划出版约1000种，分辑出版。自2004年以来，已先后出版三辑，每辑约100种，分精平装两类。2009年时值新中国成立60周年，特将“中国文库”第四辑作为“新中国60年”特辑推出，主要收选新中国成立60年来祖国大陆原创性人文社科类名著。

“中国文库”所收书籍，有少量品种因技术原因需要重新排版，版式有所调整，大多数品种则保留了原有版式。一套文库，千种书籍，庄谐雅俗有异，版式整齐划一未必合适。况且，版式设计也是书籍形态的审美对象之一，读者在摄取知识、欣赏作品的同时，还能看到各个出版机构不同时期版式设计的风格特色，也是留给读者们的一点乐趣。

“中国文库”由中国出版集团发起并组织实施。收选书目以中国出版集团所属出版机构出版的书籍为主要基础，逐步邀约其他出版机构参与，共襄盛举。书目由“中国文库”编辑委员会审定，中国出版集团与各有关出版机构按照集约化的原则集中出版经营。编辑委员会特别邀请了我国出版界德高望重的老专家、领导同志担任顾问，以确保我们的事业继往开来，高质量地进行下去。

“中国文库”，顾名思义，所收书籍应当是能够代表中国出版业水平的精品。我们希望将所有可以代表中国出版业水平的精品尽收其中，但这需要全国出版业同行们的鼎力支持和编辑委员会自身的努力。这是中国出版人的一项共同事业。我们相信，只要我们志存高远且持之以恒，这项事业就一定能持续地进行下去，并将不断地发展壮大。

“中国文库”编辑委员会

“中国文库”第四辑
编辑委员会

中国文库

（第四辑）

【哲学社会科学类】

中国伦理思想研究　张岱年 ………………… 江苏教育出版社
中国古代哲学的逻辑发展　冯契 ………………… 东方出版中心
魏晋玄学论稿（增订版）　汤用彤 …… 生活·读书·新知三联书店
易学哲学史　朱伯崑 ………………………………… 昆仑出版社
儒家辩证法研究　庞朴 ………………………………… 中华书局
唯物辩证法大纲　李达 ……………………………… 人民出版社
郭象与魏晋哲学（增订本）　汤一介 ………… 北京大学出版社
逻辑经验主义的认识论　当代西方科学哲学
　江天骥 ………………………………………… 武汉大学出版社
中国古代思想史论　中国近代思想史论　中国现代思想史论
　李泽厚 ………………………… 生活·读书·新知三联书店
思·史·诗——现象学和存在哲学研究　叶秀山 …… 人民出版社
中国思想史　葛兆光 ………………………… 复旦大学出版社
有无之境　陈来 ………………… 生活·读书·新知三联书店
中国社会主义经济问题研究　薛暮桥 ………………… 人民出版社
社会主义经济论稿　孙冶方 ……………… 中国大百科全书出版社
中国经济体制改革的模式研究　刘国光 …… 中国社会科学出版社
农业与工业化　张培刚 …………………… 华中科技大学出版社
财政信贷综合平衡导论　黄达 ……………… 中国人民大学出版社
非均衡的中国经济　厉以宁 ……………… 中国大百科全书出版社
论竞争性市场体制　吴敬琏　刘吉瑞 …… 中国大百科全书出版社
中国奇迹：回顾与展望　林毅夫 ………………… 北京大学出版社
版权法（修订本）　郑成思 ………………… 中国人民大学出版社
国际法　周鲠生 ………………………………… 武汉大学出版社
国际私法新论　韩德培 ………………………… 武汉大学出版社
刑法哲学　陈兴良 ………………………… 中国政法大学出版社
法理学（第二版）　沈宗灵　张文显 ……………… 高等教育出版社

民法解释学　梁慧星 ………………………… 法律出版社
民俗学概论　钟敬文 ………………………… 上海文艺出版社
中国心理学史　高觉敷 ……………………… 人民教育出版社
心理学简札　潘菽 …………………………… 人民教育出版社
冷眼向洋　资中筠等 ……………… 生活·读书·新知三联书店

【史学类】
中国文明的起源　夏鼐 ………………………………… 中华书局
中国古代文明研究　李学勤 ……………… 华东师范大学出版社
甲骨文字释林　于省吾 …………………………… 中华书局
西欧封建经济形态研究　马克垚 …………………… 人民出版社
魏晋南北朝论丛　唐长孺 ………………………… 中华书局
东晋门阀政治　田余庆 ………………………… 北京大学出版社
宋代经济史　漆侠 ………………………………… 中华书局
西夏史稿　吴天墀 ……………………… 广西师范大学出版社
明代的军屯　王毓铨 ……………………………… 中华书局
太平天国史　罗尔纲 ……………………………… 中华书局
第二次鸦片战争　蒋孟引 ………… 生活·读书·新知三联书店
辛亥革命史　章开沅 ……………………………… 人民出版社
转折年代——中国的1947年　金冲及 … 生活·读书·新知三联书店
现代化新论——世界与中国的现代化进程(增订本)
罗荣渠 ………………………………………… 商务印书馆
糖史　季羡林 ……………………………… 江西教育出版社
长水集　谭其骧 ………………………………… 人民出版社
走出中世纪(增订本)　朱维铮 …………… 复旦大学出版社

【文学类】
马烽小说选　马烽 ………………………………… 作家出版社
周立波小说选　周立波 ……………………… 湖南文艺出版社
玛拉沁夫小说选　玛拉沁夫 ……………………… 作家出版社
王愿坚小说选　王愿坚 ……………………… 中国青年出版社
李凖小说选　李凖 ………………………… 人民文学出版社
王蒙小说选　王蒙 ………………………… 人民文学出版社

汪曾祺小说选　　汪曾祺 …………………………… 人民文学出版社
林斤澜小说选　　林斤澜 …………………………… 人民文学出版社
李国文小说选　　李国文 …………………………… 人民文学出版社
邓友梅小说选　　邓友梅 …………………………… 人民文学出版社
陆文夫小说选　　陆文夫 …………………………… 江苏文艺出版社
高晓声小说选　　高晓声 …………………………… 江苏文艺出版社
茹志鹃小说选　　茹志鹃 …………………………… 江苏文艺出版社
王安忆小说选　　王安忆 …………………………… 人民文学出版社
铁凝小说选　　铁　凝 ……………………………… 人民文学出版社
史铁生小说选　　史铁生 …………………………… 人民文学出版社
闻捷诗选　　闻　捷 ………………………………… 人民文学出版社
昌耀诗选　　昌　耀 ………………………………… 人民文学出版社
食指诗选　　食　指 ………………………………… 人民文学出版社
天安门诗抄　　童怀周 ……………………………… 人民文学出版社
朦胧诗选 ……………………………………………… 中国青年出版社
杨朔散文选　　杨　朔 ……………………………… 人民文学出版社
秦牧散文选　　秦　牧 ……………………………… 人民文学出版社
刘白羽散文选　　刘白羽 …………………………… 人民文学出版社
萧乾散文选　　萧　乾 ……………………………… 人民文学出版社
柯灵散文选　　柯　灵 ……………………………… 人民文学出版社
杨绛散文选　　杨　绛 ……………………………… 人民文学出版社
贾平凹散文选　　贾平凹 …………………………… 人民文学出版社
邵燕祥散文选　　邵燕祥 …………………………… 人民文学出版社
1949～2009 剧作选 ………………………………… 人民文学出版社
1949～2009 报告文学选 …………………………… 人民文学出版社
1949～2009 儿童文学选 …………………………… 中国青年出版社
周扬文论选　　周　扬 ……………………………… 人民文学出版社
陈涌文论选　　陈　涌 ……………………………… 人民文学出版社
张光年文论选　　张光年 …………………………… 人民文学出版社
唐弢文论选　　唐　弢 ……………………………… 人民文学出版社
王瑶文论选　　王　瑶 ……………………………… 人民文学出版社
钱谷融文论选　　钱谷融 …………………………… 上海文艺出版社
王元化文论选　　王元化 …………………………… 上海文艺出版社
蔡仪美学文选　　蔡　仪 …………………………… 河南文艺出版社

1949～2009文论选 …………………………………… 人民文学出版社

【艺术类】

欧洲绘画史　　邵大箴 ………………………… 上海人民美术出版社
中国绘画美学史　　陈传席 …………………………… 人民美术出版社
中国工艺美术史　　田自秉 ……………………………… 东方出版中心
中国书画鉴定　　谢稚柳 ………………………………… 东方出版中心
琴史初编　　许　健 ……………………………………… 人民音乐出版社
宗白华美学与艺术文选　　宗白华 ……………………… 河南文艺出版社
王光祈音乐论著选集
　　王光祈著　冯文慈等选注 …………………………… 人民音乐出版社

【科技文化类】

北京城的生命印记　　侯仁之 ………… 生活·读书·新知三联书店
说园　　陈从周 ………………………………………… 同济大学出版社
古海荒漠　　许靖华 ……………………… 生活·读书·新知三联书店
科学发现纵横谈　　王梓坤 …………………… 北京师范大学出版社
中国科学思想史　　席泽宗 ……………………………… 科学出版社
系统论——系统科学哲学　　魏宏森　曾国屏 …… 世界图书出版公司
科学的历程(第二版)　　吴国盛 …………………… 北京大学出版社

【综合·普及类】

傅雷书信集　　傅　雷 …………………… 生活·读书·新知三联书店
诗词格律概要 诗歌格律十讲　　王　力 ………… 世界图书出版公司
一氓书缘　　李一氓 ……………………… 生活·读书·新知三联书店
上学记(修订版)　　何兆武 ……………… 生活·读书·新知三联书店

目　录

解　约

一

张翠兰一夜没有睡好，担了心事，困里脑子也滴溜转。天还没有亮，隔壁她爹张敖大几声老咳嗽，就又把她吵醒了，一醒来，烦人的心思又缠住她了。

这一家，就只她父女两口。娘死得早，没留下三男四女，家穷，爹也续不起弦。解放以后算翻了身。张敖大今年五十一岁，人还算开通，待人接物的礼数，也能看时兴的做。做了，可并不一定真想通了。真要他开窍，有时倒也蛮繁难的。张翠兰今年十九岁，从小没娘，样样学得会做，生相好，又伶俐，能说会道，晓得爹苦，平时蛮体贴爹。村上有些老太婆常说："讨到这种媳妇，才好煞哩！"从小，张敖大却把她许给十多里路以外陈家桥陈宝祥了。十多年来，张翠兰从没见过陈宝祥，谈不上个什么。同村有个李庚良，原是地主张盘兴家的长工，解放后分得了土地、房屋，才自立门户。翠兰和他在一块长大，性情脾气摸得透熟，又很合得来，倒蛮有感情。不知何月何日起，村上人忽然就把他俩看成一对，闲话里总把他俩捏在一块；也不知何月何日起，翠兰和庚良也忽然把对方看成是自己"对"的"象"了。张敖大碰着这事很伤脑筋。看时兴的，那父母做主是不行了，女儿又一向讨欢喜，逼她不忍心，可陈家的婚是自己亲口许的，要有差错，自己面皮剥了，嘴也塞了，急得没办法。心里一味怨着李庚良，就怪他不好。但是李庚良身上是找不出一点轻浮影子来的，那种人，连爱俏皮的小伙子在他面前也讲不出油腔滑调的话来，身上汗毛都没一根歪的，要说他存着坏心眼勾搭翠兰，明摆着是个冤枉。张敖大日里想，夜里想，做梦也想，最后总算想出了一个办法。在他看来，这办法蛮时兴，又能解决问题。前天一早，就瞒着翠兰去托媒人；约陈宝祥今天到自己家里来，表面上是叫毛脚女婿来走动走动，实际是他听说那后生很出众，说不定女儿见了就中意。这一来，也算爹娘没做错主，对女儿也有话说，也好让李庚良晓得自己是不同意的，快点死死心。昨天晚上，张敖大就把约宝祥来的事和翠兰谈开了。照他看来，虽然带点勉强，翠兰总算没有反对到底。

张翠兰完全是另一种想法，她没推翻这件事，一则不愿和爹吵翻，二则自己有了主张。这一夜，她前前后后细细地想了一番：觉得自己和庚良两人，活着是没人拆得散了，照着爹办，以后的日脚还有啥奔头！爹年纪老了，自己是爹的宝贝，自己也爱爹，可爱咧！啥事不体谅爹！自己的婚姻爹偏不体谅！可有啥办法！自己主张不拿拿稳，不害了一生？现在一糊涂，将来怨爹，爹就好过？这就算是爱爹？封建思想真害人，弄得做爹娘的爱儿女都不会。倒亏爹想得出，前天托媒把人约好了，昨晚上还口口声声说是和我商量，这也叫做商量？爹还说什么"等你们先见见，要好了再过门。"这不是硬拉个人来叫我去"要好要好"！我"要好"得了！听爹说陈宝祥也是个青年团员，哪里去听来的？要是真的，明天就许不会来，要是来了……倒要看看是啥样的？青年团员了，难道不分青红皂白，什么事都干？横竖自己主张拿定了，来有来的办法对付，来了也好，省得以后再操这份心。

二

陈宝祥今年二十一岁，爹娘去世七八年了，和他哥哥、嫂嫂、两个侄儿、一个侄女，一家六口，翻身后勤俭过了几年，生活比以前好多了。他纯洁坦白，很聪明，原来小学没毕业，如今读得两年半民校，就认了三四千字，喜欢讲话，会活动，陈家桥搞工作，十九离不开他，东开会，西宣传，区里乡里跑得笃笃转，劲头满足，是个忙人。因为他进步，批准入了团，又当了宣传员。空时他爱看看小说，看了爱讲给别人听。农闲里，喜欢搞搞文娱活动，常帮村里业余剧团编小戏，自己也爱唱爱演。在这许多活动中，他逐渐锻炼得老练起来，现在，甚至于人家在一大堆大姑娘面前开他的玩笑，他也毫不在乎。

他因为忙，也就没多少时间去想婚姻问题。这些年来渐渐长大，有时也想到这个，原先只模模糊糊晓得父母在世时曾给自己订过婚，本没当一回事，自己又还年轻，不急着要。他嫂嫂却偏很关心，常给他提这件事。原来嫂嫂娘家的嫂嫂是张家村上人，常在嫂嫂面前夸翠兰好，因而嫂嫂也就常对宝祥夸翠兰，多半也是寻小叔开心。陈宝祥经嫂嫂三番五次地夸，对翠兰就有了好感，在他脑子里就慢慢地捏出了一个心爱姑娘的轮廓。这以后，这个轮廓就常在脑子里出现，越来越清爽，越来越完美。看到村上姑娘们的长处，他就想，我的未婚妻也有这些长处；看到短处，他想，翠兰不会有。这样，他把自己生平看到的所有女人的长处都集中起来，捏成一个翠兰，因而他常常觉得翠兰像他母亲，因为母亲死时他还年幼，母亲给他的印象是最好的。

他倒觉得这也蛮好，父母做主的婚姻固然不作准，但要真是人好，能看得中，也没啥不好，倒省得自己再操别的心。这么一来，却也挂了一条心，觉得有件大事要了，平常就有个念头，要跑去探探。只是没有个方便。

那一天，媒人忽然跑来，说张家约他去走走，陈宝祥心想，分明是对方想看看自己，这还怕走不出！正中心意。刚巧农忙停当了，自然想去。他嫂嫂又一味怂恿，说毛脚女婿走走岳家时兴的。陈宝祥一口答应。那天早晨，由媒人陪着，向张家去了。

三

张敖大一早上街买了些小菜，回来又请隔壁大婶过来帮忙烧饭；自己把屋子收拾了一下，身上打扮得整整齐齐，显得比平常端正拘束。父女俩各人想着各人的心事，等约好的陈宝祥来。

早点心时，陈宝祥由媒人伴着来了。

一进门，媒人就亲昵地喊了一声“老阿哥”。张敖大毕端毕正地站了起来，媒人马上招呼着说：“喏，这是宝祥。宝祥，这就是你岳父。”

“大伯。”陈宝祥爽口地叫了一声，像早就准备好了似的。两只眼睛滴溜滴溜在翠兰身上打了个滚。

张敖大不好意思答应，装着没听见，又要对女婿表示好感，他在口袋上捏了几捏，摸出一包“飞马”，也没开封，塞给媒人：“吸烟，发发。”

场面突然一僵，显得陌生、尴尬，聪明的媒人，马上解围地说：“喏，宝祥，这是翠兰。”

“翠兰同志。”宝祥爽口地叫了一声，仍是早准备好了的，顿都没顿一顿。他竭力用开朗的声调和微笑掩盖着脸上隐隐露出的羞色，装着大方。心里想：“嫂嫂真没错讲，倒是好。”

张翠兰站了起来，微红着脸，朝他笑了笑，心里想："庚良比他要高大些。"

张敖大满意地看着陈宝祥，心里想："比他爹还出众。"轻松了一下，进一步想表示好感，提着喉咙向灶下喊道："阿婶，阿婶，肉烧没？鱼烧没？糖放在厨里呀。"

陈宝祥两只穿着黑色浅帮跑鞋的脚，八字平叉站着，挺起胸脯，身上一套八成新工农蓝人民装，插袋里挂一支钢笔，口袋里衬出一个笔记本的轮廓。刚留起来的头发，冲在前额。圆圆的脸上，阔额角，大眼睛，眼珠时常转动着，下颚的肌肉很结实，不时自然地微微动着，老像要讲些什么。整个儿显得神气活现，给人一种清新愉快的感觉。

大家坐了下来，喝茶，谈话。

谈话总是断断续续的，大家都觉得，自己谈的话都不是今天需要谈的，今天需要谈的话，又都觉得没谈出来；都是在吃力地寻话说，拖着时间，各人却想各人的心事。敖大很满意，不时把眼睛看看翠兰，意思是说："怎么样，你爹没做错主吧！"翠兰一直沉默着不开腔，从宝祥谈吐中她觉得这小伙子确是不错，考虑着怎样对付。陈宝祥心里急巴望敖大和媒人赶快走开，好单独和翠兰谈一谈。媒人则老惦念着鱼肉烧得啥样了？买了几斤酒？

好容易挨到吃过中饭，又停了一刻，敖大朝媒人暗示了一下，媒人会意地站了起来，喉咙里做作地咕嗯了一下，笑着说："陪你们年轻人吃饭才倒霉，过不了瘾，我可要老阿哥再陪我三杯哩！"说着，滑稽地向宝祥眨眨眼，打个哈哈，同敖大一块出去了。他是个酒鬼。

屋子里剩下翠兰和宝祥两个，又觉得轻松，又觉得紧张。

张翠兰紧张地沉默着，她的主张是坚定的。

陈宝祥活泼的脸上，有一种正经的表情，就像玩笑惯了的孩子，在想着一件重要的事情一样，他脸部的肌肉微微动着，眼睛慢慢地眨着。他从第一眼见到翠兰以后，脑子里想象着的那个姑娘的轮廓，立刻就打碎了，现实的比想象的要好得多。现在，他注视着翠兰，骤然产生了一种陌生的心理，兴奋而慌乱，和普通的青年人第一次在心爱的姑娘面前要想表示自己的爱慕一样。他努力想着要和翠兰谈些什么，又觉得讲什么都不适当。

门外，几个小孩子在探头探脑，翠兰装作到门外翻一双晒着的鞋，向小孩子白了一眼，骂道："小萝卜头，还不走开！"小孩子扮了个鬼脸，逃开了。翠兰进来带关了扇门，心里想："要这时庚良走来，大家才尴尬哩！"

沉默了一刻。

"你们麦都种好了吧？"陈宝祥开腔了。讲了，又觉得没意思。

"还没有，后天才轮到互助组替我家种。"翠兰说。

"我们组里倒都种完了。"陈宝祥说。他开始平静下来，拢了拢头发。眼里精神奕奕，下颚的肌肉微微动着。

"我要让她多知道我一些。"他想。于是，他就把话头转到自我介绍上去。他谈到了他的家庭情况，自己的生活，爱好，以及怎样入了团，又怎样当了党的宣传员，王区长解放前打游击时怎样常住在他家，自己又怎样替他送信，哥嫂待自己又怎样好，侄儿侄女很顽皮但很讨欢喜……他讲得很生动，很有劲，很引人听。眼睛不住地盯着翠兰。

翠兰定神地听着，心里想："庚良和他不一样。"——庚良是不大讲话的，和他谈什么，他总是低着头，用脚在地上一前一后慢慢地拖着，一会就拖成一条槽，等你讲完了，他抬起头，看看天，看看你，笑笑，总是简单地回答："好。""不是。""明天做。"等话；有时候，就连简单的回答都没有，一转身，却把你托他的事情做好了。他总是比一般人做得多得多，却说得比一般人少得多，他对是非爱憎，总是用行动来表示的。

陈宝祥看着她，想："她为什么不讲话？不见得害羞吧！她不会说我吹牛？……"

翠兰想："人倒是进步，我提了，他又怎哩？"

陈宝祥蓦地想到："人家是大姑娘，尽管她开通，也总比我面嫩些，我不先表明态度，她自然不好讲。"就鼓起勇气，说自己怎样听说她伶俐、能干，思想进步，会做，体贴爹爹等等，到最后，忽然吞吞吐吐不谈了，害羞起来，讲不出口，两只眼睛打探地停留在翠兰脸上，好像在问："我说得对不对？你懂了么？你怎么样？"又怕翠兰疑心他乱讲，稚气地补充说："我嫂嫂娘家的嫂嫂是你村上人，嫂嫂常说起你。"

"看他蛮有心哩！"翠兰想，"十几里路跑了来，倒……他在等我讲哩。"

仍是沉默着，陈宝祥仔细地盯着翠兰，见她的脸渐渐舒开，抹去了羞色，眼睛亮亮的，嘴唇动了一下。宝祥快活地想："她快讲了。"又有些紧张。

"宝祥同志！我们把婚约解了吧！"翠兰突然低声地说，又懊恼地想："唉！这讲法不大好。"尴尬地红了红脸又说："我不会讲话。"

宝祥的脸色突然一变，浑身动了一下，不相信地说："你是说解约？"

翠兰眼朝别处，点了点头。

"解约！"宝祥喃喃地说，"为啥？"一个念头突然涌上心头："我走吧！"但马上又克制了下去。他的自尊心一下子受了很重的打击，他说："你是不是嫌我落后？"一出口，立刻又后悔，自己是一向不甘落后的，怎么讲出这话？

"不是。"翠兰坦白地说，觉得他误会了，顿了顿，想不着怎样接下去讲。

陈宝祥的思想完全给搞乱了，脑子里堆满了成千成万个“为啥”，找不出答案。他回想起自己五分钟以前的心境，完全就不应该发生现在这种情况，一切都在刹那之间彻底改变了；改变得那么快，活像做梦，不是五分钟以前在做梦，就是现在在做梦，总有一段不是真的。但现实不允许他去胡思乱想，张翠兰的眼睛正紧盯着他，他能讲什么呢？两个人偏偏是两种想法，大家同意了有多好！

张翠兰看了他那副样子，愈觉得没话好说，等他开口。

“你有什么意见，对我？”宝祥说，声音像是从喉咙里逼出来的。

“没意见……你很好。”翠兰说。

“我很好？你要解约，还说我很好！”宝祥混乱而又烦躁地想，却慢慢恢复了自尊心，说：“你要解约，还不是对我有意见？”

“我不要父母做主。”翠兰说。

“我说为啥，是为这。”宝祥想。他立刻活泼起来了，说：“翠兰同志，这也不全对，婚姻法不是把旧的东西统统推翻掉，也可以改造的。”他用宣传员的口气说着，竭力想挽回局面，又信心不强。最后郁闷地说：“我们还可以培养感情。”

翠兰微微地摇了摇头。

“我说得不对？”

翠兰又摇了摇头。

宝祥忽然不耐烦起来，爽快地说：“到底为啥？有啥说啥吧！”

翠兰早想好了，她顿了一下，说：“你有对象没？”

陈宝祥一呆，弄不清啥意思，猛地一醒：“哦！解约是假的，她有心在试探我哩！”觉得自己这才想对了，弄明白了，忽的快活起来，说：“没。”

翠兰又顿了一下，红着脸，眼睛盯着地上，慢吞吞地说："你讲的是对，你人也很好，可天下好人太多了，我不能见一个爱一个。"

陈宝祥又一醒："不对，她怕有对象了。"兴头马上没了。

翠兰又说："我最看不惯朝三暮四的人，我不那样，我的心是定了，天塌下来，也是这样。"她的脸更红了，讲话的声音也更低了。

"明明她早有了对象。"宝祥想，他像重重地跌了一跤，一刹那间，从绝望里产生了无限憎恨："你有了爱人，却叫我来猜谜语。"他的思想混乱极了，"她是我的未婚妻，但是她却去爱别人……脸皮真厚，居然对自己的未婚夫说出这种话来。……真见鬼，算什么！拉倒就拉倒！……"他身不由己地从凳子上站了起来，想走了。

张翠兰惊疑地看着他，马上明白过来，严肃地说："宝祥同志！"

陈宝祥脑子一醒："不对！"又坐了下来。

"我得罪了你？"翠兰问。

宝祥不知所措地摇摇头。

翠兰又问："你不赞成我的看法？"

宝祥不响，觉得自己很难过。"我得罪了你？你不赞成我的看法？"这怎么回答？他蓦地清醒过来，想道："她对，我凭什么怪她？她是我的未婚妻么？真不错，难道就凭父母做主？"他的脸刷地红了，像挨了个耳光。

翠兰盯着他。

"早知道，就不来了。"他觉得难堪极了，"这姑娘多么好呀！……她的对象一定也很好，他们一定很幸福。……"

"宝祥同志，你也挺进步，是吧！"翠兰说，像在安慰他，又像在启发他。

“该死！几乎跌到毛坑里去。”宝祥想，觉得刚才的想法很危险。人在光明的大地上生活着，常常由于心底罪恶的残留，会不自觉地走到光明和黑暗的界线上去徘徊，一不留心就会跌下去。现在，宝祥觉得爽快了。

“我们大家都是青年团员。”翠兰说。

“她来打通我思想哩！”宝祥惭愧地想，“那老头子真不识相，既然自家女儿有了爱人，却叫我来出洋相。”

“都学过婚姻法……”翠兰接下去说。

“我还宣传过哩！”宝祥心里说，觉得很惭愧，自己问自己：事情出在别人身上，思想蛮通，会说人家；弄到自己身上，思想偏会不通，刚才不活像个八哥！光说人话，不做人事。忽然觉得很有趣，心胸开朗起来，又活泼了，爽口地说：“那么，讲讲你那对象究竟是谁？”马上又想：“这关我什么事？”不等翠兰回答，又说：“没话说，我同意。”讲了，又觉得可笑，还用得着他来同意么？真蠢，但又很满意。

“你没意见？”翠兰惊喜地问，心里想：“他真通。”

“当然。”宝祥带着些别扭说，觉得无聊：“我要走了。”

“为什么？还不吃了点心走，我爹还没回来哩！”翠兰也活泼地说。

“不了。”宝祥说，希望赶快离开这里，“回去有事。”推说着就站了起来。

翠兰也不想强留他，担心爹回来不好讲话，早走了倒好，也就站了起来。

走出大门，陈宝祥长长地舒了口气。

转过墙角，翠兰又想起一件事来，说：“宝祥同志，你没意见吧？”

“没意见。”宝祥笑了。

翠兰说：“没意见，最好把三代大帖带过来！”

宝祥不懂地说:“你还要那封建东西?”

翠兰说:“不是,我爹……”

宝祥懂了,笑着说:“好,明天就送过来。”就上路了。

翠兰看宝祥走了一段,回过身来,见爹和媒人踉踉跄跄从那头过来。

“宝祥呢?”媒人问,一股酒气。

“走了。”翠兰说。脸上显露出微笑。

“走了?”敖大怀疑地说,“怎样?”

“很好。”翠兰含糊说着真心话……

青青的天,轻轻的风,暖烘烘的太阳,陈宝祥在路上走着,道路是平坦的,走一步就离家近一步。眼看快到自己村头了,他舒快地感觉到:“嗽! 倒是了脱一件心事了。”

不　幸

剧团的排演场里，马上就要排戏了。靠墙，坐满了人；中间，放着一张桌子，几条凳；地面上，用粉笔画着一些框框、圈圈，表示布景的部位。

扮演女主角的演员李素英，站在角落里，脸色忧郁，带点惶惑。在场的人，并没有注意到，只有坐在正面那张沙发上的刘志进——李素英的丈夫，心里明白。他上北京开了两个月的会议，前天才回来；回来后，一听说李素英在《万尼亚舅舅》里扮演叶列娜·安德烈叶夫娜，马上就敏感起来。当天晚上，他问李素英："是领导上指定的？"

"啊……是的。"李素英回答。"来了，"她着慌地想。她原也猜到，他回来后会来这一手的，却没料到会来得这样快。显然，他是熟悉这个剧本的。李素英很爱叶列娜这个角色，因为她和叶列娜一样受着丈夫的压迫，一样有苦说不出。她和角色之间的这种共同的精神感受，自然瞒不住精明干练的刘志进的。

"这角色，你演不好的。"刘志进断然说。

"怎么……"李素英退缩了。碰到刘志进那专横的目光，和斩铁断钉的口吻，照例又动摇了、胆怯了，尽管她心里在大声喊着："我喜欢，我喜欢！"嘴里却好不容易才低低地咕出了一声："我——喜欢。"事情过去了，李素英照例又后悔了，然而以后再碰到这种事，她还是会软下来。这已经循环了不知多少次。所以她的情绪，恰像多变的八月天气。按理说，二十八岁的演员，正该像一朵盛开的鲜花，何况她本来就很漂亮。然而她却显得苍老了，眼梢边头，居然隐约出现了鱼尾纹。李素英的性格，原来就软弱，容易激动，惯会掉眼泪，一次在小组会上，人家表扬了她几句，她哭了。大家奇怪道："说你好呀，为啥哭？"她流着眼泪笑着说："我这人，不晓得怎么搞的，人家说我不好，我要哭，人家说我好，我也要哭……"结婚以后，一开始，她把丈夫的专横当做英雄气概来敬佩，甘愿自我牺牲来听从他。刘志进就把这当做女人的美德，认为这是改造妻子小资产阶级思想的有利条件。逐渐乃至变成了妻子对丈夫的习惯的服从。

"你喜欢？"刘志进轻蔑地反问了一句，肯定地说："叶列娜是个婚姻上很不幸的女人，你有什么办法去体会她的感情！"……

李素英当时没有再说什么，她知道这不是什么艺术理论的争论。以往，凡是丈夫反对的事情她还没有做成过。而这一次……她丈夫也不会善罢甘休的。

现在，她望着坐在沙发里的丈夫，猜不出他会用什么办法来反对她，她忐忑不安，痛苦地想道："外人说我们幸福，是不知内情，你……你为什么硬要把幸福的帽子扣在一个不幸的女人的头上！"

"开始！"李素英的思想被导演的号令打断了，她醒过来，抚了抚头发。

《万尼亚舅舅》的细排顺利地进行着。

刘志进和平常一样，默默地抽着烟，一脸严肃相，聚精会神地看着排演。

李素英的行动，比往常拘束，她克制着自己，不朝刘志进那边看。

愈看下去，刘志进愈觉得烦恼。一种做贼心虚的心情使他去寻找叶列娜的丈夫和自己之间的共同点。他非常恼火，强制自己不去这样想。然而那股别扭劲偏偏和他作对，叶列娜的痛苦使他那么反感，他妻子的那种类似现身说法的表演，给了他那么大的精神威胁。

戏排到了第三幕中段。医生阿斯特洛夫和叶列娜·安德烈叶夫娜在场，正是医生表示爱情的那一段：

阿：（拦住叶列娜的去路）……（拉住她的手）我们在什么地方再相会呢？快说，在什么地方？随时都会有人进来，快说……（热情地）你真美，真吸引人啊……哪怕我只吻你这么香的头发啊……

叶：可是我向你发誓……

阿：……啊，你真可爱啊……多么可爱的手呀！（吻她的手）……（搂住她的腰）……（吻她）

李素英再也耐不住了，她偷偷地朝刘志进望去，一刹那间，碰上了刘志进冷冰冰的刺人的眼光，心里一阵慌乱，连忙叫道：“放开，放开！”把演阿斯特洛夫的演员弄得不知所措。

“停一停，”导演叫住了：“怎么的？李素英同志，台词念错了。”

“念……念错了。”李素英慌乱地说。忽然间，她竟又想起了那条披肩——那是年前的事情了，李素英买了一条自己那么喜爱的丝质红披肩，可是刘志进却不喜欢它，背着妻子，自说自话把它拿去染黑了。以后李素英再也没有用过它，对她来说，受丈夫的气也不知受过多少了，可就是这披肩的事情最怪，每逢夫妻之间发生了纠葛，那条黑披肩就在她脑子里飘起来、飘起来，飘得她满眼乌黑。

“下面应该是‘可怜可怜我吧……’重新来一遍。”导演指挥着说。

于是阿斯特洛夫又吻她的手，搂住她的腰，吻她。接着李素英哀鸣似的叫了一声："可怜可怜我吧……"她脸色苍白，嘴唇发抖，觉得那句话是自己对刘志进说的。

导演点着头说："对了。"

戏继续排下去。李素英再不敢看刘志进，但是觉得刘志进那逼人的眼光，一直没有离开过她，她觉得浑身难受。

最紧张的时刻来到了，戏排到第四场下半段，叶列娜要离开这里走了，在离别之前，叶列娜要主动向阿斯特洛夫表示爱情。

阿：……趁着现在没有人，让我吻你……最后一次吧，你愿意么？（吻她的颊）得。

叶：我祝你一切幸运（回头看了一下）。

这下子，她又和刘志进的眼光接触了，那眼光因狠毒而变得暗红了，李素英浑身一冷，呆住了。

提词的人以为她又忘了台词，低声地念道："下面是'活该啦！一辈子也不过这么一次'……"

李素英还没有醒过来，她机械地说出了这句台词，然后照着戏中所必需的动作拥抱阿斯特洛夫，和他接吻。

"停一停，"导演挥挥手，走近去，低声地问："李素英，你在吻他的时候，心里怎么想的？"

"……"

"怎么又忘记了？"

"……"

"我再说一遍。"导演说："记住，这是叶列娜感情的总爆发，是一个毕生受着婚姻压迫的女人，下了最大的决心，去追求一刹那的幸福。这一刹那的幸福，将是这个女人今后长长的痛苦生活里的唯一美好的回忆。所以，这个时刻，她毫无顾忌，大胆、热情、有大欢乐。应该把这些表演出来。再来一次！"

李素英又吻了他一次。她浑身发毛了。

“停一停，”导演说：“还不对，再来一次。”

这一次，为了表示热情，她吻得长一些。“啊……啊……”一面吻，一面想道，“叶列娜，我比你更难受呀！”

刘志进像坐在针毡上似的。“真卑鄙！”他恶毒而妒忌地想道：“她也会背着我这样干？！”他耐不下去了，猛地把大半截香烟一丢，站起身来。一偏头，忽见身边坐着的团长在注意他，他一愣，马上改变了主意，向团长说：“我倒茶，你要不要？”刘志进拿了两杯茶回来解释似的说：“她就是体会不到这种感情！”

看过了细排，开了个讨论会。先有七八个人发了言，对李素英的看法倒还好。最后，刘志进站起来发言了：“……以上这几个角色，演得还算好。最成问题的是叶列娜·安德烈叶夫娜，李素英的创造失败了。她的表演很做作，感情是虚假的，叶列娜是个风尚高雅的女人，李素英表现得呆板而俗气。”他忽然想起了那条他认为非常庸俗的红色披肩。接着说下去：“叶列娜即使处在那样痛苦的情况下，还是酷爱美好的事物，满怀美妙的幻想，我们读剧本读到叶列娜回想到‘……万尼亚舅舅说我的血管里有美人鱼的血，一辈子里至少也得有一次露露本性……’的时候，这个人物的鲜艳性格就活生生地出来了。李素英却只是概念地去理解这个人物的痛苦，因此把她表现得忧郁而软弱……在和阿斯特洛夫的关系上，演员为了掩饰感情的空虚，形式主义地拖长接吻的时间，这是毫无用处的，不能够用这个来代替从内心发出的爱情火花，反而更显得庸俗……总之，像叶列娜这样的生活，李素英是丝毫无法……丝毫没有感受的，也无法深入这个人物的灵魂。她的表演对这个戏的演出，会带来很大损失……”

全场的人都听呆了。李素英满脸通红，她猛地觉得抓住了刘志进的一个特征，多么熟悉呀，今天这种情形，刘志进在她面前不知反复表演过多少次了，可是李素英觉得只有今天才十分清楚地抓住了。他“说尽真理，做尽坏事”。你可以明明知道他反对你是为了他个人的得失，但是他却那么巧妙地隐蔽起来，把话说得那么振振有词，的溜滚圆，找不到一点岔子。

墙角里，有人促促耳语：“他看得多深，提得多高呀！”

“我不完全同意刘副团长的意见。我觉得，李素英的表演还是可以的。前几天似乎好一些，今天可能情绪有些紧张，是显得差了，但是可以扭转过来的。”导演说。然后又带些开玩笑的口吻说：“副团长的意见，有些个人情绪，我看不能因为是自己的爱人，就要求过高。”

刘志进一挥手，表示不赞成。沉默了一下，有个小青年发言了：“我不同意导演的意见。首先，刘团长提意见的立场是正确的，他对爱人的要求这样严格，毫不包庇，这是很有原则的，导演不该说他有个人情绪。我的意见完了。”

李素英听了，说不出的难受，各种各样的情绪翻腾着，“你倒是相信他啊！”她想，瞥了那小青年一眼。但是说什么好呢。刘志进这个人，副团长，艺委会主任，共产党员，政治上、业务上都有一套，对人那么严格，不轻易说别人一句好话，他对错误的人进行那么尖厉的思想分析和批判，显示出他的修养。他有威信呢！不是有好些人仰着头看他吗！想接近他（多困难）向他学习吗！可是向他学习些什么呢？究竟有几个人了解他的灵魂！他用领导的威严砌起一堵墙，把群众隔开，在墙头上他伸出修饰过的头面，叫人看到的就是他身上的那一点点呀！

“报告，我发言。”另一个青年站起来，激烈地说：“我反对导演的意见。为什么我们不能够把要求提得高一些呢！社会发展得这样快，我们的水平却提高得这样慢，就是因为我们满足于原有水平的缘故。刘团长的意见，对我们的要求提高了一步，我非常赞成。李素英的表演是成问题的，不认真，不严肃，到细排的时候，台词都背不出，这是不能原谅的。我建议领导上考虑，如果李素英演不好，可以换一个人演。完了。”

会场沉默了，空气紧张了，几十双眼睛一齐看着李素英。

“李素英同志，你讲讲你的意见。”

“……”李素英的苍白的脸上突然掉下了眼泪：“没有意见。”于是一头在桌子上伏倒了。她清清楚楚记得，在结婚前后，刘志进有一句话是经常挂在嘴上的：“李素英的表现很不错，只要政治上抓紧些，很有前途。”他大概就是幻想着未来的名演员才和她结婚的吧！然而李素英从剧校退学回来以后，刘志进就再没有讲过一句夸奖的话了，“退学”这件不幸的事情能怪谁呢？李素英到剧校去学习了五个月，就请了两个月的假期回来生产。刘志进就不该为了自己不可抑制的情欲把她强留了三个月！回到剧校，跟不上了，只好退学……可是这话又向谁去说，又怎么说得出口！

“牺牲品！”李素英带着麻木的感情想道：“他的前妻，在解放战争中替他挑起了家庭担子，让他去革命。到了五一年，他就借口她落后遗弃了她。我是第二个牺牲品！”

散会以后，两个人回到家里；一黄昏没有说一句话。

终于，李素英忍不住了，她含着眼泪，激动地说：“为什么你这样反对我演这个角色？”

“别纠缠到个人问题上去，”刘志进胸有成竹地说：“我谁也不反对，我反对形式主义！”

“但我自己觉得有内在感情！”

“你不懂，”刘志进重重地说：“你没有内在感情，不会有的，你自己也应该懂得，要你去体会叶列娜的感情，不是受罪是什么！在叶列娜和阿斯特洛夫的那两段戏里，为什么你演不好？你演到那时候就痛苦了，你会想到你自己的爱情生活！”

“狠心，真狠心。”她想着，厌恶又疲倦，她意识到刘志进硬把夫妻之间的爱情在压她。她想反抗，想说一句恶意的话，但看了看睡着的孩子，又隐忍住了。

沉默一下，李素英自己也不知道怎么的，脱口而出说道："那我就能演！"

"怎么？"刘志进变色了："感到不幸福吗？"说了，马上很懊恼，觉得这种明白了当的话说得很傻。

但是，这种谁也不愿意公开谈出来的、默默的对立情绪终于揭示开来了，李素英用从来没有过的勇气答复了他一句："不幸福。"

刘志进震动了，他逼视着李素英，李素英不响。两个人坚持了一会。忽然，刘志进退后了一步，往椅子上一坐，一摊手，转了神气，说："那好，我们摊开来谈，你说你什么地方不幸福，什么地方我错了，你说，你说罢。"

李素英哇的一声哭了。她最怕这一手，她什么也不愿意说了，她有这样的经验，只要她把委屈讲出来，她丈夫归根结底会给她鉴定出一个个人主义来的。

"算我演不好就是了。"李素英哭着反复地说。

"喏，又说不出来，又没有什么好说。"刘志进胜利地说："对自己要求严格一些，演不好，就该主动提出来，让别人演。——别光想着主角，出风头。"他故意收住了话头，等李素英去哭一哭。

等到李素英最厉害的一阵冲动过去后，他站起来，走过去拍了拍李素英的肩头，夸张地发出了一声长叹："你这资产阶级的个人主义什么时候才改造得好！"……

系　心　带

乡村汽车站的下午是宁静的。小小的候车室里，散散落落放着几张靠背长椅，只有五六个旅客寂寞地在那里等车。他们的车票都已经买好了，但是还不知道什么时候能搭上车子；如果汽车在前一个站头已经满载了，到了这里又无人下车，它就直驶而过，不再停顿。这样的事情是常常发生的，今天下午就出现过两次。眼睁睁望着别人在前进，自己却停留在原地不动，总觉得有点怅惘。但焦急毫无用处，有了车票并不等于就有了位置，位置是需要正有得空，或者别人让给你，才能获得的。经常在乡村车站上下的旅客，大都有这种经验。然而他们并不失望，因为他们知道时间越晚车越空，归根到底总有位置给他们。因此他们干脆不去盘算，有的看书，有的躺下假寐，有的就细细地欣赏贴在墙上的宣传画；实在无事可做的人，则充当临时的数学家，先数清房顶有几根椽子，再算算有多少块铺地砖……尽量对时间的逝去表示毫不介意。

因为误点，李稼夫同志把来送行的人都推回去了。大家都忙着工作，没有必要为他耽误生产。他要对他们讲的话都已经讲过了，要讲的话终究也不能都想到并且都讲过。一切都应该有一个自然而然的结束，然后也会有一个自然而然的开始。他在这里的时候大家都认为非有他不可，他一旦走了，或许别人会发现：不依赖他倒反容易进步。历来如此。

汽车终于又来了，他走出车站，车却又开过去了。他不想再回到那个寂寞的候车室里去，就在公路边树底下一块石头上坐了下来。他呼吸着鲜洁清香的空气，让和煦明丽的阳光透过枝叶扶疏的枫杨，一线线射在身上。他抚摸着花白的头发，抬起瘦削而显得苍老的脸庞，眯缝着眼睛看了看晴朗而高远的天空，眼光随着一只盘旋的苍鹰落到附近的几座小山上。他第一次惊异地想到：在那宽阔的平原上面，怎么会有这几座孤零零的隆起的山头。它们似乎不是地上长出来的，倒像是童话里的神仙，带了礼物出门作客，偶尔经过这里，一时疏忽掉落下来的几只点心。山头被平原上快要成熟的金黄色的稻海包围着，一座座村庄，一丛丛树木，也像腾空漂浮在海面上。李稼夫望着这熟悉的一切，忽然升起了一种无法克制的眷恋之情。

李稼夫在这块地方整整生活了十个年头。他不是抱着希望，而是希望被毁灭了之后来到这里的。他是一个知识分子，出身也不大光彩，自从搭上社会主义这条船之后，倒是努力要做一个好的水手的。他的努力受到过称赞，于是有一天就跟着称赞他的人倒霉了。他既被当作“走资派”用人不当的证据，又被当作凡重用了他这样的人就是“走资派”的证据。被这样用过之后，他就失去了价值，被从船上拎出来，抛进了“大海”。在这一刹那之间，他忽然明白：有人驾船载着他迎着礁石开去，因为自己不愿意毁灭，于是就先毁灭他。而他也明白，即使自己还待在船上，也没有力量扭转方向，好像他的毁灭已经注定了。

他记得，那时候他木然地被推上火车，然后又被汽车载到这里扔下来；一路上他看到无数匆忙来往的旅客，似乎他们都坚定地朝着一个目标前进，知道去哪儿和去做什么，知道有什么样的人在等待他们。只有他什么也不知道，空空漠漠，似乎走出了这个世界。他从汽车上下来，望着这个陌生的小车站，陌生的走路人，以及那里的情况一无所知的村庄和茫茫的田野，感到寒冷，感到颤抖。他不知道这里的人会怎样对付他这个“反动学术权威”，不知道将把他遣送到哪一个村庄，在哪一个屋顶下生活和怎样生活，真像被抛进了大海般苦寒和窒息。

很久以来，他已经忘记了这种情景，就是在最后要离开的时候也没有想起。因为现在的情形已经完全不同了，他在临上车站之前，还紧张地想着一切必须交代清楚的工作，接着又是欢送他的人群在车站上伴了他许久……可是，汽车却似乎故意不肯带走他，要他在这个地方单独地多留一点时间，强迫他去想一想来时怎样？去时怎样？

“总以为被丢进大海里淹死了，结果双脚却站在坚实的大地上。触礁毁灭的不是任何一个无辜的人，而只是那些大大小小罪恶的舰队。”他微笑地看着被阳光照亮的山头，想道：“生活好像要结束了，其实它永远不会结束。不过是推移到了一个新的站头，向你展示出另一个方面而已。一切企图毁灭生活的人都是徒劳的。这个运动把我们许多同志推到生活的反面去了，粗浅地看去该是多么不正常。狞笑着做这件事情的人，现在哀泣已为时太晚，因为这无非使我们的人多认识了生活的一个方面，从而变得更加聪明和更加有力量了。我们再也不会停滞在过去的生活里。”

他望着那蓝湛湛的天空，望着那只还在盘旋的老鹰，不禁想起了那一架著名的三叉戟飞机和那只天马。他总觉得从那次事件以后，我们就有了测定“天才”的经验了。那是并不费事的，以后凡遇自称“天才”者，只要请他坐飞机升到高空，然后俯冲下来同大地相撞，苟能脑袋完整，自当刮目相看；如果天灵盖也成齑粉了，那也只好表示惋惜而已。后来的那四个，本来是早该请他们去试一试。无奈死皮赖脸不肯去，一屁股坐在地上打滚，满以为撞不着头了，却让地火烧烂了屁股。李稼夫有趣的想着这些，独个儿悠悠地笑了起来。

是的，混乱的时期已经结束了，他早就该离开这里。调令已经下达了近一个月，他原来的机关里还派了同志来找过他，催他尽可能快一点回去。他也已经允诺了。但是一直拖到今天，他才下决心离开这里，因为他在这里已经很习惯了。十年来，他在这个小汽车站上上下下乘过多少次车，总是来了又去，去了又来，都是为了这个地方和这个地方的人民在忙碌。这里的人民已经把他放纸鸢一样放到一个位置上了，而他也习惯于让人民用一条线牵住他，使他能够固定在那个位置上；以至于他想象不出万一这条放纸鸢的线一断，他会飞到什么地方去。一直到他终于想明白，无论他在什么地方，这条线再也不可能断掉，即使他这次走了再没有机会回来，他也不会忘记这个地方永远是他的起点。他和人民的关系将始终千里姻缘一线牵，这一条红绸丝带将随时传递双方脉搏的跳动。于是他才决定离开。

这时，他注意到山顶上腾地飞起了几只小鸟，随即传来了"轰隆隆"的炮声。他马上猜想到崖壁上的岩石又剥落了一层，仿佛看见大块大块的岩石怎样被震裂，慢慢地倾斜，然后迅速地倒塌下来；小石块又怎样飞溅到半空，雨点般落下来，同地上的岩石铿铿相撞。采石厂的生活真像一锅开水般沸腾翻滚。李稼夫记得，他来到这里的时候，古老的荒山还沉睡未醒，人们还习惯于派出船队到一百多里外的地方去运回石块，来适应建筑的需要；使他这个陌生人一开始就觉得奇怪。在一个偶然的场合里，他向公社党委书记讲到了开发当地山石的可能性，讲到公社与其千方百计、煞费苦心去筹办其他工厂，倒不如办一个采石厂来得容易，而且稳当可靠。想不到这个建议同书记的意见不谋而合，很快就动用了全公社的劳动力，开辟了一条三里路长的河道，沟通了山脚同外界的运输。一个小型采石厂建立起来了，发展到现在已经成为年收入二百万以上的工厂。那开辟的三里路河道，不仅仅是沟通了运输，最终还证明它使他同公社领导人之间的心胸也沟通了。他们虽然无权把他解放出来，但是他们却有权表示出对他有所谅解的态度。他愉快地回忆起自己如何参与了那个开发的计划，以及怎样教会那些刚刚丢掉锄头柄的新工人科学地使用炸药。他也就看到了那个古老的山头怎样第一次开花。

现在，这老山上的石头已经被当地人方便而廉价地广泛运用，并且还供应了邻近两个城市的用材。平原上星罗棋布的村庄，越来越多地建造起一幢幢下半截用石头砌成的坚实的新房子，被绿色的树丛衬映得更加鲜黄醒目。在这个小小的汽车站上，也不知是在什么时候搬来了一块平整得可以当凳子坐的黄石。有无数个旅客曾坐在它上面等待过出发，从来不曾有谁感觉到自己的裤子受到过黄石的磨损；但黄石的粗糙的表面确实已经被这些旅客的裤子摩擦得平滑了。持久的生活以这样巨大的力量影响着一切，李稼夫显然也不是原来的那个人了。他脸上添加的皱纹并不是树木的单纯的年轮，新增的白发更不是为了显示他的苍老，风霜和劳动给了他智慧，也给了他力量，这里的人民终于教会了他，使他懂得并且坚定地相信，他这个人在任何时候、任何情况下都对人民有用处。往后他不会害怕什么了，尽管到现在为止，他仍旧没有学会保卫自己的那一套“本领”，但勇敢的人根本就无需那一套。今后的斗争还是不可避免的，即使他再被抛出来，他也能够马上找到自己的位置。就像他坐下的这一块黄石，它诚然是孤零零地放置在这个小小的汽车站上，但是它每天让旅客得到休息，每天都感觉到坐在它上面的人的心跳和呼吸，它终于也看尽了人世的悲欢离合，洞悉了过往的一切。它是有足够的理由为自己紧靠着人民而感到满意的。

人的尊严为什么要受到那么残酷的侮辱？假使事前想到

可能遭受的侮辱尽管比后来实际碰到的还轻十倍，也会觉得无法忍受。但是，李稼夫实际受到的侮辱比他事前能够想象到的要恶毒百倍，为什么倒又能够对付过来？这是因为他遭受的一切太野蛮了，太兽性了，已经无可怀疑地证明不是社会主义的行为了，不是毛主席、不是共产党、不是社会主义的人民在制裁他了。摧残他的不过是一批野兽、一批法西斯恶棍、一批穷凶极恶的封建恶霸。因此他再也不肯轻率地自杀，他要活着，愤怒地去消灭他们呢。他永远记得一九六七年秋天的那个晴朗的早晨，他胸口挂着用铁丝吊在颈上的一块二十七斤重的牌牌，站在市场上示众的时候，来来往往有许多人停下来看着他；可是只要他也抬起头来望望他们，他们就都低下头去匆匆走开，连眼光都不敢同他相碰。他马上就知道他们不是来嘲笑他的，他们是在同情他，甚至因为看到这种情形而羞耻，为了无法制止这种暴行而惭愧。他们是完全站在他一边的。他意想不到自己是在这种情况下才第一次这样深刻地理解了人民。他也就是依靠了这个认识，度过了当时精神的危机。

人生竟有这样的经历：有一次他被拖到社会上去参加批斗大会；路上被踩脱了一只鞋子，他不曾有拾回的自由，只好赤着一只脚走去。会前他被单独临时禁闭在靠近会场的一间小屋里。他紧张地等待着即将施加到他身上的狂暴。这时候他发现外面有人透过玻璃窗在窥视他。他立刻敏感到这是把他当作笼子里的困兽在欣赏；他忍受不住这种动物园的游戏，猛地站到了窗口。他看到那个人的脸刷地涨得通红，羞涩而痛苦地低垂着眼睛，惶遽地闪走了，而窗台上却放着他被踩落的那只鞋。这件事给李稼夫留下了不能磨灭的印象，因为他看到了那个人的脸上流露出来的感情比他自己还要难受。他同他素不相识，不知道他叫什么名字，多大年纪，做什么工作；他长得同大多数人一样的身材，一样的脸型，穿着大多数人一样的衣服，毫无特色，但是他却在李稼夫的脑海里占据了那么特殊的地位，十年来无数次清晰地而且是越来越清晰地显现出来。虽然后来一直没有再看到这个人，但是李稼夫总觉得这个人在每一个群众场合里面，似乎一直伴随着他，而使他终身难忘。

山头那边的远空里缓慢地飘过来一缕轻纱似的白云，它无声无息，高高在上；但宽阔的天空却似乎只有作为它的背景才能证明自己确实存在。李稼夫不禁发出了一声轻微的叹息。他想到自己过去的研究工作正像这一缕白云，它和人民不发生任何直接联系，以至于许多人不知道他搞的是什么名堂。太专门了，太尖端了。然而也只有同他相类似的那些专门的、尖端的科学研究，才能够最终地对人民的生活产生巨大的影响。社会主义的优越性其实也首先体现在这个方面，它保证了在比较穷困、比较落后的现实条件下进行最先进的科学研究，从而保证了它的前景会变成现实。它就是作为这样的“白云”的背景而存在，一旦“白云”没有了，人们也就失去了对它的实感。认识到这一点的日子终于来到了，一阵劲风吹散了迷雾，走破了脚底才发现自己仍站在原地，不得不忍着苦楚，咬紧牙关向前追赶。这一切该是多么令人遗憾呀！

白云渐渐地飘过来，自然地散成一条条越来越细的云丝，最后在天空中消失了。李稼夫确实还感觉到它的存在，就像他自己在那个研究工作中消失而仍旧确实存在一样。假如不消失，它也许会发展起来下一场好雨，润湿干燥的土地，旺发遍野的翠绿。但是它的消失终于还是作为物质存在，它的水分至少也增加了空气的一点湿度，空气也总会到达湿度的饱和点下起雨来的。十年来，李稼夫虽然一点也没有能够发挥自己的专长，但总也像消失了的白云一样，给这里的空气留下了一点湿度。人民在生活中对现代知识的需要迫切到了如此程度，使李稼夫使用他的一般常识就能够替他们做很多事情。他无法想象仅仅是一点最普通的技艺，竟拆除了他这个“劳改”的“反动权威”和当地人民之间的那堵厚墙。他曾经为了使长期生病的爱人（她已经长眠了）治疗方便，学会了打针（注射），而他到这里来了之后，却发现人们一旦生病需要打针时，必须跑五里路赶到公社医院。于是他就非常轻易地得到了一个为他们服务的机会；一直到几年以后，赤脚医生这个新生事物出现为止。人们也就一下子认识到他是一个善良的、有用的人了。原来像站在高处用怀疑的眼光把他当怪物透视的群众，就忽然变得亲近了。一个老妈妈爱护地强迫他必须戴了凉帽下田，说他的皮肤太嫩，当心被太阳晒得额角头上起泡。小伙子们也热情地把着他的手教他劳动，似乎都要尽快地让他变成他们中间的一个。在他们的帮助下，他花了不多的时间就学会了生活和劳动。他的知识马上促使他开始改进这种生活和劳动。他利用煤油灯罩的形式，改进了煤球炉膛，达到了使煤近乎完全燃烧的程度；他发现了刈麦的速度决定于劳动者如何以自己为轴心、拉大扇形面积；他总结了提高莳秧的速度在于尽可能地缩短两手之间和手与泥面之间的距离的经验……一切细微的但是显然经过精心思考的在原有基础上的提高，获得了大家由衷的赞扬。接着而来就出现了一个反复多次的奇特的情况，一家家社员分别地、默默地但是十分执拗地把他拉回家去，关起门来陪着他吃一点专门为他准备的饮食；他们秘密地做着这一件事情，似乎有所顾忌，但又坚决要这样去做。李稼夫很快就明白了，这就是人民用他们自己特有的方式在对他表达感情，表达他们对迫害他的人的抗议；这种抗议的形式又表明人民也是被迫害者，而他则毫无疑义被他们看成自己人了。他不禁感动得热泪盈眶，觉得人民实在是太好了。他深深谴责自己曾经犯过的错误，谴责自己的工作至少做得太少、太不好了。特别是他自认为还不曾有足够的行动，证明自己可以得到他们的信任，而信任已经给予了他；他就更加相信他们的正直。正是这种正直使他们非常实际和非常聪明，所以也就有非凡的判断能力。从那时候起，他就对他们不再有任何保留，愿意让自己成为一面纸鸢，而把线的一端交在他们手里，让他们来处理自己的位置。并且认为只有这样，他的位置才能适当而且得到固定。从这一点来说，他倒是希望自己是一朵已经消散的白云，毫无影踪地融合在他们中间。

十年的往事像汹涌的波涛，霎时扑满他的胸膛，思绪像一条条涧水，清晰地淌流出来。他带着人民的恩情走上新的征途，心底里会永远蕴蓄着故地的怀念。一双双布满老茧的大手伸出来向他道别，叮嘱一句山重海厚的话："今后若再有三长两短，你就到这里来！"

啊，我的亲人啊！……

公路远处飞扬起一阵灰沙，一辆客车疾驰而来，这已经是今天的末班车了。他一定能够乘上去。这时候他腾地升起一股怒火：十年了，按照原来的计划，已经会有几十个、成百个新人可以站上他的位置，可以把他的工作推到一个新的境地。可是，时代的列车纵然隆隆地开着，却骇人地只见一个个老的旅客下车，稀疏地缺少新上的乘客，他那个位置始终还是空着，有谁能容忍这滔天大罪！

汽车停下来，打开门让李稼夫拎着行李登了上去，于是又关门开动了。这时他忽然觉得掉了东西，伸出头来瞧了瞧车站，他不禁笑了，原来他有意要把那块石头带走……

李顺大造屋

一

老一辈的种田人总说，吃三年薄粥，买一头黄牛。说来似乎容易，做到就很不简单了。试想，三年中连饭都舍不得吃，别的开支还能不紧缩到极点吗？何况多半还是句空话！如果本来就吃不起饭，那还有什么好节省的呢！

李顺大家从前就是这种样子，所以，在解放前，他并没有做过买牛的梦。可是，土地改革以后，却立了志愿，要用“吃三年薄粥，买一头黄牛”的精神，造三间屋。

造三间屋，究竟要吃几个“三年粥”呢？他不晓得，反正和解放前是不同了，精打细算过日子的确有得积余，因此他就有足够的信心。

那时候，李顺大二十八岁，粗黑的短发，黑红的脸膛，中长身材，背阔胸宽，俨然一座铁塔。一家四口（自己、妻子、妹妹、儿子）倒有三个劳动力，分到六亩八分好田。他觉得浑身的劲倒比天还大，一铁耙把地球锄一个对穿洞也容易，何愁造不成三间屋！他那镇定而并不机灵的眼睛，刺虎鱼般压在厚嘴唇上的端正阔大的鼻子，都显示出坚强的决心；这决心是牛也拉不动的了。

别说牛，就是火车也拉不动。李顺大的爹、娘，还有一个周岁的弟弟，都是死在没有房子上的。他们本来是船户，在江南的河浜里打鱼，到处漂泊，自己也不知道祖籍在哪里。到李顺大爹手里，这只木船已经很破旧了；钉头锈出漏洞，芦棚开了天窗，经不起风浪，打不得鱼虾了。一家人改了行，有的拾荒，有的用糖换破烂，有的扒螺蛳，挣一口粥吃。一九四二年，李顺大十九岁，寒冬腊月，破船停在陈家村边河浜里。那一天，云黑风紧，李顺大带了十四岁的妹妹顺珍上岸，一个换破烂，一个拾荒。走出去十多里路。傍晚回来时，风停云灰，漫天大雪，顷刻迷路。幸亏碰着一座破庙，兄妹俩躲过一夜。天亮后赶回陈家村，破船已被大雪压沉在河浜里，爹娘和小弟冻死在一家农户大门口。原来大雪把船压沉前，他们就上岸叩门呼救，先后敲过十几家大门。怎奈兵荒马乱，盗贼如毛，他们在外面喊救命，人们还以为是强盗上了村，谁也不敢开门，结果他们活活冻死在雪地里。天没有眼睛，地没有良心，穷人受的灾，想也想不到，说也说不尽……没有房子，唉！

李顺大兄妹俩哭昏在爹娘身边，陈家村上的穷苦人无不伤心。他们把那条沉船拖上岸来，拆了一半做棺材埋葬了死人；剩下的半条，翻身底朝天，在坟边搭成一个小窝棚，让李顺大安家落户。

抗战结束，内战开始，国民党抽壮丁，谁也不肯去。保长收了壮丁捐，看中李顺大是六亲无靠的异乡人，出三石米强迫他卖了自己去当兵。他看看窝棚，窝棚上没有门，怕自己走了，妹妹被人糟蹋，就用卖身钱造了四步草屋，才揩干眼泪去扛那“七斤半”。

他怎么肯替国民党卖命！隔了三个月，一上前线就开小差逃了回来。到了明年，保长又把他买了去。前前后后，他一共把自己卖了三次。第二次的卖身钱，付了草屋的地皮钱；第三次的卖身钱，付了爹娘的坟地钱。咳，如果再把自己卖三次，钱也都会给别人搞去的。

然而还亏得有了四步草屋，总算找着了老婆。他出去当兵时，妹妹找来了一个无依无靠的讨饭姑娘同住做伴，后来就成了他的妻。一年后生了个胖小子，哪一点都不比别人的孩子差。

土改分到了田，却没有分到屋。陈家村上只有一户地主，房子造在城里，没法搬到乡下来分。李顺大只有自己想办法了。他粗粗一码算，兄妹两人两个房（妹妹以后出嫁了就让儿子住），起坐、灶头各半间，养猪、养羊、堆柴也要一间，看来一家人家，至少至少要三间屋。

这就是李顺大翻身以后立下的奋斗目标。

二

一个翻身的穷苦人，把造三间屋当做奋斗目标，也许眼光太短浅，志向太渺小了。但李顺大却认为，他是靠了共产党，靠了人民政府，才有这个雄心壮志，才有可能使雄心壮志变成现实。所以，他是真心诚意要跟着共产党走到底的。一直到现在，他的行动始终证明了这一点。在他看来，搞社会主义就是“楼上楼下，电灯电话”。主要也是造房子。不过，他以为，一间楼房不及二间平房合用，他宁可不要楼上要楼下。他自己也只想造平房，但又不知道造平房算不算社会主义。至于电灯，他是赞成要的。电话就用不着，他没有什么亲戚朋友，要电话做什么？给小孩子弄坏了，修起来要花钱，岂不是败家当东西吗。这些想法他都公开说出来，倒也没有人认为有什么不是。

陈家村上的种田汉，不但没有轻视他的奋斗目标，反而认为他的目标过高了。有人用了当地一句老话开头，说：“‘十亩三间，天下难拣’，在我们这里要造三间屋，谈何容易！”有的说：“真要造得成，你也得吃半辈子苦。”有的说：“解放后的世界，要容易些，怕也少不了十年积聚。”

这些话是很实在的。当时沪宁线两侧，以奔牛为界，民房的格局，截然不同：奔牛以西，八成是土墙草屋；奔牛以东，十有八九是青砖瓦房。陈家村在奔牛以东百多里，全村除了李顺大，没有一家是草屋。李顺大穷虽穷，在这种环境里，倒也看惯了好房子。唉，这个老实人，还真有点好高骛远，竟想造三间砖房，谈何容易啊！

在众多的议论面前，李顺大总是笑笑说："总不比愚公移山难。"他说话的时候，厚嘴唇牵动着笨重的大鼻子，显得很吃力，因此，那说出的简单的话，给人的印象，倒是很有分量的。

从此，李顺大一家，开始了一场艰苦卓绝的战斗，它以最简单的工具进行拼命的劳动去挣得每一颗粮，用最原始的经营方式去积累每一分钱。他们每天的劳动所得是非常微小的，但他们完全懂得任何庞大都是无数微小的积累，表现出惊人的乐天而持续的勤俭精神。有时候，李顺大全家一天的劳动甚至不敷当天正常生活的开支，他们就决心带饿一点，每人每餐少吃半碗粥，把省下来的六碗看成了盈余。甚至还有这样的时候，例如连天大雨或大雪，无法劳动，完全"失业"了，他们就躺在床上不起来，一天三顿合并成两顿吃，把节约下来的一顿纳入当天的收入。烧菜粥放进几颗黄豆，就不再放油了，因为油本来是从黄豆里榨出来的；烧螺蛳放一勺饭汤，就不用酒了，因为酒也无非是米做的……长年养鸡不吃蛋；清明买一斤肉上坟祭了父母，要留到端阳脚下开秧元[①]才吃。

只要一有空闲，李顺大就操起祖业，挑起糖担在街坊、村头游转，把破布、报纸、旧棉絮、破鞋子等废品换回来，分门别类清理后卖给收购站，有时能得到很好的利润。废品中还往往有可以补了穿的衣裤、雨鞋等物，就拣出来补了穿一阵，到无法再补

---

① 开秧元——莳秧第一天。

的时候仍纳入废品中，这样也省了不少生活费用。那换废品的糖，是买了饴糖回来自己加工的，成本很便宜；可是李顺大的独生儿子小康，长到七岁还不知道那就是糖，不知道是甜的还是咸的。八岁的时候，被村上小伙伴怂恿着回去尝了一块，就被娘当贼捉出来，打他的屁股，让他痛得杀猪似的叫，被娘逼着发誓从此洗心革面。娘还口口声声说他长大了要做败家精，说他会把父母想造的三间屋吃光的，说将来讨不着老婆休要怪爹娘！

最可敬佩的事情，是发生在李顺大的妹妹顺珍身上。一九五一年分进土地时，她已经二十三岁了。当时政府还没有号召晚婚，按照习惯，正到了结婚的妙龄。她不但肯苦能干，温顺老实，而且一副相貌，也长得出奇的漂亮。细细看去，似乎和她哥哥一模一样，只是鼻子小了一点，嘴唇薄了一点；就在这两个“一点”上，造化却又显露出了它无所不能的伟大，把高挑个儿、鹅蛋脸型的李顺珍衬出了一派清秀俏丽之气。当时，附近村上一些小伙子央人登门求婚的，也不是三个两个。可是，不管对方条件怎样，人品如何，顺珍姑娘只是说自己年纪还轻，一概回绝。她是哥哥抚养长大的，她决心要报答哥哥的恩情。她知道离开她的帮助，哥哥的奋斗目标就很难实现；如果她出嫁，哥哥不但少了一个坚强可靠的助手，而且还得把她名下分到的一亩七分田让她带走。这样一来，她哥哥的经济基础和劳动能力都会大大削弱，不知要到何年何月才能造出三间屋。因此，她甘愿把一生中最美好的时代——称得上是青春中的青春，留给她哥哥的事业。

一直到了一九五七年底，李顺大已经买回了三间青砖瓦屋的全部建筑材料，李顺珍才算了却心事，以二十九岁的大姑娘嫁给邻村一个三十岁的老新郎。新郎因为要负担两个老人和一个残废妹妹的生活，穷得家徒四壁，鹑衣百结，才独身至今。

所以，迎接李顺珍的，仍然是艰苦的生活。因为她已苦惯了，所以并不在乎。

三

办过妹妹的婚事，就跨进了一九五八年。李顺大这时候还缺少什么呢？还缺些瓦木匠的工钱和买小菜的费用，再有一年，问题就可完全解决了。而且公社化以后，对李顺大很为有利。土地都归公了，他可以随意选择一块最合适的地基造屋。这不是太理想了吗。

可是，李顺大终究不是革命家，他不过是一个跟跟派。听毛主席话，跟共产党走，能坚决做到，而且完全落实，随便哪个党员讲一句，对他都是命令。有一夜李顺大一觉醒来，忽然听说天下已经大同，再不分你的我的了。解放八年来，群众手里确实是有点东西了。例如李顺大不是就有三间屋的建筑材料吗？那么，何妨把大家的东西都归拢来加快我们的建设呢？我们的建设完全是为了大家，大家自必全力支援这个建设。任何个人的打算都没有必要，将来大家的生活都会一样美满。那点少得可怜的私有财产算得了什么，把它投入伟大的事业才是光荣的行为。不要有什么顾虑，统统归公使用，这是大家大事，大家大事——大家一样。谁也不欺。

这种理论，毫无疑问出自公心。李顺大看看想想，顿觉七窍齐开，一身轻快。虽然自己的砖头被拿去造炼铁炉，自己的木料被拿去制推土车，最后，剩下的瓦片也上了集体猪舍的屋顶，他也曾肉痛得簌簌流泪。但想到将来的幸福又感到异常的快慰。近来的经验也改变了他原来的看法，他认为楼房比平房更优越了。因为粮食存放在楼上不会霉烂，人住在楼上不会患湿疹。看来以后还是住分配到的楼房好，何必自讨苦吃，像蜗牛那样老是把房子作为自己的负担呢。所以，他的思想就彻底解放了，不管集体要什么，他都乐意拿出来。如果需要他的破床，他也会毫不吝惜；因为他和他的老婆，都不是困在床上长大的。他的老婆，那个原先的讨饭姑娘，说真的倒比他多了一个心眼。但十二级台风早把大家刮得身不由已了，她一个女人家又有什么用！多一个心眼无非多一层愁。不过究竟也藏下一只铁锅，没有送进炼铁炉里熔化，所以集体食堂散了以后，不曾要去登记排队买锅子。

后来是没有本钱再玩下去了，才回过头来重新搞社会主义。自家人拆烂污，说多了也没意思。不过在战场尚未打扫之前，李顺大确实常常跑去凭吊，看着那倒坍了的炼铁炉和丢弃在荒滩上的推土车，睁着泪眼，迎风欷歔。他想起了六年的心血和汗水，想起了饿着肚皮省下来的粮食，想起了从儿子手里夺下来的糖块，想起了被耽误了的妹妹的青春……

四

政府的退赔政策，毫无疑问是大得人心的。但是，把李顺大的建筑材料拿去用光的不是国家，而是集体。这个集体，当然也要执行退赔政策。可是集体也弄得穷透了，要赔材料没材料，要赔钞票也困难，当干部的只好尽一切力量去做思想工作，提高李顺大这类人的政治觉悟，要求他们作出自我牺牲，以最低的价格落实退赔政策。

李顺大的损失是很不小的，但政治觉悟是确实提高了。因为在这以前，从不曾有人对他进行过像这样认真细致的思想教育。区委书记刘清同志，一个作风正派、威信很高的领导人，特地跑来探望他，同他促膝谈心；说明他的东西，并不是哪个贪污掉的，也不是谁同他有仇故意搞光的。党和政府的出发点都是很好的，纯粹是为了加快实现社会主义建设，让大家早点过幸福生活。为了这个目的，国家和集体投入的财物比他李顺大投入的大了不知多少倍，因此，受到的损失也无法估计。现在，党和政府不管本身损失多大，还是决定对私人的损失进行退赔。除了共产党，谁会这样做？历史上从来没有过。只有共产党，才对我们农民这样关心。希望他理解党的困难，以国家集体利益为重，分担一些损失；经过这几年，党和政府也有了经验教训，以后发展起来就快了。只要国家和集体的经济一好转，个人的事情也就好办了。你要造那三间屋，现在看起来困难重重，其实将来是容易煞的。不要失望。最后，刘清同志又帮助他和供销社联系，要供销社在任何困难的情况下都要尽量供应饴糖，使他能够换破烂，多挣一点钱。

李顺大的感情是容易激动的，得到刘清同志的教导和具体的帮助，他的眼泪，早就扑落扑落流了出来，二话没说，呜咽着满口答应了。

另有两万片瓦，由生产队拿去盖了七间五步头猪舍，现在还完整地铺在屋面上，应该是可以原物归还的。但是，如果拆下来，一时买不到新瓦换上去，猪就得养在露天；瓦又是易碎物品，拆拆卸卸，损坏也不会少，还是不拆为宜。后经双方协商同意，互相照顾困难，决定不拆，而由生产队腾出两间猪舍来，借给李顺大暂住；等将来李顺大造新屋时，队里还瓦，他也让出猪舍。那猪舍也比李顺大住的草屋强，两间共有十步，够宽敞了；屋脊也有一丈一尺高，就是后步比人矮，但房主人也没有必要挺起胸膛在屋里逞威风，无妨大局。况且李顺大是从小钻惯船棚的，他自然不嫌。

退赔问题就这样解决了。尽管李顺大衷心接受干部们的开导，但是，他从这一件事里也吸取了特殊的教训，在这以前，他想到的是旧社会的通货膨胀，钞票存放在手里是靠不住的；

所以，一有余钱，就买了东西存放起来。现在有了新的体验，觉得在新社会里，存放货物是靠不住的，还是把钞票藏在枕头底下保险。老实说，从这种主张里，嗅觉特别敏锐的“左”派是闻得出“反党”味道来的。

从一九六二年到一九六五年，靠了“六十条”，靠了刘清同志特别照顾的饴糖，李顺大又积聚了差不多能造三间屋的钞票。但是他什么也没有买，他打定主张：要么不买，要买就一下子把材料买齐，马上造成屋，免得夜长梦多，再吃从前的亏。

这个李顺大，真和许多农民一样，具有这种向后看的小聪明。因此，当他认为有把握不再吃老亏的时候，转眼又跌倒在前边路上了。说真话，扶着这种人前进，手也真酸。

那时候，物资丰富，什么都敞开供应，他偏不买。过了几年，物资样样紧张起来，没有点“三分三”的人什么都买不到了，他倒又想一下子样样都买全，岂不又做了阿木林！其实怪他也冤枉，谁又是诸葛亮呢？

五

在通常情况下，李顺大觉得自己做一个跟跟派，也还胜任，真心实意，感情上毫不勉强。可是文化大革命开始以后，他就跟不上了。要想跟也不知道去跟谁，东南西北都有人在喊：“唯我正确！”究竟谁对谁错，谁好谁坏，谁真谁假，谁红谁黑，他头脑里轰轰响，乱了套，只得蹲下来，赖着不跟了。“是非之心，人皆有之”，这话口气挺大，其实是没有经过文化大革命，太天真了。你总不能光看人家在台上唱什么，还得看看在台底下干的什么吧！“好恶之心，人皆有之”，这倒也还有理。李顺大就是有一点不高兴。这不高兴和他想造房子有密切关系。他看到那汹汹的气势，和一九五八年的更不相同，一九五八年不过是弄坏点东西罢了，这一次倒是要弄坏点人了。动不动就性命交关。这房子目前是造不成的了，谁知道明天会怎样呢！他为此真有点厌恶。转而又庆幸自己住到村中心的猪舍里来了，如果还孤零零地呆在河边的草屋里，他枕头底下的造屋钱只怕还要遭到盗劫呢。

李顺大想得太落后了，在文明的时代里，文明的人是无需使用那野蛮手段的。有一个造反派的头头，在光天化日之下，腰里插着手枪，肩上挂着红宝书，由生产队长陪同，到李顺大家作客来了。原来他是公社砖瓦厂的文革主任，很讲义气，知道李顺大要造房子买不到砖，特地跑来帮助解决困难。他大骂了一通走资派刘清不替贫下中农谋利益，现在则轮到他来当救世主了，只要李顺大拿出二百一十七元钱来，他负责代买一万块砖头，下个月就可以提货。这话说得过分漂亮，原是值得怀疑的。但李顺大却认为，彼此都住同一大队，虽然没有交情，也三天两头见面，从前也不曾听说过这人有什么劣迹，现在出来革命，总也想做点好事，不见得一上马就骗人。况且又是生产队长同来的，还有枪有红宝书，真是讲交情有交情，讲信仰有信仰，讲威势有威势，李顺大虽然当过三次逃兵，还没有经过这种软硬兼施的场面，心一吓，面一软，双手颤颤数出了二百一十七。

到了下个月，大概本来是可以提货的，想不到李顺大交了厄运，被公社的专政机关请去了，要他交代几件事：一，你是哪里人？老家是什么成分？二，你当过三次反动兵，快把枪交出来；三，交代反动言行（例如他说过“楼房不及平房适用，电话坏了修不起”的话，就是恶毒攻击社会主义）。

后来的事情就不用说了，那是人人皆知的。他自己出来后也没有多言。不过有两点颇有性格，第一是他吃不消喊救命的时候，是砖瓦厂的文革主任解了他的围。作为报答，事后私下商定从此不再提起那二百一十七。第二是关押他的那间房子造得相当牢固，他平生第一次详细地在那里研究了建筑学，对自己将来要造的屋，有了非常清楚的轮廓。

等到放出来，他扶着儿子（已经十九岁了）的肩胛拐回家。流着眼泪的老婆、妹妹问他为了什么事，吃了什么苦？他嘶哑着喉咙说了两个莫名其妙的短语："他们恶啊！我的屋啊！"

之后有一年多时间不能劳动，腰里不好受，碰到阴天和交节气，浑身骨头痛。他有点奇怪，虽然这顿生活从前不曾挨过，但毕竟从小就苦苦拉拉、跌跌掼掼过来的，怎么现在这样娇嫩了？莫非也变"修"了吗？他有点吃惊，觉得自己变牛变马都可以，但是不能变"修"。"修"是什么东西呢？是一只黑锅，是一只不能烧饭，只能驮在背上的装饰品，是一个没有生命因而不会死亡，能够世代相传的"传家宝"。儿子今年十九岁了，如果背上这只锅，到哪里去讨媳妇呢？而房子又没有造，一点条件也没有。

李顺大想到这一点，心中恐慌又迷信。他从小听过不少老故事，其中就有说到人会变成多种东西的。讲的人总这样说："一夜过来，他变成了××。"而且在变化之前，也总有异样的感觉，比如浑身骨头痛，热皮暴躁等等。所以，李顺大一碰到身子难受，就怕黑夜，怕自己睡着了。他总是睁大眼睛，以防在昏睡中不知不觉变成一只黑锅。他的警惕性一直很高，所以至今还不曾变过去。

在那些不敢睡着的夜里，李顺大为了打发掉肉体上的痛苦，也想过一点使人开心的文娱生活。他没有收音机，想读书又不认几个字，而且也浪费火油；因此，唯一的办法是去回忆从小听过的故事、看过的戏文和老一辈教给孩儿们的俚歌。后来身体好一些，他挑起糖担出去换废品，嘴里常常不三不四唱着一个小曲儿，招惹孩子们。据他说这就是他在那些夜晚回忆出来的。从这些就可以看出他当时究竟想的是什么。他唱道：

希奇希奇真希奇，
老公公困在摇篮里；
希奇希奇真希奇，
八仙台装在袋袋里；
希奇希奇真希奇，
老鼠咬破猫肚皮；
希奇希奇真希奇，
狮子常受跳蚤气；
希奇希奇真希奇，
狗派黄鼠狼去看鸡；
希奇希奇真希奇，
天鹅肉进了蛤蟆嘴；
希奇希奇真希奇，
大船翻在阴沟里；
希奇希奇真希奇，
长人做了短人梯。
哎呀呀，瘌痢头戴西瓜皮，
蚌壳兜里一泡尿，
皮球肚里装个屁，
穿袍的邪神一胎泥。
希奇呀，希奇呀，真希奇，
火赤链[1]
过冬钻在菩萨肚皮里，
闻着香火装神气。

---

① 火赤链——赤链蛇。

这确是一只公认的装满一兜肚“希奇”的儿歌，而且老掉了牙。不过，各人兜肚里的货色是不同的，总要把自认为希奇的东西装进去。但如果追查起来，李顺大决不承认自己加进了什么。他又不是作家，不会有黑字落在白纸上，是不怕有什么把柄落在别人手里的。他虽然笨，究竟也经过锻炼了，晓得当时那一班人——造反的当权派和当权的造反派，如果要触你的霉头，倒不在乎你做了什么，而在于要达到一个这样那样的目的，例如他的二百一十七。

有一天，他在邻村换糖唱歌，偶然碰到了在那里劳改的走资派——老区委书记刘清，悲喜交集，久久不忍离开。最后刘清央求他再唱一遍希奇歌，他毫不犹豫地唱起来，那悲惨、沉重、愤怒的声音使空气也颤抖，两个人都流下了眼泪。

六

一年病拖下来，李顺大有点心灰意懒了。他常常想自己还能活几年？何必要再操心造屋！愚公立下移山志，也是靠后代去完成的，为啥一定要亲手造成功！再说也算积有一笔钱，也有点汗马功劳，不算坍台了。可是凡胎未脱，尘心难破，儿子已经二十出头了，房子造不出，媳妇就找不着，猪舍做新房，谁肯来住！要像自己那样拾个要饭姑娘做妻子，现在也没有这种好机会了。那可不行，没有媳妇哪有孙子？没有孙子哪有重孙？将来建成共产主义过幸福生活，焉能独缺他李顺大的后代？看来房子还是非造不可，而且要抓紧时间，就算这样，儿子恐怕也得拖到政府规定的晚婚年龄以后才有婚结了。

经过动摇之后又坚定下来，立即开始行动。他挑起拾破烂的箩筐，悠悠地从这个市镇晃荡到那个市镇，县城里大小街巷也几乎跑遍，却从不见有建筑材料出售，询问有关商店，才知道买一块砖也得有本地三级证明，更无空口说白话的余地。他晓得再瞎跑也没有用，只有向当地生产队、大队、公社申请了。幸亏自己是带了箩筐出来的，虽不曾买到造屋材料，拾到的破烂倒也卖得十几元钱，不算白误了工。

接着自然是找生产队、大队干部打证明，人家听了笑笑说：“打证明有什么用，民用建筑材料，有时稍会有一点，有时简直就没有。给了证明，你也买不到。”李顺大不肯信，以为是干部筑坝。又不敢反驳，怕弄僵。就耐着性子赖着不走，搞变相静坐示威。谁知人家倒并不放在心上，到吃晚饭时发现他没有走，就说：“走吧，锁门了。”他也只得回去。到了明天，又去坐。如此三天，干部不耐烦了，说：“好话你不听，瞎缠。你以为有用，就打个证明给你！”果然打了。他高高兴兴上供销社。营业员看了证明，也和大队干部一样笑笑，说：“没办法，无货供应。”

“几时有呢？”

“不晓得。”营业员说：“有空你就常来问问。”

从此李顺大就如学生上学校，七天里去问六次；半年下来，还是不曾买到一块砖。那营业员是个好心人，暗地里叹息李顺大太笨，却也被他的精神感动了。终于有一天，悄悄告诉他说：“你还是省点工夫吧，不要来跑了。这几年革命革得厉害，地皮都快革光了，难得有点东西来，干部都照顾不周全，哪会轮到你。真要有你的份，也都是经过千拣万拣拣剩的落脚货，价钱倒和拣走的好货一样大，你也不划算。我劝你还是另想办法吧！”

李顺大得了这个忠告，十分失望，又非常感激。因此由不得要请教：“另想别的什么法？”

营业员沉吟半晌，说：“可有至亲好友当干部的？”

“没有。”李顺大沉重而吃力地说：“只有一个种田的妹婿，没有第二个亲戚。”

“那就没有路了。”营业员惋惜道：“现在是‘圆圆头’不及‘点点头’[①]，你没有亲友可靠，除了买黑市，还有什么办法。”

李顺大信以为真，从此想办法买黑市材料。哪晓得营业员倒也并无这方面的经验，不懂得黑市交易的复杂，一万块砖头，市价二百一十七元，黑市要卖到四百元左右，而且必须先付钱，过上一年半载才能提货，往往还会碰到骗子手。李顺大已经上过一次当了，钞票当然是不肯轻易出手的。所以，跑了千里路，说了万句话，过了三年也不曾买成。倒还是那个营业员肯帮忙，替他买了一吨官价石灰。那石灰原是分配到蚕室里用的，只为近年来一个劲儿旱改水，许多桑田改莳水稻了，剩下几颗瘌痢毛桑树，还能养几条蚕！也就用不了那么多石灰；倒给营业员钻了空子，李顺大拾着了便宜。为此他想买包好烟请营业员的客，却又买不到。偶然碰见砖瓦厂的原文革主任（已当上厂革委会主任了），想起他从来是吸好烟的，他亏待过自己，现在请他买包烟总肯吧。就老着脸皮上去拉交情。主任倒也爽快，拿了他五角钱，从袋里掏出一包还没有开封的“大前门”。但是，在递给他之前，竟自作主张拆开来拿一支抽了，并且说：“我就这一包，要不是你，我谁也不给。”

李顺大拿了十九支去送给营业员，营业员坚决不收，拗不过面子，才抽了一支。其余十八支，硬是让顺大带回去了。

李顺大回家路上，想到自己今天做了一件从来没有做过的欠妥事情，他竟请了自己的恩人和仇人各一支烟。到吃晚饭的时候他真的发怒了，骂他的儿子没出息，二十五岁了，还吃荫下饭[②]，害他老子在外面受罪。

---

① 圆圆头——印。点点头——私人交情。

② 荫下饭——不出头露面，只做事，不拿主张的意思。

七

闹腾了许多年，李顺大房子没造成，造房的名气倒很大了。精诚所至，金石为开，不仅感动了营业员，而且还感动了上帝。这上帝不是别人，就是他未来的媳妇，名叫新来。新来姑娘住在邻村，早就同李顺大吃荫下饭的儿子小康有串联活动。她倒不在乎房子造了没有，反正看中了人，过了门造屋也行。可是她爹筑坝，怎么说也不肯把女儿嫁到猪舍里去。他以自己的模范事例教导女儿，因为他尽管穷，也想法造了两间屋，才讨了第一房媳妇。他骂李顺大是孱头，是阿木林，不会做事情。可是，想不到老天爷爱开玩笑，喜欢打说满话人的嘴巴。事隔一年，公社里一班打倒了走资派的当权派，为了要把山河重安排，看着一条河像老家伙似的弯着背，很不舒服。硬是动用了几千民工，花了几万个劳动日开出一条笔直的样板河，足以使火星上的高等动物看了，称赞地球人的伟大。新来姑娘家那两间新屋，偏偏就在样板河的河床上（当然也不止两间），只好拆了搬走。公社补贴搬屋费每间一百五十元，拆拆造造，又借了三百元添进去，才勉强重新搭起一间半来。新来爹瘦了两个膘，头发白了七八成。而且还要老来做小，听新来姑娘的教育。新来建议他应该向李顺大伯伯学习，人家就是精明，不盲动，钞票放在枕头边，一个也不少。要造房子，也该看准了形势动手呀！他说不响嘴，只得服输，任凭女儿婚姻自主。

李顺大不但有了儿媳妇，而且也知道儿媳妇在理论上对他的实践作了充分肯定，非常的高兴。因此，在儿子结婚那天晚上，喝了几杯酒，灵机一动，对着亲家公说了两句神来之话，他说："现在是地牌吃天牌，烂污二封王，你的房子造得太急了。天天闹地震，大家宁愿住牛棚，还要房子做什么。我一万块砖头给窑鬼吃在肚里，也比你省心。”……他还想说下去，幸亏老婆警惕性高，为了挽救他，当着新来的面，开口就训他：“灌了点酒就像吃了尿，说话没有关拦，骨头痛的日子忘记了！”这才转话收场，皆大欢喜。

从那时开始，李顺大不再白花心计去买东买西，他挑着糖担，东转一天，西转一天，替国家收废品，赚一点生活费。可是，事情也怪，造房子的人家，还真多着呢。他看了不禁眼馋，往往就要打听打听，这幢那幢是谁家造的，哪里买的材料。得到的答复也真千种百样，细细说来，每一幢屋都能写一本书，但也不惹人看，无非是“大官送上门，小官开后门，老百姓求别人”而已。那些吃尽苦头的人，反而羡慕起李顺大来，说还是他乖巧，不曾钻进这苦胆里头去，不愧为识时务的俊杰。有个熟人竟不忌讳，忿然对他说：“我这一块砖、一片瓦，没一样不是黑市货，造两间屋，用了四间的钱。上梁那天，靠造反起家的大队书记来吃了我一顿，还说我这房子，没有文化大革命，哪能造得出。×他娘，我这房子又不是他那官衔，是用拳头打得来的吗！”

到此为止，李顺大对于建筑学的知识，本来已经登峰造极，叹为观止了。想不到天地渊博，造化无穷，值得大书特书的事情，如长江浊流，滚滚而来，竟无法忍心不看。那鸡零狗碎的事，恕不细说，但值得大书特书的奇迹，放过未免可惜。例如有一个大队，要把全部民房拆了，合并到一个地方去，造一列式的楼房，名曰“新农村”。民房拆下的材料，折价归公，谁要住新房，重新出钱买。李顺大听了，大为振奋，认为“楼上楼下”果然要实现了。耐不住挑着糖担，飞奔去自费参观。

那个地方，李顺大从前也常走过，此番看去，果然大不一样，村村巷巷，都有人家在拆屋，拆了把材料运到公路边头一块大田里，那里正在造第一排楼房。那些拆屋的人家，议论非常热烈，甚至到了激烈的程度，都说盘古开天辟地以来，像这样的事情，从未有过；因此有人流出眼泪来，大概过于兴奋了。有些屋上卸下来的瓦，还沾着窑里的煤灰，分明盖了上去还没有经过雨淋，倒又翻身了。看了这些，李顺大觉得自己二十几年来空喊造屋没有造成，倒是平生做的一件最正确的事情；不过想着拆屋主过去的一番心血，也不禁有点眼酸。他慨叹着一路低头走去，忽听有人喊道："喂，换糖的。"

李顺大抬头一看，见一个老头带着个女孩站在公路旁看造屋。十分面熟，却想不起是谁了。那老头笑道："怎么，不认识了？"

李顺大恍然大悟，忙道："原来是你，老书记。还在劳改吗？"他忽然伤心起来。想不到，几年不见，竟老得认不出了。可见老书记的心境不直落。

老书记笑笑说："劳还在劳，改却未改。你呢，又来搜集希奇歌材料吗？"

"唉唉，老书记，你取笑我。"李顺大难为情地说："这可是'楼上楼下'，搞'新农村'。我到今天才晓得，原来这农村分新旧，就在这房子上。倒不在集体化不集体化。"

老书记轻轻地嘘了口气，说："唉，有话你就说清楚点吧。"

李顺大笑笑说："自然，说给你听听没关系。不过也不能知法犯法。从前我说过楼房不如平房适用的话，已经当反动言论批过了，现在看了这种样子，倒还真有点想法。蛮好的屋，有的还是新的，倒又拆了再造，何必呢？有这个力气，不好把田地种种熟吗！这种事情，阳间里人不敢说，阴间里鬼看了也要盯白眼呢。"

听了这"反动"话，老书记不但不驳斥，反而点了点头，严肃地答道："'何必呢？'你问得对。告诉你吧，有人想把这个当上天梯。你倒也明白，晓得集体化是新农村的根本，可是人家搞起复辟来，公社这个组织形式也是可以利用的。你的眼睛还要睁大些。你看看吧，贫下中农吃了二十多年苦造了点房子，一声拆就得拆，还管群众死活吗。可是公社不仍旧是公社！”

李顺大听了，虽有所悟，也不能完全领会，只得张开嘴巴，睁大眼睛，尊敬地看着这个老人，默默无言。

老人愤怒地哼了一声，也不再说，低头看了看小女孩，指着李顺大说：“叫公公。”

小女孩亲热地叫了一声。李顺大大为感动，连忙敲下一块糖塞在她小手里，称她是最乖最乖的小囡。他今年五十四岁，一个拾破烂的外乡人，还第一次有人叫他公公，这给了他非常有力的鼓舞，竟把别的念头都冲淡了。

从此以后，他同老书记交了朋友。

八

到了一九七七年春节，李顺大带了几块糖去看老书记，才知道老书记重新上了任，又在区里办公了。李顺大喜出望外，把糖给了小囡，吃了小囡妈烧出来的点心，兴冲冲就往区里跑。他觉得如今有了区委书记做朋友，总弄得着造屋材料了。

老朋友一见面，果然十分亲热。可是一提到材料，老书记沉吟不语，打起嗝顿来，弄得顺大心也一颤，觉得不妙。只听老书记慢腾腾地说：“老弟，你的困难，我都知道。从前你唱希奇歌，我十分赞成。现在你我总不能做希奇事了吧。”

李顺大忙说：“老书记，别人不做，我也不做。现在不是还通行吗，为什么唯独你我不做，岂不太吃亏！”

老书记笑笑说：“十一年混乱，积习难改。现在应该拨乱反正了。否则的话，建设国家的计划，就成了空话，别人做，我们是不能做的。全区干部来说，第一应从我改起，群众来说，先从唱希奇歌的人改起，你说合理不合理？”

听了这番话，李顺大心里糖罐醋瓶，一齐打翻，一方面感到书记要同他一起带头整风，不禁自豪；一方面又想到好不容易交了个大官朋友，竟又不能拉私人关系，不禁怅然。他经过文化大革命，也学得很乖了，不愿吃这个亏。想了一下，振振有词道："老书记，你讲的道理我服帖，不过，话说在前头，叫我不做希奇事，一定照办。你可也不能动摇，不要以后碰到交情比我深的，面子比我大的，就帮他开后门，让别人笑我同你白交了一场。那我是要造你的反的。"

老书记哈哈大笑，拿过纸笔，迅速把顺大的话写了下来，说："我念一遍，你听。"他念了，和顺大讲的一字不差，然后说："你拿去请人写在一张纸上，贴在我的办公室里。"

李顺大愕然道："我不，这不是要你的好看！"

老书记说："哪里哪里，这才叫帮了我的大忙，我还真怕有大面子的人来开臭口呢！你贴了这个，就不用我作难了。"

李顺大高高兴兴真的照办了。

到了一九七七年冬天，李顺大家忽然忙碌起来；老书记刘清同志，在那位文革主任出身的砖瓦厂厂长身上做了点工作，让他把李顺大的一万块砖头退赔了，公社革委会也批准了李顺大的申请，同意供应十八根水泥桁条。那位好心的供销社营业员，通知李顺大，现在椽子已经敞开供应了。这一次，李顺大的房屋，会有把握造成了。要运回这么多东西，李顺大一家四口，哪里忙得过来，只得把妹妹、妹婿，儿媳妇的兄弟妯娌都请来帮忙，摇船的摇船，推车的推车，连年老的亲家公也高高兴兴地流了几身汗，大大热闹了一番。

不过，在高兴的时候，也还发生了一点扫兴的事情。运回那一万块砖头，曾经过一些波折。大船停在砖瓦厂，人家不发货，皮笑肉不笑地对他说："你的桁条还没有买，砖头拿回去白堆在那儿没有用，再等等吧。"李顺大同他吵了个脸红耳赤，说桁条已经落实了。那个人却比李顺大更懂李顺大，一口咬定他没有桁条。幸而他的亲家公跑来，凭自己买过砖头的经验，暗地里告诉李顺大什么叫“桁条”。李顺大这才恍然大悟，马上到供销社买了两条最好的香烟送过去，这才皆大欢喜，砖头下船。后来到水泥制品厂运桁条，李顺大再不用别人开口，就散发了一条香烟，免得人家说他还没有买到椽子。

做了这些腐蚀别人的事，李顺大内心惭愧，不敢告诉老书记。但是他的灵魂不得安宁，有时候半夜醒过来，想起这件事，总要骂自己说：“唉、呃，我总该变得好些呀！”

拣珍珠

一

孩子多了，爹娘难做。

李大婶今年五十八岁。十五年前死了丈夫，她一个人拖了三男一女过日子。吃的苦头，抵别人几辈子。现在总算熬过来了，四个孩子都树长树大，成人了。生产队里，算她家劳动力最多，没有一个吃呆饭的。生活自然比从前宽裕多了。

李大婶本就巴望有这么一天。可想不到，孩子大了，做娘更难。这几年来，盘算儿女成家立业的事，头发想白了，心也想空了。粮食分家来，一粒一粒数着吃；钱一领到手，一分一分算着用；鸡生了蛋，一个一个积了卖；真是一个铜钱放在手心里，进出都要掂掂分量翻翻身。如此省吃俭用好几年，才造了三间新房子。还亏得大队妇女主任刘新华帮忙，替她申请到一万块官价青砖，否则还要造亏空。

有了这三间新屋，原来的一间老房子用来堆柴、养家畜，总算像个人家了。李大婶心里宽慰了一点。往后两三年中，装修装修新屋，又先替大儿子国明置一房家具。然后再二儿、三儿，打算一个一个办。

从国明二十五岁那年开始，就有人介绍对象。可是总不成功。女方来看看，回去了，过几天带了信来，不对攀。三年里也有靠十次，鸡蛋点心烧过几十碗，一概无效。打听打听原因，有的说："房子太少，将来三兄弟一分开，一人只有一间。"有的说：

"没有手艺，靠种田吃呆饭，没有活钱进账，过日子苦熬的。"有的说："四个年轻人都挤在家里，一个也进不得工厂，是个呆人家。背后没有靠山，以后有好机会也轮不着他们。横竖是出息不了。"

听了这些话，李大婶想到自己吃了那么大的苦，多不容易才熬成现在这个样子，竟还没有人看得上眼，真是伤心。她的孩子又有什么不好？都是本本分分的庄稼人，老实肯苦，勤快节俭；力气不比人家小，相貌不比人家丑；如今为了找对象，倒连种田也成了罪名了，这还能说什么呢！李大婶从来不肯讲别人的歹话，每次相亲的人回绝以后，她总要呆想一阵，然后对小女儿说："你牢记着，将来找对象，要千拣万拣，拣一个没有手艺，没有靠山的种田汉！争口气！"

好不容易，到了第四个年头，李国明二十八岁快要过去的时候，才和本大队的一个姑娘订了婚。这订婚的手续，在婚姻法上是没有的，大家却习惯要这样做，做了才算定了大局。自由恋爱的方式，自然也因人而异。李国明生性憨厚，不会交际，腼腆得比姑娘还姑娘，从未学会过任何恋爱方式，只得由介绍人撮合。他们见过几次面，谈不多几句话，自由恋爱就完成了。今年国明已经二十九岁，到冬自然要结婚。还有一件喜事，也说好等他结婚时一同办，就是大弟国亮订婚。他也二十七了，以前因为大哥的困难解决不了，他就轮不到。现在大哥有了，他倒也容易起来。对象也在本大队，还是妇女主任刘新华的表妹呢。现在就等那一天到来，一个结婚，一个订婚，双喜临门。李大婶的心，也可以得到慰藉了。

二

今年夏熟是历史上从未有过的高产，前季稻又是丰收，后季稻和单季稻眼看也有把握增产了。李大婶家猪羊满圈、鸡鸭成群，一片兴旺景象。就等喜事一办，添人进口，过欢乐的日子。想不到就在这时候，国明的对象家通过介绍人正式递来一个信息：今年不结婚，明年、后年也不结，过了五年再说。

这一闷棍真把李大婶打昏了，她闷住一肚子气，问国明道："你可曾得罪过人家？"

"娘，"国明委屈地说，"你真要我回答吗？"

李大婶浩叹一声说："我晓得你没用，你不会讨人家欢喜。"

这句听来简简单单的话，却使身强力壮的李国明浑身一震，他激动地说："娘，你怎么说这句话来了？"

李大婶往小凳上一坐，侧转身拉起围腰布角就擦眼泪。

母子两人，都知道这句话的意思太不寻常。从小时候起，有人就嫌国明兄弟三个呆，李大婶说："我的孩子会做事，还会动脑筋把事做好，呆什么？不会花言巧语讨人欢喜就是了。"国明十七岁时，舅舅介绍他去学手艺，说师傅是个好师傅，就是不容易讨他欢喜，要讨得他欢喜了，才学得到本事。李大婶想了三天三夜，最后回绝说："不去了，在家种田吧。国明不会讨人欢喜。我也不要他学会讨人欢喜那一套。"二十五岁以后，因为找对象困难，舅舅又劝李大婶说："姐姐，四个孩子都待在家里，会被人家看不起的；我看，想天法也要弄一个到厂里去，社办厂也好，大队厂也好。"

"想什么天法呢？"

舅舅叹了一口气，无可奈何地说："托人找干部说说情，请请客，送点礼。"

李大婶又想了三天三夜，最后又拒绝了。

"老弟弟呀！"李大婶叹口气说，"阿姐是个呆人，做不来那种灵巧事情。"

舅舅摇摇头说："不做算了，你也别骂我。"

李大婶笑道:“这又不是你要的。我说的也是实在话。我的孩子都身强力壮,经得起太阳晒,耐得住雨水淋,农业就农业吧,苦点也无啥。你姐姐若怕吃苦,早就嫁了人,把孩子丢下了。孩子们也晓得,就只为能吃苦,才有现在这个家。人家看不起由他去,我不相信这个理。”

舅舅同意说:“我也是没法。你的话铁对。我也不想劝你,算了。”

李大婶接着说:“说情、请客、送礼我不会,也想不出今朝怎会有这种事。我要做出来了,我还有什么面孔去见人?有什么面孔见那个吃了受了的干部,那个干部又有什么面孔再见我?不都是锅屑灰涂了心了!”

……

孩子们从小到大,李大婶说过多少遍这样的话:“我们是清清爽爽的人家,直着良心过日子,不想讨便宜;吃亏只要在理,沾光我们不要。宁可苦煞,不要低三下四;宁可呆煞,不学油腔滑调。要立得端,坐得正,人家欢喜我们,我们高兴;人家不欢喜我们,也勉强不来。横竖欢喜不是讨得来的。讨得来的欢喜我们也不要,也欢喜不起来。”

这些话,给儿女们的印象是很深的。现在,李大婶竟然说出了如此反常的话,李国明懂得母亲心里痛苦到了什么程度。

“娘,”国明坚决地说,“我去问问。”

“问什么?”

“说定了的事,怎么能做俏?”

李大婶又想了三天三夜,然后对国明说:“你不要去了,人家不是说的真心话。”

“怎的?”

“变了心了,是要退亲。”

“要退就直说。”

“直说，对，绝情就绝在他们不直说。所以我不要你去。你二十九岁了，还能等五年吗？你等不及你就会直说，‘退吧。’他们巴你这句话，你一说，他们就没有责任，订婚的费用就不吐出来了。”

国明听了，愤愤地说：“我就等她五年。”

“你做得到吗？”

“我做得到。”国明下决心说。

“她变了心，你等她有什么意思呢？就是等着了，结婚以后也不安生啊！”

国明爽脆地说：“现在只有等。娘，等五年不难。”

“等——娘也赞成。”李大婶想了想，“倒不是赌气，我们要对他们说直话，说真话，我们就说：‘好的，等五年。等五年好，看得出真心；等五年好，等得到真情；能等过五年，才有美满姻缘。’孩子，你看娘说的可真？”

国明想了三天三夜，说：“娘说的真，如果她变心，就等不到五年；她能等五年，心又变过来了，这就应该等。”

话就这样请介绍人传过去。免得当面伤了和气。

接下来秋忙开始，大家没有空，事情就搁着。李大婶想，这头事只好放下来，过了忙，先替二儿国亮订婚。

想不到事情传开去，起了连锁反应。国亮的对象家听说了，也犹豫起来，提出慢点订婚，他们还要了解了解呢。这么一来，两桩喜事一件也办不成。

三

过了几天，在队里协助工作的大队妇女主任刘新华，从群众嘴里听到了这件事。一开始，她很有点不相信，因为自己天天同国明、国亮接触，从未发觉他们有什么心事。她对这两兄弟一向很接近，很看重，觉得他们单纯、正直、肯苦，劳动认真，不爱讲话，爱踏踏实实做事；对他们越了解，就越感到他们贴心。而他们也了解她看重他们，对她有亲切之感。这亲切之感也反映得极不明显，但却非常细腻。比如，他们匆匆忙忙走路，看见她来了，就先停下来，站在路边，朝她笑笑，让她走过了，自己才走。如果是同路，他们走近她时，就放慢脚步，同她一道走过一段，讲很少几句平常的话，然后讲明有事，要先走了，于是才快步走去。有时队长布置了工作，有遗漏，他们就会走近她，说了遗漏的事。她到他们家去玩，他们殷勤地马上端凳，让她同母亲交谈，他们站在旁边陪着，就像她和母亲是平辈，而他们则是小孩子。这一切，都使刘新华觉得他们的心和自己是融在一起的。现在，他们有了为难，竟瞒住她不讲。他们可能怕羞，可李大婶也不讲，她真有点不惬意。她是妇女主任，本大队姑娘的思想问题，有责任做些工作。特别是国亮的对象，又是自己的姨表妹，总能起点作用吧。她焦心地到禾场上去找李大婶，把她拉到一边，问她可是真的。

李大婶点点头说："姑娘，不瞒你，是真的。"

"大婶，你怎么连我也不告诉？"

李大婶说："你那么忙，我私人的事，舍不得再操你的心。"

"大婶，你真是……你的心真好。"新华感动地说。

李大婶爱怜地瞅着她说："我也不是不想告诉你，想想你自己还是个姑娘啊……"

"我是妇女主任呢，我管得着。"新华说，"你打算怎样呢？"

李大婶把自己的做法讲给她听，她听了又激动，又钦佩。说："大婶，你做得对，真有见识。"

李大婶说："我没有别的办法就是了。你的表妹要再了解了解，我看也挺好，了解透了再办事，省得疑三惑四。"

"我姨父、母，表妹都有点糊涂。以前我也给他们讲过，现在又受影响了。你放心，我再去讲。”

“姑娘，”李大婶心头一热，变了声音说：“你真热心。”

当天晚上，刘新华闪着手电，到姨母家去了。她姨母一见她来，手一拍：“正想你，你就来了。你不来，你妹妹也打算找你去。”

刘新华往凳上一坐，故意大剌剌地说：“大忙时光，找我做什么？”

表妹嘴一尖，嘘了一声说：“乖乖，看你这干部派头。”

“派头就派头，”新华神气地说：“招来，找我什么事？”

姨母笑笑说：“阿华，你看你妹妹的婚事订还是不订？”

“哦——”新华拉长了声音说，“姨母，你问错人了，你该问妹妹，我又不能包办。”

表妹瞪了她一眼，说：“神气点啥，你在他们队里，晓得的多，才问问你，不说就拉倒。”

“拉倒？说得容易，人家看中了你呢。”

“哑！”

“看看也还好，”姨母吞吞吐吐地说，“为什么他哥哥的对象订了婚又要歇呢？”

“知人知面不知心！”新华干脆地说。

“你也这么讲，那就再看看吧。”姨母望着女儿说，似乎证实了她们的疑惑。

新华谁也不看，认真地说：“再看也没有用。”

“为什么？”姨母惊讶地问。

“人心不容易看透啊，姨母，你看我看了二十七年了，你可曾看清我的心？”

“你的心？”姨母不懂了。

“是嘛，你如果看透了，为什么不相信我？”

“不相信你？”

“我早就把国亮的情形对你们说过了，现在倒又来问我，这还算相信我吗？我不讲了，不关我事，我也不是介绍人，你们肯不肯，随便，如果不肯，要我另外介绍一个，我倒肯的。”

“有吗？”

“有，多着呢。先说一个，昨天生的，姨母快去领家来，养在身边，看着他长大，你就放心了！”她咯咯笑着，惹得表妹扑过去捶她的背，她连连咳呛着说：“不说了，不说了，现在谈正经的。”她静了一静，一本正经说：“要我做介绍人，我还是介绍国亮。”

姨母半笑半恼地瞅着她说：“丫头，看你这嘴巴。”

“我嘴巴长得丑，话总不是假的。”新华说。接着，就把李大婶一家的情况，国明国亮的为人认真地讲了一遍。最后归结道：“正经厚道的人家，真心实意的好人，身强力壮的小伙子，埋头实干的肯苦人，一世不会走邪路，这样的人你们看不中，还到哪里去找？别当人家话少是呆子，心是块金子呢，队长忘记的事，总是他兄弟俩想得起。对队里的事都这样关心，对爱人会不体贴吗？你们不要瞎想了，国明的对象抱什么态度不关你们事，各人自有各人心，我知道姨母、妹妹都是实心实意的人，我看找到这样的对象好透好透。”

一席话，把表妹的脸孔说得红扑扑，眼睛水汪汪，似乎国亮朝她走来了，胸口热腾腾，又惊又喜又害羞。刘新华把手一拍，笑道：“姨母，你就准备请女婿吧！”

姨母被说得眉开眼笑，像吃了挂粉汤团一样。她压低了声音，凑近新华说：“告诉你吧，他家老大国明的对象变了心。和一个工人要好几个月了，来来往往才热呢。”

“真的吗？”新华吃了一惊。

“真的。我这才疑三惑四，觉得人家订了婚都变，我们何不也等一等，如果能找个工人对象的话……”

“现在呢？”

"不了,不了,我听你的话。我也横想竖想,我们农村里的人,还是配农村里的人妥当,家里家外互助互帮,做起事来有个商量,天天在一起,心也热些,情也重些。你看你姨夫,神气呢,技术员啦,一星期回来一趟,叫他帮着做点事要等他线条条圆圈圈画完了才答应,否则就不理你。你问他画什么,他说:'你又不懂,横竖机器咧!'我也插不上嘴。我嫁过来二十六年了,进进出出的担子,家里田间的生活,不管有力气没力气,做得动做不动,一个人吃煞苦头。想想倒真不如嫁个种田的好。"

新华听姨母诉说完了,不禁叹了一口气,沉重说道:"姨母,你自己都是过来人了。可是一看见别人找工人对象,还动心。怪不得许多人都这么想!找工人也可以,不过种田人看不起种田人,把自己看成下贱的,这叫什么话呢?'四人帮'倒台了,农村也算穷到底了,不会再穷下去了,眼看会渐渐好起来的,眼皮何必那样薄呢!"

说着这些,大家不禁闷瞀怏悒,停了一会,表妹突然说:"你别怪旁人,你自己责任很大。"

新华点点头说:"我不推,工作是没有做好。"

表妹盯住说:"你说你哪一点最没有做好?"

"哪点?"新华警惕起来。

"你二十七岁了,比我大两岁呢,姐夫在哪里?"

"这关你什么事?"

"大家都看着你呢,你条件有多高?"

"我几时提条件来?"

"给你介绍公社里的那个干部,你还不肯,那个姓王的三级工呢,你又不答应。人家说,你的眼皮高着哩!"

新华吓了一跳,生气道:"你听谁嚼的舌头?"

"不是吗,不是你就不要气。"表妹和缓地说。接下去却逼得厉害了:"你要真不是,你就找个农民对象!你多大了?为什么不找对象？你就怕找的对象不是农民，被人家笑你有嘴说别人，没嘴说自己？”

表妹的话，使新华又激动又冤屈，正要开口，姨母连忙骂女儿道：“死丫头，你看你姐姐，你能比她吗？她是党员，又是干部，文化高，见识多，能力强，人都比你生得俊十分，条件比你好多了，找个好些的对象不应该吗？为什么硬要农民呢？”

姨母这番真心实意的赞美话，把刘新华急得气也不是，恨也不是，急得眼眶都湿了，激昂地说：“你们都冤枉人，你们不相信我，你们以后看吧！”

姨母一看外甥女撒娇了，慌忙跑过去替她揩眼泪，哄孩子似的哄道：“别哭别哭，你妹妹不好，姨妈帮你。”惹得新华扑哧笑起来。她一笑姨母也笑了。她不觉得自己的行为好笑，倒觉得这些大姑娘还像小孩子脾气一样可笑。

夜里，表姐妹俩睡在一个枕头上，面对面，心贴心，借着暗空遮羞说了一阵大胆又大胆的知心话。

最后，表妹问：“姐姐，他真有你说的那么好吗？”

“当然。”新华说：“你要不信，就早点过去，生活在一起了，包你就信。”

“你知道我说的谁？”

“不是国亮吗？”

“说他做什么，我是说国明。”

“国明关你什么事？”

表妹对着新华的耳朵说：“他的对象已经有了人了，凿定要断的。”

“想想真惹气。”表姐叹息说。

“还是断了好，变心人，不希奇。”表妹不屑说。

“还好呢！国明二十九了，再要重找对象，多难。”表姐激情地说。

“他人好，总有人喜欢他。”

“总有吧。”

“姐姐你喜欢他吗？”

“……”

“他如果真像你说的那么好，为什么你不……”

“不什么？”

“不和他好。”

“死丫头！”

“我们姐妹俩进一个门……”

“嚼舌头！”

“我做介绍人……”

“促狭鬼！”

“我跟国亮说……”

被子扇出风来了，表姐捶表妹，捶一下骂一声：“你、你、你……”

表妹咯咯地笑着，硬是说：“我就要、我就要、我就要……”

……

四

带电的云，也只有到了一定的时候，才射亮耀眼的火花和发出隆隆的巨响。表妹哪里知道她的这几句话，竟像惊动大地的鸣雷震醒了表姐。

李国明活动在刘新华的身边好几年了。她看重他，关心他，喜欢他，却从来没有把他的婚姻大事同自己联系起来。这并非是新华看不起农民，而是因为在农村像国明这样的好青年很多很多，但是究竟谁将是新华的终身伴侣，却必须有特殊的原因去触发。刘新华出生在农村，从小就在泥地里打滚长大，她觉得在农村里过一辈子是很自然的。她能有的一切经验都是农村的经验；她学到的一切知识只有对农村有用的知识记得最牢；她在农村就像鱼在水里，离开农村就上岸干枯了。自从入了党又担任了大队妇女主任，她就认定自己将来找的对象只可能在农村里。奇怪的是，几年来关心她的人替她介绍的对象没有一个是农民，而周围成群的小伙子也没有一个敢大胆向她献殷勤，似乎都把她看得高不可攀了。特别是她拒绝了那个公社干部求婚以后（因为她很了解那个人），小伙子们在她面前连玩笑都不敢开了。这就是她的尴尬处境，也是她在姨母、表妹面前高喊“你们都冤枉人”的缘由。她年岁不小了，能不考虑吗？她分明看见农村里到处都有珍珠般闪闪发光的小伙子，可是他们尽蹲在那里光闪闪、光闪闪，一动也不动。即使新华敢于大胆去拣的话，她去拣哪一颗呢？总该有一点特殊原因啊！现在，表妹的话正是起了这样的作用。在这以前，李国明只是散满大地的珍珠群里的一颗，不过偶然落在她的身边罢了，没有特别的地方。他订了婚不发生变故的话，可能性也排除了。偏偏又发生了变化，偏偏又在这时候有人点出来叫新华注意这一颗。新华这才发觉，原来她要拣的正是这一颗。因为这一颗靠得她最近，她看得最真切。她到这个队里工作了几年，好像早就注定要和他靠得这么近，一切都并非偶然。

事情一点穿，它就会引着往深处想、远处想、细处想……许多过去并无特别感情色彩的事情，现在却涌上刘新华的心头使她钟情起来。她想起第一次真正认识李国明是在一次拖拉机事故中。拖拉机手从城里开车回队，她就坐在车上。到村头急转弯时，车子开得太快，弯不上正道，朝路边一棵大树上撞去。这时李国明刚巧挑了一担稻草去加工厂轧饲料走近树边，他没有回避，竟闪电般抢过去把一担稻草搁在拖拉机和大树中间，就在同一瞬间，拖拉机猛地顶着稻草撞住了大树。就靠稻草的缓冲,人没有受伤,机头也没有撞坏。当时刘新华为李国明的险境吓得忘记了自己的危险,接着她就看到国明摔倒在树后麦田里,她曾经是那么激动地跳下来去扶起他,高兴地看到他没有受伤而爱怜地替他扑掉身上的灰尘。她又想起前年戽水捉鱼的情景。水戽掉一大半,抽水管子够不到水了,需要下河去挖一条二丈多长,一尺多深的水沟让水流过来。当时气温是零下七度,河里敲碎的冰块寸把厚,碰得铿铿响,大家有点犹豫。有人说:"队里破费点,搞斤烧酒吃了下去吧。"这时候国明来了,顿都没顿一顿,脱掉鞋子踏着吱吱的冻烂泥下去了……惹得新华当天晚上曾去他家问他冻坏没有。有一件小事想起来特别亲切,那就是国明编了送她穿的一双芦花靴;那么精致,那么轻巧,那么合脚,那么温暖,市场上是买不到的。她穿着这双芦花靴过了两个冬天,在许多严寒的夜里,她穿着坐在那儿半夜半夜开会,双脚总是暖烘烘地十分惬意。直到现在,它还好好地放在自己的床底下呢……再想下去,新华甚至记得,在国明订婚的时候,她心头确实闪过怅惘的情绪,似乎她丢失了一颗珍珠。

而现在,如果别人确实要把这颗珍珠当作沙子丢下,那么她——拣不拣呢?

到下一天,她跑到李家去告诉他们她表妹的事不成问题。一进门,她的心异样地跳了,脸烘烘地热了,她努力镇静着和国明讲话却发觉声音变了样。她硬劲要像平常一样看着国明却老是垂下眼皮。她的心告诉她,别提"拣不拣"的问题骗自己了,她也和不成问题的表妹一样不成问题。

表妹传递的消息是确实的,那个姑娘确实投到别人的怀抱里去了。"等五年"是她提出来吓人的,想不到反而吓坏了自己。秋忙一过,介绍人来了,这一次做得算漂亮,说了直话要退亲。一口答应退赔订婚费用。只有一句话在时间上移动了,说是在订婚之前，姑娘和那个工人本来就有意思，当时没有成功，后来那个工人倒还是要她的。

李大婶一家本就估计到这是一个最可能出现的结局，听介绍人这么一说，国明就毫不作难地答应了。可是李大婶却愣了好久，才叹了口气，慢慢地说："哎呀，这姑娘忒自轻自贱哪，叫人觉得可怜呢。"

事情爽快地结束了。但国明的婚事却要从头开始。李大婶舐犊情深，一颗正直的心，被弄得芒刺在背，日夜不安。但尽管局天踳地，她也要竖起脊梁啊！她一万年也想不到，从这时开始，天上竟有一颗明珠盯着她的屋面，要找一个瓦缝的空隙落进她家来。生活啊，你撩拨人们的感情竟如此瑰异。你应该原谅李大婶年老了，事前要给一点预示，以免到时候她高兴得发晕呀！

五

刘新华早就明白，她选择那个"拣不拣"的"拣"字是完全确切的。她如果不拣，那颗珍珠永远也不会进入她的怀抱，但到了真要拣的时候，伸出手去倒又有点困难。她究竟是个姑娘，也还没有谈过恋爱，这主动仗该怎么打呢！况且这个人也真有点呆，给他点话风还不会懂呢。倒不如就让表妹出面吧！可是，大队妇女主任自己看中了对象还要请介绍人，表妹不笑歪嘴巴才怪。还是自个儿找机会吧！

天天见面，天天在一起，好像天天有机会，可是那个人心里没有这回事，根本没想到要同她单独待一会。聚人的时候他也在，别人一散他也走了。新华也没有空处处留心他，一拖就过了月余，心思还是隔着肚皮。

终于有一天，生活瞒住了他们，悄悄地安排了一个合适的机会。

那是一个漆黑的夜晚，大家都到邻村去看电影。农村里的电影，要么不放，要放就是大半夜，连放两三部。刘新华看完一部，第二部是看过两遍的，不想看了。想起白天在五保户沈大妈家看到她几担稻子还没有轧米，这一阵白天停电，只有夜里能轧，便走回去代她轧米。她挑了一担去加工厂，排队等着。不久，看见李国明也挑着一担来了。他似乎兴致很高，没等新华招呼，就开口说："沈大妈轧米的事，我包的，你倒来抢了。"

新华很高兴，甜甜地瞧着他说："我不抢，挑回去再让你挑来吧。"心里却想，"怎么又想到一块去了。"

国明不理会她的俏皮话，忙说："不要不要，你就在这里看着，我去把剩下的都挑来。"说着就走，回去又挑来了两担。

这时轮到他们轧了，两个人忙乱了一阵。等到轧好，国明说："你在这里看着，我一个人慢慢挑吧。"

新华不让，说："一共四担，两个人挑，两趟就完了。"挑了一担就走。

一担挑到家，回转来是空身。新华原想可以慢慢地把心思透露给他。谁知道他只想赶路，跑得飞快，急匆匆也提不起那个话头。第二担挑到半路，新华想，今天再不说明，以后难得碰到这种好机会了。她下了决心，把担子往地上一歇说："挑不动了，休息一会。"她总以为国明也会卸下担子等她，结果又想错了。他没有停，说："你别挑了，我挑了回去再来接你。"噔噔噔跑得更快。

"好吧，你来接吧！"刘新华气苦了，心里说："你比梁山伯还呆，用祝英台的办法对付不了你，真叫人……"

二十分钟不到，李国明飞来了，一到就说："我来挑。"

新华坐在米袋上不理他，也不起身。

"你让我挑好了，我挑得动。"国明劝慰说。

新华嗤的一笑，说："你挑得动，我倒累得站不起来了，你就连我挑着回去吧。"

"那就把两个米袋叠在一头，腾出一头让你坐在络索里。两头就差不多重，我挑得动。"说着，他真要叠米袋了。

新华坐在米袋上不起来，她惹气地顿一顿，有气没力地说："坐络索不难受吗，你就驮我吧。"这话说出口，连声音也羞涩。

李国明完全不理会，却惊讶地说："你不舒服还挑什么担？为什么不早说？赤脚医生不是也在轧米吗，我去喊他来给你看。"说着拔脚要走。

到了这个地步，新华晓得自己的嘴巴是白生的了。她猛地站起来，喊住道："不要你去叫。"

国明停下来，诧异道："又不远，几步路嘛！"

新华把扁担拎起来说："你走吧，我挑得动。"

国明一怔，听出她恼了，连忙说："不让叫医生随你，担子你不能挑，我来。"他拉住扁担不放。

刘新华看他这种呆法恨得去夺扁担，两个人争来夺去，国明往回拉扁担的时候，大概用力过猛吧，新华跌进了国明怀里。

"哎，哎……"国明轻声叫着，以为新华真跌了，想扶她起来。可是那个热烘烘的身体似乎生气地一扭，紧贴住他，扶不直了。

只有到了这个时候，李国明才猛醒过来，心里的火花闪亮了。一霎间，他想到许多事情。这几年来，除了母亲以外，这个姑娘是他接触最多，交谈最多，了解最透，心里最敬重、最亲爱的人。他绕开她去找对象是一件心酸事，他做梦也想不到她会爱他，甚至做梦也不敢想自己能爱她，他的心啪啪地腾跳起来，涌出两行热泪。他真是对不起她，要委屈她这样做。扁担不知什么时候掉到了地上，他合拢了双手，轻轻地、轻轻地拥抱了她。

婚事很快就办了，没有条件，也不曾订婚，表姐妹俩同一天双双进了李家门。

许多人直到看见了事实才相信是真的。群众的议论分成了两派，一派说："真正好。"另一派说："没想到。"

这反应是很有意思的。每一个人都有自己的生活，每一种生活里都会有"真正好"却"没想到"的事情。那就认真去想它吧！

我的两位邻居

落笔写我的两个邻居，很觉为难；总说远亲不如近邻，一个人和邻居的关系，实在忽视不得。相处得好，是很舒服的，倘若见面就碍眼，那就尴尬了。比如，清早起来，都是差不多时候去上班，往往你刚走出大门，他也正跨过门槛，如果相好，便会微微一笑，一个说“你早”，一个说“你好”，大家快乐，带来整天高兴，工作累些也不觉得，那效果赛过一碗参汤；如果相恶，就糟了，本来是吃完早点，和亲爱的孩子妈贴了贴脸，鼻子上沾满了香味儿，被柔情蜜意陶醉着，满面春风跨出门来的，扑面碰着邻居，蓦地便如在冰天里宿了一夜，一脸霜花，一个向东别头颅，一个朝西扭脖颈，一件件陈账宿怨涌上心头，十亿八千万个细胞都像生错了位置，浑身没一块地方舒服，精神受挫，身体受损，一年三百六十天，难得一天不是如此，谁能受得了？何况过了今年还有明年呢。

所以，我历来主张，同邻居应该和睦友好。我像汽车驾驶员一样，坚决遵守“宁等三分，不抢一秒”的交通规则，至今从未发生过“撞车”事件。有朝一日，居民委员会想到要评选睦邻模范，我是大有希望的。但是，这次写小说，我异想天开，要把两个邻居写出来，真担心会出点纰漏。从来写小说，总要有褒贬；一褒一贬，会引出一喜一怒，一爱一恨，三家人家，闹出两派；尽管我笃定是在多数派一边，心里也不受用，万一以后吵出事来，我就有“拉一家，打一家”的嫌疑。倒不如各各表扬一番，落个皆大欢喜。可是这也很难，古来论功行赏，也不曾有几回做得公平，哪能就没有意见了！说了东邻十分好，西邻好到九分半，那半分也能掀起风波。自然，全批满分也可以，不过小说写成那样，便如一九七八年的奖金了。世界上的事情，难煞过多少皇帝，我一个握笔杆的，焉能做到八面玲珑！拍马吗，也不容易，一拍沾上一身屁臭，自己固可以假装闻不见，或者闻惯了不在乎，但在人群里就难混了。有风的时候还好，只有下风头的人闻着了骂，一旦风停，四面八方就都会骂过来，岂不成了过街老鼠！所以此路也是不通的。怎么办呢？我不禁又想起从前的皇帝来，他们到了没有办法的时候，索性面孔一板，各打五百个屁股，不怕你不伏地谢恩，三呼万岁。这是我能做得的吗？

千难万难，真是写邻居最难，左思右想，还是三十六着，不写为上着。因此，两年多来，一直未敢动笔。

最近，我的东邻方铁正同志不幸病故，哀伤之余，我的心又萌动起来，为了纪念他，忍不住不写了。但这种情绪，必然会使我过誉老方而疏慢西邻的刘长春同志。老刘呀，这可要请你原谅了。人类的感情总倾向于怀念死者的好处，一个人的缺点随着死的到来会被宽恕，一个追悼会上总免不了看到同死者生前相恶的人，由此可知死对人们感情的变化起着多么伟大的作用！而你和我，确实是老方的好朋友，我们同过患难，经常互相帮助，都为友谊建树过功勋。为了他的过世，我们至今还沉浸在悲痛之中，即使我们发生了不愉快，我们也有充分谅解的基础。这次老方同我们永别，我们已清楚地看到了死神把手伸进我们里边来了，我们不能不想到自己也总有那么一天。如果我今天对你的称赞，比老方逊色，便觉得不乐；那么，我郑重保证，只要我能死在你后头，我一定有机会像称赞老方一样称赞你的。如果倒过来，要劳驾你参加追悼我的会，那也幸甚，像我上面说的那样，你也只会叨念我的好处了。我充分理解我们都能够顾全大局，所以我毫无后顾之忧。

一

我和我的邻人——东邻的方铁正和西邻的刘长春，在文化大革命期间，身体都搞垮了。那原因无非是挨了些无情棍，受了些窝囊气。现在也不必再多说。“四人帮”粉碎以后，各种冤案、假案、错案，逐步清理，平反昭雪，活着的恢复名誉，重新走上工作岗位；死了的也不亏待，都开追悼会。报纸上不断登载这一类消息，在社会上的反响非常热烈。老百姓受“唯送死，可以当大事”的影响极深，对忠臣的被害，虽然愤愤不平，但现在看到了大出殡，满足于死后的荣耀，心中也就释然了。对于追悼会上，偶然夹杂个对死者实有罪责的人，有时也会引起一番议论，但都宽宏大量，并不学“四人帮”的样子，把他拎出来；认为他既然能在死者灵前同大家一起默哀，也是一种追悔的表现。当然，有人也谈到这可能是装腔，而装腔是牵涉到究竟算“光明正大”还是“阴谋诡计”这个原则的，未免放不下心，或有余气，或有余悸；既而想到一个人终于不得不煞住气焰，装出“腔”来，又何妨看他今后如何把戏演下去，暂不计较也罢。人民总是乐观的，对前途充满信心，自古以来，坏人从来就有，一旦绝种，生活就显得单调了；鳄鱼、老虎，现在都要重点保护；最杰出的医生，在癌细胞面前束手无策；最平庸的生物学家，却高喊禁止破坏生态自然，你看这世界有多矛盾！坏人能够存在，是因为有好人可以欺侮；好人能够存在，是因为终于能不让坏人得势。你看，生活不就是这样吗。

我们三个人，都关心这种带有运动势头的追悼会。有时一起闲聊，痛骂一顿“四人帮”之后，便往往你看看我，我看看你，要讲一点心酸的话，开几句苦楚的玩笑。有一次，刘长春长叹一声说：“唉，十年文化大革命，想做的事情不曾能做，现在老啰，好时光错过啰，身体垮成这个样子，你们要替我开追悼会啰！”

我看着他红润的脸色，已经发胖的身体，比三年前年轻了十岁，正在返老还童，心里十分羡慕，嘴里却说：“老刘，我们三人中，论年纪是你最大，按理你应该先死。你的儿女都成人了，自己也当过几年(区房管所)主任，虽然文化大革命中丢了官，倒证明你同林彪、‘四人帮’没瓜葛，落得一身清白。无论从哪方面说，都不算虚度一生，人固难免一死，你我谁能破例，细想起来，的确还是你先死为顺。”

我说罢，自己先笑。方铁正睁大着近视眼，在镜片后盯着我，那苍白清瘦的脸，正儿八经，先张开嘴巴“哧”地一笑，然后又骂我说：“扯淡。”便抿紧了尖瘦的嘴，不再理睬。老刘听罢，皱起眉头，半闭着眼睛瞅住我，半恼半笑地说：“你看你，我一说死，你就巴我第一个，尽念咒语，再没一句好话。”说罢，抚了抚脸，挺了挺胸，还做了个扩胸的动作，好像听到了晦气话，要为自己壮胆似的。

我笑得更甜了，连忙分辩说：“哪里哪里，原是你自己不好，要我们参加你的追悼会，你不先死，这会我能有份吗？我倒希望走在你们两位前头，免得为老朋友伤心掉泪。”

于是，老刘也跟着我笑了。但这笑，就像敲错了琴键一样，随即戛然止住。因为我们都看到老方没有笑，他噘着嘴，一脸不屑的神气，分明在骂我们言不由衷。因为他明明知道我们最担心的是他的身体，他是最可能走在我们前头的。他看出我们故意回避不说，就生气了。好像我们要瞒着他把状元抢走似的。

这无声的责备，逼得我和老刘互相使了个眼色，一时沉默了，后悔不该开这种霉气的玩笑。起初，我们倒并非有意，后来确实是存心不说他的。现在被他看穿，真觉得亏待了他，有点过意不去；好像只有赞成他第一个升天，才对得起他似的。

要在这种窘境中解脱出来，我是个低能儿，我竟说："好，好，不说了，不说了。"这分明是废话，本来就已经不再说了嘛！这更是蠢话，难道"不说"还要发表声明吗！

老刘毕竟当过主任，会做思想工作，他倒似乎认为我的话揭开了盖子，便抓住战机，直截了当摊牌了。他板着脸，又正经、又严肃地说："老方，你确实应该当心，你看你的身体，一天天坏下去，叫你吃药不吃，叫你休息不休息，叫你锻炼不锻炼，一天到晚还在狗一样叫，猫一样跳，你究竟还想不想活下去？这话我跟你说过多少遍了，你不听，你要做顽固派；再不改，你的命就要顽固掉了，有好处吗，唔？"

这些话，听来狠得过分了，但却明显地是为了一个同志的生命担忧，狠得越过分，就是越关心的表示。我自愧不如，我不能这样做；我也很感动，我承认老刘对老方的感情确实胜我一筹。于是我连忙说："是啊，老方，大家都很关心你啊（我不敢说'我很关心你'，真惭愧），你的身体，是要赶快修理修理，留得青山在，不怕没柴烧，只要活着，还怕没有事情干吗！何必急得那样子，像来不及了似的，白天忙了不算，还磨夜呢。"说到这里，老方好像不耐烦了，简单明白地插话道："我睡不着。"

我不甘心地说："睡不着，就吃点安眠药，总不能任它去，一个人有多少精神呢……"我还想说下去，忽然被老方睁大的眼睛盯得有点吃不消，好像他在责问我："你刚才声明'不说了'，还啰唆什么？"我连忙闭上了嘴。

这时候，老方才把眼睛望着别处，毫无表情地说："我只想再活五年。"

"五年？"老刘大声说，甚至站了起来："你这个聪明人，给什么迷住了心窍？你今年几岁了？四十六，比我小八岁，难道连我这点年纪都不想活？孩子还小，老婆还年轻，你能死了吗？”老刘说着，忽然愤怒起来：“‘四人帮’要整死我们，我们都挺过来了，那时候，我们就是不死，要活着看到他们垮台，这不是，他们垮了。告诉你一件真人真事，省委书记老周被关起来的时候，‘四人帮’想害死他，又不敢下手，他们一面装腔作势，告诫他不许自杀，一面却在关押他的房里放了绳子、小刀、安眠药、敌敌畏……诱他上钩。可老周哪，就不上当。你想想，你还能……”说到这里，老刘忽然像想起一件大事似的，连忙看了看表，说：“总是为了你，又过了五分钟了。”说罢转身就走，还连连回头说：“你想想，你舍得，我还舍不得你呢。”

我也看了看表，二十一点过五分，唔，不错，老刘上床的时间是二十一点，真超过五分了，这是难得的。三四年来，老刘定了个作息时间表，执行得极严格，他的身体明显地健康起来。唉，假使老方也能像他那样，何至于叫人担忧呢！

老刘走了，我又不敢再讲话，沉默了片刻，老方站了起来，一面走，一面咕噜道：“我只想活五年。”

他一点也没有听我们的劝告。

二

我想着这两位邻居，当天夜里竟失眠了。

这两个人，都是犟脾气，从来不听劝。各人还自以为是，要求对方听话，真是怪极了。更奇怪的是，他们不但不抱成见，反而很合得来似的，一向互相关心，互相照顾。为了老方的健康，老刘一再劝他像自己一样，有计划地进行持久的体育锻炼，要他早晨起来跑步，下午打太极拳，晚上做气功，并且把买来的有关资料送给老方。老方不听。老刘不灰心，有一次请便人从吉林买到一斤人参，他按原价让半斤给老方，老方不要，他就送了两支。到下一年过了梅雨天，竟发现都霉烂掉了。他把老方狠狠地骂了一顿，声明从此不管他了。可是，有一次老方病重，一时住不进医院，他却千方百计走后门让他住进去，而老方却待不住，治疗得稍有好转就出院。老方呢，一贯主张老刘在落实了政策以后应该去上班，老刘至今不去，他说："这算落实的什么政策，我本来是第一把手，被'四人帮'坑害了这些年，反倒叫我去当第二把手，我咽不下这口气。"老方就说："第一也好，第二也好，不都是为人民服务吗？"老刘大笑道："你们知识分子就是呆，也难怪，没有当过头头，不懂。第一和第二，相差十万八千里呢。"老方不赞成说："你是受过'四人帮'害的人，竟也会沾上'权迷'的习气。"老刘不满道："不是我去夺人家的权，是我的权被别人夺了，不还给我，我就不上班，我是受害者，现在降职使用，倒像是犯了错误，这不是颠倒了吗！"老方也不满说："就算你有理，人民总没有亏待你，不做事，白吃人民的，总说不过去。"老刘一挥手说："算了，你是个迂夫子，同人民的账，也不是一天两天结算的，死下来总算吧。我身体不好，现在就锻炼锻炼，这不是为了将来更好地为人民服务吗。"讲来讲去，就是这样。老刘不但不去上班，反过来倒要老方代他起草递给组织上的报告，老方也居然会答应，两个人常在一起，细谈情况，斟字酌句，花掉不少时间。这种报告前后打过几次，老方白天没有空，都是熬夜写出来的。更动人的是老刘的儿子，功课本来极差，七七年高考低于分数线很多，后来跟着老方补习，七八年竟考取了大学。现在，老刘的女儿，又几乎每天晚上都拿了课本上老方家去，老方也从不厌烦。我在旁边看了，着实感动，又觉得老方耗费的精力太多，实在有点替老刘说不过去；也难怪老刘会对老方如此情重。说到根上，总是既然住在一起，不会没有这些往来，也说不上谁沾了光，谁吃了亏，反正是为大家好。

都值得称赞。

但是，老刘毕竟是很会照顾自己的人，不仅用不着我担心，倒是更值得我羡慕。我的身体，本来比他强，由于他坚持体育锻炼，我竟不如他了。确实，我们是很聪明的，终于找到了延年益寿的最好办法。参加体育锻炼的人越来越多了，在我家门前的广场上，每天从清晨三四点钟开始，就开始有各种各样的跑步声。青年人最有雄心壮志，他们岂止为了健康，还力争当出色的运动员；中年人就不同了，无非是为了加强抵抗力，保住朝气而已；至于老年人，生活在这样美好的时代，实在不忍离去，也参加了这个行列，因为即使做不动什么，活动活动筋骨也是好的。我深深被这种精神所吸引，所感动，觉得个人的身体也是革命的本钱，实在无权玩忽，也常想参加到锻炼的队伍里去；有时候真的做了，但总是一天捉鱼，十天晒网，坚持不下去，而且起得过早，锻炼得过分一点，反而早饭以后想睡觉，上班也差劲，人家笑我炼的不得法，而我则模模糊糊地想到锻炼也要具备条件，我一天到晚很忙，体力消耗得多，本来就累了，再锻炼岂不更累。但又怕别人误会这理由是为自己意志薄弱辩护，自然不说出来。

可是，老方是脑力劳动者，意志又坚强，身体这样差，为什么不肯听老刘的话呢，锻炼锻炼，对健康应该有好处啊！他是我们之中最年轻最有作为的一个，如果这样下去，岂不糟糕！想起来，老方的经历，也真叫人感叹，他四九年就参加党的地下组织，解放后就在党委部门工作；五七年反右后，就调到中学里去教语文。他是个脚踏实地、埋头苦干的人，工作干得很出色，但从未受过表扬，他也从不计较。文化大革命开始后，红卫兵翻他的档案材料，才查出五七年调来中学的原因在于思想严重右倾，有同情右派的言论。这样重大的政治结论，他竟像被蒙在鼓里。这时候别有用心的人，就抓住这一点，说他是内定右派。他当然不承认。他性格本来就犟，竟硬顶起来，于是从灵魂到肉体，被斗得七荤八素。从此竟一蹶不振。起初还坚持劳改，在学校里打杂，从扫厕所到拉板车都干；后来躺倒了，又被认为是装死，罚他站在冰天雪地里请罪，一直到失去知觉。之后便常发气喘病，不久又查出心脏不太好，自然是肺心病了。他又不懂得肺心病的厉害，平生也不曾学会照顾自己，一旦让他工作，他又拼命地干，发病的时候，喘得躺不下去，就干脆备课或批作业，往往几乎整夜不睡，看了真叫人心痛。近两年来，精神上愉快了，更是不要命地干。我有时半夜起来解手，总见他房里的灯还亮着，凑近玻璃窗一看，他还在埋头批作业，喉管里“叽儿叽儿”的喘声，竟响出窗外来。我怜惜地说：“老方呀，你不要命啦，还不休息！”他便说：“快好了，就睡就睡。”却不动身。我看不过，有时推门进去（他从不闩门，爱人在邻县做妇女工作，难得回家），合掉作文本不让批。他忙揿住，笑着说：“你看你看，这个学生想得有趣，但不会写。”我当然不肯上当，干脆灭了台灯。他拗不过我，叹一口气，坐到床上去说：“睡，睡。”然后又咳嗽，喘着说：“这些学生，都快高中毕业了，作文还写不顺，错别字好多，他们同我们一样错过了光阴，再不抓紧些，将来怎么办？”我非常感动，劝道：“你也要替自己想想，身体再垮下去，怎么办？”

我的话完全没有用。他不但没有改，从去年十二月，他那“内定右派”错案得到改正以后，整个寒假，他几乎门槛不出，成日成夜伏在桌子上写着写着。问他在干什么，他起初腼腆着不肯说，后来才告诉我，他在写一本反映学校生活的小说，他要用自己的体验去感动学生，他要让学生充分认识到自己的责任，他要推动学校的工作更好地为四化服务。我又高兴又忧虑，说：“好虽好，你吃得消吗，该量力而行啊！”他笑着说：“劲道上来了，倒放不下手；这小说一动手写，就像发了神经病，旁的事都想不进去，脑子里想的尽是这事儿，梦也做着它。”我说：“这可糟了，你还是不要写吧。”他摇摇头说：“已经上了马，总要跑到头才能歇了，否则，就是手停了，心也停不住。”

寒假过去，他显然又瘦了不少，但那时候穿了棉衣，还没有彻底暴露出来，只是更像老头子了，佝偻着背，脚步拖沓，右手时时按在下肋骨处，好像那里生疼。天一热，脱棉换单，使人大吃一惊，他真是皮包骨头了。他却开玩笑说：“这里边也有学问，课文里有‘精瘦’这个词；什么叫‘精瘦’，以前我只会解释成‘瘦极了’；可是，‘瘦’到什么程度才算‘极了’呢？总还不懂，现在可明白了：只要用手指按住肋骨推皮肤，若推得动，那还不算‘精瘦’，要真正推不动，皮贴牢在骨头上，夹层里不再有一点肉，才叫‘瘦极了’。”说罢，竟开朗地哈哈大笑。我也算是个乐天派，也想说几句俏皮话，竟干了嗓子，讲不出声音来。……

想到这些，我怎能入睡。睁眼看看，他的房里仍亮着电灯。我躺不住了，穿衣下床，悄悄走近他的窗口。我看见他伏在桌上，正在全神贯注地用笔指点着一篇作文，向站在桌边的老刘的小女儿讲解。不知为什么，我竟流泪不住，心里又酸又甜，又爱又怨，又苦又痛，不辨所以了。……

三

一个人，像老方那样夜以继日地劳累，即使有强健的身体，也是不能持久的。我和老刘都十分后悔没有能及时把他阻止住。

实在说来，我们还不够关心，也不完全懂，存在着盲目的侥幸心理。一天过去了，老方好像和昨天差不多；十天过去了，老方好像还是那个样子；一个月过去了，老方也并没有躺下来。于是就认为大概还不要紧吧，有意无意之间就让他一天又一天地拖下去，姑且看看再说。我们好像在做着一种试验，试试一个人的生命力能顽强到什么程度，究竟具有多大的战胜疾病的能力，究竟死亡怎样才能够靠近这个坚强人物的身体。……我现在不得不承认我是这样的残酷！我枉为老方的老邻居，几十年亲密的接近竟不曾使我认清他的品格；我竟没有想到这个人从来没有叫过苦，从来没有在困难面前低过头。他从来就是甘愿烧尽自己的油脂、照亮别人的火烛，从来就是慷慨剖开自己胸膛，提供甘泉的甜瓜。我早就不应该指望他会向病魔屈服，早就不应该认为他有一天会喊吃不消而躺倒。……我们总是容易关心那些有一点病痛就大喊大叫的怕死鬼，而忽略了甘为人民赴汤蹈火的英雄好汉的生命。我们为什么这样愚蠢！

老方在寒假里写的小说，三月里在全国性的文学刊物上发表了，评论家还写文章，称赞他写得好。我们这个小县城，立刻轰动起来。大家议论纷纷，猜测小说里的那些人物，是指实际生活里的哪个、哪个，甚至还来向老方讨谜底。学校里更加热闹。那些被猜成正面人物原型的，心情舒畅，十分有劲，拼命要做出更大贡献，好让老方再写一篇。少数几个被怀疑是犯有官僚主义或对教学工作不负责任的模特儿的，不免暗暗闹了一阵情绪，深怪老方出他们的洋相，过后想想，大都能够觉悟，有所悔改。只有极个别的人，竟怀恨在心，盼望第二次反右，好把老方打下去。还有一些人，虽然自己身上明明也有小说里指出的那些毛病，却连声称赞老方写得好，说那种人确实应该批评，否则就妨碍四化，自己却偏偏不改。这种人大概也是受了文化大革命的影响，早就练老了脸皮，或者是长期被触灵魂把灵魂触僵了。这些都瞒不过学生的眼睛，都是他们告诉老方的，后来老方又把这话告诉我和老刘，并且谦逊地说："总还是我技巧不够，热情不炽，不曾能够感动这些上帝。"

总之，老方成了人所共知的作家。内容尽管有争论，文字功夫却无人不说好。学生像一群蜜蜂似的绕着他，他教的又是毕业班，谁都知道现在考大学有多紧张，认准了好老师，个个都希望多受点指导。所以，每到晚上，穿梭似的上他家来，拿出作文请他面批。他们总是把他团团围住，就像是茧皮困住了蚕蛹，顾不上这蚕蛹快要把丝吐尽了。他强喘着气，耐心地讲解，有时还发出带喘的“呼哧、呼哧”的笑声。……就这样一天一天忙碌着，一直到把这批学生送去考完大学。他看来一直很兴奋，脸色常常发红，眼光很亮，好像腰板也挺直了一点。我和老刘都暗暗惊奇，觉得生命实在伟大，实在神秘，以为奇妙的精神力量会使他在千锤百炼中健康起来，我们忘记了他的躯壳也是物质，忘记了任何物质承担压力都不能超过限度。谁都体会不到那个时期疾病究竟怎样在折磨着他，他又用怎样巨大的毅力同病魔抗争。

高考揭晓，他教过的两班学生，语文成绩没有一个不及格，平均分数是全专区最高的。老刘的小女儿，也考取了大学。这些消息，就像是一支支强心针注射进老方的身体里，使他有可能作最后的一跃，暑假以后，他毫不犹豫地又登上了讲坛。

终于有一天，他像一张硬弓的弦，铿锵一声绷断了。

那天早晨，我去上班，像往常一样，他也走出门来。打过招呼，我就见他身子微微一颤，咳了几声。我以为是今早上比昨天稍稍冷了一点，并未引起特别注意。我们还同走了一小段路。街边的梧桐，落叶增多了，但街心花园的菊花，却正盛开。我们就在那里分别，这时一天晴朗，阳光已经照到树头，高空里飞过几只鸽子，响起一派轻淡缥缈的哨声，老方抬头看看，还微微笑了一笑，好像非常欣赏这美妙的天曲。这一天我非常愉快，因为工厂要新建一个车间，决定派我到外地去参观同类工厂，收集参考资料。这是一次很好的学习机会，也可以见识见识外地的风光。下班后，我一路轻快走回来，一进院门，就觉得有些异样，三家人家，寂静无声，不见一个人影。喊了几声，无人答应。突然，老刘流着眼泪出现在我的面前，呜咽着说："老方死了。"

我顿时如遭天打雷劈般呆住，似乎大叫了一声："怎么会呢？"其实这句话并没有说出来。

"已经送殡仪馆了。"老刘接着说："我们两家的人，都在帮忙。"

我一头冲进老方的房间，好像偏要在这儿再找到他似的。……我像扑进了大海，被波涛颠簸得摇晃起来。我支撑在一张椅背上，眼泪无声地哗哗直淌。

我立刻想起了老方一年前说过的那句话："我只想再活五年。"我觉得我们真傻，当时竟一个人也没有听懂，他这不是明明白白告诉我们，他已经活不到五年了吗！可我们……我们真傻呀！

我抬起泪眼，看看老刘。老刘站在台前，正聚精会神地看着台上的几张纸，脸色非常难看。我不禁也伸头去看，很快就弄明白，那是老刘请老方代笔却还没有写完的一份申诉书（据我晓得，这已经是第六次申诉了）。我不禁想起昨天晚上的灯光，这应该是老方最后的笔迹。

当时我确实没去想别的。但是，老刘忽然像女人一样大声地哭起来，我惊异地呆望着他，因为从未见过他这种样子。我这种态度不知道触动了他哪一根心弦，他竟哭哭啼啼朝着我喊道："我要把儿子、女儿都叫回来参加追悼会！我要把儿子、女儿都叫回来！……"

……

为了替老方治丧，我请了三天假，开过追悼会以后，领导上就催我赶快出差。

我隔天买好了早晨六点钟的火车票，打算五点起身，吃点东西动身。这样时间也很充裕。

这天清晨，我按时起身了。孩子妈也被吵醒过来，她睁眼看了看表，就说："还早呢，才四点钟。"

我连忙再看看，果然只四点。不禁苦笑一声，觉得自己这几天真有点昏头昏脑。但既然已经穿好衣服，也就不想再睡。漱洗完后，打开炉子烧早饭。坐着无事，就走出门来呼吸点新鲜空气。深秋的早晨，气候已经凉了，穿着绒线衣，仍觉单薄。这时天色浓黑，门前广场四周有几盏路灯，透过梧桐枝叶，一线线射到广场上，明暗相同，有一二十个人，已经在那里锻炼身体，有的跑步，有的打拳。我真自愧不如，又一次想起了老方，便更羡慕这些强健的人了。

我一面深呼吸，一面信步走去。我看到近处梧桐树下，有一个人在原地跑步，上身一件汗背心，下面一条短裤头，气喘吁吁，一线灯光照在他的脸颊上，看出那晶亮的汗珠，如雨点般滚落下来。我钦佩得五体投地，不由得再靠近去细细欣赏这位杰出的锻炼者的神态，我很快就发觉他竟是老刘。

这时候，我心头蓦地涌起一股非常厌恶的情绪，几十年来我第一次失礼了，竟不曾招呼他就迅速回身走开。我愤怒，我憎恶，我顿时背叛了我一贯称羡的东西，我诅咒这种锻炼！当时我的神经显然出了毛病，我竟辨不清什么叫生，什么叫死，不知道我的两位邻居，活在世上的究竟是老刘还是老方。我强制自己不再想下去，以免真的发起疯来。

钱包

一

春天的江南是美丽的，风很柔和，空气很清新，太阳很温暖；大田里的麦苗像一片海，星罗棋布的村庄是不沉的舟；纵横交错的弯弯曲曲的河道，河边的柳枝吐了嫩芽，芦笋也钻出来放叶透青了；河道里平静的水，从冬天的素净中苏醒过来，被大自然的色彩打扮得青青翠翠；真是山山水水都爱娇，好不动人。在阳光明丽的中午，还可以看到水底一群群的游鱼，一动不动地正儿八经停在那儿，好像待命出发的潜艇队伍，这时候整个昆虫界，正在掀起一个极其庞大的解放运动，在每一秒钟里都有无数亿个生命在冬眠的壳壳里冲出来，于是春天才有了活力，春天才如此繁富呀！

一条小河从黄家村旁蜿蜒绕过，曲曲折折向西边伸出去，约摸离村里把路，有一座小石桥架在河面上，把南北两边的大路接通了。现在，就在那小石桥下的一片河面上，有二十多个人，杂七杂八地蹲在河里，细细地踹着、摸着、慢慢地移动着，把那里的水搞浑了。那浑水随着一个个涟漪向四外扩展，就像黑暗在吞吃光明，邪恶在侵蚀正直，叫人看了很不舒服。

从桥上走过的人，看了都不免好奇，因为这时候水牛还没有开青[①]，春水还是冰凉的，为什么这些人把衣袖、裤管撩得高

① 水牛过冬，吃的是干草，过了清明，才吃青草。

高的，冒着寒冷泡在水里呢？于是便不禁要问："你们在摸什么呀？"

不管问多少次，没有一个人肯回答，神秘极了。连老实的黄顺泉，都会奇怪地抬起头来看看提问的人，认为他是个痴鬼，怎么可以问这样的话！要晓得，连这些泡在水里受罪的人，也不曾有谁说过他们在干什么呀！

……

当然，黄顺泉也并不是傻瓜，他在世界上也活了四十年了，虽然经历简单得就像只活了一天，无非是劳动、吃饭；但毕竟又复杂得说都说不清楚，因为世界上实在没有比劳动、吃饭更艰难的事情了。对于这一点，他甚至从来没有想清楚，仅仅依靠一种本能，要让自己能生活，要让全家活下去。他老是感觉到这个基本的要求经常受到威胁，要花最大的气力去挣扎、去斗争。正由于这种原因，他希望大家都生活得轻松些，不要互相妨碍，而要互相支持；最低限度，不要让自己挡住别人的路。但是，要做到这一点，又是多么不容易，你不想妨碍别人，别人却偏来妨碍你，抢走你的米，逼走你的钱，叫你累得晕倒在田里也吃不上粥，叫你除了劳动所得之外不得不另外设法谋生。这"另外"的办法又是什么呢？去抢吗？去偷吗？黄顺泉这号人当然不肯干；他只有两个办法，一是去讨饭，是现实的；另一个就是希望有一天拾到一笔钱，是不切实际的幻想。这幻想实在太无聊、太幼稚，难道天上真会落下米来吗，守株待兔有哪个不上当受骗呢！世界上从来不曾有哪一个胃是靠幻想喂饱的。

但是，人们的幻想却并不因此绝灭，反而会更加活跃。黄顺泉他们今天到这儿河里来受苦，也是听到了一种传说。去年冬天，日本鬼子打进来，国民党军队逃走了，县里的警察局局长陈龙生拉了一支队伍，自己当司令，在地方上称王称霸。他不去打日本鬼子，却在附近蚕食农民保家保村的自卫武装。有一天，就在这黄家村西打起仗来。农民自卫军厉害得很，把陈龙生的队伍打败了。就在这座小石桥上，一个农民抡着大刀追上了陈龙生，一刀砍下去，陈龙生不及躲避，把手里的皮包挡了一刀，总算没有砍着。人逃脱了，一只皮包却掉在河里，那包里还装着三百块银洋呢。不知怎么一来，这件事不久就在黄家村上传开了。谁看见的？不知道。谁第一个讲出来的？不知道。那皮包是什么样子？不知道。皮包里的钱谁数过的？不知道。但众口一词，都说确有其事。黄顺泉当然也听说了，与其说他相信这件事，倒不如说他希望确有其事，因为“有”比“没有”实际，更有刺激性，更能带来思想的活力。后来听说有几个人驾了小船去用罱网罱过，不曾罱着，于是就又说没有这回事，纯属谣言。谁知黄顺泉倒反而更加相信真有其事了，他和某些上过当的老实农民一样，有点经验主义的鬼聪明，往往听了传说，不大相信，认为是谣言。但是，一旦有人出来证实那“传说”是“谣言”时，他又猜想这是“别有用心”，认为事情显然是真的，无非是有人要骗得大家不相信，才故意说成是“谣言”。黄顺泉认定自己决不会上当，也不肯说明，说明了就没有意思了。他希望别人都相信那是假的，唯独自己认定是真的。这样一来，他首先就在思想上独占了那个信念，把三百块银洋当作偶像岂不比泥塑的菩萨更实际吗。它会让你产生极其丰富的想象和细致贴切的盘算，要知道那是一笔多大的财富啊！当时一石米（一百五十斤）只要七元银洋，三百元钱等于四十三石米，黄顺泉劳累一生，也积不起那么多的钱财，他怎么能不动心呀！其次，只要大家认为是假的，也就不会有人去捞那个包，黄顺泉就可以慢慢地想办法去摸到它。当然，这绝不是一件容易的事情，他不相信自己有那么好的运气，不相信自己有那么大的福气，也许他毕生都会落空，但也决不抱怨，即使到了临终的时候，他还要交代儿孙们继续去摸索，就像老式故事里常常讲到的祖上传下来的银窖，等待后代人去开挖。它反正藏在那里，至于谁得到它，就看谁有福气了！在黄顺泉看来，福气和运气，是祖祖辈辈给后代的遗产，积的荫德，这叫做“根基”。这根基实在是个了不得的东西，收成的好坏，寿命的长短，子女的孝逆，出门的安危……无不受它的制约；如果根基浅薄，丰收了还会生病呢。李自成不是做皇帝的命，所以他坐在金銮殿上就要头晕。黄顺泉也没有把握能摸到那个皮包，因为他不知道自己的根基厚不厚。他不是个自信的人，他宁愿承认自己不配享福，但从此以后，他立志要终身积善积德，尽力为子孙培植能够享有那笔财富的深厚根基。啊，中国真是一块仙地，作用如此奇特，它竟使空想产生伟大的灵魂，使希望变成崇高的精神。

既然如此，还有谁来回答过路人的提问呢，这纯是只能意会不能言传的行动啊！

二

上面那些想法，完全是真的。所以，他们这天来摸皮包，也并不是约好了一起来的。他们到这里来的目的当然十分明确，但是到现在为止，还从未有人把那句话说出来。

这一天黄顺泉吃过早饭以后，已经在门口坐下来搓土笨绳了，左邻右舍，有的在装铁钯，有的闲散地说着家常话，迟吃早饭的，手里还没有放下碗，大家都没有想到要做什么正经大事。忽然，住在村东头的荣福老爹，经过小桥从街上回来了，他匆匆穿过禾场，在大家身边走过，却反常地没有说一句话，似乎紧张又生气。眼看他进了家门，又背了一只篮很快走出来，仍旧往上街的那条路走去。于是大家注意起来，才看见小石桥下面有两三个小孩子在河里摸东西。荣福老爹走到那里，毫不犹豫，也下河去了。大家愕然，立即就想到……原来已经开始了。有人咂了咂嘴巴，有人明知故问说了句："干什么？"有人为自己的行动辩护说了句："去看看。"立即分散开来，各自归家，拿了自认为合适的工具，一个个出门，陆陆续续往小石桥走去。

黄顺泉完全没有估计到事情竟会这样突然干起来，事前谁也没有透露出一点话风，就一下子各顾各使劲抢在前头……黄顺泉觉得自己的希望幻灭了，原来黄家村上的人，谁都没有上"谣言"的当，都和他黄顺泉一样秘密地坚信有那个皮包，都希望能够摸到它。这能怪谁呢？他们都和黄顺泉一样穷呀！他们早就有足够的经验，晓得在那样的世界上靠种田无法温饱，也从来没有找到过温饱的正当途径，而这一次却有一种可能，可以不损害任何人获得一笔财富，又怎么肯轻易放弃呢。他们中间的每一个人，看到大家都关注那件事，也都会像黄顺泉一样不满的。黄顺泉毫无理由怪罪别人，他很快就醒悟过来，他没有任何别的办法，只有同大家一样，下河去摸，碰一碰运气。

黄顺泉拿了一只篮子，很快也参加了那个摸的行列。水的确还是冰冷的，如果是娇生惯养的人，脚一伸进去就会像被妖怪咬住了，吓得跳上岸来；但黄顺泉毫不在乎，他磨炼惯了，大概是老天爷将降大任于他吧，所以从小就给他苦头吃，让他吃够，他才担当得起粮食供应部长，老实说，交了春还怕水冷，干脆就别当农民！看那河里的人，一个个都是英雄好汉，不用指挥，就能各就各位，摆开战场。每个人对钱包存在的位置，各有猜测，有的认为反正在石桥两侧，便在两侧摸，有的认为既然里面有三百银洋，分量很重，一定已陷入河泥深处，便用竹竿探测，有的认为水是流动的，钱包受水力影响，可能已移到较远的河底（否则为什么用罱网罱不到呢），便到远处去摸；黄顺泉则认为生死由命，富贵在天，如果命中注定归他，又何必自作聪明，别人不去摸的地方，他就低头摸去。真是散散落落，各自为阵。黄顺泉很讲究实际，他知道摸皮包是很渺茫的事，为了捞个饭钱，从下河开始，碰到河蚌、螺蛳，就无样不要，一一拣进篮里，很快就摸了半篮，心里就比较踏实，明早上街卖了，工夫钱还是赚得到的，尽可奉陪人家。他希望大家都摸个落空，从此歇了念头，不再胡思乱想，剩下他一个坚定的人，以后细细来摸。今天他不存任何希望，他到场是因为他不到不放心，到场的目的就是巴望大家失望，他自己不想摸到它，也巴望大家不要摸到，别人摸到了，他的希望就破灭；自己摸到了，别人的希望要破灭；在大庭广众之间，不管是谁摸到都将是一件尴尬的事情，很容易引起一场风波。老天爷如果有灵，就该让大家空手回去。

黄顺泉一边摸，一边想，一边注意着旁人的动静。这时候他摸到了一块大石头，于是就在石头的四边摸螺蛳，后来觉得这块石头很大，很平整，捞上来抬回去放在门口做阶沿石倒很好。便沿着石壁把手插入河泥去测量它的厚度，忽然间就像被什么东西咬了一口，双手倏地抽出水面，双脚倒退几步，把水搞得哗哗直响。惊动了大家，一河的人，眼睛都朝这边看过来，一齐问道："什么，什么？"

黄顺泉惊魂初定，连忙遮掩道："唉，一条鲶鱼，不曾揪住，倒给刺了一针。"

大家马上失去兴趣，不再注意他了。但是黄顺泉的心却颤抖不停：真要命，他摸着了那只皮包。是的，紧靠着石头，河泥里有一个光滑柔软的物件……

黄顺泉定下心来，又开始怀疑，生怕自己想得太急切，错认了。便又小心翼翼再弯身摸去，细细的把那东西四围抚了几遍，一点不错，是一只皮包。捏着它，包里还真有几卷硬邦邦的东西，一捏便滑动了。

黄顺泉紧张极了，这可怎么办呢？怪不得李闯王坐龙廷要头晕，他黄顺泉摸着个皮包就没得主意了。他既不能公开取出，又不能稍或离开，他像孩子们玩老鹰捉小鸡，围着那块石头摸索打转，刻意要想出一个稳妥的办法来。他琢磨来，琢磨去，长久一筹莫展。太阳已到烧饭时光，看来只有拖到大家回去吃饭，才能把皮包转移。再一想，也靠不住，一则吃饭时间并无定规，眼看这种场面摆在这里，不得结果，恐怕谁也不肯先期撤离；二则家家都有灶头，不像军队统一开饭，谁饿了可以回去吃了再来，谁不饿可以摸了一阵再走，轮流往返，也不会断人。哪里就能依着自己的如意算盘，想着怎样就怎样了呢？

正在万分无奈的时候，忽然河里一阵扰动，水声哗啦啦不住价响，大家喧闹着向一处地方围拢。原来那边有人摸着一堆石块，隙缝间竟藏着鱼群，一经触动，便乱窜乱撞，乱跳乱蹦，龙腾虎跃，泼水掀波，把一河的人，都吸引了过去。黄顺泉碰着这样一个天造地设的机会，迟钝的脑筋居然马上灵敏起来，趁大家把屁股朝着自己的忙乱时刻，迅速拎起皮包，蹿上岸去，拣一处麦苗茂密的地方，把皮包藏在麦垅里，连看都来不及看，便急忙回到河里，神不知，鬼不觉，像没事人一样，照旧弯腰在水里摸索。

鱼群被驱散了，消失在茫茫的深水里。于是大家也安静下来，分散开去，重新去摸索那个皮包。

从这一刻起，黄顺泉陷入了十分复杂的心境之中，他人在河里，心却在麦垅里，生怕皮包藏得不好，被别人发觉了拿走，因此，忍不住过了一阵就爬上岸来，假装蹲在那里抽烟，监视着那个地方。甚至要跑到那里去看一看，是否确实还藏在那里。他本来可以趁人不备，把皮包装进篮子，拿回家去；但又心虚得很，怕别人见他第一个离开，马上就会怀疑他已经摸到了，否则怎么舍得呢？他不得不装模作样，去摸那已经不存在的东西；而这一切都是为了欺骗别人，他觉得非常痛苦，因为他从来没有像今天这样对不起他的村坊们。黄顺泉是个渺小的人物，他没有“宁我负天下人”的气魄，他哪里晓得，自从开天辟地以来，有多少正人君子、帝王将相撒的漫天大谎，比银河里的星星还多，常常骗得天地混沌，乾坤倒转，也一向脸不变色心不跳的。可惜黄顺泉不懂“历史”，继承不着“伟大的策略”，他的天真的心，忍受不了虚伪的折磨，他希望这尴尬的局面赶快结束。他作这种孽做什么！他不过为了不伤害任何人独自得到那一笔财富，他要瞒住大家并不是昧了良心，因为宣扬出去可能是一场灾祸，会招惹各种各样意想不到的麻烦。时代不太平，任何人都不是露富的时候，他根本就不曾指望现在得到这笔财富，可是他不幸得到了，是运气吗？晦气吗？该笑呢，还是该哭？真猜不透啊！

黄顺泉思绪缭乱，怔忡发呆，他终于忘记了当时的客观环境，居然有一次竟没有想到避嫌疑，在分明有人窥视的情况下，又去探望了那个心爱的皮包。

间隔了片刻，他再次上岸假装抽烟，慢慢走过去，蹲下身来检查皮包，证明确实存在，站起想回河里去时，忽然发现他被包围了，二十几双眼睛——不满的、轻视的、惊奇的、羡慕的……一齐盯住了他。他的精神一下子垮台了，他对不起大家，他直感到必须弥补自己的过失，他想表态……

但是已经来不及了。二十几个人，竟没有一个人瞧得起那个皮包——尽管大家都知道里面装着三百元银洋。他们一齐谴责黄顺泉说：“什么了不起，你摸着就是你的，你尽管讲明白好了，为啥还让大家饿着肚皮摸不完……”

黄顺泉当然生气了，他把皮包一下打开，拎着皮包底豁朗朗一声，把圆溜溜、白花花的一大堆光洋一股脑儿倒了出来，嘶哑着喉咙喊道：“哪个要，就拿！”

只有到了这时候，大家才猛然明白，黄家村上的人，一个个都是英雄好汉，他们谁都不在乎，没有一个人伸手去摸一摸。

那一刻，世界上什么都不存在，就只剩下了人的自尊心。

黄金——粪土！

三

黄家村上的人，在一堆银洋面前把自己塑成了一群巨人；但是，他们很快就发现大错已经铸成。普遍陷入了深深的不安之中，觉得黄家村上就要出事，黄顺泉危险了。

他们想到，当时根本就不应该责怪黄顺泉，因为不管是谁，摸到了那只皮包以后，唯一的妥善办法，就是把它隐藏起来，不让大家知道，只有这样，才能避免祸患。所以，黄顺泉做得绝对正确。想不到大家竟这样愚蠢，硬要戳穿他，硬要认为他做了对不起大家的亏心事，在官塘大道旁边演出了那样一场品质崇高的好戏，让往来的行路人留下深刻的印象，很快地传播出去……实在是把黄顺泉害了。

地方上的情形，大家都很清楚，政府已经没有了，乱世正在出“英雄”，十几里路方圆之内，就有十几股武装势力，各据一块小地方，有的是流氓集团，有的是土匪势力，有的是地主武装，有的是迷信会门，少数本来是农民的自卫武装，也很快被坏人掌握了，他们一律打着抗日招牌，四处搜刮钱财武器，扩充实力，凡是小康以上人家，都被敲诈勒索，倾家荡产，有的实在拿不出钱来，人被绑去就撕了“肉票”①。黄家村上倒还算安稳，因为这个村庄是穷出名的，没有油水，无人眼红。现在，黄顺泉居然家里横着三百大洋，传开去后，会招来什么祸患，并不难猜。去年冬天（其实只隔了三个多月）在浚河工地上，有人挖到一个金色小人像，一下子传开去，说是“金像”。不到半天，竟有

① 肉票——人质。

十一个武装集团派了荷枪实弹的勇士来攫取，围住了那个河工不让转身，好像要把他撕成碎片后各取一块。所有这些勇士，不管原来关系如何，在“金像”面前，都竖眉瞪眼，准备厮拚到底。当时幸亏有几个识货的匠人来看了，一致说这不是金像而是铜像，并且架起炉子来，当场把它熔化掉，以证明他们的鉴定绝非虚假，才平息了这场风波。否则的话，真要死一批人呢。

所以，黄顺泉非常明白，他等于抓了一手屎，等于抱了一个定时炸弹，尴难危险已把他缠住，无法脱身了。

他没有数清楚究竟有多少钱，他拎着回头，走过那短短一段路程，忽然觉得这世界是多么荒凉，麦苗也好，刚透青的芦尖也好……都龟缩在地里，一个人要躲藏起来的话，竟找不到屏障。村头上散散落落几棵杂树，都还没有放叶，黄家村上几十户伸前缩后的房子，本来还不如王宝钏的寒窑，现在却像琼楼玉宇，突兀地显露在平原上，光秃秃地变得十分惹眼，山羊咩咩，家犬汪汪，好像都在向歹徒通风报信。黄顺泉的心颤抖了，啊，这险恶的乱世，没有钱要饿死，有了钱要遭劫，叫人怎样活下去！黄顺泉尽管根基浅，也不曾作过孽，为什么要受这种折磨！

他把皮包拎到家里，往堂屋里的破桌上一放，就呆呆地在门口一张小凳上坐下来，长久不动不响，村子上的人，默默地走来看看，然后又默默地走开，连小孩子都变得小心谨慎，空气沉闷极了，随手捞一把像能挤出水来，所有的心似乎都被一个问题镇住了：“怎么办呢？”

黄顺泉想不出办法。好人创造的上帝，是站在恶人一边的，乱世把什么都剥光了，让最笨拙的人都看透了世道，痛快而可悲，失望得要自杀，彻底得要革命。

黄顺泉的老婆要把皮包藏起来，黄顺泉一抛手说：“你省点力气吧！”

他好像在等待着有人来把它拿走。

消息传播得很快，很快，整个下午，那边小石桥沿河一带，附近四面八方村庄上都有人跑来看现场，黄顺泉掩藏皮包的那块麦田，几乎被踩平了，居然还有个人拾到一块银洋。他们在那儿大议大论，说那块麦田里上午堆满了银洋，黄家村上的人用箩担挑了半天，家家发了大财。有些人甚至下河去摸，他们一面骂黄家村上人心眼坏，有财不让大家发；一面又不相信黄家村人能把河里的银元摸干净，他们也要碰碰运气呢。这就把黄家村人闹慌了，有的人怕羊肉没吃着惹上腥，跳出来洗身清，交头接耳，把真情如此这般传开去。于是，有几个懂得当地局势的包打听就摇摇头说:“白欢喜。黄顺泉用了这笔钱，命都要丢脱。”

“为啥?”

“我们这里的几个大亨，已经拜了陈龙生做先生，现在我们这地方，就是陈龙生的势力范围，他若晓得了，会饶你吗？派个弟兄来，拿不到钱就拿你的头！”

黄昏的时候，黄家村上就来了几起陌生人，在村子里游转了一阵，然后又走开。村子里和黄顺泉相好的人们，包括荣福老爹在内，都紧张地跑来，把一切都告诉顺泉，劝他逃走。

那一夜，黄家村上没有一家上灯，很早就吃了夜饭，把门关紧了，穿着衣裳钻在被窝里睁着眼睛睡觉。

那一夜，黄家村上的脚步声和狗叫声一直闹到天亮。

黄顺泉一家，都没有住在家里，谁也不知道他们在哪里躲过了这可怕的一夜。

荣福老爹清早起来上街去，走过黄顺泉家门口，大门敞开着，居然还有两个腰里飘着红绸带(腰里有武器)的人坐在那里。出了村一段路，在一个偏僻的地方，黄顺泉从沿河一个河泥塘里跑了出来，手里拎着那个皮包。

“躲好，躲好，别回去。”荣福老爹急忙说。

但是黄顺泉却毫不在乎，大大方方走近来，笑笑说：“我送去。”

“送到哪里去？”

“给陈龙生送去。”黄顺泉毫无表情地说：“求个安稳。”

“唉！”荣福老爹长叹一声，便像昨天赶去摸皮包那样，紧张又生气，匆匆上街了，没有再说一句话。他当然也想到这祸是他惹出来的，昨天他千不该、万不该引动大家下河去。他何止使黄顺泉受难，他还把整个黄家村上人的希望破灭掉了。但那算什么希望，难道一个钱包就真能包住了人心吗？让它破灭吧，不破灭又哪来新生呢？

黄顺泉跑了二十多里路，把皮包送到陈龙生那里。他肚子很饿，又没带干粮，总以为陈龙生会给他吃一顿饭。想不到陈龙生打开皮包数数银元，硬说少了五十一元钱，要黄顺泉赔出来，黄顺泉说也说不清，赔也赔不出；陈龙生就叫手下人拿板子来打了他五十一个屁股板，一个屁股板抵一元钱，抵清了才放他走。

黄顺泉回来以后，就生了一场大病，从此变得又痴又呆，再无用处。他常常在街坊、村头游转，站在别人家门口不声不响长久不离开，讨着吃就吃，讨着钱就放进口袋，傍晚回家，走到小石桥那里，把钱一个一个丢入河里。孩子们有时看见了，下河去摸。他等着他们上岸，就捉住了打屁股。这样过了三年，才死去。

鱼 钓

江南的黄梅天。

大雨哗哗下着，像有千针万线，把天地密密实实缝合起来。

世界一片水汪汪。

漆黑的野外，伸手不见五指，空间像狭窄得仅能容身。

各种水的响声——雨点打在烂泥地里的吧嗒声，落在水面上的卜笃声，碰在阔叶树上的撒啦声，以及田水欢腾地经过缺口冲入河里去的轰轰声……像一支永远演奏不完的乐曲。

江水还在倒灌进来，它从一条笔直的小河里奔腾向南，一路泼剌剌打着漩涡，冲进那十多丈宽的大运河里来，气势汹汹，一直撞到运河的南滩；然后大翻一个身，回旋着随人流滚滚东去。

就在这丁字河口偏旁的运河岸沿头，雨点响着一样嗒嗒嗞嗞的声音，好像滴落在硬物上，同时又滴落在软物上。

原来那儿站着一个穿戴着蓑衣笠帽的人。一眼看去，像个不成形的怪物。他面河而立，不动也不响，好像凝神关注着什么。

不久，他伛下身子，伸出手拎起一根竹竿，用力把竹竿的另一头往上提。原来是一口网，他在扳鱼。

渔网提出水面，空空如也。他一松手，网又沉入水里。

“×娘的，”他悻悻地低骂一声：“今朝碰到鬼了！”说着，在衣襟上抹干了手，伸进怀里去掏出一支香烟，熟练得几乎随手一抛就叼在嘴唇上，咔嚓一声燃亮了打火机，凑到烟头上去。火光照出了一张轮廓清晰的长方脸，正皱着眉心吸烟，使那乌黑发亮的眼睛、隆准的鼻子和尖起的嘴巴都凑紧在一起，变得难看了。

像呼应一样，运河对岸，火光也闪了一下，燃出了一个亮点儿。原来那儿也有人，被惹上烟瘾来了。

在这样的雨夜里，不知有多少人被勾引到河边来，散落在各自认为合适的地方捕鱼。因为这时候河里的鱼多起来了。一部分是随着江水涌进来的；而运河里原有的鱼本来伏在河心的深水里，如今发大水，沿岸被太阳晒干了的泥土和嫩绿的草叶，没进水里，散发出诱惑的芬芳，吸引它们游到岸边来觅食、来产卵、来嬉戏……然后便轻率地当了俘虏。上刀山，下油锅，葬身于人腹。

“泼啦啦、泼啦、泼啦啦……”分明又是一条鱼落在对岸网里了。接着水声消失，鱼已脱水上岸。手电筒亮了一阵又熄灭。想象得出，那条鱼已被绳子穿住鳃口，就像苏三上了枷，系在木桩上，囚养在河里了。这样，明天上市场卖活鱼，价钱大。

“什么鱼呀？”北岸的人忍不住问了一声。

“鲢壳子。[①]”南岸的人回答。

“多大？”他真想跑过去看看，可惜附近没有桥。

“斤把。”

“贼说贼话！”北岸的人骂道：“听声音就不止！”

南岸的人不再答话，嘿嘿笑了。

这笑声，刺伤了北岸人的心。他生气地低声骂道：“老子扳

---

① 鲢壳子——鲢鱼。

鱼败在你手里，除非鬼摸了头！”

沉默了一阵。南岸的渔人显然兴致很高，耐不住寂寞，他喊道：“贼王，贼王！”

嘿，这吓人的称呼！

北岸人不答。

南岸人不肯歇，又喊起北岸人的真名来：“才宝，才宝！刘——才——宝——！”

刘才宝生气了：“叫什么魂！”

“今天怎么啦？”南岸人的口气有点揶揄：“听不见你网里有声音哪？！”

这是贼王刘才宝前两夜嘲笑南岸人的话，现在人家回敬过来了。好大胆，在捕鱼这个行当里，居然有人敢爬到他姓刘的头上拉屎！他忍住气，不屑地哼了一声，反唇相讥道：“哟，闻着点腥味就神气啦？老子捉过的鱼，比你吃过的米还多呢！”

“嘿嘿嘿嘿。”对方并不反驳，但那笑声里，显然奚落的味道很浓。

刘才宝也不再说下去了。他今天一直很纳闷。他在这里扳了三夜鱼，前两夜几乎网网不落空，可是，今天晚饭后到现在，两三个钟头了，该死，他一共只扳到一条鳗鱼，一只乌龟。一个是举世闻名的滑头，一个是尽人皆知的臭货。按照渔人的迷信，这是今夜不会再捉到鱼的先兆。是倒了霉了。但是，刘才宝天生不是疑神疑鬼的人，要知道他不是一般的渔夫，而是这一行的状元。他精于这个行当，他一贯来靠自己的过硬本领捕到比别人更多的鱼，所以决不相信什么命运。难道他的命运有谁能主宰吗？难道他当状元是河神的恩赐吗？否。假使真有迷信，那么，河神又算个什么东西呢？无非是和土地菩萨一样大小的职司罢了。而状元则是天上的星宿，河神能管得了吗！况且自己的衔头早已不止是状元，已经封了王了。虽然王之上冠了个“贼”字，难听而不协调。但一个人的技能精到状元的程度，如不配以贼心，怎么能发得了财！岂非胸无大志！王而不贼，不乘机捞一把，才是呆子！滑头的鳗鱼和臭货的乌龟舍命来投，凭哪一点能算晦气？滑又怎么样？老婆从前做姑娘时，还不是嫌原来的对象老实才嫁给自己的么！一个人活在世界上，难道应该浑身长着把柄让人捏在手里，而不应该像一粒玻璃珠那样光溜滚圆吗？至于乌龟身上的臭气，也只有放过屁才闻得到。那么，请问谁的屁是香的？谁又是不放屁的？区别无非是有的放了屁不赖，就成了屁精、臭货；有的矢口否认，甚至放了夹屎屁，闻得人恶心，都还像煞是干净的。做贼又怎样呢，难得做一次，被捉出来了，人家会大惊小怪，说什么“好端端的人怎么去做贼！”像自己这样偷惯了又从未被捉住的，成了王，还臭到哪里去！清官误饮一杯酒，有人骂他变了质；贪官长享万民膏，有人说他本领大。兜肚里有钱，照样有人眼红。顶多背后给骂一声“娘的，偷发财的”就是了。凡事只要看穿，好官、好贼就都可以“我自为之”的。刘才宝早经深思熟虑，决不因鳗鱼、乌龟而上当受骗，他要坚持下去，设法扭转局面。

但从乌龟落网以后，确实再无来者。除开那迷信的传说，要另找原因，颇费斟酌。刘才宝研究来研究去，最后认定是乌龟就擒之时，在网上放了一个臭屁，污染了这块地方，惹得游鱼不肯来了。

“啧！”刘才宝不禁咂起嘴来。在这种严重的形势面前，真有点棘手。当然，他并不是不会动脑筋的人，起先他打算换一个地方去扳；但一想到那屁臭是粘在网上的，网到哪里，臭到哪里，搬也无用。因此不禁恼恨起来，咒骂那河里的乌龟心不齐，为什么一只放了屁，别的竟不放？全体龟族若能同时放起屁来，把一河水都搞臭了，那么，游鱼也就无可选择，网臭也不会碍事了。左思右想，没有别的办法，只有耐心等待流水把网臭慢慢冲洗干净，才能东山再起了。不想等了好久，也不曾有半点起色。刘才宝好不焦躁。一个人的耐心最好，也总有个限度。他不禁又咒骂起来："×娘的，今朝真碰着鬼了吗？"

"泼啦啦、泼啦啦……"又是一条鱼落在南岸网兜里。电筒光亮了一阵，那鱼又被绳子系住了养入河里。

刘才宝虽然刚满四十三岁，却有二十四年捕捞的经验。他毫不怀疑他选择的这个落网地点要比南岸那个地方好得多。前两夜的捕捞实践也证明他选得正确。为什么今夜兜底起了变化，把全部优势转到南岸去了呢？难道乌龟那个屁真能决定局势吗？也不见得。臭气固然难闻，但刘才宝明明晓得，鱼类中也不乏"逐臭之夫"；鲢鱼就爱食人粪，未见得会拒屁于千里之外的。现在为何一反常态，它也专去南网作客呢？

在刘才宝看来，世上得意事，莫过于自己捉到鱼，别人捉不到。而最惹气的，莫过于自己捉不到，眼睁睁看着别人捉。他是个得意惯了的人，现在弄到这步田地，如何忍得住。时间越长心越暴躁，终于动摇了。不想继续守株待兔。他提出网来，向丁字河口移近了约一丈，把网落入激流中去。

网还没有沉入河底，突然网杆竹被猛烈地击撞了一下，凭经验知道撞上了一条大鱼。好家伙！刘才宝的手脚真快，几乎在同一秒钟之内，就迅速把网提了起来。但是来不及了，"轰隆隆"一声，那鱼吃了一惊，腾空跃起，落在网外几尺远的河里。

刘才宝一愣，网还不曾放下，懊悔还不曾结束，南岸却连续响起了"轰隆隆、轰隆隆……"的声音，分明就是刚才那条大鱼，落入南岸网里了。

刘才宝恨得把手一松，任网落下去，眼睛盯着南岸。那边手电筒亮了很长一阵，隐约看见那条鱼有半人来高，被拎到河边养起来了。

"这条鱼本来是我的。"他咬咬牙说。恨得好像是别人从他手里抢走了鱼。

他重新去提网，发现网被冲得翻了一个身，歪在旁边。他吃了一惊，打亮电筒仔细察看，这才看到今夜的水流太急了，网都停不住。刘才宝的心一沉，他确实从未碰到过这样的激流，他没有经验，他无能为力。他第一次失去了把握，他猜想在这样的激流中鱼也存不住脚，只能被一直冲到南岸去。这大概就是今夜颠倒错乱的原因。那么，除了鳗鱼、乌龟他将一无所得，他这条大船要翻在阴沟里，落得个笑柄遗留在众人嘴里了。

"嘿嘿。"他忽然冷笑了。心里想："我的鱼竟被他捉得去！唔，捉得去就算了吗？老子……老子不会让你爬到头顶上去屙屎的！"

他把右脚伸到河里去，猛然划了几下："轰隆隆，轰隆隆……"真像有条大鱼落在网里。

"娘的，你到底来啦！"他装得快活地说。还亮了片刻电筒。

"什么鱼呀？"南岸人信以为真。

"不识得。"他装得不屑回答。

南岸人不愿再问了，却更相信它是一条大鱼。

过了片刻，刘才宝又如此做了一次。不过把水踢蹬得更响些，似乎又捉着了一条更大的鱼。然后，他安然在湿地上坐下，燃起一支烟，悠悠地抽起来。

他无声地笑着，显得很开心。因为他觉得自己摆脱了无把握的状态，正在干着非常熟悉而有丰富经验的勾当。

这时候风轻了一点，雨也小了一点，周围的一切杂声，似乎都想停下来，默默地注视这位状元、这位贼王的艺术表演。

刘才宝看了看手上的夜光游泳表，已经十点五十七分。照前两夜的规矩，大约不要过半点钟，南岸那位老兄应该回去吃半夜餐了。不过今天也许兴致很高，会忘记或推迟。必须自己带头引导一番；同时也是避免嫌疑的一着棋。想罢，不再停留，打亮了电筒，爬上了岸头，晃荡晃荡，故意闪动着电光，朝自家村上走去。一路还唱着动情的山歌。他唱道：

黄梅落雨妹发愁，
情哥捉鱼在外头；
深更半夜不回来，
饿坏肚皮要短寿。
黄梅落雨妹发愁，
情哥捉鱼在外头；
深更半夜不回来，
小妹怕他轧姘头。
……

歌声越唱越远，电光越打越暗，刘才宝煞脚停住，"咕咕"一笑，便熄了电光，轻手轻脚摸黑回头往河边走来。

他还没有回到原来的地方，就看见南岸也亮起了电筒，走回去夜餐了。

刘才宝看到一切尽在意料之中，十分适意。加快步子到了河边，迅速把身上脱得赤条条一丝不挂，悄然滑下河去；顺着水势，很快就到了南岸。然后沿滩摸去，寻找囚鱼的所在。目标就是那条大鱼。本来是他（逃脱）的，竟被别人捉去了，当然应该收回来。

他先摸到了桩。桩上系着好几条绳头。他把每一条绳都拉一拉，试准了抗力最重的一条，然后顺绳摸下去。他摸着了那条鱼。真精，一接触，就知道是条草鱼；从头到尾一摸，就吃准重量在十二斤到十三斤之间。他随手从桩上解下绳子，把鱼像牛一样牵在手里。

目的物到手了，一切如他干过了的千百次一样，平安无事。

现在，只要把这条鱼拿到北岸，这趟生意就算成功。

但是，运河上没有桥。

对于刘才宝来说，这次整个行动，不过是无数次战役中的一次战役；如何把战利品运回去不过是打扫战场中的一个细关末节。即使是真正指挥百万大军的英明统帅，对这样普通的技术问题，也难免偶或忘之。若评历史功过，又焉能涉及若是之末端！所以，精明如刘才宝，也难免犯千虑之一失。没有桥，是极简单的事实，刘才宝决不想临时造一座。他从北岸下河伊始，从未想过要爬上南岸。他偷的是水营，劫的是水寨；只要得了手，就打算带着俘虏游回北岸去。这里面显然并不存在什么困难，无需认真考虑。应该是轻而易举，可以马到成功的。可是，现在将鱼牵在手上，刘才宝却感觉到了这个俘虏在水中游窜的力量。

“该死的，它还真有点劲道呢！”刘才宝嘲笑地想，觉得那鱼犟得有趣。他兴奋起来，他的自负心是很强的。他是个捉鱼精、是状元、是贼王；二十多年的打渔生涯，他经历过无数艰难险阻，也练出了一身本领，网、叉、钓、罩，十八般武艺件件皆精；鱼、鳖、虾、蟹，千百种习性无不洞悉。他能把它们玩于股掌之上，玩得轻巧离奇，神出鬼没。甲鱼很凶猛，伸头要咬人，他能一下子揪住它的颈脖；鲶鱼浑身刺，张开便伤人，他能一把握牢它的肚皮；鳗鱼最滑溜，双手都难捉，他能用三个指头夹得它脱不了身；七八斤重的黑鱼，即使上了岸，平常人双手也揪不住，他能用两根手指捏着它的眼窝从水里拎出来……至于青、草、鲢、鳙，不过是些普通角色，一旦被他捏着，便如粘在手上，再也逃不脱的了。他早就把鱼类看作他可以随意处置的驯服臣民。他平生捉到的鱼比别人吃过的米粒还多，这给他带来财富，带来出人头地的名声，带来精神上的愉快。他真是“与鱼斗争，其乐无穷”，只要有鱼可捉，哪管病在床上，也会奋然跃起，执戟上阵。看着那水里的畜生被自己逼得乱蹦乱窜,慌不择路,拼命挣扎,终至无路可逃,束鳍就擒,他会兴奋得冒出一身大汗,把伤风病治好。他是个嗜腥如命,乐此不倦的人物。如今面对着一条十二斤重的小小草鱼,若把它看成是一个劲敌,岂不是天大的笑话!

他并没有多想,就决定牵着鱼泅渡。

但是,刚开始浮游,那只牵鱼的手就被鱼拉住了不得自由。刘才宝不得不重新站在河边水中。他想了一想,就把绳子打了个葫芦结,把左脚穿进去,让绳子勒紧在脚踝上,腾出双手,便于划水。然后毫不犹豫,一蹬脚,向深水中游去。

他从未想到有什么危险,因此根本不觉得这行为的勇敢。他只相信自己强有力。

他一鼓作气前进着。他确实是个强者,在那样的急流里,脚上绑着巨大的抗拒力,游出三四丈远,方向笔直,一点没有歪斜。

只是,他觉得他的手必须划得快一点,更快一点,才能够压制住那股拉力。于是他开始喘粗气。

那条鱼一忽儿拉着他往斜刺里去,一忽儿拉着他往水底下沉。他游得很吃力,有时偏离了方向。

"它居然还想拼一拼呢!"他在心里骂那鱼。想起去年秋天有一次在内湾里钓鱼,一条八斤七两重的青鱼吞了钩子,拉着钩线往河心里钻。他怕线断,不肯硬拉,就沿着河岸任鱼牵着自己跑。纠缠了近两个钟头,把沿岸菜畦上的作物都踏光了,那青鱼才力乏,终于任他钓上岸来。

是的,他同鱼拼过不知多少次,从未失败过。他习惯了胜利。他是有毅力的。

现在的情形很像那次钓鱼,又是鱼在拉着他兜圈子了。

他仍旧没有感觉到危险,他搏斗着,在河心的激流里连连打转。困难已经非常明显，情况显然和钓鱼有所区别，现在是鱼在河里，他也在河里，双脚离开了坚实的土地，他的劲使不足。

草鱼拼命挣扎着，把绳子拉得急腾腾。箍在刘才宝腿肚子上的葫芦结，越抽越紧；勒得他越来越痛。刘才宝忽然想到，自己都痛了，鱼嘴勒在绳子上能不痛吗？他高兴起来，使劲把脚伸缩，要让鱼嘴痛得不敢再拉他。可是，那鱼也像斗出了性子，竟吃得住痛，一步也不让。

经过这一番搏斗，刘才宝力乏了。他马上后悔不该白花这么大力气。他喘着，为了省力，他把仰出水面的头颅没到水中去，只是在透气时才抬出来。

他被鱼拉得沉下水去的次数越来越多，他真正感到了危险。他动摇了，觉得犯不着同这畜生争胜负，他决心要解开绳子。把鱼放开，饶它一条命。

草鱼却不想求饶。它要斗争，它拼命直窜，把绳子拉得像一根铁棒，没有一点松动，刘才宝解不开那个结。

连续三次，刘才宝憋住气，任鱼拉着走，他一手拉住绳，让脚和手之间的那一段绳子松弛，另一只手去解结。但是时间来不及，一口气憋不得那么长，只得放开手，再拼命挣扎着泅上水面换气。

这个企图，终于彻底宣告失败。他刘才宝和这条鱼，结下了不解之缘，不是人死，就是鱼亡。

刘才宝看到了这一点，真正的决战开始了。他很坚强，一点不后悔，他根本看不起这个畜生。别说是鱼，就是人，他也不在眼里。在无数次偷鱼活动中，他不是没有碰到过危险。人们发现了他，像逐狼似的叫喊着追赶他，他也从未慌张过。他腰里绕着一张丝线结成的大眼撒网，等到别人追近来，他就解下撒网撒出去，把成群的人裹缠在撒网里，使他们跌跌撞撞，滚成一团。自己则从容离开。谁也近不得他的身，谁也没法缚住他。何况是一条鱼！

他咬紧牙关，使出绝力，发疯似的挥舞着双臂，把河水拍拉得轰轰直响。但是，前进不到五尺，他沉下去了。

他觉得出了汗，又觉得彻骨凉。

他又一次拼命泅上水面。然后又沉下去。又冒出来……

他张嘴喊救命，却吞了一口水。

他的脑袋保持最后清醒的时刻，想到的并不是他竟死在鱼嘴上，而是后悔自己竟不曾抛得开这畜生，以至人们最后终于要把他连同赃物一起捉住了。

之后就开始昏迷。他似乎觉得身体发胀得难受。这感觉带着他迷迷糊糊记起了流传在渔人中的一个老故事。据说鲶鱼善于装死，它翻转白肚皮，朝天躺在水面上，水蛇看见了，悄悄游近来，迅速把它绕住。这时候鲶鱼活起来了，它轻轻动了动身体，水蛇马上用力箍紧，不让它逃走。于是鲶鱼就鼓足气，让身体发胀，奋力展开利刺，一下子把水蛇划成几段。然后从从容容，把蛇体吃个精光。

于是，刘才宝觉得发胀变得舒服了，箍在脚上的似乎不是绳子，是一条水蛇。

他想象着要拼命胀一胀。但是，刺呢……

水 东 流

一

在苏南东部平原上，纵是冬天，也早已丧失了荒凉的感觉。本来已经很稠密的村庄，这几年一直在扩大，扩大……村与村之间，空隙在缩小，距离在拉近。新起的住房都在向高处发展，青的砖，白的墙，一幢又一幢；冒烟的大烟囱，丁字式架起的胖水塔，以及带有长围墙、日夜轰轰响的大厂房，一天天多起来，工业化的味道越来越浓。站在田野里环顾四周，竟疑身居在城围之中，牧歌式的生活早已结束。

这儿的土地很肥沃，颜色灰黝黝，秋收过后，阡陌和垄头整齐得就像出厂的同一规格的成品。然而它却是有生命的，麦籽在生根发芽；等到麦苗放出三片叶，田野便罩上一层朦胧的淡青色，在薄薄的朝气升腾中，使人想起那飘浮的梦。但就在这几天里，成千上万的农业劳动者行动起来，在麦苗上泼浇一层河泥浆，浑似替大地上了一层乌光油亮的黑漆。只要再过几天，那受压迫的麦苗，便会曲着叶子，用脊梁骨顶开泥浆层冲出来，显得茁壮、碧绿，一崭齐，显得有千斤力，好像整个大地忽然竖满了绿色的钉头。

这是三麦丰收的一道重要工序，对于麦苗来说，这一层河泥浆，既保暖，又营养，把吃的穿的合并在一起了。人类慷慨到了如此程度，要知道，它还没有为自己创造既能吃、又能穿的物质呀！可是它却大量施舍给青青的麦苗。刘西塘大队今年甚至采取了如此疯狂的措施：二十天内，完成这一项加工任务的生产队，每亩奖励人民币十元。第一生产队九十亩麦田，照规定拿到了九百元。刘兴大一家，就得到四十八元奖金。

但是，这笔钱刘兴大一个也没有拿到。他的女儿淑珍，拿了爹的图章，到会计那里去领了来，居然不曾上交。

“反了，反了。”刘兴大生着闷气。这么多的钱，姑娘家藏在身边做什么？

“你真不拿出来吗？”他吃晚饭的时候又问。想不到语气竟那么温和、软弱，不见往日的威严。要是在往时，就是五块钱，他也会毫不通融地说：“拿出来！”

淑珍迅速地瞥了他一眼，不回答，眼里漾着固执、自信而俏皮的笑意。

“有你吃的，有你穿的，还要钱做什么？”女儿讨钱，刘兴大素来就是这么对付的。钱可不是随随便便的东西，他是当家人，财权不抓住，能过日子吗？

“我要用！”淑珍回答了。

“用？这么多钱？”刘兴大吃惊了，“你要买什么？”

淑珍看看娘，看看哥哥、嫂嫂，得到的是鼓励的眼色，于是淑珍胆壮了，说：“收音机。”

刘兴大生气了：“买那干什么？”

“听。”回答得好干脆。

“要听，隔壁人家不有吗！”刘兴大理所当然地说。他以为这是拿钱往河里丢，隔壁人家有了，一开声音就传过来，有白听倒不好吗？

“那是败家当的东西，几十块钱买了，听听就坏，你又不会修，三天两头出利钱，还要花电。”他咕噜说。心里头十分别扭，他想到了一件事，又说不出口。不是吗，这丫头明明被才良家那小子弄邪了心，和自己想不到一块去了。

“譬如这趟奖金不拿就是了，败得了什么家当。”淑珍大胆又大方地反驳。

“啧！”刘兴大咂了咂嘴，徒然忿忿，却没话好说。女儿是话里有话，今年全家净收入工资二千一百十七元六角，女儿名下的一笔就是五百零七元，这些都被自己照单全收藏起来了，他能说买个收音机就败了家当？

“啧——啧！啧、啧、啧！”刘兴大咕着这个单词儿。他看看老婆、儿子、媳妇，分明都是淑珍派。眼睛都在向自己瞟，那眼光有俏皮的、希望的、担心的、不满的、讽嘲的，都在攻他的碉堡。他觉得丧气、烦恼，他已经控制不住家里人：“有了几个钱，就想过快活日脚，都不是东西！”他肚里寻思。

放下晚饭碗，家里人一个个往外跑。去干什么？又是看电影，一个月三五次了，不要钱白看，大队包场。

“又不做蒲包了吗？”他十分不满地斥责了。

“你不去看吗？”儿子、女儿反而颠倒过来问他。好像诧异得很，怎么有电影看还会想到做蒲包呢？

“不要钱白看，难道时间不是钱？”他精刮地想，“耽搁一黄昏，一个人少做三只蒲包，净损失三角六！”他真肉痛，恨不得叫电影队倒贴。

小辈一个个溜走了，老伴儿洗了碗盏，解了腰布，抹抹脸，拍了拍身子，加了一件棉袄，提起一条板凳，一面往外走，一面说：“要来早点来，否则凳给别人坐去了我也不好意思叫人让你。”

“看、看、看，”刘兴大提高喉咙骂山门，火气全发出来了，“看死了我总不来收你的尸！”

老婆睬也没睬他。

“婶婶，看电影去哪！”外面响起一个愉悦而清亮的小伙子声音。

“啾。”回答得也很快活。

“淑珍呢?”小伙子在问。刘兴大听出来了,是李才良的儿子松全的声音。

“走啦,在前面呢。你还没去哪?”兴大的妻子在回答,声音里充满了亲切感,把兴大的心都刺痛了。

“我还来喊你们呢!”

“那你先走吧!”

“我和你同走呢!”那声音分明在讨好,“凳给我来端。”

“不要。”

“我端嘛!”

“不重呀!”

声音远去了,刘兴大晓得老婆的一张凳已经被李松全拿在手里,自然,他们会坐在一起,怪不得刚才她说“不好意思叫人家让”呢,她真肯做他的丈母娘呀!唉!

二

一屋子的人全走空了,刘兴大现在吼也没有人听见了。他不生神经病,乐得省点力气,不吭声了。

他倒了一杯白开水,点燃了一支廉价烟,坐在靠背椅上,慢慢抽、慢慢呷,想享点清福。但是,他没有那道行;心头一股气,被喉咙结塞住了,在胸膛里窜来窜去,不得平静。哼,只要电影一来,老的、小的、男的、女的,都落了魂。如今又多了一个勾魂的,听听吧,他说得清清楚楚,特地跑来喊呢!你李松全长得漂漂亮亮的小伙子,脸皮为什么这样厚?我的女儿嫁给谁,我有我的主张;你请了两个媒人来同我说,我都明明白白回掉了。你还转什么念头?你以为淑珍看中你了?她二十二岁的小姑娘懂什么!我做爹的不能让她往火坑里跳。我是为她好,不是为她坏；婚姻自主到法院里去讲，在家里就得听爹娘的。你李松全本事再大，我就不相信你能怂恿得淑珍同我打官司，嘿！

在家里，刘兴大铁定是一家之主，“文化大革命”算得厉害了，也不曾说家里不要当家人。他当这个家，上对得起祖宗，下对得起儿女，他从未做过坏事，就算对得起共产党。他向来办事精明，社员们学着他，也沾着一点光。儿女有他这样的爹，老婆有他这样的夫，也算福气。子孙如果有良心，他死了也不该忘记他。可是现在看吧，大家都变了，电影一来，丢开蒲包不做，丢开现钱不赚，都空着两手去闲坐在那黑地里看电光照出来的鬼影子。这还像正经过日子吗！忘家失业。蒲包不做了，家也丢开了。他们不要，我还要呢。嘿，老太婆了，也昏头昏脑学时髦。她还当十八岁呢，还有小伙子替她端凳呢，她还扭扭捏捏做俏说“不重”呢。她还居然喊我也去看呢，家里没有人，她一点不管；贼骨头进来捞一票，得了吗？哪一样东西不值钱？门角落里的垃圾，还好壅田呢！

“莫要看得轻，难道创家立业容易吗！”刘兴大心里喝了一声，睁大了眼睛，骄傲地像看刚娶回心满意足的新娘子一样细细地欣赏着他的家业。不看便罢，这一看，那胸口的一团气，就慢慢地降入腹中，咕噜了几声之后，从肚门里轰轰跑脱了。哎，好不舒服！

这房子，别看外表不显眼，檩、柱、梁、椽哪一根不是杉木！矮虽矮，可房是房，灶是灶，猪圈、柴屋另开造，清清爽爽；大小家具，应有尽有；四时衣着，里外不缺；靠墙着壁，堆堆叠叠都塞得满腾腾。这是他几十年心血的结晶，是他千辛万苦一点一滴积累起来的财产，是他长年累月像蚂蚁一样一口一口啃回来的东西。哪管柱上一只圆钉，灶上一块抹布，门角里一把扫帚，在他眼里都是有血有肉有生命的宝贝，都在他心上占着一只角落，丢失了、损坏了，自然心要痛。真不容易呀，这二十年，跟着

“走无派”，肚皮咕噜噜，若做“走资派”，肝胆都吓坏，刘兴大居然还能创家业，帅极了！也难极了！堂屋里这一张榉木八仙桌，对拼的台面，雕花的框档，通身没有一个节疤，精致大方，做手好极了。一九六〇年，卖主只要换六十斤大米。眼馋的人一大群，可是谁也拿不出米来；也有拿得出的，又不肯，认为这世道是活一天算一天，要台子做什么？只要有得吃就算。刘兴大家里一共只有八十斤米，办公共食堂时，原应该交出去；他打了埋伏，生产队来查抄也不曾搜到。这时候又正是饿得最厉害的时候，可是，他咬咬牙，拿出来换了那张桌子。后来也不曾饿死。一个人在最困难的时候，也应该想到活在世上并不光是为了吃嘛！活一天算一天的人，谁也不及刘兴大相信共产党。刘兴大从来不曾消极失望过，他是个铮铮铁汉，甘心付出最大的劳动换取最小的报酬，善于运用超人的智慧去谋取正当的利益，他从不错过能挣一分钱的时间，从不放过节约一分钱的机会。他儿子长到十三岁，他就安排下养活二十只兔子的任务，当年就赚到了口粮钱。这样年轻就能负担自己的生活，全大队没有第二个。女儿淑珍更出众，八岁学会做蒲包，十岁学会摇棉花，十四岁初中毕业，一家的洗、烧、缝、喂都包揽了。真叫将门出虎子，精明人家的门闩也能舂得米，全靠他教得好哪！

不知不觉间，淑珍长高了，身材窈窕了，脸皮白嫩了，眼睛乌亮了，头发油黑了，重担子挑来轻飘飘，针线活做得呱呱叫。好一个娇女，走在公路上，小伙子看呆了，听不见背后汽车叫；走在街面上，两旁买卖都停掉；坐到戏院里，观众不朝台上瞧；哎呀呀，当年皇帝选妃子，幸亏她还小。

儿女长大了，刘兴大也用不到他们操什么心；吃什么，穿什么，做什么，一样样安排得条条帖帖。媳妇是他看中的，娶回来了，儿子觉得蛮好；女儿的婆家，他心里早有了，是隔大队第三生产队的徐富生家。徐富生同刘兴大关点老亲，和刘兴大一样精明能干，家底子一样厚实。他的独生儿子徐炳元，和淑珍是同学，同他老子一样的秉性，是个正经过日子的角色。在学校里的时候，就有好事的人从中提这个头，双方父母都赞成。后来长大了，徐炳元常借着跑亲戚的名义来看淑珍，淑珍对他也是热心的，而且也到他家去过多次。可是近一年来，忽然冷淡了，淑珍的魂被李松全勾了去，徐炳元来了竟和她搭不上腔。唉，丫头太小，不懂事，徐家是根牢固实、稳当可靠的人家啊！

可是，一提起徐家的事，淑珍就嘟了嘴，前一阵竟对娘说："我不要过那种日脚，我厌透了！"这算什么话！刘兴大看中徐家，就因为徐家过日子同自己一模一样。她厌透了，不就是厌透了自家的日子吗！

"养了她的身，没有养她的心！"刘兴大又惊又气。明明白白，她要像李家那样过日子。

平心而论，刘兴大对李才良、松全父子绝无成见。这两个人——大队工厂的供销员和技术员，把厂办得兴旺发达，集体和个人都受到好外。今年真了不起，生产队分红，大队按比例拨下来八千现金，使全队的工资单价提高了四角七分，把其他大队社员的眼睛都看红了。光这一项，刘兴大全家就增加了近千元收入，他能不高兴吗！他备尝过生活的酸苦，懂得世道的艰辛，在那些"唉唉"的年代里，一家五口，拼死拼活，也几乎积不出钱来。今年凭空增收那么多的钱，却不曾要刘兴大花一点力气，简直不可思议。这难道是合法合理的吗？要说不合法吧，这是领导上大白天当众做出来的，分配方案是经过三级机关批准的，要怀疑都没法怀疑。要说合法吧，那么，几十年来刘兴大那个花一分力气赚一分钱的传统观念就完蛋了，刘兴大就不知道以后应该怎样过日子，他大概要重新到马桶里去翻个身才行。所以刘兴大还是不相信。他不相信也有根据，只要看看李家这七八年来三起三落的历史就有数。办厂办厂，李才良在

“文化大革命”里就红起来了，赚的钱替全大队付了电费、学费、医疗费。可是工作队一来，撤了他的职，关在学习班，拆了他的房子退赔。工厂也停办了。工作队一走，大队书记又拉他出山，又赚了钱，替大队买了拖拉机、电动机、脱粒机，把房子造还给他。过了两年，工作队又来了，又撤了他的职，拆了他的新房子，卖了他的新家具退赔。工厂又停办了。一直到“四人帮”粉碎以后，大队书记又三请诸葛亮，把他拉上台，他儿子李松全也从老师傅升了技术员。全厂父子一把抓，三年大翻身，钞票一大把一大把分到社员身边。过去拆掉的是平房，现在他干脆造了二丈三尺六的高楼，上上下下，一套套新式家具，蜡克树脂漆，光闪闪、澄澄亮；手表，自行车，三五牌台钟，收音机有了不算，还有十六英寸彩色电视机……哎呀呀，真是现代化的生活呀！这三年他们父子俩赚得真不少。合法吗？合法。李才良按照公社规定可以从纯利润中提百分之三，李松全出的产品畅销有奖金，都合法。也没有人不赞成。但是，但是……这现代化的生活究竟能过几年呀！要不要再受折腾呢？共产党的政策变不变，哪个吃得准？说不定哪一天又来工作队，扣他的人，拆他的房，做个闲人，替他想想也发愁，如果结了亲，岂不愁死了！

兴大越想越不安，他坐不住了。他要去查查淑珍在不在看电影，别被李松全勾引到别处去。哎呀，莫出了纰漏。

三

工厂旁边黑黝黝的广场上，密集着成百上千的人群，刘兴大哎，你哪里去找得到淑珍！

放映机的光线照出一个个灰暗而模糊的人头的轮廓，刘兴大从人群的外圈不时找到一个空隙探头进去；能看到的只是一个一个后脑勺；眼睛睁得核桃大，也认不出人来。于是他又扭着脖子细细打量身边的人，一个一个地相面，他的形状非常滑稽，熟悉的人就问了："兴大，你找谁呀！"

"哦，哦，"兴大不肯说淑珍，却连连问道："我家的人呢，我家的人呢？"

好不容易有人指示他："喏，你儿子、媳妇在那儿。"

媳妇耳朵尖，听见了，回头一看是公公，站起来招招手："爹，你来坐。"

"你娘呢？"兴大挥挥手。

"不晓得。"

"淑珍呢？"

"没看见。"

刘兴大把头缩回去，走几步又找个空隙往里瞧。

"你找谁？"好心人又问。

"我家老太婆。"

有人开玩笑："老太婆，丢不了，没人要，别急别急，放完电影会找到。"

又伸了十几次头，终于有人指点了："喏，那边披了棉袄的，不是吗！"然后开玩笑喊道："喂，淑珍妈，兴大喊你回去哩！"

"嚼舌头！"淑珍妈一边笑骂，一边扭头看了看兴大，"做啥？"

"还有人呢？"兴大见淑珍也不在，忙问。

"不晓得。"

"你就只管自己看电影！"兴大恶声喝了句。

老婆回过头朝着银幕。她把棉袄裹裹紧，表示不理他。

刘兴大生气了，掉头就走，转身急了点，把鼻子碰在身边一个姑娘的太阳穴上，鼻梁骨一直酸到脑门顶。那姑娘尖叫了一声，伴着姑娘的小伙子就一把抓住了兴大的肩胛。姑娘连忙一笑，推推小伙子说："是我家大伯伯。"小伙子也笑了，连忙放开兴大，还打招呼说：“大伯伯，你找谁？”兴大这才看清姑娘是自己的侄女淑英，那小伙子是她的对象，叫徐青大，和徐炳元是一个生产队的。兴大打了个嗝顿，不曾说得出话来，含糊地“嗯”了一声，就缩出去了；蹲在他们背后，摸出一支卷烟来点燃。前面那一对以为他走了，小伙子低声对淑英说：“你知道淑珍和炳元为什么吹了？”

“她和松全好，自然不能再和炳元好。”

“那么，她原和炳元好，为什么又和松全好呢？”

“你是说淑珍不好吗？不对，淑珍人顶好，炳元总有地方叫淑珍看不惯，才会断。”

“我倒弄清楚了。”小伙子神秘地说，“告诉你吧，完全是为了鞋子！”

“鞋子？”淑英很诧异。

兴大的心抖了一下，耳朵竖得更直了，连烟也忘了抽，急于想听个明白。

“唉，炳元的爹娘，忒忒精明，就是算盘打得忒旧了；他们从来不买鞋，穿自己做的，以为省钱……”

小伙子非常愿意满足姑娘的好奇心，但是旁边有人干涉了：“别吵了，别吵了；看完电影再讲。”于是他不响了。

兴大叹口气，但是他不想离开，希望这断了的故事有可能续下去。他也看起电影来。看了片刻，没有看出个头绪，思想便开小差，想起小伙子刚才评论炳元爹娘的话，很不赞成。他看中的就是这家人精明。一个种田人家，自己能做的东西，为什么还去买？许多零星用具，学会做并不难，笤帚五角钱一把，不过是几根粟苗用麻线扎扎就是了；草篮一元半一只，有二斤半竹子就够了；蒸腰只是一斤半稻草，竟值两角钱；蒸架、笼头、土筐、络索、米囤、小板凳、麻绳、酒、酱油……自己不动手，样样买，哪来许多钱？人家做了卖，哪一样不要赚钱！自己辛辛苦苦做来的钱，能轻易让别人赚得去！他刘兴大从来就是这样过日子的。鞋子当然不应该买，否则要老婆、女儿干什么！忙，就忙一点，辛苦，就辛苦一点，少玩一阵，少睡个觉就是了，做得死吗！一个人就要练，不练，吃现成饭，就一样也不会做，就一点也不会算，就不会有刘兴大的家业，就不会有淑珍的一手好针线！说这算盘打得旧也好，新也好，精明的种田人世世代代就是这样打，就是这样过日脚，总也不曾吃亏！做鞋穿不省钱，倒是买鞋穿省钱吗？这打的什么算盘？

刘兴大不能赞成这种说法。但是，怎么竟是为了鞋子呢，这丫头？这件事不弄明白，今夜要困不着。

说也巧，场地上忽然闹起来了。一片漆黑，断电。现在要等放映队把带来的小发电机架起来发电才能放。

自由了，小伙子应该讲下去了。刘兴大正高兴，那一对却不在了。

刘兴大面对着黑洞洞一片，故事听不到，女儿找不到，还是回去吧。

刘兴大离开了人群，就像小船离开了陆地。回头看看，除了几个散兵游勇之外，那人群真像大地一样屹然不动。他们真有兴趣，真有耐心：电断了，就等电来；片断了，就等接好；今夜放两张片子呢，谁肯走。不到半夜不会散，散了回去还要烧半夜餐吃了再睡。嘿，只说看电影不要钱，就不算算半夜时间，一顿饭全白贴了！还有这一班青年男女，一对对，深更半夜……天又这么暗……淑珍呢？松全居然也碰不见！还有淑英，徐青大……他们在做什么？

刘兴大心不定，四野里瞧瞧，看见工厂那边有手电光游移。便弯过去，吓，原来货船回来了，在开夜工搬运呢。管理员看见他，连忙喊："兴大，你是不爱看电影的，帮忙上一上货，好吗？"

"怎么算账？"

“不亏待你，一个钟头两分工，做过十点，贴三角夜餐费，怎么样？”

兴大一算，两分工值三角，两小时就是六角，加三角夜餐费就有九角了，等于做七只半蒲包（那可要三个人做半夜呢）。老话说：“运气好，莫起早。”现在赚钱比从前容易了。不赚干么，力气藏在皮里也会烂掉的。他心里一百二十个愿意，但却装得勉勉强强地说：“要是叫不到人，我就帮帮忙。我难得出来看场电影玩玩，又给你叫住了，真没办法！等歇算时间，你得放宽一些，一张电影票，也值两角呢，总不能白损失！”

他没等管理员回答，就参加进去了。腹稿已经打好了，干不满两小时，也得算四分工；超过两小时，哪管只五分钟，他也要力争算三小时的账。

搬了两趟，电来了。

搬到第三趟，刘兴大从仓库里出来，隔着玻璃窗，看见工厂办公室里坐着四个人，厂长、管理员、李才良和他的儿子松全。刘兴大一块石头落了地，安心了；松全和淑珍不在一起。

搬到第五趟，管理员在门口等他说：“停一停，厂长等你商量一件事。”

“叫我？”

“唔。”

“工分呢？”

“照算。”

刘兴大乐得快活。他进了办公室，一看，松全不在了，坐着厂长和李才良两个。见他进来，都朝他笑笑，招呼他坐下之后，李才良看了看台上放着的飞马烟，另从口袋里摸出一包前门，先敬他一支，然后给厂长和自己；亮出打火机，又先替他点着，不用开口，便显出很尊重他了。

“兴大，同你商量件事。”厂长吐了口烟说。

兴大不响，眼睛盯着他。

“你真有本事。”厂长笑着说，“今年天气这么阴湿，别人家种的芝麻都死光了，你还收着那么多！”

兴大一听，明白了。他装得丧气的样子说：“别说了，我也只收了个六成。”

“六成哪？”厂长料得兴大会来这一套，故意惊讶地说，“我还以为只收了五成呢！”

兴大失败了。他后悔没有说得更低一点。

“有多少？”李才良微笑着问。

兴大不答。

“多少钱一斤？”李才良又问。

“一元六。”兴大很爽脆地回答。

“你真是狮子开口，自由市场上卖一元二。”厂长反驳。

“你上自由市场买去！”兴大说。他知道市场上没有货。

“兴大，价钱便宜点。”厂长缓缓劝道，“是厂里派用场的！”

“厂长，你就给点光我沾，也没啥大不了。厂里还在乎这几个钱吗！”

“就算了吧。”李才良温和地点点头说，“依你。有三十斤吗？”

“兴大，你别弄错。”厂长说明道，“是才良自己掏腰包。”

“私人买？”兴大注视着才良。

“是才良自己买了替厂里去送人情。”厂长说，“这费用是包给才良的。他今年是多用了！”

“算了算了。”才良还是温和地说，“横竖都是一个队里人，吃亏沾光都在自己家里。”

“自己家里。”这句话兴大听了有点刺耳，有点脸热。但是不能驳。

“自家人就要体谅点嘛！”厂长说，“这爿厂办到这样子，才良功劳不小啊！今年全大队工资单价提得那么高，你兴大也沾了大光呢！”

“算了算了。”才良一直微笑着说，“沾光也不是兴大一人沾。”

“话是不错。”厂长动感情了，“可大家也要想想，你才良为这爿厂，房子拆了两次呢！”

“啧！”才良皱了皱眉头，叹一声说，“横竖事情也过去了。”

刘兴大忽然被感动了，生活在这个集体之中的人毕竟不能是旁观者，工厂对他的好处暖着他的心也吊着他的心，他一下子吐出了他长久以来的担忧：“过去的总不会再来了吧？”

一阵沉默。

“总不见得再来那一套。”厂长像对自己说。

“来也不过是拆房子。”李才良苦笑说，“我也不曾坏过良心，大家得到好处，能说一声值就算。”

“唉，”兴大叹息说，“看见你们送礼，倒不是肉痛，就怕厂办不长。”

“送礼也不是我们欢喜送，是有些拿着国家工资、管着国家物资的人厚着脸皮开口要的！厂要办下去，没办法哪！我两趟拆房子，都不肯牵他们出来。现在这班人更不像腔了。胃口大得没底，什么都要！我哪，也看透了，横竖材料越来越宽，我们的产品质量也过关了，任务有得做。以后不一定要靠他们，再要搞到我头上，我也不背黑锅了，一年账都在我肚里，有朝一日，我摊出来，就算送他们一口棺材！”

刘兴大听罢，安心地叹了口气说：“你把芝麻放在棺材里一道送，价钱就算一块二。”他原也听说过李松全技术好，东西做得灵巧；就没有想到技术好了就能使工厂硬起来。

大家哈哈大笑。厂长忽然朝李才良眨了眨眼说：“兴大，把淑珍放到厂里来，怎么样？”

刘兴大不答。

四

一个夜工开了两点二十五分钟，刘兴大除了在办公室坐掉的时间以外，大概做了不满一个半小时，果然得了六分工；夜餐费三角照付，不用细算，便是一元二角钱。刘兴大知道，如果生产队里，这些钱起码要开三个夜工，现在办了厂，赚钱的确容易了。

电影还在放。刘兴大有点倦了，不想再耽搁，决定回家。

一路上想着刚才厂长、才良的话。唉，能不反复就好。这样的光景，只要太太平平过三年五年，漏碗也能盛满水。怎不叫人动心啊！农业也发展，工业也发展，这日子有了奔头。在旧社会里苦，是受了剥削；新社会里没有剥削了，为什么还要苦呢？但愿从此就算苦到头了吧。

刘兴大忽然想起了淑珍的那句话："我不要过那样的日脚！"惊异地发现自己竟和女儿走到一条路上去了。

"唉，这丫头，"刘兴大想道，"那么，日脚该怎样过呢？"

他又想起刚才徐青大同淑英讲到做鞋子的话，可惜不曾说完。

一路想着，在黑夜中慢慢行来，不知不觉，便上了村头。离开自家七八间屋面，是淑英家。门缝里透出灯光来；走近了便听到有人声。走到门口，便听出淑珍的声音来。兴大不禁停下脚步，凑过去朝门缝里看：嚯，四个人，淑珍、淑英、松全、青大，一人一面，坐在八仙桌头喝茶吃葵花籽，正谈得有劲。只听得淑英说："你老老实实讲，我已经掌握情况了，不许你赖！"

松全申辩道："天晓得，徐炳元那双鞋，我根本不晓得是淑珍做的。淑珍和他不过是同学，怎么会替他做鞋呢！"

淑珍格格笑着说："都是他娘，我一到他家，就塞给鞋底我纳；好像怕我白吃他家的饭，一去就不让我有空闲。"

"那一天我上街去，"松全说，"碰到徐炳元在鞋匠店里取鞋子。鞋子已经绱好了，徐炳元要鞋匠在鞋底上钉上内轮胎橡皮。鞋匠说：'哎呀，这么好看的鞋底，被轮胎皮遮没了真可惜！'这才引起我的注意，一看，真是扎得好极了，针线细密、匀称、光净，简直是艺术品。这样的鞋底，不要说不该用轮胎皮遮盖，根本就不该穿上脚，应该放到艺术馆去展览，当艺术品珍藏起来欣赏！"

"该死的，这浪荡子！"兴大暗暗骂着，心里却偏偏很甜。

"我就动心了，问炳元：'钉胎皮做啥？'炳元说：'钉了防地湿。'我说：'湿地上走路，你穿胶鞋不好吗？'炳元迟疑着说：'贵。'我灵机一动说：'你怕贵，我买一双胶鞋同你换换好吗？'他不吭气。我干脆就说：'我买一双深筒的回力球鞋同你换！'你们知道炳元怎么回答？他说：'换就换，我一个钱也不贴。'……"

大家格格地笑个没完。

"这浪荡子，就这样过日脚！"兴大喜滋滋地心里骂着。

淑英忽然板起脸，喝道："招来，还有别的意图！"

李松全对天起誓："倘有一点隐瞒，让天老爷派工作队来拆我的房子！"

哈哈哈哈……

徐青大摇摇头说："徐炳元太老实！"

松全马上反驳："那我倒是滑头？"

淑英白了一眼青大说："什么老实，眼里只有钱和物，哪个姑娘配他爱？"

"你不晓得，"青大解释道，"他从来没有穿过买的鞋！"

"和我家一样。"淑珍证实说，"什么都要自己做，好像工夫不要钱！其实细算算，做一双鞋子的料，比买一双只差几角钱，倒要花两天工夫才做得出，一工算一元，就大蚀本。就是不肯买，赶着你起早磨黄昏，半点没空歇，想学习不得学，想看电影不得看，想外面去见识见识不得去；有了钱买块糖吃还说吃馋了嘴，这日脚过了有什么意思！”

“嘴倒凶！”淑英指着淑珍说，“大伯伯听见了揍你！”

“我不怕。”淑珍说，“我话说明了。”

头大摇摇头，不愿再听下去。女儿造反了，哼，你造吧，横竖做爹的也不带什么进棺材！他悄悄走开了。

到了家，兴大到猪圈、羊圈、兔圈转了一转，关好门，灭了电灯，想进房去睡觉，听见大门外有脚步声停下了。两个人在说悄悄话。

一个说：“你走吧。”是淑珍的声音。

“你几时给我做双鞋？”松全的声音。

“不。”

“只做一双。我总不能光拿人家的当宝贝。”

“只做一双！”

“只做一双。否则，你就把我当徐炳元。”

一声低到蚊子一样的“嗯”。

兴大赶快进房睡觉，连灯也没开。

电影完了。儿子、媳妇都归宿。

老婆最后也回来了。坐到床上脱衣服的时候，见女儿房里灯没有熄，喊道：“淑珍，还不困！”

“困了。”

刘兴大揣度女儿在做鞋子，用脚踢踢老婆，模模糊糊地说：“随她去……”

崔全成

一

天刚亮，崔全成父子婆媳四人，就把一担青菜收拾得干干净净，分盛在两只苗篮里，挂在自行车上。五点半钟，崔全成就上路了。

从自由市场开放以来，崔全成就种一点菜送出二十五里路上城里去卖。三天一担，五天一担，也不定期，反正是菜畦上有就勤卖，没有就歇。今天这担菜，还嫌忒嫩，原该是明天才能卖的。但因为今天逢六，城里北门有猪市，崔全成考虑了一晚，决定提前一天，卖菜买苗猪，一当两便。买苗猪的事，他放在心里想了七八天，原因是生产队长崔大牛倒霉，三个月里连续死了两头苗猪，没得钱再买，来向他借钱。崔大牛如果不当着他老婆沈桂珍的面开口，他当时就会答应。无奈沈桂珍立即就岔开了话头，说为了买建筑材料，自己都借了债，弄得买盐、买肥皂都等着卖菜钱用，泥菩萨过河，自顾不暇，哪里还有钱借人！自己也就只好听老婆的了。他晓得老婆也不是自私，不过是对崔大牛夫妇有意见。其实意见也对，崔大牛夫妇也真不像正经过日子，猪尿缸满了不出空，又忘了加盖，一只苗猪跌进去淹死了；后来一只，又因水泥圈板不曾竖牢，倒下去压死了。真算拆足了烂污。崔全成从前不是没有帮过他的忙。包产到劳以前，崔大牛权力一把抓，他向谁开口，谁都得应付着点。崔全成也不例外，是有点讨好、委曲求全的意思。包产到劳以后，社员自己掌握了生产权、生活权，有些人就不理睬他了。可崔全成是个厚道人，看他困难，倒反真正诚意周济他。可是他花钱花惯了，不晓得节约：盐钱没得，香烟照吃；本性不改，别人也难周济齐全。所以崔全成后来也不大肯借现金给他，想从生产上帮他一把。称了自养的五斤地鳖虫送他养殖。他又不当心，不到半年，死的死，逃的逃，烟消云散。真是个捞不起的户头。这次借钱买猪没借到，还背后说了些不相干的话，意思是他现在失势了，崔全成看不起他了。崔全成只好叹气，心想你崔大牛果然是蠢透了。须知你大权独揽的时候，把事情搞得一塌糊涂，从未有人看得起你。不过那时候你是一根点亮的蜡烛，又红、又亮、又烫手。大家只得把你哄住。就像做一盏灯笼，把你插在中央；你以为四周都有了保护层，没想到人家是在糊住你。一个人要人家看得起，要靠自己做出个好样来，不关有权没有权。古往今来，都是如此。现在你虽然权小了，我倒是实心实意扶持着你。再要骂背皮，也是天晓得。但想着他也实有难处，种田不养猪，秀才不读书，总不能看他圈里老是空着。还是应该帮他解决。给钱他自己去买吧，明知他也不是识猪的人，未见得拣得着好的。还怕他故意买个落脚货，好省下钱来买烟吸。也罢，送佛送到西天，还是自己替他买一只算了。钱多钱少，横竖有发票；至于他以后究竟还不还，由他。糊涂账也不是这一笔，粗粗算一算，九年来用在崔大牛身上的钱，十只苗猪也不止。不去说它了，走着瞧吧。

崔全成的自行车踏得很快，六点左右就到了市场。他卖菜的年月不长，却出了名。只为他的菜都是当天清晨从菜畦收割下来的，不隔夜，不浸水，非常新鲜。他一向宣传说，蔬菜也和荤腥一样，越新鲜越好吃，顶好一收割下来就烧，味道最鲜。可惜城里人没有这种口福。有些人听了，把他的菜和别处买来的烧了比较，果然不错。所以，崔全成就有了一批老顾主，碰到他上市场，就争着买他的菜，往往半小时就光了。当然，要做到当天收割当天卖，很不容易，有些蔬菜采摘困难，三四点钟就得起身忙，是打着手电光操作的。但卖出去就省时间了，闪电式，速战速决。崔全成上城卖一趟菜，大致上有五到十元人民币进腰包。

崔全成并不是专业的菜农，种菜不过是他家庭副业中的一个项目。这两年来，他全家主、副业的总收入是相当可观的，但也并不真有传说的数字那么庞大。因为旁人总是只算他的进账，不算他的出账。他一家六口，四大二小，日常开支不小，亲戚朋友多，人情往来，交际应酬，细算算一年要花老大一笔钱。况且生产也总要下成本，不像干部、工人光凭人头拿工资。但手头确实宽裕了，去年冬季，四间屋的建筑材料，两个月就买全了，看上去轻易得很，好像一点不吃力。

六点四十分，崔全成的青菜已经卖光，照例留下一小扎，是送给茶馆的服务员的，那里通常是他歇脚的地方。此时猪行还刚开市，价格往往偏高，崔全成想拖到收盘前再下手买。那时总要降一点价，吃饱的猪肚皮也屙瘪了，分量也轻。这两个条件一凑合，一只苗猪能省下几块钱。所以，他就不急不忙，把空苗篮挂在车后，推过一小段路，到茶馆里去耽搁。一路上碰到些人买了猪走过，便打听行情；知道今日市上猪涌，便放心了，料想后来会杀价。可以在茶馆坐一会，听听山海经。

往常，崔全成卖完菜，也总不到七点，满可以赶回家中吃早点。可是他却常常留下来，买三块烧饼，进茶馆去泡一壶炒青，悠悠然坐着享受一番。时间长了，竟也了这儿的熟客。他可以随随便便地挤到谈话最热烈的桌子边去坐下来，也会突然从这一张桌子移到另一张桌子去听讲，谁也不会觉得奇怪。他从不发表议论，而是一个入迷的听众。像小孩子一样，随时提出一些“再讲详细点”、“你看到是怎样做的呢”、“有什么好处呢”、

“他为什么反对呢”……简单的问题，催别人讲下去。他津津有味听着，一坐就是几十分钟。这可完全不像他平时的为人。要是生产队里的人看见了，都会惊异得莫名其妙。因为谁都知道，崔全成一向时间扣得很紧，不是搞农业，就是搞副业，一分钟都不肯浪费，吃顿饭都要算好了的。怎么会像闲散的二流子那样蹲在茶馆里和一班老头子混呢？

是的，这不像崔全成。连他自己也没有想到，他这样的人，会和这爿茶馆结下不解之缘。那是出于偶然的机会，前年有一次上城卖菜，当时还没有老主顾，不容易卖，刚卖脱一大半，天下大雨了，只得找地方躲雨，才摸着这个茶馆。说来也巧，就是这一次，他详细地听到了×省搞农业责任制的情形。这非同小可，因为这些年来，他深感生产队集体劳动的弊病，心底里有过类似责任制的设想；也不敢说，只当是做梦。听到×省的情形，才晓得自己原来想的，不过是些皮毛，现在的做法，才真叫彻底呢。从此才敢公开在社员面前宣传，后来他们的生产队，竟第一个搞成了包产到劳。所以，这茶馆就给他留下了深刻的印象。他觉得这里可以学到许多东西，了解许多情况；这儿是他的一面世界之窗。在这里，聚集着各式各样的人物，有退休的老人，有四郊来的农民，有清早起来锻炼了一阵身体在这儿休息、用餐、准备上班的干部、工人，也有借这儿一块宝地虚掷青春的小纰漏。政策的变动，社会的动态，各种人的情绪，无不在此得到反映，各种生产的经验，各地发生的新闻，往往在这里交流。这对崔全成很有教益，他几乎是找到了自己的大学了。他越来越多地了解到全国农村的新变化，听到了各种副业生产的新办法（例如繁殖地鳖虫、蚯蚓、黄鳝，栽培薄荷、茯苓，引进良种毛兔等等）。他可是个有心人哪！他虽然从来不曾当过干部，但他现在走上了一条自己梦寐以求的道路。他早就看到了这条路对自己的好处，并且一步步变成了现实。但是别人又怎样呢？并不是所有的社员都像他这样精明能干的。他们能不能在新形势下找到自己应有的位置，普遍地提高自己的收益和社会的财富，这可是责任制能否持续发展的关键哪！他不能不关心这些。真奇怪，包产到劳以后，有些知识里手总以为从此社员“只扫自家门前雪，不管他人瓦上霜”了，可是崔全成被这种新形势吸引住了，从来没有像现在这样关心过全队社员各家各户的生产和生活。他从自己的利益出发，觉悟到他的命运是和大家联在一起的。他从茶馆大学得到许多好处，或者是现成的经验，或者是访问的线索，他把自己学到的一切有用的东西搬到生产队来，使大多数社员找到了适合自家发展的副业。他从这更增强了信心，变得更加聪明起来，以至有一次能够不动声色地用求教的口吻巧妙地击败了一位退休干部兼业余理论家。这位老先生无疑是茶馆的权威人士，崔全成听过他许多次宏论。得益匪浅，也许到弥留的时候，崔全成还会把他的理论作为传家宝告诉自己的儿女。但是，当这位大人物讲到集体劳动是社会主义的原则，责任制是资本主义道路的高论时，崔全成为了彻底弄明白，提出了医生为什么不集体劳动？作家为什么不集体劳动？工程师、教师、研究员为什么不集体劳动？干部为什么有分工？国务院为什么要设部？……一连串极其幼稚的问题，竟弄得那位老先生闭口不屑答复。至于茶馆服务员老张，看起来文化不高，崔全成倒发现他是个极好的人，他几乎无所不知，果然不愧为“茶博士”。崔全成就和他结成了好朋友，自己不在场的时候，老张成了他的义务情报员。去了只要问问他，几天中的特别新闻准不会漏掉。

二

同往常一样，崔全成到茶馆门口停下来，把自行车推在一旁锁好，提着空苗篮，上隔壁小吃店买了三块烧饼，便走进茶馆。一眼看去，十来张桌子，大半已坐着人，散散落落，嘈嘈杂杂，各说各的，各听各的，并无特别高的声音吸引全局，算是平静的了。崔全成摸出一角钱，在小柜台上买茶筹。这时背上被人轻轻拍了一掌。他回头看去，是老张。崔全成点点头，微微一笑，把茶筹递给他，自己找一张空桌子坐下来，把苗篮塞在台底下，等老张沏茶来。

茶很快来了，老张将一把紫砂供春壶和一只白磁茶盅放在他面前，自己便在桌子另一面坐下。崔全成照例踢踢台下的苗篮说："几棵菜，给你的。"接着便问："这几天听到些什么？"

老张不回答，亲昵地端详他片刻，点点头说："老弟，你是个角色！"

"咄。"崔全成把头一摇说，"空话，要我跑龙套，我都跑不来。"

"你若上台，我看一定是该演得不坏的角儿。"老张说，"我舍得一元钱买张票去看。"

"今天你怎么了？"崔全成摸不清他的意思。

老张忽然庄重地说："城西公社的刘书记刘子宽，你晓得不晓得这个人？"

崔全成摇摇头。老张把大拇指一翘，加重语气说："是个好人！"

崔全成呆望着他，等他说下去。老张接着说："他是我表兄。"

崔全成扑哧笑了。他一笑，老张也笑了，解释道："并非因为是亲戚，我才说他好；倒是因为是亲戚，我才知道他好。"

崔全成仍旧笑着说："好、好、好。"

老张正经道："你别不信，见面谈谈就晓得了。"

崔全成还是一味笑。

老张郑重地说："真的，昨天夜里在我这儿，听我讲起你，他非常看重，说你是个角色。想同你会会面。"

"嗽！"崔全成出乎意外，连忙摇头说，"见了大干部，我话都不会说。"

"喏，"老张戳穿他道："在我面前，你还装腔。鬼！"然后引诱道："你知道为啥？他想详细听听你讲讲你们分田的事。……"

崔全成纠正道："不是分田，是包产。"

老张哈哈一笑说："你看，多精明！光凭这一句话，就看出你走的路，不许别人有一点误会。"

崔全成也笑道："真怪，我听好些干部就爱说'分田'，其实农民都晓得，共产党不会把田分给大家的。可当干部的偏这么说，我起先不懂，听多了，就品出味道来了，原来他们的意思是想贬低中央的政策。"

老张激将道："你向我宣传，没有作用。你应该向他宣传！他是实权派，说动了他，就派大用场。他要见你，意思也是想搞，搞的人一多，你就不孤单，就站得住脚！怕什么，换了我是你，就跟他讲三天三夜！"

崔全成动心了，对呀，便问："他人呢？"

"在县里开会，只要告诉他一声，吃了饭准来！"

崔全成犹豫了，因为他等不及。

老张看出来了，忙说："你别当太平，这两天茶馆里尽谈这件事，特别是干部看不惯，有人说，这就要两极分化：有人说，这么一来，农民眼里就没有干部了，怎么领导？有人说，这不是鼓励农民向钱看吗？现在市场上菜蔬涨价，就是恶果；有人说，有些地方农民收入超过了干部和工人，城市不如农村了。"说到这里，老张向那边角落指了指。崔全成转眼看去，是那位业余理论家，老张压低声音说："他讲得最彻底，说他革命革了几十年，十八级的干部,退休了拿六十多元钱工资,还不及一个农民,革命白革了!你看,刘书记想干,就不简单呀!你该会会他。"

崔全成动感情了,不由自主地又向那边瞥了一眼,心里说:"好,我可懂了,原来你革命革了几十年,就是为了工资要比八亿农民多。你几十年比农民过得好,今朝一看见农民赶上来了,就不赞成。这倒见了你的真心!"想到这里,崔全成胸中昂然,近年来他常有这种想法,觉得自己能生产,能生活,能革命,哪一点都不比别人差,干部又怎么样,究竟高明到哪里!

老张见崔全成沉吟不语,催着说:"怎么样?"

崔全成倒真想会会刘书记了。为什么不呢,有机会跟这些干部讲讲包产的好处,至少也能减少一点阻力!但想到自己没有空,只好摇摇头说:"以后再约吧,今朝我要去捉猪。"

"捉猪马上可以捉,他吃过饭才会来呢。"

"捉了猪,我就等不得,要赶着送回去。"

"那么你……"老张还想劝他,有客人在喊泡茶,连忙应着走了。

崔全成默默地想:"到底还是想搞的人越来越多。就不知究竟能搞几年?"他倒真想摸一摸。他最担心的就是农民手里有了点钱,生活好过些了,就会有人困不着觉,又要转瞎念头胡搞。

"胡搞"这个词忽然出现了另一种意思,崔全成分明看见门口川流不息的人群中,有一对他熟悉的男女流了过去。他的心一沉:"哎呀,今朝碰着了,难道这是真的吗?"

崔全成身不由己连忙站起来,匆匆跑出去,想再看一看清楚。一看不错,真是他们两个。

崔全成气极了,心里骂道:"惬意日脚过惯了,嘴巴子吃馋了,真就没有骨头了!"这半年来,村里村外风言风语,说崔大牛的老婆和南货商店的主任勾搭上了,不为别的,就为嘴馋。崔大牛现在没有那么多钱供她花，就走邪了。崔全成总还不信，以为是崔大牛过去得罪的人多，如今故意说他的丑话。他还劝别人莫说，莫让反对派找到借口，说责任制搞得生产队长养不起老婆。可现在亲眼看到他们一起上城来游荡，不由他不起疑心。他崔全成还一心一意要替她家安排生产、过好日脚呢，她自己倒存心拆烂污，这不是反了吗！这也要怪崔大牛，当了个小小的生产队长，就以为做了皇帝了，惯着老婆吃，惯着老婆穿，惯着老婆玩。如今没得油水了，像滴烂鼻涕，挺不起腰来劳动，动不起脑子来经营，生活不好过，弄得老婆背着你卖风流，你可不能再落拓下来，男子汉应该有点性子呀！你平时的威风哪里去了？大权在手的时候你凶得很，一旦失势就连个小家庭都撑不起，由此可见你根本就没有能力搞好生产队，大家吃你的亏可不小啊！现在搞责任制了，大家都找到了合适的位置，你也应该找到啊！谁在妨碍你呢，大家都在帮助你呀！可你们夫妻两个竟都这样！

要是在从前，崔全成碰到这件事，决不会出面干涉。现在他熬不住了，心一狠，他想："不管怎么样，我碰到了，就拆散它！"他不再犹豫，加快脚步从人流里往前穿，到得两人背后，竟发现他们的手臂像绳子那样扭了一转，心里更气，便装得大惊小怪地喊道："哎呀呀，胡巧兰，你也上城啦！"

两个人吓了一跳，扭成绳的手臂散开来，回头一看见崔全成，两张脸涂得血红。

崔全成并不理睬那主任，两眼直盯着胡巧兰看，像要戳穿她的心。

尴尬片刻，那主任勉强寻着一句话，说："刚巧在汽车上碰着她。"

崔全成笑笑说："我也刚巧在这里碰着你们。"他打量着胡巧兰，不错，这个三十三岁的女人很漂亮，很会打扮，平时不肯劳动，皮肤还嫩得像水豆腐，看不出是乡下人。崔全成还知道她很会烧菜，很熟悉电影和戏曲故事，生下的两个孩子也很惹人爱，她并不是一个蠢人。但是这一切竟导致今天的奇遇，就实在讨厌了，便冷冷地问："没得事吗？上城来看电影？还是看戏？"

胡巧兰显然在动脑筋摆脱窘境。经他一问，嘴巴就一翘，装得生气的样子说："人穷了，就矮一截，越是靠得近的人，越把我家看扁了，要讨饭，还是跑远点。"

崔全成一听话因，知道是吊自己的背筋，但提起这话头，正中下怀。他哈哈一笑，开朗地说道："远亲不如近邻，还是自家队里好，我也不是沈万三，身上的汗污不能当钱使，那次大牛开口，我实在摸不出。今天上城卖脱一担菜，凑齐了钱正要替你们去买猪，巧极了，你来得正好，我们一起去买。走吧，走吧！"说着就插身到他们中间去推她。

胡巧兰听说，自然也是愿意的，想跟他走，又舍不得那个伴，因为此来目的，原是要上馆子吃一顿。一分开，就吃不着了。便犹豫道："买猪我还没带家伙呢。"崔全成道："我有苗篮。"胡巧兰没得说了，朝那主任看看。崔全成心里在骂，嘴上却说："走吧、走吧，你们又不是约好了来玩的，他有他的事要办，别耽误人家。我帮你捉了猪，你赶快送回去，我还有事，要耽搁到午后，正愁捉了猪没人及时送走呢。"

这么一说，那主任再也站不住了，尴尬地干笑两声，没趣地走了。

崔全成同了胡巧兰，上北门猪市拣了只合适的买了，又陪着到了汽车站，替胡巧兰买了车票，把她送上车，等着汽车开动了才离开。

临上车前几分钟，崔全成想想，还是要教训胡巧兰几句。但是提不起话头来。忽然灵机一动，指着前边一个人说："是他吗——不是不是。”胡巧兰问他错认了谁，他说：“我当是那位主任呢。”然后压低声音郑重交代说：“当心点，那人邪门，背后人家喊他脚猪，女人家沾了他的边，闲话就多了！以后再碰着，离他远点！”

三

胡巧兰走后，崔全成也想骑车回家。但想到刚才说过“在城里有事”的话，觉得不便就走。那话原也不是推辞，不是老张说刘书记饭后就来吗！崔全成显然记在心上了。这种会见对于崔全成是有吸引力的。因为他一直担着心事，把握不住将来的命运。能够找到确有见地的干部请教请教是有好处的，但是，这样的人很难碰到。他们往往是一些陈词滥调，使人失望。所以崔全成又怀疑这种会见能否真有用处。但既然决定饭后再回去，还是愿意见见刘子宽。

崔全成看看表，还只九点半，时间虽早，茶馆快要打烊了，他又不愿提前去见老张，怕被拉住午餐。一时无地可去，干脆不走了，在候车室角落里一张凳子上坐下，摸出香烟来抽。

抽着烟，脑子里又想起刘子宽和胡巧兰这些事，心里觉得总不痛快，因此这些事都和他担心的现实联系着。

崔全成今年三十五岁，年富力强，精明能干，不光善于劳动，善于经营，而且有相当强的分析能力。高中毕业时，他是个优秀生。如果考大学，十九能中。逢巧不考了，也只好干瞪眼。那时候有句话说得好，叫做“接贫下中农的班”，从此他就生活在广阔的天地里。这种人一旦和实际相结合，就变得很聪明、很能干，很有思想。遇事敏感而有主张，大胆而不声不响地苦干（他们懂得说错话比做错事严重百倍），这种人正在大批大批涌现出来，他们才真正是农村的精华。

所以，崔全成的担心决不是多余的。他们队包干责任制搞了一年半，县、区、公社三级干部都不曾公开表态支持过。倒是常有些不明不白的人来调查，问这问那，然后默默离开，很像是来抓把柄的。崔家湾生产队所以能被允许搞包产责任制，是因为它在生产队长崔大牛的领导下变成了全公社著名的后进队，领导已经束手无策，群众闹着要变，中央政策允许，干部们才违心批准了。崔全成认为干部“违心”，有充分的根据，因为好几个公社、大队的干部公开说过这样一句话，叫做“死马当活马医”。就崔全成所知，医药发展到现在，并不具备“起死人而肉白骨”的异能。从来一个政策搞试点，总拣条件很好的生产队，这一次却偏偏选一只“死马”，态度还不明朗吗？自己死马医不活，所以要“当活马”，自然这“当活马”也医不活，那么，不管有心或无心，意识到或没有意识到，这“死马医死了”却会成为反对中央政策的一个借口。崔全成一眼就看穿这一点，所以被激怒了。他下了决心，默默地使足了全身解数往前闯，他晓得死马并不死，不过昏迷了，浑身的细胞都是活的，崔全成自己从来就是个清醒的活细胞。他以身作则，终究把大家带动起来，全生产队几乎家家产量上去了，副业上去了，一年半之间，收入增加了好几倍，到今年夏收后，许多人家都要求把全部小麦充公粮、收购粮，争取秋后多分稻。因为家里尽有陈麦吃，多了没法盛放，干了容易蛀空，湿了容易霉烂。

可是，生产队长崔大牛独独跌下去了。崔全成原也估计到他会受点挫折，但没有想到他跌下去了竟爬不起来。不是没有人搀扶，而是他挨在地上不肯起身，崔全成苦恼地看清这个人没有志气。不管别人是诚心还是敷衍，他从不拒绝人家的帮助，从不谢绝人家的馈赠，婚丧喜事，逢年过节，从不推却众家的宴请。他已经认为理所当然了；因此不但不觉得羞耻，反而还会嫌人家帮工不到家，馈赠不丰厚，菜肴味道不鲜美，使大家讨厌了。不少社员已经不肯同他往来。有些人则是出于“因为他是干部”的习惯思想在勉强迁就他。只有极少数像崔全成这样的人，从大局出发，想把他促上去。但也都不免失望。

崔全成还记得崔大牛从前霸道的样子。那时候，他在专案组小分队里，从清理阶级队伍一直干到了挖光“五·一六反革命阴谋集团”之后，便奉命回来替代了据说是“忒右”的老队长。上任伊始，就大搞军事化、一律化。军事化还好懂，一律化却使大家长久弄不清。因为习惯上总把花叫做“一朵”或“两朵、三朵……”的，怎么可以叫“一粒”呢？苦头吃了，群众也摸不着头，全队犟头的颈脖，都被崔大牛扭痛了。直到有一次公社三级干部大会上，崔大牛登台介绍经验，喊出了一句精彩的“我当队长，就要统吃”的话之后，大家才弄懂了。

真了不起呀，那威风。当时大会上为他鼓掌的声响，外国人测到了，准以为又爆炸了一颗氢弹呢。

崔全成并不认为崔大牛品质不好，不，崔全成很了解他，他们是一块儿在红旗下长大的，应该说，崔大牛当了队长，对生产队有着深厚的情感，说他爱社如家，决不是过分的夸奖。但是，感情的因素在人类进步事业中的作用，也不要随意夸大；再看一看崔大牛一家四口的小家庭吧！崔大牛无疑酷爱他漂亮灵活的妻子和儿女，他却从来不曾有认真过日子的打算，当了生产队长之后，他更不用再为过日子费心计。横竖大家、小家都是他当家，还有什么困难呢！“河”和“锅”比之“井”和“碗”，不知要大多少倍。大家伙都在自己手里，家里那小家伙还怕不满吗！罢、罢、罢，崔大牛就这样不知不觉躺倒在集体身上。并且使漂亮的妻子娇懒了。也许他并没有意识到自己的变化，但实际上他靠着权力在过日子。他的劳动，是装装样子的。“理论家”高瞻远瞩，早就指出“生产上做了牛，方向上会弄错”、“只看见粮、棉、油，会忘了敌、我、友”、“爱了钱，丢光线”。崔大牛是阶级斗争里闯出来的干将,岂能做这样的阿木林!

想到这里,崔全成就感到内疚。他早就看出崔大牛走的路子,当然没有力量反对他。但是,他也不应该使崔大牛躺得更舒服。崔全成聪明、务实,有很强的活动能力,他是个不愿挨穷受苦的人。在雷厉风行地大割"资本主义尾巴"的年代里,他照样不曾间断过家庭副业。他搞得很别致,或者是关起门来搞得别人不知道,例如养地鳖虫,制作做鞋底用的蒲包片;或者是公开搞一些当时大家不懂的东西,例如种植某种药草、栽培银耳。等到别人发觉,他又调换项目,声称原先搞的副业不曾有什么收益。他为了防止崔大牛找麻烦,要缓和矛盾,也就不放过馈赠财物的机会。正是为了这一点,包产以后崔大牛落下去,他感到了自己的责任。

唉,这一切究竟是怎样发生的呢?崔全成觉得,除了集体劳动存在缺陷之外,让崔大牛当生产队长能不是一个错误吗?

崔全成非常熟悉崔大牛的历史。他们俩一笔写不出两个崔字,解放后虽然不修谱了,但辈分却是不会搞错的。尽管全成长大牛一岁,却是大牛的族侄。这一辈之差,倒确实是几代贫富造成的。崔全成家上溯几代,都能图个温饱。小辈长到二十左右,就娶妻生子了。崔大牛世代雇农,一般拖到三十开外才讨亲,得子自然迟了。几代一拖,就高出一辈。真叫"穷人命大"。若照老规矩,年纪轻轻的崔大牛,从五八年他爹崔老二一死,就可以当族长了。崔老二就是当过族长的。这地方解放前就半殖民地化了,当族长的往往是一些穷措大,完全出于辈分和年龄的缘故坐上那个位置。除了一年两次在祠堂正中朝南大坐(唯一的特权)吃祭后筵席(这是全族男人都有得吃的)之外,再无别的好处。族里发生纠纷,如果族长是有权势的人当,就该族长评理;穷措大当族长,就无人需要他劳神。所以说不上算什么封建霸头或余孽之类,一样可以闹革命。崔老二就是解放后地方上涌现出来的最早革命派。他一开始就认识到了做一个穷人的好处，所以尽管主宰过一个村的土地革命，他并不把捞到的额外好处看在眼里。他气量很大，能吃善花。区区钱财，来得容易去得快。私有财产观念十分淡薄，灵魂自然更加高尚纯洁。他常常摊开他的手掌，向人家夸耀说："你看你看，我的手指缝隙多宽，天生是个穷命，不会聚财的！"这意思是说，他是个天生的毫无疑问的彻底革命派。一些发家致富走那条不能走的路的人，他只要眼角一扫，就足以使他们供奉一点酒食了。五八年他死的时候，是大队的副主任。带了一个劳动队在沪宁线上筑双轨铁路线的路基，不幸有一次和同伴赌吃酒肉醉死了。当时曾经引起大家深切的悲痛。那是一个疯狂的时代，精神高度兴奋，劳动非常疲倦，他决不是死于贪嘴（因为那时候随时可以大吃），而是过分地追求刺激。大家懂得这个道理，把这看做是精神兴奋的最高限度，从此以后就晓得要有控制。因此，他的死给大家留下了深刻的印象。况且，这样的革命家，到死还是家徒四壁、一贫如洗，虽然天生穷命，也总有点使人肃然起敬。所以，大队支部决定把遗孤、十二岁的崔大牛供养到十八岁，没有哪个不赞成。有了这个条件，不但崔大牛自己在十八岁之前不曾为生活动过脑筋，连旁人也忘记了需要教会他。十八岁之后，便是参军，复员，清理阶级队伍，斗垮九种人，深挖"五·一六"，直接过渡到挂帅生产队。他懂得什么生产呀？会过什么生活呀？比比十六岁土生土长的毛孩子还差得远呢！自然，毛病不在这里，不懂可以学懂，不会可以学会。问题在于发生了种种原因，他没有想到要学懂，没有想到要学会。却以为只要权在手里，就什么都懂了，什么都会了。

崔全成想到这里，不禁深深地发出一声叹息。回想当时崔大牛确实红过一阵，胡巧兰就在那时候爱上他的。他们结婚时，被许多人称赞为一对好夫妻，英雄美人成双配。曾几何时，会弄到这步田地！过去是耳听为虚，现在崔全成亲眼看到了，他就动了感情。尽管崔大牛无能、愚蠢和懒惰，但是他并不贪婪。他没有乘机大捞一把，为子孙万代准备好地球冷却时的烤火费。他沾集体的光、社员的光，也不过图当时生活好过些而已。一旦失势，便捉襟见肘了。实在也可怜得很。假使因此就弄得夫妻异心，发展到不可收拾、家庭破裂，那么，这惩罚也太残酷了。

崔全成气恼得很，心里骂崔大牛骨头软。为什么竟没有了性子？过去的威风哪里去了？你应该站起来呀！

他想得忘乎所以了，好像倒又指望崔大牛再来一次"军事化、一律化"似的。

四

候车室里的广播喇叭嘟了五下，崔全成从沉思中惊醒过来，看了看手表，已经十一点了。他站起来，想找个饭馆吃午饭，然后再到老张那儿去会刘子宽书记。

刚走了几步，忽然候车室门外涌进来一批干部模样的人群。这些人年纪都在四十以上，有的头发已经白了，他们大都脸色红润，穿着整齐，气宇轩昂。即使到了候车室这种纷乱的场合，也都态度从容，不急不忙。

崔全成很快就看到自己公社的周连生书记也在里面。他不想打招呼，低着头想混出去。

但是来不及了。他听见周书记在招呼他："啾，是全成吧！"

崔全成只得站住，带着笑容向周书记行注目礼，装着刚发现似的，招呼道："周书记，哪里去？"心想，走吧，招呼过了，就没有别的话说了。历来如此。

谁知周连生却兴冲冲跑上前来，把右手朝他肩胛上一搭说："听说这两年你搞得不坏嘛！"

崔全成警惕地说："周书记，你别听人家瞎吹，还不就是那么回事！"

周连生哈哈笑道："不要担心，现在就是要富起来，八仙过海，各显神通，大家动脑筋，好好搞嘛！"

崔全成半正经半开玩笑试探道："我不敢说，要是在以前，这不叫资本主义道路吗？"

周连生注视着他，揣摩片刻，懂得崔全成话中有话，并非真的不懂。便笑恼着拍了拍他的肩胛说："'资本主义，资本主义'，可是你为什么要走？你这个精灵鬼！你们那个生产队，算是走对了，赶在前头了，但是也不要骄！"

崔全成忙问："怎么走在前头了呢？"

周连生说："放心吧，马上要大搞了，全面开花，县委已经作出决定，我来开了三天会，就是为了这件事。"

崔全成兴奋了，一阵痛快，浑身轻松。

周连生看出来了，说："哎，你开心了。你在我面前还要花招！"

崔全成连忙赖掉："天晓得，在你周书记面前，我敢吗！"说着就要离开。

"噉，"周连生又叫住他，"你回去跟大牛说，叫他准备准备，马上公社开三级干部大会，还要他上去讲讲呢。"

崔全成做梦没想到周书记能说出这句"神来之话"，舌头都麻木了，一时竟体会不出是什么味道，只得笑了一笑，表示听见了。

走出候车室，崔全成忽然想起，也许刘子宽书记就在这群干部中间。可惜他并不认识。不过他还是掉头张望了一下。

于是，崔全成知道不用再到老张那里去了。他无需再会晤刘子宽，现在对包产责任制感兴趣的显然不是刘子宽一个人了。所有的公社书记都将表示出巨大的热情，报纸上、广播里，各种各样的会议上，都将广泛地听到责任制的赞歌。许多人会有意无意地不再关注实际上仍旧存在的缺点，一切典型介绍将是十全十美的经验。巨大的力量马上会投入这项变革。崔全成可以放宽胸怀，担子让别人挑去，他的作用随着消失。

崔全成白白耽搁了几个小时，发现已经无事可做。他还来得及赶回家去吃饭；但是肚子饿了，他不愿意挨饿上路；现在搞责任制了，身体比什么都重要，只要身体好，赚些钱不难，不在乎在外面多吃一顿饭。所以，他仍旧上了饭馆。

他拣张桌子坐下来，叫了一炒、一菜、一汤。服务员还没有端来，就听见邻桌上两个吃酒的中年人在交谈人工繁殖蚌珠的事，引起了他的兴趣。仔细揣摩，那两个人口音不同，一个是本地人，一个是外地来的。本地人正在详细地听讲，并且常常发问；好像是特意请那外地人来传经的。崔全成决不错过机会，等到菜端来，他干脆移到那张桌子去，也买了一斤黄酒，一面听、一面吃，一直奉陪到底。

这一顿吃得很痛快，物质、精神都得到满足。崔全成兴冲冲走出饭馆，开了车锁，跨上疾驰而去。

在路上，他记起了周连生书记要他带给崔大牛的口信。左思右想，吃不准将会对崔大牛发生什么影响。没有疑问，崔大牛一定会遵命去会上介绍经验。但是他能说什么呢？将会有什么结果呢？轰也罢，捧也罢，如果他自己站不起来的话，仍旧毫无益处，一时之间，崔大牛也许会被当作医好死马的神仙。但此马一活，“统吃”的时代便宣告结束。崔大牛必须和大家一样，靠辛勤劳动过日子。如果他还不明白，在宣扬责任制好处的同时，心底里在盼望那“统吃”的日子重新到来。那么，他就再不会站起来，惩罚他的将是他自己的肚子和爱情的翅膀！

一点刚过，崔全成到了家里。家里静悄悄的，都午睡了。

只有妻子沈桂珍在切青饲料，崔全成的脚步声惊动了她，她抬头瞄了一眼，便脸一沉，嘴一噘，不吭一声，又低下头去切料。崔全成一看就晓得，她在生气。妻子的脸部一共有多少种表情，每一种表情代表着什么，只有丈夫最清楚。假使在平时，崔全成会准确地猜到发生了不平常的事情。否则的话，沈桂珍至少要关心到他肚子是否饿着。可是崔全成吃了点酒，自己正在兴头上，粗心了些，竟不曾觉察到。心里想，大不了是怪自己回来晚了一些。他不在乎，倒反乘着酒兴，细细地端详妻子的风姿；觉得她一撒开娇，总是更加惹人喜欢。便走近去，站在她侧面，伸手去抚她的脸颊。谁知这温柔的动作，却被沈桂珍粗暴地挡开了。

崔全成笑笑说："发什么脾气？"

沈桂珍冷冷地说："陪别人去吧，别在这儿做戏了！"

崔全成坦然说："神经病！说话总要有点影子吧！"

沈桂珍哼了一声："证据都拿得出来！"

崔全成一伸手说："给我看。"

沈桂珍抬头细细打量丈夫，丈夫脸上和平时一样坦率。眉头微微舒展开来，又故作紧张地向隔壁猪圈屋一指说："你自己去看！"

崔全成狐疑妻子在开玩笑，走到猪圈屋一看，呆住了。圈里多了一只苗猪，分明就是自己买了给胡巧兰的。

崔全成吃惊了，忙跑过来问："这猪是哪里来的？"

沈桂珍装作诧异道："不是你亲手买的吗？"

崔全成生气了，训道："你倒真做得出！"

沈桂珍沉住气反问："我做什么了？"

崔全成喝道："不是你去讨回来的，难道是人家送得来的吗？"

沈桂珍一拍手，狡猾地讽嘲说："一点不错，是大牛送来的。”

崔全成一笑：“鬼话，能骗得过我吗？”

沈桂珍奚落道：“人家就一定拿你的？”

崔全成肯定地说：“当然。”

沈桂珍摊牌道：“拿胡巧兰来换你的猪吗？”

崔全成倒抽了一口冷气。

沈桂珍紧接着说：“哼，一个对老婆说上城去卖菜，一个对丈夫说上城到表姐家吃饭。怎么碰到一块去了？唔？”

崔全成急道：“你说到哪里去了？”

沈桂珍盯住他道：“说到你心上去了，是不是。告诉你吧，都吵开了！你们自己露了馅，两个人实在热火，熬不住要表示表示，竟送了一只猪，崔大牛问他老婆，怎么碰到你的，这样巧！他向你借钱没借到，反而送了一只猪。胡巧兰总算老实，找不到话搪塞了！”

崔全成听到这里，笑了。反问：“不肯借钱的是你还是我？”

沈桂珍一时找不到借口。

崔全成笑笑说：“怎么碰在一起的？说巧也真巧。你知道胡巧兰为啥说不出来？”他一顿，低声接下去说：“你可猜得到，我碰到她的时候，她跟谁在一起？”

沈桂珍也是个机灵人，被一点就明白了：“要死了，真想飞了吗？”

“你可别声张。”

沈桂珍嘴一噘：“好心肠当成驴肝肺，人家怪到你头上了。崔大牛送猪来的时候，脸色铁青。”

崔全成先是生气，接着一醒，拍着台角高兴地说：“这个人还有救。”

“靠你！”沈桂珍又奚落他。

崔全成认真说：“不，他还有性子，他会站起来的！”

“说得容易，气头上把猪退回来，气过了只怕后悔呢。”沈桂珍想断后路。

“话要说回来，帮还得帮。他肯站起来，帮他值得。再要躺下去，那时候胡巧兰跟谁好，他就晓得了！”

“还帮得少吗？”沈桂珍嘲笑丈夫，“气量真不小呢！”

“算不了什么。”崔全成毫不在乎地说，“多少年了，大家互相陪着在大田里磨洋工，年纪等于白活。现在总算不再浪费时间了。光凭这一点，我就多养几个人，也不在乎！”

沈桂珍被丈夫的气魄折服了。她仰望着他，好像他真是一位将军。

飞磨

一

解放以前，常州和武进不分家，常州就是武进，武进就是常州；一块地方，两个名称，连城带乡，统括在内。但也不是一直如此。再往上推，又不同了。清朝时候，原是两个县。这两个县把一座常州城劈成两爿。城中心以西，叫武进县；往东，叫阳湖县。统归常州府管辖。后来合并，为什么不叫阳湖叫武进，我就不懂了。其实阳湖的人文地理，远较武进丰茂。清代两大学派，一个出在安徽桐城，一个就在这个阳湖县。阳湖所以得名，因为境内有一个阳湖，约有近千亩田面积，就在古战场五码东南。五码已经是无锡县了。无锡县还有一座山，叫阳山，在阳湖的正南方，大概也是因湖而得名的。这里的人，没见过高山大峒，难得眼前有一座几十丈高的荒山，便当成宝贝，说阳山有万丈高，纯是海话。有识之士，深以为羞，编了两句话纠正道："瘌痢阳山万丈高，不及昆仑半只腰。"其实按海拔计算，阳山的山顶，比昆仑的山脚还低得远呢。要说这地方的特色，实在不是山，而是水。阳湖以南，是茫茫的太湖，阳湖以北，是浩浩的长江，在这东西四十里，南北五十里的平原上，到处布满了弯弯曲曲的大小河流，互相串联，四通八达，就像人体上的血管经络一样，使得一切都活蹦乱跳起来。土地肥沃了，物产丰富了。这丰富的物产，很方便地从村边的小河运出去，五湖四海任泛舟。几百斤，几千斤东西，用小船或大船载着，艄公不紧不慢地一櫓一櫓推扳，又像用力，又像玩耍；悠悠荡荡，晃动一河清水，摇曳的云天，便在船底下流过。等到风起，便扬起一面帆，把稳了舵，任船自飞，再不费劲。江南水乡，顶呱呱是块好地方哟！

许多条小沟浜，通到大河里去，这大河便是联结江海湖泊的纽带。这样的大河沿岸，相隔十几里地，就有一个或大或小的市镇，起了货物集散的作用。现在我要说的柳塘镇，就是这类市镇中的一个。

柳塘镇在阳湖以北二十里左右，再往北二十多里就是长江，是个水路码头。一条街沿河筑成，约摸一里路长。街面两旁，开满各色店铺，京广洋货，南北什货，应有尽有。最多的是粮行，因为这儿是粮食产区。平常时候，街边河下停满船只，大都是装运粮食的。为了适应过往客商的需要，饭店、茶馆、客栈、浴室，也各有几爿。周围十里开外的人，都上这条街。生意兴隆，十分热闹。商人虽然没有社会地位，但靠买卖发财的倒不少。

单说镇上的茶馆店，就有三爿，大小不同，等级也不同。一爿最大的叫“荣记茶馆”，有三进房子，头进三间铺面，东边一间是工作室，中间一间是过道，西边一间放三张桌子，是一般乡下人吃茶的地方。很挤，茶也便宜，茶叶也蹩脚。头进往里，是一个大天井。穿过天井，又是三间厅屋，只放五张桌子。每张桌子，朝南放两张靠背椅，其余三面是单人骨排凳。这儿是地方上有钱的商人或地主、过往客商的坐地，茶价要高一倍。再往里走，便是一个清静雅致的院落。中间三间花厅，放五张红木台子；一色单靠，也都是红木的。这儿是当地有财有势的头面人物吃茶地方。每张桌子，都有人包着的，不许随便乱坐。用的茶叶，也是各人带来存在茶馆里的。这儿又是议事大厅，地方上有什么公事要议，头面人物就在这儿聚会。花厅四角，还有四个厢房,每个厢房只放一张桌子,那是个别碰头商谈或在议事中退下休息的地方。至于有些老百姓发生争执,要央哪一位头面人物吃茶说句公道话,就只在第二进上坐了。表面上看起来,倒相当庄严。但是,往往在下午或晚上,一起人照样聚起来呼幺喝六,就再也不顾谁坐哪张位置,一齐放浪于形骸之外了。

后来,这里发生了一件异乎寻常的事情,这花厅连院落便封了起来,头面人物不再到这儿来吃茶、赌博、议事了。"荣记茶馆"便因此衰败下来。老板极力支撑,把茶馆改了名,叫做"龙院"。一时虽然吸引了许多人,但因为那"龙院"又进不去,很扫兴,便没有人来了。从此便降了格,和其他两爿茶馆平起平坐了。

二

那件事情发生的准确年代无从查考。

总之,有一天上午,风和日丽,街面上熙熙攘攘,人头挤攒,十分热闹。"荣记茶馆"的后院,打扫得干干净净,清幽肃穆。花厅的长窗全部敞开,已有几个长袍马褂在那里晃动。原来今天要在这里公议一件大事。前几天乡董许炳林接到县里一张公文,说是黄河决堤,两岸大荒,饥民亟待放赈。皇上有旨,要各地认捐救灾。这柳塘镇一乡,县里派捐大米八千石,许炳林急得跳脚,和几个头面人物一商量,便把所有富商和大户招来,要他们认捐。

吃过早饭,稍歇片刻,一些胆小怕事的,便陆续来了。坐下来屏息静气等着。

讲到头面人物,其实这一带也很少大世家,大乡绅。最了不起的一位,不过是中过进士当过几任县知事的翁传仁,现在告老在家。其他有举人二位，秀才三五辈，还有几个和官场上沾点裙带关系的地主。掌握地方政权的乡董许炳林，便和这帮人勾结起来，成了统吃一切的势力。八千石也罢，一万石也罢，这些人不但不想出一个小钱，倒想赚一笔外快。方法也极简单，先开这个大户(富首)会，叫大家认捐。自己带个头，数字当然可观，但统括起来，自然不会满八千石。于是就可以派捐，分摊到全乡各户去。那个数字，别人就没法弄清楚了。多下来的，全进了自己的腰包。

所谓大户，就是无权有钱的人家，号称“肉头户”。这是一批很有心计、又吃得来苦的事业家。他们的经济实力很强大，不但经营田庄，也往往兼营商业或手工业。这些人的姓氏很杂，根基都不深，没有历史悠久的家族，因此势孤力单。据说满清进关，夺明朝的天下，长江南北，汉民族抵抗很激烈；扬州十日，嘉定三屠；历史上是很有名的。江阴典史阎应元，在国家民族危亡之际，挺身而出，率众守城抗清。后来全城人民都壮烈牺牲了。这柳塘镇离江阴不过三十里地，清兵过处，陈尸遍野，几乎烧光杀绝。后来的人，十之八九，是从外地迁来的。定居后也不过传了两三代。有不少“肉头户”，别人提到他的祖宗，就会说，那时候到这里来，一根扁担两只箩，全部家当作一担挑在肩胛上。

花厅里的人渐渐多起来，倒是头面人物包括告老知县翁传仁先都到齐了。“肉头户”却还只到了一半。没到的大抵是桀骜不驯的人物，他们料想到这里来不过是出点血，决无好处，故意拖沓，表示抗拒。大人先生们虽然心焦，只得等着。但这种耐心也是有限度的，过迟不来，他们就派捐，也不怕别人不认。

正在这时候，院门外又走进一个人来。大家举目一看，并不认识。只见那人打扮虽然平常，气派却大得出奇。他朝花厅中央一站，一言不发，两只眼睛盯着大家看了片刻，威严的眼光直逼得大家倒抽冷气，竟没有一个人敢请教来者是谁。接着，这陌生人就在花厅里围着大家转了一个圈子，还掀开各个厢房的门帘看看，好像在查讯这儿是否藏有歹徒。弄得在场各位脊背发凉。然后便走出去，刚到院门口，碰着两个人一前一后走进来。前面一个，高个子，圆头颅，髁头盘一条丝光锃亮的发辫；穿一件素色绸袍，连马褂都不套，十分随便。他态度从容，旁若无人。先进来的人一见他，便变了一个人，软得像根绵条，弯腰屈膝凑上去向他禀告。他并不停步，却让人家跟着他诉说。禀告的人说了几句，一回头，朝花厅指指，用手一挥，那意思似乎要把所有的人一齐赶出去。那人笑着摇摇头。禀告者便又指指厢房；那人点点头。三人进了花厅，等于不曾看见大家，就掀开东南角上厢房的门帘，走进去了。接着仍旧是那个先进来的人又走出来，上前面去泡了一壶茶，不用茶博士，亲自端进厢房，之后就悄然无声了。

这一番情景，弄得花厅里的人惊疑不定，愕然不知所以。特别是几个头面人物，十分尴尬。许炳林便凑近翁传仁请教，来人究属何种路数？翁传仁魂夺神摇，思忖来者若非江洋大盗，就是当今皇上，否则不会如此目空一切。他不敢议论，便沉吟不语。许炳林不知利害，想自己总是一地之长，好歹要弄个明白，就壮着胆子去挑门帘。谁知那先进来的人竟贴着门帘一动不动朝外站着，活像一尊门神。许炳林一吓，腿肚子一软，扑通一声，屁股落地。这一跤，把往时的庄严，素日的威风，统统跌光不算，就连以后装正经的本钱也输光了。

三

就在许炳林躺下去练习“醉八仙”拳法的当儿，与会的人正巧全部到齐了。最后到场的大户姚祖荣跨进花厅的脚步声，像鼓点子一样打在许炳林屁股落地的节骨眼上。

姚祖荣没有错过机会，这个善于利用时机的人三脚两步抢过去，把乡董扶起来。不过，他的扶法有些特别，不是去扶许炳林的手，而是一手抓住他的肩胛，一手揪住他背脊上的马褂，像捉小鸡一样把他拎起来的。

姚祖荣确实能够轻而易举把许炳林拎得脚不着地的。他比许炳林高出一个头，不但力气大，而且学得几套拳功。他根本不把许炳林看在眼里。讲财产、讲力气、讲精明能干，许炳林哪一点都不及他，凭什么他要让许炳林压在自己头上？一丁点儿的芝麻绿豆官，倒神气得很，老把他当“肉头”，“出”他的“血”，刮他的粮。姚祖荣早就想把他一脚踢开，这官儿自己就当不了吗？可是不行，他已经迟了，他是个外来户，等到他有了实力的时候，地方上的权力已经分配完了，再也轮不到他。如果不发生特殊原因，他只有低头受气。

姚祖荣的经济实力确实已经不小了。他有上千亩田，一爿作坊（织土布），一爿粮行和一爿油酱店。他是个发得很快的暴发户。他的祖父，就是那次兵灾以后挑着一担家当从苏北移过来的。到父亲手里，还只不过是小康人家。可是姚祖荣一当家，一下子就变了。迅速买田造屋，开店办坊。据说有一年冬天，他连续做了九十九个东道主①。谁也不知道他的钱是从哪儿来的。因此有各种各样的谣言。有说他来路不正，有说他挖到了窖藏，也有说他上两代手里就积了不少钱，不敢露富就是了——这也有些道理，因为姚祖荣放开手脚创业的同时，他就到苏北老家去招来了一大批同姓到这儿来定居，帮他种田、做工，造出了一个族，形成了一股力量。这股力量不足与有势力的官方对抗，但防贼、防盗却绰绰有余了。从这里就可以看出

① 东道主——买田请人作保，办酒请客之主。

姚祖荣的谋划之深。他是个出色的干家，劳动、经营都极精明。他招来的那些人也都能吃苦。江南的土地比苏北肥沃，产量高，而他们的生活要求低，容易满足。姚祖荣从他们身上得到更多的收益，却又使他们感恩戴德。可是，地方上的士绅们对他侧目而视了。姚祖荣每一次扩大自己的土地，都要受到各方面的阻挠。有人从中怂恿卖主抬价，或抢在他前头强买走。请中人作证写单据，有人就拿乔，让他付出比别人多一倍的中保费。朝廷派下来的和地方上的各种捐税，他被逼付得超过规定。如果不付，乡董许炳林每天派人来收，每次来人都索小费钱，少了就赖着不走。甚至背地里还有人恫吓说要放火烧他的房子；暗示他可能犯人命案子等等。他可把这批人恨死了，巴不得能有一天爬到他们头上去撒一泡尿。他也曾一再使用财力去分化这些人。可是不行，人家看不起暴发户，吃了他的，用了他的，背后还笑他“肉头”。说他不懂诗书礼仪，没有资格挤到台子上坐。既然如此，他就不拿银钱、鱼肉塞狗洞了。他要同他们斗斗，闹闹别扭，找找麻烦。他私底下和一些暴发户串通了，有机会就犟一犟，起点哄。大不了横竖要出“血”，也叫那班当权的头痛头痛！

所以，姚祖荣用那种方式扶起许炳林，分明是恶作剧。许炳林心里也有数，但又发作不起来。他背脊上被姚祖荣揪的一块，自己也没有看见。那里已皱得不成样子，而且姚祖荣的手又不干净（刚从粮行里搬了豆饼），黑马褂上沾了土黄色，活像牛屁股。

这时，一班头面人物，都忐忐忑忑，无意顾及。看看人到齐了，还不知道这个议事会该不该搬到另外地方去开。尴尬了好久，窃窃促促鬼商量了一阵。觉得搬地方太伤体面，还是在这里议吧。

于是会议就开始了。

四

要说议事，其实是头面人物借个场合摆摆威风的，并非真要听取别人的意见。照例一开始就有一种严肃的气氛，应该逼得大户们连咳嗽都不敢。应该是头面人物鼻子稍稍一哼就使人发抖，然后下达意见才有不折不扣的效果。可是现在一切都破坏了。乡董许炳林说明把大家招来的用意，宣读了县里的公文。首席乡绅翁传仁劝勉大家要“仰天好生之德，拯饥民于水深火热之中”后，许多人不但没有从刚才看到的滑稽场面里醒过来，反而觉得他们正儿八经的讲话被刚才的表演衬得非常可笑。有些人甚至还在交头接耳，窃窃私议。坐在姚祖荣身边的两个大户，都把他没有到场之前这里发生的情形告诉了他。他们都产生了一种特殊的心理，以为坐在厢房里的那位大人物在有意捉弄这些头面人物。也许他是一位私行察访的巡按，是来查勘贪官污吏、土豪劣绅的。看来地方上一定是有人告了状了。于是他们不禁高兴起来，胆子也悄悄地变大了。他们好像第一次发现这班头面人物原来是些无用的家伙，非常开心。

这种情绪控制了在场的许多大户，因此，轮到要大家认捐的时候，就存心刁难，轰轰议论开了。

“今年是暗荒年，顾自家还来不及，叫我拿啥捐出来?”

“皇粮国课，我穷煞也交。现在七捐八税弄不清了，卖田没人要。哪个要买田? 我卖了田交!”

“唉，唉，早点通知就好了，我东拼西凑，刮了仓库的地皮，搜到三百一十五石，三天前换了二十亩田，今后自己吃的还要借呢。”

“老百姓是苦哇!”一个确实并不宽裕的大户诉说，“谁家里有金山呢，一碰到灾难就吃不消。你们看灾区不就是这样吗?

哪个能保我明年不受灾？捐、捐、捐，救了田鸡就饿了蛇！”

“自然啰，灾民没得吃，也苦煞。朝廷也是要救老百姓。”有个会讲话的人圆转而尖锐地说道，“人总是有良心的，只要公平合理，派一派就行嘛，谁该多少，大家心里没有数吗！”

“派定了要贴出清单！”有人连忙补充。

“叫石匠来，刻在石碑上。”有人昂然叫道。

“唔！”告老知县翁传仁耐不住了，他摇头摆尾说道，“夫天下财富之聚，有仁与不仁之别矣，仁者聚一，则不仁者十矣。岂能同日而语哉！吾数任一县之主，苟不仁，则退隐之日，区区一乡则尽为吾所有焉！派捐八千石，吾一人任之矣。今则不然，吾所有者，差享天年耳。恶能与诸公同日而语哉！且诸公之产业何来者？兢业乎？俭节乎？非也。天子所赐，仁者之让也。苟私之，则皇天不容，吾且耻与同堂而语矣！”

这一番之乎者也的话，好不厉害，果真是杨朱拔一毛而利天下不为也。可听的人也不是傻瓜，晓得他不过是抬高自己，贬低别人；重特权、轻农商而已。但又奈何他不得，因为普天之下，莫非皇土，老百姓能说什么呢？

但是他们能消极抵抗！

有人认捐了：“三石。”

有人认捐了：“二石。”

有人认捐了：“一石。”

有人认捐了：“八斗。”

……

“我认捐！”许炳林大声说。他不能再让别人认下去：“我捐两百石。”

二百石！好家伙！如果这句话是姚祖荣说的，那就有分量。可出于许炳林之口，一点效果也没有。大家知道，他就是认捐一千石，也是羊毛出在羊身上。

可是，怎样戳穿他呢？

大家看看姚祖荣。

姚祖荣一言不发。

头面人物和“脚底人物”都心里有数，关键在他身上。

沉默。

许炳林忍不住了：“姚老兄，你总不能比我少认吧！”

姚祖荣哈哈大笑说：“在理，在理。你我相比，我总该比你多认一点，哪管多一石也应该。”

“那就是二百零一石。”许炳林追住说。

姚祖荣摇摇头。

“你自己说吧！”

姚祖荣笑笑，加重语气说：“是了，我同你是一石之差！”

“你自认应该多一石嘛！”

“好。”姚祖荣说，“说实在话，我今朝刚刚把大米运出去，下个月的饭米，还要等粮行收下来。要认捐，一石也认不起。不过现在轧在这里了，不得下台，卖男卖女也要认个数字。”

“那你就认吧！”

“认？”姚祖荣说，“我也有话要先说清楚。”

“你说。”

“你认二百，我就认二百零一。幸亏你报得不算少，若是你报一石，我认二石，就太坍台了！”姚祖荣进攻道，“照我看，二百石对你还太少一点！”

“哎？”

“你要我跟你认，可以。我只是想问一问，你能不能跟我认？”

“你说吧！”

“不行，我说了，你能不能同我一样？你若不能，我也不能！”

"你说吧!"

"好。"姚祖荣一字一句说,"我——认——四——千——石零——五十斤。"

满座一吓。

姚祖荣接着说:"你就比我少一石,三千九百九十九石五十斤。两个人包了吧!"

花厅里静得只听见气喘。

翁传仁发言了,轻轻地,一点也没有信心说:"出尔反尔,你不是说没有隔月的口粮吗?"

"告大人。"姚祖荣胸有成竹地说,"我是说没有隔月吃的大米。上面派捐也是说大米。我确实没有。不过,我家里有的是碎米,不光是四千石,八千石也有。我想拿八千石碎米去换四千石大米,总可以吧?"

许炳林吃瘪了。再也没法说话。

"唉,我也是说的空话。"姚祖荣自言自语说,"谁要碎米呢?上面要的是大米,拿碎米去不是违抗吗?那么,我实在一石也捐不起。"

五

在类似的场合里,讨价还价是常常发生的,然而最后也总是由许炳林派定数字,大户们只得认捐。但是,像今天这样,直接把许炳林拖入漩涡,唇枪舌剑,反复交锋,却从未有过。许炳林显然陷入了尴尬境地,一时竟无法拿出预定的派捐数字,也找不到话来对付姚祖荣。因为这个人说的话太出乎意料,好像宁愿自己淹死,也要拖他落水。

但是会场上大户们的情绪明显地活跃而兴奋,好像都欢迎这种意外。姚祖荣心里非常希望事态有一个特殊的发展,但这种发展究竟会是什么样子，却朦朦胧胧不清楚。长期受压的情绪莫名其妙地变得激昂，追求刺激。后来他才弄清楚，原来这一切都和垂下门帘坐在南厢房里的那个神秘人物有关系。姚祖荣首先不是从自己身上觉察到这种因素，倒是看到许多大户们不时瞄向门帘的眼神才明白过来的。人们的心理真怪得出奇，他们根本不了解那个神秘人物的任何情况，但是竟觉得这个会议无论如何加进了一个新的因素；而且肯定它是驾于会议之上的巨大力量。姚祖荣的谈话似乎在促使这力量表现出来。

这可能吗？将怎样表现呢？对谁有好处呢？却又谁都没有认真去想。他们也许只是在追求新的刺激。老一套大家都腻烦了，都希望起一点变化。

奇迹果然发生了。

门帘掀开，那个原先泡茶的人静静地走了出来。在门帘掀动的刹那间，大家就马上发觉，没有人再讲话，没有人再行动，就像一群鱼被冻在冰里那么静止住了。所有的眼睛都盯着他。

他好像一切都很明白，从容地走到姚祖荣身边，看着姚祖荣，把头一点，说："你跟我来！"说完，掉过身便朝厢房走去。好像他的话是不能违抗的，相信被叫的人一定会跟他走。

出于心里本来就有的秘密希望，也出于威慑，姚祖荣果然未假思索，跟着向厢房走去。

走进厢房，姚祖荣仅只瞥了一眼，叫他进来的人便低低喝了一声："跪下！低头！"

姚祖荣那一瞥也已经足够了。原来这里并不是三个人在喝茶，而是只有一只杯子，一个人坐着。其余两人显然是没有座位的。据此，姚祖荣就晓得自己只能一切照办。

姚祖荣匍匐在地上了。他不知道会听到什么吩咐，只觉得自己的命运被抓在别人手里了。他有点后悔今天的孟浪，他希望那个人快些把话说出来。

但是，那个人却并不着急。一时寂静。姚祖荣听那人喝了两口茶。这才慢慢问他叫什么名字，什么身份，有多少产业。姚祖荣一一回答之后，那人静了片刻，轻声说道："碎米甚好，容易煮粥，尔能慨捐，殊堪嘉许。"

姚祖荣没有完全听懂。但"碎米好煮粥"的意思是明白的，心就吊起来了。

那人接着沉吟说："八千石，大不易！就限你两个月交齐吧！"

这可一点不含糊了。姚祖荣一下子惊呆了，嘴巴一张，吐出了个"这……"字，竟发不出声来，不由自主想要直腰抬头申辩。

就在这时候，他的头边地上响起了金属声，是一个金光铿亮的金钱。分明是那人丢给他的，姚祖荣细细一认，上面铸着当今皇上的名字。他还没有想清楚，又听那个人说："朕当论功行赏。"

紧接着，便听到侍从喝一声："还不谢恩！"

姚祖荣立刻浑身冒汗，他知道碰到的是什么人了，再也不敢动一动。片刻工夫，内衣像浸在水里。

他不懂得仪礼。只是一味地叩头，把地面碰得直响。

……

等到姚祖荣从厢房里走出来，他的神志完全变了：挺胸昂首，高视阔步，穿过花厅走出去，未假任何人以辞色。

六

姚祖荣说他家里有八千石碎米，人人都知道是吹牛。但这"牛"吹得很带劲，很保险；既将了许炳林的军，又因为上头规定要捐大米，他根本就不用拿出来。

谁家能有八千石碎米呢？一百斤稻子加工后，顶多也只能筛出五六斤碎米来，要积聚八千石，那该碾掉多少稻子呀！

不错，姚祖荣是吹牛。说老实话，姚祖荣的廒间里，真能凑出八千石大米来（这也是别人不大相信的）；却绝没有那么多碎米。没有，十分之一，百分之一，千分之一也没有。他是个倒腾粮食的专家，自己碾的稻子极少有碎米。即使有，也随时拌和在粮行粜出去的米堆里用光了。

他有八千石大米的底子，所以他的话也不能算吹牛。如果对他有好处，他可以拿出大米来抵充。姚祖荣早就潜望有一天能做成一笔交易，用他的财力去换得权势，才可以站稳脚跟，扬眉吐气。可是始终找不到机会。不想踏破铁鞋无觅处，得来全不费工夫。现在送上门来了，自然求之不得。只是不来便罢，一来竟来了金銮殿上的大菩萨，却是吃惊不小。早知如此，姚祖荣干脆就捐出八千石大米得了，何必虚报碎米呢。现在可麻烦了，皇帝开了金口，恩准他捐碎米。君无戏言，违抗不得。姚祖荣弄巧成拙，他得把大米碾出八千石碎米来，才能交出去。哄得皇帝老子喜欢，让他论功行赏。有个一官半职也好，哪管讨个封号也好，便也荣宗耀祖，世代受荫了。

姚祖荣的运气真是好极了，太阳光终于照亮他的家门。他竟碰着了皇帝，而且亲口答应封赏他。试看天下之大，历史之久，有几个人拾着过这种便宜的？想来五百年总也只有一次吧！哎呀，了不得，了不得！畜生修行，千年不成，讨得皇帝一封，便也成了正果，何况人呢！人被一封，便成了什么呢？自然是人上人了。这不通常就叫“提拔”吗！一提一拔，自然两只脚就在人头上走路了。姚祖荣真叫命大福大，祖坟的风水好，眼看今后的柳塘镇，定然是他的天下了！哎哈，大将军攻城夺池，抢一块地盘，要死掉多少人马！可姚祖荣不动一兵一卒，光花八千石碎米，就占了柳塘镇，还有什么不值呢！值、值、值！

从那一天开始，姚祖荣的全副精力，就用在碾碎那八千石大米上。他必须在两个月之内碾好；否则的话，乌纱帽还不曾戴上头，脑袋会先离开颈根的。好事可不能变坏事。它若要变，又是怎么变的呢？还不就从皇帝脸上变起的吗！所以一点儿戏不得。

姚祖荣在三天之内排好了二十部石磨，组织了十条牛，一百四十个人。看磨的看磨，搬运的搬运，昼夜不息。他自己总督全局，还和两个儿子亲自管一部磨子，拼命地打着牛屁股，要磨出最多的数量，叫别人努力追上他。

一天，两天，三天，十天，一个月，就这样日日夜夜磨着。很远的地方，都能听到那磨群飞转发出的隆隆声。好像大地都震动了。

期限一天一天迫近，需要磨出的数字还有很多。眼看只要一松劲，到期就会交不出。可是，牛疲乏了，人疲乏了，一切都在放慢下来。姚祖荣觉得自己也像被放进了磨眼里捱磨一样难受，他发疯似的赶着大家快、快、快！亲自抢着鞭子在磨槽里跟着牛一路抽打。

石磨转着，转出碎米来……

姚祖荣的脑袋转着，转出纱帽来……

石磨、碎米、脑袋、纱帽在一起旋转，越旋越快。

突然，那石磨的上爿旋得腾空飞起来。飞过姚祖荣的头顶，飞出磨坊，飞过禾场，轰隆一声，落在禾场南边的池塘里。

据说从那以后，下到这池塘里去游泳的人，往往有不明不白死掉的。于是便谣传那石磨还在水底里旋转，人一碰着就死了。

这个真实的故事竟结束得如此荒唐。

（此小说根据民间传说写成，基本情节没有变动，人物是经过加工的。）

新娘没有来

他在等新娘，新娘没有来。

新娘没有来，他就一直等下去！

爱情的波折，婚姻的变化，本来也惊心动魄；因为一个人往往经不起几个回合。只是几乎人人都多多少少经验过，倒反变成了平常事。这个故事，如果发生在一个逢场作戏的身上，就会像流水一样淌过去，留不下什么痕迹，写不成什么小说。可是偏偏主人公是一个认真而拘谨的书生，倒反变得十分荒唐。

他在车站等了多久？大家都忘记了。甚至连他等待什么都忘记了。芸芸众生，实在太忙太健忘，崇拜过的对象，爱恋过的情人，奋斗过的事业，付出过的血汗，都能随着时光的流逝而淡化，甚至一切都忘记。

也许他在铁路通车以后就在等。不，没有铁路也在等。有了铁路更耐等。本来已经约定了，新娘坐了火车来。如今火车早来了，新娘没有来。

自从铁路小城的北面经过并且设了站头，已经过了几十年。铁路一天也没有逃走，它把地球一尺一尺钉牢在自己的轨道上。它是一条网网绳，如果有力气把它收拢来，地球就在网兜里，新娘就在地球上，或坐花轿或坐车，送进新房很容易。可惜网绳收不拢，只好守着铁路一直等下去。两根铁轨并排铺，坦荡荡直往远处伸，伸到天涯海角，伸到世界尽头，伸到新娘脚下……它应该把讨厌的等待运走，把久盼的新娘送来。

一次又一次，日复一日，年复一年，一列列隆隆响着的庞然大物震天动地来了又去，去了又来。该运走的并没有运走，该送来的并没有送来。依旧是两根冰冷的钢铁钉住了地球，让等待着的书生痴痴地瞅着它发呆。

尽管火车在小城停靠的班次不多，车站终归是热闹的地方。班车来了又开走，把一批旅客吐出来，又把另一批旅客吞进去。喧闹一阵，冷静一阵，极有节奏。喧闹时只觉着归来的喜悦，相会的欢乐。冷静后才体味到出门的担忧，送别的离愁……还有那新娘仍旧没有来，书生一直在等待。

车站啊，你为什么没有储藏感情的仓库？人们在你身边注下的喜怒哀乐，别愁会欢，比雷公的闪电还要耀眼，比雨婆的眼泪还要晶莹；你不能任它堆在露天，任凭风吹雨打，白白流失、蚀烂啊！

书生的激情甚至赢得了列车的同情，它经过这里一向降速慢行，一向连声打招呼；停下来之后，往往就连连叹息，然后踯躅、拖沓欲去不忍去，欲留不能留。它内疚啊！它不知道新娘为什么没有来，却知道新娘确实没有来。它不敢面对书生那一双沉滞的眼睛，那里边热切的希望已经燃烧完了，剩下的只是铸成的冷漠。它让他等待得太久了！它还不知道要让他再等多久！

等呀等。等得铁轨已经铺到了他的额头上，他已经变得老丑，他的衣服又脏又破旧，神情麻木得对熙攘的人群全然熟视无睹。他一到车站，总蹲在出口处的侧面，把扁担垫着屁股，坐在水泥浇的墩子上。然后一动不动，低着头盯住面前那块地皮，一直坐到很晚很晚。新娘不是土行孙[①]，不会从地里钻出来，要看该看出口处。然而他已经看得太多，他的眼光像漆一样涂在出口处的栏杆上，很敏感很刺激，如果新娘从那儿经过，心弦不断也会响。

他老了，自然不会单让他一个人变老。如果新娘等来了，只怕两老相见不相识。

青春不万岁，白发三千丈！

新娘变老也变丑。

新娘没有来，新娘才一直是年轻的，才惹书生更想念。

新娘没有来，把个青年书生等老了。老了还在等新娘，这件事情太荒唐。

那一年，书生从外地回家乡，衣衫时髦整洁，长相白净英俊。他要回家定居。他要回家娶亲。这里有了铁路，他就有了希望。他已经有了对象，回来前已经约定，再过十天，某月某日某班车，书生到站上接新娘。冬雷震震夏雨雪，地上长刀天落铁，新娘一定乘车来。

书生提前十天赶回家，是为结婚做准备，他不劳爹娘费心计，不花爹娘一块钱，全靠自己办喜事。爹娘自然欢喜，亲戚朋友自然称赞。尽管新娘还不曾看见，却都夸奖他们恩爱。自找的对象，美满的婚姻。

等到新娘要来那一天，书生家里外面新到里面，床上新到桌上。请来诸亲好友，办了几桌喜酒。只等新娘一到，就可开怀畅饮。年轻人要陪书生到车站去接新娘，书生一概谢绝了。他要独自去接她，见面就有许多话，何必让旁人去打扰。心里这样想，嘴里却说："用不着，肩膀还算硬。只要一根扁担，我就

① 土行孙——封神榜上人物，能钻地行走。

能把新娘和嫁妆一担挑回来。”

书生的脚底擦了油，一路走来真滑溜，火车开来轰隆隆，他的心跳还更响。

他候在车站出口处，满脸春风，两眼炯炯。火车来到，声音先响。看看表，没有错，这班车，准点到。他马上可以看到他的新娘了。

人群从出口喷出来，他原只需扫一眼就知道新娘在不在中间，可是他却睁大了眼睛，睁酸了眼睛眨都不敢眨。

胸口憋得气都急。

莫急莫急，新娘总怕挤，应该在后头。

挤过了，不挤了。

新娘呢？……

一颗心跳到喉咙口。

莫慌莫慌，还有旅客走出来，新娘总还在后头。

等呀等，再不见有人往外走。

书生急出满头汗。“让我进去，让我进去，”他向收票员一面央求一面往里闯，“让我进去看一看，站台上可有个姑娘拿不动东西等人接！”

站台上静悄悄，列车开走了，一排桩子撑着长廊顶，零零落落几张空条凳。

他的新娘不见影……出口处终于关上了门。

干了喉咙失了声。

他丢魂失魂，在站外转一阵，站一阵。新娘没有来，来了一只钉，把他钉牢在站上走不脱。

旁人看了好奇怪：“你呆在这儿做什么？”

他像聋子没听见，哑巴一样不回答。

家里等得跳脚，他在站上发昏。家里终于赶了人来，看了他的呆相，弄得大家惊慌。

“新娘呢?”

书生看看天,看看地,看看人,呆了一阵,又是一阵,忽然摇头晃脑,问了一句聪明话:“今天几月几日?”

没有错,海誓山盟约定的就是这一天。

“刚才过去的是哪班车?”

没有错,从新娘那儿搭车来,只有这班本站停。

日色昏沉沉,胸寒要结冰,土地咬住脚,拖他往下陷。

人人都相信书生确有一个新娘,只是今天新娘没有来。既然已经海誓山盟,既然约定的日期约定的车次截铁斩钉,那么新娘为什么不曾来?

“莫非是记错了日子?”

“莫非是不曾买到车票?”

“也许陪嫁的东西来不及置备。”

“也可能受了些风寒生病不能登程。”

“莫道天下事都能一一算定。保险箱里的东西也会出毛病。‘一万’以外还有一个‘万一’呢,约期不准有什么大不了!莫急莫急,今天接不着,明天再去接。”

亲友们这样猜想这样劝,总算把书生劝醒了。他虽然也同别人一样不知道什么原因,但他总比旁人了解他的新娘。新娘是他的太阳、他的月亮、他的世界;是点亮他生命的一盏灯,是通开他心窍的一根针。如果他不相信她,天下还有谁可信?他没有怀疑的理由,只有放心的根据。新娘如果爽约,就定然有爽约的正当原因,他应该想到,应该体谅,应该信任。总说好事多磨,哪能够一一顺心。明摆着满堂酒筵,却让诸亲好友饿着肚皮久等……

“实在对不起,今天新娘没接到。”书生醒过来抱歉说,“不要紧,不要紧,不会有什么大事情。今天不到明天到,再过几天也无妨……说不定现在已经搭上车……不管她,今天提前请大家吃喜酒。新娘临时缺席，以后登门赔礼，诸位莫要见怪。”

他说的全是真话，既不自欺，也不骗人。喜筵还是喜筵，高兴还该高兴。他确有一个新娘，约定今天结婚。只是新娘没有来。

他们从来情投意合，互相吸引、互相尊重、互相信任。如果因此会产生怀疑，那就太亵渎了纯洁的爱情。

亲友走了，家里静悄悄，天上没有月亮，寒星越挂越高。夜深得无底，黑暗把人裹得紧腾腾。新房的门关上了，熄了灯，他坐了一个通宵。老房的门也关上了，也熄了灯，爹娘并排坐着，默默无言，一夜不曾闭眼。

第二天天还没亮，他便急急忙忙提了扁担上车站。

班车按时到站又开车，新娘仍旧没有来。

三天下来眼发肿，五天落了一个膘……

小城里本来新闻少，这件事快马加鞭传开了。戏院里传到会议室，厕所里传到饭桌上。小城里别的什物都短缺，同情从来有的是。何止是诸亲好友络绎来慰藉，就是路上经过的陌生人，也要伫立来探问。小城里一片叹息声，似乎饮茶吃饭都无心。看那书生还是天天提着扁担跑车站，好事者背后跟了一大群。

家里家外，熟人生人，说不完的闲话，出不尽的主意。热心加关心，真把书生弄傻了。

其实书生该想的都想到，该办的都办了。他给新娘去了信，石沉大海无回音。没有回音再写去，一连写过十多封。邮局一一退回来，上面居然写着：“查无此人。”

唉，这叫他说什么好！这还有什么话好说！纵然要一刀两断，也总该说个明白。他爱的不是空气，怎么叫“查无此人”！不过事到临头无话说，总比长久骗人好得多。

书生又写信给他的许多朋友，请他们转达衷曲，请他们传递消息。想不到朋友们的回信,一封封"王顾左右而言他"。好像有难言之隐,好像确已"查无此人"。好像唯一的办法是闭口不谈,弦外分明有音——无声胜有声。

书生起初还抱着希望,还感谢乡亲的关心,到了这步田地,也就紧紧闭上了嘴唇。一个生命从此不再喊出声音了。他只是直着眼光低着头,每天把扁担垫着屁股坐在车站出口处那块老地方。

他似乎把世上的一切都想遍了,从此再也无想头。

脑子里结结实实,空空如也。

他变成了一个白痴,一个傻子。

谁知道这样一来,事情又有了新的开端。小城里的人一旦发现他竟是个傻子,便又大议大论热闹了一阵。有人说他本来没有什么新娘,完全是他那傻瓜脑袋里构思的幻想。有的说他可能真有一个对象,不过他单相思,人家并没有同他约定,纯粹是他痴心妄想。有的说他回来办喜事的时候头脑清清爽爽,精神完全正常。假使他没有一个实实在在的新娘,他何必凭空布置新房?办喜酒就更荒唐。

这种议论自然并没有结果。

世上的事情也不像议论那样简单。

可是他的新娘没有来。

一年四季时序如流,热空气很容易冷却。没有结果的争论不会引发人们过久的兴趣。太多的同情心也不会长久挤在一起。不久以后就不再有人打扰书生了,使他能安静地照样待下去。有时候小城的居民上车站迎送远方的亲友,偶然看见坐在扁担上的傻瓜。还会讲一讲他的故事,替自己增加一点生活的情趣。

新娘还是没有来。傻了的书生还是天天奔车站,就像人们去上班。

他究竟是继续在等待他的新娘呢？还是变成了习惯？就像人们去上班。

一件偶然发生的事情替他做出了答案。

那是个冬天的黄昏，地上的雪层冻结成冰，这一天车站特别冷清，做生意的缩着脖子，蹬三轮的少了一半。傻子大概不在乎寒冷，他依旧默默坐着没有离去。这时候有一列火车在站上停靠了，先出站的旅客雇走了所有的车辆。后来有一位带着几件行李的客人雇不到车辆非常焦急，终于看见书生的屁股底下有一条扁担，便高兴地朝他“喂喂”叫唤。

任他叫喊书生也不曾抬头。他以为碰到了聋子便跑过去拍书生的肩膀。指指那扁担请求帮忙，书生像被牵动的木偶，听凭他的指挥挑起了行李跟着就走。

到了目的地他拿到了工钱。于是他第一次当了挑夫。

从那以后，他仍旧天天坐在车站的老地方，依然呆呆地盯着眼前那块地。但是如果有人拍他的肩膀要他挑行李，他就像木偶一样听凭指挥挑起担子跟着走。

觅

一

我们伟大的祖国，有一块得天独厚的地方，号称长江三角洲。它不但肥沃、瑰丽、繁富；而且结构特别紧凑、坚固。前些年闹地震，闹得“全国一片红”般厉害；这儿也只是闹闹而已，并没有震起来，足见这块地皮不愧是特殊材料制成的。

莫说地震了，这地方只要下一场透雨，就了不得。那泥会烂得像糯米团子一样粘，能把人们的脚底板胶住了，前进一步很费力气，还要当心滑跤。

同聚合得如此紧密的黏土细粒一样，这里人口的密度，也算举世无双，把金奖包下了。下面讲到的范家村，就座落在这块土地上。

这范家村约摸有三百来户人家，难得有不姓范的。所以进得村来，不能叫“老范”或“小范”，一叫就会有许多人以为叫着了自己，弄得一呼百应。必得叫名字。有时叫名字都不行，比如有人找范荣生，村上人就会问：是东村的范荣生还是西村的范荣生？老范荣生还是小范荣生？又比如说找范国梁，村上人又会问：是找社员范国梁还是会计范国梁？是找楼屋里的范国梁还是矮屋里的范国梁？……问讯的往往被问得目瞪口呆。好像进了花果山，碰着了孙行者，他又拔了撮毛下来，变了许多个同他一样的。更不知道还有多少个猴子精通分身法。范家村上摆了这么个迷魂阵，陌生人测不出有多高多深多博大。

但是，如果提起范浩林和范浩泉，谁也不会弄错，因为这名字各为一人所独占，向非两人所共有。

这范浩林和范浩泉，是嫡亲兄弟，是同一个爹娘生下来的，决非冒牌货。连同父异母或同母异父都不是，硬是亲到最亲的程度。他们尽管相差九岁年纪，长相却很像。都是冬瓜头、长脸盘、高短适中，五官端正，普普通通，既无异相，也不丑陋。

尽管是嫡亲兄弟，他们的脾气，却并不同长相那么类似。这也并不奇怪，天下多有这样的同胞。别看出生于同一个家庭，具备同样的养育条件。其实再相同的条件都存在着差异；失之毫厘，差之千里，自有形成不同性格的原因。

浩林生下来的时候，他父亲范焕荣还刚和伯伯范焕良分家。他的爷爷和奶奶都还健在。爷爷范全根是个创家立业人，在小辈中有很高的威信。他拿自己年轻时代的作为，和两个正当盛年的儿子比较，就觉得他们不肖。有点看不起他们，不放心他们。细想起来，也是自己忙于创业，不曾有心力用在他们身上。不以规矩，不能成方圆，从前不管错了，所以后来就偏于严厉。虽然给他们娶了亲，成了家，倒把他们当小孩子一样管教。两个媳妇，见了公爹也怕。所谓分家，小辈是不敢提出来的。全是范全根的主意。他想趁自己还能够把小辈管住的时候，让他们练出当家做主的本领。即使不能够大展宏图，总也要守得住阵脚。莫让自己毕生辛辛苦苦挣下来的家业，眼睛一闭，就被弄得倾家荡产。所以，这分家带有试验的性质。他把土地、房屋、农具、家具以及粮食柴草等什物，三份均摊，自己拿一份，两个儿子各一份。至于积蓄的钱财，却一个也没有拿出来。倒是他那一份土地，又一分为二，叫儿子各拿一半去种，他老两口就由儿子轮流供养。小辈供养长辈，当然不能有意见。但是长辈手里白花花的银元不分给他们，就觉得长辈太霸道了。儿子是见过那些银元的，虽然并不知道究竟有多少，但总猜有几瓮。因为小时候就听伯叔们常埋怨范全根积了许多私房钱。现在不分就不见底，越不见底就越往多里猜，拿不到手虽然不敢吭声，但儿子毕竟是儿子，晓得父亲决不能够把银钱带到棺材里去，现在不肯给，总有一天给，将来定然会到手，耐心等着就是了。

这么一来，儿子心是很宽，知道将来有福可享，现在又何必吃苦操心！所以虽然做了一家之主，却松松垮垮，并不求上进，勉强撑持一个门面，用亏了就私下借债，等父亲死后还就是了。

能干的范全根过于自信，他不能够发现自己的做法不得儿心，只看到小辈已分明摆出了一副“吃长辈”的架势，反而更加灰心；因此便寄希望于更下的一代。大媳妇陈惠莲，是个极贤良的人，连范全根都公开说她嫁给焕良嫁亏了。可惜一连两胎都是女娃，将来都是别家的人，不能做范家的千里驹。弄得陈惠莲像做了错事一样，十分内愧。范全根心里虽然失望，却不怪她，他知道自己的积蓄，迟早总要传给后代，大儿子的一份，他放心交在陈惠莲的手里。

接在陈惠莲生了两个女娃之后不久，进门不到两年的范焕荣的妻子李玉媛一炮打响，头胎就生了个大胖儿子，就是范浩林。对于范全根来说，这就是他的长孙，是他能够寄希望于第三代的第一个实体了。按照惯例，长孙本来就在家庭中占有特殊地位，他有权利直接从祖父、母手里继承一点产业，例如“长孙田”之类的东西。所以，像范焕良这样的明白人，是能够猜到他父亲会有点东西给长孙的。是什么？有多少？就不知道了。

后来的事实表明，范全根对于长孙是特别宠爱的。甚至使做母亲的李玉媛不知所措。这李玉媛的娘家是个穷户头，兄弟姐妹又多。李玉媛又是大女儿，很小的时候就帮娘做家务，不但一般的活计都能干，连纺纱、织布、绣花都行，特别是做鞋，在地方上出了名，每扎出一双鞋底，妇女们会拿在手里传观，正面反面看上半天，十分的称赞。范全根也是慕她的名，才不计较门第，降格要她做儿媳妇。但进门以后，有一个陈惠莲在旁边，同她一比，就比出她见识小，心眼小，气量小，不会做人。范全根就不大看得起她了，其实这李玉媛也有点反常，进了范家的门，原很自卑，想表现出自己能干罢，又常常出洋相，想不显露自己能干罢，又怕别人瞧不起她，弄得很尴尬；因此心中也有点怨恼。浩林生下来之后，固然提高了她在家庭中的地位，有几个月，公婆把她宠得像千金小姐，把最好东西给她吃，补她的身体。但公婆又不放心她带孩子。常常因为孩子哭了，生了些风风火火的小毛小病，就唠唠叨叨，甚至给她脸色看。她也只好受这委屈，心里边的不舒服，暗地里反而发泄在小孩儿身上，认为孩子给自己带来了许多烦恼。等到浩林断奶以后，公婆就领去亲自抚养了。一直到十岁，范全根谢世为止，浩林的童年时代，一直在爷爷的影响底下，过得非常美满。这一年，他的弟弟浩泉，还刚刚生下来。

范全根一死，家道便走下坡。当时沦陷已经一年了。社会风气极坏。范全根的两个宝贝儿子，果然知子莫若父，很快就变烂了。大儿子焕良吸毒、赌钱，小儿子焕荣吸毒又是酒鬼，两个都是无底洞。家里有什么，就拿什么出去完。号称一对完郎。焕良的妻子陈惠莲大方得出奇，不管丈夫，任他胡来。李玉媛就不同了，她好不容易高攀了范家，总指望后半生有好日子过，丈夫败家，她不能忍受，就吵闹，打架。打架当然是女人吃亏，长头发被范焕荣一把揪住了，一直揿到地上。但李玉媛不讨饶，跟他拼命。范焕荣毕竟理亏，慢慢就软下来，怕她了。便瞒着李玉媛，干起窝窝囊囊的事来——悄悄地偷，钱也偷，米也偷，织的土布也偷，真到了急处，连柴禾也偷。这也横竖不够，总是欠满一身债。到了年底，自己往外一躲，家里面天天坐满一屋子讨债的人。李玉媛对付这班债主，只有一个办法，就是哭。今天哭，明天哭，一天一天哭下去，把眼睛哭肿了，把喉咙哭哑了，连烟囱都哭倒了。孩子看着娘哭，不知所措，肚子饿了，便也哭起来。一片哀声，乌天黑地，好不凄惨。那讨债人中间，也有心软的，便愿意过了年再说，自打退堂鼓走了。心硬一点的不肯罢休，但欠债的当事人不露脸，跟女人也纠缠不清楚，几次落空，也只好忿忿地骂骂人，出口气，到别处收账了。还有些极有韧性的，则天天来讨，似乎非要见到范焕荣不可，他们认为这是赖债的诡计，特别气愤，半夜三更，搞突然袭击，来捉"上棚鸡"。可是也落了空，范焕荣真的连晚上都不住在家里。还有一些气派大的债主，自己不上门，派了个地痞坐在范焕荣家，坐一天，要李玉媛付一天工钱，不付的话，就拿她家里的东西，连锄头、钉耙、铜勺、铲刀、碗盏都拿，决不空手回去。……直闹到大年夜过了亥时，新年的鞭炮响起来了，才结束了苦难的一幕。

就这样，李玉媛苦苦地守住家业。固然有时候也不得不卖田还些债，但不像大房焕良那样弄得年年卖田。这样一年一年下去，范焕荣欠债不还，失去信用，弄得大家看不起他，里外都不能够做人了。

范全根的老婆，年纪很大了。哪里还管得住小辈，连自己的私房都被偷了许多。银元放在瓮头里靠不住，埋到地里去又挖不动土，要别人帮忙自然更不放心，只得瞒了小辈，陆陆续续换成了轻便的钞票，藏在一个缝得极精致的布袋里，挂到颈上，贴胸藏着。才算安心。这件事虽然做得机密，但日子一长，自然也瞒不过儿子、媳妇。都知道钱就在那儿。不过谁也不知道那袋子里有多少钱，是什么样的钱。总以为是金银首饰，绝不曾想到是纸币。一直到抗战结束，国民党打起内战，老人八十一岁过世了。大、小儿子、媳妇都在场，当作一件了不起的大事启开那个宝贝布袋一看，才知道是一大堆连手纸都不如的过期票子。这就大大增加了小辈心中的悲痛。因为他们同时受到了双重的损失。特别是两个儿子，这些年对老人有过许多指望、猜疑和误会，现在一并涌上心头，酸、涩、麻、辣、苦……十分的难过。当年他们也知道吸毒是个无底洞，但为什么对方有钱吸，总以为老娘私下贴出来给他，或者那布袋总归有指望。谁会想到老娘竟这样白白地把钱糟蹋个精光。

就这样，范浩林从十岁开始，范浩泉从一岁开始，逐步品尝了生活的艰辛。父亲不成器，明显得连浩林也看得清。李玉媛教育孩子，一贯来就拿他们的父亲做反面教员。一个女人，做姑娘的时候，靠父母；出嫁以后靠丈夫；丈夫死了靠儿子。现在李玉媛不但不能靠丈夫，而且受他的害，要花心思去钳制他，进行永不罢休的斗争，那苦楚是无法形容的。她不得不把一家的权力掌握在自己手里，才能够勉强把日子过下去。但是她也很害怕，总是怕吃亏，总是怕有人计算她，总怕有一天会过不下去。她全力要守住这个家。等儿子长大了，她就宽心了，有依靠，也对得住他们了。不过儿子长大了会不会像他们的父亲呢？公爹当年是全家的栋梁，她靠公爹吃口荫下饭。但是，公爹死了不久，丈夫的劣性大发作，一无收拾，烂成一堆鼻涕，捞也捞不起来，舀也舀不起来。就想到公爹能干虽能干，却误了后代。总说“爹爹懒汉儿勤快，能干父母养懒虫”。怪不得秦始皇那么厉害，到了儿子手里就会失天下。

丈夫已经是这种样子了，无可挽回。儿子浩林呢，虽然小，也被公婆娇养了近十年，也惯坏了。如果公爹不死，再把他宠下去，怕将来就要跟他父亲一个样子。想着这些，可真叫做母亲的发愁啊。现在公爹死了，孩子回到自己手里，将来好便罢，不好，人家只会说是她做母亲的没教好，不会怪到公爹头上去。她可得从严管教这孩子，不能再宠他。让孩子吃点苦吧。吃着了苦头才懂得世界上的事。总说“吃得苦中苦，方为人上人”

嘛！所以，李玉媛认为家道中落，浩林吃点苦，是应该的，有益的，她不心痛。浩林在成长的过程中，大概也真全亏这样，才发展得比较正常。他从爷爷那儿养成的脾性，被后来的生活和母亲的管教羼和了。尔后办事，高低长短，都还得体。

可是，李玉媛的思想，又极其矛盾。她对小儿子浩泉，就截然不同了。她觉得老天爷是那么不公平。一样的孩子，一样是她生下来的。为什么浩林生下来就有得福享？浩泉生下来就应该吃苦？李玉媛很心痛，觉得自己对不起这个小儿子，欠了这小儿子的债，不知道怎样还他，也不知道怎样才能还清。浩泉很小的时候，李玉媛就常常亲昵地拍着他的屁股感叹地说："小乖乖啊。你投胎投晚喽，你是在哪儿耽搁了的呢，错过啰！你哪里及你哥哥运气好，生下来就一直跟着爷爷享福，你命苦啊！"

后来，家里日子越来越不好过。三天风，两天雨，夫妻间吵闹当饭吃，每日里大起大落，感情激荡，如"文化大革命"一般。李玉媛哭哭啼啼搂紧浩泉喊着："苦命哇，苦命哇……前生作了多少孽，要在今生遭灾殃！"那哭喊声叫人听了发颤，真能把别人的心都撕碎了。

母亲的爱心是无限的，尽管在这样的情况下面，还尽量想让小儿子的童年过得美满些，做团子的时候，把拌在青菜馅里的碎肉或油渣拣起一些，包几个馅心特好的团子，做了记号，蒸熟了给浩泉独个儿吃。煎饼的时候，煎几块加油的饼，两面煎得黄澄澄，也专门给浩泉吃。难得上街买点好吃的东西，就藏着，晚上睡觉的时候，塞在从被窝中伸出来的浩泉的小手里，还低声嘱咐说："不要告诉你哥哥。"

"为啥？"

"总共只买这一点，给他看见了，又要剥你的份子。"

小孩子不懂，说："不好再买吗？

“这是金贵的东西，多买谁买得起。不是地里的青菜呀！能买了大家吃吗！”

小孩子的心肠好，又说：“哥哥没有吃，要馋的。”

“他从前吃过许许多。”李玉媛安慰小儿子说：“他和你比，早就吃过头了，都吃厌了，还馋吗！再说，他又不晓得，就想不着，馋什么呢！”

于是范浩泉独个儿享用了，心安理得。

不几年，哥哥浩林就长成大小子了，家里田里，什么事情都干。小学毕了业，就不再上学，当了母亲最得力的劳动助手，干得一天到夜都没有休息。母亲看了就高兴，觉得大儿子不会走他父亲的道路了。但是小浩泉读到小学四年级，李玉媛还不让他帮着做点事。小孩子好动，从学校里回来吃饭，看见哥哥田里回来一身汗，母亲不叫吃饭，却先叫他扫地，便也拿了笤帚在旁边帮着扫。李玉媛走来看见了，一把夺下他的笤帚，心痛地骂孩子说：“你嫩青青的骨头，豆芽菜似的，经得起做吗？做坏了，会害你一生呢。”

家里养了两只羊，刈草原本是小孩子的事，浩泉的同学，放了学回家，合伙儿背着草篮，拿着镰刀上田埂去。这对浩泉当然有很强的诱惑力，母亲不许，他也得偷偷溜去。但是母亲看见了，总要拉住他不放，怕他累病了，割破手脚了。孩子这么小，为什么就要受累啊！他哥哥浩林当年还被公爹宠着要月亮就得有月亮呢。

对于浩泉，李玉媛的心是那么善良，那么关切，那么慈爱。对于浩林，又何尝不是这样呢，也纯是出于一片爱心。虽然是严厉了一点，苛刻了一点，但这是为了接受教训，教好他呀！哪一个不是母亲身上的肉；心眼儿怎么可能对一个好，一个坏呢！

不过，也就是这么一些平凡细小的事情，便使兄弟俩的心上长出的那棵树显出了区别，他们的性格从这里分野。有人说浩林是他爷爷全根教出来的，浩泉是他母亲教出来的。浩林的性格是慷慨型的，浩泉的性格是吸收型的。其实尽是胡扯，天下哪有如此简单的事，社会怎样形成一个性格，种种复杂的因素是无法分开的。不是切蛋糕，一刀两块。

二

人们生活在这个世界上，也许是很不平凡的。但过惯了，不平凡也就变得平凡了。所以不必夸大其辞、言过其实。我们每一个人，通常过的总是一连串平凡的日子：工作、学习、吃饭、睡觉、进行社交活动和料理家务，如此而已，很少值得一提。中学生天天记日记，最苦的就是找不着材料。这倒是实情。这才是正常的生活。如果经常发生剧烈的变化，掀起疯狂的激动，那么，地球就会吃不消，会像西瓜一样碎成几片。那可不甜，也不解渴。谁也不需要，还是让它自在地旋转吧。人们习惯于自然和平凡的生活，所以并没有每天都发生值得记下来的东西，只是过了若干时候，偶一回首，蓦地觉得起了大变化，竟是如此的不平凡。

所以，写小说也总要跳过许多平凡的日子。

这范家的情形，除了日子越来越不好过，孩子越来越长大，母亲越来越操劳，失去威信的父亲范焕荣越来越沉默，沉默得会多少天不说一句话，沉默得使别人习惯了不同他说话（因为他总不回答），只有偶然吃了过量的酒，才杂七杂八地胡扯个没完。解放以后，严禁吸毒贩毒，范焕荣这等人想吸也买不到了，以前总当戒毒要戒死人，现在都戒掉了，都没有戒死，有的成了响当当的劳动力。不过范焕荣并不曾重新硬起腰板来，他从前过分地消耗了自己，过早地衰老了。其他就普普通通，没有什么特别，也没有什么可被当作新闻。一直到一九六二年范浩泉向范浩林坚决要求重新分家，才引起了人们的某种注意，带出了一串回忆。

那一年，范浩林三十四岁，弟弟浩泉二十五岁。是中华人民共和国建国后的第十三个年头。这十三年里，范家村上的人，也和全国人民一样，虽然缺乏经验，但是勇敢地去走前人没有走过的道路，确有许多可歌可泣的壮举。他们刚刚度过了三年困难时期，萌发出复苏的苗头。道路虽然曲折，前途总是光明的。

说也凑巧，这一年，刚巧也是范浩林和陆存秀结婚后的第十三个年头。假使当年国民党不跑，这个婚就结不成。因为范浩林就得跑——跑壮丁。他逃在上海做零工、打游吃。国民党跑了，范浩林就不用跑了，就回来成亲了。所以，他们倒也算是一对地道的解放夫妻。只可惜生儿育女，都必须有十月怀胎的阶段。他们的大儿子，虽然提个名字叫先来，也不曾在一九四九年就生下来。比那些中华人民共和国的同龄人，小了一岁，未免英雄气短，少了一句可以说的豪言壮语。接着，先来便有了弟弟正来，正来又有了小弟再来。再来之后，又添了一个女娃叫好妹。男女齐全，真是人多议论多，热气高，一家子过得很热闹。不管锅子里烧的是稀是干，是荤是素，都能够趁热吃掉。尽多尽少，拿来就是。当时总觉得，一对夫妻，生下三男一女不算多，因为多惯了，不是叫"鱼龙多子"吗！况且好妹生下来之后才开始大跃进，原可以再生几个放卫星的。遗憾的是负担太重，养不得了。而且房子也挺紧张，再养，要叠罗汉了。

提到房子，在范全根时代是很宽敞的。范全根亲兄弟三人分开的时候，各人分到八间房。分开以后，范全根还陆陆续续造了几间，改建了几间。到焕荣和焕良分家时，好好坏坏，拼拼凑凑，折算起来，还能有六间一家。并不算紧张。焕荣的房子，一共是两间厅屋，一间楼屋，一间半平房和合并在一起共有八步的双侧厢。但是布局都极零乱，那间楼屋拖在两间厅屋东边一间的后屋，像一个生偏了的大尾巴，歪在一边。双侧厢的檐头朝东，横生在厅屋西间的前檐，小小的山墙，挡住了西边那间厅屋朝南天扇窗格中的四扇。至于做柴屋和畜舍的那一间半平房，则脱开厅屋二十多米，另外生在一处。这些房屋，除开那个双侧厢外，同别人家同墙合山头，穿了连裆裤似的，一家很难单独进行拆建改造。这种既零乱又黏结的状态，就是一代一代兄弟们分家分出来的毛病。虽然祖祖辈辈，想努力为儿孙造福，无不以造几间房子为光荣。人死了，房子留下来了。子孙住了，指着房子再告诉后代说，这是上代某某手里造的。不容易呀，光是做粥菜的黄豆，都吃掉三石呢！

这就是这块色彩绮丽的江南平原上祖先们为自己创造的树碑立传的方式。

"前人种树，后人乘凉"。真是不错，祖辈的荫德，实在是不该忘记的。但后人之多，并非祖宗始料所及。往往弄得大家要去树下纳凉的时候，竟被挤出汗来，甚至打出血来。

自然，范焕荣家还不至于弄到这步田地。他虽然败家当卖过田，但房子一点没有动，被妻子霸住了。大儿子范浩林结婚的时候，弟弟浩泉还只有十二岁，人中上的鼻涕垢还没有揩干净，要做"皇帝"的话，坐在金銮殿上还要跌筋斗。多了一个嫂子，做母亲的也决不会替他们兄弟分家的。父亲没有用，母亲强煞也是女流之辈。做弟弟的总归要靠哥哥带领才会出头，自然应该在一起过日子。况且，娶亲是要花大钱的，浩林娶亲，是公内（即还没有分家时）的钱，那么，浩泉也应该娶过亲才分家，这才公平。

当然，事情总是要起变化的，小孩子到了十二岁以后，就像树一样长得疯快。至于青年人结了婚繁殖后代，只要允许，那就比做衣服还容易。到了一九五三年，范浩泉就满了十六岁。

老话总说："男子十六，扛车掮轴。"最重最大的农具都能摆弄了，那就算已经能够独立。从外表看去，也确实像个男子汉了。而且活脱脱是一个小范浩林，不过嫩些，不大爱说话，走路喜欢低着头，一副沉思的样子，看上去不糊涂，是个会动脑筋会过日子的人。

这时候，这个大家庭（所谓"公内"）已有了三代人马，七口人。第一代是范焕荣夫妇，第二代是范浩林夫妇和小叔浩泉，第三代就是先来和正来。先来毕竟还是先来，他赶上了土改，土地证上，在他名下有一亩六分田（这就是平均数），正来就迟生了三个月，没有了。他们家的土地，以前是超过人口平均数的，好在焕荣败掉了几亩，已经够不上平均数了。假如正来也能赶上分田的话，就可以补进，迟了，就只好落空。不但如此，眼看陆存秀的肚子又微微往外凸，分明不久就又要增加一个不带土地就出娘胎来的无产阶级，那就显得麻烦了。

做小叔子的，因为自己年纪还小，童年的生活还靠得那么近，还十分亲切。看着一个个侄儿生下来，先是哇哇哇的不知所云，然后牙牙学语，然后摇摇摆摆如鸭子般学步，他觉得很有趣，很熟悉，就像他们在代替自己复习功课一样。倒也还不曾认真去想别的。但是范家村上，也有各种各样好事的人，喜欢在背后议论别人家的长矮，既不存什么坏心眼，也并不想沾什么光，仅仅是一种发表欲。发表的内容也不涉及政治，又是私下口传，黑字不落在白纸上，所以是最百花齐放，创作自由的。这些议论，像微风一样，一阵一阵吹到了范焕荣一家人的耳里，引起了各人不同的思索。这很像是鼓吹分家的启蒙运动。为将来的行动做好舆论准备。范浩泉开始考虑"分开好还是不分好"，就是被那些舆论触动的。个人的得失，要比国家大事容易看清。哥哥到乡里的粮管所里去做事了，嫂嫂本来很能干活，经不起三年两头重身，生孩子带孩子就把她拖住了，田里的活再不能依靠她，现在家里是他和沉默的父亲两个劳动力，做当家母亲的台柱子。就他个人来说，明摆着是吃亏了。究竟吃多少亏，他还没有数。但是他是把钱看得很重的，母亲从小就教会他要看重钱。母亲同父亲吵架是为钱，看不起父亲是为钱，年底里债主来收账，弄得母亲寻死上吊般折腾也是为了钱。他已经确定无疑把钱当成命根子了，在这上面他是不想马虎的。不过分家的事，他还想不清楚，还要靠母亲出主意。只是做生活不及从前起劲了。陆存秀因为自己拖累的确重了，不能像刚过门来的时候那样下田干活，有点对不起小叔。所以对小叔照顾得特别好，替他洗衣，做鞋，有好点的尽量留给他；没什么好的也尽量让他吃热的。除此以外，她这个做农民又不当家的嫂嫂也没有别的了。范浩林是个不肯沾光的人，但认为兄弟之间，重要的是互相体贴关心，互助互谅，不能在一时一事上考虑谁吃了亏，谁沾了光，他现在刚参加工作，工资虽然不高，也拿三十三元，值三百斤米，比做农民好多了。当然，自己在外面，花钱要比从前多些，他是尽量节省，包括伙食等一切费用，只留下十二元，其余都上缴当家的母亲。他认为，家里边男女老少和和睦睦勤俭些，就能做到不亏吃穿，再有自己这点钱拿回去补贴，就比别人家宽裕了。节下些钱来，也是为弟弟成家打算。因为往后过下去，除了万一发生意外，家里边要花钱办第一件大事的，自然就是弟弟的婚事了。他的这种想法，有机会就常常正面说出来。这本来是很好的打算。可是好事也会被人误解，就弟弟浩泉看来，则是哥哥嫂嫂明显地不肯分家，原因自然是他们得益。他反而更想分开了。李玉媛的心，是一直偏在浩泉一边的。她有她偏的道理。从前是因为浩林享过公爹的福。现在又有新的理由，做长辈的，已经替大儿子成了家，就算尽过责任了。往后的日子，是要集中精力帮小儿子成家。在没有做完这件事之前，如果两个儿子之间有矛盾，她是只许小儿子沾大儿子的光，不许小儿子吃大儿子的亏。更何况，大儿子赚钱轻巧，小儿子赚钱吃力，自然应该让吃力的去沾轻巧的光。现在，陆存秀肚里一个个小孩滚下来，这些小孙孙虽然是李玉媛的亲骨肉，但供养他们并不是祖母的责任。祖母将来也吃不着孙儿的饭。她不会像从前公爹范全根那样把钱花在第三代身上。至于做叔叔的范浩泉，自然更不相干。如果睁着眼睛吃亏，为什么不分开！只不过浩林出去工作这件事，却使母亲动心。就她所知，他们这一家，四代以来，从不曾有人能够赤手空拳出门去赚工资的。而且共产党的饭，吃上了就是铁饭碗，不会失业的。本来浩林也不过是高小毕业生，有什么本领出去闯天下，就靠运气好，一解放大量要人工作，给了他机会，现在可能干了，进办公室帮着做会计工作呢。可惜浩泉当时年纪太小，现在高小毕了业，谁也用不着他了。相比之下，又吃了一层亏。所以，浩林每月拿回来的钱，母亲宁肯苦大家，也要存下一半来，准备贴给浩泉。浩林手里的铁饭碗不是祖传的，母亲没法子要他让给浩泉，但用这个办法，也是把那铁碗里的饭，挖一半出来给浩泉吃，补偿补偿。如果分家了，就不能这样做了。

为了这个，母亲犹豫着在拖。但是，陆存秀心里也有一本账。丈夫每月把工资给了婆婆，自己袋里布叠布，要用一个小钱，得伸手向婆婆讨，她又不是小孩子，很不乐意，更何况婆婆还扣紧了不大肯给。那么，钱又用到哪儿去了？她也算出了婆婆的开支，是存心在积钱，积钱给谁，当然不是给她。是给小叔。给小叔是应该的，因为哥嫂有责任帮小叔成家。但是给多少？要有个数。应该给在明处，不要给在暗处。陆存秀也苦得来，也愿意咬咬牙齿让孩子们苦些，但是苦要苦得值得，婆婆的做法，陆存秀就觉得苦得没有名堂。因此也就有了意见。婆媳俩就用开了心思。村子上有小贩来卖糖的，卖水果、饼干的，卖儿童玩具的，往时孩子要买，陆存秀总不许。现在变了，凡孩子要，她就说自己没有钱，钱在婆婆身上，让孩子去纠缠婆婆。自己也开始发牢骚，有一次浩林回家，三言两语就说起了重话，宣称进了范家的大门近五年了，衬衣短裤没有做过一件，都穿娘家带来的嫁时衣……李玉媛一听，自然十分明白媳妇要当家了。眼看浩泉也有分的意思，只剩浩林不赞成，少数服从多数，那就分一分吧。

这时候母亲已经有了主张，而且事前同浩泉说过了。后来分开，就完全是照着母亲的主意分的。全家虽然已经有七口人，但土地证上有名字的只六个，只能按六份分。浩林、存秀、先来共得三份。浩泉没有成家，按惯例分开后就同父母在一起过，所以也有三份。家具农具等什物也分了。另外则提出两个条件，一个是将来浩泉结婚的时候，浩林要贴出一半费用，另一个则是儿子有供养父母的义务，既然两个人都跟着浩泉过日子，浩林就应该贴出一个人的粮钱给浩泉养老人。这条件似很有理，其实极不公平，因为父母都能劳动，他们跟着浩泉，并不是浩泉的负担，而是把自己的一份土地和劳力都贡献给了浩泉，这已经沾足光了，难道还要浩林供养着一个人替浩泉服务吗？陆存秀不能接受这一点，吵起来。但是被丈夫劝住了。浩林对存秀说："我们做小辈的，总是继承了祖业，这么多年败落下来，能够剩下这些给我们，已经不容易了。你不要怪娘，如果没有她，这些房子田产也败光了，还要分点债你还还呢。现在算很好了，要想开点，比如替父母还债吧！"于是就答应下来了。

出乎意外的是，住房却并没有计较。浩林结婚的时候，新房是做在厅屋后面的楼上的。现在这一间楼屋和楼屋前东面的一间厅屋，由浩林使用。哥东弟西，也是兄弟分房的惯例。西面一间厅屋、连同双侧厢和另开的一间半畜舍柴房，由浩泉使用。父母也住在浩泉的房子里，这种分法，浩林的房子好，沾了浩泉的光，但浩泉和李玉媛都没有提出意见。倒是浩林自觉说不过去，要再贴钱，他也贴不出。因此建议房子分了暂时住下再说，以后有了钱，造了新的再调整吧。对方也赞成了。

分开后各开炉灶。但是不到一年，就都进了初级生产合作社。再眨了眨眼睛，初级社就转成了高级社，于是，分家时浩泉在土地方面占着的一点优势就没有了。进社以后，父母在社里劳动，都有工分账，到决分的时候，口粮也有标准，做了多少，还缺多少，浩林应该拿出多少钱供养一个老人，都可以从合作社账面上得到答案。范焕荣虽然照样是沉默着，但是入社以后，因为劳动有工分账，就比单干时积极得多，倒不是觉悟提高了，他的心也是偏的。和老婆偏反了方向，是向着大儿子浩林的。他是为浩林出力，减轻浩林的负担。浩林对父亲是好的，但是不理解他，世界上大概谁也不理解他，只以为沉默是他的习性，不知道沉默是他的悲哀。他也有自尊心，但是他已无可自尊，只能够沉默着，少受些奚落。现在他工分多了，浩林几乎就不用贴钱了。浩泉也无话可说。这也不是哥哥亏待他，是时势造就的。哥哥现在已经是一个正式的干部了，分家以后对浩泉一直很友好。浩泉也觉得以后会有许多事情要仰仗哥哥，所以也乐意和好。哥哥不在家的时候，嫂嫂在劳动上有什么困难，也常主动过来帮忙。例如卖大猪、分口粮、轧米和加工饲料，他都豁出肩膀帮着挑担子。每来，陆存秀必认真当一件事，如待匠般待，买菜、买烟酒、留饭。请小叔吃饱吃好才走。浩泉也从来不客气，明知哥嫂家不宽裕，自家就在隔壁，有母亲烧现成了给他吃，原不必破费哥嫂。可是他却认为出了力气，拿报酬虽然说不出，吃一顿就天经地义了。哪有吃了自家的饭替别人出力的呢！皇帝家都不差饿兵；哥嫂再大，总比不过皇帝呀！

只要有空，只要有一点酬劳，范浩泉还是肯帮别人的忙的。但是讲到钱，就绝不通融，侄儿要做大刀，做手枪只要拿木料来，他可以抽空做一把。剩下来的木料边子，当柴烧。侄儿嘴馋要买块糖吃，要他掏一分钱，那就办不到。能节约一分钱的地方，他绝对节约，甚至节约两分才舒服。积成了角就换角票，角票积成元就换元票，积成十元就换张大团结，换成了大团结就牢牢地团结着，非到万不得已，决不散开。他积聚钱财的毅力是惊人的，好像他活在这世界上就为了这个。他来到这个世界上，除了钱也没有见过什么好东西，也不相信还有比钱更好的东西能够吸引他。新民主主义也好，社会主义也好，集体富裕也好，个人富裕也好。在他看来极简单，总是要钱，否则什么都是空的，天上不会掉下来。小抽斗里多存一张大团结，倒是同社会主义又近点儿了。他母亲极称赞儿子这种格调，物极必反，有了个不把钱当钱的父亲，才有这把钱当磨盘的儿子。母亲总夸耀说："我家浩泉是一分钱都要正面反面看了几次才舍得用的，为啥？那钱上面有他流的汗！"

这都不假，都是真情实话。

如果不是出于一种极其狭窄的务实心理，范浩泉十四岁高小毕业以后，原是可以继续升学的。关键在于母亲在影响他莫去读。那时候母亲当然还一点不懂新社会的事，也没把浩林去粮管所做临时工当一回事。认为是空串。在家不好吗？又不是没有吃，又不是没有穿，又不是没有住，到外面空串做什么！她更不愿心爱的小儿子离开她，她一再教他说："种田钱，万万年，还是祖传的现成家当最牢靠。念书又怎么样？念上了，也不过是到外头去端别人家的饭碗，听别人家的吩咐，看别人家的脸色。哪里有在家里自由！要怎么就怎么。半夜三更饿了，要吃东西爬出来烧就是了。要面有面，要饼就饼，要蛋就蛋。……再说你出去了，你该得的一份家当，倒挑了你哥哥，不是睁着眼睛吃亏吗？要是念来念去仍旧念不上，在外面立不住脚，回家呢，身体倒念书念懒了，种田也种不来了。倒反要苦一生。"这些话，像老和尚念经般不知念过多少遍。晨钟暮鼓，晓雾夕烟，平原上丰茂的田禾和古老的传统结合在一起，又实际，又坚固，不含一点水分，没有一点空隙，只有捏在手里的，踏在脚下的，含在嘴里的，才是实在可靠的。

母亲传给浩泉的东西，竟是如此的复杂。

三

一九六二年，范浩泉向哥哥浩林提出来要求重新分房子。事前并不曾有一点预兆。当年分开来过日子的时候，确实说过“住了再说”的话，不算正式分定。所以，范浩泉要求重分，是合乎情理的；但仍旧使人感到突然。为什么早不提出，晚不提出，偏偏在过了九个年头，度过了解放以后第一次破釜沉舟的灾难，刚刚出现转机，使范家村上的社员重新安定下来的时候，浩泉、浩林兄弟间会发生这样不安定的情形呢？

长江三角洲尽管是一块得天独厚、极其富饶的宝地，但是经历过三年困难时期的人们，现在想起当年的情况，还会陡然变色。老百姓听说书的讲历史故事，讲到历史上的大荒灾，用了“赤地千里，寸草不生”的话，大家便目瞪口呆，不能理解。因为这儿的地，决不会赤。就是在冬天，田埂上也还有青草。荒灾最大，树皮草根，总还有吃。想不到灾难一来，果然也会饿死人。有一年春天，要不是靠紫云英帮忙，是会弄得饿殍遍野的。

其实，当时的情形，何止关系到一个人的肚皮呢？难道它不影响一代人的精神吗。经历过这段生活的人们，思想上无不被打上深深的烙印。各种灵魂在这一个大灾难里会合了，显露了，分野了，成型了。他们纠缠着，争纷着，跑着，拖着，飞着，爬着，不断地公演一出出的悲、喜剧。

浩泉原也想得不错，他哥哥浩林果然是用得着的人。一九五八年以前，他已经调到乡供销社去工作了。社会上物资丰富的时候，供销社的工作人员在人们的眼里并不见高。他们不过是做生意的，顾主就是他们的衣食父母。但不幸而物资紧张、短缺到了可怕的地步。这时候，他们有资格做衣食顾主的父母了。大千世界，芸芸众生，都是开过眼界，见识过这样的“父母”的。不过，也有不少像范浩林这样动情的人，他能把大家的苦难挑在自己的肩头上。他没有什么革命的经验，也不大懂革命的理论，但是为人民服务，倒是懂得的，也极想做到。他的职位不高，肩膀不宽，能量不大。能替大家做的事情很有限。可是生活用品的匮乏倒像是无限的。一块肥皂半斤糖，要时磕头求也无。火油、手纸都要计划供应，有时还供应不上。世界就像冬天的田野，一片空荡荡的，看得人发冷，孤寂无援。范浩林每次回家(他经常回家帮妻子劳动)，左邻右舍，总有一些人要托他买一点这样，买一点那样。真是买一点，决不想多。比如有人生病了，要增加营养，请买一点肉。一斤也行，半斤也行，三两二两也行，没有肉就买斤骨头回来熬碗汤也行。比如小青年出门去相亲，要买一点礼物，有糖就糖，有桃酥就桃酥，有变蛋就变蛋，有水果就水果，有啥就是啥。但是一定要买香烟，最少一包，定要前门或飞马……浩林总愿意代人家买到。不管谁托他，他都尽力去办。其实他也很不容易，比如买肉，最紧张的时候，他也要赶早去排队，各种物资都有人分管，他到别人那儿去求情，就欠了人情债，以后别人总不缺乏机会讨还；要他帮个什么忙，他就不得不答应。诸如此类的事，不知花费了他多少时间。一个范家村，前前后后，没有哪一家不曾托他买过短缺的东西。他极有耐心，总是认真地听着，记住了给买。实在没法买到的，也说明原因。有的物品，一时无着，过了一年半载，有了，他马上代买回来。别的不说，光凭记住别人的托付这点心念，很多人就被他感动了。

他的妻子陆存秀，原本一字不识，很小的时候，就跟着母亲和嫂嫂学会做蒲包。那种活计很委屈人,总是长年低头蹲着,眼睛只看自己面前编织的一小块地方……除此就没有开过眼界,所以从来就不曾觉得自己有什么比别人高明的地方,有嫁鸡随鸡、嫁狗随狗的美德。但是夫贵妻荣,也是难免要接受的光荣传统。商品的逐步紧张使得范浩林的地位在范家村的乡亲眼里日见重要,陆存秀便觉得光彩而荣耀。每每听到别人想买什么又买不到时,她就会主动招徕生意似的说:"等浩林回来了,我跟他说,让他去帮你买好了。"别人听了,自然千恩万谢,因为刚才说的那些话,原本是想她帮忙呢。否则说来做什么。而陆存秀居然就记住了,同浩林说了,浩林自然也总代买。于是,陆存秀的胸脯也渐渐挺得高些了,头颅也抬得平直了。她虽然已是一群孩子的母亲,但样子还挺匀称。特别是那圆圆的头颅,端正的脸庞,被一头又浓又乌的头发衬托着,真有一种富态。从前大家不曾注意,现在挺高了胸脯,仰起了头,大家竟觉得她比从前还漂亮。不过像她这样的年纪,范家村上的人习惯地不会说她漂亮了,而是说她比从前还年轻。那就更有味道。

至于已经分开过日子的范浩泉,能有浩林这样一个亲哥哥,要买什么东西,自然比别人方便多了,真可算是在紧要关头交了好运,令人艳羡不已。也不知道他前世里敲穿了多少个木鱼,才修得来这份福气。这些年他已长成了大小伙子,手里有点积蓄,正在逐步振兴家业。他的经济情形比浩林好,浩林负担重,有时手头周转不过来,还要向他借一点。他也总是肯的。他晓得浩林绝对可靠,不但不会少他的,而且也不会放谣言说他有钱。所以,他们之间的关系,不能算差。后来商品紧张了,浩泉借钱给浩林,就不再让浩林还钱。总是说:"钱放在你那里,我要买什么就替我买。"浩林自然只好答应。不过也有不愉快的时候,比如有一次替他买了一条湖绸被面,原价十元,因为是次品,打了七折,只算七元。那被面被列为次品的原因,不过是有只角落上约摸铜板大一块地方，颜色染淡了些。浩林给他的时候说：“这是次品当中选出来的最好的一条，同正品几乎没有差别。”想不到这话就说坏了，到下一次浩林回家，浩泉竟对他说：“哥，那条被面，你拿去替我换一条吧。”浩林一听就奇怪道：“上次不就同你说了么，你那一条是次品中最好的一条。”浩泉却点点头说：“对，你说同正品几乎没有差别！”浩林说：“是呀，还换什么呢。”浩泉说：“所以我想拿它去换一条正品。”浩林这才明白了，弟弟的算盘精得转了弯。便笑了笑说：“次品正品，早都卖光了，还换什么。”浩泉当时没有再说什么。其实本来就不该再说什么了。谁知他还不相信，吃过晚饭，又叫母亲来找浩林。这时候的李玉媛，已像花木被严霜打过几次，比从前枯萎多了，她其实还五十刚出头，又是劳动惯了的人，只要吃饱穿暖，还能像牛马一样做它十年八年。可是她过去毕竟已付出了很多，不再有青壮年那种应变的能量，一旦受到灾难的折磨，就很快衰败下来，削弱了体力。母亲的心，即使到了这时候，还只想着孩子的困难，宁可再让自己饿一点，甘愿再节省些下来让儿子吃饱一点。又因为衰老提早到来，依靠儿子的心理就增强了。“养儿防老”固然是理直气壮的古训。但想到要成为儿子的累赘，却又使自己的精神背上了沉重的负担，她从一个教养者变成了一个被教养者。在旁人看来，她已经很可怜，因为她那么深爱的小儿子浩泉对老之将至的父母实在刻薄。有一件事情不幸传遍了全村，沉默的父亲范焕荣敲下了一小块豆饼放在灶膛里煨了吃，被浩泉看见，就从他手里夺走了。弄得议论纷纷，可是做母亲的李玉媛却出来替浩泉讲话，硬是说她的丈夫“贪嘴，不晓得艰苦，还像从前一样做败家当的事情。豆饼是储存着等母猪养了小猪做饲料的。现在那么金贵，买都买不到，能偷着吃吗？饿又怎么样，又不是他一个人饿，饿的人多着呢。有几个人能吃到豆饼的？他是个老死胚了，还不知趣,自然要管住他。”李玉媛这些话发自内心,她真心诚意认为浩泉是对的。她一生的心血,就用在熔铸浩泉的性格。现在,这种性格已经按照她的愿望表现出来,决不会像范焕荣那样,而是一个精明的创业人了,这就是她的最大成功。即使这种性格对于亲生父母都难免冷酷,李玉媛自会心甘情愿去领受。母爱是伟大的,没有止境的,不讲道理的。烧了极稀的粥,还要先捞出干的来给儿子吃。自己尽吃汤,浩泉有时还心软,说:“娘,你也要稍微吃几粒,不要光喝汤。”她却毫不动摇,还劝儿子说:“你别管娘。娘都老了,还吃好的,你养不起。娘是黄鳝命,没有关系的。”大儿子浩林和媳妇陆存秀看不过去,劝父母跟他们在一起过一阵。李玉媛不肯,说现在横竖一样苦。其实她还要把自己的一份口粮省些下来填浩泉的肚子。浩林常常买一斤半斤肉给父母吃。李玉媛拿来烧了,老夫妻两个最多各吃一块,其余全给浩泉吃。李玉媛看着浩泉吃,比自己吃舒服得多。范焕荣想多吃也吃不到,李玉媛不让吃。他多吃了,浩泉就少吃了,李玉媛心里就难过。

李玉媛对浩林也是不一样的。在她看来,现在的浩林已经羽毛丰满,是只大鸟了。凭他的能耐,日子原应该过惬意的,可惜他的手臂太直,花在别人身上的力气,是没有进账的。他发不了家。李玉媛当然也爱这个儿子,大家都称赞他,她也光彩。她最爱的不是这一点,而是幸亏有一个浩泉;浩林不发家,倒有本领帮助浩泉发起来。浩泉发家就更有把握了。所以,只要浩林不满足浩泉,她就难受了,就忍不住要同浩林来纠缠。完全用不到浩泉央求她,只需说一句轻微的怨言就行了。这一次,浩泉在晚餐的时候,提到那条被面,并没有看母亲,而是看着碗里的薄粥说的。他说:“换一条,又不难。他还怕麻烦,不肯。”于是李玉媛晚上就找浩林了。

“换一条,又不难。”李玉媛对浩林说,不知不觉重复着浩泉的话:“你们是亲兄弟,这一点儿事情还推掉吗!你帮别人做事都不嫌麻烦,帮弟弟倒嫌麻烦了?你答应吧,哎!”浩林说:“不是怕麻烦,是没有了。”她还不相信,摇摇头说:“街上的生意,你们供销社独霸。那么大的店,会一点没有存货?你答应吧,哎!”浩林告诉她的确没有了,又说:“浩泉是要拿次品换正品,就是有,也不能够换。”她就说:“不碍,就那角上一小块淡色,不细心的人看不出来,当正品卖得出去的,公家也不会吃亏,你答应吧,哎!”……就这样纠缠不清,浩林自然没法答应她。可是浩泉另有办法,他私底下卖给别人了,售价十一元。过了一阵,又向浩林开口,等有了货,再替他买一条。

一条又一条,浩林都无法拒绝。他也无心去记牢一共替他买了几条。反正弟弟没有成家,娶亲的时候要用。弟弟的理由是名正言顺的。

可是好人也难做。在供销社里,范浩林渐渐成了问题人物。有些人说他觉悟不高,“烂好人”一个,有人则认为“烂好人”是表面现象,他这么起劲帮别人开后门、掮皮箱,总得到什么好处。甚至有人揭发他丧失阶级立场,因为五类分子央求他代买商品,他居然也帮忙……这样风风雨雨,每年或多或少都有点谣言,说范浩林犯了什么错误,吃了什么批评,受了什么处分,有一阵竟说要下放。这种谣传很胁迫人,因为当时供销社的工作,是有很多人眼红的。难保没有人想撵他出去。陆存秀听了几次雷声,虽然不曾见真的落雨,她就紧张了,害怕了。试想她那三男一女,除开穿衣吃饭,别的都还不曾学会,纯粹是消费者,倘若范浩林出了事,一家岂不都挂在风口里!她开始埋怨,埋怨范家村上的人只顾自己要买这样,要买那样。全不顾人家的难处,全不想到会拖累人家。这些话,先是在几个人的小范围内咕噜,继之则在集体劳动的时候哇哇地说出来,虽不指名道姓,也让听的人心里有数。听了外面传来供销社批评范浩林的话，不管是真是假，一概相信，并且加入些佐料，把喉咙提高到发尖声的程度转播出去，然后表态说："你们听听，行了好心，没有好报。我家浩林替别人买东西，得了人家什么好处的？要吃这冤枉批评，让人家嚼舌根，你们大家，有许多人是托浩林买过东西的，你们是见证，浩林可曾吃过你家一顿酒，一餐饭，可曾受你家一点东西？可曾赚你家一分钱，可曾少你家一点斤两，现在好话无人说，恶水有人浇。赶紧谢谢，我磕头拜菩萨买不到香烛，菩萨不闻到香不见到烛光是不听不看的，我光磕头，菩萨也不会晓得，我只有求求大家再也不要托他买什么，莫要拿范浩林害得吃官司！"

起初，大家也能体谅她，也晓得范浩林的难处，心里原是很内疚的。一个人活在世界上，本来最好是像范浩林那样能够有本领帮别人解决一点困难，即使做不到，也总要尽量不增加别人的麻烦。麻烦了人家，被怪罪了，原也无话可说。只有内愧。然而奇怪的是，人总难免求人，特别处在盐粒、火柴都供应困难的时候，求人的频繁和原因的琐碎，叫将来的人知道了，决然会当作荒诞无稽之谈。所以纵有自知之明，仍有蝼蚁之请。范浩林却一如既往，仍做一个"烂好人"。他并不糊涂。他有自己的主见，认为商品虽然紧张，总还有些供应。有的商品是连计划供应也是分派不开的，但也并没有烂在仓库里，倒是在计划外打发掉了。总还是到了一部分人手里罢。总还是人消费了的罢。那么，范家村上的乡亲们真真有难处，他为什么不尽力从那些里面替他们买到一些呢。他不买，不是同样由别人去买了吗！所以买与不买，实际上完全一样。他又不贪污，不受贿，怕什么！能做好人，为什么不做！能给人方便，为什么不给！有些人藏着那难买到的东西专门供应上级领导干部，又算什么鬼把戏？好人明明大家都做，说他烂，无非就是拿紧张商品供应了老百姓。这就等于亏待了非老百姓。自然要吃批评了，这批评虽然被范浩林看穿了，但是照样有压力。不过也终于使范浩林觉得冤屈，不服气。他虽然不公开反批评，却也并不想改。只稍稍停过一阵，又替乡亲们买东西了，他要停也停不下来，乡亲们需要他帮忙。不过怕陆存秀骂背皮，有意回避着她。比如范浩林回来了，晚上便总有些人来看他，陆存秀在场的时候，他们讲空话、聊天，等陆存秀有事离开了，才跟范浩林咬个耳朵。陆存秀心里也有数，等人走了，她就问浩林："他们来做什么？"浩林便老实告诉她。她就反对，说："他们倒轻巧，开声口，要这样要那样，就不晓得害人！总是要把你害得下放回来了才歇！"范浩林说："难得的，总是没有办法才开口求人，你当人家是愿意的吗！"陆存秀说："你也难得，他也难得，全村人轮到一次，也就把人害得差不多了！"范浩林说："不要大惊小怪，没有什么了不得。"陆存秀说："当然啦，天塌下来有你顶着，关我什么事。我是多操心。你高兴你干就是了。还难得呢，我不晓得吗，有的人不是难得开口，是难得不开口，存心害人！"浩林一怔，便明白妻子说的是谁。连连摇手说："莫要说了，莫要说了，莫要说了……"那神色使陆存秀不敢再说下去。她原是心直口快，随口说出，却把潜意识里的东西抖出来了。浩林确实为浩泉吃过批评，但他从未向妻子透露过一句，想不到妻子居然有这样的想法，足见自己替弟弟办的事的确太多了些，难怪别人说闲话了。于是他也有了些戒心。

隔墙有耳。陆存秀说出来那句话，当时李玉媛和浩泉也许没有听到。但一则不能保证没有别人听到，不能保证没有人传话，也不能保证陆存秀以后就不说。因为一句话说出来了，第二次就更容易嘴漏。所以事隔不久，浩泉和李玉媛也知道了。他们可不曾生戒心。浩泉发表意见说："害什么人呢。我是出钱买东西，又不曾沾什么光，公家也不曾吃亏，哥哥也不曾吃亏。其实说得明白些，就算做弟弟的要沾哥哥的光，或者要靠哥哥沾点光，也不算过分。"李玉媛听了，就像这声音是从自己心里响出来的，连连赞成道："对，你爹爹是个废人，只哥哥有用，不靠他靠谁？应该靠的。你别听了几句闲话就惹气。别！哎！做人要图实在，省点精神，莫生闲气！"

果然，浩泉是好样儿的，他冷冷一笑，哼了一声，眼睛盯着碗里慢吞吞地说："饭是我自己挣来吃的。生别人的闲气，他又不贴我，不蚀本吗！"

本来，打开的闸门，不把水放平了，关起来是顶费力的。浩泉是扳住了闸门不让关的人，浩林也没有决心关，要关也关不住。这不是几个人的事，不是一个闸口偶然发生的事。

一九六〇年春节，正当大家在食堂里每天饱餐四两健康粉过活的时候，范浩泉同邻村的姑娘周吉娣结婚了。新房里该有的东西，应有尽有。无一件不是浩林经手替他买的。结婚那天还办了两桌酒，那可像天上的月亮，捉到手真不容易。别说菜肴了，拿出那点米来烧饭，就很不简单。范家村上的人啧啧称赞说："真是个富户！"

有人私下议论："范浩泉平时屁都不肯丢脱一个，怎么舍得办两桌酒？"

"别奇怪，除了平时节省下来的柴米，没有一样不是官价的。"

"官价不官价，东西总是金贵的。到了他手里，就都成了他的命宝，何必让别人吃！"

"不奇怪，"有人动情地叹气说："人生一世，究竟只有一次呀！"

周吉娣在地方上也是个有名的能干姑娘，小时候父母双亡，剩下她姐弟两个。所以周吉娣很早就当了一家之主。钱粮进出，人情冷暖，都锻炼出了经验。不但在精神上可以和范浩泉匹敌，而且身材也同范浩泉不相上下，在姑娘队伍里，可算得出类拔萃。两个人真是合适的配偶。

结婚那天晚上,等到闹过新房,亲友邻人退出去以后,两个人还没有上床,周吉娣的头发就被弄得像个乱草窝了。她从台上陪嫁来的镜箱上那面镜子里照见了自己的形象,便红着脸推开了新郎,拉开镜箱抽屉,拿出木梳来梳头,忽然想起了什么。开了“金口”说:“喂,给你看一样东西。”

“什么东西?”

周吉娣把镜箱最下面一层的抽屉抽出来,在最里面的一格里,搁着一个极小的红绸包。

范浩泉好奇地注视着周吉娣把那红绸包拿出来,放在手心里,郑重其事地轻轻把绸包打开来,刚一露馅,范浩泉就看清楚了,眼睛便朝了天。

周吉娣见他那个样子,以为他不识,便说。“你别看它发黑了,不是铁,是龙洋。”一面说,还把那表层氧化了的银洋轻轻地碰了一下说:“你见过吗?”

范浩泉司空见惯了似的毫不希罕,他点点头说:“是银洋,几块啦?三块……”他顿了一下,慢吞吞地说:“我还当真有什么宝贝呢。”

周吉娣把嘴一撅说:“你有吗?”

范浩泉却轻蔑地重复说:“有几块啦?三块吗?……”那神态,傲然使新娘再不敢问。

四

一九六〇年冬天,就在范浩泉和周吉娣结婚的同一年,范焕荣、范焕良兄弟二人双双去世了,时间只隔二十三天,焕荣死在他哥哥焕良的前头。范家村上有一个古老而迷信的传说,先死的人是替后死的人背行李的,所以等到焕良一死,有人就赞叹地说："范焕良真是个享福人，死了还有人侍候他。"

这句话说出了两个人几十年来的不同命运，自从他们的父亲范全根死后，这兄弟俩虽然都在败家当，但哥哥范焕良却败得痛痛快快，是在享受，弟弟范焕荣败得窝窝囊囊，是在遭难。

范焕良的妻子陈惠莲不大干预丈夫，任他败去，最生气的时候，也不过骂上一句："看你败到什么时候才歇！"范焕良也只笑笑，不同妻子斗嘴。陈惠莲是个乐天派，相信命。旁人看范焕良太豁边，劝她管管，她却不在乎地说："拗也没有用，拗不过命的，败就败吧，只要败得太平就算了。小时候听我外婆说，人人都会败家当的，都要败到够了才不败。败够了，就叫做'十败命'。到了'十败命'就不再败下去了。如果不到'十败命'，还只是'七败命'、'八败命'、'九败命'，那是终归要败下去的。这生里败不够，下一生还要继续败，非要败够了才歇。我尽他败，但愿他就在这一生里败够了吧，苦就苦我一个人，别让他败不够，到下一生再去败，再去害苦别人。千争万争，也不要同命争，该败的不败，就会引出别的灾难来，钱财究竟是身外之物，败掉了，只要能够消灾消难，全家活得健康，也就阿弥陀佛了。"她这是多大的气量。所以一家子都是乐呵呵的。她生了两个女娃之后，又生了一个女娃。从此九年没有怀孕，到第十个年头才又得胎，竟生了一个男孩。老来得子，喜出望外，夫妻俩高兴极了。陈惠莲老叨念说老天爷有眼睛，晓得他们没有坏过良心，不该绝嗣，才派观音菩萨送子来。那范焕良对这个孩子，异常的宠爱，比他妻子侍候得还要周到，小心翼翼地，一有空就守着孩子，几乎是一种虔诚的神态。范家村上人开玩笑，说儿子女儿都是讨债鬼，做父母的前生欠了他们的债，这世里就讨债来了。这当然是不能当真的。但是范焕良却老是对什么都还不懂的孩子认真地唠叨说："爹爹欠你的债了，你是该早些来讨的，为什么这样晚了呢。爹爹还不清了。"从此便节俭起来，把钱尽花在孩子身上。

因为范焕良变了，又老说欠了孩子的债还不清一类的话，便引起了陈惠莲的疑心。她的心底里，还埋藏着一个秘密。她的公爹活着的时候，曾经告诉她窖藏的地方。要她记住，保住。千万不能让焕良晓得。这些年来，她一直守住了这个只有她一个人知道的秘密。她那豁达乐观的天性，因有了这一点，就更加添了几分。公爹死后不久那段时间，她很受过一阵诱惑，想去挖出来看看，究竟是不是真的？究竟有多少？因为公爹只说一瓮，一瓮有多少呢？瓮头有多大呢？都没有说明白。可是她知道不能够去挖，一挖动，就会引起丈夫的疑心，而且挖出来了，她也就不会再瞒着丈夫，倒会告诉他，任他拿去败。那又何必呢，让它窖在那儿吧，反正逃不掉，挖出来了就逃掉了。由它去吧，多也好，少也好，不用在心里盘算，三两黄金四两福，没福消受会生瘤，慢慢地她就看开了。不大去想它了。年月一长，也就等于忘记了。

现在，她被触动了，便决心要挖开来看一看。

有一天，范焕良拿着篮子上街去了，陈惠莲便关了门，按照公爹的指点，在公爹原来做卧室的后房，靠幔墙撬掉几块地板，在第二块地板遮盖下的中段地面挖下去，果然泥土松而不坚，约摸挖下去二尺多点、三尺不到，便是一块湿漉漉的青石板，用铁锨敲敲，空空作响，把石板四周的泥挖空，掀开石板，下面果然是一只大瓮头。可是里面除一瓮清水外，什么也没有。

陈惠莲呆住了，心头逐渐升起一种自轻自贱的感情。她走到厨房里去，臼水洗手、擦脸，然后对着小镜子把头发梳顺了，整了整衣裳，再回到后房，在地板上跪下去，恭恭敬敬朝瓮头磕了三个头。她从老辈嘴里听说过多次，窖藏的金银，要有福的人才能得到。无福的人，即使挖到了，那金银也会变成一汪水，让你落个一场空。现在事实摆在眼前，公爹没有说错，窖藏是在这儿。毫无疑问它应该是一瓮银元，但因为她陈惠莲福薄，才化成了一瓮清水。那么，她原不该来挖这个窖藏的，她一定得罪了财神爷。财神爷会责怪她的非分之想，她自然得赔礼道歉，她一面磕头，就一面默默祝告说："财神爷，你不要生气，我对不起你，我现在就照原来的样子，替你盖好，用泥埋好；以后再也不来惊动你。我只求你不要走。我要修，要为后代积德，修子修孙，让子孙有福气得到它。"于是她极其惶恐，极其卑谦，极其虔诚地盖瓮埋土，恢复了原样。

从此以后，她没有告诉过任何一个人，只要一想到这件事，她就自卑，认为自己根基浅薄。她的精神上有了这负担，再不像从前那样的轻松了。

"要积德。"她一直想着这句话。

如此经过了十四个年头，范焕良死了。他生了一种病，一上来就躺倒，乡下医生看过几次，吃不准是不是癌，叫他到城里医院里去检查。他似乎比医生更有把握些，晓得自己寿数已尽，要归天了。后来弟弟范焕荣一死，便更觉得做哥哥的一定会走路。所以也不去检查，也不再吃药，躺着等死，果然不久就如愿以偿。

总说鸟之将死，其鸣也哀，人之将死，其言也善。范焕良虽然也可算做老死，但并没有像他的多数同辈人那样，生前就置备了寿材。家里人眼看他不行了，要请木匠回来，在房子上卸些木材下来替他做棺材。他坚决不赞成。他把大家召集来，除了老婆、儿子、女儿、女婿之外，还召来了侄儿范浩泉（因为浩林不在家才不曾召到）。他喘着气，一字一顿地交代说："我死下来，只要用张芦扉卷卷就行了。不要困棺材，我不配困棺材，金棺材、银棺材，都已经被我困脱了。"

说完，停了半晌，眼睛转过去寻人，寻到了浩泉，点点头，说："你好，会办事情，你替我劝他们听我的话。"

浩泉万万没有想到伯伯临死会表扬他。因为伯伯平常是不大理他的。现在伯伯所以说他好，正是出了一件大家议论纷纷骂他背皮的事。原来解放初期，浩林参加工作以后，看到父亲身体不好，曾经替他做了一口寿材，那时候木材便宜，不花多少钱，兄弟还没有分开过日子，所以虽然是浩林掏的腰包，仍算是公内的。这本来没有账可以算，做儿女的谁也不会想在父母的棺材上沾什么光，可是偏偏出了事情，在范焕荣行将就木之前，浩泉就向哥哥提议另外做一口薄皮棺材给父亲困，因为现在的木料金贵了；而且盗棺的现象也严重，越是棺材好，埋下去以后就越是有被盗的危险。与其被别人偷走，倒不如留下来自己拆了派别的用场，还免得父亲死了都不安稳，被人把尸体倒出来。浩林不肯，说："这原是说好替爹爹置备的，怎么再换呢？"

"不换，你就是睁着眼睛让别人偷去啰！"

"我想我对地方上[①]都说得过去，不见得有人会做出这种损我的事。"

"哼！"范浩泉轻蔑地发了一声，好像嫌哥哥太幼稚了，一副不屑的口气说："十个指头都不一样长，你当个个都像你啦？"

范浩林还是不同意，说："我也不管究竟会不会偷走，也管不了这许多。我们做儿女的，尽尽自己的心意就是了。"

话说僵了，李玉媛就从隔壁房里走出来，摆起做母亲的架子，大声大气地说："你们不要吵，由我来做主。你爹爹一生败家当，我们一家人都吃煞他的苦头，有一口薄皮棺材给他困，很对得起他了。还要怎么呢，总要替后代想一想呀，他还能再把好东西带走吗？一口寿村现在值多少钱？顶小户人家一半家当呢。留下来，不给他了，何况还有偷呢！"浩林说："娘，爹总是

---

① 地方上——意指当地的群众。

爹，说不过去的。……”李玉媛抢过去说：“是爹，不错。既然是爹，他就该替儿子想想，他配吗？要是他配，那么我呢？我将来你们打算让我困什么棺材？给你爹困，不如给我困。我困着，也对得住你爹的。”接着，她又和缓了口气说：“说它做啥呢，我也不是想留着自己困，我不过是替你们打算就是了。要是我真死了，我还同你们争什么呢，用柴草编一只窝，葬了算了。我一样也不要带走，全留给你们。”

就这样，李玉媛作了主。拆了一重夹墙板，钉了口薄皮棺材，安置了范焕荣。

范焕荣窝窝囊囊的活着，也窝窝囊囊的死去。其实他已病得很久了，但是他一声不吭，无穷无尽地沉默，谁也不知道他究竟怎么样。后来躺着爬不起来，李玉媛还骂他：“懒，贪图快活。一个人活到要人侍候，为什么还活着呢！难道害老婆、害儿女还没有害够吗？老天爷，你睁睁眼，为什么有用的人倒死去，没用的人倒活着，不能替换一下吗！”

范焕荣照样沉默着，尽骂不开口。

范浩林很忙，但每次回家，不见父亲，总要问一声：“爹呢？”知道他病了，每次都来看他，问他觉得怎么样，范焕荣总用他那失音（过去吸毒饮酒的后遗症）的喉咙丝丝地发出极低的尖音说：“好啦！”

他说得很明白。但意思其实很模糊。是身体“好啦”呢？还是快要进入天国了呢？

有过几次，他曾经叫住浩林，想说什么，但终于又没有说，只是把头点点，又摇摇。好像这世界上，无非就这么两个动作，可以包罗万象。

后来病重了，李玉媛毕竟同他有夫妻之情，也伴了他几天；悲悲切切的，心里确实有点难过。只不知是替丈夫难过，还是替自己难过。两种感情交织在一起，原是分不清楚的。

范焕荣始终没有同李玉媛说什么，难受的时候，哼哼唧唧几声，就算了。并不主动要什么。一直到最后，李玉媛眼看他不好了，凄然地叫着他的名字，问他还有什么话说。连问了几声，范焕荣才含含糊糊地用最低最慢的声音，说了一声“好——啦！”戛然而止，打了句号。

于是李玉媛明白了，她的丈夫，到临死都没有谅解她。她很伤心，真真大哭了一场。哭声里夹杂着她的诉说，很难听清，意思似乎是：夫妻一场，为了什么哪？

后来大伯焕良临终，说了那样慷慨的话，为了下一代，不愿困棺材。也可算得悲壮了。他一生挥霍败落，到头来竟有这等觉悟，简直同她李玉媛想到一块儿去了。由此可见，她一贯来的思想实在是没有错。人生在世，为儿为女。只可惜范焕荣枉为焕良的弟弟，总也不曾觉悟到这个。

李玉媛想着这些，在大伯范焕良的灵堂里，痛痛快快地哭了一场。

到此为止，范焕良兄弟一代的事情，似乎应该收场了。剩下妯娌两个，年纪已大，不再有所作为。谁又知道，只为范焕良死前说了那几句高水平的话，竟又惹起下一代许多风波。

范焕良的丧事办过以后，在范浩泉家里，很快就出现一种不安而紧迫的气氛。似乎有过多的沉闷，过多的思考，过多的焦虑，过多的低声促促之谈。这些一开始发生在浩泉和吉娣夫妇之间。李玉媛很快就被卷进去了。并且进入漩涡中心，不由自主。

自从范浩泉同周吉娣结婚以后，李玉媛在家庭的地位正在急速下降，原先她已经从当家人的位置上退下来，但还不失为儿子的参谋，但周吉娣来后，她主要的职务只能是保姆了。看家、洗衣服、扫地、烧饭、洗碗盏。……如此而已，她人老力衰，即此也很累了。偏偏这周吉娣，虽然出身农家，倒也极爱清洁。

衣服换得很勤,李玉媛吃力气喘着替她洗了,她还要查查洗得干净不干净。年轻人的眼睛尖,毛病当然一挑就挑出来。于是就笑话李玉媛,说人都快老死了,连洗衣服也没有学会。当时的社会风气,确实已经起了变化。像周吉娣这样的青年妇女,都明白一个人在家庭中的地位要靠能赚多少工分,所以原来的封建婆媳关系,往往就成了新型的婆媳关系。如周吉娣和李玉媛便是。到了这个地步,在旁人看来,李玉媛也够可怜的了,但是她并不这样想,她有她的精神支柱,说到话头上,她还硬邦邦表白说:"从此不碍了。儿子、媳妇都能干,正好一对,再也不用我担心。"

她还是太乐观。担心的事儿并没有完。它就找她来了。

找她的那天黄昏,晚饭吃得迟了一点,已经不得不开电灯了,而且吃得极沉闷,范浩泉几乎目不斜视,一直定定地看着手里那只碗。好像那碗里不是薄粥,倒是些极具吸引力却又难以猜透的谜语,把人弄得苦思冥想,忘掉一切。吃过晚饭,李玉媛洗锅、洗碗、抹桌完毕,坐下来歇息。儿子便叫吉娣去把大门闩了,大家静坐片刻,吉娣的眼风朝浩泉扫过去,一刷一刷……的,浩泉才慢吞吞地开口说:"娘,你可曾听见焕良伯伯说的那些话?"

"听见啦。"李玉媛伶伶俐俐地说:"大伯伯不像你爹爹,他就想得透,连棺材都不要。"

"哼。"范浩泉冷冷一笑,顿了顿说:"娘,那关我们什么事,他省下来,又不会给我。"

"那……"李玉媛想不起还有什么了:"他还说了什么话呢?"

"他不是说金棺材,银棺材都困脱了吗?"儿子提示说。

"啊。"母亲记起来了:"是听说他有这句话。"

李玉媛毕竟老了,迟钝了,极难消化传递给她的信息。所以儿子不得不再提示:“他说这话是啥意思?”

“啥意思呢,”李玉媛平平淡淡地说:“他是天良发现,说的老实话,都给他败光了。”

“对了,”范浩泉说:“娘,你再味味[1]他的话。”

“还有啥呢?”

“啥呢,啥呢,你就缠不清爽了。”占据了婆婆地位的媳妇早已不耐烦,一开口就狠斤斤地说:“别的不晓得,棺材你总看见过的。你说,打一口金棺材,要多少金子?打一口银棺材,要多少银子?”

“谁晓得呢!”

“大伯伯就晓得!”

“他晓得吗?他又没打过,他怎么晓得呢?”

“他不晓得,怎么会说那句话呢?”

“他牛皮,吹吹的。”

“死都快死了,还要吹什么!”

“他要不吹,哪儿来打一口棺材的金子、银子?”

“就是哪!”儿子觉得母亲终于有点明白了:“大伯伯有打一口棺材的金子、银子,为啥我们没有呀?”

“哎——”李玉媛这才真的明白儿子媳妇的用意了,她哎了一声就呆住了,那嘴巴就抿不拢来。

大家聚精会神,认真得话都不想讲。经过了好长一个停顿以后,范浩泉才自言自语地问:“究竟是多少呢?”

李玉媛像被鞭子猛抽了一记,哇的一声叫出来,一拍手就号哭道:“我不知道哇,他们一直瞒住我,我怎么……”

范浩泉威严并低声喝住道:“不要号!”

李玉媛马上就静住了。

---

① 味味——体味

范浩泉冷酷地说："我原就不相信，怎么只有五百元呢？"

周吉娣附和说："莫说范家村，就是我们村上，都晓得你们上代的有银子。名气那么大，何止一点点！"

李玉媛没法开口了。她不禁撇过头去，朝着厨房里的那只大水缸发怔。她记得很清楚，大儿子浩林过了满月，有一天上午，她在灶边做菜，公爹范全根走了进来，慢慢地踱了一圈，看周围没有旁人，便凑到她身旁，指指大水缸低声告诉她，缸底下泥土里埋着一个黄泥罐，里面装的银元，是给孩子的。

李玉媛虽然不笨，但很少知识。她始终不曾弄懂"给孩子的"这句话是什么意思（"给孩子的"——这是爷爷送给第一个孙儿的特殊礼物，号称"长孙钱"。另外还有"长孙田"之类的馈赠）。但有一点她非常清楚，孩子是她生的，"给孩子的"这笔钱，也就等于是给她的。至于为什么要给孩子？她也领会错了，只当是公爹对儿子失望了，才把钱直接传给第三代。当然，她也完全清楚，公爹把这笔钱给孩子的时候，就只有一个浩林，明明是给浩林的。但是后来有了浩泉同样是她的孩子，同样是公爹的孙子，所以应该同样有分享这笔钱的权利。结果则完全颠倒了，她出于对幼子的怜悯和偏爱，竟瞒过了浩林，把它全部给了浩泉。当年分开过日子以后，很快就移缸挖土，挖出一个小黄泥罐，里面有十卷油纸包的银元，每卷五十块，一块不多，一块不少。他们大概是有福之人，因此银元并没有化成一罐清水。范浩泉有了这么多，自然眼睛大了，结婚那天晚上，周吉娣不知就里，居然班门弄斧，拿三块银元当宝贝，叮叮敲着作耍，还问浩泉见过没见过。便留下了一个大笑话。

范浩泉一个人私底下独占了祖宗的好处，站在旁边冷眼看着哥哥浩林辛辛苦苦、忙忙碌碌地为一家人的生活奔走，还觉得自己吃了亏，总认为哥哥欠着他的债，一有机会就要求哥哥帮忙给他好处。倘不能得逞，还有个慈爱的母亲供他使唤，为他保镖。这位老弟的心胸，真可算做得精致了。而范浩林的孝悌之心，也实在感人，能够帮忙的地方，他总是无微不至地关怀的。

范浩泉实在是太舒服了。可是，想不到大伯伯的那句话，严重地破坏了他的安宁。原先认为自己是沾了光的，一下子发现自己受蒙蔽，被欺瞒，上了大当，吃了大亏。那一股股委屈、愤恨、妒忌、贪婪之情，像一条条蛇在胸腔里乱窜，实在没法形容是什么滋味。

范浩泉本来也晓得爷爷有银元，有很多很多银元的。留下这五百元，同传说里的情形比较，实在太少了。但是他没有怀疑过，只以为都被败光了。败光的不是大伯和他父亲，而是他的祖母。是出于祖母对社会的无知。既成事实，无可挽回，只好空剩叹息了。可是，大伯焕良那句话一说出来，它就证明，除了祖母败光的那一笔之外，还存在过另外的一笔。这一笔是被大伯私底下败光了。虽然未见得真如大伯所说，能打什么金棺材、银棺材，但定然是一笔很多的钱。究竟有多少呢？

现在一共发现了已经败光的两笔，从前爷爷替两个儿子分家，银元没有分，但田地房产，都是作三份分开的。那么，爷爷对于他的银元不分也罢，要分的话，不应该是两份，必定会有三份。要是不分，那就尽在祖母胸口的布袋里成废品了。现在呢，发现有两份，就证明是分了。一定还有一份。这一份该是分给他父亲焕荣的。

这一份在哪儿呢？是否就是这五百元呢？不，这不可能。要知道大伯是见过世面的，五百元钱对他来说，决不会夸张说成是一口金棺材，银棺材。既然他那么说了，一定要多得多。

“究竟有多少呢？”范浩泉觉得可惜了。其实是可以弄清楚的，当年祖母寿终的时候，如果范浩泉已经长得像现在这样大，他决不会仅仅为祖母胸口那个布袋懊丧，他一定会数一数，那里面究竟有多少废票子，也许就能够推算出是用多少银元换来的了。晓得一份是多少，就晓得三份是多少。他相信每份都是一样的。

后来李玉媛也说了，那五百元是给孩子的。范浩泉可不糊涂，他一猜就着，这是爷爷专给长孙——他哥哥浩林的，是三大笔以外小小的一笔。他原不该拿，可是发觉不该拿的时候，拿了也已经吃亏了，不拿不是更吃亏吗？

那一大笔银元究竟在哪儿呢？

“娘，你再想想，再仔细想想。”儿子说。

“这笔钱不会没有的！”媳妇跟上。

这叫人没法回答。

“爷爷把钱藏起来了，告诉谁呢？”媳妇又说。

“爷爷只会告诉你，他不相信爹爹。哥哥又很小，不懂事。”这一次是儿子跟上。

“那五百块钱不就是告诉你的吗？”媳妇逼紧了。

李玉媛被弄得目瞪口呆。

“我……想不起来……”她说。

“你怎么会想不起来呢？”

“我想不起你们爷爷告诉没告诉我……”

“爷爷怎么会不告诉你呢？”

“你再想想，这是不能够忘记的！”

李玉媛张了张嘴巴，没有出声。

“怎么会忘记呢？水缸底下五百块银元都没有忘记。小笔钱都记住了，大笔钱倒会忘记吗？”这话，如果是李玉媛说，那是辩解，表示自己决不是忘记。肯定是公爹没有告诉她。但是这同样的语言，一字不改，却由媳妇周吉娣嘴里说出来，则是堵李玉媛的口，确定她一定知道，要她老实讲出来，不许装糊涂。

李玉媛的喉咙被噎住了，什么也说不出，什么也吐不出，火辣辣烧得干痛。她憋得慌，需要排出些什么才舒服。于是眼泪便像观音娘娘净瓶里的水，一滴滴闪着亮光流出来。

……

有些事情，本来已经糊糊涂涂过去，早该忘记了。本来已经到了要弄清也弄不清的时候，那就更应该一笔勾销。可是偏偏斩不断，猛然间会冒出个讨命鬼来催促你说："你再想想，你再想想……那件事……"

是的，那件事，那件没法对人说的事，李玉媛并没有忘记。当年公爹在水缸底下埋的银元，不是五百元，是六百元。其中有一百元，是李玉媛暗地里取走，送给她的亲弟弟娶媳妇用的。没有这一百元，弟弟的婚事就办不成。她的爹娘把李玉媛嫁到范家来，算是攀了一门高亲。他们希望什么呢，就希望李玉媛能够私下里补贴点，使日子过得轻松些。李玉媛无论在感情上和道义上都是无法推卸的。但如果给范全根家的人知道了，那就会把她看成家庭里一个可怕的漏洞，一个养在家里的贼。她不但会受到冷酷的惩罚，并且将永远失去信任。所以她总不大敢。她已经感到，公婆对于她这样一个娘家拖累很重的媳妇，暗地里是提防着的。她每次回娘家，总觉得背后有一双冷眼盯着她手里拎的包裹，像要把它看个透，使得她心不宁，胆生寒。后来碰到了弟弟的尴尬婚事，她如果不帮忙，她的父母弟妹都不会原谅她，她只能够冒一冒险。而且，那么多的银元她从来不曾见过，也极富魅力诱惑她掀过水缸看一看。她不容易，她找到一个安全的机会做了这件事。之后一直平安，公婆并没有发觉，然而她总疑疑惑惑，一时觉得公婆对她冷淡了，一时又觉得并不，认为还是自己心虚的缘故。既而又认定并非心虚，公婆确实对她冷淡了……一会儿这样想，一会儿又那样想，横竖不安。后来因为公婆终于没有查问，也就吃准他们并不知道。安下心来，不再去想。这个逻辑自然过于简单，连"公婆知道了也可以不加查问”的可能性都排除在外，可是过了若干年，现实忽然逼她回想起这件事，便吓了一跳：莫非公婆知道了这件事，已经不再信任她，因此才没有把那笔窖藏告诉她吗？

可是公婆都已不在了，谁能证明这一点呢？啊，倘若真是为了这件事，她怎么对得起儿子呀！

从这时候开始，李玉媛整个萎下去了。她像她的丈夫一样沉默下来，痴痴的，畏畏缩缩，做事走路，也不敢发出响声。这个家庭里，好像死去的不是范焕荣，倒是李玉媛。李玉媛替代了范焕荣了。她连范焕荣还不如，她在不公平的待遇面前，连消极抵制的精神都没有；有的只是怨艾。这怨艾大概也有百分之五是对儿子媳妇的吧，因为他们不相信她。而百分之九十五纯是自怨自艾，毕竟是她对不起儿子媳妇呀！这么大的大事情，原本是应该由她回答出来的，她居然糊涂了，因此把一大笔财富不知丢在什么地方，要找找不着……这损失有多大，她一生做牛做马，也补不起这损失一只角。这不又像她婆婆一样，糊糊涂涂败光了一份家当，害了儿子吗！

五

在那些日子里，生活本来已经够艰苦的了。尤其这艰苦是突然不明不白地来到的。前些时还在喊放开肚皮吃饱饭，粮食多了怎么办？眼见得美好的日子就在眼前，谁知道历史的车轮滚着滚着……又碰上了一道沟。轮子还在飞快地转，它要消耗掉自己，转得越快，溅出的泥点越多，也让自己陷得越深。许多的人，他们的信心被飞溅的泥点玷污了，性格变得脆弱，生命变得虚软。他们要活下去，就要饿着今天的肚子，去为明天的口粮干活，这干活又不得不尽可能节约精力，不要消耗掉自己……尽量让变虚软了的生命延长一些。它必得延长，因为不知道灾难几时结束，它总得比灾难延续得更长些。

历史是精致的，现实是精致的，人的生命，则是更加精致的。它们总会得到某种和谐。范浩泉也是一个精致的人。在那些日子里，他可称得上是一位降低消耗、保护生命的高级技师，他是一个集体劳动的积极分子，通常吹了哨子，他就下田去。去了就坐在田埂上等着，一定要等到人马到齐了，都已经劳动了，队长叫他他才反问一句："我早就来了，你再查查，可还有人没来？别先叫我。"于是队长再查一遍，证明齐了，再叫他。他自己还要查一遍，证明确实都到了，这才劳动，假使今天是锄田，他的铁锴锄了一刻钟，就一定坏了，柄脱落了。于是只好再回到田埂上去装柄。幸而装上了，还要拿着上河边去浸一浸，等到再下田，半小时早过去了。倘若装不好，少了垫头，就只好回家去寻找个合适的再装，那就说不定看见大家收工回来时，他才刚巧下田来，假使是挑担，挑不满十担，他的土箕绳一定挑断了，于是只有停下来，重新接牢它。假使雨天要出工，他一定没有蓑衣。假使队里开夜工，他一定参加，报了一个到，就躲在暗处睡大觉，等着领半夜餐。……他是会动脑筋的，会打算盘的，会出点子的。所以他确实比别人把自己保护得好些。但是为延长生命打算得精致的人，毕竟也比别人多花了谋划的时间，也就是多消耗了生命。而最精明、最会计算的人，也常常忘记了把这一种消耗计算在内。这大概是习惯于体力劳动的人，总不把动脑筋当作一种劳动，因此就否认有消耗。

现在，一个在体力劳动方面的降耗高级技师，却在脑力劳动方面不自觉地大量消耗自己的精力。他朝思暮想，日夜不安，不断地提出一个一个疑问，企图得到明确的解释。有些事情他实在不能理解，爷爷固然不相信他的爹爹，但同样也不相信他的大伯伯，为什么爷爷埋藏的那笔钱，偏偏大伯倒知道了，花掉了，可是受爷爷信任的大伯母却不知道呢？倘若他们两个人都知道，大伯伯就不能够单独偷偷花掉。是大伯母一个人知道，大伯母就更不会让大伯伯去浪费。足见爷爷毕竟是爷爷，到头来还是相信儿子胜过媳妇。怪不得大伯伯一向气量大，原来是有这点底子。但这样推想下去，就危险了。难道爷爷埋藏的另一笔钱，知道的人不是他母亲李玉媛，倒是父亲范焕荣吗？那就糟糕，一则是他已经死掉了，就是知道，也没法再叫他开口。二则他和大伯伯一样，是一个败子。他倘若知道，也会像大伯伯一样把它偷偷花光。不过细细想来，又不可能，因为他同大伯伯完全不同，从未阔气过，从未发过阳，从来就因为家里不肯替他还债才被人瞧不起，失去信用，才弄得抬不起头来的。怎么可能会占有那笔钱呢！而最可怕的则是范焕荣不像李玉媛，他心里怨恨的是小儿子，喜欢的是大儿子。如果他果然知道那笔钱，如果他果然没有败掉它，那么，他一定会告诉大儿子浩林。现在这笔钱就落在浩林手里了。这真是天道好还，又把事情弄颠倒了。该得的大笔钱他没有得，不该得的小笔钱他拿了；还一直自以为得计，吃了亏还当占着了大便宜。头等的滑稽戏，让人笑歪了嘴。

可是再想了几天，范浩泉又不相信了。因为哥哥的为人，他是深知的。倘若浩林真拿着了那笔钱，他倒是不会像自己那样不声不响独吞的。当年分房子就是一例，自己并没有提出来，还是他不肯沾光，说了公平话。这些年分开了，也从不曾亏待过自己。想他近几年来在工作上也不是没有办法发财，他却不要发，宁可拖着一家大小东挪西借过日子。这总不见得做假。浩泉就经常是他的债主，有过几次，因为借多了些，浩泉都不大肯再借了。做哥哥的不是不知道，但一时没有别的办法，还是硬着头皮来同他商量。这也不是假装得来的。所以，哥哥不可能知道那笔钱。

究竟是怎么回事呢？范浩泉想来想去，同妻子周吉娣商量来，商量去。终于认为最可靠的情形是爷爷埋藏了这些钱，不曾告诉大伯伯，也不曾告诉大伯母。不曾告诉他父亲，也不曾告诉他的娘。他一个也不曾告诉，这才是他爷爷的精明处。这才是他爷爷的为人。他看不起他的儿子，也不知道孙子会怎样。反正告诉了他们，这些钱就容易失散。要长久保牢，只有不让大家知道。反正总是埋藏在自己家里嘛，总有一代子孙会发现的。与其告诉了他们，让他们吃现成食，不如让他们自己去寻找吧。傻瓜不找或找不着活该，财产原该属于精明人，精明人拿在手里才可靠。

这真是一个最有大志的精明人的一种最最古老的精明算盘。

所以，大伯伯并不知道埋藏在哪儿，但是他相信有。他肯花工夫，他是靠自己找到了那笔钱。他真精。可是并不可靠，随手光了。

想清了这一点，范浩泉很受鼓舞。他可高兴了。不是有这样一句口号吗，叫做“不怕做不到，就怕想不到。只要想得到，就能做得到”。

好，说得好，真正说得好！

这也是传统，我们一向来习惯于派人上天去把月亮摘下来给孩子当灯笼玩。

范家村上的人，也越来越明显地看到范浩泉夫妻俩发生了变化。在过去，他们都是生产队里的强者，从不肯吃一点亏，为了争一分工，为了争一件轻活，为了自留地上被偷了两棵青菜，……他们都会吵上半天。但是现在好像成了一对隐士，除了不得不下田去干那扯皮的活，平时就关了大门，双双躲在家里，人影也不见。有人敲门，总无人来开。让人敲久了，才会答应。把门打开一点，露出一个头或半个身子来，和外面人答话。不让外人进去。这是他们的窝，不让进就不让进，外人也就不稀罕进去。也不知道他们究竟干什么。只是人相明显地瘦了，脸色青灰，特别是那一双眼睛，乌珠里透出一种异样的光，贼鬼般一转一闪，他们全不再关心周围的事情，好像砌起一道围墙，把自己圈起来了。

范家村上的人，除了晚上能够觅到半夜餐吃的特殊人物（这些人白天同社员吃的一样，晚上就聚在一起打牙祭补身体了），大都一吃过晚饭，趁着可以当镜子照的两碗粥汤还在肚子咣当咣当的时候，就赶快上床睡觉了。尽管如此，有些人还是会在半夜里饿醒过来。假使他们的住房靠近范浩泉家，就会隐隐约约听到一种响声，舂米不像舂米（粮食这么紧张，哪儿有米舂呢），捶蒲不像捶蒲（肚子是水灌饱的，谁有气力捶呢），有时碰出一个尖音，好像铁器捶在石头上了，有时则轻微地嘎嘎，像用千斤[1]在起出什么来……断断续续，杂乱无章，真不知这家在做什么。

范浩泉夫妻，连同老娘李玉媛，三个人像发疯似的，辛苦得不顾性命，把地板一块块撬起，把地皮一块块深翻三尺，连山墙上砌的砖头都块块仔细地敲击过，最后把烧饭灶也拆了，灶基下面也筛洗过……收获是有一点，例如地板底下，墙脚边头，灶脚帮里，零零碎碎，拣出来七块银元，五个当十铜钱，十七个铜板，和三十一个小铜钱。可见祖上的底子，的确是殷实的。真叫“穷虽穷，家里搜一搜，还有三担铜”。至于窖藏，却没有发现，不但未见大瓮头，连小瓮头，黄泥罐，也一个未见。

三个人都累垮了，像散了骨架，像劈开了脑袋，像瘫在地上的沉塌塌三堆泥。

既然自己家屋子里找不到，自然只会在哥哥那边了。

怎么办呢？天底下怎么会有这么不如意的事！

---

① 千斤——起重的简单工具。

究竟在不在哥哥那边呢？如果在？该埋在哪儿呢？前面一间厅屋，从来就是大家走动的场所，里里外外的人，经常像走马灯似的在那儿旋转，决不是埋藏宝贝的地方。要埋，只会埋在后厅那间楼屋里。

真的会在那儿吗？尽管推断合理，毕竟还是推断。范浩泉是最讲究实际的，只有亲眼目睹才可靠。空讲无益，到手为财。亲眼看到了，才能设法弄到手。

这一家人，疲劳还没有消失，又商量下步的办法了。

范浩泉住房的后包檐，有一个小小的玻璃窗，大约二尺见方；一对窗格，四块玻璃。透过窗子朝外看，隔开一尺多阔的一个天井，斜对面就是他哥哥范浩林家楼房前沿的六扇花窗，这花窗原做得十分精致，一个个不同花样的小窗格，都是用大木条锯成刨光了的。窗子下端一个框档里，还雕有山水花鸟人物各类，用桐油油了，簇光锃亮。然后再用磨薄了的蚌壳镶嵌窗格的空当，不知花了多少工夫。那薄薄的蚌壳，半透明地，透光不透视，质地还带来灰白、乳白、淡黄、肉红几层颜色，被阳光照了，一闪一闪，很像就要发生一个童话里的故事。现在这些花窗都旧了，就像一块褪了色的黑布。那美丽的蚌壳，也都改装成玻璃的了，这现代化的东西是透明的，一眼就看穿里外，失去了神秘感，因此和下面将要发生的故事不大协调，如果还能保持从前的样子，那么，布景和演出就配合得精彩了。

范浩泉不但凭推断，并且要证实那楼屋里确实有窖藏，他既没有“测窖仪”又没有遥感设备。现代化的一切工具，一切知识，一切条件他都不具备，能够利用的就是这些窗口，有利条件只有一个，就是窗子上已镶了玻璃，不再是蚌壳，视线已经没有遮拦了。

按照古老的传说这就已经足够。

古老的传说里留下的许多经验都这么说：

“黄家村黄顺荣家，在他太公手里，还是穷光蛋。有一天到亲戚家去吃喜酒，深夜里回家，路上看见刘巷街梢城隍庙前头一棵白果树上开了一树的白花，他就晓得运气来了，赶回家喊了老婆儿子拿了家什就到白果树下去挖。挖开一层薄泥，就是白花花的银子。真是快透天了。……他就靠这个发了大财。”

还是老娘李玉媛在说这个老故事，范浩泉当然听说过几遍了，但是这一遍听得最入神，就像考试就在眉睫，老师在帮他复习功课，使他终于有了悟性。

“我外婆讲，她娘家村上有一家人家，姓陆。穷得连一片瓦都没有，住在村东头祠堂里，大家叫他‘看祠堂佬’[①]。有一天洗了衣服，晾在天井里忘记收了。到半夜里，刮了阵风，下起雨来，才想起了衣服，急忙起身去收，看见地上有一群白老鼠在嬉戏，见有人来，顿时乱窜，马上逃得无影无踪。姓陆的奇怪，到了第二天半夜里，再起来看，果然又有白老鼠。姓陆的一连看了几天，摸准了白老鼠的窝膛，天亮后拿锨去挖，只七八锨，一个瓮头就露出来了，里面全是银元宝。那白老鼠就是银元宝变的。”

这个故事，范浩泉自然也不止听过一遍了。他长到这么大，这一类故事听过不少，平时放在一个叫做脑海的仓库里发霉，现在都被调动起来。范浩泉不愧是个绝顶聪明人，能够温故知新，融会贯通。立刻把那发霉的东西，擦得油光发亮。他发现，原来这能够埋下一切的泥土，虽然也能够让银子藏起来，但藏得了它的身，藏不了它的神，那白光就是银子的精神，它是掩盖不住的，会穿过泥土射出来。只要细心观察，耐心等待，总会发现的。

“只要工夫深，铁棒磨成针。”范浩泉想明白了，就有决心干

---

① 看祠堂佬——穷得没有地方住，住在祠堂里的人家。

下去。他把家里挖撬得乱糟糟的地面和地板，重新弄平整了。然后，每天夜里，就在北檐头的玻璃窗前坐下来，圆睁着眼睛，注视着哥哥楼屋底层那六扇窗子，期待那银子的精神——白光，从地里冒上来。

一夜又一夜，范浩泉坚韧地坐定在窗口瞭望。开初几天，李玉媛和周吉娣都坐在他的身边，陪他半夜。总说群众的眼睛是雪亮的，三个人，六只眼，都盯着看，只要有白光闪出来，就再也不会错过。可惜却不曾出现。他们不灰心，他们是很能忍受时间的煎熬的。只要抱着希望，他们就能够等待。哪管要等很久很久。即使在等待的过程中间，已经越来越觉得无望了，他们也往往能够不愿相信那无望是真的，还能够继续等下去。尤其是李玉媛，她经受过许多的磨炼，从前光是应付那些接踵而来的债主，她耗费的精力和时间，就是够让她坐在这儿坐到老死都不在乎。因为这实在不算什么，不用吵闹，不用啼哭，不用怕丢了什么，也不用花多大的力气，不过是安安静静的耍一双眼睛就是了，有什么熬不下去呢。

可惜人毕竟是血肉之躯，不是钢铁做的。虽有心比天高，无奈脚踏泥土，不能随意飞翔。白天下田劳动，晚上窗前探室，日子一长，两者就不能兼顾。范浩泉有时在田里捏着锄头柄，会把它当拐杖，拄着打起瞌睡来。有一次双脚一软，竟躺了下去，害得大家吓了一跳，营养不良是普遍现象，一个个都瘦得像猴子。瘦是正常现象，谁也没有觉得范浩泉瘦下来有什么奇怪；可是他竟站不住了。他可比别人吃得饱呀，怎么会弱到这般地步呢！

不管怎样，一件事开了头，不干到底，死了口眼也不会闭的。范浩泉决不肯半途而废，他改变办法，把一夜天裁成两个半夜，前半夜让周吉娣、李玉媛婆媳两人值班，后半夜就让他单干。他怕她们会不经心、打瞌睡，两个人在一块儿要妥当些。

结果还是不放心，每晚都要嘱咐了才去睡；睡了又惦念莫让她们疏忽大意误了事，竟不能落忽，往往像被弹簧弹出来般坐起，瞧瞧暗中静坐的两个，才又慢慢躺下去。

时间越拖越长，工夫越花越深，一家三人越拖越累，周吉娣的心活了，对范浩泉说："不要死守吧，吃不消的。守到几时呢？"范浩泉讥笑说："你们女人就是没有决心。要做成一件大事，原是很难很难的。毛主席得天下，打了多少年？现在不过叫你坐着，你坐了几年了？就让你发财啦？这样容易让你发财？哼！"周吉娣连忙说："倒不是我怕苦，我是看你越来越瘦，别弄坏了身体。"范浩泉说："我不碍，人又不是豆腐做的。我们花了那么多工夫下去了，能歇吗？"周吉娣说："不歇，再把工夫花下去，不是愈花愈多吗？"浩泉点点头说："当然。"吉娣说："花了下去，凿定能找到吗？"浩泉说："我看逃不脱。做事总要有信心的。你去捉鱼，就不要打算网网都捉到。九网落空，一网成功。我们种田，也不能打算年年丰收，碰上荒年，不能懊悔，不算上当，只有再种下去，才有丰年。倘若九网落空不下第十网了，今年荒灾不种明年的田，那才是白花了钱财工夫。"周吉娣听了，也就明白了许多，坚定下来了。

真了不起，他们仍旧一天天坚持下去，范浩泉的心境，好比一个走路的人。走了十里，回头容易，走了一百里，虽然仍旧弄不清还要走多少路才能到达目的地，但回来就不大容易了。心想已经走了一百里了，总不会太远了吧！等到走了五百里，回头就非常难了，一回头，不是又一个五百里吗！多远，好不累人！倒不如干脆朝前走吧，说不定再走十里、三十里、五十里、一百里……就到达目的地了。作最坏的打算，总不至于还有五百里吧。所以宁可向前走的了。

范家村上的人，要不是大家都饿得变了形状，那么，范浩泉的异样会使大家惊怪了。他那冬瓜头、长圆颈，像到另一个模子里去压了一压，变成一条狭长的丝瓜了。原来毫无特色的一双眼睛，乌珠儿闪着一丁点儿鬼火似的亮点子，不敢正眼看人。现在像被漫画家重新画过，把以前的一双眼，全涂成了眼珠，然后再在外面装上一副眼眶，大得成了嘴巴了。朝他脸上望去，脸都没有了，只剩了那副眼睛。那乌珠也不再闪鬼火点子，竟是特别的亮，总是直瞪瞪地盯住一个目标看，狼一般贪婪。

这时候李玉媛那颗母亲的心，比周吉娣敏锐得多，它开始颤抖了。她疼浩泉，觉得儿子已经顶不住了。她的心又炽热地燃烧起来。把她推到还像从前能够当家做主一样的位置上去。她不许浩泉再坐夜了。她拖他去睡觉，说他是一家之主，是全家的脊梁骨，不能够断，一断全家都完了。现在就让他这个老太婆来代替他吧，横竖年纪老了，死也死得着了。倘若能够替儿子做一点事情，死也值得。所以，后半夜的班，她抢着去值。可是，娘是英雄儿好汉，范浩泉哪里肯把位置让出来。他说："娘，你不要逞能干，这件事你做不好的。你拼掉老命也没有用。你那双眼睛不好，白天都模模糊糊，夜里还能看清什么呢！让你守在这里，就是白光出现，你也看不清。况且又不知道它有多亮，能亮多久。它总不会像电灯那样一清二楚的，说不定只是幽幽地一闪就过去了，我能放心你干吗！错过了怎么办？"说罢，把李玉媛从窗前的椅子上赶开，自己占领了，从长夜守到破晓。

精诚所至，金石为开。其实何止金石，上帝不是也可以感动的吗！我们想看太阳的时候，太阳的眼睫毛也会忽然一跳呢。可见精神的感应能力，高深莫测。银子埋在地下，它的精神就埋不住，会化成白光穿过土层亮到地面来。范浩泉的精神，经过如此的磨炼，自然是更加奇妙的。一根棒槌，给人拜了三年，棒槌也有了灵性。气功大师，可以运用已有的特异功能，影响别人的体质。由此可见，精神从来就可以转移到客体上去的。即使银子并没有化为白光的精神，而范浩泉只要磨炼到某种程度，练出了特异功能来，也可以使银子放出白光来的。所以，在精神的境界里，是什么情景都可能发生的。这只要看作家（比如本人）如何塑造人物，就能悟出它的奥妙来。

范浩泉的眼睛练大了，眼珠子练亮了，练得像银子一样放出亮光来。

奇迹终于出现了。那是一个漆黑的夜，傍晚就变天了。密阵阵的乌云。分不出层次，涂得天空像一只大铁锅。始终没有风。细雨下下停停，停停下下，空气的分量加重了，世界特别静，好像一切的声音，都被沉重的空气压进地底下去了。范浩泉在吃晚饭的时候，觉得自己的脑子轻微地震动了一下，好像被揿了一下开关，通体一亮。他就预感到今晚上要发生不平常的事，兴奋异常。吃过晚饭，就不要母亲和妻子瞭望，决心自己干一个通宵。他静静地坐着，全神贯注，眼睛一眨不眨地。他觉得今夜自己的眼睛特别尖，在漆黑的空间，他都能辨得清那极细的无声的雨线。约摸过了夜半，他眼前忽然有亮光一闪。定睛看时，又一闪。对了，就是在楼屋里放出来的，幽幽的亮光。不错，这下子看得更清楚了——又一闪。

范浩泉狂喜，连忙轻轻把周吉娣和李玉媛都叫起来看，他们屏息静气，坐了片刻，范浩泉又看见闪光了，他悄悄地问："看见没有，看见没有？"

"哪里哪里？"

"唉，你们不注意，过去了，等等，等等。"范浩泉紧张地说，刚说完，又轻叫起来："又闪了，看见没有，你看，又闪了一闪……"

李玉媛并没有看见，她知道自己老了，眼睛不行了。浩泉看见了，那就行，也就等于自己看见了。于是她也很兴奋，连连说："真的，真的，一闪一闪的光。"

周吉娣揉了几次眼，拼命睁着看，眼珠都快跳出了眼窝。过了好一阵，才说："怎么我看不见呢？"

"你又不是瞎子，娘都看见了呢？"浩泉回答她说。

"这倒奇怪。"周吉娣自言自语地说："是怎样的光呀？"

"一闪一闪的。"

"看不见。"

"它现在不闪了，闪的时候你不当心，所以我就怕你们看夜会马马虎虎错过了，幸亏今天我在看着。"

李玉媛想到这么多时间银子不曾闪光，大概就是周吉娣没有福气看到。所以它才不闪。现在闪了，也不让周吉娣看见，周吉娣居然还脸厚，不觉得难堪。李玉媛简直有点愤怒了。

"这要有缘分。不是随便哪个都能够看见的！"李玉媛权威地说。她难得有机会在媳妇面前得到这样的优势，所以一发挥，显得特别强烈，会让人记住很久。

六

一九六二年，范浩泉的哥哥范浩林，是家庭负担日趋沉重的阶段，他的二男一女已经降生，大儿了先来十二岁，二儿子正来十岁，三儿子再来七岁，收梢一个女娃名叫好妹，也已经五岁了。一个个像台阶般排在那里，等待父母去照料。范浩林、陆存秀夫妻俩，好比一对老燕子，刚孵出一窝乳燕，占满了窝堂，他们会鸣叫了，会撒娇争宠了，会吵闹了，会嬉耍了。但翅膀是软弱的，乳毛还没有脱落，一只也飞不出窝去。全靠一对老燕，在外面觅了食回来，一一喂饱他们。他们虽小，食量很大，因为他们不仅为了抵消付出，而且靠它长身体，长血肉筋骨。所以，喂饱他们是很不容易的，辛苦的老燕子，衔得嘴角边常常带着破损的伤口，渗出殷红的色泽。

范浩林和陆存秀，集中精力，一心扑在供应孩子们的衣食上，根本没有心思和能力去考虑其他的事情。三年的灾难弄得他们焦头烂额，把他们背上的负荷增加到不断喘息的程度。一九六一年冬天稍稍缓过一点气来，真希望一九六二年春天能够得到休养生息的机会，他们需要的是乐业安康，再不要风火变幻，生命的弦拉紧了那么久，再下去，不断也会松弛。所以，当范浩泉提出重新分房子，范浩林一时竟反应不过来，他含含糊糊地没能说清什么，只是觉得这个时候干吗要分房子呢，没有任何必要嘛。晚上睡觉的时候，他偶然想起，也不曾想下去，累得很哪，脑袋瓜一碰着枕头，就睡着了。

他哪里晓得，这一夜他弟弟一家非常紧张，仍旧轮流值起班来，监视着楼屋里有没有动向，生怕提出了分房子以后，哥嫂会把窖藏挖出来拿走——假如他们知道的话，为什么不这样做呢。

第二天早晨，陆存秀天不亮就起床，她要烧一点东西让浩林吃了赶到供销社去上班。她刚打开门，就看见浩泉从隔壁过来了。

"阿嫂，哥哥呢？"

"还没有起来呢，叔叔，你倒早！"

正说着，浩林已经从后厅走出来说："谁呀——是浩泉。"他立刻想到分房子的事。

果然，马上开口了，说："哥哥，不耽搁你，你是要赶去上班的，我只是想听你一句确凿的回音。这房子你究竟同意还是不同意重分。"

浩林一怔，又随即一笑："慢慢来吧，急什么。"

"不是急，我是要弄一弄清楚，你肯不肯。"浩泉的眼睛看着地面说。

浩林沉吟了一下说："这有什么不肯呢。当年还是我提出来的，房子住了再说，分不开，等以后造了新房再分。现在呢，新房子没有造，还是那几间老的。不是分不分的问题，其实是没有什么分的，你说呢？”

“不，哥哥。”浩泉胸有成竹，不假思索就说：“亲兄弟，近算账，当年分开来过日子，哥哥你是说了那句话的。我也赞成的。谁想会碰到这断命的大跃进，把东西弄光了，肚皮都顾不及。这一跤跌下来，我们几时才积得起钱再造房子？我看等下去已经没有意思了，还是趁早正式分了吧。”

“这个嘛！”浩林想了一下，无可无不可地说：“你要是主意拿定了，我也没有什么意见，分了就分了。你等我有了空，再坐下来商量吧，这一阵我忙。”

“哥哥你说过几天有空？”

“这么急做什么？”浩林惊讶了。

“横竖要分，就快点分掉，了脱心事。省得再在心里盘来盘去。”

范浩林无话可说，只好点点头：“好，我这几天里抽空再回来一趟。”

这些话陆存秀也都听见了，浩泉一出门，她就说：“刚刚好了一点，饱了几天了，太太平平过一阵再说好不好！”

浩林没有响，便吃早饭。陆存秀又说：“有什么好分的呢，其实不就是我们住的房子好，要说定了贴他多少钱也就是了，他可是这个意思？”

浩林含糊地应了一声。陆存秀又说：“那也用不到这样急忙。他晓得我们没有钱，还借了他的债。就算现在说定了贴他多少钱，一时间也没法给他。他要急也没有用。”

浩林笑笑说：“你也不用猜心思，兄弟之间，该了的事情，总是要了的，至于一时没有钱，他也不会逼你的。欠一欠就是了。”

陆存秀喉咙里咕了一声，忍住不说了。丈夫在单位上工作，家里的事情，很难同他说清。算了。

这兄弟两家的关系，倾斜度一直很大，哥哥对弟弟，向来仁至义尽，毋庸多说。浩泉刚开始自立的时候，年纪很小，对哥哥无可还报，情有可宥。但后来逐渐长大了，因为没有负担，比浩林富裕，却并没有想到要体贴哥嫂。特别是刚过去的三年，浩林固然因为在供销社工作，买东西算得方便，但是他最缺又最需要的一样东西，供销社却没有，就是粮食。家里孩子的口粮都是低标准，如果不想别的办法，全家的嘴巴，一年要有半年挂在风口里。浩泉多少是可以帮一点忙的，可是，他连父亲烤点豆饼吃都舍不得，又怎会拿出来（哪管也是豆饼也很好）支援哥嫂呢？有一次新麦上场，浩林星期天在家休息。陆存秀高兴，忙碌了半天，做一顿馄饨来吃，让孩子端过三碗送叔叔家去，这也是农家通常有的习惯。可是过了片刻，浩泉竟端了两碗还来说："哥哥、嫂嫂，现在粮食金贵，不能客气的。娘吃了一碗，这两碗还是侄儿吃吧，你们人多，我家人少，来回端动了，我是端不起的。"这真是荒年断亲邻，使人心发冷。他自己家里弄什么好食吃，总是闩了大门。看都不让人进去看的，所以每逢范浩林受托替他斩了一刀肉带回来，陆存秀派孩子送过去，就特别交代儿女们今天不许到叔叔家去串门子。虽然不吵不闹，隔阂也不算不深了。背后陆存秀的叽咕一大堆。浩林听着，也并不是一点不动情的。不过他识大体，总劝存秀说："我弟弟就是这种人，钱财看得太重，你由他去，他赚到一个钱都不容易，自然要看重。这也好。总比有一个败家当的弟弟要缠牢哥哥，吊在哥哥的裤带上好。"

浩林去了供销社，第三天浩泉带了信来，问哥哥几时有空回来，说定一个日子。第四天陆存秀也带了信来，说周吉娣在田里劳动的时候都不着边际骂山门了，第五天快午餐的时候，他娘李玉媛拐着一双缠过后放大的脚跑来找他了："浩林，无论如何，你抽身跟娘回去一趟。哎呀，娘为难哪！他们夫妻两个在家里骂人，怪煞我这娘，好像你不回去是娘教你的。"她知道这样说，最使浩林动情。

浩林果然着忙了，他尽量张罗使娘吃了顿美餐，让她睡了个午觉，自己安排好了工作，向领导上请了个假，扶老娘坐在自行车书包架上，骑着回去了。

到了村头，李玉媛便下来，关照浩林说："你先回家，不要告诉存秀说我来叫你，她晓得了也要骂我的。我像夹骆驼，两面都受气。"

浩林叹了口气，笑笑点点头，先走。回到家，存秀田里去了。还没有回来，等到她回来浩泉和吉娣也都回来了。存秀进门，看见了他，就气恼地说："快点分分清楚吧，自家人都没有商量过，外面倒飞飞扬扬了。"浩林奇怪道："有什么好议论的呢？"陆存秀正要回答，浩泉就进来了，存秀便说："喏，叔叔来了，你们亲兄弟商量吧。"拿了一篮猪菜，上河边洗去了。

这么一来，空气就有点僵。范浩林摸不着头，不好说，等浩泉开口。浩泉因为被存秀明显的不满刺激了一下，要缓一缓情绪，也沉默着。这时候有两个老人进来了，一个叫范连生，一个叫范良春，都有靠七十岁年纪，是近房里边最重要的长辈。他们一进来，范浩林马上就晓得是浩泉请他们来做中人[①]的。连忙请坐、寒暄几句以后，还是浩林开口向浩泉说："两个长辈来了，最好不过，你就说吧。"

浩泉低着头，眼睛看着地，慢吞吞地说："这几天你没有空回来。我一边等你，一边也同几个长辈通了通口；只是不曾同你商量，也没详细同他们说。现在当大家的面，我都说了，好

---

① 中人——见证人还兼有参谋作用。

不好？”

这真是一副私事公办的神气，十分的顶真。浩林点点头说：“你讲吧。”

浩泉说：“哥哥你从前说过，照现在分开住的房子，你是应该贴出钱来的。”

浩林又点点头说：“对呀，所以我要讲明不算正式分房。我也贴不出钱来。”

浩泉：“你也说过，这房子要搭配成两份分开，总是搭配不公平的。”

“对。”浩林说：“所以我总说还是建了新房再分。”

浩泉摇摇头说：“造新房到何年何月？不等了。我想着几个办法，说给你听听。第一呢，照原样不动，哥哥你贴我钱，你也没有钱贴。如果换一换，我住你那一厅一楼，贴你钱，我也算不来，有钱不如造新屋，何必贴在旧房上。再说，换过了，你住我的，你人多，也住不下，那一间半畜舍柴屋和双侧厢，都不是住人的地方。所以，即使我肯贴，你愿意，我做弟弟的心里也不安。旁人也会说我势利，把哥哥逼去住坏房子。我想把房子重新搭配一下，后廨一间楼房，和一间半畜舍搭在一起，算做一份，前面两间厅屋，和双侧厢搭起来，另算一份，这样就差不多了。就是吃亏沾光，也极有限。这点高低，兄弟之间是可以通融的。”

浩林一听就笑了，说：“老弟，这可不好办，一楼一厅，没法拆开，后廨的楼屋，要从前廨那间厅屋里出进。如果拆散了分到两家去，势必砌断，住在楼屋里的人，就没有路进出了。”

两个长辈也说，浩林的话对，没有出路，走天上飞吗？

浩泉却笑笑，觉得自己的想法就精彩在他们想不到。便从从容容说：“这就是老房子的弊病，总要走破，我的想法，就是要砌断它，不让厅屋走破，就管用了。”

“那住在楼屋里的人，走哪儿呢？”

“容易，西山墙外头就是空地，只要在天井的西围墙上开一扇门，就可以进出，墙外的地方，如果像从前那样属于私有，那主家是不让走的。现在是队里的，公有了。当然可以走。社会主义的优越性，为什么不利用！”

浩林听罢，不禁笑着注视了浩泉一阵，觉得弟弟的算盘，真有独到之处。但还是摇摇头说：“门是可以开，不过这样一来，从楼屋到畜舍去，要转一个圈子，不大方便吧！”

浩泉不在乎地说：“兜那么个小圈子算什么？方便。城里那些工人上班，住远的要骑一个小时的自行车，还不是照样干！”

浩林沉吟不语，觉得有点为难了。半晌才说：“我呢，横竖不大在家，方便不方便，是你嫂嫂的事，等我同她商量了再说好不好。”

“哥哥你不用同嫂嫂商量的。”浩泉连忙说：“我不会让嫂嫂觉得不方便。她一个妇女劳动力，带一堆孩子，我不能把麻烦推给她。我同你们换一换，我分楼房和畜舍，你们分两间厅屋和双侧厢。这样，你们就方便，而且也住得宽敞些。”

这一番话，说得两个长辈，点头簸脑，十分称赞。范浩林倒呆住了：“这不像弟弟的为人哪！”他心里寻思。

“哥哥你不用为难。”浩泉表明心迹：“我是说的真心话，你只管放心。哥哥嫂嫂一向来待我也不差，我心里有数的。况且吃亏沾光，横竖都是自家人。”

他说得非常诚恳，偏偏这范浩林最会感动，最受不了别人有心要给他好处。他连连摇头说：“老弟，这个我不答应。我是老大，倘有出入得失，我理应该让小的三分，怎么能占了好的呢。再说这八九年里，我住了好房子，也没有贴你什么，已经沾了你的光了。还能继续沾下去吗，不，若要这样分的话，我一定还是住楼房，把厅屋分给你。”

浩泉连连摇头说：“哥哥你不要替我争，这分房搭配的办法，是我提出来的。倘若我沾了光，倒像是我为了沾光才这样搭配了。我还有什么意思呢！住了进去，旁人还要骂背皮。不，我宁可住楼房。”

浩林感动地说：“不，我不会答应你的。哥哥的脾气你知道，越是别人让我，我越不领情，我一定让你住厅屋。”

“厅屋一定让你住。”浩泉说。

“我还是住楼房。”浩林说。

“我说了，我住楼房。”

“我也说了，我不住厅屋。”

“我也不住厅屋。”

“我住楼房！”

“我不搬，不让你住！”

……

两个人的声音，越来越高。争论的用语越来越短，似乎很激烈。左邻右舍，都闻声来看，蹲了一屋子的人，陆存秀上河边回来，以为他们为争夺什么吵起来了。看见大家都在笑，她走进去，隔着板壁在灶下听了一会，才弄清是这么回事，觉得很诧异，想这浩泉吵着急急要分房子，总是要图点好处的。怎么倒像是为了吃亏呢？实在弄不明白他是什么意思。不过也好嘛，他自己愿意，就由他住楼房好了。同他推让什么呢。就算沾了他的光，也是难得一次，我进范家的门十三年了，看着他长大的，手脚工夫也不曾少花在他身上，委屈他一点不见得雷打电劈的。

陆存秀想罢，便在灶下放开喉咙喊道：“阿叔，阿叔。”等他们听见了，停下争执，她才说：“阿叔，你可是真心。”

“当然真心！”

"真心嘛,我是要答应下来的。"

话刚说完,就听浩林喝了一声:"你不要横兜里插进来好不好! 等歇我同你说,别先答应。你答应我也不答应。"

大家听了,嘻嘻哈哈,七嘴八舌,乱哄哄热闹了一阵。因为他们都是谦让而不是争夺,自然没有严重性,不构成什么威胁,所以挺乐。但这样下去也没意思,不及打架好看,就陆续散了。两个做中人的老辈,也觉得这事好办,很轻松。建议他们再合计合计,不忙。想周全了,免得以后反悔。范浩林自然赞成。起身送客,临出门,浩泉还说:"我是想周全了,哥哥,我不反悔的。"才回去。

当天晚上,陆存秀就同范浩林怄气,说他眼里没有老婆,分家的事,她陆存秀为什么不能开口,这家是什么人的?你范浩林往供销社一溜,高兴回来就回来一趟,不高兴回来就寻不着你的影踪,如果分家分得不好,还不是她陆存秀受害! 难得浩泉这么开通,说了些像大丈夫说的话,自然就该答应。让什么呢?说不定过了一夜,他就改口了。

范浩林这时早冷静下来。他历来不同老婆口角,所以一只碗也叮当不起来。他回味今天浩泉的意思,也不免怀疑。不懂是为点什么。这时他就回答陆存秀说:"你都想到他过了一夜会改口,这件事还能照他的话办?不是小孩子闹着玩吗!"

"我马上接口答应他,他改得了口吗?"

"唉,你倒看得容易,极麻烦的,这老弟!"

"反正我不管他为什么想这样分,我就答应照办。"

"反正我不弄清楚他为什么想这样分,我就不能答应。"

"不亏他,这是他自愿的!"

"他自愿,我也不能亏他!"

……

两个人争了几句,也不曾有结果。谁知声音大了点,隔墙本是有心人，正尖着耳朵在听。一听见，倒安心了，晓得自己想的事情，浩林和存秀全没猜着。那么，要劝浩林答应，也就不算难了。当夜浩泉和吉娣商量了一会，便去把老娘叫来低低同她说了几句。那李玉媛像得了令箭似的一面连声答应，一面还拍了拍手，轻轻地说："哎呀，我都没有想着，这倒也是真的，是一件头等大事，我去同浩林说，他不能不答应。"

李玉媛打了包票。她很有把握，一夜睡得好熟。早晨起身，看见浩林家的门开了，就走过来。见存秀在灶下烧早饭，叫了她一声娘。李玉媛说："浩林呢？"存秀说："在楼下吧，有什么事？"李玉媛神秘地说："有几句话，浩泉、吉娣都说不出口，所以叫我来告诉他。喊浩林出来，我全都告诉你们。"

正说着，浩林听见娘的声音，就从后屋走来说："娘，你要说什么我听？"李玉媛说："我昨天听你们争了半天，浩泉也不曾把话说出来。你晓得他究竟为什么要住楼房？"

"就是不晓得呀，娘，你说呢？"

"你想想，浩泉娶亲也两年了，为什么没有孕？"

浩林无从回答，只好静候她说。

李玉媛压低声音，却加重语气说："命也算过了；风水，也看过了。浩泉的新房做得不好，是一块不育之地。"

陆存秀连忙问："真的？"

"真的。都这么说。"李玉媛有根有据地说："想起来，你们的爹和大伯伯，是现在分给你大伯的那间老屋里出生的，当年我嫁过来，新房是做在你们现在住的楼上，生了你们兄弟俩。后来让给你们做了新房，又生了三男一女。浩泉的那新房，真想不起来谁在那儿生育过，大概老辈早就晓得了，是不能做房的。"

浩林听了，笑着摇摇头说："这是迷信，不会的。"

"怎么不会，你看他们可养了？"李玉媛严重地说。

“哦!”陆存秀终于彻底明白:“是为了这个。那就直说了嘛,何必兜圈子!害得你忠心耿耿的大儿子还怕他吃了亏。这么一说,他是想借一块传宗接代的宝地,浩林,你肯不肯换?”

范浩林抚了抚脸颊,像抹掉什么黏着的东西一样,正想开口,李玉媛却抢嘴说道:“这还能不肯的吗!你们已经四个了。还养吗?不换给他,就是绝了我一房人马。”

这话如果说对了,那范浩林不肯换房,简直天理不容!

范浩林只好点头。虽然他明知是迷信,但是迷信还是这样的普遍。假如不换,范浩泉能生下孩也罢,当真不生,那么,舆论会谴责范浩林居心绝小房的后,独占祖产,要成为范家千秋万代的罪人。

七

因为有了这样正经而且庄严的理由,世界便按照着范浩泉的意志被征服了。新社会里分家,事情本来就极简单,因为有许多身外之物,早已被革除了。范家兄弟,别的早已分得清清爽爽,没有任何纠缠,没有任何一方要提出复议,无非就是换一换房子,议定了就可以搬,搬好了就算完成了。

可是,这毕竟是范氏兄弟完成正式分家的一件大事,所以一切都按传统的规矩来办。免得以后再有话说。陆存秀以前就埋怨浩林当年分家的时候多说了一句话。这一次范浩泉要换她的宝地,她可不能保险这对夫妻住进去之后就会出后代。若再要改悔,她是不答应的。范浩林要马虎办,她也不答应,定要做得郑重其事。双方商定以后,请了一个本家叔公写了一张分家契纸,定了一个佳期,办下两桌酒,请了娘舅、公亲、族里的长辈、大队书记、生产队长和会计来坐坐,在分家契纸上签个名或画个押,盖个图章做中人。才算功德圆满。

随后就是搬家。迁入新居。一开始总要修理、粉刷，甚至改变屋内布局结构。范浩泉的工程更大，除了在天井的西墙开门外，还把天井的一半架了两步矮屋做厨房，前前后后，两家的人，都忙碌了十天半月。

范家村上的人，对于范浩林兄弟在分家中表现出来的谦让风度，有过各种各样的议论，对范浩泉特别感兴趣，简直当作一个谜语在猜，但是酒席一摆，分家纸一写，中人的印章一盖，便成了铁的事实。天下既定，两家已在各搞建设了。议论也就很快平息下去。

此事过后还不到两个月，范家村上的人，忽然又越来越关注起范浩泉来，先是有人发现，房屋整修以后，陆存秀，周吉娣都下田参加劳动了，独独不见范浩泉，便开玩笑说浩泉住到楼上去，就成了千金小姐了，楼也不下。有人说搬家以后，只在那新开的侧门口碰到过一次范浩泉，好瘦，脸皮白里泛青，看上去吓人。后来又有人看见村西头的范老医生——一个中药店的退休店员被请到范浩泉家去看病，大概就从他那里传出范浩泉的病是中了邪气。于是关心的人便抽空来探望，果然见范浩泉形销骨立，神情惰疲，眼睛看着客人，心思明显地不知用在什么地方。三两句话说过，就像忘记了面前还有人在，独个儿不声不响想什么了。问周吉娣究竟是什么病，吉娣说没有什么病，医生连药方都没有开，说休息休息，再增加些营养，就好了。

这话也很确实，周吉娣和李玉媛，三天两头都上街去，买些鱼、肉回来。那时猪肉还相当紧张，自然又是请浩林去买的了。浩林听说浩泉病了，也回来看过他，送过一斤奶粉，一斤糖，都是紧张品，当时已算贵重的礼物了。但从那时候起，陆存秀在田里劳动时牢骚就多起来，讲分家花了多少钱，耽误了多少工分，费了多少神思，受了多少委屈……人都给累死了。幸亏人生一世，只有一次，否则的话，寿也要促矮一半呢……。接着，便隐隐约约有人传出小道消息，说范浩泉后悔了，想搬回原先的房子里去住，自己不好意思开口，叫娘和老婆上供销社同浩林说。浩林没有答复。此消息是供销社的干部传出来的。街上人都知道了，当笑话说。都叫浩林莫再依他弟弟。范家村上的人上街去，街上的居民还打听这件事。没想到本村的人倒还不知道，真叫照远不照近。简直令人气愤。因此回村来就起劲地传播，让大家都晓得，免得再有人不知道，上街去出洋相。

这件事从供销社传出来，倒是事实，但并不是范浩林要臭他弟弟。范浩林是个烂好人，从不臭别人，更不愿臭弟弟，倒是他母亲和弟媳妇那阵子忽然来得非常勤。今天母亲，明天弟媳，轮流地来，来了就缠着他咕咕咕地讲。如果是难得一两天呢，范浩林还能够抽出身子来蹲在宿舍里耐心听他们说，但次数多了，他有时很忙，不能耽搁，只能去办公室做事情。这一老一少的妇女，还是缠住他，就在办公室也忍不住要诉说。而且神情忧郁苦楚，甚至眼眶里还有一汪泪水。自然就要引起旁人的好奇，尖着耳朵听了几句，知道了因由，过后不免要问问，浩林也只好简单说明了。同事们对范浩林当然是了解的，一听就抱不平，不说说郁在心里受不了，倒也不是故意同范浩泉过不去。

散布这些消息，对于当事人并不算什么，他们不在乎，也不关注。因为他们忙着制造更新的消息。范浩林这一阵回来得比平常勤得多，不像平常那样随和，见人就打招呼，倒变得有点像他弟弟范浩泉了，老是低着头走路，不关心碰着谁了。也不见陆存秀像往常那样，范浩林一到家，动作立刻轻捷柔软，眼睛里光闪闪，用肥皂洗头发，然后上菜畦寻菜、从瓮头里掏腌鲜，吭吭吭铲刀在铁锅上炒得直响，香味儿热腾腾冒出来，引得邻居直流口水……不，现在一反常态，陆存秀像一头愤怒的女神，仰着满脸怒容的头，冷落范浩林，任他一个人闷坐。她走出走进，睬也不睬他。有一次吃过夜饭，竟突然吵起来，陆存秀的喉咙拉开来，声音又尖又高，简直在呼喊着说："我不答应，只要我活着，我就不答应！我不曾见过有这样作弄人家的，就没有理讲了吗？"……

范家村上的人，挺关心这件事，不知闹到多严重的程度了。在田里劳动的时候，有些人挺机智，旁敲侧击，欲擒故纵，故意同陆存秀开玩笑，问昨天范浩林回来吃了几个潽鸡蛋？可曾高兴高兴？陆存秀心直，不知就里，就吞饵上钩，一发火，就失去控制，说了些不该说的话："还吃潽鸡蛋呢，要么给鸡屎他吃，我不要他回来，他这么起劲三天两头做啥，给狐狸精迷住了吗！"狭隘的农村妇女，恨起心爱的丈夫来，是不顾一切的。

这边夫妻谈不拢，闹矛盾，后面楼屋里像装了偷听器，真正是"同步"，马上反映出来了。他们倒不闹矛盾，只是一片沉默，不但范浩泉不出门，连周吉娣、李玉媛都不大见，都躲在家里，偶然出来，一脸愁容，怕地震天塌似的。范老医生也来得勤了，还开了药方，周吉娣上街去抓药，其中有一味叫天麻的，缺货。找上了范浩林去药店说情，实在是没有，不曾买到，谣言进一步传开，有人说范浩泉发神经病。有人说他自从住进楼屋以后，屋里一直闹鬼，夜里边通通通，乞乞乞，嚓嚓嚓……发种种怪声。有人说他住进楼屋就失眠，他是想困呢，但只要一闭上眼，就有狐仙压到他的身上来……他总是没有住这楼屋的福分。各人各说，有同情的，有疑惑的，有莫名其妙的，有觉得好玩的。有的人连看都不敢看范浩泉了，怕他发了痴打人。痴鬼打人不管轻重，挨了打还最不合算，旁人不同情，反会笑话，你"怎么被痴鬼打了呢"，只有最关心的几个人才去探望他。见屋里乱糟糟，地无人扫，台无人揩，衣无人洗，柴仓无人收罗。李玉媛像只偎灶猫，蜷曲着坐在灶下的小板凳上，两只眼睛干巴巴，似乎再挤不出水来了。周吉娣蓬头散发，在楼上伴范浩泉，范浩泉像个青皮罐头，难看得叫人心酸。一副刚柔失调，呆头木雕的样子。见人来了，点点头，笑笑，也不说话。那笑很惨，比哭还丑，全是一种筋肌的抽动，不是一种表情。引他讲话，他就比较清醒，也就开口说。总是这样讲："你们不用来的，别耽搁你的工夫。我又没有病，别人都瞎说。你们看，我不是很好吗！我看见你们来的呢，真的，我亲眼看见的，否则我也不会相信。我不骗你们，我要骗你们做啥呢！这不是我瞎说，我娘也亲眼看见的……"接着便往往一吓，惊诧地说："又晃了，又晃了……"什么晃了？周吉娣苦着脸说："他老说这楼屋在晃。"于是客人的汗毛也竖起来，悄悄地走了。

他真痴了吗？

"其实他早就有点痴。"有人表示他有先见之明："他的眼睛一直鬼闪鬼闪的。他那分房子的主意也忒特别，怎能那么个分法呢。活颠倒！"

"不过还好。"去探望过范浩泉的人贴出安民告示："是文痴，不是武痴。"

要赶快医呀！这是不能耽误的。范老中医来过多次后，情况也摸着些了，他同周吉娣的看法一样，最有效的医法，就是把房子调回来。

可是陆存秀把牙咬得紧腾腾，水也泼不进。道理全在她一边，范浩林都奈何她不得。吃了酒，画了押当了中人的，不管是娘舅，公亲，旅里的长辈，大队书记，生产队长和会计，心里都非议范浩泉，不肯管。

李玉媛可作孽了。她一个一个去央求他们帮忙。真求他们去看看范浩泉。劝劝范浩泉。大家也没法表态，只好咂嘴。

范浩泉老叨念那些话，叨念得周吉娣终于找到了打击对象；她一天到夜在家里骂李玉媛。说这祸全是李玉媛闯出来的，她丈夫是眼花，才看见有白光的。李玉媛呢，你也看见了吗？你讲讲，你说老实话，你这害儿女的，你的良心呢！

“……这不是我瞎说，我娘也亲眼看见的……”范浩泉每天都在唠叨，李玉媛不用媳妇骂她，早已痛得心如刀割。

她一次次去央求浩林：“浩林呀浩林，你娘对不起你。你娘有一千个不是，一万个不是，还要求你一句话。”她的喉咙很沙哑。

“娘，你别这样说，娘总是娘，有什么对不起儿子的呢！快别去想那些。”浩林连忙安慰她说。

李玉媛张了嘴巴，喘了几口气，才发出低哑的苦声说：“浩林，娘也不要你安慰，娘是对不起你的。你是吃了娘一生的亏，娘还要求求你再吃一次。这是最后一次了，你就算吃亏吃到底，答应了吧！”

范浩林用最亲切的软语说：“娘，我是你的儿子，我怎么会不答应你呢！实在是我答应了也没有用啊！存秀不肯，我也没办法。就算我不在乎过什么日子了，同她闹，同她打，她横竖不让，还是解决不了啊！”

李玉媛流着眼泪说：“娘也不想睁着眼睛看你弄到这步田地，娘实在是没有办法啊！”

范浩林连忙说：“有办法的。娘，你别急，等一阵，让我慢慢劝劝存秀，会劝醒的。”

“要等到几时呢？”

“唉，娘，你也要劝劝浩泉，不能够依着自己要怎么就怎么啊！”

“我还劝啥呢？他都痴了，还劝得醒吗？”

浩林顿了一下说：“娘，不见得就痴了。他要是真痴了，换房不换房，他都想不着了。他还想着，就不痴，劝劝他，有用。”

可是李玉媛没法劝。她一回家，周吉娣的眼睛就像两颗钉子把她钉死了。一连串的责骂就像排炮般射出来。“你说呢，他答应不答应，哼，一看你的样子，就晓得你没用。老东西，你还当他们会听话呢！屁，你死也没有用，你只会害人！”

于是李玉媛就只好喃喃地说：“我只会害人我只会害人。”

早早晚晚，她在灶神前点三炷香，磕三个头，默默祈祷：“灶神爷，你保佑我的儿子好起来。他是个苦人，没有糟蹋过钱，没有享过福。他没有罪，不曾作过孽，作孽的是我。倘若要怪罪，就怪罪我。就算他有错，也怪在我身上，我愿意替他受这份罪！”

“灶神爷，全靠你的大力，保佑我的浩泉好起来吧！我的大儿子已经答应换房子了，过一阵就换，你让他渡过这难关吧！”

……

一有机会，她也去央求陆存秀：“存秀呀存秀，我来求你一句话……”

陆存秀一见她来，不管自己在做什么，连忙叫了一声娘，就急急忙忙走开，既不得罪她，也决不答理她。

陆存秀绝不松口，李玉媛知道再去求浩林也没有用。有时候看见浩林回来了，她也不去，她知道只要陆存秀一答应，浩林马上会来告诉她的。

她走投无路，不想吃，不想喝，整天像一枯木，靠墙坐在小板凳上，默默无声。周吉娣咒骂她，她似乎也听不见了。

她真是筋疲力尽，睡倒以后，每次都几乎爬不起来，但那颗做母亲的心，却旺烧着她仅存的一点燃料：“总要想出一个办法来呀！”就因为这一点，还能使她撑持下去。

她日日夜夜在想着一个办法，但是下不了决心，反反复复受着煎熬。

刚巧碰到她公爹范全根的忌辰。往年常常会忘记，今年想到要祖宗保佑，买了点酒菜香烛（烛买不到，是用油盏代替的），祭了一番。李玉媛百感交集，跪伏在拜垫上长久不起身，默默祝道："公爹，你显显灵，救救你的孙儿罢！我没有做过对不起范家的事。我拿走那一百块银元，成全了一对姻缘，也是替你们范家积的阴德。我受到这样的报应，天理不公！公爹，你告诉我，你究竟有没有给小房留下窖银？如果有，埋在哪里？如果没有，也说个清楚。不要折磨我们了。三天之内，你托个梦给我吧！"

三天过去了，静静的，没有梦，没有一点征兆，没有一点灵性。

一切都逼着她走那条路。

如果她竟要那样做，实在太……即使是一个快要死的农妇，一个偏心眼儿的，谁也看不起的老太婆。但是她不能够……

能够吗？……不能够吗？……

不能够又怎么办呢？

她终于不顾一切，下了决心。

她知道再不能拖下去，她的时间不多了。

又过了两天，李玉媛看见浩林回来了，等到傍晚，她梳梳头，换了一身干净衣裳。往浩林家去。

她走进门，见浩林一家六口——浩林、存秀、先来、正来、再来和好妹，都围着桌子，坐在那儿喝稀饭。浩林看见娘进来了，正要招呼，还不曾来得及开口，李玉媛已经端端正正朝着大家跪了下去。

范浩林大吃一惊，慌忙站起，连手里的筷子掉落在地上都不知道，说了一声："娘，你怎么……"便赶过去扶她起来。

李玉媛伏到地上，不动不响。一头白发，一片凄怆！

范浩林扶住她的肩胛说："娘，你起来……"

但是李玉媛像散了骨架似的瘫在地上不动。范浩林吓得浑身直冒大汗，扑通朝李玉媛跪倒说："娘，你快请起来。你看，你儿子浩林给你跪下了，你孙儿先来、正来、再来给你跪下了，你孙女儿好妹给你跪下了，你媳妇存秀给你跪下了……”

范浩林说这些话，并没有看任何人；但是随着他的话声，孩子们一个个都跪下了。陆存秀从凳边站了起来，她只呆了一瞬间。这一瞬间，冷得浑身打战，热得头发全湿；感情的激荡把一切都变得单纯了，不管李玉媛做过多少错事，可是她总是陆存秀的婆母，这一跪毕竟惊天动地！陆存秀眼眶一湿，跪下去了。

“婆婆你快起来啊，这叫媳妇怎么好做人！”陆存秀冤屈地说。

“娘，你起来，你起来，有话起来说。”

“我没有话说啊！”李玉媛伏在地上呜呜哭着，断断续续说：“我原想，我是不必来求你们了，我没有话说，也没有脸面，我只要一死就完了，最便当不过，我活得那么累，那么受罪，想着死我都很轻松。可是我又想，我不能够死啊！我死了，房子还是不会换，浩泉的毛病还是不会好。旁人还要说是浩林、存秀不肯换房才把我逼死的……我怎么死得了，死了我的小辈都不能做人啦。……所以，所以我还是来求你们……”她说着说着，泣不成声……

“婆婆啊！”陆存秀扑倒在李玉媛身上，哭了。……

范浩泉得救了。没有多久就重新换了房子，搬好了家。分家的契约撕毁了，并没有再订新的契约，没有人相信这样的历史再能重演一次，重演就太滑稽了。搬家以后，一切如原先一样，范浩林仍住原来的一间厅屋，一间楼房。

搬家后不久，李玉媛就死了。她拒绝看病吃药，她说她没有病，只是累。她真不是病死的，而是消耗掉了维持生命的一切，干瘪掉了。

范浩泉将养了一阵，病就除了。能吃，能睡，也能够劳动了。周围的人，也并没有讲他什么，因为他的事，大家都知道了，还讲给谁听呢。他的妻子周吉娣，仍旧一心一意，对他十分体贴。倒是他自己明显地变了。走起路来，头低得更下，眼睛里不再闪光，步子却越来越拖沓了。特别是那张嘴巴，愈来愈闭得紧，沉默得快赶上他死去的爹爹范焕荣了。

至于那间房，倒完全是受了冤枉。它其实一点也不是绝地。过了两年，周吉娣就生了一个儿子。从此，家庭里稍稍恢复了一点活气。

那位创立家业的范全根，究竟有没有替小房范焕荣一家埋下一份窖银呢？按理说应该有。他给老婆留了一份，替大房留了一份，他就没有理由亏待小房。但是，他把大房的一份告诉了陈惠莲，也应该把小房的一份告诉李玉媛呀！他为什么不交代？他有理由不交代吗？难道他真的发现了李玉媛私下贴钱给娘家了吗？这只是一种可能，永远无法证实。还有另一种可能，也许只是出于一种狡猾。他用两笔窖藏做了两种试验，要试试那一种对子孙更有久远的影响。大房那一笔，早就完了。小房这一笔呢，它让小媳妇和范浩泉摔了致命的一跤。可是，它还没有被发现，还显得那么迷人，那么深不可测，那么幽微难明。它还在引诱他的更下一代去为它消耗精力甚至生命吗？那真是太残酷了！

老清阿叔

一

老天爷的面孔还极模糊，长伯伯就起来了。起来了不干事，开了大门坐在门槛上，抚着膝头吸旱烟。片刻吸完，边站起来边把烟杆插在裤腰头，然后跨下阶沿石，就近站定，仰起头呆呆看着远方，好像在想什么。其实什么也不想，他那眼光是散神的，一看便知道他没有心事。不过这时候他的样子显得特别高，村子上的人不知为什么把高说成长，都叫他长伯伯。只有我不。他是我爸爸的亲弟弟，应该叫他叔叔，叫伯伯就叫乱了。但是叫叔叔他往往不答应，以为是叫的别人，所以我只好连着他的名字叫，叫他老清阿叔。那时候我年纪小，以为老清就是他的名字。其实错了，他的大名是清泉，因为排行最小，才照样“老来子”的惯例，在名字上冠个老字，叫他老清。这“老”其实就“更小”的意思，常州人把孩子称“老小”，很有小看对方的味道。所以，老清这名字，只该让他父辈或同辈叫，不该让我小辈叫，然而我却一直如此叫他。我们都不懂这规矩，不以为悖。奇怪的是旁人也从不曾纠正我，连做老师的爸爸也如此。这大概是因为我的老清阿叔，众人都没把他当人看，虽然他的女儿还比我大一岁。

总之，老清阿叔是村子上起身最早的一个，可是他并不多做事，一定要等到别人做了他才做，别人叫他做他才做。否则他一向不知道该做什么，也想不到该做什么。这还是生活在旧社会，并非是吃了生产队的大锅饭才养成的惰性。从小他有一对能干的父母和两个能干的哥哥，四根柱子顶天立地，别说小小一个家，就是一个村，一个乡，他们的肩膀也都扛得起，帝王将相，宁有种乎？中国历史上，从农家走出来的显赫人物就有的是。老清的两个哥哥，一个从种田开始逐步开粮行、油坊发了财。一个先当老师、后来在县里边做了科长，都能干得很嘛！所以，老清或老清之流就命里注定了只能当小伙计，绝轮不到他当家，当家人叫他做什么就做什么，不叫他做什么就不知道做什么，即使想到要做什么也不知道该不该去做——还是不做也罢。反正锅里有，碗里也会有，吃现成饭省得多操心。如此看来，吃大锅饭思想也不是农业学大寨学出来的，倒是大寨的大锅饭思想是从老清阿叔那儿学得去的。不过老清阿叔当然不知道后来的事。他在大家庭里当小伙计，家事不作，可也有无需当家人做主的事可以做，比如捕鱼、捉蟹、钓黄鳝、摸鸟窝、追兔子、斗蟋蟀，做弓铡黄鼠狼，架铜丝圈扣野鸡……他就把过剩的精力，消耗在这些上面。捉着了大家吃，捉不着也不计较合算不合算。有时玩出了神，丢了应该干的正经活，给骂一顿甚至打几拳，也不在乎。不过这都是小孩子干的事，小孩子当正经事干都不要紧，可老清阿叔长大了还这么干，兄弟们分立了门户，他当了家，娶了老婆、生了孩子，孩子长成十多岁了还这么干，当正经事儿干，就脱腔了。弄得田都种不熟，年年歉收。所以村上人都说他还是个孩子。背后有人讥笑他是暗败子。而他始终不觉悟。也许就靠了这些，他倒保住了一颗童心。大人不喜欢，孩子可喜欢。他在干那些玩意儿的时候，总有一群孩子跟在他屁股后头。他同孩子相处极自然，不摆架子也不厌烦，充分自由平等。他并不灵活，而且捕、捉、钓、套、追、铡……总难免有失误，因此有的孩子竟怪他手脚不快，这时候他也会提高喉咙反驳一声："你的本事(领)大？你倒来试试！"

可也只是说说而已，并不真的罢了工要孩子的好看！我是最佩服他的，有一次亲眼看到捉在篓子里的一条大鲫鱼跳落水里去了，老清阿叔急忙纵身跃进水去，居然手到擒来，又捉了上来。简直像关云长斩颜良诛文丑，酒尚未冷，便提了人头来也。

我父亲跟他很不一样，架子大，爱教训人，把我教训得离他远远的，更加觉得阿叔的好处。只要他有空，我就像尾巴一样跟着他。他玩什么我也玩什么。玩得忘了吃饭，父亲也不便说什么，因为是他弟弟带着我呀，他能说弟弟带坏了我吗！况且他也难得在家，对我知之甚少。凡涉及我和老清阿叔的事，我母亲也不向他告状，因为家中有许多事情，都还得靠老清阿叔帮忙呢。我母亲是从镇上嫁过来的，大不懂农活，连装一把镰刀或锄头柄，菜畦整好了下种子，她都要对我说："去叫阿叔来帮忙。"可见阿叔对我家是不可或缺的。况且真正到了关键时刻，他也会背叛我而维护我父母的利益。例如有一年春节以后，快开学了，我父亲在晚餐时丢给我五角钱说："把赌账还掉，明天不许出门了，在家温课！"这话并没说错，他知道我春节里赌博(那时候是极普遍的现象，因为是旧社会嘛)，怕我输了钱拖了债读书不安心，愿意替我还，用心良苦。可是他那种施的态度却伤害了我；再说我也没有输钱，无债一身轻，心气完全硬得起来。当下便把钱一推，说："不要，我不欠别人的。"这一来，我也把父亲激怒了，他伸手就狠狠打了我一耳光。待第二记打上来，我已像兔子般溜了。溜了自然就要坚持不回去，吓一吓父亲，让他以后收敛点，莫随便打人。父亲果然急了，又不好意思来找，于是又用上了老清阿叔。老清阿叔当然很容易找到我，叫我跟他回去。我不依。他居然企图强迫。我一看不妙，拔脚就逃。他就追，我们在昏暗的麦苗地里赛跑，大约跑了二千米，还是我得了金牌，他空手回去了。我却不敢再上村去，无可奈何，就在坟圈里躺下来睡觉。一睡就熟了。也不知过了多久，忽然电光闪闪，雷声隆隆，快要下雨了。这下子我再无办法，只得往村上跑，想找哪家屋檐下躲一躲。谁知刚到村头，猛不防土墙边头窜出一个人来，一言不发，把我拦腰一抱就走。吓得我大叫一声。随即马上知道了，这是老清阿叔；因为他身上的气息塞进我的鼻孔来了。

他把我挟持回去后，当夜我被父亲揿在床上狠狠打了一顿屁股。恨得我长久不理老清阿叔。但从此以后，我的长跑倒出了名。人家取笑老清阿叔说："长伯伯，你的脚生得那么长，连个小孩子都追不着，算什么？"老清阿叔就提高喉咙反驳道："你也去追追试试看！脚长有什么用！他溜得比兔子还快，像野鸡一样埋着头朝前直攻……你倒说得容易呢！"

老清阿叔可以算做我童年时代最有影响的伴侣之一。我有许多爱好，就是受了他的熏陶。比如捕鱼吧，后来简直成了我的癖好。五十岁离开农村以前，凡碰到有捕鱼的机会，不管寒冬腊月，我都甘愿赤脚上河去捉，不是为了嘴馋。主要是想过一过捕鱼的瘾头。很小的时候，我就背着鱼篓跟着老清阿叔转，不久就玩起力所能及的各种渔具来，终至于十八般武艺件件精通。有一次几十个人在一条长河里捕鱼，老清阿叔用网赶，我用渔罩。老清阿叔眼尖，看见长河另一头有条大鱼尾巴出水扇了一下，便招呼我跟他跑过去。到了那里，我第二次下罩，便激动地大喊："老清阿叔在里面了。"我的意思当然是"鱼被我罩在里面了"。当时却有人描了一句："老清阿叔在里面了"，弄得许多人笑话我。这样兴奋的事情，不知有过多少次。然而捉到鱼也并不都有好结果，就拿那一次说吧，我记得回家以后，失业在家（当时已沦陷了）的父亲毫无兴趣地说："捉什么鱼呢，没有一滴油，怎么烧？白起劲！"母亲心软，见我气得要哭，连忙说："送到外公家去吧，外公爱吃。"我就拎着鱼跑到镇上外公家。外公看了很高兴，但是摇摇头说："今天六月十九，观音菩萨生日,不吃荤腥的。天气这么热,这鱼又留不到明天吃,怎么办呢?”大家眼睁睁看着这条鱼,倒像平添了许多愁。我真真流出了眼泪,一串串的,这才使大舅舅的脑袋瓜像上了点油一般活络起来,他说:“去送给街北的杨先生吧!”杨先生是外公的老朋友,外公马上说:“对,杨先生是基督教,不信观音菩萨的。”于是大舅舅便送去。回来说:“杨先生收了,还说谢谢你家大外甥。”就这样,一条大鱼被基督教吃去了。

我十岁那年冬天,为了捉鱼的事,还同老清阿叔大闹一场。有天晚上,我找他不见,听婶婶说:“他会(同)了几个人,到河对岸蒲沟里戽水捉鱼去了。”我听了就动气,他捉鱼为什么不喊我同去呢?回去告诉母亲,母亲说:“戽水要戽一夜才能捉鱼呢,你明天早晨去看看吧。”我想这是个好主意。全没想到人家辛辛苦苦戽干了水,我是不该去捉鱼的。大概以为有老清阿叔在那里,我就去得。第二天一大早我赶到那儿,隔着一条河看见他们还在戽水,鱼还没有捉,来得正是时候。便喊阿叔摆渡。谁知喊来喊去,他全不理睬,只管戽水。我就哭,一面哭一面喊,一面喊一面吵,一直吵到我明白他不会来摆我了。于是气极而骂。骂得心头火起,全不顾天寒地冻,穿着棉袄棉裤就往河面一跳,狗爬式游过去。游到一半,裤袄里面全吃进了水,游不动了。这时才见老清阿叔的船划到河心,他大概是吓坏了,脸白得脱色,一伸手便把我拎上了船。我仍骂不绝口,可是在水里还好,一上船,西北风像尖刀,刺骨的冷,冷得马上要冻住了。牙齿得得地打架,骂人的话也不连贯了。老清阿叔很快把我送到岸上临时搭的草棚里,剥了我的衣服把我揿在被窝里,气急地哑声说了句:“不讲理,没见过你这种老小!”便出去戽水了。我冷得没收罗,一路抖下去收不住,用控制不住的嘴巴大骂了老清阿叔半天,究竟骂了什么却一点也记不得了。只是从此以后,老清阿叔捉鱼再也不会忘了叫我。我的名气也闹大了

（那时候还没有冬泳这个运动项目，我是创世纪的），都知道我脾气丑，不好惹。尽量同我拉开距离，敬鬼神而远之。

二

孩子们跟在长伯伯的屁股后头转了几年，随着年龄逐渐增大，长伯伯在他们的心中所占的地位就越来越微不足道。一旦成年，便觉得长伯伯忠厚，无用，可怜，可笑，反过来认为长伯伯是个小孩子，自己倒比他成熟得多了。好在孩子们长大了一批，又有一批小的来接班；所以长伯伯的日子过得依旧还热闹。不过这一批批来了又去的孩子全都一个样，到头来很少不叛离长伯伯的。长伯伯全然没有觉察这一点，不是气度大，不是有修养，而是他从来没有想到一个人活在世上还要同别人去比什么长短。尽管村上的人无不有意无意同他比长短，他却连“这究竟是为什么”也从不曾想一想。

我也从没有想到要拿老清阿叔去同别人比，荒唐的是，突然之间跳出来一个不相干的人，竟拿我和老清阿叔比上了。

那时我还只十一岁，是日本鬼子侵入家乡的第三年。大概是秋季吧，有一天下午，老清阿叔要我帮他划船一起把肉猪运到镇上去卖。那时候都是私商开的肉铺子，老清阿叔的肉猪就卖给他认识的一位肉铺老板。老板买下了，付钱给老清阿叔，叫他当面点清，免得差错。那也不过很薄一沓钞票，多少我也记不得了，按照当时斗米三斤（肉）的例价，就算一百五十斤猪，杀得九十来斤肉，最多也不过三石米的价钱。可是老清阿叔接过了那笔钱，钱就在他的手上活起来，要翻翻不动，不翻它乱动。老清阿叔的手很大，茧很厚，劲很足，几百斤重地石碌碡，他翻得轻飘飘；七斤重的大铁锴，一天锄到夜；握刀杀得鸡羊，提叉叉得鱼鳖，空手捉得雉鸡，两指捻得蛇尾，……我第一次看到他的手这样窝囊，拿了票子就发抖了，抖得那么厉害，再也数不清究竟是多少钱。我本来不想惊动他，让他心定下来慢慢数就是了，总能数清的嘛！可是，我看见那老板翻着白眼，一脸瞧不起人的样子，实在忍不住了。于是我就说："老清阿叔，让我来帮你数。"老清阿叔把钱给了我，我很快就数清了。"不错。"我对他说："我们走吧！"

我们已经转身朝铺子外面走去，想不到就在这时候那老板取笑老清阿叔说："你还不如你侄儿！"

这句话使我终身难忘，它把我们叔侄两颗心全都刺伤。从此以后，我们彼此的看法都和以前不一样了，或无心，或有意，身不由己。

不久以后，老清阿叔夫妻又吵架了。这种吵架是常常发生的，吵架的理由也极其简单，或是因为没有钱买油盐肥皂了，或是水缸干了没有及时挑，或是孩子被人欺了不曾帮，或者是烧好了饭等他回来吃他却在外玩得忘记了。或者是被三朋四友拉去赌博，或者上街多用了几个钱，或者什么都不为，光想着他不及别的男人精明能干就有气，就忍不住埋怨，唠叨……从这些可以看出我那婶婶是个极平庸的人，没有知识，心胸狭窄，却又总不知足。这种女人原没有自立的能耐，出嫁了就要靠丈夫过日子，只要丈夫当得有棱有角，她就服服帖帖，夫唱妇随，做个奴隶。她嫁过来头两年，原也不识得老清阿叔的脾性，看他人高高的，力气大大的，脾气好好的，同孩子们玩得欢欢喜喜的，跟他过日子倒也满满意意的。后来出于一些好心人的告诫，大概也包括我母亲在内，私下里要她多看着点儿丈夫，因为他是个没有心计的人。总说"吃勿穷，着勿穷，没有计算一世穷"。"不识字还有饭吃，不识人就要饿肚皮。"所以，做了他的妻子，如果不多帮他盘一点心思，就会出大大小小的纰漏，不得太平。除此以外，婶婶自然也听到一些风风雨雨的背后谈论，也尝到了丈夫对于家庭漫不经心的味道，特别是头胎女儿生下来，老清阿叔趁她坐月子，被三朋四友拉去赌博输了两石米钱，伤透了她的心，确认这家庭的重担不能让他挑下去。看他种地不像种地，玩要不像玩要，成人不像成人，孩子不像孩子，过日子随随便便，衣服脏了不晓得脱下来洗，破了不补也无所谓，没有荤菜吃素菜，没有素菜酱油汤，没有酱油盐花汤……捉了鱼虾野味回来，大人小孩子一大群呼啸而来，你一筷他一筷，嘻嘻哈哈一扫光……她如果不挺身出来当家，如何得了。这庄严的使命，便历史地落在了她的肩上。然而她既非能征惯战的将军，也不是运筹帷幄的谋臣，所以，她那庄严的历史任务也是命定不能完成的。她的唯一基本家策，就是管住丈夫，要管住丈夫，第一就要抓财政大权。这也罢了，反正老清阿叔全不在乎。比如卖了肉猪，绝对百分之百内交。如果肉铺老板不叫他数一数，他绝对不数。他输掉过两担米钱，那是赌场里的朋友借给他的，然而当时每担米价钱多少？他不知道，朋友给了他多少钱，他也没有数，所以老婆愿意管财政，他还求之不得呢。可是我婶婶管的是死钱，她决无办法把一个钱变成一个半或者两个，她绝无开源的能耐，只有节约的美德。说穿了也无非是让全家过得更苦一点就是了。即使这样，她还怕丈夫不甘心，会阴谋篡夺她的领导权。比如钱由她管辖以后，丈夫要用自然得朝她伸手，她就看做是危险的信号，图谋复辟的新动向，绝不愿满足他的要求，总是千方百计把他挡回去。实在挡不回去的时候，起码也要打个七折八扣才给……她出于妇女具有的那种传统自卑心理，不自觉地去打击丈夫的尊严来提高和维持她的地位。因此她常常为一些很小的事情同丈夫吵架，尽管老清阿叔不会斗嘴，难得同她纠缠，她却总要大吵大闹，以为不同她斗嘴也是看不起她，而老清阿叔有什么本事敢看不起她呢？神气些什么呢？不就是个成不了大人的孩子吗！不就是个种不熟田禾的懒汉吗！不就是个家都当不了的暗败子吗！……这些话，别人只是背后暗地里说说，到了她嘴里就像戏一样唱出来了。老清阿叔在众人眼里本来位置不高，但总还是个堂堂男子汉，如今被老婆说得一无是处，过去背后的议论都被经验过的老婆证实，当然是毫无疑问的了，于是刻薄的人便又用他老婆说出的话当面取笑老清阿叔，没有什么顾忌了。尤其难堪的是，老清阿叔卖了肉猪，或者新谷登场粜了些谷(尽管不够吃，总得粜一点，才有得零用)，捉了鱼虾卖出了……别人知道他有了钱，手头紧的人往往来开口借几个，这也是人情之常，总有往来的，老清阿叔当然答应。但这时候钱已经到了我婶婶袋里，老清阿叔得向她讨出来。她的逆反心理作怪，十九不肯，硬叫老清阿叔丢失信用。而借钱的人，看出老清阿叔无能，干脆跳过他，直接找我婶婶商量。她偏偏慷慨得很，总肯借给。她信得过别人，独独信不过自己的丈夫。真算是把老清阿叔的脸皮都剥了。于是他有时突然也狂怒起来，便砸锅摔碗，却从不打人，这样可以吓得婶婶暂时闭上嘴。到了明天，老清阿叔便忏悔地悄悄从镇上把锅碗再买回来。这更给人家瞧不起，说现成话讽刺他道:"准备买，还砸什么呢？不是白砸了吗？何必把钞票丢到江水里去呢！"

那时候我还是孩子，全不曾想到这些，有许多情形也不知道(比如借钱的事)。我只是出于本能，总是站在老清阿叔的一边。我从不曾觉得他窝囊，倒反像英雄一样崇拜他。他有那么多能耐，我全学会了就好了。我从不听人们的那些诬蔑之辞，他们凭什么呢？谁能够像他那样干出许多使孩子们神魂颠倒的业绩来？我也极欣赏他对婶婶的宽容态度，他肚量大，好男不与女斗，要不然，只一拳头不就把婶婶的嘴巴打瘪了吗！可是从那次卖猪以后，我的看法就变了，觉得老清阿叔老实得可怜。这一次，同样是看到婶婶骂他，全不以为他大度，确认被可怜地欺负了。

就在下一年冬天，婶婶又生下了第五个孩子，坐月子的时候，老清阿叔竟被人勾搭去赌场，一夜天输掉了一亩田。

那是落下了纸笔的。

婶婶晓得后，吵得乌天黑地，鬼哭狼嚎。但木已成舟，无可挽回了。

老清阿叔一声不吭，变傻了。有一次我背着草篮刈草，经过他输掉的那块土地，看见他佝偻着背，低头坐在麦田一角，一动不动。我有点吓怕，悄悄地走近去看，才知道他在哭，一点声音都没有，那眼泪却像潮水般涌出来，把一片麦苗都湿润了。我年纪虽小，也有过几年农事的经历，也曾帮着老清阿叔在这块地里劳动过多次，这里的每一粒泥土我都拨弄、抚摸过，每一寸土地都有我的手印足迹，都浸润过我的汗珠。它是我的宝贝，也是我的命根啊！我的心头涌起一股酸楚，跟着老清阿叔大哭起来。

我和老清阿叔痛痛快快地哭了一场。我的情绪越哭越复杂，想起了许多大人们的事情，那么窝囊，那么尴尬，那么残忍。说有理人人有理，说无情个个无情。善善恶恶，不可开交；模模糊糊，难辨形影。我还来不及去想我自己，我只为他们伤心。我是为前辈而哭。而在这里面，我当已感到了人世的悲凉。

三

沦陷区混乱、紧张、痛苦的生活促使孩子们普遍早熟，走马灯似的一批批渐渐同老清阿叔疏远淡漠。我十一岁那年，夏天和老清阿叔一起在村外静静的芦塘边头布网拦鱼，偶然踩到了一个软绵绵的泛起血色污水的麻袋。这就像火山口突然冒出了滚滚的浓烟，把我纯净如青天的心地抹黑了一大片。从那以后，稚嫩的躯壳里跳着的已经不是洁净的童心了。十三岁，我母亲不幸死去，父亲又在后方抗日，家中丢下我们四个孩子在一起过日子，既忙于争吵，又忙于照顾。我再读一年初中就毕业了，千方百计也得想办法借钱去把它读完。我肩挑的担子、思考的内容把我一下子送进了青年时代。我已经不能再像过去同老清阿叔亲密相处。纷繁复杂的世事向我的脑袋瓜子冲击过来，得寸进尺，蚕食和侵占地盘，一步步企图把老清阿叔排除出去……我再不能像过去那样常常想到他了。亏得我的学校是在农村里，在学校周围，还常常能够碰到提网、垂钓、把叉、架弓、设圈套之辈，便能联想到老清阿叔，联想到自己童年生活的情趣，心里便觉着温暖香甜的滋味。我知道老清阿叔很苦。我又何尝好呢，母亲死下来，也是卖脱一亩水田才买得棺材入殓的。升入初三读书，我走亲访友跑酸了腿也没借到钱(谁有钱存着呢，都穷啊)，结果只得强行入学，学费挂欠。我不知道自己的出路在哪里，也不知道因何而苦，甚至不知道究竟什么才算真真的苦。也根本没有见过奢华的生活。周围虽然有比我好过的，但又何尝没有比我更苦的呢。比上不足，比下有余，能忍自安，知足常乐，好像人生无非就这样自然而然地过下去而已。祖祖辈辈不就这样过来的吗。我实在还不懂什么，能想的东西太少而且想得很幼稚。我天赋平庸，所以想到老清阿叔，也只是浮光掠影，一晃而过，并没有多少感情的波动。

从初中到高中，一直到进入大学，我离开农村去到小城又进入大都市，虽然各方面同老清阿叔的距离越来越大，但是回想起童年的生活，老清阿叔的形象是那么突出，明显地超过了我的父亲。

我已经只有暑、寒假才能够回到家乡去了，后来父亲和后母搬到小城里住，有时我暑、寒假也不一定全在乡下过。有时在回去之前，先写了信给姐姐；告诉了行期，到那一天乘船到镇上上岸，到码头来接我的总是老清阿叔。他穿得很破旧，冬天也裸着头，脸总是习惯地朝天仰着，手里提着一根扁担，过分正经地大声喊着我的名字。等我听见了，看到了，跟他打了招呼，他才高兴地咧开嘴笑。然后不管我带了多少行李，都上了他的扁担，少了不说，若是多了，他就料事如神般说："我说要来接哪，你姐姐还说不要呢。你看，这么多东西，怎么叫你拿得动!"他显然平时不大上街，偶尔碰到熟人，人家就问："老清呀，怎么上街来啦?"他就神气地回答说："喏，来接我家侄子的，他学堂里回来!"那样子，好像很光荣很满足。

他的生活越来越艰难，苍老得也快。整个农村已经破产了，不是他一家困难，有些原来笑他种不熟田禾的人，比他更糟，竟有许多人吸毒上了瘾。不买肥料不买农药，虫害漫延，大面积歉收。有一年老清阿叔一亩田只收了十二斤稻子，其余尽是白莠。通常天景，老清阿叔的米囤到麦收时就空了，奸商趁机放米账。讲定一石米换三石麦，到冬天讨账时，一石麦价已等于一石米，转眼三四个月就被剥削了两倍去。老清阿叔年纪一年大一年，又身亏，做事不能像小伙子那样有使不尽的力气了。他原有个大儿子全生，只比我小一岁，原可以是他的好帮手，可是国民党抽壮丁，地方上的乡长、保长，固然看我父亲的面子，不会抽他去，但是壮丁捐是照例要缴的，一年没有二石米过不去。他哪里交得起，只得央我父亲介绍全生去城里学生意，省得在家碍眼。这样，壮丁捐不交了，家里也损失了一个劳动力。学徒没有薪水，除吃饭外，老板只给些零用钱剃头洗澡，家里得不到一点补贴。

尽管这样，我每次回家，老清阿叔总还要请我吃一顿饭。有时候没有米了(比如暑假)，烧不出饭来，捉到了鱼、虾、黄鳝、青蛙就送到我家让姐姐烧给我吃。不让亲侄儿吃一点他的东西，就会内愧得不能自安。

我记不起是否曾经有过一次(哪管一次吧)对老清阿叔的款待做过回报。我仔细搜索过我心脏的每一只角落,每一条缝隙,没有任何“受之有愧”的记忆储存,我居然认为理所当然,因为我当时还是一个没有收入的消费者,我可以视而不见地在穷得没有衣服穿的亲人身上剥下一层皮来。生活中许多先例早就向我做了示范,只不过我自己没有意识到这种影响并且自己也跟着干出来罢了。

悠久的历史形成的心态和习惯,使自私的人能够在社会上不知羞耻地活得坦坦荡荡。等到觉悟,人已物化,我也老了,悔之晚矣。

大学没有读毕业,我随大流参加了革命。革命到了胜利的时候参加进去,也像我对老清阿叔的态度那样觉悟得过迟了。况且我又有一个国民党员和科级干部的父亲,我的行动从坏处想,轻则是投机,重则是混进来别有阴谋。当时革命形势发展如万马奔腾,一下子需要千千万万个工作人员,不可靠的人利用一阵也无不可,纵有阴谋也尽可让它暴露出来了再说。证实自己的忠诚自然并不靠语言,我参加了工作之后再也没有回过家乡,每次填写表格,填到社会关系一栏,我便想到了老清阿叔,我就感到轻松,因为他在政治上是一清二白的。正为了这个缘故,我从来没有把他填上表格。然而每一次填表,我总算又想念了一次我的老清阿叔了。有一次机关里需要增加一名炊事员,找不到人,我还曾想把他介绍来。竟不曾成功。原来他已五十出头,哪里还肯背井离乡啊!金窝银窝,不及家里草窝,外边千好万好,不及全家团在一起好。他不但自己不肯出来,就连解放前在城里当学徒的儿子全生,在土改中也回到农村分了土地。五二年春天,全生还赶到省城来找过我,已经完全是个壮实的小伙子了,性格同老清阿叔一样憨厚,他来找我的原因,只是为了要买一本农村剧团的演唱材料,这种材料各地新华书店都有供应，全不用找我。可是全生有全生的理由，他像天真的孩子一样对我说："我要你帮我拣一本最好的。"可见他对我何等的信任。谁知到了五三年春天，我刚从农村蹲点回来不久，有一天传达室传呼有人找我，我走去一看，竟是老清阿叔。他一身旧黑布装，面目黧黑，不仅过分地苍老，而且像经受过一场大灾难划弄得枯败了。他见了我，只说了一个"全……"字，眼泪便簌簌落下来，泣不成声。

原来这一年中，家里起了大变故。春天里我婶婶患了重病，看病吃药，拖了一屁股债，当时虽然参加了互助组，也并不像宣传的那样的就搭上了社会主义的大船，经得起风浪颠簸。他们少做了工分，全年收支差了一大截，再无来处。人们不曾拖惯债，又没有把公家的东西当成自己的那种主人翁气魄，心理上受不住债务的压力，争着要赚钱来还。那时候村上还有一爿私人开的小车油坊，两爿豆腐店。依靠政府定量供应的一点大豆，开工不足。他们贪心重，嫌供应太少，站在资产阶级的立场上，进行反限制的斗争。当地产豆量有限，农民私下里拿出来做交易的不多。于是油坊、豆腐坊老板就唆使一些缺钱用的农民做私贩子。全生中了糖衣炮弹，也去干那勾当，凭一副肩膀，两只脚板，花整夜工夫，来回走五十几里地贩一挑大豆，赚得三二块钱。出了绝力，还担心惊。倘在路上被检查的干部捉住，就会连本搭利一起充公。所以大路不走走田埂，田埂不走踩麦垄，不知要多花几倍力气。全生就因为有一夜挑着一百五十斤的担子逃检查，逃脱了力，回来就病倒了。偏偏请来了一个中医学不好，赶时髦改学了几天西医的全能大夫，夸口西法治病好得快。三言两语，便拿出家什来替全生挂盐水。挂到一半，全生就发抖了。全能大夫说："不要紧，有点反应是正常的。"后来抖得手臂都快把针头摔出去了，全能大夫还硬捺住了他把盐水挂完。等到针头拔出，全生竟从床上蹿起来，跳了几跳，几分钟就死了。是什么原因，也查不出来。许多人怂恿他去控告医生，他想想，他虽然不敢高攀把医生当朋友，总也是见了面就打招呼的熟人。他们之间，无冤无仇，更无财产纠葛。他老清有几亩薄田已进了互助组，几间破屋全不起眼，整个家产抵不上医生一个脚趾头，谁都不相信这是谋财害命，那还费神去追究什么呢？谁能没有失误？木匠会截短一根料，瓦匠会砌斜一堵墙，农民会插歪一行秧，谁叫医生面对的是人的性命呢？我老清阿叔叹了一口气，认了命。他想死的已经死了，再无办法叫他活转过来，而活着的还在要死，还有什么闲工夫去计较没有意思的事情呢！我婶婶的病刚有点好转，哪里再经受得住这么大的打击，病情复又加剧，不几天便又归天了。老清阿叔连续死了两个亲人，一句话没有，只是哭。后来不哭了，一天到夜发傻，给他吃就吃，不给就忘记了。他那比我大一岁的女儿已经出嫁，回来陪了他一阵，也没法解他的闷。刚巧婆家村上有人到省城来走亲戚，便劝老清阿叔跟着来找我散散心，老清阿叔倒肯，所以就来了。

听了老清阿叔断断续续的诉说，除了微微点头表示我在认真听着之外，我竟找不到一句合适的话来表达我的情绪。在老清阿叔谈到全生挑着重担拼命逃避检查的时候，我非常激动，因为就在那个阶段，我刚巧在农村里工作，也常常带着几个乡里的工作人员在离家千里外的一处村道口巡夜，查侦私贩粮食的“宵小之徒”。

这种莫名其妙的巧合，把原不相干、毫无牵连的两件事联在一起，像口网一样罩住了我的思绪，留下了永生难忘的记忆。

四

一晃又过了几年。我再次同老清阿叔见面时，已到了一九五八年的冬天。那时候,反右派运动已经取得了伟大的胜利,猖狂地反党反社会主义的右派分子都早已有了应得的下场。我在这场斗争中虽然不能算是积极分子,但也是坚决跟着党走的,我的言论和行动无可指责。就是交心也交不出什么东西来,我是表里一致的人。没有见不得阳光的东西。我坚信只要跟着党走,听党的话,照党的意见办事,就不会犯错误。这是五十年代革命青年最基本的政治品质,它绝对是正确的。过了三十年,到了现在的八十年代,我也相信这种观点是完全正确的。在八十年代里,我常碰到一批年纪比我略大或相差无几的领导干部,他们就这样教育他们的子女和接班人。他们以现身说法,指出他们几十年来所以一直工作顺利不犯错误,始终正确,唯一的原因就是坚决照党的意见办事。其实他们是过分谦虚了,如果说得到家一些,还应该补上一句"即使党犯了一些错误他都也还是正确的"。共产党并没有说自己永远正确,以永远正确自信的倒是这些人。反右斗争扩大化了,而他则声称"我并没有搞扩大化"。……唉,不多说了,家丑不可外扬,留点余地吧,其实我说这些,完全不是谴责别人,而是检讨自己。因为按照我的设想,原也应该成为他们那种人的,问题在于我的设想没有实现。在社会主义这个重要关口前面,右派被挡住了,反右斗争中表现不坏的我也被挡住了。我被挡住的原因经说明是"不适宜在上层建筑工作",但究竟为什么不适宜却并未进一步指出来。这也可以算作朦胧派的杰作,可以使当事人更加耐想一些,不至于为主题鲜明的小说那样浅薄也。上层建筑既然不让我待,我自然听党的话到基础里去。基础很好,劳动光荣嘛!工资没有就没有吧,好在年纪还轻,身体也还硬朗,总还可以为党和人民做些事情的。

决定了荣归的日期,我不得不先写封信回去,因为这不是回乡作客,而是迁去落户,虽然作为无产阶级,并没有多少行李，但两箱书的分量却是沉甸甸的。

到镇上码头来迎接我的，仍旧是老清阿叔。

班船还没有靠岸，我就看见他站在码头高处了，他还像从前一样，提根扁担，仰着头笔直地站在那儿，也许瘦了，更显出挺拔的骨骼。我们这一族人，都是老年也不伛偻的。他看见了我，像过去一样，正经地大声喊我的名字说："回来啦，我在这里呐！"于是便来帮我搬书箱。这时我才看清他满脸皱纹，一头花白。我心中一热，两眼竟湿了。侧过身去咬了咬嘴唇，才忍住了没有掉下眼泪来。

我婶婶和全生死后，老清阿叔就只有一个七岁的小儿子兴生和他在一起生活了（养了不少，成活率不到一半），合作化以后，虽然种田已用不到老清阿叔动脑筋，只需听领导安排就行，自己不必再被钉在暗败子的十字架上；但开门七件事，少了个内当家，穿戴吃喝，烧补晒藏，乱不成套，套套都乱，日子过得还是很糟。倒是前几个月动了秋忙以后，生产队办了食堂，管了他父子的吃喝，不但无需再忙着烧那一天三餐，而且猪羊鸡鸭全不用私人饲养，他一老一少简直变成大爷小爷，舒服得很了。老清阿叔年近六十，不用再干重活，队里给了一条牛让他饲养，极其轻松。兴生还只十四岁，原来为了赚工分，已经在队里挂了个号，经常参加劳动了。现在生活有了保障，读书又不要钱，而且省力气，他为什么不趁机学点文化？便进了小学一年级，同七八岁的孩子坐在一个教室里，起坐之间，显得出奇的魁伟。所以，老清阿叔是热忱拥护大跃进的，精神比以前好多了，甚至懂得了一点世道。他猜想我这次丢掉饭碗回来，大概是为了我父亲（他已经死了）的缘故，十分感叹，却不直说，反埋怨外头的饭难吃，蹲在那儿受气，倒不如回家来安稳。"回家来，苦是苦点，饭总有得吃的。"他自信我比他懂得多，原不该他来开导我，就装着自言自语地说。然后起劲地一挥手，略略提高了喉咙道："我还巴不得你回来呐！回——来——好！骨肉在一起，暖暖热热！"

他说得那样真挚动情，好像真有一股暖暖热热的气流飘过来裹住了我。

然而，我心头的忧闷、疑惧、冤怨，不是老清阿叔能够排除得了的。生活的骤变虽然没有击垮我，使我失去信心，失去希望，但是我也知道始于足下的道路将是艰难而漫长的。我回乡以后便迅速追上大跃进的步伐，尽自己的力量投入到劳动中去，求得脱胎换骨，彻底改造自己。所以，我仍旧很少想到要关心老清阿叔。我能给予他的只能是他付我的什一，我也万万没有料到，这已经使他感到满意了的生活，他都无福同别人一样过下去。我回乡不到半年，江南的风还没有把麦穗吹黄，他忽然就病倒了。

大家都忙着积肥下秧、准备夏忙，对于不参加主要劳动的老清阿叔生病，全没注意。连我也是他病倒三天以后，早上偶尔发现小弟兴生在代他放牛，问了兴生才知道的。兴生也和老清阿叔一样憨厚，从不知道央求别人什么，难得没法也只会发呆。我中午端了饭碗边吃边跑去问候，见老清阿叔用被角盖着腹部躺在床上，两眼失神，一脸灰暗。问他有什么不舒服，他摇摇头。摸摸他的额角头，似乎并不发烧。我还是不放心，把了他的脉，发觉太粗太快，我怀疑说："老清阿叔，出什么事了？"他定神看看我，仍摇头不答。我估计没有什么大不了，便安慰了他几句，回去放了饭碗干别的去了。到了晚上，我再去看他，他正在吃兴生去食堂领回的薄粥。见我在床沿边坐了下来，默默喝了几口，忽然哽咽地说："侄呀，我只怕要死了。"

"怎么呐？"我吃了一惊。

"我倒霉，碰到鬼了！"他绝望地说。

"呶！"我立刻放心地说："别瞎说，鬼是没有的！"

“哼!”老清阿叔第一次这样不屑地对待我。然后想了一想,极严重地悄悄说道:“你不要说出去。我告诉你,鬼是有,我看见的!”

我虽然还是不信,但看他那么紧张,也有点发怔。

“仓库后面的河潭边头。”老清阿叔确凿地说:“我碰到的。是初四夜里,我晏睡,架了口网想弄点鱼吃。走近河潭那边,就听见有响声。”

“什么响声?”

“啜啜啜啜啜啜啜……好像喝水。声音很大,又不像喝水。”老清阿叔出神地说:“我心里就发毛,便揿亮了手电筒,想看看是什么东西。”

“什么东西呢?”

“老鼠,都是老鼠,数千数万,大得像小猪。河潭边头上上下下蹲满了,拥过去抢水喝。”老清阿叔紧张地说:“电筒光一射,马上大乱。它们不逃走,反而对着我冲过来。我逃都来不及,有几只追到我身边,爬上我的身,咬了我的腿,又一阵风朝仓库那边跑,一眨眼就没有了。”

“啊,”我想了想便安慰地说:“那不就是老鼠吗,怎么是鬼呢!”

“有那么大那么多的老鼠吗?”

“最多些最大些还不总是老鼠吗?”我说:“吃了食堂,家家没有粮食储存了,老鼠没有了吃的,大概都搬到仓库里去了,吃住方便些。”

“别骗我了,那是鬼!”

“你不明明看到的是老鼠吗?”

“你傻了。”老清阿叔胸有成竹地说:“你当鬼就不能像老鼠一样吗?你说,鬼究竟是什么样子?”

“哎呀,你……”我觉得老清阿叔想得太可笑。可是又找不到话说服他。

“你还说老鼠都去了仓库呢。你来看。”老清阿叔倒说得精神起来，他把右脚露出来，抬高了腿指指脚跟让我看。那脚跟后头半块老茧，像个冷团子的皮子，被啃掉了厚厚一层，齿痕细碎，分明是老鼠咬的。

“要不是碰到鬼，老鼠它敢咬我吗？”老清阿叔证明自己有理却又悲凉地说：“我晦气透顶。被老鼠咬过了，活不长久的。”

五

不管我怎样劝说，劝说了多少次，我没有劝醒老清阿叔。他显得异常地固执，认为一切早注定了，他的期限已到，老鼠咬他脚跟上的老皮等于是阎王在他身上做了记号，不久就会差小鬼来带他走。他不必要指望什么了，等着鬼来就是。

他的精神再也振足不起来，他等待着，越等越萎恹，而鬼却没有来。他原本是害怕它到来的，因为等不到，反而倒在盼望了。于是便常常有梦，常常跟我说他梦见了我的祖父，祖母，梦见了我的婶婶、爹爹和大伯，唠叨着要祭奠他们。我们有个惯例，每逢过年、清明和七月十五，都要用两张八仙桌并起来祭祖先，祭祖也有一套程式，这程式我大伯和父亲都没学会，独独老清阿叔内行，这都是祖父教会他的，也算是派他分管的一项家务。那两张并起祭祖的八仙桌摆着十六副盅筷，表明祭十六位祖先，每人一个座位，最老的祖宗坐在首位，但是如果阳间又有子孙跟到阴间来了，那坐首位的祖宗就该撇走，让次座升上首座，用不到选举，其余跟着提升一座，空出末位让新鬼去坐。长江后浪推前浪，这倒不是流水无情，只有这样才有出路，才能运转。新陈代谢的道理，大概阴间也是通行的。为了完成交接班，新鬼来后的第一次祭奠，首座还是不换祖宗的，只是在末位以后加上第十七副盅筷，表示新客来了。那盅子倒盖着，表示新客还没有座位，站在那儿恭候老祖宗引退。到第二次祭奠时，就恢复原状，表示该退的已退，该升的已升，该就座的已就座了。当然这纯粹是一种形式，内容是空的，当真还有什么一个不退一个要抢的戏做，活人也看不见。可是老清阿叔却说出每个座上祖先的名字、辈份。如祖父母，父母、伯父母以及婶婶都已坐在席上了，所以老清阿叔的脑子里是有鲜明的形象的。只要他一讲，那些人我也很熟悉，也会在我的脑子里活起来。于是便升腾起一团鬼气，老清阿叔魂萦梦回，经常睡不好觉，身体一天虚弱一天，放牛的时候会坐在田埄上打瞌睡，那牛便乘机偷吃田里的庄稼，乱了套了。

生产队的日子也越来越难过，放开肚皮吃饱饭是二十四小时实现共产主义的产物，已经变成历史的陈迹，接下来便是定量供应，又经过了供应不足，粗粮细粮并举等阶段，逐渐进入瓜菜代的新时期。过去总说稻场底下六十日饱，五九年秋收就像没有收到粮食一样，很快就饿肚皮吃健康粉。一天只有半斤定量，烧三碗粥照得出人影子来。老清阿叔和兴生领了两份，兴生年幼不懂，老人又顾惜孩子，常常自己只吃四分之一，将四分之三给孩子。孩子也不曾觉得受了恩惠，因为反正还没有吃饱。

老清阿叔的活动量已经很少了，然而他还是很早就起身，开了门坐在门槛上吸旱烟，然后呆呆地站着昂头看天。这样的时间越来越多，常常是靠在山墙上这么发呆，似乎站着也力乏了。

秋冬之际，凉气已经很重了。有一天午后，公社渔业队的网船，开到村外河浜里来捕鱼，老清阿叔远远看到了，又勾出瘾头来，便拖了两条疲倦的腿走过去，坐在河岸上看，当时大家都忙，只他有空。看捉鱼的除他而外，几个小孩而已。那网船上的人，也认识老清阿叔，知道他有捉鱼的瘾头，少不得在这渔业队管辖（占山为王）的河浜里偷过鱼吃，虽然不同他认真计较，却也不尊敬他。老清阿叔看那网下了又收，收了又下，倒也捉到了上百斤鱼。后来一网下去，收着收着，下面像被什么东西死死咬住了，再也收不上来。船上人用钩篙横拨竖卸，累出一身汗，一无用处。

老清阿叔一看就明白了，这儿河底里有几根木桩，木桩上钉着爬头钉，原是防偷鱼贼的，渔业社的人笨，把网挂牢在爬头钉上了。他很有点瞧不起他们。看他们白费了半天力气，便冲动起来，突然说："下河吧！"

捕鱼的也知道非下河不可，但是天气冷，身体是自己的，网是公家的。

"我替你们下去卸！"老清阿叔英勇地说。

"冷！"有人提醒。

"不碍，他骨头老，经冻。"有人促成。

"什么条件？"船老大问。

"让我拣一条鱼。"

"可以，再贴你半斤烧酒。"船老大加码。

"不要你的酒。"老清阿叔说。他当时大概烧得厉害，脱光了就下河，潜水下去只几分钟，就把网卸下来了。

他拎了一条四五斤重的鱼回来，没有油，没有酒，光放了些盐把它煮熟了，一顿把鱼肉全吃光，只剩了个鱼头盖在锅里。兴生回来时他已睡着了，没有告诉兴生。兴生不知道，才没吃掉。

这完全是反常的行为，完全不似他平时的为人了。若在平时，他先想到的是兴生和我。决不会独吞。

第二天早晨，老清阿叔依旧是起得很早的，不过他坐在门槛上吸了几筒旱烟之后，却不想站起来了，他把兴生喊醒，叫他到牛圈头去烧水，刈草喂牛。

整个上午，他都躺在门前稻草堆上享太阳，那天太阳特别好，似乎是特意让他享用的，他就在太阳底下吃了一碗稀汤当午饭，始终没有离开那温暖的草堆。后来看见队里派工挑了山芋上窖去储藏，他似乎受了引诱，站起来拖拖沓沓，三步一停两步一歇跟到了窖上。坐在挑来遮盖山芋窖的干柴堆旁，吸着旱烟，看别人藏山芋种。那种子里夹有带伤残的山芋，藏种人便剔出来丢在旁边，老清阿叔便随手拿一个大的来，拉把草壳擦擦，就着他们拿挖土的铁锹口削了皮，生咬着吃。藏种的人肚子都饿，剔出来的伤残山芋原就是打算充饥的。见老清阿叔先吃了，有人只说了声："你倒比我们还老成呢。"便由他去吃，全不阻止，大家知道他饿，猜他可能就是为此而来的。

也不知过了多久，他吃了几个山芋？猛不防那堆干草竟烧起来了，等到发现，火势已旺，难以扑灭了。几个藏种的人抢上去，把还没有烧着的柴捆搬开，着了的只好由它烧去。这时才注意到老清阿叔手里捏着一根烟杆，还一动不动僵立在火边。这下把大家惹恼了，七嘴八舌，把他骂了一顿："吃昏了头，定是把烟灰磕在柴草上了，才会烧起来！烧了自己不救，也不喊救。怎么着，死人吗？真该死了！等歇回去告诉队长，跟你算账！斗你！"

老清阿叔听了，也不曾说话，仍旧像段木头，待在那里。大家也是气头上吓吓他的，等到火熄灭了，便又窖藏山芋去，不再理他。也没有注意他是怎么回去的。

我一整天都不在队里，队长派我用条小船运五百斤稻草到镇上饲料加工厂去轧成粉做猪饲料用。这本来不是我干的事；应当由饲养员去，但这是件很苦的差使，又累又脏，那轧出来的粉又不能揩油来填肚子，回来的时候说不定会饿瘫在半路上，所以才让我去。食堂里给了我两个用健康粉做的团子，我靠它一直熬到晚上才回来。小船靠了码头我几乎站不起来了。队长派人来帮我卸粉的时候,他们才跟我谈起老清阿叔下午火烧山芋窖的事。我正在饿得发昏,立即联想到老清阿叔当时一定也饿糊涂了。于是走过他家的门口,顺便就去看看他。推门进去,只见兴生一个人静静地在幽暗的煤油灯底下吃一个鱼头。兴生说老清阿叔从窖上回来就睡了,这鱼头是他看见野猫老是悄悄偷跑来抓锅盖,起了疑心,才在锅里发现的。兴生讲的时候很有情绪,因为他爹吃得只剩一个鱼头了。他也有气量,把个鱼尾巴从脊骨上折下来给了我,那上面还有一些肉。我也极馋,拿过就吃。果然是仙丹,原来干渴的嘴巴,一抿那鱼尾巴就生津。舌头也活络了。我喊了几声老清阿叔,他没有答应,提了煤油灯进屋看了一眼,他确是躺在床上,于是我安心离开,不会出什么事情,他吃了一条鱼呢。

那一晚我睡得很沉,早上还睡过了头,起身后匆匆忙忙拿了只大陶碗上食堂打糊糊吃,却碰到了兴生。这时别人早打过了,我便问兴生,怎么会这么迟。兴生说他早晨代爹去烧水铡草喂牛,回来爹还躺在床上,连早饭也不来打。

"你喊他了吗?"我忙问。

"我喊他做什么,他要困就困好了。"兴生随便地说。

我忽然觉得异样,因为老清阿叔从来不睡懒觉的。便一路喝着糊糊跟兴生去看他。没到他家糊糊就喝光了。

我走进屋里,老清阿叔朝天静静躺在床上,闭着眼睛,我喊了几声他不响,才发觉脸色变了,走近去用手一摸额角,冰冷。

我不知道他是什么时候死的。也许昨晚来看他的时候就已经——煤油灯暗得实在也看不清。兴生同爹困在一张床上都没有晓得,孩子毕竟还小。

按照生产队的老规矩,老掉了人应该吃一顿丧饭。这丧饭原该家族去办了请社员吃,既然口粮不分到户,自然由食堂去办。现在是冬天,新一年的口粮刚刚开始吃,老清阿叔的全年口粮还剩得多呢。这些口粮虽然因为“天灾”的缘故没有落实,但计划还是有的。生产队里多少总还有点伸腾的办法,于是大家靠着老清阿叔的过世吃了一顿很饱的丧饭。

“唉,又老掉了一个人。”年纪大的人叹息了。

“还是他福气!”这话的内涵就丰富了。

兴生也没有哭,他还不懂。奇怪的是我也并不怎么伤心,反想着他死前吃了一条大鱼,倒很得到些安慰。

虽然总说“隔夜饱,只是饱”,但再隔一夜也就彻底消化掉了。所以过了几天,人们只能够想着那一顿饱食了。于是青年人在田里劳动的时候,便嘻嘻哈哈拿队里的老人排队,看下一次会吃哪一个的丧饭。

我也奇怪地常常想起,下次祭祖的时候,应该替老清阿叔添上一副盖着的盅筷了。老清阿叔一时还不能接受小辈的孝敬,不过他肚里有一条鱼,当不致饿坏的。

“漏斗户”主

欠债总是要还的。现在又该考虑还债了，有得还，倒也罢了，没有呢？

陈奂生背了一身债，不是钱债，是粮债。近十年来，他年年亏粮，而且越亏越多。他约摸估计，等今年口粮分下来后，还清债，连做年夜饭的米都不会有。但是，宁可没有吃，债是一定要还的。他总是这样对老婆说：“我们已经是‘漏斗户’了，还能再失掉信用吗？”

他说这些话的时候，脸色很平板，但心里却禁不住要颤抖，他真愧对老婆孩子，自己没有养家糊口的本事。他力气不比人家小，劳动不比别人差，可他竟落到了这个地步，在人面前连头也抬不起。

同他相好的一些人，都替他着急，常常忍不住要替他叹息说：“奂生呀，到哪一年你才够吃呢？”

陈奂生听了，总是默不作声，别人也就不说了。因为这个问题，没有人能够回答。

年轻的时候，陈奂生有个绰号，叫“青鱼”。这是赞美他骨骼高大，身胚结实；但也有惋惜他直头直脑，只会劳动，没有打算的含义在里面。他往往像青鱼一样，尾巴一扇，向前直窜，连碰破头都不管，性格未免有点危险。这几年来，在“青鱼”上面，又被加上了“投煞”两个字，成了“投煞青鱼”。这就不仅突出了他的性格，而且表明了他的处境；他确实像围在网里的青鱼，心慌乱投了。常有这样的情形：他和社员们一起从田里劳动归来，别人到家就端到饭碗了；而他呢，揭开锅一看，空空如也，老婆不声不响在纳鞋底，两个孩子睁大眼睛盯住看他，原来饭米还不知在哪家米囤里。他能不心慌乱投吗！

“漏斗户”主是不好当的，哪个“漏斗户”主不是“投煞青鱼”呢？亏了粮，要能借得着吃也真不容易。每年分配，各人都有自己的一份粮，谁也不特殊；若要借，不肯的人会说：“你不够吃，我就够吃吗？”这句话，陈奂生不知听过多少遍了。集体的储备粮，年年有得借一些，但是有时间性，总要到快要农忙的时候才借。其他时候想借就难了，有的干部会说：“别人够吃，为什么独你不够？”这句话，陈奂生也不知听过多少遍了。这些人似乎都认为陈奂生是傻瓜，连这样简单的道理都不懂。而陈奂生却奇怪他们为什么老爱念这种“紧箍咒”，却不肯看一看简单的事实。世界上每一个人的情况本来不是一样的，为什么竟说成是应该一样的呢？

但是，他总是体谅他们，他们是有他们的难处。大多数干部通常是为他尽力的，曾经替他豁免过一百五十斤借粮，年底也往往有一点经济照顾；不过他们只能做职权范围内能做的事。他们有时候对他态度不好，其实也有替他烦恼的情绪在里边。现在粮食没有过关，无法满足他的要求啊。有的人这样对他说：“亏粮不是你一个人的问题，有一大批人呢。如果光是你一个人，倒又容易解决了。”这种话虽然并不实惠，他听了却也有些心安，不但不埋怨“也有这个问题”的那一批人连累了自己，倒反欣慰有许多同伴。此外，心底里也有一个模糊的疑问，却又塞在胸口说不清楚而不惬意。那疑问大概是说：“为什么牵涉到了一批人的问题倒反不去努力解决？”

一九七一年本来大有希望，因为这一年又重新搞“三定”

了。当时陈奂生还只是个“新生”的缺粮户，仅仅是因为老婆过门时娘家“忘记”把她的口粮带过来造成的。那时候，关心他的人劝他说：“奂生，你应该去把口粮要过来，不好客气哪！”他却极感情地回答说：“他们连人都肯给我，这点粮叫我怎好开口呢？”这句话把劝说的人也打动了。他们都清楚，奂生确实是一无所有，他父母生下四男四女，女的嫁了不说，三个男的都和女的一样嫁了，单留他一个养老。而他尽了一切责任以后，父母却只遗留给他三间极小的破屋，拖到三十四岁才算找到了这个对象。他对岳家感激不尽，还提什么粮不粮呢？况且岳家并非故意为难新女婿，也是实在拿不出来啊！可是想不到，老婆生过脑炎，有后遗症，不大灵活，不大能劳动，这就成了大问题。但事已如此，奂生却能想得通，他觉得这个女人如果十全十美，他也没有条件同她配对了。因此，有些关心的人劝他应该钳制老婆下田劳动时，他为难地说：“她是个没用的人，嫁了个我这样的男人，也算得可怜了，我怎能再去勉强她呢。”如此，别人除了感动以外，就只有叹息了。女人呢，也晓得体贴奂生，虽然不大会做，但据岳母来后的观察，则说：“比做姑娘的时候会多了。”这已足够他高兴。以后就是生孩子，三年两个，不巧又都生在正月里，按当地的规定当年的口粮没有供应，于是粮食又亏了一层。一九七一年是增产的，按年初的“三定”分配，生产队除了公粮、余粮、平均口粮、饲料粮和种子以外，还多四万六千斤超产粮。照“四六”开的办法，国家购去四成，计一万八千四百斤，其余的两万七千六百斤，应该留队作为社员的劳动奖粮。陈奂生的工分是五百四十七工，占总工分的百分之二点二，得到的奖粮数是六百三十四斤八两，已经足够使他踢开“缺粮户”的帽子了。想不到这竟是骗骗人的，结果仍旧照“有一斤余粮就得卖一斤”的公式处理了。真是吊足了胃口，骗饱了肚皮。

“为什么说话不算数呢？”陈奂生心里有疑问，但是不肯说出来，怕人家笑他饿昏了，连这样简单的道理都不懂。

可是毕竟也还有不买账的人提出来了。得到的答复却更不买账：“你们要这么多粮食做什么？吃不掉还卖黑市吗？还是贡献给国家好！”

陈奂生听到了，心里并没有服，他明明是不够吃，为什么偏要冤枉他吃不掉呢？

这也罢了，偏还有雪上加霜的事情来。公社派到生产队里来的那位“包队干部”（好大的口气，惊人的名称，眼里还有群众吗？）为了争取产量达到一千斤，稻子轧下后不晒太阳就分给了社员，等到晒干可以上机加工的时候，一百斤只剩下八十九斤。面对这个事实，陈奂生毛骨悚然，他不愁自己少分了粮食，而是担心这样一来，大家的口粮更加紧张，他就更难借到了。

于是，他禁不住要叹口气：“唉——！”

这一声长叹，偏偏被他的堂兄、小学教师陈正清听见了。

“还叹什么气？”陈正清似恼非恼地说，“现在，‘革命’已进入改造我们肚皮的阶段，你怎么还不懂？连报纸也不看，一点不自觉。”

“改造肚皮？”陈奂生惊异了。

“当然。”陈正清泰然道，“现在的‘革命’是纯精神的，非物质的，是同肚皮绝对矛盾而和肺部绝对统一的，所以必须把肚皮改造成肺，双管齐下去呼吸新鲜空气！”

“能改造吗？”陈奂生摇摇头。

“不能改造就吃药。”

“什么药？”

“蛊药，是用毒虫的口水炼成的，此药更能解除人体的病痛，你吃下去就发疯，一疯，就万事大吉！”

“唉，老哥，你真是……还有兴趣寻我的开心！”

"是正经话。"正清大声说,"就是我们办不到!"

是的,办不到。那就做"漏斗户"吧。

可是,使陈奂生耿耿在心的,偏偏就是某干部在拒绝借粮后骂了他一句,"你这个'漏斗户'!"

"这个帽子是哪里来的?"他常常忿忿地想,"这是富人嘲笑穷人,地主嘲笑农民。共产党的干部,能这样看待困难户吗?我种了一世田,你倒替我定了个'漏斗户'的罪名。你就只晓得我粮食不够吃,却不晓得我一生出了多少力!"然而,时间一长,这种忿忿也没有了,陈奂生彻底认输,当上了"漏斗户"主。

陈奂生越来越沉默了,表情也越来越木然。他总是低着头,默默地劳动,默默地走路。他从不叫苦,也从不透露心思,但看着他的样子,没有一个人不清楚,他想的只有一件东西,就是粮食。有些黄昏,他也到相好的人家去闲逛。两手插在裤袋里,低着头默默坐着,整整坐半夜,不说一句话,把主人的心都坐酸了,叫人由不得产生"他吃过晚饭没有?"的猜测,由衷地发出一声轻微的叹息。而他则猛醒过来,拔脚就走,让主人关门睡觉。这样的时候,总给别人带来一种深沉的忧郁,好像隔着关了的大门,还听得到夜空中传来他的饥肠辘辘声。

陈奂生的思想虽然并不细密,但也能感受到这种无言的同情,他和相好的人一同默默坐着的时候,他总觉得别人也在想着他心里想的事情。如果这时候他说一句"再借几斤米给我"的话,他总是发觉对方早就准备好了尽量使他满意的答复。他又是感动,又是惭愧。他和他们都是从旧社会过来的,他们的经历(包括他们自己和祖辈)使他们的感情都早同旧社会决裂了。现在,在新社会里,许多人都找到了自己的位置,而他却愚蠢地没有找到。尽管这样,他还是一点没有办法怀念过去,能够寄托希望的只有现在。所以他一刻也没有失去信心,即使是饿得头昏目眩,他还是同社员们一起下田劳动,既不松劲,也不抱怨。他仍旧是响当当的劳动力，仍旧是像青鱼一样，尾巴一扇，往前直窜的积极分子。这使同情他的人十分心痛；但是，也并非所有的人都能理解这种美德，刻薄的人却说："他还能不做吗，不做就更没有吃了。"

而且还不止此！陈奂生本来是勤快而乐于助人的，别人央求他帮忙做一点事情，他几乎从未推托过，历来如此，谁也不否认这一点。可是他也有一点嗜好——吸烟，在他有钱买烟的时候，别人请他做事，请他吸支烟，谁也不以为奇，决没有人认为他帮助别人做事是为了一两支香烟；因为他劳动的代价决不是那几支烟能够抵消的。但是，到他当了"漏斗户"主，无钱买烟的时候，刻薄的人却竟会这样说："只要给他一支烟，他能跟你转半天。"甚至一个星期只烧一顿米饭，背后也有人指责他"有了就死吃"，"饿煞鬼一样，吃相真难看"。因而就说这种人不值得同情，是"扶不起来的了"。为了使这个结论有绝对的权威，就牵牵拉拉地说道"猪也养不壮"，"鸡鸭养不大"，"新衣裳穿上了身也不晓得换，一直到穿破了才歇"等等。真同一个笑话里责怪穷人"没有米吃为什么不吃肉"的那种混蛋逻辑一样。

看来，当了"漏斗户"主，名誉也能轻易毁掉的。

陈奂生能说什么呢，自己吃苦果，自己最晓得滋味。他的思想本来是简单的，当了"漏斗户"主之后，这简单的思想又高度集中在一个最简单的事情——粮食上，以至于许多人都似乎看透了他的脑筋。可是，谁也没有意识到，正因为他想粮食的事情想得比别人多，他的见解也就很丰富，只不过是没有能力把那些萌动的思想表达清楚罢了。他不相信"粮食分多了黑市就猖獗"的说法，认为像自己这样的人家也有了余粮的话就不会再有黑市了。在口粮紧张的情况下，他不相信用粮食奖励养猪是积极的办法，因为大部分社员想方设法养猪的目的已是为了取得奖粮来弥补口粮，小耳朵盼大耳朵的粮食吃，养猪事业是不会有多大发展的。他不相信“有一斤余粮就得卖一斤”的办法是正确的，因为它使农民对粮食的需要，同收成的好坏几乎不发生关系，生产的劲头低落了。他不了解国家究竟困难到了什么程度，为什么到了已经有许多人家寅吃卯粮的情况下还不放宽尺度？这样下去，农业生产不会上，只会落。最后，他还不相信分配口粮的办法是完全合理的，因为它只考虑了一般情况而不考虑特殊情况。他自己就是一个明显的例证，假使他能无粮食之忧——哪怕稍微紧一点也无妨——那么，他就会有成倍成倍的力气去进行劳动。他做梦也指望自己能像英雄那样去大干一场，爹娘生就他一副好身材就是为了和大地搏斗的；当然也希望鸡鸭成群，猪羊满圈。却想不到竟被“漏斗”箍住了手脚，窝囊得血液都发霉了。用不到别人说闲话，他自己都觉得不争气，自己都觉得穷困在拖着他堕落。他向来心地光明，从不偷偷摸摸；可是，这几年来，忙于奔走借粮，工分比别人少做了一些，负担又重，分配时不大有现金收入了。因此不得不从不够吃的粮食里面再拿出一点来，卖了黑市价，换几斤盐回来煮菜吃。他做这种事，真觉得比做偷儿还心虚，万一被人发觉，他就再也借不到粮食了。就会被许多人更看成是“扶不起来”的户头了。但不干又不行，粮不够，瓜菜代；瓜菜里总得放点盐啊！所以，为了稳当起见，仅仅卖五斤米，他得天不亮就动身，赶到远离家乡的市场上去出售，以免碰到熟人。他做这种事情的时候，总觉得像有人拿着保险刀片在一小块一小块地割他的心，但又有什么办法呢，否则盐钱哪里来？搞副业吗，已被判为资本主义道路了，他还有点自尊心，不肯犯这个“错误”呢。

“漏斗户”主真难啊！特别是那些还有自尊心的“漏斗户”主。

有一天晚上，陈奂生终于忍不住了，他跑到小学里去找堂兄陈正清老师，想请他写封信给报社，反映反映他的情况。

陈正清一本正经地摇摇头说："不能写。"

"为什么?"

"在社会主义社会里，根本就没有你说的这种事实。"

"这是我自己的事情，还会骗你吗?"

"我知道你不骗我，"陈正清忽然生气道，"可是你不懂，事实是为需要服务的，凡是事实，都要能够证明社会主义是天堂，所以你说的都不是事实，我若替你写这种信，那就是毒草，饭碗敲碎不算，还会把我打翻在地，再踏上一只脚，叫我永世不得翻身的!"

陈奂生吓了一跳，忙说："不写就不写吧，你别恼，我不害你。"说着，拔脚要走。

陈正清一把拉住了他，原想笑着向他道歉，却忽然湿了眼，悲怆地说："熬不下去啊，特别是我也懂一点……"

艰难的岁月啊，只有那些不仅关注上层的斗争，而且也完全看清陈奂生他们生活实情的人们，才会真正认识到林彪、"四人帮"把国家害到了什么程度。

陈奂生没有这种觉悟，他也没有心思去考虑这样大的大事，但陈正清也终于努力使他懂得一点，他比以往更明白，他是不该吃这样的苦头的。他弄不清也没有能力追究责任，但听了那么多谎言以后，语言终究也对他失去了魅力。他相信的只有一样东西，就是事实。

"四人帮"粉碎了，他的平板的脸上也出现过短暂的笑容，但跟着肚子里一阵叽咕就消失了。他还是当他的"漏斗户"主，最相信的还是事实。

尽管陈正清的情绪变好了，同他讲了好几次充满希望的话；也尽管陈奂生信任他，但却实笃笃地问道："现在你能替我写信了吗?"

这就把陈正清难倒了，即使形势变得如此之好，他也还没有胆量把陈奂生的情形在社会上摊出来。因为有许多的人还不肯承认这种现实,而且似乎也和当前的大好形势不相称了。尽管中央领导同志已经明白地指出我们的国民经济已濒于垮台,但一个小人物也说这样的话却照样会被某些人指责是对社会主义的攻击。这就是当代的玄学。

看到正清如此为难,陈奂生平板的脸上自信地笑了,他说:"还是再看看吧。"

这句话,使他有足够的资格当"漏斗户"的代表。

一九七六年冬季分配过去了,一九七七年又过去了,一九七八年夏季分配又过去了,双季稻的前季稻又分配了,一切如旧,政策不动。陈奂生的"漏斗"里又增亏了一个数字。唉,有什么仙法能改变他的情况呢,从前不是有人已经对他讲过吗,这不是他一个人的问题,而是一大批人的问题啊。

陈奂生认为这是可以原谅的,因为他自已也想不出解决的办法。可是有一点,只是一点点,陈奂生却又着实不满,大家明明知道,双季稻的出米率比粳稻低百分之五到百分之十,为什么从来没有一个人替农民算算这笔账。他陈奂生亏粮十年,至今细算算也只亏了一千三百五十九斤。如果加上由于挨饿节省的粮食也算这个数字,一共亏二千七百一十八斤。以三七折计算,折成成品粮一千九百零二斤六两。可是十年中称回双季稻六千斤,按出米率低百分之七点五计算,就少吃了四百五十斤大米,占了总亏粮数的百分之二十三。难道连这一点都还不能改变吗?

陈奂生却不想说出来,因为这太小算了,真是只有他这样饿慌了的人才会这样小算。而且这又不是欺他一个人,按照他历来的看法,只要不是欺他一个人的事,也就不算是欺他。就算是真正的不公平,也会有比他强得多的人出来鸣冤,他有什么本事做出头椽子呢。

“还是再看看吧。”他肚里寻思，不敢再想下去，也看不到希望。

他看不到希望是对的。原来希望竟在他身后追赶着他，不在他的前面要他去追赶。

有一次，陈正清告诉他说：“要搞三定了。”他马上想起了一九七一年，坚决地摇摇头说：“空心汤团。”

“你不相信吗？”

“还是再看看吧。”他说，心里想：饿倒也罢，别再引诱我去想肉的味道了。

“你看好了，这次是一定的。”陈正清努力要说服他。

奂生闷闷地回答说：“再饿一年看。”这意思是说，“三定”作为计划，也只有到一九七九年春才会制订，制订后会不会兑现，要到一九七九年冬才见分晓。远着呢，猪还没有生下来，倒想吃肉了！

秋忙过去了，分明是继夏熟大丰收以后的又一个大丰收，一大堆一大堆的粮食耀花了大家的眼睛，可是，陈奂生却在想着今年的年夜饭去向哪家借。

一个星期六的傍晚，陈正清从学校回家，兴奋地大声对奂生说：“看你再不相信吧，今年就要照一九七一年的三定办法分配！”

这个声响是巨大的，即使不能把奂生心头的冰块融掉，也该把它震碎了。但震碎的冰块仍旧是坚硬的，他不愿意上当，也高声回答说：“说得太好听了！”

陈正清笑了：“我不来和你争，横竖是眼前的事情了。”

“看看再说吧。”他还是那句话。

可是，晚上他睡不着觉了，“要是真的呢？”这个念头缠住了他，但在别人面前却不肯问起，怕给人家笑。

谣传却愈来愈多，终于很快就证实了，队长传达三级干部会议公布的分配办法，同陈正清说的一模一样。陈奂生的心激动了，甚至一想到这件事就颤抖，他的希望炽烈地猛烧起来，又怕万一再被冷水泼灭。十年来颠三倒四，倏忽万变的政策在他心上的投影还那么清晰而乱七八糟，使他迷信地感到"七一年"这三个字不像好兆，生怕再被一场噩梦缭绕。他强忍住心底的羡慕，告诫自己说："还是再看看吧。"

几天之内，生产队的方案造好了。在造方案的那几天，会计家里出出进进的人流整日不断，有的人一天去了七八次，最后会计只得把自己锁在房间里工作。但是一个总的数字大家都知道了，照一九七一年"三定"算，今年生产队超产了六万七千一百斤粮食。

"六——万——七——千——一——百斤"，这个庞大的数字立即成为统治全体社员思想的权威，成为田间、场头、饭桌上、枕头边的唯一话题。每一个当家人都在灯光下拨着算盘珠子约摸估道计算着自家将会分到多少粮食，算完一遍又一遍，一遍一次惊奇地诧异是不是算错了，似乎不是他们自己在拨动算珠，而是有一个童话里那样可爱的神仙在暗中帮他们加到了一个巨额的数字。就这样他们反反复复地做着这个游戏直到深夜，在普遍的喜悦中共同忧愁着没有足够的容器盛放那么多的粮食。

酷热的炎夏被人们认为将有一个隆冬的严寒，但是到现在为止却一直很温暖，天气的变化当然也难预料，说不定也会出现冻结大地的酷冷；可是不管它冷到什么程度，也不能影响人们心中早开的鲜花了。大家感到现在已是春天，大自然只得无可奈何。

就在这样的暖冬里，一天上午，在背风向阳的地方，社员们被召集来听取会计造好的分配方案。这是一个难得见到的社员会议，不管是男的女的、老的小的，都没有一点声音，都没有一点动作，他们都聚精会神地伸长脖颈、睁大眼睛静静地听讲，有些则张大嘴巴似乎想把会计的声音吃进肚里。会计的平静的语调像一支魔笛吹响的神曲，攫住了全体听众的灵魂。他们在享受如此美妙的音乐的同时，直感到一个新的时期已经具体地来到了自己的面前，不仅看得见而且摸得着了。

他们心底的激动和欢乐，用文字来描摹是徒劳的，可是在几亿社员随着这支乐曲的节奏迈开舞步时，大家会惊异地看到我们的远景忽然一下子推近到身边，将马上发现我们伟大的农民无一不是要弄粮食的超级杂技演员，能够用他们各自特有的方式将它变出千百万种无穷无尽的奇珍异宝。

现在，乐曲还在演奏着，陈奂生的那个音键捺响了。在陈奂生名下，一共分配到三千六百零五斤粮食，比去年的二千二百五十九斤多了一千三百四十六斤，这个标准同大多数社员比较起来还显得低了一点，因为他缺乏饲料，全年只养了二百九十斤猪，仅仅超额完成任务九十八斤而没有得到更多的超产奖，即使如此，光是这二百九十斤猪，也比去年多分到三百六十五斤粮食。

会计把方案读完了。停了三分钟以后，大家才知道他真的读完了，这才哗啦啦地吵闹起来，就像早晨打开了鸭棚，嘈嘈杂杂，已经无法听清哪一个在说哪一些话了。但也有天生喉咙大的，在喊着：

"大解决了。年年巴望粮食宽一点，宽一点，一直巴不到，现在一下子宽得叫我们想也想不着！"

"养猪养鸡尽养吧。"

"拔光了毛的翅膀这一回又会长出毛来高飞了！"

……

陈奂生什么也没有说，他静静地坐在那儿不动，像是傻了。一会儿，他决然站起来，朝主持会议的队长走近去，闷雷似的问道:“凿定了吗?”

“当然。”

“不变了吗?”

“还变到哪里去!”

“那么,”陈奂生挑战地说,“现在就分给我。”

生产队长惊讶地看了他一眼,明白了。“好,”他爽快地说,“大家回去拿箩担,马上就分。”

禾场上,晒干扬净的金黄稻谷堆成山。大家聚拢了,队长说:“开秤吧!”他向人里看了看,瞧见了奂生,喊道:“奂生,第一个称给你!”

这时候,人群忽然静下来,几百只眼睛静静地看着陈奂生,让路给他走上来,好像承认只有他有权第一个称粮。

陈奂生走到过秤处,司秤员开始工作起来,一箩箩过了秤的粮食堆放到陈奂生指定的另一块干净的空地上,堆得越来越高,越来越大。陈奂生默默看着,看着……他心头的冰块一下子完全消融了,冰水汪满了眼眶,溢了出来,像甘露一样,滋润了那副长久干枯的脸容,放射出光泽来。当他拭着泪水难为情地朝大家微笑时,他看到许多人的眼睛都润湿了,于是他不再克制,纵情任眼泪像瀑布般直泻而出。

上城

一

“漏斗户”主陈奂生，今日悠悠上城来。

一次寒潮刚过，天气已经好转，轻风微微吹，太阳暖烘烘。陈奂生肚里吃得饱，身上穿得新，手里提着一个装满东西的干干净净的旅行包，也许是气力大，也许是包儿轻，简直像拎了束灯草，晃荡晃荡，全不放在心上。他个儿又高、腿儿又长，上城三十里，经不起他几晃荡；往常挑了重担都不乘车，今天等于是空身，自更不用说，何况太阳还高，到城嫌早，他尽量放慢脚步，一路如游春看风光。

他到城里去干啥？他到城里去做买卖。稻子收好了，麦垄种完了，公粮余粮卖掉了，口粮柴草分到了，趁这个空当，出门活动活动，赚几个活钱买零碎。农贸市场开放了，他又不投机倒把，卖一点农副产品，冠冕堂皇。

他去卖什么？卖油绳[1]。自家的面粉，自家的油，自己动手做成的。今天做好今天卖，格啦嘣脆，又香又酥，比店里的新鲜，比店里的好吃，这旅行包里装的尽是它；还用小塑料袋包装好，有五根一袋的，有十根一袋的，又好看，又干净。一共六斤，卖完了，稳赚三元钱。

赚了钱打算干什么？打算买一顶簇新的、呱呱叫的帽子。

---

① 油绳——一种油煎的面食。

说真话，从三岁以后，四十五年来，没买过帽子。解放前是穷，买不起；解放后是正当青年，用不着；"文化大革命"以来，肚子吃不饱，顾不上穿戴，虽说上年纪了，也怕脑后风了。正在无可奈何，幸亏有人送了他一顶"漏斗户"主帽，也就只得戴上，横竖不要钱。一九七八年决分以后，帽子不翼而飞，当时只觉得头上轻松，竟不曾想到冷。今年好像变娇了，上两趟寒流来，就缩头缩颈，伤风打喷嚏，日子不好过，非买一顶帽子不行。好在这也不是大事情，现在活路大，这几个钱，上一趟城就赚到了。

陈奂生真是无忧无虑，他的精神面貌和去年大不相同了。他是过惯苦日子的，现在开始好起来，又相信会越来越好，他还不满意么？他满意透了。他身上有了肉，脸上有了笑。有时候半夜里醒过来，想到囤里有米、橱里有衣，总算像家人家了，就兴致勃勃睡不着，禁不住要把老婆推醒了陪他聊天讲闲话。

提到讲话，就触到了陈奂生的短处，对着老婆，他还常能说说；对着别人，往往默默无言。他并非不想说，实在是无可说的。别人能说东道西，扯三拉四，他非常羡慕。他不知道别人怎么会碰到那么多新鲜事儿，怎么会想得出那么多特别的主意，怎么会具备那么多离奇的经历，怎么会记牢那么多怪异的故事，又怎么会讲得那么动听。他毫无办法，简直犯了死症毛病，他从来不会打听什么，上一趟街，回来只会说"今天街上人多"或"人少"、"猪行里有猪"、"青菜贱得卖不掉"之类的话。他的经历又和村上大多数人一样，既不特别，又是别人一目了然的，讲起来无非是"小时候娘常打我的屁股，爹倒不凶"、"也算上了四年学，早忘光了"、"三九年大旱，断了河底，大家捉鱼吃"、"四九年改朝换代，共产党打败了国民党"、"成亲以后，养了一个儿子、一个小女"……索然无味，等于不说。他又看不懂书；看戏听故事，又记不牢。看了《三打白骨精》，老婆要他讲，他也只会说："孙行者最凶，都是他打死的。"老婆不满足，又问白骨精是谁，他就说：“是妖怪变的。”还是儿子巧，声明：“白骨精不是妖怪变的，是白骨精变成的妖怪。”才算没有错到底。他又想不出新鲜花样来，比如种田，只会讲“种麦要用锄头抨碎泥块”、“莳秧一蔸莳六棵”……谁也不要听。再如这卖油绳的行当，也根本不是他发明的，好些人已经做过一阵子，怎样用料？怎样加工？怎样包装？什么价钱？多少利润？什么地方、什么时间买客多、销路好？都是向大家学来的经验。如果他再向大家夸耀，岂不成了笑话！甚至刻薄些的人还会吊他的背筋：“嗳！连‘漏斗户’主也有油、粮卖油绳了，还当新闻哩！”还是不开口也罢。

如今，为了这点，他总觉得比别人矮一头。黄昏空闲时，人们聚拢来聊天，他总只听不说，别人讲话也总不朝他看，因为知道他不会答话，所以就像等于没有他这个人。他只好自卑，他只有羡慕。他不知道世界上有“精神生活”这一个名词，但是生活好转以后，他渴望过精神生活。哪里有听的，他爱去听，哪里有演的，他爱去看。没听没看，他就觉得没趣。有一次大家闲谈，一个问题专家出了个题目：“在本大队你最佩服哪一个？”他忍不住也答了腔，说：“陆龙飞最狠。”人家问：“一个说书的，狠什么？”他说：“就为他能说书，我佩服他一张嘴。”引得众人哈哈大笑。

于是，他又惭愧了，觉得自己总是不会说，又被人家笑，还是不说为好。他总想，要是能碰到一件大家都不曾经过的事情，讲给大家听听就好了，就神气了。

二

当然，陈奂生的这个念头，无关大局，往往蹲在离脑门三四寸的地方，不大跳出来，只是在尴尬时冒一冒尖，让自己存个希望罢了。比如现在上城卖油绳,想着的就只是新帽子。

尽管放慢脚步,走到县城的时候,还只下午六点不到。他不忙做生意,先就着茶摊,出一分钱买了杯热茶,啃了随身带着当晚餐的几块僵饼,填饱了肚子,然后向火车站走去。一路游街看店,遇上百货商店,就弯进去侦察有没有他想买的帽子,要多少价钱。三爿店查下来,他找到了满意的一种。这时候突然一拍屁股,想到没有带钱。原先只想卖了油绳赚了利润再买帽子,没想到油绳未卖之前商店就要打烊;那么,等到赚了钱,这帽子就得明天才能买了。可自己根本不会在城里住夜,一无亲,二无眷,从来是连夜回去的,这一趟分明就买不成,还得光着头冻几天。

受了这点挫折,心情不挺愉快,一路走来,便觉得头上凉飕飕,更加懊恼起来。到火车站时,已过八点了。时间还早,但既然来了,也就选了一块地方,敞开包裹,亮出商品,摆出摊子来。这时车站上人数不少,但陈奂生知道难得会有顾客,因为这些都是吃饱了晚饭来候车的,不会买他的油绳,除非小孩嘴馋吵不过,大人才会买。只有火车上下车的旅客到了,生意才会忙起来。他知道九点四十分、十点半,各有一班车到站,这油绳到那时候才能卖掉,因为时近半夜,店摊收歇,能买到吃的地方不多,旅客又饿了,自然争着买。如果十点半卖不掉,十一点二十分还有一班车,不过太晏了,陈奂生宁可剩点回去也不想等,免得一夜不得睡,须知跑回去也是三十里啊。

果然不错,这些经验很灵,十点半以后,陈奂生的油绳就已经卖光了。下车的旅客一拥而上,七手八脚,伸手来拿,把陈奂生搞得昏头昏脑,卖完一算账,竟少了三角钱,因为头昏,怕算错了,再认真算了一遍,还是缺三角,看来是哪个贪小利拿了油绳未付款。他叹了一口气,自认晦气。本来他也晓得,人家买他的油绳,是不能向公家报销的,那要吃而不肯私人掏腰包的,就会耍一点魔术，所以他总是特别当心，可还是丢失了，真是双拳不敌四手，两眼难顾八方。只好认了吧，横竖三块钱赚头，还是有的。

他又叹了口气，想动身凯旋回府。谁知一站起来，双腿发软，两膝打战，竟是浑身无力。他不觉大吃一惊，莫非生病了吗？刚才做生意，精神紧张，不曾觉得，现在心定下来，才感浑身不适，原先喉咙嘶哑，以为是讨价还价喊哑的，现在连口腔上爿都像冒烟，鼻气火热，一摸额头，果然滚烫，一阵阵冷风吹得头皮好不难受。他毫无办法，只想先找杯热茶解渴。那时茶摊已无，想起车站上有个茶水供应地方，便强撑着移步过去。到了那里，打开龙头，热水倒有，只是找不到茶杯。原来现在讲究卫生，旅客大都自带茶缸，车站上落得省劲，就把杯子节约掉了。陈奂生也顾不得卫生不卫生，双手捧起龙头里流下的水就喝。那水倒也有点烫，但陈奂生此时手上的热度也高，还忍得住，喝了几口，算是好过一点。但想到回家，竟是千难万难；平常时候，那三十里路，好像经不起脚板一颠，现在看来，真如隔了十万八千里，实难登程。他只得找个位子坐下，耐性受痛，觉得此番遭遇，完全错在忘记了带钱先买帽子，才受凉发病。一着走错，满盘皆输；弄得上不上、卜不卜，进不得、退不得，卡在这儿，真叫尴尬。万一严重起来，此地举目无亲，耽误就医吃药，岂不要送掉老命！可又一想，他陈奂生是个堂堂男子汉，一生干净，问心无愧，死了也口眼不闭；活在世上多种几年田，有益无害，完全应该提供宽裕的时间，没有任何匆忙的必要。想到这里，陈奂生高兴起来，他嘴巴干燥，笑不出声，只是两个嘴角，向左右同时嘻开，露出一个微笑。那扶在椅上的右手，轻轻提了起来，像听到了美妙的乐曲似的，在右腿上赏心地拍了一拍，松松地吐出口气，便一头横躺在椅子上卧倒了。

三

一觉醒来，天已经大亮，陈奂生体肢瘫软，头脑不清，眼皮发沉，喉咙痒痒地咳了几声；他懒得睁眼，翻了一个身便又想睡。谁知此身一翻，竟浑身颤了几颤，一颗心像被线穿着吊了几吊，牵肚挂肠。他用手一摸，身下贼软；连忙一个翻身，低头望去，证实自己猜得一点不错，是睡在一张棕绷大床上。陈奂生吃了一惊，连忙平躺端正，闭起眼睛，要弄清楚怎么会到这里来的。他好像有点印象，一时又糊涂难记，只得细细琢磨，好不容易才想出了县委吴书记和他的汽车，一下子理出头绪，把一串细关节脉都拉了出来。

原来陈奂生这一年真交了好运，逢到急难，总有救星。他发高烧昏睡不久，候车室门口就开来一部吉普车，载来了县委书记吴楚。他是要乘十二点一刻那班车到省里去参加明天的会议。到火车站时，刚只十一点四十分，吴楚也就不忙，在候车室踱起步来，那司机一向要等吴楚进了站台才走，免得他临时有事找不到人，这次也照例陪着。因为是半夜，候车室旅客不多，吴楚转过半圈，就发现了睡着的陈奂生。吴楚不禁笑了起来，他今秋在陈奂生的生产队里蹲了两个月，一眼就认出他来，心想这老实肯干的忠厚人，怎么在这儿睡着了？若要乘车，岂不误事，便走去推醒他。推了一推，又发现那屁股底下，垫着个瘪包，心想坏了，莫非东西被偷了？就着紧推他，竟也不醒。这吴楚原和农民玩惯了的，一时调皮起来，就去捏他的鼻子；一摸到皮肤热辣辣，才晓得他病倒了，连忙把他扶起，总算把他弄醒了。

这些事情，陈奂生当然不晓得。现在能想起来的，是自己看到吴书记之后，就一把抓牢，听到吴书记问他："你生病了吗?”他点点头。吴书记问他:“你怎么到这里来的?”他就去摸了摸旅行包。吴书记问他:“包里的东西呢?”他就笑了一笑。当时他说了什么,究竟有没有说,他都不记得了。只记得吴书记好像已经完全明白了他的意思,便和驾驶员一同扶他上了车,车子开了一段路,叫开了一家门(机关门诊室),扶他下车进去,见到了一个穿白衣服的人,晓得是医生了。那医生替他诊断片刻,向吴书记笑着说了几句话(重感冒,不要紧),倒过半杯水,让他吃了几片药,又包了一点放在他口袋里,也不曾索钱,便代替吴书记把他扶上了车,还关照说:“我这儿没有床,住招待所吧,安排清静一点的地方睡一夜就好了。”车子又开动,又听吴书记说:“还有十三分钟了,先送我上车站,再送他上招待所,给他一个单独房间,就说是我的朋友……”

陈奂生想到这里,听见自己的心扑扑跳得比打钟还响,合上的眼皮,流出晶莹的泪珠,在眼角膛里停留片刻,便一条线挂下来了。这个吴书记真是大好人,竟看得起他陈奂生,把他当朋友,一旦有难,能挺身而出,拔刀相助,救了他一条性命,实在难得。

陈奂生想,他和吴楚之间,其实也谈不上交情,不过认识罢了。要说有什么私人交往,平生只有一次。记得秋天吴楚在大队蹲点,有一天突然闯到他家来吃了一顿便饭,听那话音,像是特地来体验体验“漏斗户”的生活改善到什么程度的。还带来了一斤块块糖,给孩子们吃。细算起来,等于两顿半饭钱。那还算什么交情呢!说来说去,是吴书记做了官不曾忘记老百姓。

陈奂生想罢,心头暖烘烘,眼泪热辣辣,在被口上拭了拭,便睁开来细细打量这住的地方,却又吃了一惊。原来这房里的一切,都新堂堂、亮澄澄,平顶(天花板)白得耀眼,四周的墙,用青漆漆了一人高,再往上就刷刷白,地板暗红闪光,照出人影子来。紫檀色五斗橱，嫩黄色写字台，更有两张出奇的矮凳，比太师椅还大，里外包着皮，也叫不出它的名字来。再看床上，垫的是花床单，盖的是新被子，雪白的被底，崭新的绸面，呱呱叫三层新[①]。陈奂生不由自主地立刻在被窝里缩成一团，他知道自己身上（特别是脚）不大干净，生怕弄脏了被子……随即悄悄起身，悄悄穿好了衣服，不敢弄出一点声音来，好像做了偷儿，被人发现就会抓住似的。他下了床，把鞋子拎在手里，光着脚跑出去；又眷顾着那两张大皮椅，走近去摸一摸，轻轻捺了捺，知道里边有弹簧，却不敢坐，怕压瘪了弹不饱。然后才真的悄悄开门，走出去了。

到了走廊里，脚底已冻得冰冷，一瞧别人是穿了鞋走路的，知道不碍，也套上了鞋。心想吴书记照顾得太好了，这哪儿是我该住的地方！一向听说招待所的住宿费贵，我又没处报销，这样好的房间，不知要多少钱，闹不好，一夜天把顶帽子钱住掉了，才划不来呢。

他心里不安，赶忙要弄清楚。横竖他要走了，去付了钱吧。

他走到门口柜台处，朝里面正在看报的大姑娘说："同志，算账。"

"几号房间？"那大姑娘恋着报纸说，并未看他。

"几号不知道。我住在最东那一间。"

那姑娘连忙丢了报纸，朝他看看，甜甜地笑着说："是吴书记汽车送来的？你身体好了吗？"

"不要紧，我要回去了。"

"何必急，你和吴书记是老战友吗？你现在在哪里工作？……"大姑娘一面软款款地寻话说，一面就把开好的发票交给他，笑得甜极了，陈奂生看看她，真是绝色！

---

① 三层新：被面、被里、被絮都是新的。

但是，接到发票，低头一看，陈奂生便像给火钳烫着了手。他认识那几个字，却不肯相信。“多少？”他忍不住问，浑身燥热起来。

“五元。”

“一夜天？”他冒汗了。

“是一夜五元。”

陈奂生的心，忐忑忐忑大跳。“我的天！”他想，“我还怕困掉一顶帽子，谁知竟要两顶！”

“你的病还没有好，还正在出汗呢！”大姑娘惊怪地说。

千不该，万不该，陈奂生竟说了一句这样的外行语：“我是半夜里来的呀！”

大姑娘立刻看出他不是一个人物，她不笑了，话也不甜了，像菜刀剁着砧板似的笃笃响着说：“不管你什么时候来，横竖到今午十二点为止，都收一天钱。”这还是客气的，没有嘲笑他，是看了吴书记的面子。

陈奂生看着那冷若冰霜的脸，知道自己说错了话，得罪了人，哪里还敢再开口，只得抖着手伸进袋里去摸钞票，然后细细数了三遍，数定了五元；交给大姑娘时，那外面一张人民币，已经半湿了，尽是汗。

这时大姑娘已在看报，见递来的钞票太零碎，更皱了眉头。但她还有点涵养，并不曾说什么，收进去了。

陈奂生出了大价钱，不曾讨得大姑娘欢喜，心里也有点忿忿然。本想一走了之，想到旅行包还丢在房间里，就又回过来。

推开房间，看看照出人影的地板，又站住犹豫：“脱不脱鞋？”一转念，忿忿想道：“出了五块钱呢！”再也不怕弄脏，大摇大摆走了进去，往弹簧太师椅上一坐：“管它，坐瘪了不关我事，出了五元钱呢。”

他饿了，摸摸袋里还剩一块僵饼，拿出来啃了一口，看见了热水瓶，便去倒一杯开水和着饼吃。回头看刚才坐的皮凳，竟没有瘪，便故意立直身子，扑通坐下去……试了三次，也没有坏，才相信果然是好家伙。便安心坐着啃饼，觉得很舒服。头脑清爽，热度退尽了，分明是刚才出了一身大汗的功劳。他是个看得穿的人，这时就有了兴头，想道："这等于出晦气钱——譬如买药吃掉！"

啃完饼，想想又肉痛起来，究竟是五元钱哪！他昨晚上在百货店看中的帽子，实实在在是二元五一顶，为什么睡一夜要出两顶帽钱呢？连沈万三[①]都要住穷的。他一个农业社员，去年工分单价七角，困一夜做七天还要倒贴一角，这不是开了大玩笑！从昨半夜到现在，总共不过七八个钟头，几乎一个钟头要做一天工，贵死人！真是阴错阳差，他这副骨头能在那种床上躺尸吗！现在别的便宜拾不着，大姑娘说可以住到十二点，那就再困吧，困到足十二点走，这也是捞着多少算多少。对，就是这个主意。

这陈奂生确是个向前看的人，认准了自然就干，但刚才出了汗，吃了东西，脸上嘴上，都不惬意，想找块毛巾洗脸，却没有。心一横，便把提花枕巾捞起来干擦了一阵，然后衣服也不脱，就盖上被头困了，这一次再也不怕弄脏了什么，他出了五元钱呢——即使房间弄成了猪圈，也不值！

可是他睡不着，他想起了吴书记。这个好人，大概只想到关心他，不曾想到他这个人经不起这样高级的关心。不过人家忙着赶火车，哪能想得周全！千怪万怪，只怪自己不曾先买帽子，才伤了风，才走不动，才碰着吴书记，才住招待所，才把油绳的利润搞光，连本钱也蚀掉一块多……那么，帽子还买不买呢？他一狠心：买，不买还要倒霉的！

---

① 沈万三：民间传说里的大富翁。

想到油绳，又觉得肚皮饿了。那一块僵饼，本来就填不饱，可惜昨夜生意太好，油绳全卖光了，能剩几袋倒好。现在懊悔已晚，再在这床上困下去，会越来越饿，身上没有粮票，中饭到哪里去吃！到时候饿得走不动，难道再在这儿住一夜吗？他慌了，两脚一踹，把被头踢开，拎了旅行包，开门就走。此地虽好，不是久恋之所，虽然还剩得有两三个钟点，又带不走，忍痛放弃算了。

他出得门来，再无别的念头，直奔百货商店，把剩下来的油绳本钱，买了一顶帽子，立即戴在头上，飘然而去。

一路上看看野景，倒也容易走过。眼看离家不远，忽然想到这次出门，连本搭利，几乎全部搞光，马上要见老婆，交不出账，少不得又要受气，得想个主意对付她。怎么说呢？就说输掉了，不对，自己从不赌；就说吃掉了，不对，自己从不死吃；就说被扒掉了，不对，自己不当心，照样挨骂；就说做好事救济了别人，不对，自己都要别人救济；就说送给一个大姑娘了，不对，老婆要犯疑……那怎么办？

陈奂生自问自答，左思右想，总是不妥。忽然心里一亮，拍着大腿，高兴地叫道："有了。"他想到此趟上城，有此一番动人的经历，这五块钱花得值透。他总算有点自豪的东西可以讲讲了。试问，全大队的干部、社员，有谁坐过吴书记的汽车？有谁住过五元钱一夜的高级房间？他可要讲给大家听听，看谁还能说他没有什么讲的！看谁还能说他没见过世面？看谁还能瞧不起他，唔！……他精神陡增，顿时好像高大了许多。老婆已不在他眼里了，他有办法对付，只要一提到吴书记，说这五块钱还是吴书记看得起他，才让他用掉的，老婆保证服帖。哈，人总有得意的时候，他仅仅花了五块钱就买到了精神的满足，真是拾到了非常的便宜货，他愉快地划着快步，像一阵清风荡到了家门……

果然，从此以后，陈奂生的身份显著提高了，不但村上的人要听他讲，连大队干部对他的态度也友好得多，而且，上街的时候，背后也常有人指点着他告诉别人说："他坐过吴书记的汽车。"或者："他住过五块钱一夜的高级房间。"……公社农机厂的采购员有一次碰着他，也拍拍他的肩胛说："我就没有那个运气，三天两头住招待所，也住不进那样的房间。"

从此，陈奂生一直很神气，做起事来，更比以前有劲得多了。

转　业

一

哈哈，这世界真是个万花筒，千变万化，好看煞人。“漏斗户”主陈奂生，人人都认定他要在农业上干一辈子，他自己也从未打过别的算盘，想不到忽然被大队领导看中了，要把他调到队办工厂去。

这种好事情，有些人求之不得。可陈奂生脑筋忒死，看那厂里的工作，轻轻巧巧，细吹细打，自己一身力气，到那里去也使不出来，肌肉要发胀，骨头要生疼。工资倒可以多赚些，但风雨落雪，天天要上班，身子就卖在那里了。想上市场去卖油绳，就没得自由；若叫老婆去卖，她脑子不灵，连本钱也会错脱。自己一进厂，这副业就只好收摊。“啧！吣！”他实在有点舍不得。

还有那孩子妈，别看她傻乎乎的，听了这个消息，也紧张了。近两年来，她吃饱了肚子，穿暖了衫，别的不懂，也懂得了丈夫本事不小。她是又敬又爱，生怕被旁的女人勾引了去，两只眼睛，就把他盯紧了。陈奂生到别人家去坐黄昏，讲空话，稍迟一点，她就要喊回去。那五元钱住一夜栈房的事，她总怀疑是有人陪丈夫困的。要不是队长骂她污蔑新社会，要不是陈奂生摸出吃剩的药片给她看（后来那药片又吃好了她的感冒），她不知要吵几次才完呢。现在领导要丈夫进工厂，可见是吃香了。料想他去了之后，自然更加风光。自己看不住他，怎么得了！外面花花世界，女人雪白粉嫩，这“投煞青鱼”直来直去，一投投进人家的网兜去，岂不就会把老婆抛弃掉！“喔唷，还是不让他去好！”

这对夫妻，二心一意，都舍不得锄头柄。他们哪里晓得，这是大队的既定方针，这方针又是以陈奂生的光辉历史为根据的。陈奂生已经注定要为大队的工业化作出贡献，他怎么可以不去呢，怎么还可以拖沓呢？于是干部们、特别是大队书记就来劝导他，一趟、两趟、三趟，三请诸葛亮。干部们对他真心实意，说的话叫他称心满意：“奂生、奂生，你应该出来帮帮忙哪！”“奂生、奂生，大家都看中了你呀！”“奂生、奂生，大队待你不差呀！别人要进厂我们也不要呢！”“奂生、奂生，不要疑三惑四啦，我们还会让你吃亏吗？”“奂生、奂生，你不出来干，叫谁出来？喔唷唷，架子搭得这么大，亏你好意思啊！大家诚心诚意，为你跑酸了腿呢！”……

哎呀，这叫陈奂生怎么担当得起！他也四十八岁了，年纪并不活在狗身上，别的不懂，难道连“干部比爹娘还大”这个道理还不懂吗！爹娘打骂儿女，历来理所当然，这比爹娘还大的干部，倒反为请他出山跑酸了腿，岂不要折了他的阳寿！况且，他能搭什么架子呢？他为什么要搭架子呢？他和老婆都是鸭，有架子也不会爬呀！

陈奂生心里暖烘烘，脸上红彤彤，头上像蒸熟了馒头的蒸笼一样腾腾冒气，戴那两块五角的帽子，从来也不曾有这样热。

他还有什么话说？他老婆还有什么话说？

得！得！得！陈奂生走马上任了。

陈奂生上任去干啥？他去做采购员。咿呀，他怎么能做采购员呢？第一，他不会讲话，第二，他不会交际，第三，他外面没有“关系”，无“路”可走。

但是，陈奂生是个直来直去的人，他的思想是容易打通的。

“采购员是个重要人，不是随便哪个能够做得的。”厂长抬他的轿子说，“所以我们才看中你。”

“倒是。”陈奂生点点头。有人看重他，他倒也并不心虚。他至少是个老实人，从来没有做过亏心事，为什么不该被人看重呢。“吃亏我没有做过。”他犹豫地说。

“不关事。”厂长壮他的胆说，“哪个采购员是天生的？你看，农机厂的王祥大，胶木厂的刘玉林，我们厂的施龙大……哪个不是种田的，现在照样打出天下来。”

“这班人，”陈奂生动心而又羡慕地说，“倒真有本事！”

“你本事不比他们小！”

“我？”

“当然。”厂长十分正经，那口气的严肃性把声音都压低了，“你的路子比他们大得多。”

“哎！”陈奂生愕然。

“唔。”厂长点点头，微微一笑，伸出一个指头点了点奂生说，“你有一条大路。”

“大路？”

“你去找吴书记——吴楚。”

“吴楚？”

“他现在到地委去当书记了，主管工业。”厂长说，“我们要的东西，只要他一点头，就有。”

“他肯点头吗？”

“你去找他，就肯。”

“真的吗？”

“我敢包，他很看得起你。”

“真的吗？”

“他不是到你家来吃过饭吗？他不是送你一斤块块糖吗？他不是坐汽车陪你去看病，还送你住招待所吗？你看这交情……”

“真的！”

“还有好的呐！”厂长兴奋得轻轻一拍陈奂生的肩胛说，“你们的交情不是写在小说里了吗，外面议论得热闹透了。吴书记升官，还沾着点光呢，他会亏待你吗！”

“真的？真的？”

“真的，真的。”

“咦……”

“哎……”

“呀哈哈……”

一个人的脑壳子，都是电灯泡，谁摸着了开关，一揿就亮。陈奂生现在的脑门顶，毫光万道，简直是一盏探照灯，住在几百里外地委干部宿舍里的吴书记，说不定会有感应，弄得心血来潮呢。“海内存知已，天涯若比邻。”果然是亲得很的，陈奂生好像重新找到了一个外公了。

二

定下来要做的事情，陈奂生是从来不疑三惑四的。

例如：吃不饱肚子要不要劳动？要，定下来了，他一干就是十多年。难，也难惯了，所以觉得难也容易。没有做过，是因为不曾去做；只要做，就“过”了。一年前头，油绳也不曾卖过，现在也“过”了。哎哈，世界上的事，简单极了，笔直一条路。有饭吃，就吃，没有饭吃，就吃粥，没有粥吃，就瓜菜代，没有瓜菜，就吃榆叶、马兰。陈奂生不都“过”了吗！种田，就种田。种了田还可以卖油绳，就卖。卖过油绳又要他当采购员，就当。咦，这有啥了不起。船到桥下自然直，就像人死了进火葬场，都会归口过去。万一歪了，把船碰翻，也无非是落水。困在芦扉上，还怕滚到地下去吗！青鱼产卵，尾巴一扇，一直线窜出去几十里，顺利的也有，撞死的也有。横竖要如此做，管他！何况当采购员，也不至于拼性命，做得成就做，做不成就算，又不碍。吴书记自然是好人，会不讲交情吗！这交情又是天下人都晓得的。不瞒天，不瞒地，没有一点要忌讳，把心碾成粉，也找不出一粒黑星星。此番去找他，纯是为公事，是请他关心关心我们集体的利益，他当然要照顾。他的头一点，事情就成了。有什么难呢！容易容易。否则厂长还会看准他这把钥匙嘛！万一……万一吴书记不点头，又怎么办呢？唉、唉，假使他不点头，也只好拉倒，总不能像造反派那样把他揿得低下头来。吴书记是大官，他陈奂生是社员，大官对社员不讲交情，陈奂生也不算丢脸；他的脸丢了也无人会拾得去。吴书记就是不讲交情，总也会讲道理。那么，陈奂生回厂就有了交代，就没得干系了。

“唉！”陈奂生想到这里，不禁叹息了：“总不至于吧！吴书记啊，吴书记，天下的大官多得很，认识我陈奂生并且有点交往的只你一个。我可只有你这一条路，倘若你打官腔，关门，那么，我跟你们这班大官的一切关系就算全部一刀断。”……

陈奂生想了一通，晓得自己去倒去得，包票是打不得的。倘若办不成功，这工分和费用，怎么个说法，自然先要讲妥。否则，用亏了，卖老婆没人要，拿什么去抵？他直截了当，就向厂长说了。厂长说：“这个是有定规的，采购员搞回来这种材料，每吨奖金一百五十元，例如你奂生这趟出去，替厂里搞到一吨，你就得一百五十元，搞到两吨，就是三百。你出外一天，搞到了，也给这许多，十天半月，也是这些。工分、花费都在这里边，厂里不另贴。”

陈奂生摇摇头说：“我不去。”

厂长忙笑道：“不要急，你刚开头，我们不用这个办法。可以照老规定：工分照最强的劳动力靠，车旅费实报实销；在外一天，补贴八角伙食。你就是搞不到，这笔钱一个也不少你的；搞到了，就照新规定奖你。总之只让你沾光，不让你吃亏！”

厂长的话，说得溜滚圆绽，陈奂生像吃了挂粉汤团，喉咙里再也不打嗝顿。接着，厂长便把这次出去要办哪些事，如何办，一切细关末节，统统关照清楚。陈奂生着实得益匪浅。最后讲到交际费用，却发生了一点小小争执：厂长说此番出去，全靠陈奂生和吴书记的老交情，除了带两包香烟在身边方便方便以外，不必再花费什么。陈奂生听了，一口咬定要给吴书记送一份厚礼。厂长连忙摇头说：“送礼要看对象，给吴书记送礼，是用黑漆棺材抬新娘子，错透又错透。”陈奂生不但不听，反而摆出穷大爷的架子说：“我陈奂生穷虽穷，面子是从来不失的，两手空空跑上别人家大门，我宁可敲断脚胫坐在家里。何况这次又是公事，又要去求人，空口说白话，我不干。”厂长咂咂嘴，抚了抚面孔，无可奈何地说：“老实告诉你吧，他在这里蹲点的时候，我们送了点东西给他，吃了个大批评，弄得现在不敢去见他，才请你出面的，再带礼去，不是讨苦头吃吗！”陈奂生反驳说：“这个我不管，吴书记这个人，我晓得，他到我家来吃顿便饭，都带来一斤块块糖。他都讲究礼貌，我倒能不讲吗？”厂长还是摇头说：“算了吧，送也没用，不骂你，就算交情，受是决不会受的！”陈奂生又顶住道：“人情大于债，受不受由他，送是不能不送的。”争了半天，没有结果。厂长见他固执，沉吟了半晌，试探道：“那你说要送些什么贵重东西呢？”陈奂生胸里似乎早有成竹，不假思索说道：“三斤豆油，一只鸡婆。”

之后两三天，陈奂生忙着打介绍信，到公社工交办公室及县工业局转介绍信（这里面又出了一些事情，以后会看到），领路费，打听乘哪一班汽车接哪一班火车，到了哪个站头下火车乘什么车子到地委。礼物也硬是准备了，不过听了厂长的劝告，把三斤豆油改成三十斤山芋，因为吴书记晓得乡下吃油比城里紧张；又决定这礼物是陈奂生私人送的，和工厂无关。

一切打点就绪。谁知出门隔夜，陈奂生的爱人忽然发起嗲来。不许陈奂生在外边住夜，事情办不完，也要天天赶回来。陈奂生骂她痴婆，这又不是上城，只要跑三十里。几百里呢！能天天回来吗？他爱人见行不通，就吵着要和他一同出去。陈奂生骂她发疯：猪呢，羊呢，兔子呢，孩子呢，哪个弄给他们吃？爱人不听，还是嗲来嗲去。陈奂生这才弄懂了她的用意，他火冒三丈，破口骂道："昏了你的头，我这人参果，猪都不吃。天底下只有你一个人当宝贝，只管放心！"

三

公路上驶的是汽车，铁路上跑的是火车，上上下下，转转盘盘，陈奂生竟一点没有摸错，顺顺当当，到了目的地。他在地委机关的传达室里，先自报家门，然后指名要找吴楚书记。

地委机关的大门有它的严肃性，传达室具有传递信息和保卫安全两重任务，工作人员当然小心谨慎、一丝不苟地值勤，他们在门口竖着一块牌子，上写"主动下车，出示证件"八个大字，但是对轿车和吉普则尊敬而多礼，即使那上面藏有机关枪甚至大炮，也可以直驰而过。步行而派头奇大的人物，眼里根本没有传达室，传达室也等于自动让步。只有那些看上去不大上眼的来访者，才受到严格的盘问；有的受到阻挠不得进去，或先坐一阵冷板凳再说。陈奂生当然是很不起眼的，而传达员因为从不看小说，又不知道他是个大名鼎鼎的人物，按理不会顺利通过。但是，这传达员偏偏独具慧眼，他从头到脚细细打量了一番之后，便断定陈奂生有些来头，因为他穿戴得过分随便，送的礼物又轻又土，这说明他和吴书记的关系既亲密又古老，不是姑表，总是姨表；不管哪一表，都怠慢不得。所以连忙拎起话筒，就往里面挂。哎哈，他想得一点不错，接电话的办公室刘主任，竟像听到第一颗卫星上天的消息，兴奋得大声喊道："快叫他进来，快叫他进来！"

陈奂生按照传达员的指示，走到地委办公室，刘主任早已满脸笑容，在门口等他。见他来了，一把紧握他的手，连连摇着说："不错，不错，你果然是这个样子！"一面说，两只眼睛盯紧了奂生的鼻子，好像要认出吴楚的指纹印来，陈奂生只觉得鼻子都被看酸了。办公室里另外几个同志，也都十分亲昵，接过他的山芋，接过他的鸡婆，请他在沙发上坐下，请他吃茶。陈奂生已见过世面，不再怕沙发坐坏，倒也安然。只有那鸡婆似乎烦躁，拍拍翅膀，咕咕叫着，好像不舒服。因此引起大家注意，问起乡下鸡婆的价格。陈奂生见大家对他带来的东西有兴趣，觉得鸡婆只有一只，无法分赠各位，便撑开袋口，拿出几个光溜溜的大山芋来，请大家尝尝。大家都说不要，陈奂生哪里肯听，便说这山芋锛出土来已经两个月了，吃来雪嫩笋甜，赛过鸭梨，城里人是难得吃到的。不由人不依，硬是每人送了两个。还说："天冷了，这东西容易冻坏，我都是拣好的拿来。再冷下去，就不会有了。"

可也奇怪，这些话，陈奂生在农村里从来想不到说，因为这是小孩子都知道的事情。现在倒细细地说给干部听，好像他们连小孩子也不如。而干部们听了，都认真地点点头，一点不笑。于是陈奂生就觉得寻得着话说了。

只停了片刻，吴楚就来了。陈奂生连忙站起，喊了一声："吴书记"

吴楚呵呵笑着说："奂生，你这家伙，怎么跑这么远的路来？带油绳来卖吗？唔！"

陈奂生只是笑笑，说不出话。

刘主任说："他是看你来了，还带了礼物呢。"

吴楚连忙说："唔，什么礼物？山芋！好好。还有老母鸡？

它生不生蛋？自家养的吗？拿来送给我？你老婆晓不晓得？她舍得吗？不跟你吵吗？”

陈奂生申辩说：“我老婆呆是呆，总不痴，好丑也晓得。那趟你来我家后，一直念你呢！”

“哈哈，说得好听，还念我！骂我吧？”

陈奂生急道：“我家小丫头，看见别人家吃糖，就要问她娘：‘吴书记怎么不来？’”

“真的吗？”吴楚连连摇头说：“我不相信。一夜天花了你五元钱，你老婆总要骂我一世了。你这家伙，碰上你，我就倒霉。招待所问你要钱，就说我吴楚去付嘛！你付了，又肉痛，回去又吹牛皮，被人家写到小说里去，通天下都笑话。你这家伙，你还来看我，还送礼来，又要弄得议论纷纷了！这山芋、这鸡，要多少钱？我算给你。还有那五元房钱，也算我的。”

陈奂生急巴巴说不出话来，他拎起鸡和山芋，没轻没重地说：“喔唷，吴书记，你官做大了，老百姓巴结你也巴结不上了。真是……”他犟着劲说：“你到我家来，也带东西的；准你送，我就送不得？只许州官放火，勿许百姓点灯，亏你说的！走！”

“哪里去？”

“送到你家去。我还拿回去吗！”

吴楚哈哈大笑。看了看表说：“好好好，客人我总要招待。你不要急，看你额角上汗都出来了。那帽子还是去年住招待所买的吧？都旧了！我有一只呢帽子，尺寸买大了，送给你吧。”说着，要去拎山芋袋。陈奂生不让，他只得空着手，陪他同走。

两人出了地委大门，往西走过两百来米，落北进了弄堂，再走二三分钟，跑出弄端，便是一片空地。空地北端，有五六丈围墙，正中有个门堂，吴楚带着陈奂生走了进去。奂生一看，里边只有两间老式楼房。楼房东、南两边，好一大片空地啊！足有一分多面积，两个人的自留地也没有这么多，却是一片荒芜。

陈奂生不觉发出一声轻轻的叹息。吴楚猜准他的心理，便指着说："你看，这里种熟了，一年四季的菜就吃不完。我一直想把地翻一翻，就是没有空，来了半年了，只翻了那边一只角。"奂生看去，果然那边翻了一小块，却拾出了许多砖角瓦片，可见这地，收拾起来也不容易。

两个人进了屋，吴楚就喊阿姨，楼上答应着，走下来一个六十多岁的老太婆。吴楚说："阿姨，乡下有朋友来了，夜饭够吗？不够就再烧点，那边房里空铺收拾收拾。"又对奂生说："这个阿姨，不是请的，是我的真阿姨，就是我娘的小妹子，一直在帮我做家务。"

陈奂生见吃住都安排了，一片放心，说："家里人呢？"

吴楚说："老婆还不曾调来，孩子都跟着她；我老爹、老娘在这里，一个八十一，一个七十八，天气冷躲在房里不大出来，全靠阿姨。"

闲话了一阵，吃晚饭时，吴楚邀奂生喝了点酒，听奂生谈了些农村里的情况，便问起奂生来的目的。因为他估计到没有正经大事，奂生不会跑那么远的路来看他的。

奂生见问，就把书记、厂长找他，他如何进了工厂、如何被派当采购员，想买什么，老老实实，告诉吴楚。

吴楚哼了一声，说："他们也认识我，为什么要叫你来？你面子大吗？"不等回答，又笑了笑说："嘿，鬼主意还真不少呢！"

陈奂生没法开口，吴楚顿了片刻，又问："他们不曾叫你送礼吧？"

"没有，没有，不好冤枉他们的。"奂生忙说。

吴楚说："不冤枉，他们送过的。否则，你那山芋袋里会塞手表进去的。"

陈奂生吓得不敢响。

又饮了杯酒，吴楚忽然笑着说："你这个'漏斗户'，有吃有穿了，还想发洋财吗？”

“发什么洋财！”陈奂生申辩。

吴楚摇摇头，说：“我也不来查。你嘛，是老实人，叫你空手回去吧，说不定别人要唱你的空曲。不过这东西紧张，我还要了解了解情况才能答复你。你住下来再说吧。”

睡觉的时候，陈奂生正在解衣扣，吴楚拿了一只崭新的呢帽走进来，笑着说：“你看，我嫌大。”他往头上一套，果然遮到眼睛上。脱下来戴到奂生头上去，恰是正好。便说：“给你吧。”陈奂生心头的暖气，一直流到脚趾上。吴楚走后，陈奂生把那帽子放在手上，足足抚了两个钟头。

明早起来，吃了早饭，吴楚匆匆上班去了。陈奂生闲来无事，便出去逛大街。一路上车水马龙，花花绿绿。想到要回去吃饭，已经走出好远，来不及了。只得买了一斤僵饼，到老虎灶讨一碗开水，填饱了肚皮。索性不再回去，去那百货公司、食品公司细细看了一遍。只见吃的、穿的、用的，五花八门，种类繁多，眼也看花了，心也看野了。想着这世界上竟有这么多好东西，可叹自己辛辛苦苦做了一生，也不曾能买得几样，真是苦哇！

等到看完，天将黑了，陈奂生有点诧异，怎么城里时间这样容易过去？便匆匆忙忙，奔回吴楚家去。

吴楚不在家。老阿姨见他回来了，舒出一口气，说以为他摸不着家门了。赶快盛出饭来，还叫他到这里来了就别客气，以后不要到外面去买了吃，横竖家里是准备了的，不回来吃反而剩了，吃隔夜食。

奂生连连应着，问道：“吴书记吃了吗？”

“他上半天接到电话，回来吃饭收拾收拾，又到省里去开会了。”

“哎呀，”陈奂生叫出声来，“几时回来呢？”

“他也说不定。”

“他说什么没有?”

“吃饭时查你的,你又不在。”

陈奂生一口饭含在嘴里,目瞪口呆。

四

这天晚上,陈奂生平生第一次失眠了。那软软的被子,软软的枕头,比家里的好得多,偏偏竟觉得手脚无处安放。横翻一个身,竖翻一个身,横竖总是不舒服。想自己从不贪玩,难得放任一次,却误了大事。吴书记是个忙人,此番出去,几时才能回来?他对自己这件小事,会放在心上吗?说不定过几天就忘记了,岂不糟糕!

清早起身后,陈奂生心绪不宁,左思右想,不知如何是好。也没有心思出门去玩,想找个人商量商量,却一无亲戚,二无朋友。闷得发慌,便帮着阿姨淘米洗菜,把地面扫得干干净净。吃过饭,困了一个午觉,起身后找不着事情做,一个人坐在门槛上吹凉风,消散那胸中的气闷。坐了一阵,又不舒服,浑身肌肉紧绷绷,催他出力。他看看空地,忽然想起上午扫地时东屋里有一把钉耙,立刻高兴起来,便拿了去锄地。这地里碎瓦断砖极多,锄了两耙就得弯下腰去拾了丢在旁边;也不敢用力,怕碰坏了钉耙。所以干了一阵,使不出力,出不得汗,照样不痛快。第二天不想锄了,但没有事,想想吃了吴楚的饭,不帮他做点什么,总过意不去,还是翻地吧。翻着翻着,想起事情不曾办好,书记、厂长还在等回音,在外耽搁久了,空手回去不好交代;又想起老婆、孩子、猪、羊,不禁归心如箭。这陈奂生除了小时候舅舅娶舅母在外公家住过一夜,再就是在招待所耽搁半夜之外,从不在外住宿,自然不习惯了。

第三天一早，尽管阿姨殷勤挽留，陈奂生千恩万谢，说要回去看看再来。然后上楼别了吴楚的爹妈，把吴楚送给他的呢帽和装山芋来的布袋，塞进从前卖油绳的旅行包，走出堂屋。在天井里，又看到那只鸡婆悠闲地在他翻过的土地上觅食，不禁深情地恋恋留眼，唉，他不是舍不得送给吴书记，而是习惯了和它在一起呀！

出了小弄，他摘下棉帽塞进包里，把新呢帽戴在头上。跑过百货公司，他记得那里有一面大镜子，特地弯进去端详了一下自己的"尊容"，果然神气了不少。陈奂生笑了一笑，然后扬长而去……

回到大队，陈奂生满怀未能完成任务的歉意，唯恐受责。他家都未到，就先找书记、厂长汇报。谁知书记、厂长听了，把手一拍，劲道十足地说："哎呀，奂生你呆，回来做啥呢！吴书记待你这么好，还怕他不替你想办法吗！快点再去，快点再去！今天来不及就明天一早动身，你给我坐在那里，十天八天，半月一月，也要等得吴书记回来。"

"去了没事做，等他回来了再去不好吗？"陈奂生不愿意。

"你知道他几时回来？你不去等他，他还会等你吗？他东一天，西一天，错过了机会你就寻不着。快去快去！"

陈奂生听着也对，只得答应。回去住了一夜，不顾老婆嘀咕，带了几斤上白米，一捆大青菜，又匆匆就道。

此番已是熟门熟路，原不必再有周折了。但陈奂生下了火车，经过一家旅馆门口，却触动了心机：人贵有自知之明，吴书记家虽然有吃有住，也该知趣；况且不是一天两天，不如住在旅馆里妥善。横竖费用厂里可以报销，何必去揩吴书记的油呢。踌躇半晌，便走进旅馆，在服务台旁看了片刻，学会了办理手续。便拿出介绍信来登了记，说明要一个最便宜的铺位，付一元钱押金，拿了钥匙，住进了 214 号房间。那房间里放了六张单人铺，挤得很，陈奂生不打算在那里拉场卖拳头，自然不嫌。躺了一会，想起那一捆鲜嫩的青菜，应该当天送到吴家，吃个新鲜。便提着走到吴家。书记还不曾回来，阿姨拿了菜，听他说住了旅馆，想他是个老实勤快的人，有心帮忙，劝他还是住到这里来，因为吴楚万一夜里回来，早上又跑了，住在旅馆就碰不着，白等。奂生觉得有理，连忙答应。吃过夜饭，就到旅馆去取东西。拿了东西，到服务台去还钥匙，服务员告诉他，铺位每天一元二角，钥匙押金一元，还应再付两角。奂生不懂，服务员才告诉他，这铺位不管他住不住，都应付一天的钱。陈奂生心里叫声："苦呀，又碰到鬼了！"他不肯吃亏，赌气不还钥匙，决定住一夜再走。又怕阿姨等他，只得再跑一趟，顺便把米也带了去。

等到回来，房里已经有两位旅客在那里交谈，一个年轻的，呢制服笔挺，皮鞋贼亮，长头发在电灯底下油光闪闪，派头十足。一个中年人，打扮得平平常常，面容却和善，见奂生进来，还微微点了点头。奂生不会交际，无话可说，便往床上一坐，看着电灯发呆。听了一阵，听出那两人也在谈生意经，不禁问道："你们也是采购员吗？"

那两人见问，回头细细看了他一眼。年轻的便说："你也是？"陈奂生点点头。年轻的又问："干了多久了？"奂生回答："刚刚头一趟。"年轻人便看不起，再瞧他那寒酸相，更不入眼，头就别过去又和中年人谈话了。那中年人虽不说什么，眼里却漾着关切的笑意，好像要同他攀谈。只是在听那年轻的讲，不便张开嘴来。

后来，年轻的有事出去了，中年人便坐到陈奂生的床沿来，先自报家门，姓林名真和，是×县×公社×大队×厂的采购员，然后请教了奂生的姓名、单位，笑道："我们是同行嘛，要搞的都是那种原料，现在很紧张。刚才那年轻人，也和我们一样。不过他们厂大，手段大，路子大，搞起来是有把握的。陈老兄，你搞到没有?”

“没有。”陈奂生高兴地说,他觉得林真和很看得起自己。

“局里边、厂里边有熟人吗?”

“没有。”

“你没有路,又不曾搞过,厂里为啥叫你出来?”

“不瞒你说,”陈奂生轻松地舒了口气,“我有个朋友在地委里。”

“做啥?”

“书记,管工业的。”

“喔!”林真和恍然说,“怪不得,怪不得。”便从袋里摸出一包大凤凰,抽出一支敬奂生。奂生推不过,只得接了。林真和便咔嚓打亮火机,帮他点着,自己也燃了抽起来。然后又问:“老朋友吗?”

“他以前一直在我们那里工作。”

“你跟他交情怎么样?”

陈奂生见人家这样看重自己,就像杀猪的给猪吹了气,自觉胀得大了,忍不住要摆一摆海,便把自己同吴楚的关系,吹了一遍。末了,又把帽子摘下来指指说:“这就是他送给我的。”

林真和听了,着实羡慕,对奂生十分看重,一连请他吸了几支香烟,说碰巧认识他,也是缘分。在家靠父母,出外靠朋友。以后大家要互相帮助,奂生有什么为难,只管找他。又声明,他晓得奂生是初次出马,他不指望靠奂生搞什么,倒愿意帮奂生出出主意。因为他多少有点经验,山是高的,江是长的,吃亏沾光,不在一朝一夕,能够真心实意交上一个长远的朋友,大家都有好处。

陈奂生见他说得动听,倒反有点疑心,因为他也常常听说外面有骗子。但看看林真和,额头宽阔、脸色正派,特别是那双善良的眼睛,好像流露出一种委曲求全、叫人怜悯的光彩,想来不是坏人。也就欣然赞成了。

临睡之前，林真和端来一盆水，问奂生洗过脚没有？匀了半盆给他。等到奂生洗好，林真和已穿了鞋，随手就把两盆水并在一盆里拿出去倒了，做得非常自然。陈奂生十分过意不去，便也拿出自己带来从未抽过的牡丹，抽出一支硬要他吸，这才安心睡觉。

早晨起来，林真和早已起身，两人又热络了一番。奂生说了吴楚的地址，叫林真和有空就去找他，然后走了。

从此，陈奂生住在吴楚家里，等书记回来。他是个闲不住的人，清早起来，就代阿姨上街买菜，家里事见什么就做什么。阿姨非常高兴，几天下来就觉得脸上胖些。每天下午，奂生就锄那空地，拣出的碎瓦断砖，一起搬到南墙下，堆得整整齐齐。地翻过来，晒了几天太阳，便做了垄，上街买菜时，买了些莴苣秧和三月白，种了几垄。林真和来看过他两次，还帮他拾砖瓦。他晚上也去看林真和。最后一次，林真和着急地悄悄告诉他，那年轻人厉害，几爿大厂都答应给他货色，如果吴书记再不回来，到时候货色给别人弄走了，面子再大，也只能以后有了再说，那要等到几时？林真和又说那年轻人刁，看不起人，请他帮点忙，硬是不肯。林真和只搞到半吨，再无办法，自己都不够，所以也不能帮奂生的忙。

陈奂生听了，急得如热锅上的蚂蚁。早盼夜盼，望穿了眼睛，吴书记却影踪全无。那省里的会，正不知要开到几时。

五

吴楚回来了。

他九点多钟到了地委，连忙就通知开会。十点一刻会议就开始，一直到下午五点结束，饭也没有回家吃。

回家的时候，他把旅行包放在办公室里，不曾带走；因为明天一早，他就要带几个人下去检查工作。在外面换下来的脏衣服，在宾馆里请人洗过了。老阿姨年纪一大把，行动已不大方便，烧点吃吃已经够累了，再要从外面带脏衣服回来给她洗，也作孽。

吴楚两手空空，悠悠然踱着慢步走进院门，眼前忽然一亮，他吃了一惊：原来院子里完全改了一个样子，已经变成极好的菜畦了。泥块敲得极细，垄沟做得笔直，一棵棵菜秧，种得疏密匀称，一片片嫩叶，已经竖了起来（活棵了），显然是内行人干的活。

“这是谁干的？”吴楚一时想不起来了，但马上猜到：“哎呀，一定是陈奂生！”他很高兴，心里暖暖的，甚至感激了。接着就内疚起来，骂自己道：“该死，我把他的事忘记了！”

吴楚快步走进堂屋，想看奂生在不在。却碰到老阿姨从厨房里出来，她打开电灯，见进来了吴楚，喜得两手一拍围腰布，说：“嗨呀，楚楚，你到今天才回来，奂生在这里等你，人都等瘦了，真要急出毛病来呢。”

吴楚说：“他人呢？”

“他今朝只吃半碗饭，就困了，还没起来呢。”

吴楚连忙打开房门。奂生床上空了，人不在，原来他借了附近菜农的粪桶，给莴苣浇了一次肥，还粪桶去了。

“哪里去了？”吴楚问。

“不会到哪里去，总在近旁。”阿姨说，“这个人真是老实勤快，样样都做，不肯歇。他在这里，我动也不要动，享福了。你看看，我自己都觉得胖了呢！”

吴楚看看，老阿姨真的胖了。

老阿姨说了奂生一番好话。又说：“他在这里横等竖等，做完了事，就呆钝钝坐在门槛上望着院门口，好像你同他约好了马上就回来的。那可怜相，我看得也心酸了。我就想，不晓得楚楚可曾帮他办哪？楚楚，你办了没有？你可要帮他办。他是个好人，又难得求你，你不能推哪！”

吴楚连忙应着，因为老阿姨是个知趣人，从不轻易代人求情的。如今说了这样动情的话，吴楚自然感动了。他心里很高兴，不禁好玩地想：“嗨，这陈奂生，还真厉害呢。”

说话间，陈奂生还掉粪桶，像青鱼一样投进屋来；一见吴楚，喊了一声书记，就说不出话来。顿了顿，才自顾自说：“还好，幸亏今天不曾回去，回去了就白等了。”

吴楚看看奂生，觉得他的眼睛变大了，吃惊地想：“哎呀，真瘦了一膘啦！”

“真的，我原打算今天回去的，幸亏不曾回去。我又拖了一天，明天是凿定要回去了。幸亏你今天回来了，要是你明天回来，我凿定已回去了……”陈奂生反反复复唠叨这几句话，除此以外，他好像没有说的了。

这单纯的、真挚的、深沉的情感，强烈地震撼了吴楚。这个做报告从不带稿子的地委书记，忽然也讷讷起来，连声说着：“我回来了，我回来了，我回来了。”……好像也找不到别的词儿。

等到坐下来吃夜饭，喝了一点酒，空气才活跃起来。吃过夜饭，吴楚想了一阵，便问奂生可曾带介绍信来。

陈奂生高兴了，他想也没想，直通通说：“有，有两封呢。”

“怎么有两封？”

陈奂生这才知道说错了话。又一想，反而理直气壮，觉得不错，应该老老实实告诉书记嘛！他伸手到胸口内衣袋里，掏出来两张纸，摊开来认了一认，说：“这一张是厂里开的，说好只要买两吨。”他递给吴楚。

“那一张呢？”吴楚问，觉得奂生还有别的话。

“这一张是公社工交办公室开的。”奂生迟疑了一下说，“我拿厂里的介绍信去转关系，工交办公室的老陆说他们也要，替我另外开一张，要五吨。”

“牛吃蟹！”[1]吴楚骂了一句，“这又不是河泥、猪灰，能随便要吗！”

“我也不肯。”陈奂生申辩说，“可是老陆开了，不肯在我们厂里的介绍信上盖印，叫我拿了他开的介绍信到县里去转。我到县里，县里也不肯在我们厂里的介绍信上盖印，倒说是老陆那一张合法。我就只好拿它来。老陆说，买了五吨，我们厂里的两吨就在里边了，不必另外再买。”

“你上他的当！”

“我没办法。他说：‘你难得去找吴书记，两吨是一趟，五吨也是一趟。吴书记有的是办法，他若肯答应你，两吨、五吨还不是一样！’”陈奂生原原本本转告说。

吴楚看奂生傻乎乎的样子，赫赫笑了几声，说：“奂生呀，你总是牛皮吹在外边，大概人家以为我吴楚有半个家是你当的了。不行，你别理他们。”吴楚把工交的介绍信丢给奂生：“这种原料现在很紧张，两吨也不见得有；一吨也还要看人家有没有办法节约下来支援你。”他说着，拔出钢笔，在工厂介绍信上写了几个字，递给奂生，交代道：“明天上午，你乘九路公共汽车（到百货公司门口去乘），一直到底，下车顺马路往南跑半里多路，就是××厂，你去找朱明源朱书记，拿这介绍信给他看。这东西已经分配给他们厂里了，他如有得多，能给你一吨就一吨，两吨就两吨，我也不能勉强他。”

吴楚说罢，又沉吟半晌，交代说：“如果一点也没有呢——你就到办公室去找刘主任，我明天一早就要下去，又不知几时

---

① 牛吃蟹：胡来的意思。

回来。走之前，我再和刘主任讲一讲吧！”

“你莫忘记了！”阿姨说。

“不忘记，不忘记。”吴楚连忙说。

陈奂生自然也不好再说什么。到了明天，就照着吴楚说的路线，到了××厂。经过几道关口，才在一个办公室里找到了朱明源朱书记。朱书记看上去年纪很大，须发都白了，待陈奂生倒很亲切。他把那介绍信反复看了几遍，又眯着眼睛看看奂生说：“吴楚怎么肯给你写这条子的？”那口气，好像他很了解吴楚，又好像吴楚是他的下级。

奂生虽笨，也晓得这句话有分量，连忙申辩说：“完全不为别的，吴书记晓得我们困难。”

朱明源就不再问，说：“材料的事，不是我管的。也不晓得有没有，我来问问看。”说着，正要打电话，就进来了一个人。朱明源不打了，对那个人说：“老王，我正打电话找你。”又对陈奂生说：“王厂长。”

“什么事？”王厂长问。

“吴书记介绍来的。要支援他们一点材料，厂里能不能解决？”朱明源一面说，一面递过介绍信。

王厂长看了介绍信，又看了看陈奂生说：“就是他吗？”

“唔。”朱明源点点头。

“没得办法。”王厂长毫不犹豫地说，“我们自己都不大够。”

陈奂生紧张了。

“一吨半吨都抽不出来吗？多少支援他们一点也好。”朱明源说。

“唉，朱书记。如果有一点办法，吴书记的批示我会不执行吗！”王厂长委婉地说，“前几天也有一个单位来求援，还是老关系，我同供销科商量了半天，他们不答应，一点拿不出。”回过身来，王厂长对奂生说：“我们不是不肯支援，吴书记是难得开口的，只要有一点松动，我都会想办法批给你。现在是一点办法也没有，请你回去向吴书记打个招呼。过两个月，等下季度的材料分配下来，我一定设法也给你们一点。”

话说得这样圆转，朱明源也不好开口了。他心里明白这不一定是真话，这样大一片厂，多少是能够拿出一点来的。但自己并不彻底了解情况，吴楚也知道不能勉强，信上是介绍陈奂生来求援，是请厂里酌情支持。现在主管人不答应，自己就不好做主了。只得也跟着姓王的劝奂生说：“以后再说，以后再说。过两个月你再来看看吧。”

王厂长那番话，有真有假。他前几天为了一个老关系，确同供销科纠缠了半天，要五吨材料。他知道厂里两吨、三吨能抽得出，紧一点抽五吨也行。但是供销科长不答应，回说即使多下那么一点，已和××单位讲妥，要交换另外一些材料。其实供销科长已看出蛛丝马迹，晓得王厂长供应别人材料，是拿回扣的。那个老关系，本来和供销科长先搞上，说实在话，供销科长也得过一些好处，后来看到那老关系忒豁，报纸上又常揭发贪污这一类事，自己怕出纰漏，就收敛了。谁知那老关系倒搭上了王厂长，那暗地里的交易，供销科长自然一眼就看穿了，所以就不肯松口。但材料多在厂里，王厂长晓得，也不肯就此罢休。供销科长正在设法同其他厂协作换材料，把它处理掉。这个斗争，暗地里着实激烈。

只是难为了陈奂生。吴书记的大面孔都派不上用场，他灰心丧气，没精打采告别了两位领导，走出办公室。王厂长随后也出来了，他看看陈奂生的背影，心里骂道：“穷煞胚！乡下人！衣裳没一身好的，还出来跑供销。呆头木雕，好话不会说一句，香烟不会递一根……你就是吴书记的小舅子，我也不睬你！”

六

陈奂生搭上九路车，到百货公司门口下来，再无闲情逸致去大镜子前照自己的“尊容”，急急忙忙，就往地委机关里跑。走过一段路，忽然被人一把拉住，那人叫道：“奂生兄，忙什么！”

奂生一看，原来是新交的朋友林真和。奂生忙停住说：“哎呀，我都没有看见你。”

林真和说：“你倒快，去了回来了吗？”

“你怎么晓得的。”

“我刚才到吴书记家去找你，碰着老阿姨，说你到××厂去联系了。怎么样，答应多少？”

陈奂生把头一犟说：“屁！”

“怎么？”林真和不信，“书记批了，会打回票？”

陈奂生直爽地把介绍信摸出来给他说：“我还骗你吗！”便把在厂里碰到的情形，一一二二，统统告诉林真和。林真和把脚一跺说：“老陈，碰着姓王的那只猢狲，你算倒了霉。那个人你同他空口说白话，不给他好处，你就是他爹娘，他也不会认，我是吃过他的亏的。唉，你也不晓得，难怪你。若早上同我商量了再去，我事前会提醒你避开他。候他出门了，你再去找朱书记，朱书记就会直接问供销科。只要供销科说声有，就好办了。现在弄僵了，怎么办呢！”

奂生见林真和一片诚心，比自己还着急，十分感动，说：“吴书记说过，打回票就找地委刘主任的。”

林真和忙说：“那好，只要有这句话，刘主任办起来比书记着力。书记是领导，有些话不好说，转一个弯，让刘主任出面，当任务压下去也没关系。走，我跟你同去，怎么样？我在门口等你，听你的回音，再有什么周折，也好给你出点主意。”说着，也不等奂生同意，跟着就走，一面悄悄地说："要快，这里只有几爿厂有这材料，那个年轻的采购员，和××厂的王厂长恐怕有关系，前几天他露了点风，说有一爿厂答应给五吨，正在谈判。说不定就是××厂的。等他们谈妥了，你就完了。"然后又坦率地说："我这个人没有歪心思，你只管放心。我看你也是老实人，诚心交一个朋友。采购员这碗饭，真不好吃，我们厂小，手段小，人家看不起，我又没有什么门路。我开始出来跑，这里有一个远亲，是靠他帮忙。后来调走了，我就瞎了，要想搞点东西，一直是磕头跪拜求人的。哪个有办法，要我服侍也肯，跑腿也肯，花小钱也肯，用得着我只管喊我，我做小媳妇做惯了。只要别人搞到材料以后能回给我一点，我就把他当老子待。那个年轻人忒狂，我同他认识两年了，只要碰在一起，香烟总是吃我的……衣服脏了我都替他洗。他一直答应给我点材料，到现在不曾给一斤。这一趟他已经搞到了三吨，还再搞五吨，我开口要回半吨，他说自己还不够，一推精光。还说他黑龙江有个朋友手里有点货，他没空去取。如果我等着要，他写封信去商量，给我半吨，自己去拿。嘿，赶几千里路去拿半吨材料，光路费都算不来，他真把我当小孩子，弄我的白相了。"

陈奂生听他这么说，知道是和自己一样的可怜人。自然信得过了，到了地委，林真和果然在传达室等他，让他一个人进去。

陈奂生跑进办公室，刘主任正在写东西。奂生在背后叫了一声，刘主任回头见他来了，放下笔，说："怎么样，他们给不给？"另外几个同志，也都回头来看。

陈奂生一听，知道吴书记交代过了，心就放宽了一点，把到××厂的情况，详详细细向刘主任又说了一遍。

刘主任听了，好像很生气，重重地说了一声："好！"便闷着长久不开口。

刘主任把手里半支烟吸完了，才抬头朝奂生笑了笑说："不要急，介绍信呢？"

陈奂生连忙递给他。刘主任看了看，便拿起电话筒，拨了号，开始讲话："物资局吗？我找唐科长……啊，你就是老唐，好，吴书记有点事，要拜托你呢。……不是客气，难哪……事情很小，就是吴书记不会烧香……你来？不要不要，我来吧，我来吧。"

电话挂断，刘主任对奂生说："你坐在这里等一等，我去了就来，很近。"他出去了。不到一分钟，又跑进来对奂生道："你还有介绍信在身上吗？随便什么介绍信都行。万一仍旧到××厂去拿材料，他们看见这是打过回票的，会改不过口来，最好换一封。"

陈奂生说："有倒有一张，就是上面开了五吨。"

"五吨就五吨，管它！"刘主任说。拿了一看，又说："这一张好，是经过县里转的，合法。"拿了就走。

不到一个钟头，刘主任兴冲冲回来了，大声说："奂生，挑挑你[①]，给你五吨。你拿这介绍信，上面有物资局的印，仍旧到××厂去拿，直接找他们供销科的高科长，已经联系好了。不要去找那姓王的。"刘主任见大家在听，就告诉大家说："还是那姓王的鬼，连供销科对他都一肚皮意见，那家伙邪得厉害，家里二十吋彩色电视机，冰箱，空调都全了，手还伸得老长，人家说他还缺一口水晶棺材！"……

陈奂生喜出望外，走出来，在门口碰着了林真和。林真和看了介绍信，听陈奂生一说，就和奂生商量道："这件事，我来帮你办，那姓王的认识你，别碰着了，你别进去，我去。你在门口等我，我办起来比你有经验，包你不出纰漏。"

---

① 挑挑你：使你更满意的意思。

陈奂生原怕再碰壁，乐得听他。两人一同到了××厂，林真和进去，陈奂生就在门口等。他提心吊胆，生怕再生枝节。等了几分钟，就像等了几十年。但急也无用，只得耐着性子，蹲在那里拾一块砖角在地上划痕痕，划了一阵，再一条一条地数清它，等到林真和出来，他已经等得心都烂了，其实还不到半个钟头。

林真和一见奂生，连连说："成了，成了，只要回去把钱汇来，就好开票提货。"

两个人都高兴得不得了。乘车到百货公司下来后，林真和一把拉住奂生，进了一家不大不小的饭馆，硬要请客。把陈奂生按在朝南座位上，要来了两斤黄酒，一个拼盘，三个炒头，一只砂锅。两人边吃边谈。足足坐了三个钟头，那林真和当了七年采购员，经验丰富，讲了许多苦处；也讲了一个采购员应该懂得的各种事情，诸项关节，描绘出社会上各种人的嘴脸，把那表面一套，背后一套，搽了红粉，藏着黑心，开口为人民服务，伸手捞黄金钞票，婊子装正经的伪君子，骂了个狗血喷头。

末了，林真和以商量的口吻，问陈奂生能不能看朋友交情，回一吨材料给他救急。陈奂生从未受人如此尊敬，想着他许多好处，觉得大队里本来只要两吨，公社给两吨也说得过去了，反正有得多，自然一口答应了。林真和又劝他不必回去取款，只要打电报把汇款账号，汇多少款子，告诉家里，就可以了。如果奂生不会打电报，他包办就是。这样，还可以在这里玩玩名胜古迹，开开眼界，他也没有事了，打算陪奂生到处走走。

出了饭店，林真和又拉着奂生到旅馆里吃茶，揩面，洗脚。然后告诉他，这五吨材料，将来的发票，自然只能开奂生厂里的抬头，所以要拿出一吨，还要奂生厂里的领导点头，这就要看奂生回去能不能说服领导了。其实这也不难，只要说是吴书记和刘主任的意见，厂里就没得话说。

陈奂生听他说得在理，其实是被他教会了，否则，回去就想不到要这样说。现在有了主意，晓得不会有困难，连连点头称是。

“至于钞票”，林真和说，“我马上打电报回厂，叫他们汇到你们厂里，以后再来提货。”

两人刚刚说完，房门打开，那个年轻的采购员也吃得面孔红彤彤的闯了进来，他眼里像没有看见奂生，朝林真和瞪了瞪眼，狠狠地骂道：“×他娘，老子倒霉！”

“什么事？”林真和忙问。

“唉，别说它了。那五吨东西，明明要到手了，不知给哪个狗×的抢了去！”

“哪个厂的？”

“××厂，他们厂长和我老交情，一口答应的。供销科横撑船，作梗。拖来拖去，拖到今天，被物资局一口吃去了。不知他们私底下塞了多少钱！娘的，挑人家吃饱了。”

陈奂生一听，分明是说的自己，正想说话，被林真和轻轻踢了一脚。

林真和不动声色地说：“唉，你也会被人家吃瘪，我们这些人，还有什么办法！难啊！”

七

陈奂生回来了。

火车到达县城的时候，已经万家灯火了。陈奂生一点也不着急，他悠闲得很，好像已经到了家里。不，不是到了家，而是陈奂生心里太舒服，因此觉得这世界上的一切都很亲切，到东到西，都像在自己家里一样。他一路上碰到所有的人，都觉得很亲切。那些老人，那些孩子，那些老汉，那些妇女，都像是自己人。在火车上，坐在陈奂生对面的一个中年女人，漂亮极了，使陈奂生想起了自己的老婆。不错，老婆是很丑的，但总觉得那漂亮女人有些地方很像自己的老婆，是眼睛吗？鼻子吗？还是嘴巴呢？好像是，又好像都不是，总之吃准了有些相像的地方，不过是吃不准什么地方像罢了。陈奂生因此就开心，想象着自己的老婆如果也和那漂亮女人一样细细地打扮起来的话，一定也会把男人的乌珠儿吊出眼窝来的。

走出车站，陈奂生知道已经没有汽车下乡了。他横竖不想乘汽车，也不要住旅馆，早早晚晚只要两只长脚晃荡晃荡，到家极容易。所以他一点不急，像了结了人生的一切大事，可以随便游转了。他走过一向摆摊卖油绳的地方，依恋地逗留了一会，好像在寻找那少掉的三角钱；他又去看了看那次病倒、落难困着的长椅，想起和吴楚的邂逅，谁知道这竟是他命运的转机。咿呀，一个人活在世上，原不必穷凶极恶，苦也罢，乐也罢，总要凭良心过日脚，要吃、要穿、要钱用，就老老实实出力气去赚，不要挖空心思去转歪念头。自己想发财去害别人，到头来总没路好走。吴书记这条路，大队书记、厂长自己不能走，却叫他陈奂生走，也就能看出“天意”了。

想到这里，陈奂生心里坦荡荡，无忧无虑，天气虽冷，胸中滚热。他划着两只长脚，提着卖过油绳的旅行包，轻悠悠地摸黑走回去，看那夜空里的寒星，也觉得明亮清爽。他确实很满意，回顾自己的生平，也找不出一件快事能和今天比较。他不禁想起大队里那个说书的陆龙飞，讲过薛仁贵征东，岳武穆抗金，大将军旗开得胜，班师还朝，也不过像今天我陈奂生这样吧！当然，那些人是骑了高头大马回来的，不像自己靠“11”号，威风虽然威风，其实大官也不容易做，从来伴君如伴虎，皇帝一变脸，午朝门外就杀头，真不及自己安稳呢。

陈奂生手里拎的旅行包，装得满鼓鼓的，不是金，不是银，也不是油绳，而是老阿姨送给陈奂生老婆穿的几件旧衣裳。陈奂生把它看成了宝贝，不是值钱，而是情重如山哪！这是他用勤俭老实换得的关切和尊重，凭这就证明了吴书记一家对自己的情意。他回来的时候，吴书记还在外面检查工作；假使吴书记在家，也许会有更多关心的表示。因此，陈奂生竟然想到了买上一斤块块糖，他要告诉老婆和他的孩子。这糖是吴书记给孩子们的礼物。这不是骗人，因为吴书记定会这样做，这叫知情着意，方称得上知己呀！

胜利是胜利了，但是陈奂生觉得自己实在干不了这个行当。外面的世界这样复杂，如果碰到坏人，把自己卖掉了，也会不自知。他决不想吹牛皮，他在外面一共十六天，除了整理好一块菜畦之外，什么事情都不是他干出来的。没有吴书记、刘主任、老阿姨以及新交的朋友林真和帮忙，他会连厕屎都摸不着茅坑的，还能干什么。所以，林真和那一吨材料，不给他还有良心吗！

……

果然，回来以后，书记、厂长都把他捧得几乎上天，工交办公室原来也并不真指望他能办成功，不想居然也拿到了两吨，也喜出望外。拿他做例子，在全公社的采购员面前吹嘘，陈奂生成了香狸猫的卵子。

但是，陈奂生在外面出了大力气干的一件事情，回来却碰了壁。那是开了提货单以后，要把材料运到火车站去托运。叫一辆汽车，要六十元钱，叫板车拉，算算也要五六十。按林真和的意思，根本不在乎，横竖回去报销。但陈奂生舍不得，他想想，这六十元钱，一个农民要辛辛苦苦做上两三个月才赚得到。这五吨材料，自己借一部板车来拖，顶多两天也拖完了，与其让别人把钱赚去，自己不好赚吗！所以他主张和林真和两人动手拖。板车他早已看在眼里，地委大院里有几部停在那儿，问刘主任借一借,不会不肯。林真和不同意,说是多花掉的力气,自己拖了,没有发票,回去报销会说不清,会计根本不会肯报。陈奂生哪里肯听,没有发票有啥关系,难道材料没人拖,它自己能跑到火车站去吗。会计又不是呆大,连这点道理都不懂。即使有意见,他陈奂生也可以便宜些,不要六十,算个三十、四十,也好嘛!这样厂里、个人都沾光,为什么不干。说来说去,林真和见他不肯听,也只好随他。但朋友交情,又不能不帮忙,只得跟在板车后面帮他推一把,声明自己不想要这脚钱。两个人整整拖了两天,汗水流了几碗。可是陈奂生向会计报账,会计竟然一文不付。气得奂生骂山门,问会计可是吃饭长大的?会计也不示弱,声明制度如此,谁也不能破坏。还笑奂生小算,贪小利,谁叫你出那么大力气去运呢,都像你这样,运输公司不要关门吗!你只想独吃饭,饭也应该留点别人吃吃嘛!公说公理,婆说婆理,钞票还在会计抽斗里。陈奂生火也没用,只好破口骂娘,说什么“早晓得行了好心没有好报,倒不如省点力气同老婆困觉”。唉!真不相干。

哪知过了三天,会计竟把他叫了去,拉开抽斗,数出一大沓钞票,一共五百八十三元二角,叫奂生当面点清,说这是按厂里规定,付给他的奖金:一吨奖一百五十,连工交办公室的一共四吨,就是六百元,扣除了陈奂生十六元八角预支的路费。

陈奂生惊呆了,不相信这是真的。但事实摊在他的面前,不由他不信,他数着那票子,两只手瑟瑟地发抖。他活了四十八岁,从来不曾数过这么多的钞票,更别说占有了。假使在农业上,就算现在工分单价提高了,至少也要起早摸黑做一年。陈奂生把钱拿回去,好一阵心里不落实,他反反复复在想:“难道这是应该的?”

村子上的人都羡慕他,谁也没有说他不该拿。陈奂生却比以前更沉默了,他认定这一笔飞来横财不是他的劳动所得,他拿了，却想不出究竟有哪些人受了损失。

为什么出力流汗拖板车却没有报酬？为什么不出力气却赚大钱？为什么吴书记写条子求援两吨搞不到？为什么刘主任跑一趟就答应了五吨？这些问题在陈奂生脑子里转来转去，像摆了迷魂阵。没有人向他解释，他也不好意思请教，怕别人说他笨。常常半夜里醒过来，推推老婆唠叨这些话，也不过是想让心头轻松些。但是老婆看见家里有了钱，心宽了，夜里困得特别沉。好不容易被推醒了，听奂生一唠叨，就骂他十败命。只配做“漏斗户”！然后翻一个身，又睡着了。

包　产

一

采购员陈奂生，首次出马，便大获全胜，班师还朝，也不亏是一员福将了。人贵有自知之明，他在回来的火车上，就已经晓得采购员这饭碗不是他端得长久的，应该适可而止，功成身退，仍旧去干那种田、卖油绳的老本行。这主意原是打定了的，但回来之后，出乎意外，一次竟拿到了六百元的奖金。他高兴之余，总感到不自在。觉得这么容易得来的钱，多少有点不正路。现在没有人说什么，将来政策一变，说声“退赔”，你陈奂生就逃不脱。“文化大革命”的样子还没看见过吗！弄不好还要害吴书记呢。将来打倒吴书记，就会从你这条藤藤摸上去。还是赶快洗手不干妥当。但是钞票的诱惑，也不是轻易能够摆脱的。穷了大半辈子的陈奂生，难得碰上一个发财的机会，如果打错了主意，放了过去，以后懊悔都来不及。这样的大事，是不能随便甩手的。加上老婆也像扭股糖似的缠着他，一个劲儿怂恿他干下去，活着也好享点福。所以，陈奂生便像蚊子粘在蛛网上，挣扎着想飞，可飞来飞去飞不脱。厂长、书记又不断鼓动他。因为吴书记那里，原来是两扇铁门关得严严的，如今好容易靠陈奂生去挤开一条缝，正要靠他继续努力把门打开（最好是把门都掮下来，做到夜不闭户），工厂才能大发展。所以，对陈奂生十分照顾，说他立了大功，辛苦了，叫他回家休息休息，横竖目前没有任务。又教育他不要以为拿了六百元钱就发了大财，可以用一生了。惬意日子还在后头呢！六百元算得什么，够造房子还是够买彩色电视机！你儿子也十五六岁了，眼睛一霎就要娶媳妇了，你能拿得出什么来？想做公公，还要出把力呢！现在这好机会，赤了脚也找不到。奂生呀奂生，你是个四十九岁顶在头上的人了，为什么一直生活不及别人好过？你懒吗？浪吃浪用吗？还不是因为你太笨，脑子不灵巧，不会打算盘！？现在总算走上正路了，你倒还想打退堂鼓！

陈奂生被训了一顿，回头想想，人家也是一番好意。看来，这件事只好拖一拖再说了。陈奂生做梦也没有想到，自己竟被一些人当成了香狸猫的卵子，被一个劲儿吹捧起来。不但在本大队被说得神乎其神，公社的工交办公室也大会小会表扬他，那主管工业的李书记还特地接见他，谈了几个小时的话，央他细细地把吴楚书记如何招待他，吴书记家中的情形等等讲来听。连公社的头把手赵书记，见了他都笑呵呵地主动打招呼。陈奂生上一趟街，来回路上同他搭腔的人就数不清。陈奂生上街回到村里，别人也不再问他“今天街上怎么样”，他也不再说“人挤，猪行里有猪，青菜卖不掉”等一类的话。却一问一答讲些：“去工交办公室没有？”“去的。”“见到赵书记没有？”“赵书记不在。”“下次碰着了，那件事请你同他讲讲。”“好的。”……有人还惋惜陈奂生出山迟了一年，否则稳选上乡人民代表。有一次，赵书记要广播员王小蓉在广播里通知在乡下蹲点的副乡长张和生回公社开紧急会议。当时她正在听人家讲陈奂生的业绩，回身进去，对着话筒反复讲了三次要陈奂生迅速来公社开紧急会议，而竟没有发觉错误。一直到陈奂生晕头转向赶来，她还莫名其妙。幸而张和生恰巧回来，才没有耽误工作。可见在王小蓉的脑子里，陈奂生竟把张和生赶跑了。广播的时候，群众正捧着饭碗在填肚子，大家听得清清楚楚，简直就轰动了。全公社果真形成了“陈奂生热”。陈奂生的脑壳子并未经过冷处理，于是也就有点发热了，有点飘飘然了。在家里不大肯做事，一天三餐，要老婆端到桌上来吃，摆起家主公的架子来。队长王生发，是个见钱眼红的人，尤其看不得社员发财。他不管陈奂生有多红，横竖还是他手下的社员，跸不到哪里去。一再放出话来，要陈奂生表示表示。陈奂生心里虽然不满，也只得请了他一次客，才算安稳。盯着陈奂生钱包的人，也不止一个，试探着想开口借钱的人，不断放出风来。陈奂生几乎失了主意，倒还是老婆厉害，常常在大庭广众之间，骂丈夫没有算计，手里有几个臭钱，就东借西借，趸档打成零碎，要买砖头修房子都凑不全，才把别人的口塞住。但是，到了年底，陈奂生的堂兄，小学教师陈正清，还是跑来开口。因为他家缺乏劳动力，负担又重，挣几个工资，生活已够清苦了。没想到今年县里规定口粮提价，要照国家收购的粮价讨。他原来准备的钱就不够了，还缺六十元，口粮还押在生产队的仓库里，不得不借。陈奂生一直同他要好，念着兄弟之情，不顾老婆叽咕，满足了他。就在这个时候，公社里又掀起一个浪潮，要搞生产责任制，陈奂生知道了，不免又担心起来。

陈奂生早就听说过农村里要起大变化，怎么变法搞不清。干部也不宣传，问问他们，他们眼一瞪说："把田分给你自己种，你要不要？"那神态和口气，就像他们的腰包被动了一动，正要查扒手呢！陈奂生看着听着就难受。他虽然笨，也晓得共产党历来主张集体化。土地、土地，种了几十年田的庄稼人充分懂得它的好处，为它喜，为它愁，为它笑来为它哭，它是社员心头一块肉。哪个不想把它抱在怀里困觉。好容易经过二十几个年头，才勉强断了私情。虽然有时候看着它受糟蹋，弄得肚子吃不饱，心里又会枯井重波。但单干就是反对共产党，陈奂生饿死也不会唱这对台戏。他已经考验过来了，何必吹胡子瞪眼睛！这样大的事情，能开玩笑吗？听到谣言，问个清楚不应该吗？不该问，不问就是了。分也罢，不分也罢，横竖他又不做主。真要分的话，他也不会第一个伸手接，也不怕少了他一份，他要想那么远做什么。狗捉老鼠，多管闲事！这两年吃饱了肚皮，穿暖了衣，安稳日脚不过，找什么麻烦！分了就凿定好到哪里去吗?！弄不好会烦死，寿也要短几年！陈奂生从此把它丢在脑后。一动不如一静，捏牢锄头柄就算。过一阵又听说真要分田，而且是中央的政策，要社员包种生产队的土地，让社员有更多的自主权，有更大的积极性。陈奂生倒犯愁了，他想，这田叫我如何包法？记得二十岁前，那时单干，倒也独当过一面。后来集体化了，自己一直吃的荫下饭。队长指东就东，队长叫西就西，跟着他的屁股转了二十八年了，自己只管做就是。至于各种稻、麦品种的特性，栽培技术，不同性能的化肥、农药的使用方法，要说心里有谱，也都搞乱了弄不清。一年两熟，弄错了收不着，又不能重来，吃西北风？还有那种田家什，在队里劳动呢，十样缺八样也不碍。队长把工种派给你，你没有家什，就改派别样，工分照样赚。如今夫妻两个，家里只有镰刀两把，锄头一把，铁锴一把，罱网一口，铁锨一把，扁担一条，土筐一副。碰到下雨，只有笠帽，没有蓑衣，也照样一年一年混过去。若要一变，还得了！光是禾场上用的，就有翻耙、扫帚、丫枪、搔耙、大小备箕、箩筐、小匾……买一半也要几十块，哪里来的钱！还是大呼噻，混混算了，横竖大家的事，我又不想过好日脚。何必另起炉灶，既没有本钱，也烦不来那种心思。他把这想法，说给老婆听，这位贤德的夫人，一口赞成。还说她上次回娘家，娘家村上东边的生产队，就在闹分田。出头的人尽是些"尖钻货"，只想自己发财。最后还搿上一句："你看好了！他们'想发财，必倒霉'！"她真是陈奂生贴心的好同志，无愧是困在一头十多年的人。

陈奂生担心了一阵，后来只听雷声响，不见雨下来。一忽儿又说要收了，接着又有叫做"不要一刀切"的话。陈奂生虽笨，也琢磨出干部不赞成，顶住了。陈奂生这才放心。他觉得好，中央在北京，天高皇帝远，管不着。只要干部不动，荫下饭照吃。

这已是将近一年前的话了。后来陈奂生忙着卖油绳，早就丢光忘记。谁知如今当了采购员凯旋荣归不久，"陈奂生热"还未过去，忽然异军突起，全公社热火朝天地宣传起包产责任制来。原来他老婆娘家村上的东头生产队，包产一年大增产，不仅是几个"尖钻货"突破了历史上最高产量，百分之九十三的人都大幅度增加了收入。全公社的干部群众都轰动起来，原来反对的人也只得服帖。可是陈奂生一打听，那百分之三减产和百分之四平产的户头，竟有两家和自己的人品、条件差不多，于是他的心头顿时沉重起来，好像搁上了一块磨盘大的疙瘩。

那就难啦！要是不当采购员，到明年年底，不就归进那百分之七里头去了吗！

二

公社里虽然出了一个包产责任制的好榜样，但等到大家晓得，秋种早已过去，麦田都加工了两遍。这时再分田包产，本无不可。但陈奂生生产队的那个王队长，主张要包就该在下种之前，如今种上了，麦苗出得好坏不等，分着好的没话说，至于坏的，哪个肯舔屁股？再说已经花的工，下的肥料，没法算账，还是拖到麦收以后包产为宜。陈奂生听了，十分赞成。可是急着要分的人不同意，不管陈奂生红到什么程度，人家抢白他说："你倒靠着吴楚，捞得到外快；我们呢，就别想过好日子了！"陈奂生马上吃瘪，无话可答。他们又同王队长吵起来，王队长骂他们是"尖钻货"，想发财想得等不及了，不死有得发呢。别人也骂王队长“尖钻货”,多吃多占惯了,舍不得变。闹来闹去,没有结果,便告到大队里去。陈奂生很放心,他知道大队周书记也是反对包产的。记得两个月前,周书记动员他出山当采购员,就曾在他思想上打过防疫针。周书记说:“你别赖在家里等分田,那是刘少奇路线(天晓得,那时少奇同志已经平反过了),要弄得富的愈富,穷的愈穷,两极分化。像你这种胚子,弄得过那班‘尖钻货’吗?”

想不到过了一天,周书记就到队里来开会,一出口就表示赞成包产责任制,而且支持大家积极去搞,这可叫陈奂生大吃一惊。接下去周书记才谈到这个工作不容易做,要充分酝酿,做好准备工作,确实需有一段时间。只希望在麦收以前,把包产任务落实到户,就可以了。这和王队长的意见相同,陈奂生这才觉得周书记仍是周书记,又放下心来。

谁知会议结束之后,周书记便拉了王队长到陈奂生家来交换意见,这就是有心同陈奂生表示亲昵了。因为通常应该是到王队长家去坐的,现在移到陈家来,说明在周书记眼里,把陈奂生看得比王队长还重。这种荣耀,就连奂生的志同道合的老婆都感觉到了,高兴得连忙抹桌子、扫地、烧开水。

两个干部交换意见,想不到竟也顶起牛来。陈奂生这时才明白周书记确实变了。他很严肃地指出,包产责任制是中央的政策,一定要搞。麦收以前一定要做好这个工作,不能借口麦收以后再包产就把准备工作拖下去,弄得夏种又包不成。王队长反问他:“什么叫‘不要一刀切’?”周书记说:“要看社员愿意不愿意,社员要搞,就该搞。”王队长吵嚷道:“周书记,这‘一把刀’究竟捏在谁手里?捏着刀把子去切什么人?以前你不赞成包产,就说‘不要一刀切’,顶住上面,这刀把子是你捏的。现在你顶不住了,就把刀把子交给社员来切我,我是刀砧板上的肉吗?那就切吧!”

王队长一吵，周书记倒笑了，说："意气用事，我几时顶上面的？啥叫'顶不住'？人总是跟形势走的嘛！不信你就一直这样啦？"

王队长气咕咕地笑着不响。片刻，站起来说："好了，不说了。你想得通的缘由我也晓得，我想不通的缘由你也晓得，还不就是那么回事。"说罢，把头一摇晃，走了。

陈奂生不晓得他们彼此互相晓得的是什么，也不便问。王队长走后，周书记也没多坐，他关照陈奂生："你看看你们生产队，就是搞了包产，要上轨道还有几年呢！横竖现在不关你的事，你替我安稳点跑跑供销吧！"说完，也就走了。

这两个人，从前都骂过陈奂生"漏斗户"，陈奂生也都愤慨过，现在都同他平起平坐了。"君子不念旧恶"，总还要念新恶的。陈奂生比君子更胜一筹，他连新恶也不大念，打了他之后马上替他拍拍背，他立刻就不怨；骂他的时候只要态度好一点，他就认为你是好心，而不抱怨。所以他是个超级的君子。一个使劲拉他在工厂里，心肠好得让陈奂生有苦难言。假使真有能力把供销干下去的话，他肝脑涂地也要报知遇之恩。另一个虽然最近还敲过他的竹杠，但顶住不包产，使陈奂生真要不干供销时照样有大锅饭吃，这交情也就不浅了。

果然，书记、队长没讲妥，王队长屁股一拍，甩手不管。虽然有人着急，但如砻糠搓绳，起不出头来。加上年关脚下，许多人都想收拾点农副产品，上自由市场去卖，捞点过年盘费，东串西串很忙。至于娶亲嫁女的人家，置备喜事用品，早就前门后门，搞得七荤八素，包产的准备工作，眼看也只好搁一阵再说。

陈奂生虽然心里有个疙瘩，但他从来就不是担得起忧愁的人，他若要担忧愁，过去早就愁死了。他这个人碰到忧愁，担着担着就丢光了。"管它呢，船到桥下自然直！""愁什么，活着就快活点，谁晓得几时死！"家里没得米下锅，只要眼看田地还能种出粮食来，为什么要发神经寻死！所以，陈奂生很快就把“疙瘩”挖出来当团子给狗吃了。哈，你们看，一九八〇年江南农村年底年初是什么情景呀！猪满圈，鱼满塘，咕咕呷呷是鸡鸭，白白胖胖有兔羊，到时候都成了砧上肉。缸里米酒澄清了，东邻西舍，三朋四友，碰在一块，高兴就吃，随便哪家都一样。等到大年夜，还要纪念纪念祖宗，然后拆猪头，小孩子东家西家乱窜，进厨房拣猪骨头啃，到一家吃一家。家家炖酒，吃年夜饭，爱热闹的成年人又串门，一家家把酒吃过去。最后吃到萝卜汤，老年人轻松地舒口气，总算无灾无病，一年又活到了头。做父母的轻轻敲着孩子的后脑勺，过门交代清楚：马上又长一岁啦，乖点！等到炮仗一响，新年来到，一律穿新衣，戴新帽，着新鞋。路上的行人，来来往往如龙灯，东边西边团团转，然后在亲戚朋友家团团坐下吃年夜饭，讲山海经……来回往复，日复一日，直到吃光了准备好的年菜。这时如果还有客来，那么，有句老话，叫“新鲜团子腌咸肉”，只得从简了。

这种热烈丰盛的境况，虽然每年都有（只是程度不同），但陈奂生的家境能和大家融和一致的，还只是第三年。今年是在上乘了，有米、有肉、有酒、有新衣不算，枕头边还有一厚叠花花绿绿的钞票，五百多块。确实从未有过，陈奂生哪里还愁得起来！他乐，还不止是这样的乐，更有劲的是人家把他看成台面上的人物了，请客的时候都要拉他去坐坐。陈奂生从不拿架子，一拉就去，这实实在在不是贪嘴（以前他就不肯去），倒是想到别人看得起他，不能不识抬举。他从不曾因为别人捧他就真的以为自己了不起，倒是觉得人家把他捧错了，有点诚惶诚恐。所以，别人拉了不去，就更对不起人家了。况且他也有力量回请，并不白吃。这样一来，整个年底年初，陈奂生几乎天天有肴馔吃，光自己家里，就请了三次客，有一次书记、厂长都来了。有个老吃客，当面称赞陈奂生的菜肴丰盛，肉有簸箕大，一块就把人打倒了。周书记大笑说:“今年能这样不错了,明年就有细货吃。”陈奂生没听懂,光知道是说的好话,开心得很。

这样吃了一阵,陈奂生觉得很精神,睡觉脱衣服,抚抚身上的皮肤,比以前光滑。有一次在东屋山头晒阳光,他堂兄陈正清坐在旁边看他,看着看着就笑起来。陈奂生问他笑什么,陈正清说:“从前有个张良,骑着纸鸢飘到女儿国,女儿国里的人看他白白胖胖的,想杀来吃。张良说,我不胖,应该养胖了再吃我。人家问他养到什么程度才算胖,张良说要等肚脐眼凸出来。”说罢,戳戳陈奂生的肚子,问道:“凸出来没有?”陈奂生这才觉得自己真的胖了。

真的胖了。陈奂生想起这一阵的生活,也颇得意。特别是小除夕那顿夜饭,是厂里聚餐。乖乖,那个吃法:整鸡、整鸭、整蹄、整鱼,八大盘炒头都是细货,不识得名堂。陈奂生一面吃,一面想到过去社员请干部吃东西,干部去了,说起来就是歪风邪气。其实社员哪里办得起这样的肴馔!现在办了工厂,才吃得更好呢。

说来也巧,酒酣耳热之后,周书记讲话也特别提到这一点。他说:“今年马马虎虎聚一聚算了。明年大家出点力,把厂办好,有得吃呢。现在农业上包产了,我可以少管些,集中力量来办厂。”接着重点突出,竟点了奂生的名:“奂生呀,现在就要看你的啦!”

陈奂生听了,肩胛上顿时像被千斤重担压了一压,几乎叫出来……

等到吃完,陈奂生已经八分醉,脑子里已经不能连续想什么了。哪里还把书记的话放在心上。

回到家里,灯还点着,老婆已经睡在床上,见他歪歪斜斜走到床边,也眼瞪着他骂道:“醉了,少灌点!”陈奂生眯眼望望老婆,没搭理她,顺手一拉灯线,上床就睡了。

三

一九八〇年虽然受自然灾害的影响减了产，但是苏南农村的气氛却新鲜而活跃。盲目的开河、筑路、移山填海、平整土地、把房屋搬到一块去建设“新农村”等等，都停下来了。社员们得到了休养生息的机会。同时，对党的政策已有所了解，有了信任，对今后该怎么办已经明白了。这就使社员们胆大放心地各自根据自己的条件去种植、去饲养、去编织、去引进新的技术、去创造更多的财富。

精明的社员，在年底年初的走亲访友活动中，已经为全年的家庭副业画好了蓝图，然后便忙碌地、很有信心地埋头干去了。

陈奂生却还不知道该怎么办。生产队里的农活不多，无非是锄一次草，修理排水沟，轮班罱河泥，为秋种积肥，做不着工分，春天变得很空闲了。陈奂生没有别的手艺，只能养些家畜家禽，也上城卖过几次油绳，生意却大不如前。车站上的小吃品种多了，挑担卖小馄饨的、卖豆腐脑的、卖煮熟了的鸡蛋的……比比皆是，很少人再买那吃了口干的油绳，这背时的活儿就不能干了。原来他不想再到厂里去，年底里厂长叫他休息，开了年他也没有去。自己既然干不了，就不要挂名揩油拿工资。后来看看不行，这样下去没出息。况且生产队的包产责任制势在必行，自己还拿不定主意，还是先在厂里待下去再说，横竖眼下厂里还有原料，暂时还不用出门采购。况且采购员也不光他一个，并不全靠他，可以拖一段时间。去了之后，其实也没有事情做。他倒闲不住，尽量插手进去，什么都干，例如搬运、扫地、上街买零碎。心里还老是忐忐忑忑，生怕有一天打发他去找吴书记。

开头几天，并不曾引起别人注意，后来厂长就找他谈话了，说："奂生，你来上什么班！你是采购员，应该出去跑。跑着了货，厂里付奖金；跑不着，你的工资和出差费厂里付。其他事情，有别人做。你做了，工资也不好开支的。"

陈奂生听了，倒说不出话来。厂长又说："家里安排安排好，还是去看看吴书记吧，要带些什么礼物去，只要你认定吴书记肯收，只管告诉我，给你带去就是了。"

陈奂生也没有回答，从此只好待在家里，想拖一拖再说。世界上的事情实在太复杂，陈奂生真是弄不懂。

尽管陈奂生不够关心国家大事，但时代的新风依然不断地吹进他的胸膛。自从"文革"以来，大约有十年的光景，每到春天，总有一群群外省的农民流到这里来，要求帮助他们一点粮食。那时候陈奂生自己肚馁，无法解囊，但同病相怜，总是打了稻草地铺，留他们住，照顾是很周到的。七九、八〇年，就不再有人来。陈奂生先倒想着他们，后来也忘记了。现在他们又来了，不是因为饥饿，倒反带了各种各样的土产来这里兜售。他们三三两两在村头上转悠，既卖这里缺少的土产，又讲他们近两年来的变化。其中居然有过去住在奂生家里的人，念着旧情，找上门来，送了奂生五斤花生。奂生留了他一宿两餐，当天晚上谈了半夜，原来他们那里早已包产。那人兴高采烈，反反复复地说："各人包种一份田，收多收少自己负责，你别想沾别人的光，别人也沾不着你的，哪个还能不起劲！这才真是多劳多得呢。不光多劳，还要多动脑筋。农民有了自主权，哪个不会种田！哪个不晓得学好经验！哪个不想往好路上走！眼睛一眨，我们不就好起来了吗？要在过去，就不行，光听干部指挥，明知不对也不能犟，饿肚皮自己倒霉。有难同当倒也罢了，偏偏有些干部靠手里有权，手臂直伸，多吃多占，捞得结结实实，叫社员还有劲吗？！现在他们捞不着了！"又说："你们这里怎么还不包？干部不肯吗？社员倒甘心把亏吃下去？”

陈奂生听了，不觉心动。疑疑惑惑问道：“这算不算资本主义道路呢？”

“当然不算。土地还是集体的，你又不去剥削别人，倒还把有些干部的剥削行为堵塞了，才真是社会主义道路呢。”

从那以后，陈奂生心里就常常盘算这件事。深更半夜，困不着觉，和老婆嘀嘀咕咕商量。老婆说：“分了田，你在厂里，哪个来种？收不着要赔呢。”奂生说：“这厂里的饭，我看也吃不长。”“为什么？”“吴书记……”“吴书记什么？”“你莫跟别人讲，上次吴书记就说了，这碗饭不是我吃的。”“只要他肯开条子，你就只管定心。”“唉，吴书记说那话，意思就是叫我下次不要开口了。”

老婆听了，也发慌起来说：“这头刚开，倒又斩断了。”接着嘴一噘，嘟囔道：“吴书记也真是，他晓得你忠厚，就不肯再帮帮忙！”

陈奂生叹气道：“现在都反走后门，他是个正派人，倒去开？”

“哼！”老婆痴不痴，呆不呆，忽然说了句绝话：“关了后门，前门为啥不拿货色出来卖？”

陈奂生不理她，自顾自说：“再去，我也说不出口。”

“我晓得你是知趣人。”老婆奚落他道，“肚子饿到不得过的时候，你也照样开口借米的，现在脸皮倒嫩了。你跟他单个单说一说，就是求求他，也不碍。”嘿，别看这女人平时不响，枕头边有了钱，人就变得精明了。

“上次我也不曾在喇叭里喊。”

“不喊？一个天下都晓得了。”

“说了他不答应呢？”

“也不算坍台！”

“白跑一趟,空着手回来,就坍台了。”

“坍什么台?买不到也作兴的。”

“人家会说我和吴书记的交情也不过如此。笑我!”

“由他去笑好了,又不是没被人家笑过。”

“路一断,厂里还要我做啥?只好回来了。”

“做啥,你又不曾犯错误。”

“人家不要你,你老着脸皮挨在那里,男子汉大丈夫,做得出吗!”

“厂里人也不都是采购员,你不能做别的事情吗?”

“自说自话。”陈奂生被缠得懊恼起来,“你去做,你能干。”

“我去好了。扫扫地总会的。”

争来争去,哪里有结果,陈奂生只得独自盘算。

就在这当口,陈奂生看见王队长家里常常请客。厂长来过,书记来过,就连厂里几个数得着的头面人物,也都分别在队长桌子上红过面孔,真叫人猜不透是什么原因。请客就该集中一次头,分散了岂不多花钱,这就不像精明人干出来的事,看来分明是有事情同他们个别商量。

想不到过了几天,王生发竟一脸挂笑来拉奂生吃酒。陈奂生吃过亏,料想黄鼠狼拜年,没有好事,推托不去。谁知队长拉住不放,说什么“吃了你的,要还还礼”。不由他不去,拉到家里就倒酒。一顿吃下来,嘻嘻哈哈也不曾说什么正经话。直到黄昏深了,送他出门时,王队长才正经地说:“奂生,你帮帮我的忙!”

“帮啥忙?”

“我要到厂里来,跟书记、厂长讲过多次了,不答应。今天总算口气里有点松劲,趁热打铁,你也从旁帮我说几句。”

陈奂生诧异道:“你不当队长了?”

“再下去队长还有啥当头!”王队长说。他自己一怔,知道失口了，想了想接下去道："哪个社员还会听队长的话，生产不好管，将来减产了，倒要尅我，还是进厂安稳。"

这些话，往常陈奂生是听不懂的，这一次心里倒也有些明白。便说："我说话有什么用，又没得权。"

"嗨，你现在是红人，有用。反正你也别管，有用没用不关你事，只要说了就算帮忙。刚才我也同书记把话说到底了。只要答应我进厂，我马上积极把队里的包产工作搞完。否则我就拖，大不了辞职。就是辞职了，照往常的规矩，大队里也要安排我！"

说罢，王队长做了一个手势，表示务请关照的意思，这才送他出门。

陈奂生心里着实震动了一下："哎呀，这'尖钻货'连队长都不要当，一定要钻到厂里来，他是看准了这是块肥肉呢。"

四

春风马蹄，又快又香，吃过了甜蜜的春酒，照例就应该各奔前程了。大队工厂里的另外两名采购员，已经上了征途。陈奂生上班不能去，找吴书记又怕去，包产吧，一则吃着了甜食，舍不得丢脱那好差事；二则左思右想，拿生产队社员的情况，挨家排户，同自己比较，总觉得别人都比自己精明、能干、条件好，会发上去，自己只会落在后头。心中闷闷不乐，不想做事，躺着困大觉。

生产队里倒热闹起来，王队长的劲头忽然很高，成天嚷嚷，找大家讨论包产的事。陈奂生心里明白，一定是书记、厂长已经答应他进厂了。不由得更升起一股烦恼，干部究竟是干部，有办法，要是自己买不到货，不当采购员，想在厂里做别的，恐怕就办不到。这王生发也做得绝，自己反包产，倒又起劲地叫别人包，真是屙了屎不打算擦屁股的人。不过他离开了生产队，又是一桩好事。自己在厂里，要和他共事，只怕还要当心呢。

这些思想，在陈奂生脑子里兜来兜去直转，转不出名堂来。书记、队长倒一趟趟又上门来了。

“奂生呀，闷在家里做啥呀！”

“没得事。”

“没得事，那就收拾收拾出去吧！”

“哪里去？”

“去看看吴书记呀！”

“看他又没得事。”

“怎么没得事？要他批材料呀！”

陈奂生沉默了。半晌才说：“厂里不是还有得做吗。”

厂长连忙开导说：“你莫看现在厂里有材料，工作是要赶在前头的。否则，一脱空，生产停下来，大家要吃西北风。你的收入，也全靠搞到材料呀！快点，趁早动身。”

书记说：“你想，吴书记待你这么好，你就要多跑跑。去了，帮他菜畦上做做，也是好的，莫显得有事有人，无事无人。有了关系，也要靠自己去搞热络。”

劝了几次，陈奂生还是不去，倒反说：“没得事去做啥，我的嘴笨，又不会同人家热络。”

厂长劝道：“没得关系，我晓得吴书记也不欢喜花言巧语的人。他欢喜勤快的人，你帮他种菜，这个主意很好，真是开了一个好头。他欢喜你，你只要常去跑就是了。惯了，就会像自家人一样。”

横说，竖说，陈奂生还是不动身，但也被弄得愁死了。白天书记、厂长来说；晚上老婆还唠叨，日夜不得安稳，几天下来，头里昏沉沉，浑身没得劲，真的病了。

他一病，厂长就轧出苗头来了。一面关照赤脚医生天天来看病，自己就对症下药做思想工作。他打开天窗说亮话，说："奂生呀，我也晓得你的难处。吴书记虽然对你好，但毕竟不是你的爹，不是你的舅，去一趟就求他一趟，你也开不了口，对吗！"

"就是。"陈奂生感激地说。

厂长点点头说："我知道，你是个老实人，老实得没法跟你说。你就不晓得，做采购员的工作，就靠一股韧劲。看准了，就要蚂蟥叮螺蛳，就是石头，也要钻它一条缝。你同吴书记的关系，若换了别人，早就搞得要啥有啥了。吴书记很明白，社、队办工厂，材料没有计划供应，弄来弄去，总还是到公家的仓库里去挖出来；他若不批，我们工厂还是要寻别的路走。那么，他又何必难为你，只要方便，还会不照顾你吗！所以，你不要愁；我也不逼你，你病好了就去。到了那里，你也不要就开口。吴书记问你来做啥？你就说：'没有事情，来看看你的。'他心里自然就有数。你不说，如果吴书记也不说，你也不要急，就在那里住几天，帮他做做家务，再回来，回来以后，过几天再去。几趟一跑，吴书记肯定会帮你解决。因为他就是有心也急不来，要有了货才能给你批呀！你看，这有什么难！做事情就是要开窍，包你不会坍台。"

厂长这番话，真把传统的世道人情，放在太君炉里，炼得铿锵作响了。将来写"关系学"教科书，是要放在总纲里面的。陈奂生听了，一肚子疙瘩统统从肛门里屙出来，果然药到病除，十分轻快。

过了三天，陈奂生打扮就绪，决定去找吴书记。这三天中，真也花了一番心计。为了要带点礼物去，夫妻两个拿不定主意，连书记、厂长也都跑来精心策划。他们都晓得，对吴书记，不能送洋，不能送好，不能送多。想来想去，还是只有送土产。

土产送什么？这里是稻麦产区，春天里青黄不接，自留地上也没得东西。后来还是奂生想起吴书记下酒爱吃花生米，便把外省人送给他的那五斤花生拿出来剥光了壳，用塑料袋装了带走，既不显眼，也讨得吴书记喜欢。

出得门来，总觉得有点心虚，不免放慢脚步，缓缓而行。这也是他本性老实，不会改变的了。他包里的那袋花生米，好像在作怪，沉重得就像压在他的心上，气也难透。只想着这番送礼，别有用心，已不光明磊落。少虽少，拎在手里，却像偷来的一样，生怕人看见，左右不是味道。正在这时候，只听那边有人喊道："奂生，你到哪里去?"奂生竟一吓，连包也落在地上。抬头去看，原来走过小学校，是他堂兄陈正清在招呼他。

陈正清走近来，注视着他说："怎么这样瘦，一场病生到这样吗！我听说了，今天原打算来看你呢。你这样子还出门吗?"

"我去找吴书记。"陈奂生老实地说。

"吴书记。"陈正清盯着他说，"你还去开口?"

陈奂生忽然觉得委屈，心中有泪，忍一忍，摸出香烟来，两人都点着了，便在路边坐了下来。

陈正清看奂生像有话说，便等他开口。吸了半支香烟，奂生却一言不发，陈正清就问了："奂生呀，你见了吴书记，那六百块钱的事，告不告诉他。"

陈奂生脑子里轰的一声："哎呀，倒没有想着！"他答不出。

"说不说?"陈正清又问。

"该说不该说呢?"陈奂生反而讨教起来。

"你不说，就是欺骗他。横竖他也会晓得，瞒不过的。"

陈奂生点点头说："要跟他说。"

"好。"陈正清说，"你讲了，他就要问你：'奂生呀，这趟你来，打算回去再拿多少奖金呀?'你怎样回答?"

陈奂生的脸红了。

陈正清毫不放松地说:“你想发财叫别人犯错误,这不是缺德!?”

陈奂生把头低下去,双手捧着,耳朵像被热水烫着了。

陈正清见他那样子,也就不说了。一支烟抽光,摸摸自己袋里,竟没有带,便向奂生再讨一支。奂生伸手到袋里去摸香烟,陈正清才看到他哭了。

“说重了吗?”陈正清问他。

“我呀……想不到是这样的。”

陈正清叹了一口气,抽着烟缓缓地说:“本来呢,我也早该劝劝你了。倒不是怕你不听,就怕人家以为我存心拆台。上次我问你,肚脐眼凸出来没有?我倒不是看你胖了不欢喜,我是说你是被别人吹胖了。要当心被吃掉!人家捧你,是要利用你。你当你真的本事就大了?你不还是原来那个样子吗!嘿,还好,幸亏只当了采购员,‘文化大革命’里,还有被捧上天的,就真当自己是神仙了。结果呢,梯子一抽,跌个半死。想不到你也给捧得自己下不了台!我看你趁早醒醒吧!”

陈奂生一面掉泪,一面捧着头呜咽着说:“我不去了。”

陈正清笑了,更加缓和地说:“你真糊涂,还跟着王生发反对包产。我晓得,你是怕包不过别人,这有什么关系?跟着大家学就是了,还怕学不会吗!一包产,王生发就站不住脚了,你还愁什么。长手臂截短了,大家高兴。”

……

陈奂生醒过来了,他果然没有再去找吴书记。想着包产以后,只要勤快、肯学,总能赶上大家的。他记得,从前的油绳,自己也不会做,也不会卖,都是向人家学来的,难道以后倒反不能学了吗?!

于是,陈奂生又信心十足了。

战 术

一

陈奂生那次上城卖油绳，误入招待所高级房间，一宿花费掉五元钱之后，还是咬咬牙挖老本买了一顶帽子。因为天凉下来，裸着头觉着冷。那一年他已经四十八岁，到了齿危发秃的年纪，也怕脑后风了。

过去那些岁月，陈奂生活得窝窝囊囊，血都发了霉。他肚皮饿在背心上，还像投煞青鱼一样拼命去种田，不愧是个英雄。但是人们端着饭碗，并不看见饭粒上印着陈奂生的漏斗商标，就想不着。想不着挺好，陈奂生不在乎自已被埋没掉，独让别人不内疚，也省掉世上许多麻烦。他当"漏斗户"主，一直当到四十七岁，按照孔老二"三十而立，四十而不惑……"的古训，他的一生，分明已经定局，还何感之有！然而巧也巧在他毕竟还只有四十七岁，还没有活到孔老二所说"知天命"的年纪，决没料到一年后就时来运转，漏斗户变余粮户，卖油绳又巧逢吴书记。从此搭上了顺风船，那光景好比当年李太白出川，"朝辞白帝彩云间，千里江陵一日还……"船如箭发好不舒畅。这时候中国又有了"要让一部分人先富起来"的决策，陈家村上的人，自然就把陈奂生放在"先富户"里头了。可是，陈奂生这样的人，活在世上有许多困难，自从那趟跑供销独得了六百块奖金，虽然也尝到了一些宽裕的乐趣，但又觉得这是笔飞来横财，总有一天会惹出祸事来。他的心像被一只塑料袋包扎住了，郁闷又紧张，极想解脱；厂长、书记晓得他受到困扰，也极愿帮助他解脱，只是那力气用错了方向。陈奂生拉住塑料袋袋底要从口子里脱出来，厂长、书记却捏住了袋口叫陈奂生从袋底里钻出去。最后还是他堂兄陈正清果断，在关键时刻两人在学校外田埄上碰了头，陈正清把嘴一张，吐出三百八十一个大字，变成一把飞剑，直钻陈奂生的胸膛。神出鬼没地在那塑料袋上绕了一圈，就把它切成两半，没有伤陈奂生半点皮肉。只是陈奂生没有经过这种手术，倒急出了大半碗泪水。等到眼泪流完，陈奂生心里就明白了，他很感激正清堂兄。但是找不到话说，就把半包香烟摸出来放在身旁，两个人一支连一支把它全吸光了。陈奂生才抱歉地笑了一笑，拎着那只装了花生米的旅行袋，径直回了陈家村。从此同工厂脱钩，在村里包产种田。

陈奂生做出这种希奇事，自然惹人关注，一时传开去，人前背后，议论都像烧滚的粥锅一样笃起来，笃得陈奂生的耳朵发烫。有许多闲话，不要说陈奂生想不出，就连诸葛亮都想不出。陈奂生当然对付不了。好在他有自知之明，晓得自己不是舌战群儒的料子，索性把嘴闭紧了，总不开口，不怕别人撬了牙齿去。

偏偏那几天说书的陆龙飞在家歇着，就打起陈奂生的主意来。他想作家既然可以拿陈奂生写小说，我何不也拿来编一回书说说呢。于是盘算了一阵，趁晚上没事，他就去找陈奂生。陈奂生不在家，老婆已经困了，陆龙飞敲了一阵门，陈夫人才阴阳怪气说丈夫到相好的陈荣大家坐黄昏去了。陆龙飞找去时，陈奂生果然在。那儿一屋子人，都在逗陈奂生。有的说："奂生，你打的什么算盘，为什么有财不去发？"有的点化他说："不要发呆，是要发财！"有的说："奂生，你人老实是好的，但忒古板，只晓得出力出汗，赚的钱才是正经钱。难道跑供销就不要花力气吗！"有人抢嘴道："什么正经不正经，自古以来，总说'吃力不赚钱，赚钱不吃力’。”说到这里，还看了看陆龙飞，借势就说：“老陆你说是不是！只有奂生还死脑筋！”

陆龙飞连连点头，却不插嘴，想诱奂生说。

奂生低着头一言不发，同从前当“漏斗户”主一样神态，好像只想着肚子饿，全没有听进去。这时另有人发牢骚道：“天老爷总不肯睁开眼睛看看，不想发财的硬派他去发还不愿去，想发财的想去又不让去，为什么吴楚偏看中一个陈奂生呢！”……

陆龙飞看陈奂生横竖不响，谋划了一番就开口了，他是个说话专家，开口就打攻心战。他先“嘿”了一声，扫清了喉咙，接着就响脆地说：“陈奂生，你也变滑了。别看你的样子同从前一样，骨子里完全不同。从前你不说话，是不会说，没话说；现在你会说，有话说，是故意不说，我到眼就看出来了，你还装什么腔？”

陈奂生闷着头，只当不听见。陆龙飞看看大家，挤挤眼睛。这时候主家陈荣大便也帮腔说道：“奂生现在发了财了，怕开金口，不理睬穷兄弟了。”

陆龙飞马上抓住这个挑逗性的话头，故意反问道：“真的吗？好极了，恭喜恭喜，不知你的财发得多大？”

“你不晓得吗？”陈荣大也故意反问。

陆龙飞“哦”了一声，轻蔑地笑了笑，但颈脖子一缩，装滑稽说：“就是那笔奖金哪！唉，陈奂生陈奂生，不是我陆龙飞嘴痒说你，你眼光忒短，没见过世面，拿六百块钱当万海，以为就发了大财，就做了沈员外沈万三了?！其实算什么，我告诉你，光手扶拖拉机上那只机头，也要九百多块呢。你包产种田，只怕连本钱也不宽裕，还像煞有介事呐！我看你还是再找找吴书记吧，趁他还在马上，手里有权，说帮你就帮上，你不要错过了！”

“算了吧，奂生！”陈荣大觉得陆龙飞说得对，便帮着他激将奂生说，“我晓得你的，吴楚也不是你的舅舅，交情也有限的，帮一次忙是一次，还能一直帮下去吗？再去开口你也难，命中注定你只有这点财运！”

“对了。”陆龙飞马上接口说了一句，故意一顿，想让陈奂生表态，谁知道陈奂生仍旧纹丝不动，自己却耐不住不说了：“这就是陈奂生没有本事，他有了路都不会走，别人没有路还踏出一条来呢！逢年过节，你们上街去看看，公社里几爿大厂的厂长、供销，带了人像扫荡一样，价钱都不问，把鸡鸭鱼虾买个精光，装上车一车车朝城里送，是为了什么？奂生你就不会做！”有人轻轻摇摇头说：“作孽，这是腐蚀干部，不好做的。”

这时候陆龙飞虽然没有说动陈奂生，倒先感动了自己，他极容易迷醉在自己的思路和口才里。现在他开始即兴表演，把撬开陈奂生的嘴巴放到第二位去了。他又把颈脖子滑稽地一缩，得意得闭了闭眼睛，也跟着前边的人说了一声“作孽”。然后亮着嗓子问道：“谁作孽呀，是干了的他们还是揭发他们的我？请看现今的社队工厂，有几个不靠私对私先做好交易然后才公来公去？你以为一条腿就能走路了，另一条腿不赶快朝前伸就要被人家一踢一个筋斗，把你的路也截断了……你老兄不要乱摇头，从前的路，本是大家走出来的，强盗霸占了，还要行人丢下买路钱；现在的路，阔达达、光淌淌，是花了大本钱造出来的，难道会让你白走？”

这时候大家也忘了陈奂生，都喜欢听陆龙飞嚼舌头，陈荣大原是同他一唱一和诱奂生开口的，这时候却来刺激他说：“陆龙飞，照你的说法，那一车车送到城里去的东西，不是行贿，倒是有人伸手索贿了，还得了！”

陆龙飞的头颅在颈项上悠悠转了一个圈，故意兜圈子道：“说话不好这么直，我们的十七八代祖宗，早就晓得穿了裤子体面，脱光了难看。有个故事讲：张三头上有污，李四屁股上也有污，若要问污是哪里来的，张三说是李四拉在他头上的，李四说是被张三的头染上的。旁人呢，就是心里明白了，也是说不明白的。”这番话说得大家嘻嘻哈哈笑出来。陈荣大说：“陆龙飞陆龙飞，你不要在这里瞎说，你敢把原话搬到书场去说，才算本事。”陆龙飞笑道：“这有什么犯忌呢，要知道这些坏思想坏作风都是旧社会遗留下来的，不关新社会的事。这些阻碍新社会发展，所以我要揭发它嘛！”

陈荣大笑骂道：“我晓得你有本事，过门关节总是清爽的。”

陆龙飞得意地一耸肩说：“否则我怎么吃得下这碗饭。”

“所以你也不用说奂生没有本事。”荣大又帮奂生说话了，“有本事又怎样呢，吴书记还会跟着他乱来吗？”

陆龙飞不觉叹了口气，说道：“不会，吴楚倒着着实实是个好人，一个清官。不过，多一个清官，少一个清官，都改变不了时下的社会风气。”

这句话许多人听了都不满意，起哄道：“陆龙飞你说什么来了？照你这么说，清官不清官倒无关紧要了？”

陆龙飞不在乎起哄，却认真说道：“真难为吴书记，他要做清官，就莫想再做别的事。光要保住一个清白，只怕就把他的精神消耗光了！”

这话声音不高，却震动人心。一时间陈荣大屋里，竟鸦雀无声。沉默了好一阵，才有人嚷道：“他娘的，莫非旧社会留下来的坏思想坏作风倒也成了万岁了？”

这句脱口而出的话，奇特得使大家惊愕。连陆龙飞都被镇住了，他枉自聪明，一张嘴枉自会说，却从不曾想到“万岁”这个词还可以过户到这里来派用场。

陈奂生本来就最佩服陆龙飞那张嘴，今朝陆龙飞对着他来，他有点馁。后来七拉八扯放松了，他也听出兴趣来了。陆龙飞说到行贿受贿那一节，他顿时想起了去年拿着吴书记的批文到××厂去，在朱明源书记那里碰到的王厂长，林真和说“不给他点好处，你就是他爹娘他也不会认”。这个当然是索贿分子了，陈奂生倒真想讲给大家听听，但是煞住了，免得再惹陆龙飞来缠他。想到这里，觉得还是回家睡觉好，便趁大家不注意，站起来拔脚就走。他一只脚刚跨过门槛，陆龙飞看见了，忙喊："奂生你别逃走，我问你的话你要回答我。"陈奂生去志坚定，另一只脚毫不犹豫又到了门外。陆龙飞大叫："你为什么屁都不放一个？"话音刚落，陈奂生的影子就消失了。他当时倒咕噜了一声的，不过只有他自己听见，他说的是"屁又不能垩田"。

陈奂生并不在乎别人的议论，那都无关紧要，各人都靠自己的本事填肚皮，陈奂生不能叫别人闭上嘴，他没有这个权。从前听陆龙飞说书，讲到周朝有个暴君，凡是批评他的人，他就割舌头；如果陈奂生也割的话，天下就大乱了。陆龙飞说过，"文化大革命"就是割舌头运动，当年他怕被割脱，所以躲在家里不敢出去说书。现在他向陈奂生大喊大叫都不怕了，陈奂生虽然笨，也早看穿这些都不过是空话。就算给他增添些麻烦吧，也不及他老婆一只脚趾头，他何必举起刀来，把天下弄乱呢。

陈奂生的老婆不能干，算不得角色，连写在小说里也不曾提她的名字，其实她是有名字的，叫张荷妹。奂生走投无路让她饿肚皮的时候，她一句怨话都没有。哪管饿得站都站不动，在地上爬，也照常料理家务事。她安贫若素，平静得没有忧愁，她没有忧愁的能耐，反正全靠奂生过日子；如果日子过不下去了，也只有让奂生一个人去愁，她要愁也没有用，愁不出名堂来的。现在有了吃穿，手头宽裕些了，日子比从前过得有滋味。她愿意这样过下去，更愿意像别人说的那样，陈奂生现在还只刚刚发起了一个头，将来还要发达，那日子自然就过得更有滋味了。当然，陈奂生还要发达的原因绝不是秘密，她也完全明白是靠上了吴书记。现在奂生发痴，不到吴书记那里去替厂里买东西，就不会有奖金。家里的钱一用光，日子会同从前一样难过，她就愁了，她就怨了。钞票这东西实在奇妙，居然像一把钥匙开动了她的脑壳子，让她转念头去说服陈奂生。可是她想不出几句话，而且那话也忒幼稚，陈奂生连驳也不驳，只是皱皱眉头说："别烦了，我全晓得。"张荷妹不死心，就往深处想，就记起了陈奂生讲过的"三打白骨精"。那时候奂生也没细讲，她也没有细听。现在倒有了灵机，好像是完全懂得的，就埋怨说："连白骨精也晓得唐僧肉香，想尽办法要弄到嘴。只有你吃素，让你吃也不要吃。"奂生听了一呆道："吴书记是唐僧吗？"他还没来得及说下去，小孩子嘴快脑子灵（他儿子大毛十四岁，刚进初中，女儿香香十二岁，读小学高年级了），大毛马上就笑道："姆妈不好这样说的，我们不能变做白骨精去吃吴书记的唐僧肉。"香香更好笑地说："姆妈你变成了白骨精，一定顶难看。"奂生被触动得很深，说："好人真难做啊，吴书记真成唐僧肉了，我要听你的话，一趟趟去找他，等于每趟去割他身上一块肉回来吃，倒真做白骨精了！"

这么一说，张荷妹受了冤枉，她哪里就想做白骨精呢？可是她找不到话来推卸。肚子里的气就膨胀起来，很快胀成一条牛，做起事情来重手重脚，把家什碰得乒乓响，表示她的抗议。家里摊得乱七八糟不收拾，奂生脱下来的衣服常常不洗，还把奂生放在里床垫被底下的人民币另换一个地方藏起来。原先打算送吴书记的几斤花生米，照例她一粒都舍不得吃，留给奂生下酒。说也可怜，本地不出产这宝贝，"文化大革命"以来成了贵公子，比肉价还高得多，哪一家待客用花生米做下酒菜，陈家村上的人会当一件新闻传开去。"漏斗"奂生家多少年都不敢有这奢望，如今吃在嘴里也是唐僧肉一般味道呢，她能不让她的夫君独享吗！这一次就变了，她一炒一大碗，放在桌上大家吃。奂生下酒她下粥，奂生吃一粒她吃三粒，父、母、儿、女四双筷乱叉，一碗一顿光。吃得胸口的闷气也出了点。

这也罢了，奂生原也不肯独吃。最可恶的是她瞒着奂生去找陈正清，要讨还正清借的款。正清还不出，只好来找奂生商量，希望照原先说的话做，一年期满后归还，提早就很为难。还有一次是厂长来劝说陈奂生把供销员当下去，奂生不松口，她就当场哇哇哭起来，边哭边说些要死要活的话。这两次惹得陈奂生决心要在她身上试试自己的拳头。他把大门都闩上了，可是想到她平时的好处，又晓得她脑筋有病症，心肠便软了，终于下不了手。而今包产伊始，家中百废待兴，老婆不能帮忙也罢，反而给他麻烦，拖住他的手脚，再下去还有日子过吗？可是除了把老婆打服，陈奂生又找不出别的办法来。没想到愁了一阵，忽然“办法”来找陈奂生了。那天陈奂生从地里回来吃饭，晚了，儿女已去学校，老婆正在洗碗，见奂生回来也不理睬。奂生自己拿碗开锅盛饭，盛满一碗锅里就没有了。奂生好奇怪，他没有三碗下肚不就又变成“漏斗户”主了吗？便问：“还有饭呢？”老婆嘟囔道：“小囡吃饱走了。”

一问一答之间，陈奂生觉察出锅子上今天烧饭留下的痕迹比往时浅得多，就生气道：“明明是你少烧了，倒说成是小囡贪吃，还亏你做娘哩！”

张荷妹嘟噜：“在家里种田了，还能天天死吃！吃光了再饿肚皮，做‘漏斗户’！”

陈奂生听着，就像被打了一鞭子，想从前不就有那些不相干的人说他死吃才吃成“漏斗户”的吗！现在连老婆也这样说了。他气昏了头，忘记了碗是瓷器，左手重重向灶面上一放就碎成了几爿，右手也失控，一把铲刀往锅里一戳，竟把锅子戳出拳头大一个洞来。他先一呆，回头看见张荷妹吓得抖了，他索性放开了手脚，先掼破两只钵头，再把张荷妹刚洗好的碗一只只摔着乒乒乓乓听音乐，摔到第五只，张荷妹就把身子扑在桌子上保护剩下的碗盏，伤心地呜呜呜呜哭起来。陈奂生看见过大丈夫摔家什整弱女子的场面，总觉得不合算。现在倒看出效果挺好，就硬硬心肠，逼老婆把藏着的钱拿出来，他要去买锅买碗买钵头，老婆敢拗强他就拿菜刀劈锅盖。老婆怕奂生的威势，又肉痛钱，只得服输投降。从此不敢再做气鼓。

老婆闹事虽叫奂生烦心，但是并不担心，我们祖宗一代代不知活过多少代了，哪一代不发明点管老婆的经验！哪里不拾得一大把来呢！即使用得不熟练，不得法，弄毛了，重新抚平也不难。夫妻总是夫妻，船头上相骂，船艄上亲嘴，犯不着认真，就是告上了公堂，无论清官、瘟官大都只劝和，不会不分青红皂白先打板子的，当官的愿意做老百姓的思想工作，约摸也是从这方面起步的吧！因为官民都有家庭生活体验，极容易找到共同语言，有条件亮嗓子，用不着拍桌子。

叫奂生最担心的，还是厂长和书记，他们把工厂、陈奂生、吴书记联结起来，看成是一条最好的黄金通道，如果陈奂生脱钩，这条线断掉。供销渠道只好黑来黑去，能赚多少就难说了。所以不怕麻烦，一趟趟跑来，苦口婆心劝陈奂生一定要以大局为重，爱队如家，把集体利益放在第一位，不能卸肩胛，倒集体的台。奂生虽然挺住了不曾松口，心里却是怕。厂长亲口教过他要做蚂蟥去叮住吴书记那只螺蛳，那么他们叮起奂生来自然一叮一口血，而奂生又不像对付老婆那样有办法。他烦死了，伤脑筋真比饿肚皮还难过，他从不爱动脑筋，自小就是听从别人安排长大的。父母当家的时候，他上面还有三个哥哥、两个姐姐，他就听他们的使唤。大家都喜欢他，可也有许多时候，父母叫他向东，哥哥叫他向西，弄得他东也不好，西也不好，两面吃夹档。不过毕竟是一家人，做小弟弟的受了欺侮，一哭就把大家哭软了。现在他能用哭来解决问题吗？陈奂生从小爱家，也被家爱，他最容易接受“爱社如家”、“爱队如家”、“爱厂如家”

这类教育。凡同家一联起来他就懂，就有好感。“国家国家”，他原先是弄不明白的，后来有位书记点化道：“你这个陈奂生，真呆。这有什么不好懂的。你自己就有一个家，总不必要我再教了才懂罢！国呢，就是大家的家，所以叫国家。谁来当家呢，是毛主席、共产党。所以说毛主席共产党是我们的亲爹娘。嗨，就这样！”说得陈奂生一醒，快乐得拍了拍自己的屁股，他一通百通，从此凡做长和书记的，都看成是长辈。比如把生产队长看成爹，那么大队长就是爷，公社主任就是祖爷爷了。陈奂生接触的也就是这三辈人，自然也分得出亲疏，晓得一代管一代的道理。做社员最看重的该是队长，队长直接管他，才是亲爹爹；进了厂，厂长就最亲，把他当爹就好了。别人也管不着你，也不爱管你，大家都少掉许多麻烦，否则陈奂生只怕早烦死了。现在伤脑筋就因为认识了吴楚书记，论辈分吴楚比陈奂生不知高了多少辈，本来不该有亲近的感情，不会有什么往来。可是偏偏亲近了，往来了，奂生认为吴楚是个好人，不但肯听他的话，而且替他着想，不肯做损害他的事。这样就同他的厂长爹爹发生了矛盾，这矛盾最厉害的地方，就是县官不及现管。奂生同厂长闹别扭吃亏时，吴书记帮不上他的忙。奂生很懂这个道理，不敢同厂长顶撞，就算一口叮出血来，也愿意熬下去。但是后来厂长竟发生了怀疑，认为背后有人煽动陈奂生拆工厂的台，要把这个破坏分子追查出来。有一次甚至当着奂生的面问起是不是陈正清搞的鬼？其实这也是吓吓奂生的，换了正清，就不会睬他。可是奂生怕了，怕厂长害正清，不肯直说，为了保护正清，就想到从前厂长教他如何骗吴书记的事，他何不也仗着吴书记的名骗一骗厂长呢。于是就说：“厂长，跟你说‘实在话’吧，那一次我回来的隔夜，吴书记亲口交代过我，叫我以后不要再找他办这种事。他到此煞断，下次不答应了，所以我想来想去凿定不去了。我是听吴书记的话，不是听别人的话，吴书记的话还能是搞破坏吗?”这话说得挺厉害，真假不好核对。就是核对，也还不差多少，因为吴书记的确说过“采购员这碗饭不是你吃的”话，但因为加了点油酱，陈奂生还是心虚，不由得要声明是“实在话”，而且脸红了。厂长一向听惯谎话，关键时刻往往先提醒部下要讲老实话，所以别人声明“是实在话”就相信些。他不了解陈奂生从不说谎，从不发表这类声明，而今一声明，就是假话了。厂长不懂这一点，但看见奂生脸红，还是怀疑了，说:“如果有这句话，为什么早先不说?”奂生道:“我说了你们也不会相信，你们硬说吴书记相信我，再叫我去做吴书记不相信我的事，这不难死我吗!”厂长说:“哼，陈奂生陈奂生，你的嘴巴子也滑起来了，只是你脸孔告诉我你说的不是真话。”奂生忙说:“对了，厂长，我脸上这张皮薄，再去找吴书记就要碰破了。”

厂长仍旧不信，照样一趟趟来缠奂生，奂生也一口咬定不松，双方一直僵持了近半年。后来厂长悻悻地说:“就算吴楚有那句话，关什么事！该做的，老老脸皮也要做，做人不能要了脸皮不要肚皮。现在你不做，将来求我也没得你做了!”从此不再光临陈府。只是在背后还要臭奂生，说他是捧不上的刘阿斗。

有一次公社张乡长在街上碰着了奂生，还问起这些事，也劝奂生说:“你响应党的号召，包产务农，原是好事。不过也不要一门心思，种田空下来，还是可以到工厂里去做工的，亦工亦农嘛，何必弄得这样僵。”陈奂生嘴里唯唯，心里却想:“我又不是反对亦工亦农，总是厂长对他瞎说了什么，张乡长不了解实情，才说出这牛头不对马嘴的话来……”

二

包产以后，农民都有了生产和生活的自主权力，一家一户，当家人都独立作战，既当指挥员，又当战斗员，而且还要兼任外交联络员，大家奔忙起来。三天不下雨，江南的土路也会踏得飞出半天烟尘，真是闹翻身的又一种景况。而陈奂生半年多时间卡壳，不曾有特别的爆响和命中，他那显赫的声名，就慢慢无人提起了。人们碰到了他，也不再指指划划谈论他的光荣历史。只乡里秘书有时要广播站在喇叭里叫人上来开会，还会对广播员王小蓉开玩笑说："别再喊错了，把张乡长喊成陈奂生！"他可以安心包产种田，只要他不去麻烦别人，大概别人也就不会再来打扰他。生产队原来的队长王生发，在包产工作扫尾之前就进了厂，推选另一个青年叫陈隆隆的当新队长。王生发以前请陈奂生吃酒时谦虚地说进厂去扫扫地也好，进厂后却当了采购员。这倒不是他有意抢占陈奂生的阵地，一是陈奂生不干了，二呢，即使陈奂生继续干，供销方面也要添人，因为这是生产的命脉，是要重兵布防的。王生发当然比奂生能干得多，他有文化，有当队长的经验，还有一些亲友和当年造反时的小兄弟在国家的企业里，虽然都不掌权，不算是条路，但帮他搭搭桥也是可以的。所以，他出去混了几趟，也能弄到原料，不过贵些就是了。反正羊毛出在羊身上，钱总有得赚，少点多点就是了。说到底一句话，不管吴书记肯不肯帮忙，不管这世界上还有没有吴书记，陈家村上的工厂还是会办下去。杀猪的死了，人们不见得就吃连毛猪。陈奂生把架子摆得那么大，倒下来跌痛的还不是他自己！厂长在招呼他进厂的后期，不光是王生发已经得力，还觉得形势发展极快，有许多种原材料已用两种甚至几种价格投放市场，给广泛的乡镇工厂提供了生存发展的广阔道路。只要财源茂盛，就能通达四海。天下除了用枪杆子打下来以外，还可以用钞票买下来呢。相比之下，利用陈奂生靠交情求人批点材料的路子只配小脚女人走走，长不了也快不了。陈奂生已经在短短的卡壳期间失去了机会，被时代淘汰，厂长还要他做什么呢，这个“捧不上的刘阿斗”！

厂长的看法，陈奂生全然想不着，他从来不会估量形势，去开风气之先。连卖油绳也等到村上人都卖了，他才跟上去。平生做惯顺民百姓，没有决策的才能。就连做决定的机会，老天爷也还是第一次提供给他，而且幸亏是要他在包产和采购员之间作个选择，如果是在采购员和营业员之间，他就会犹豫不决，不知所措了。包产不过是种田，他毕竟种了几十年，虽然没有专门学过，但祖宗传下来的那一套，从小连看都看会了（这就像他从来没有学过祖宗的做人规矩一样，在生活中自然而然学会了）。长到十七八岁，就扛得动车，掮得动轴，扶得起犁，甩得石锁，翻得碌碡，浑身力气用不完。做起生活来就像“投煞青鱼”，不要命地往前闯，宁可撞死也不转弯。奂生有此雅号，足见大家公认他劳动算得一把手。虽然长吃荫下饭，怕当不了司令官，有过短暂的犹豫，但一经点醒，想到把田包下来之后无非也还是种田，信心就马上找回来了。

包产的时候，春雨已经浇过麦苗，田野里绿得像一片海，非常诱人。陈家村上的农民，大都不了解自己的地位和价值，想不到生产队会把这样好的麦田随着承包的土地交到农民手里分文不取。按照生产队议定的方案，每人可承包口粮田四分五厘。其余土地按劳承包，全劳动力每人承包三亩，半劳动力一亩半。陈奂生的老婆不下田作业，所以陈奂生一户按理只一个全劳动力，连同口粮田应承包四亩八分。可是奂生看着麦苗眼馋，想着土地心贪，认为田地总是命根子，虽说现在分开来种，只有使用权，没有所有权，也是了不得的大事情。多少年才能碰到一次呢？分过以后再要，就不会有了。没有所有权也用不到交租米，不等于是自己的吗！所以能多分一些最好，多也是一种，少也是一种。况且有他这样一条好汉在，四亩八分也不够种，养活四个人也忒紧，要搞副业也没有本事，卖油绳的行当不吃香了，过日子没有额外来源，于是他就要求把他老婆张荷妹也算半个劳动力。这件事在队里议了几次，后来还是前队长王生发帮忙，说生产队中、青年妇女都当做半劳动力包产了，就不必单欺奂生的家主婆，于是陈奂生一共承包了六亩三分。这以后，尽管因为不当采购员常被老婆穿小鞋，心里却很实在，实在得总感觉这三间空荡荡的破房子比以前暖和富足，那六亩三分田，像绣花地毯那样折叠着藏在这房子里了，变得那么殷实。这土地有没有自主权全不关，反正放在队里和分到家里，奂生的心情完全是两样的。王生发虽然讲交情，关键时刻帮了陈奂生，后来到奂生家串门，却笑话陈奂生道："看你还挺心凶呢，好得你没有孙行者的本领，你如果能够，只怕会把全队的田像一张席条那样卷走的。"陈奂生笑笑，一点不反驳。王生发就挑逗他说："好呀，你高兴多包点，将来我的一份也让给你吧！"奂生暗笑他把自己当小孩子耍，天下有这样好事吗？就不曾理他。

隔了不久，夏收就是三麦丰产，大家高兴极了。这等于是生产队送给各家的礼物，不曾要承包人出多少力气。奂生那六亩三分田，有一亩半是紫云英，其余四亩八分全是小麦，竟收了三千二百六十多斤，平均单产六百七十开外，超过生产队任何一年，陈奂生像吃了人参一样精神。尽管季节不饶人，秧棵插开就像闯了祸，忙得火烧屁股，奂生却从不觉得吃力。七月十五鬼节，八月十五人节，他都上街买几样荤腥，把祖宗和老婆儿女全招呼来聚餐。还买了八个月饼，十只变蛋，由老婆张荷妹送回娘家去孝敬岳母（岳父已不在人世了）。说来惭愧，孩子都十多岁了，还只在结婚当年给岳母家送过东西。这一次想着要送，也是见老婆被他吓了一吓，虽不再做气鼓，却怕他，他要让她欢喜欢喜。八月十五中秋大家过得很开心，到了晚上还出现一个小小的插曲，奂生大姐的儿子张坤大忽然来了，他是个瓦匠，去前村联系建筑厂房回来经过陈家村，弯进来看看三舅舅。

三舅舅憨厚，张坤打小时候最爱同他在一起玩，到如今仍觉得三舅舅最亲。奂生看见他来，非常高兴，因为本来就要找他。自从夏忙过后，奂生晓得三间破屋不够用了，要找这位瓦匠大师傅讨教如何改变一下。这三间屋虽破，奂生原先还只分到一间，其余两间，还是他有了孩子以后，由张坤大的母亲，也就是奂生的大姐姐出面，向几位已经迁居在外面的兄弟商量，才把分在他们名下的两间一起让给奂生的。

所以，张坤大来得正好。坤大爱喝酒，刚巧奂生今天买了一瓶白酒，只喝掉了一点，尽够外甥放量痛饮，可惜的是来晚了一步，菜肴已基本吃光，剩了些汤水，如果再迟到片刻，这些汤水也都进了陈奂生的肚子了。

张坤大一点不在乎有菜没有菜，俗话说外甥就是舅家狗，原不用任何客气的。他在桌子旁坐了下来，舅甥两个，边喝边商议，不时伸着筷子在汤水里捞点碗底里的剩余物资下酒，不到一刻，剩余物资全部捞光，只好蘸点菜汤下酒了。张荷妹忽然机灵起来说："我还藏着好东西给外甥吃呢。"说着，就起身去忙碌，接着厨房里响起一阵铲刀碰铁锅的声音，香味不久也传过来了。等到张荷妹把一盘炒花生端上台来，张坤大早就笑了，说："我当舅母拿什么好东西来吃，原来是这个。"

"这还不好吗？"

"早就过时了。"张坤大笑笑说，"这样东西，三年前头是宝贝，两年前就普通，到一年前头，就不上台盘了，舅母你还当名件呢！"

张荷妹吃惊道："真的吗？"外甥说："真的，现在贩子多，市上有的是，便宜了，长吃就厌，大家不要吃了。刈麦前头我们在街上一户姓陆人家造房子，主家拿出这东西来下酒，大家筷都不伸。有的人还说：'怎么这样不客气，替你们造房子倒还要让我们吃花生米[①],不是要我们的命吗!'"

舅舅舅母都没有听懂,只老实地说:"你吃厌了,就不要吃……"

张坤大倒想着这话说漏了嘴,不好意思,改口说:"要吃要吃。"忙夹了一粒放进嘴里去嚼,然后有滋有味地笑道:"长久不吃了,倒又觉得蛮香。"他晓得这两个老实人包种了几亩田,埋头死做,旁的事情全不晓得,社会变起来快得打呵欠割舌头,样样都像花生米一样调整位置,舅舅舅母哪里弄得明白。看来调几亩田让他们种还是好办法,不过发财是轮不着他们的。

外甥走后,舅舅、舅母看着剩下的大半盘花生米,也都有点感触,舅母因不喝酒,原先坐在旁边没有吃,这时候捻了一颗放到嘴里去细细地嚼,吃了再嚼一颗,然后像查明真相般点点头表态说:"只怕是放得长久了,味道不及从前。阿弥陀佛,我天生喜欢它,一样爱吃,外甥的嘴巴忒刁,连这也会吃厌;他天天吃饭也不曾吃厌呢!五谷吃得厌的吗?吃厌了还吃啥呢!"舅舅笑笑说:"坤大吃的百家饭,是晓得外面行情的人,他不会骗我们的,花生米算不上山珍海味,身价往下跌不希奇。你看'文化大革命'里那些做官的,平时抬一抬腿,举一举手,都像是李元霸,天下无敌,结果也跌得低头哈腰呢。刚才坤大说话的时候,我就想这花生米幸亏不曾送去给吴书记,说不定吴书记也像坤大一样吃厌了,拿了它还不晓得再去送给谁吃好呢。"

夫妻俩说话不多,发现了问题,不会深入下去研究讨论,有讨论的愿望也找不到明白了当的话说出来。上床以后,陈奂生的脑子转动后一时刹不住车,想起从"漏斗户"主变到现在,也不过几年罢了,花生米的身份起跌,还不及自己来得快。不过自己又没有共产党的政策变得快,以后自己跌下来,会不会也

① 吃花生米:被枪弹打中了,也叫吃花生米。

比花生米快呢……比如稻子熟了，上头来个命令叫全部归队，那就白喜欢……会吗？不会吧？不会吗？会吗……他想不清楚，他那几亩田的稻子长得太好了，现在已经抽过穗，晾过花，灌了浆低头了，丰收已成定局，倘不得到手就要命了。他紧张得很，世上的事情原是防不胜防的，不如先下手为强，马上去刈了挑回来堆在家里再说。于是马上拿了镰刀，马上跑到田头，只听见田里嚓嚓嚓嚓一片刈稻声。有三个人正在抢割他的稻子，一眼看去，就认清是王生发、陈浩松和陈荣大，陈奂生又气又急，大叫一声，抬腿要追，一脚把老婆和被子全踢翻，张荷妹醒过来，昏头昏脑坐起来抚脸庞揉眼睛，不知道出了什么事情，奂生不好意思，把被头盖好了，却说："痴婆，坐着做什么，快困！"

可是他自己却无论如何也睡不着了，他想，这是怎么回事？虽然是一个梦，但为什么是他们三个人来抢刈他的稻谷却不是别人呢？这三个人又不是坏人，荣大同自己还挺相好，王生发虽然当队长的时候奸，后来也帮过忙。可是想到浩松，似乎应该防防他了。去年陈浩松造两间新楼房，买了砖、瓦、水泥、黄沙、石灰、桁条、椽子……要用船运回来，总喊奂生帮忙。奂生只要在家，再忙也会腾出空来。十趟行船，八趟少不了他。等到正式动工，从兴建到落成，前前后后二十四五天，奂生天天都去帮衬，只吃顿饭，不拿工钱。大家晓得创业不易，特别是造房子，不但关系到百年大计，也是让子子孙孙感念祖宗恩德的壮举，邻里之间，帮钱帮不起，出点力气还不应该吗？这互助互帮的乡风自古就有，习惯成了自然，谁也不曾计较过吃亏沾光。包产以后，奂生在麦黄以前，借浩松的五吨头水泥船罱水草河泥，用了七天，到麦收以后，浩松竟叫他老婆来收船租，每天两元，按理要十四元，因为是自己人，打八折，共十一元二角，零头不要了，就算十一元吧，这也相当于九十斤麦钱呢。陈奂生倒呆住了，这事从未听说过，怎么邻舍借用工具还要出租金呢？

陈浩松造屋他出的力气不说，光帮他筛石灰，就筛掉自家一面筛子呢。他说过要赔吗？可他是他，浩松是浩松，过去是过去，现在是现在，陈浩松要租船费理由十分正当，因为他那条船，也是花钱从生产队承包来的。用坏了修理费还要另出，如果别人来借不收费，叫他怎么办？他又不是观音菩萨，能普度众生吗！可是陈奂生也会算账，他晓得陈浩松一年不过向生产队付八十元钱，他只用了七天船，倒替陈浩松付了五十天，不是盘剥得太凶了吗？可是奂生却无话可说，只好照付，这就难怪会梦到他抢割稻子了。荣大呢，大概刚才舅甥俩商量造屋的时候提到过要借荣大的拖拉机运石灰，那拖拉机的所有制也和水泥船一样，看来也要出租费的，只不知荣大会收多少。至于王生发，倒着实想不出因由来，他又不当队长了，还有什么干系？……可队还总是队，同他陈奂生千丝万缕联在一起，秋收以后，就算政策不变，只怕开支也是很大的，水电费不知摊到几个钱一亩，治虫统一使用的农药和人工又怎么算？还有管理费从哪儿出？一样样都要花钱。城里人总说住在城里费用大，吃口水都要钱，袋里一空就没法过日子。乡下大概也快这样了，陈奂生不禁叹气。当年他当"漏斗户"主，揭不开锅时，向左邻右舍开口借三五斤米，总肯，而且不指望他还。而今不是全变了吗？娘亲爹眷，交情都不及钞票那样显分量。固然，老辈也传下"亲兄弟，明算账"的话，但究竟怎样算法呢？八十元一年的船租，算到他名下变成了每天两元，得了吗？

陈奂生越想越担忧，他晓得这样下去，睁着眼睛吃老鼠药的事情常常会有，终究是弄不过别人的。他需要有一个得力的帮手，才当得了这个家，当得了六亩三分田王国的国王。

可谁能帮他呢？

"儿子啊，快长大吧！"陈奂生心里这样呼叫着，他只有这个盼头。

三

陈奂生不是做爹的"料",不会像他父兄那样支配儿子,不会像队长那样支配社员,所以儿女不能盼望得到"拨一拨,动一动"的幸福。大前年春节,孩子们到外婆家去拜年,就从舅舅家讨回一对草兔来养,可惜兔种太劣,个儿小,毛质差,没有出息。去年开春,大毛缠着奂生去买一对德国兔种,奂生因为价钱太贵,不曾舍得。倒是陈荣大买了,只养过九、十个月,产了两窝仔兔,就赚了几倍钱。奂生懊悔不及,再从荣大手里买一对回来养。不久市场兔种饱和,大跌价,只好靠剪兔毛慢慢挣回本钱来。这都是做爹的跟不上形势,该赚的没赚到,连本钱也一时收不回来。大毛似乎也晓得爹最怕钱出手,他一钱不花,四处搜柴仓、灶脚、墙沿、壁角,捉来几斤地鳖虫养了繁殖。这也极快,今年夏天就筛出了一批,卖了十来块钱,兄妹俩下半年的书费、杂费都够了。可惜不久药材公司就贴出通知,地鳖虫暂停收购,因为货源太多,收了无法存放。可见亿万同胞都在寻觅致富之路,竞争也是很厉害的,孩子毕竟小,看见许多人做了才学着样子做。可奂生枉为司令,却未能及早运筹,坐失良机。奂生不是不晓得副业的好处,也不是束手不做,但是想法不合潮流,做不出名堂。他也养猪,养大了卖出去,卖了大的再捉苗猪养,圈里这几年一直不曾空着;空着他难过,会想起"漏斗户"的日子,他明白"种田不养猪",犹如"秀才不读书",是不成体统的。还认为养猪本身不是经济活动,相信"养猪不赚钱,只要看看田"[①]的老皇历。根本不做单项经济核算,盈亏全没有数目,吃了亏也当赚了钱。养鸡就更滑稽了,每年春上,奂生夫妻俩

① 意思是说养猪为了种田。

都喜欢买雏鸡养。近两年手头宽了，村上凡有挑担来卖雏鸡的，奂生老婆总要去看，看着忍不住就买几只。前前后后总要买二三十只雏鸡。满屋满场乱跑，叽叽叫着，到处拉屎。然后有的屙死了，有的踩死了，有的被野猫叼去了，还有些贪小利的人路过，看着可爱，猛地一猫腰捉了只藏在袋里带走……天步艰难，一一牺牲，到长大已只剩三只、四只，运气好还有鸡蛋吃（如果有雌鸡的话），倘或晦气，染上瘟病，那就全军覆灭，片甲不留。一年复一年，奂生夫妻俩仍旧认为要吃鸡、鸭、蛋，非从小养大它们不行；全不考虑合算不合算。不合算也合算，因为如果自己不养，实际上不会到市场上去买来吃。他们穷，习惯不买好东西吃。但是他们不去想，吃自己养的鸡和蛋，比市场上的贵得多。有时候亲戚来了，如果罐头里摸得出蛋来，就潽几个款待，还总说："这是自家鸡生的，又不是特为你来买的，不花钱的东西……"他们从不想这是花费了五个蛋甚至十个蛋的钱才有自家鸡生的一个蛋，是一个吃不起的金蛋蛋！

除此以外，陈奂生也不会做别的。多少年来，虽然政府也允许社员搞家庭副业，但态度是很严厉的，有点像让囚犯放风的样子，随时可以关进去。目的也只是在社员陷入困境的时候自救，并不允许发家致富。副业的范围也圈定在种养两方面，不得超越雷池一步，捕鱼捉虾都批判。有时候连种养也不行，自留地忽然会被没收去了，又忽然分下来了；困不着这条资本主义尾巴的人总不断根。陈奂生从来一切都听党安排，他连跟都跟不上，别人笑他猪都养不大。他从不会超过那条界线，他自然也从不曾遗憾。现在替旁人比起来，就觉得虚软了。那些有手艺的、会做生意的、能接到轻便加工生活的，甚至一无所长，只要在城里卖得出力气的，都比奂生进账大，都比奂生发得快。奂生空自羡慕，却无从做起。他仍像从前一样，别人找到了适合的位置，他似乎又不曾找到，总不及人家。

他把工夫全都花在田里。包产以后，队里不论哪一家，都不像集体劳动那样，天天下田。有的是巧安排，有的是懒安排，有的甚至已经不放在心上，准备赔产，他们忙于赚大钱，不在乎田里的收成了。只有奂生，全力以赴，一心扑在禾苗上，弄得田里没有一棵杂草，田埄四周刈得干干净净。禾苗因为干湿得宜，施肥及时（治虫是队里统一治的），长得旺盛而又清秀。有时已无事可做，他也一天两趟，绕着田转圈子，看见别人家的稻苗要加工，还去提醒主家。主家听了，不管采取什么措施，心里都会诧异，从前他们怎么没有想到要选奂生做队长呢！

所以，秋收还没有开镰，稻秆还竖在田里，大家就看出奂生家的收成定比别人家高，都称赞奂生是个勤劳当心的人。粗略算算，他一个人今年生产了一百担左右粮食，够他全家吃四年，那么他从前为什么发神经长期饿肚子做"漏斗户"呢？

奂生家的全部收入都靠种田，大家一算就算得出来，觉得也很可观了。只要顺顺当当几年，就不会愁什么了。有的人家不及奂生勤俭，有的人家这样那样头绪太多，应了"家有两行，必有一荒"的老话，都说"倒还是奂生，死心眼的人自有死心眼的好处"。也有荒了田禾却发了大财的，却悠悠地说："不错，陈奂生总算也有碗饭吃了。"专打钞票算盘的人说："一年辛苦，也不晓得流了多少汗，出了多少力。到头来毛收入也只千把块钱，陈奂生天生呆，他要是灵活点，到吴楚那儿去跑两趟，这点钱不就赚到了吗？"

众说纷纭，奂生自己却心满意足。他也看得出来，队里许多人家收入比自己好，有的像发了大财，但那是人家的本事大，他陈奂生种田能种出这样的结果，还是平生第一次，也算中了状元了。他依旧相信"衙门钱，一缕烟；生意钱，图眼前；种田钱，万万年"的老话。他不肯（也不会）做骗人的江湖郎中，也不信世上真有一本万利的行业。人无横财不发，暴发户总没有好结果，共产党的政策，不会一直宽下去。能放宽也能抽紧，等到轴紧的时候，会把他们的脑髓都榨出来。“善有善报，恶有恶报，如果不报，时辰未到”，陈奂生有耐心等着看结果。倘使结果并非如此，他也不会怀疑天老爷坏了心眼，只当“时辰”还没有到达罢了。

那么，“时辰”现在走到哪儿了呢？

二千一百多年前，“时辰”进入汉朝以后，有一位贾谊的书生，写了一篇《过秦论》，列举了秦国种种强大的情状，似乎永无失败的一天。那时候陈奂生的祖宗已经替后代子孙做出了一整套完善的思想示范动作，贾谊竟没有看出来，可惜正是这些，才是“子孙帝皇万世之业也”。

时间总想席卷一切而去，它当然不会忘记大地的主人。陈奂生已经从“漏斗户”的位置上启动了，他就应该加速度前进，要帮助他摆脱拖他后腿的绊脚石。世界上样样都要起变化，就连最硬的石头也在变，黄河里那根名垂千秋的中流砥柱，也变成了三门峡大坝的基石。它一向徒有虚名，从来没有挽住狂澜，只会翻船害人。后来建了大坝，那黄河之水，就算它从天外来，也无可奈何了，鱼龙泥沙，统统都被挡住。而陈奂生依然故我，太不像话。所以时间倒性急了，它骑着快马再来拍陈奂生家的大门：

“噎噎噎。”

“哪一个？”

“奂生伯伯，是我。”

陈奂生开门一看，原来是厂里门卫顺根的小儿子保青，和香香同年。手里拿着信，给奂生说：“伯伯，给你一封信。”

“我的信？”陈奂生还没有拿，先就吃惊起来说，“谁会写信来？我从来没有信的。”

保青指着信封说：“这是你的名字呀，我爹爹从厂里带回来的。"

陈奂生原是文盲,解放后进过扫盲班,最多的时候也识近千个字,后来用不着,又丢了不少。但自己的大名丢不掉,因为常常要查看队里工分榜上自己名下的工分。这时他拿过信封仔细一看,的确上面有陈奂生三个大字,心里狐疑道:"啥人弄白相? 吃得这样空……"

保青见奂生呆住不响,记起来说:"伯伯,我爹爹叫我告诉你,这封信寄在厂里好几天了,也不晓得是哪个自说自话拆开来看的。"

奂生被他提醒,见信果然已拆开了,忙说:"好好好,省得我拆。保青,你替我看看,是哪里来的信? 说的什么?"

"私拆别人的信是犯法的,所以爹爹特地叫我告诉你,不是他拆的。"保青一面继续着前面的话头,一面就接过信来看。这时候奂生笑笑说:"随它去,拆了看就看,没有关系的。我不曾做过撕簿割帐的事,我的信拿去广播也不要紧。"

保青听了笑,奂生也笑,催问道:"先看是哪个写来的?"保青说:"是一个姓林的,叫林真和写的。"奂生顿时高兴道:"是他呀! 对对对,他是会写信给我的,信上说的什么?"

保青认认真真看了一遍说:"我念给你听吧,横竖不长。"于是他念道:"老陈同志:你为什么一直不出来? 我每次到地区来都想碰碰你的头,总寻不着你。我还去吴书记家问过几次,老阿姨认识我,她说你一直不曾来过,连信也没有,说你把她忘记了。她怪你咧! 我现在穷忙,没有工夫来看你。我每到地区,仍旧住老地方,如果你来,就去找找我。你们厂里现在发达吗? 现在倒也好,只要有钞票,材料总归能够弄到点,钱也有得赚。我常想你,我和你在一起办事最舒心,我以后总想再和你会会。祝你全家平安! 林真和。"……

信虽不长,奂生听了却有滋有味,回想起那一段生活非常亲切。特别是老阿姨怪罪他，他觉得比大冷天蹲在柴仓里烘火还适意。这林真和同他，也真算宜兄宜弟，什么事都互相照应着，从不计吃亏沾光的。他现在倒还在干，好像还挺顺利，看他“只要有钞票，材料总归能够弄到点”的话，办法就不是一眼眼了。要是这样，他陈奂生为什么不同他一起做！只要不去啃吴书记的唐僧肉，吃供销饭有什么不好呢？想到这里，倒有点像失落了东西似的。过了几天，村里开会又宣布今年各户生产方面用掉的水电费，一概不收了。因为工厂赚了钱，划出一部分支援农业，这笔钱就交了水电费。村长说到这里，还特地朝陈奂生点点头说：“奂生，这也有你一份功劳呀！”

于是大家都朝陈奂生看看，有的微微笑，好像在说：“这个陈奂生，倒也有点本事。”有的却不笑，乌珠定定地盯在他脸上，好像在研究他是哪一种货色，为什么对集体、对自己都有好处的供销不做，却缩在家里种田？

奂生被他们看着看着，慢慢地心里竟发虚，发现自己果然也有点希奇古怪……

种田大户

一

人的思想往往像一个善变的精怪，不要说旁人难以捉摸，就连本人也抓拿不住。陈奂生巴望的丰收是得到了，但原先想造的房子，却意外地没有造起来。

这几年来，陈家村上的当家人，因为下一代急等着要做窝，不断有人家造了新房。有钱固然要造，没钱的借了债也要造。陈奂生还好，他的孩子小，还不会逼宫。但近几年来，手头慢慢宽裕了，便日渐觉得那三间老屋又破又矮又小，包产以后，实际上不够用了。因为既然不吃“大锅饭”了，就要另起“小炉灶”。必要的农具不能不添置。该养的家畜家禽不能不养。收获的粮食要有个干爽的地方圈囤起来。就连柴草也最好堆在屋里，免得损失。新形势咄咄逼人，所以奂生在秋收前看着长势喜人的禾苗，想到要造屋，完全合乎情理。他老婆张荷妹虽然不会想得那么周全，但无疑也是一力赞成的。她看着别人家住新房子很眼皮急[1]，所以做瓦匠的外甥张坤大来了，她才会主动炒出花生米来给他下酒。张坤大虽然是个忙人，却把舅舅的事情一直记在心上，秋忙以后，先后来过三趟，该替舅舅参谋的都参谋了；不但答应帮舅舅造屋，而且连建筑材料也答应尽量设法代他去买，保证做到省钱省工。只要舅舅一拍板，坤大愿意丢

① 眼皮急：羡慕。

开别人家，先替舅舅动手。可是，陈奂生忽然变了。他似乎没有经过这样的世面，临场总是怯阵。一时说要把三间屋拆了重建；一时又说要在旧屋西山墙上向外放出一间；一时又决不定是放出一间新屋好呢，还是只把三间老屋修旧补漏再住几年为妥？时而击鼓，时而鸣金，摇摇摆摆，举棋不定。张坤大十分诧异，怎么舅舅这条著名的"投煞青鱼"，变得如此婆婆妈妈，不肯扇起尾巴向前直窜了呢？大概是卵子还没有成熟罢①！于是就说："不成熟就等成熟了再说吧！"张坤大说出了这句即兴的双关语不禁笑了笑才接下去："横竖票子焐在心口膛里又不会烫人的，慢慢来吧。你多想想，什么时候凿定了，就什么时候找我。"他说了这话，陈奂生如果不找他，自然就不再过问了。

陈奂生后来并没有去找外甥，他犹犹豫豫没有个完，把一冬一春拖过去了，一块砖都没有买，一尺墙基都没有排。

如果陈奂生真想造屋的话，在秋收之前他早就该做准备工作了。他虽然没有造过但总也见过，应该知道造屋不是一件容易的事情。他首先要打报告申请批准地基，然后要有较长的时间去购买材料并且把它运回来。材料运回来确实不是一件容易事，运输工具要出租钱。如果要人帮忙，除了付工钱，还要供香烟酒饭。真要干起来，钞票得像水一样流出去……这些陈奂生一点也没有做，只是同外甥商量商量，纯是空口说白话。所以等到过了秋收，尽管张坤大能够尽力帮忙，房子也注定来不及造了。陈奂生并非故意这样做，他造屋的愿望发自内心，完全不必自己欺骗自己。不过他在想为造房做每一件事情的时候，不由自主地总打了一个嗝顿，想着要拿出多少多少钱，头脑便像猛然清醒似的，觉得还要再想一想，免得后悔。于是时间就像黄河上游的泥土一样流失了。

---

① 青鱼只有在排卵时才不顾一切向前直窜。

陈奂生觉得钱的确太宝贵了，长年饿着肚子下田劳动决不是开玩笑的事情。当年如果有钱，也可以买到贸易粮。吃亏就在袋里摸不出一点纸屑屑。凡是经历过来的人，都要后怕。往后的日子，自要谨慎小心，摸着石头过河了。陈奂生虽然一向笨拙，钞票的好处也是晓得的。他从卖油绳开始有钱积下来，等到成为六百元奖金的得主以后，叠得高起来的钞票就变成了一个精灵，悄悄地潜入奂生的肌体，七转八弯在他心上安营扎寨。从此以后，陈奂生再也摆脱不掉它的影响，只好俯首听命了。加上这一年两熟丰收，卖余粮和调剂粮所得一千出头，陈正清的借款也已如期归还，陈奂生手上集中了一大笔款子的精灵的营寨就扩大了地盘。人头上戴了箬帽，天就被箬帽遮住了，心头上包了钞票，思想就被钞票覆盖了。他第一次积蓄了这么多的钱，放在胸口上还没有焐热，叠在眼门前还没有看够，哪里就舍得用掉它呢！从前穷得袋布贴袋布的时候，缺吃的了，缺穿的了，缺用的了……总想着如果有了钱，就要吃个够、穿个够、用个够，哪管把钱用光了，也要过一过舒服日子。可是手头一旦真的有了钱，陈奂生的想法又完全变了，反觉得吃的、穿的、用的，都可以马马虎虎，只有这钞票是马虎不得的。钞票比什么都重要，别的东西样样可以缺，唯独钞票不能缺，有了钞票，要什么随时都可以买，所以任缺什么都不算缺；也就缺什么都不在乎了。这个陈奂生就学会了这样看世界，竟觉得造屋不造屋也不重要了。他瞅瞅那老屋，虽然又小又矮又破旧，却充满了恋情对自己说："不碍，还可以住几年呢。横竖要造随便什么时候可以造，何必性急。"

这样，陈奂生可以不管生产上的需要，不理老婆孩子的意见，让他们陪着自己在破屋里继续住下去。不但心安理得，而且洋洋得意。他的精神生活竟出奇的丰富起来，看见别人买了时髦东西，他总要凑过去看看，问问价钱，然后就对自己说："没有什么大不了，我高兴也可以买个玩玩。”陈浩松包队里一条五吨头水泥船，奂生因为付过十一元两角租钱一直肉痛，现在每看见那条船就会想：“一条破船罢了，就是新的，我也买得起。”看人家造房子，他不着急，倒悠悠地想：“让他们先去造吧，我也好学点经验。”……他甚至想起那一次在地区漫游百货公司见到的许多好东西，五花八门，品种繁多，现在如果想买的话，他好像也每一件都买得起。正像他当年饿肚皮的时候想着粮食一样，如果有了粮食，他就是一个魔术家，会变出各式东西来（不就变出油绳来了吗）。

总而言之，陈奂生如果造了房子，那就只是住得舒服些，想要别的就没有钱了。如果不造房子，兜肚里装着那一大笔钱，想法就丰富了。可以造屋，可以买船，可以买百货公司里的每一件商品，可以把世界上一切花花绿绿的东西看成同自己有亲密的关系，需要的时候随手可得。那么陈奂生又为什么要急急忙忙去造屋，把活钱变成死钱割断自己同世界的联系呢？现在他多舒服，海阔天空，任他神驰，好像没有什么办不到。别人家结婚，他也要问问一共花了多少钱，这些钱他也出得起。那么他高兴的话也随时可以再讨一个老婆了！唉，这个念头幸亏他老婆张荷妹不晓得。张荷妹虽然没有用，但妒忌是娘胎里带来的天性，一碰到丈夫另外找相好的，要不拼个你死我活，至少也要弄个两败俱伤。钞票虽好，到那时候也会当作破烂一样撕得粉碎的。张荷妹看到陈奂生拖拖沓沓不想造屋，本来就有过怀疑，干起家务事来乒零乓郎，声音又大起来。晚上睡觉，一上床就侧身朝里，不理睬奂生。奂生晓得她老毛病又犯了，笑着骂道：“痴婆子，你又做气鼓了！”

“是喏，我是痴婆子，尽你欺。”

“哪一点欺你了？”

“不欺我，为什么又不造房子了，压着我住在‘破窖’里。”

"不造房子就是欺你吗？住'破窖'又不是你一个人住，我不一样吗！"

"不一样。你是高兴住。"

"为什么我就高兴呢？"

"哼！"荷妹像洞悉一切地说："不造房子，你的钞票呢？"

"钞票还会到哪里去？"

"拿出来我看！"

"做啥要拿给你看？"

"哼，你莫嘴硬，钞票贴给你姘头家去造房子了吧！"

"你真是个痴婆。"陈奂生气得笑起来道："吃饱了没有什么好愁，就瞎想！我把钱贴给谁了？谁是我的姘头？当心吃耳光！"

"那么钱呢？"

"钱钱钱，钱能放在别人晓得的地方吗？丢了得了！？"

"我也是'别人'吗？"

"你不是'别人'就定要晓得吗？"

"我是'别人'，不是你老婆，是帮人家佬①。你一直这样待我的，你个'投煞青鱼'！"

"你是我老婆，我老公把钞票藏好了，你还有什么不放心！你想晓得——晓得了有什么好处？唔！"

"我晓得了有什么坏处？"

"哼，没有坏处！那一次谁叫你把床里边的钞票藏起来的？"

"藏又怎么样，我又不曾拿到外面去贴给野老公！"

"你有野老公吗！"

"有咧，一千一万个。"

---

① 帮人家佬：佣工。

陈奂生嘻嘻一笑说:“痴婆子,有那么多吗?你晓得‘一千一万’是多少?武则天也吃不消!你不要凶,你连数目都不识得。你不要不晓得钱藏在哪里就难过。你少东翻西翻,就是翻到了,你敢动它一动,我就劈了锅盖拆灶头,散了‘火’各走各的路,让你去跟‘一千一万’野老公!”……

这么说着,张荷妹倒放心了。陈奂生却越说越心热,反而睡不着,便披了衣裳下床,也不开电灯,摸黑行动。张荷妹以为他去方便,并不在意。后来听见像老鼠般窸窸窣窣响了片刻,正想要问,奂生已经回到床边,推推她低声说:“痴婆”。

“做啥?”

“你把手伸出来。”

“做啥?”张荷妹一面问一面就把手伸出被窝。

“你摸摸。”奂生握了她的手臂让她摸自己手里的东西。那是个四角方方的扁纸包。

“包里是什么?”

“痴婆子!”

这一骂,痴婆马上开窍,心里直甜起来,忙说:“晓得了。”

“晓得什么?”

“钞票咧!”

“你晓得多少?”

“我怎晓得多少!”

“一包一百张,半寸厚呢!”

“握握一把呢。”

“全是簇新的一块头。”

“开灯,解出来看看。”

“看什么,又不是没有见过。”

“给我的吗?”张荷妹把钞票握紧了,但是奂生把她的手臂一捏,就把纸包抽了出来说:“不要瞎缠!给你摸摸叫你放心就是了，谁给你呢！家里的钱是随便管得的吗！”

他不让老婆讨价还价，马上又把钞票藏好。然后在枕头上把推迟造屋的好处说给她听。说得她服服帖帖，相信丈夫精明能干，她心甘情愿在那又破又矮又小的房子里住下去，忠心耿耿辅佐她的夫君。

奂生知道老婆是容易想通的，即使想不通，她也有忠贞不贰保卫家庭利益的德性，自己有了这种贤内助，就扩大了伸腾的余地。凡是眼热陈奂生的腰包，找各种借口来借钱的，要是数目大，奂生就说：“钱倒是有，都存在银行里，还没有到期，取不出。”其实他连银行都不相信。如果有人希望到期以后再借，他马上就说：“我都等着钱买砖头呢。挪不出来给你。”决然把路堵住了。如果数目小，他就一推说：“你找我老婆借吧，她是内当家，钱都在她手里。”他无需关照老婆，张荷妹早就有过杰出的表演。果然，她总喳啦喳啦朝借主嚷嚷：“我有什么钱，我身边有钱怎么我倒不晓得，反而你们倒晓得？投煞青鱼把钱投到哪里去了？都来冤枉我！他几时舍得把钱让我放？我拿了他还要劈了锅盖逼我归还呢！”这么一来，人家也不好意思再去问陈奂生了。这当然叫人不愉快；于是背后就有议论，说陈奂生夫妻两个，财还没有发，刚有了几个臭钱，脸孔就变了。串通了演双簧搪塞别人，实在刁嚣。也有人理解奂生，帮他解释道：“奂生也难，自己房子说造不曾造，总也是钱不够吧，哪里还有借给别人呢！”谁知这一说却触动了另一些人，他们生气地说：“那也说不过去。他以前困难时候，总来开口借三斤、五斤米；好几次哩！我们都借给他。那时候我们也并不是有得粮食多，也是束紧了肚皮省下来的！总是要互相帮助嘛！现在他一有钱就忘了交情。漏斗变成笙笼[①]了。”

---

① 笙笼：捕鱼器，鱼进去了就出不来。

这些话，陈奂生自然也听到了。他很觉得委屈，他哪里就忘记了乡亲呢？要知道这笔钱连老婆儿子都不让动啊！何况别人，于是陈奂生不知不觉也以为天老爷永远同他作对。他也学着别人的话说："还是做穷光蛋好，饿着肚皮，光着屁股，太太平平，一觉困到大天亮。现在有了几个钱，就横也不是，竖也不是，倒反心烦死了。"

二

在陈家村上，像陈奂生这样过惯穷日子的人，大概总占了十之八九吧。他们对付穷困，也像对付老婆一样有办法，都有祖祖辈辈传下来的丰富经验。比如五口之家，囤里只剩了两斤米，本来当天就不够吃了，却绝不吃光；顶多只吃一斤；因为还要对付明天哪！到了明天，只剩一斤了，还不肯吃光；只吃半斤，因为还有明天哪。他们从不绝望，永远有一个对付明天的计划，把那么一点熬命的东西匀着匀着，让明天还有那么一点，一点点，一点点点……从太阳东边出来拖到西边落山，从黑夜又拖到亮出曙光，就这样拖过来了。他们身经百战，在任何情况下都有保存自己打败敌人的办法。现在他们开始富裕起来了。他们都走到了一个新的站头，今后将怎样过日子，倒是没有经验的。可是，一旦有人向他们问起，他们先是一呆，接着便把你当成傻瓜，他们会笑着说："兜肚里有了钱，还怕不会过日子吗！"他们不承认"有了钱"确还有一个"怎样过日子"的问题要解决。他们自以为想过了，自以为解决了，其实完全没有。他们只不过朦朦胧胧地各自受着不同的影响罢了，并没有特别的主见。他们开始各干各的行当，除种田以外，有的开店做生意，有的办工厂，有的专搞一种副业，有的走南闯北贩卖，有的拉拢关系做掮客，有的靠技术出去当老师傅，有的光着肩膀找雇主出卖劳动力，有的买船买车搞运输，有的穿街走村收旧货……忙忙碌碌，熙熙攘攘，真是龙腾虎跃，生机勃勃。左邻右舍，彼此已不知道对方赚了多少，只能凭花钱的气派去推测。除了造房子，电视机、收录机开始在陈家村露出头角，城市里花花绿绿的打扮，姑娘头上的鬈发，传播之快，真如一夜春风吹，千树万树梨花开；全不用干部关心去做典型试验和全面推开的工作。赌博的不叫自聚，烧香的成群结队。这也不是阶级敌人在暗中兴风作浪，不过是老习惯仗了财势复兴而已。

陈奂生的榜样大概是一个十亩三间的小窗户，他晓得自己没有本事发大财成大器，能有安安稳稳的温饱日子过就很满足，至于要花多少力换得这种生活就不在乎了。现在他就要守住这样的日子，所以，别人家还不满足还力求发展的时候，陈奂生已经在往回收缩。他那位当小学教师的堂兄陈正清看了社会上许多"赚钱不吃力，吃力不赚钱"的勾当，牢骚又渐渐多起来，认为世道败坏，许多人都往钱眼里钻，什么卑鄙龌龊、男盗女娼的事都干得出来。倒还是陈奂生这样的人，平实稳当。他们辛辛苦苦生产粮食，不想沾光，只求公道。然而公道却往往得不到，眼看着这般社会风气，到头来吃亏的自然还是奂生他们。陈正清一面生着气替奂生担心，一面又自相矛盾地称赞奂生，劝奂生宁可吃亏也不要见钱眼开，做出不干不净的事来。

奂生照样相信正清的话；这也是相信惯了。老实人他会做，吃"亏"也做。不过他也晓得"亏"不像肉一样好吃。做到不吃亏又实在不容易。他从前拿了六百元奖金不晓得究竟是谁吃了亏，那么他自己在何时何地因何吃亏，吃多少亏就全能晓得吗？社会变得越复杂他越怕，他要想少吃些亏也只能退在一边，让出战场来由别人去争斗，而且不管你对谁胜谁负是否有兴趣，都要付票钱。不会让你白看。

有些关心奂生的人，看见奂生放不开手脚，还在单打一种田，觉得他太缺乏心机。陈荣大有一次吃过夜饭，就跑来看他，串兜他说："奂生你除掉种田，可还想做点别样？"奂生反问道："你说有啥好做？"荣大笑道："从前你还晓得做了油绳卖，现在倒一样不做啦？"奂生也笑笑说："种了几亩田，倒忙煞。"荣大哼了一声道："你也是欢喜忙罢咧！"奂生说："这算啥话，我空着就难过吗？"荣大说："你就是空了难过。你想想，这一阵你做了足够一两年用的干土[1]，一担担从田里挑到屋后堆好，然后慢慢拆下来敲碎了垫猪圈，变成猪灰以后，再一担担挑到田里去垩，这一出一进挑掉的担子，要花多少力气？要花多少时间？你不是吃饱了饭不得饿吗？"

"这有什么办法呢。世世代代都是这样养猪的。"

"你看看村上还有几家像你这样养猪？"

"唔，我晓得。"奂生不以为然道，"净用柴草垫圈，轻松是轻松，可是光柴草要花多少钱？我花不起。"

"能多花几个钱呢？一年多买一千斤煤球，就足够把烧柴省下来垫圈了！"

"一千斤煤球要多少钱？"

"大不了几十块吧。"

"这些钱天上掉下来吗？一只小猪养大了一共值多少？蚀本要蚀到印度国去了！"

"哼，你那些干土挑来又挑去，堆好又拆散，压坚又敲碎，要折腾掉多少人工？"

"人工能算吗，不做也是歇歇的。"

"这就是你的毛病了。"陈荣大一目了然说，"你有空为什么不找点赚钱的事情做做，倒架一副干土担放在肩上长挑呢。这不是空了难过吗？"

---

① 干土：用来垫猪圈。

“挑挑至少也省下一千斤煤球钱哪。”

“这才叫蚀老本。你那猪灰的质量不及柴草垫的好，你花那么多工夫在别的事情上又何止赚一千斤煤球钱？说不定一万斤也赚着了呢？”

陈奂生看看荣大，心里佩服他的算盘，一时无话可说，停了半晌，才摇摇头道：“哪里有窖好挖啊！”

“嗳，奂生，你就是不动脑筋。”荣大叹口气说，“你看看人家这两年养珠蚌，赚头多好！比挖窖还惬意呐！”

“唔。”奂生点点头说，“赚着的人是赚足了。”他习惯了别人说他不动脑筋，一点不生气。

“你不想养吗？”

“我？”

“我们合养好不好？”

“合养？”

“我一直想同你合养的，你我各拿一千元本钱出来，赚了就平分。”

“一千元哪……”奂生吓了一跳。

“本大利大嘛！”荣大说，“你又不是拿不出！”

“……”

“奂生，你我自己人，合得来，信得过，我同你合养最好，否则，我宁可独养。”

“独养不是挺好吗！”

“我晓得独养好，就是家里还有别的副业，忙不过来，同你合养，大家好省劲点，比如看夜吧，一个月各看十五天，就不伤精神。钞票一样赚！”

“稳赚吗？”

“你不看见人家赚了几年了！”

“人家赚到是人家的，轮到我们呢？”

“这话怎么说呢？你想得也并不错。不过做一件事情，多少总要冒点风险。就是种田，也有年成好坏哩。话能说死吗？照我看，养珠蚌总比别的好。”

奂生半天没有响，最后说：“这么大的事，我还不曾想过。等几天再说。”

隔了几天，他碰到荣大，担心地问：“一千元来去忒大了，少点不好吗？”荣大说：“多也是一养，少也是一养。多养多赚，为什么不多养！”

“先少养点试试不好吗！”

“不算多呀，别人家都下几千本钱呢！再少养就算不来，一样花工，一样要看夜，一年到头看着它忙，忙那么一点点，不是弄白相！”

奂生摇摇头说：“你倒口气大，我吃勿消。弄得不好，蚀了本，性命交关的呀！”

“事情还没有做，倒急煞了！这样还能做事哪？”

再过了几天，荣大跑去找他，奂生摇摇头说：“想来想去，还是你独养吧。我不养了。”

“你怕蚀本？”

“是怕。”奂生老老实实承认，“我这个人运气不好，注定不会发财的，人家养德国毛兔赚大钱，轮到我养就亏了。人家养地鳖虫国家收购，轮到我养就不收了。凡事等到我去做就没有好处了。你别搭我这个倒霉人，我只配种田，别的都不是我做的，七合升箩八合命，满了升箩要生病。像我这样的人要发财，那么天下谁个还该穷？我还是安分点好。积点钱也不容易；容易钱我也怕积。我的钞票都是用自己汗水浸过的，舍不得随随便便脱手。要是蚀脱了，几时再聚得起？等于送脱我的命。”

于是陈荣大也只好由他了。

过了几天，又有个名叫王洪甫的同奂生商量合作养鱼。奂生心里倒动过一动。因为养鱼不比珠蚌，珠蚌在奂生看来是完全没有用的东西，如果没有地方收购，这东西不能吃，不能穿，又派不上用场，拿出去卖也没人要，放在家里烂都烂不掉。至于鱼，天天可以上街卖，而且俏，价钱挺大，能赚到钱。可是也要先拿本钱出来才能养。陈奂生就又打了个顿："养在河里被贼偷掉了怎么办？"

"当然是日日夜夜要看牢的啰！倘若不要看守，我一个人也能养。就为要看守，才要同你合养啊！这样好轮班，大家轻松。"

原来如此。陈奂生明白了之后，就决然不肯合养了。"看鱼不是容易的。"他摇摇头说："多少人吃过亏。看的人总只一两个，偷鱼贼要来就是一群，看鱼的还不曾喊得出'捉贼'，就被贼捉住吃了一顿重生活，然后网放下去，连河底都卷了走。养鱼的蚀得家都不认得。"

陈奂生自然不肯冒这个风险。

"还有呢！"他还敏捷地想起另外一些险情来，"去年前村周元兴家养的那一池鱼，本钱也足，养手也好，看守呢，也算看守得紧的了；可是有人红了眼睛不肯舍，偷不着就花了一瓶乐果，一夜天一池鱼死个精光……"

经过几个回合，陈家村的人都明白了，不管社会怎样变化，陈奂生还是个种大田藏死钱的角色。

于是王生发又把他看上了。

王生发觉得奂生实在是个好人，从前自己进厂的时候，帮自己说过好话。现在自己这个位置也等于是奂生让出来的。虽然说，工厂里多用一个供销少用一个供销都可以，但奂生一走就有缺额，他填补进去就名正言顺了。奂生做得漂亮，做得叫王生发惬意，所以王生发念他的情。王生发在包产当中看到奂生贪田多，就说过："我的田也送给你种。"这当然是一句笑话，那时候王生发还吃不准社会怎样发展，自己将何以为计。但不到一年，王生发就明白土地已经是他的拖累，他在工厂里打开了局面，不但能赚很多钱，而且连老婆也安排到别的厂里去了。他家没有工夫种田。特别是明白了没有必要种田。种田始终是末等生活，就是种好了那几亩田，一年能有几个钱收入？这点钱有没有对他来说都不在乎了。所以即使有工夫也算不来吃那种苦头。到了这种时候，王生发自然又想起陈奂生，想起当时说过的那句戏言来，觉得真能这样的话，对自己全家就解脱了。可是王生发也讲良心，他晓得种几亩死田没有出息，总要搞点别的名堂才会发家，如果把自己的田让给奂生种，就等于把奂生全家的手脚一齐捆在田上，再没有工夫做别的了。这不是害了奂生吗？这样想着，就只得放在肚里，不便做出来。现在听别人说了奂生这么些事，心里一亮，暗笑自己聪明一世，糊涂一时；社会上的人，本来是不一样的。想法不一样，爱好不一样，生产和消费能力也都不一样；所以到了共产主义，也只能各尽所能，按需分配，决不能一律对待的。不能够拿一己的喜爱，代替众人的喜爱。他王生发认为种田没有出息；陈奂生未必也认为没有出息。他王生发把田地当做累赘；陈奂生怎么也会当累赘呢！陈奂生这也不做，那也不做，只种田配他的胃口。既然如此，他怎么会不喜欢田！对他来说还有什么比田更好的东西呢？把田送他，他自然要。不要他还能要什么！所以，送田给他，决不是害他，而是照顾他，他横竖专门种田，多也是一种，少也是一种，多种自然收入也多，他又何不多种些呢！对对对，这田是完全送得的。而且送也不是自家嫌它累赘，田总是田嘛，累赘什么！送给陈奂生是因为同陈奂生有交情，是替他的生产和生活着想，让他也能够安居乐业，丰衣足食。否则的话，王生发宁可送别的，也用不到送田呀！田可不是随随便便的东西，是处世立命的根本，没有田，莫说活着没有饭吃，就是死了都没有葬身之处啊！试看列朝列代，哪有人把田地送人的？地主、资本家哪个肯？从开天辟地以来，到他王生发手里只怕还是创举哩！怪不得想做又有点缩手缩脚，原来是前无古人的啊！这就对了，他终于发现它的伟大意义，终于发现自己想这样做的崇高感情。于是他首先感动了自己，确认他这样去做完全是大公无私的。他像个演员一样首先进入角色，然后去找陈奂生做他配角。陈奂生一看他的表情一听他的语声就被他同化了，尽管他习惯地不相信王生发的公心和私交，但又挑不出有什么毛病。这不附任何条件的馈赠的确无损于陈奂生一根汗毛却有益于他全家的事业，所以除了惊喜地愿意接受之外，就是让村长来证明这件事确实发生过并且允许存在，然后就只有肝脑涂地感激王生发的份儿了。

于是，王生发夫妻两人的四亩半按劳承包田，就经村长同意过户到陈奂生名下，从此，陈奂生一共种了十亩八分，成了陈家村上冒尖的种田大户。

三

这些年头，日子像一串鞭炮，过得又响又快，大家忙得疾风吹云，转眼间又是一年。跨着年头年尾，在一冬一春里，陈家村上又有十多户造了房子。其中有两户最引人注目，一户就是王生发，另一户就是陈奂生。

大家知道王生发早就造得起房子，他在“文革”中期就当了队长。那时候队里很穷，社员不好过，队长也不好过。社员不好过不得不过，队长不好过会有办法变好过。他掌握了全队至高无上的权力，大小事情一把抓；有的抓在队里，有的呢，因为瞅着衣食的艰难，就抓在自己袋里了。队里有的，他袋里都可以有，队里没有的，他袋里也会有（比如有些物品分配下来的数字少得只能留下来供应干部，无法再分给社员，又有什么办法呢）。总说人多好做事，人少好吃饭，尽管王队长不想霸住了粮食独吃，但接触最多最了解的还是自家锅里柜里的虚实。因此往往不自觉地偏向于注重这一面，况且权力在握，保住一家不算难，只要社员每人每天少吃一口就富足有余了。报纸上总说我们是一个人口众多的大国，每人每天节约一分钱一两粮，就可以建设××个大工厂，让欧洲那些小国吃上一两年……王队长就从那儿学会了算账法。这是“井水浅一点，河水满一点”的算账法。当然，最好还是“河水也满，井水也满”，但如果阻挡不住河水浅下去，阻挡不住自家的井水跟着河水浅下去，难道就不能另挖一口深井或者干脆让大家的井水更浅一点吗，横竖已经浅的了，再让它浅一点也未见得就到了极限的程度吧。须知中国人民是一不怕苦、二不怕死的啊！或者竟要破釜沉舟，置之死地而后勃发生机呢。社员要缓解生活的困难，自会奋起寻找政策的空子。群众是真正的英雄，在他们眼里，上面订的政策是千疮百孔的，并不难找。找到了空子钻进去也容易，难就难在要王队长答应了才能去钻。王生发无需多花力气，守株待兔就行了。他只要守住空子的大门做售票员，不让钻进去的人逃票就行了。比如说吧，社员外出做工（如瓦、木、竹匠，裁缝、运输及做小工等等），收益往往是生产队工分值的五倍、十倍、二十倍……但政策不允许劳动力外流，谁要流出去，或者罚款，或者要把全部收入上缴生产队，然后靠同等劳动力记给工分，这样就等于在外白做。他们损失太大，只好讨饶，向王生发买一张票。生发队长就会照顾到社员的困难，找一个借口，该交一百天的，改交三十天就算。或者上缴收入的15%做生产队的公积金完事……处理的分寸完全看你付多少票价来掌握。光是这一个项目，王生发几年中用权力兑换成的钞票，也造得起房子了。可是，这几年来尽管年年造屋成风，王生发都高卧隆中，稳住不动。他有经验，他还要看看形势如何发展。现在他动手了，也就是看准了，一造就是三大间二丈一尺六寸高的二层楼，占地一百三十五个平方，高度、牢度、漂亮程度，都在陈家村上开创了历史的新纪元。老年人因此想到从前造庙宇、祠堂的气派。从开工到结束，钞票像水一样流出去，王生发笃悠悠，好像牯牛身上拔根毛，全不在乎。老百姓这才明白小看了王生发，看来王生发靠当几年队长拿到的外快，不过是针屁股里穿线，不是大交易。他能发达到这步田地，自然是近两年跑供销捞着的，像陈奂生那种老实人，跑一次光奖金就得了六百元，那么王生发这两年究竟赚了多少个六百呢？除了厂里的奖金还有哪些花枪可以耍的呢？他可不是陈奂生啊！

当然这都是背后的议论，甚至只是肚子里的叽咕。老百姓乖，晓得议论没有用。能干的人脸皮一般都老，你当面朝他吐口水，他一闪身像躲箭一样快，然后马上跟着你朝同一方向把口水吐过去，帮你骂别人。只当你原来骂的就不是他。

但是有关陈奂生的事情，男女老少都会大声说出来。陈奂生总算没有再拖下去，今年也造了房子，他的三间老屋没有动，只是修修漏洞、补补墙角，然后粉刷粉刷，重点工程是在老屋西山墙外造了一间新的。这新屋按去年的计划，原只想顺着老屋的高矮长短放出一间，他外甥张坤大一再劝他不要这样造，一则老屋毕竟寿命不长了，新屋如果搭在老屋山墙上，将来老屋或者倒塌或者重造，都会影响新屋；二则老屋又矮又短，放了东西住不下人，住了人放不下东西，而且住人放东西都嫌气闷潮湿，全不适合。多少年叨念着造屋盖房，到头来造那样的房可就太窝囊了，倒还不如不造的好。如此说了好几次，陈奂生才回心转意，听着张坤大的话，另立山头，造了一间楼房，因此超出预算，造得满头大汗，把往年的积余都花光了，不过还亏得张坤大精打细算，节省了不少。张坤大既怪娘舅又有点自悔说：

"舅舅，如果我们上劲提早一年把房子造起来，工钱可以省一半，材料费可以省三分之一。现在只好硬吃亏，钞票放在家里白白受损失真正可惜了！"陈奂生听了，也很肉痛，但也仅此而已，并没有再联想到当年拿了六百元奖金不知是什么人吃了亏的问题；因此也不去想自己吃了亏又是被谁沾了光去。

村上人评比起来，就说："今年造屋人家，陈奂生的房子造得最小最蹩脚。"晓得内情的人就不唱空曲了，他们很同情奂生的窘和拙，私下交谈起来，反而叹息说："为了造房子，奂生其实不必呆，可以再去找找吴书记的。吴书记到过他家，见过他的破房子，会肯再帮他一把的。当官的帮起来又容易，只要再让奂生跑一两趟供销不就解决了吗！奂生傻，他不跑，白吃亏。"这也是天生就了各种各样不同的人，没法劝的。

这自然都是空话，无补于事，真正伸出援助之手的，倒还是王生发。总说恻隐之心，人皆有之。王生发毕竟也是种田出身，对种田的难处，一清二楚。他晓得奂生多种他送去的几亩田实在不容易，凭心而论，能帮他忙的时候，应该帮帮他。这一年生产资料供应开始紧张，紧要关头逼着人走后门或付贸易价，亏得生发人头熟，消息灵通，总帮奂生买到平价货。可是他也不是保险公司，有一次急需治虫，奂生用光了计划分配给他的农药，还缺一半，到处买，市场上像被大水冲过一样干净，有人走后门买到了。奂生也想走，竟找不着路，这时想起了吴书记，觉得自己有那么一条大路都不想走，现在低声下气去求一个说不上算什么品外官，竟还无门可进，无处可求，实在可气。幸亏王生发跑了一趟供销回来，代他去想法，私底下送了一条香烟，才从门缝里通融来两瓶，还口口声声说卖了交情。奂生想想种田也免不掉送礼走后门，窝囊极了，原来一个人要本本分分过日子竟不能够，早知如此，当年何不在吴书记那儿走它一个痛快呢！

这自然也是瞎想。

还有更叫人哭笑不得的事情。有一次王生发给奂生一张单子,叫他赶快到农业局的良种站去买五十斤改良稻种,那稻种产量高,米还好吃,是生发在城里请客吃酒时朋友送给他的。他的田已经让给奂生种了,所以这好处也让给他。奂生很高兴,隔天就上良种站去买。那单子递在一个女同志手里,女同志看了看他,便把脸沉下来了,把单子往桌上一丢,不声不响走掉了。过了一阵又回来,没事人一样往凳上一坐,干别的事,好像把陈奂生忘记了。陈奂生只得说:“同志,同志……”叫了几声,那人才抬头看他,奂生说:“那单子……”话还没有说完,那位女同志就把单子往他手里一甩说:“今朝没有了,过几天来。”便再不理睬。陈奂生呆呆看着她,觉得面熟,又想不起在哪儿见过,只得空手回来。到晚上睡觉时,才忽然记起那女同志就是当年县里招待所服务台收他五块钱住宿费的漂亮大姑娘,不觉高兴起来。接着又疑疑惑惑,觉得如果是她,也算有一面之缘,自己从未得罪过她,今日相见,又何必把脸板成一副寡妇相呢?便把这事去告诉王生发。生发哈哈大笑说:“听说过,听说过,那年大家看到了写你上城的小说,凡是住招待所的人,都去认认那位漂亮大姑娘。有的戳她背皮,有的当面就说闲话,弄得她待不下去,才调走的。莫非就调在种子站吗!这都是那作家造的孽,她怪不着作家,倒怪到你陈奂生头上来了。过几天你同你老婆一起去,你再仔细认认,如果真是她,你就不要出面,叫你老婆拿条子去买种子吧。”陈奂生照着做了。认出那女人果然就是招待所的大姑娘。陈奂生不禁浩叹,活在世上,做人真有想不到的难处。他哪里愿意开罪那么漂亮的大姑娘呢。人皆有爱美之心,今天他晓得了也后悔、也难过呢……

总之,王生发是很关心奂生的,这一次,他在奂生家吃上梁酒,看看听听,就知道陈奂生捉襟见肘了,吃到高兴的时候,便大声说："奂生，不要愁，船到桥下自然直，总有办法的。"过了一阵，奂生已经住进新屋。生发的新屋也上梁了，自然也邀奂生去喝酒。那一天真热闹，来了许多客人，坐了二三十桌。到了晚上，陈奂生已经熄灯上床，忽然王生发来敲门。奂生开了灯迎他进屋，生发看了看堂屋说："好，台、凳都是现成的，奂生，今天挑挑你，你把台子揩揩干净，等歇有人来。"陈奂生连忙答应着就做，也不知谁来，来干什么。生发出去了片刻，就带来十几个人，进来就把门关了，对大家说："就这里吧，这里最安稳。奂生是老实人，神仙也想不着我们会在这里开局，尽管放心好了。"

原来这些人是来赌牌九的。奂生晓得，打麻将、抓纸牌，现在也像姑娘烫头发一样流行，那叫文赌，都公开了，无所谓。这牌九是武赌，人多，输赢大，听说还抓。陈奂生从未看见过，有点怕。王生发悄悄说："你怕什么，有我呢，你别管。去烧点茶，到半夜里我再叫你弄点吃的——家里有现成的吗？没有就到我家去端点来烧烧热……"就这么赌了一夜，到散场的时候，王生发说："头钱呢，头钱在哪里？"原来大家都忘记了。一经提醒，几个坐庄的赢家就摸出一些钞票来，数也不数，看也不看，乱得像字纸一样塞给了奂生。奂生还没有反应过来，他们就走了。

好，陈奂生成了抽头聚赌的坏分子了。头钱一共二百一十三元。他偷偷地去还给王生发，王生发训他道："你又发呆啦，这是我帮你的忙哪！"一走了之。那怎么办，如果把这钱交上去，不等于揭发了王生发吗！奂生能这样干？只好闷声不响拿下了。心里忐忐忑忑一直发虚，好像自己参加了赌博集团，在公安局里挂了号了。

总而言之，种田大户陈奂生和供销员王生发的收入是悬殊得不能比较的。实在也无法比，因为王生发的收入谁也不摸底。除了王生发，还有劝陈奂生合伙养珠蚌的陈荣大，养鱼的王洪甫，一年的收入，也都比奂生大几倍。陈奂生不眼红王生发，因为他干不了，总嫌它是邪气的活路。但是看了陈荣大和王洪甫的收入，他实在懊悔，因为这是他认为的正经事情而且自己能够做好的。他只是由于怕蚀本不敢下本钱罢了。结果大吃亏。那么下一年怎么办呢？这个问题在陈奂生新屋落成以后，陈荣大和王洪甫去向他提出过。出乎意外的是陈奂生依旧摇摇头，没有参加。原因比去年要复杂些，田种多了，他忙不过来是一个。手头紧了，拿不出那么多钱来投资又是一个。但最根本的原因仍旧是“万一蚀光了怎么办”。而且这“万一”今年在陈奂生的思考中已经变成了“万二……”因为赚钱的时间过去得越多，倒霉的时光就越是临近了。他还是以不变应万变，根牢固实地守住自己脚下这块土地吧。

这就是陈奂生思想，它是在历史的长河中经过千锤百炼的，他会富起来吗？……他是很容易自满自足的。他至今还是社会中坚——他填饱我们的肚子，但他不会考虑社会是否亏待他；因为他自己亏待自己早就习惯了。

陈奂生决定就这样过下去。如果要变更的话，让儿子女儿大了再说吧。

谁知道将来会怎样呢！

春节过了不久就发生了一件事，那天早晨，陈奂生照例天刚亮就起身，他打开新屋的大门，发现阶沿石上有一个衣包，一面想着“谁会把个包裹丢在这里呢”，一面就蹲下身子把它拾起来。摸着絮软，而且微温，拉开包裹一只角看去，原来是一个生下不久的孩子，包扎得很厚实暖和，孩子安安稳稳睡着了。陈奂生连忙抱着沿屋跑了一圈，想找出那个送孩子的人来，却影踪都不见了。

很明显，这是个计划外的黑孩子，父母不肯动手术，生下来了又怕罚款受处分，便偷偷送人。

陈奂生把孩子抱起来了，他不能再丢掉，这已经是一条活生生的生命了啊！

他只得抱进门，喊老婆起来商量商量。张荷妹一听拾着了孩子，二话不说，连忙从奂生怀里接过来，又是闻，又是摸，母性大发作，像拾着了宝贝一样高兴，全不答理奂生的问话，只管一面动作一面说："拾着的，拾着的……谁个父母心狠丢掉的……哎呀呀，还是一个男……"她全不顾利害。

一个早晨，全村的人就都知道了这件事，几乎大家都来看过，热闹非凡，陈奂生新房子墙脚边头壅墙脚的泥土，都踹脱一层。后来村里几个管事的人坐下来商量这件事，大家想不出是谁的孩子，又究竟为什么选了陈奂生家来送。是看中陈奂生新造的房子吗？是看中陈奂生的儿女已经大了，有手脚照顾这孩子吗？还是因为陈奂生是村子里起身最早的人呢？也许都是，也许都不是……只有天知道。

孩子怎么办呢？

"报告乡政府，出个证明送托儿所去养吧。"村长、队长、邻居，好些人都这么说。

谁也没有想到张荷妹跳出来说："不要不要，我来养，我来养。"

村长诧异道："你又瞎来了，自讨苦吃吗？"

"不自讨苦吃，就只为是人家看中了送给我家的，自然我家养。"

村长摇头道："亏你这样想的，你当人家送孩子给你就是看得起你吗？"

"他总是相信我，放心我。"

"是害你！"

"怎么害我呢？"

“带大一个孩子要花多少钱？多少粮？多少手脚？你不晓得么？”

“能这样算账吗？这样算就一个孩子也不要养，大家都断子绝孙好。”

大家听了又好气又好笑，知道这痴婆说话没轻重，又不便计较，只好望着奂生，叫奂生拿主意。毕竟奂生脑子要清爽些。

有个同奂生平时不大往来的人听了张荷妹的话，心里早就不快活，这时候冷冷地说：“还是送给公家养吧。总比你们养好些。”

“凭什么？”

“你们家条件也并不好。肚皮吃饱几天了？”

“多养个孩子还养得起，总不求你。”

“哼，你当孩子养在你家里就是享福么！是受罪！莫弄错了。”

“受罪就受罪，受罪也是人家看中了送来的，他就没有送到你家去享福！”张荷妹只会这样直捅捅说话，接着大声说：“就是我养，不关奂生事，又不用他投煞青鱼费手脚。”

村长喝道：“不要争论了。奂生，你决定吧。”

谁知陈奂生受了老婆的感召，也被不三不四的闲话所激怒，他满脑子充满了人道主义，竟慢吞吞地说：“不要去害公家了，既然送来了，我老婆高兴，就让她养吧。横竖我们穷惯了，苦一点也无所谓。其实也不算苦，比从前好多了。从前我爹爹只有三间屋，几亩租田，还养活了我兄弟姐妹八个。现在连这孩子在内，我也不过三个，总能养大的吧。”……

于是孩子留下来了。

该给孩子取个名字。陈奂生想着了堂兄陈正清。正清出门学习去了，要半月才回。等不及，转身碰到了陆龙飞。陆龙飞想起这样不明不白送来的孩子，习惯上叫做“天落子”，便在这三个字上打主意。“叫天落吧？不好，叫落子吧？也不好。”他用排列组合法筛选，最后又高兴又有点开玩笑地说：“对了，有个好名字。叫他‘天子’吧！”

陈奂生听说过“天子”是什么意思，也知道现在提这个名字不会杀头。“天子、天子”声音顺口又响亮，觉得不坏。

“怎么样？”陆龙飞怂恿说，“呱呱叫的名字。”

“好，就叫‘天子’吧。”奂生赞成说，“就不知是真命的还是假命的。”

嘿！原来陈奂生还有野心呢。

出　国

一

眼睛一眨，陈天子已经过了三周岁。谁也不知道他的生日究竟是哪一天，只好从陈奂生在门口台阶上拾起那时算起。这孩子肤色细洁，眉目清秀，从肌里溢出来一派聪慧之气，极惹人喜欢。于是议论也就特别多。村子上的人，都把自己认识的年轻夫妻拿来同陈天子攀比，想查出天子究竟是谁生的。结果统统失败。这孩子谁都不像，大概真是老天爷亲自把他生下来的了。

包产到户以后，农户们各自忙着自己的家事，已不像从前那么悠闲，有时间去关心别人家的长短；加上把注意力集中在陈天子身上，就忽略了陈奂生家的其他方面。其实这三年中，陈奂生家起了更朝换代的变化。时间对人的态度并不大公无私，它在某些人身上轻柔温顺，愿意做一个佞臣去抚平皇帝脸上的皱纹；而对另一些人，却总是风刀霜剑严相逼，做得断情绝义。陈奂生大半生吃菜咽糠，牛马般出力，自然身亏已久。一旦上了年纪，身体说败就败，不但手脚笨滞，机转失灵，而且操劳不久，就腰酸背痛，渴望歇息。所以，他那个种田大户的担子，是挑不动的了。产量逐年降低，收入逐年减少，偏偏不自量力，又慷慨承担了抚养陈天子的责任，加上物价浮动，原来积蓄的一点钱日渐贬值，家中生活，就日见窘迫。本来，他如果有心计，早该替自己留下老来的退路，比如前几年左邻右舍邀他合伙养鱼、养珠蚌等等，学点轻工技术，不用硬拼力气，收效却好。无奈陈奂生习惯自给自足，不敢搞商品生产，就只好苦苦自己了。现在已经回天无术，只有卸肩胛。要卸肩胛也只有卸给儿子女儿。所以，儿子初中毕业，女儿小学毕业以后，都没有再升学。他们并非不想读书上进，只是读书毕竟没有吃饭穿衣重要。孩子们可以什么都不懂，但都知道不吃饭不穿衣不能去读书。他们晓得父母的难处，不得不提早接班。这也是孝感动天的事。总说父母无用，儿女精明，这也是环境逼出来的。儿女一上阵，家庭经济的滑坡现象似乎就刹住了。于是以儿子为主建立的领导班子就站住了。陈奂生自然没有退休的待遇，也不甘心退休，还要着力帮儿子敲敲边鼓。两代人的更替在不知不觉中自然而然地完成，远不及陈天子的生相那么引人注意。也不知道是从哪一天开始的，外面的人要来同陈家进行横向联系，陈奂生竟不敢擅自做主，脱口说出了"你找我家儿子商量吧"的话。来客一点不奇怪，果然就把奂生撇开；儿子也一点不奇怪，果然也当仁不让了。不管陈奂生的出身如何了不起，几十年来如何跟着共产党艰苦奋斗，长期当"漏斗户"饿瘪了肚子如何百折不挠，也不管他曾经创造过如何轰动的社会效应，他必须服从新陈代谢的自然规律。他的时代已经过去，他将越来越被人忘记，越来越衰老直至消失掉自己。

不过这对陈奂生来说却无所谓了。他不曾有过奢望，也并不觉得遗憾。父亲生了他，他也养了儿女。他把陈家的种子传递下去了，便对得住祖宗。更何况还造了点房子。应该说在陈家的历史上是有建树的人，据此自可心安理得地告退。他知道自己无用，也知道儿子比自己能干。他可以寄希望于下一代，不像很多人那样认为一代不如一代，因此寄希望于上一代；所以更有理由感到满足。他开始不慌不忙过日子，吃完了饭常常坐在桌子边头不起身，剔剔牙，打打饱嗝。冬天就端张矮凳坐在门口晒太阳，抚抚膝馒头，让陈天子站在他的两腿中间，把他的胸膛焐得热烘烘的，比太阳晒得还惬意。真是老天爷特别照顾他，临近晚年了，还送给他这么好一个天落子。看那一副聪明相，将来定然是大有出息的。陈奂生只要有了他，也就绝不会觉得寂寞了。别的还在乎什么呢？世界这么大，要都"在乎"也在乎不过来，说到底一切都是身外之物，由它去吧！

谁都知道陈奂生就只会这样过下去了，决不会再发生什么奇迹，改变他的道路。他认识的地委书记吴楚，也已经退下去，仍住在老地方，王生发去看过他，在他家坐了半天，不曾见有一个来客，连电话铃也不曾响过，冷清得出奇。当年陈奂生帮他耕熟的菜畦，却照料得特好，满畦碧绿，吴楚陪客吃茶谈话的时候，还常常朝着那些蔬菜出神。大概他平时的心思，大半用在这上面了。因此给王生发一个印象，他对别人说："吴书记也是退得太早的一批，看来日子也不好过，有一块菜畦种种，倒是很有帮助的。"如此说来，吴楚已自顾不暇，也没有能量帮陈奂生再创造出奇迹来了，就连写小说的作家，大概也不能异想天开了吧！

可是，什么都难以预料，陈奂生的命运，从"上城"开始，老天爷就已经替他做了安排，他必然要重新腾跃起来，成为一颗更加耀眼的明星。

就在陈天子四岁那年春天，麦苗儿、紫云英和油菜花把陈家村打扮得花团锦簇的时候，一日上午，陈奂生正坐在太阳地里搓绳，搓得草屑沾满了裤子，忽听见有人唤他的名字，他抬头一看，是乡政府的张乡长。陈奂生就站起来，笑了笑，不经意地招呼说："张乡长，到村子里来有事吗？要找什么人？我去替你找。你先坐下来歇息。"

张乡长的声音很欢畅地说："不找别人，专门找你。"

"找我？"陈奂生不相信，他晓得大家已把他忘记了。

"就找你,你看,我给你带客人来了。"张乡长回身看了看说。

陈奂生跟他看过去,见几位村邻陪着两男一女正转过墙角走进来,其中那个稍嫌胖了些的中年人,十分面熟,一时却叫不出名字来。正发呆间,那人却笑嘻嘻开口道:"老陈哎,你怎么连我都不认识啦!"

陈奂生一听声音,便拍了拍大腿叫道:"老糊涂了,我是老糊涂了!怎么连辛老师都认不出来了呢!"

"嗨,不怪你,你看我也老多了!"辛主平说。

"老倒不老,就是胖多了,上次见到你,只有现在一半大。一个变两个了。"

"胖了就变坏了,将来进炉子,倒要多烧掉几斤煤呢。"辛主平开玩笑说。

可是陈奂生却摇摇头,显得很难堪地说:"真不相信,我竟会认不出是你来。"他呆想着,用手慢慢来回抚自己的颈项,自言自语道:"我一直想着你的,我总说,辛老师哪里去了?怎么不来?想不到今天你来了,我竟认不出。我真是老糊涂了。真的,我应该一眼就认出你来的,可就是不曾认出来。我老糊涂!你来了,走到我的眼门前,我倒反不认得。平常想你,都白想了……"他这种诚挚的情感把大家震慑住了,都愿意让他用这种简单的语言去重复表达他的深情。

那位唯一的女客显然深受感动,她轻轻叹息了一声说:"听了他这么说话,不用介绍,我也知道他是陈奂生了。"

大家听了都很惊讶,陈奂生看她腰把子瘦瘦的,戴着副眼镜,头发也没烫,好像很年轻。是辛老师的同事吧,便说:"我倒不记得了,你什么时候来过的呢?还记得我说话的声音吗?"女客笑着说:"不是的,我不曾来过。我是看写你的小说,晓得你说话的方式。"她说了,见陈奂生领悟不过来,便问道:"陈先生,你也看写你的小说吗？”陈奂生听她称陈先生，四周一查，在场的只自己一个姓陈，觉得十分新鲜，回答道：“我扁担大的一字，只识得一小捆。”虽然答非所问，偏偏倒把问题答上了。女客点点头，对辛老师说：“‘转业’里边，他在吴书记家里等吴楚回来，等了好多天，吴楚终于回来了。他当时对吴楚说的那一段话，很感动人。说的方式同刚才一样。”辛老师听了，心头一热，很兴奋地说：“一点不错，你真说到点子上了。”女客认真地说：“看起来只是几句简单的话，却感人极深，实在不是轻易写得出来的。”辛老师很激动，他沉默了片刻，让自己平静下来，然后叹息道：“评论这些小说的文章，不知有过多少篇了，却没有一篇提到这个的。”然后对陈奂生说道：“这是华如梅华老师，她从很远很远的地方特地来看看你的。”陈奂生不信道：“真的吗？”“真的。”“来看我做什么呢，我又不是大人物。”张乡长哈哈大笑说：“陈奂生，你的名气大得很。我以前还小看你，今天听华老师一说，才晓得你的名气已经漂洋过海出了国，全世界都晓得了。”陈奂生吃惊道：“真的吗，那么华老师你是从外国来的了。”华如梅点点头说：“我在美国教书。”陈奂生细细看看她说：“不像，你不像外国人，完全是个中国人。”华如梅听了非常高兴，说：“陈先生，真像你说的就好了。我本来就是中国人，在美国住了几十年，如果还完全是个中国人，那我就很高兴，你真是太称赞我了。”陈奂生又问：“在美国住了几十年吗，你今年多大了？”“五十五。”陈奂生又吃一惊道：“我还以为你只有三十岁呢！”张乡长插话道：“陈奂生，你看错的事情太多，我再说件事情你听听，你晓得写你的那些小说的作家，究竟是谁？”“这个还用问，不是一个姓高的叫高高高……什么的？”辛老师提醒道：“高晓声。”“对了，就是他。”张乡长又问道：“你认不认识高晓声？”“不认识。”“你知道不知道有没有这个人？”“当然有？”“为什么？”“没有他这个人，怎么有他写的小说呢！”张乡长哈哈笑道：“告诉你吧，我也一直上了当，其实并没有高晓声这个人，他也只是写你小说的作家想出来的一个符号，并非实有其人。”陈奂生睁大眼睛想了一阵说：“嗨，你越说我倒越糊涂了。那么作家究竟是谁呢？”张乡长拉长声音说：“你猜，远在天边，近在眼前！”陈奂生猛然醒过来，一声怪叫道：“辛主平，我看就是你！”

大家大笑，陈奂生和辛主平都笑出了泪。陈奂生说：“我原想，是哪个精明鬼钻在我的肚皮里，会把我的心思都写出来呀？那个高晓声哪！我总不相信。要说是你呀，我就相信了。不过这几年你也不曾来，怎么还晓得我的事情呢。”辛主平神秘地一笑说：“你看不见，我的灵魂在这里！”陈奂生呵呵笑着说：“你有道行，成了孙悟空，会七十二变，还变出一个高晓声来糊弄人，比陆龙飞本事大得多！”

陈奂生兴奋得不得了，一面说，一面把大家让进屋去。叫老婆烧茶，准备饭菜，留客人吃饭。大家刚坐下，同来的一个男青年却又站了起来，陈奂生忙拦住，那青年说：“他们不走，我就走不了。我去看看车，停在公路上，别让小孩子弄坏了。”原来他是司机，陈奂生看着他走出去，就说：“辛老师现在你高升了，出门有车坐，做了什么官？”辛主平说：“哪里是什么高升什么官，不过是挨了打以后，总算打不下去了，让我回去干老本行。”陈奂生说：“你骗我，我晓得的，你是怕老朋友来找你，开口要这样那样，把你麻烦煞。”辛主平说：“不是怕麻烦，我实在是没本事帮朋友的忙！”陈奂生叹道：“我也不知交的什么运，几个做官的朋友都是清正人。吴书记一个，你又是一个，全没有心眼。我也死了心，不来靠你们。”

说着话，村子上的人，有听到消息的，都来看辛主平。他们同辛主平都很熟，也要留饭。有的还动手拖他说：“奂生家客人多，你就到我家去坐坐吧！”辛主平说：“今朝不行，今朝我要陪客呢。”大家还来纠缠，辛主平说：“我不是客气。我到这里来，还客气什么呢。我在这里劳动了几年，不曾拿工钱，吃顿饭不算亏心。对吧，以后来！”然后对华如梅说：“十年动乱期间，学校里揪住我押到这里来劳动改造。还叫群众专我的政，结果这里的人待我十分好。他们喜欢我做的竹篮，砌的煤炉。我除了下田劳动，一有空就帮他们干这些，干得家家户户把我当客人待，关起门来请我喝老酒，你说有趣不有趣！”然后抬头向大家笑道：“当年胆战心惊的酒，我都喝，如今大开正门请我，我舍得不喝吗！总有一天我专门来喝！”

华如梅很专注地听着看着，很受感动，她马上有了一种新的了解。她读过辛主平的许多作品，也同辛主平面谈过几次，知道辛主平受冤几十年，受尽折磨，弄得家破人亡。这都不是东洋鬼子或西洋鬼子害他的，不是吃亡国奴的苦，而是那些号称同志（自然比同胞还亲啰）者的恩赐。可是辛主平依旧爱他的祖国，华如梅曾为他写下的几句话深受感动，他写道：“……祖国是一棵大树，它的主根是在国内。国外的华侨，都是这棵大树的根须。他们之间有千丝万缕的联系，是决然不能分开的……”她真不明白，祖国给了辛主平这么深重的折磨，他怎么还能够给予如此真挚的爱？照毛泽东的说法，世界上并没有无缘无故的爱，那么辛主平的爱难道是有缘有故的吗？

现在，华如梅明白了，因为她看到了陈奂生，看到了陈家村上当年关起门来请辛主平喝酒的那些善良的老百姓。归根到底，祖国属于这样的大多数人，而不属于那些坏着良心把人整至死而后快的恶棍。

这也刚巧击中了华如梅多年来的矛盾心态。她在美国已经四十年了，自己早加入美国籍，就“国家”来说，她早已不是中国人，如果讲爱国，她应该爱美国而不是中国，然而民族的观念超过了国家，她仍旧深深怀念着中国，因此她会被辛主平那句“祖国的根须”所打动。她一直不明白自己为什么还如此眷恋，因为她的前辈也是在祖国无法忍受才被迫出走的。她不知道祖国的恩何在？情何在？她有何缘故还要爱？现在从陈奂生身上，她恍然明白了当年她的前辈背井离乡的时候，还有更不幸的人寸步难移，困守家园。哪管那里用水要跑半天路，斤盐要换十日粮，也不得不一年年换下去。就是这些，牢固地系住了游子心，牵动了身在异国人的怀乡情……想到这里，华如梅便觉得陈奂生是她久别重逢的骨肉亲人，而陈奂生那一句“你不像外国人，完全是个中国人”的话，自然使她分外感动了。于是她爱心倍增，就像远嫁归来的姑娘，对奂生家的一切都极关怀，对奂生的老婆、儿女都十分亲切，甚至爱屋及乌，对猪羊鸡兔都充满柔情。这一切都极自然地流露出来，因此竟没有人会想到她在国外的生活环境同这里有多大悬殊，倒反认为她也是从这种窝棚里飞出去的了。陈奂生的老婆，听说她已经五十五岁了，无论如何不肯相信。说她只比自己小了一岁，站在一起，别人准会说她是她的女儿。这话连陈奂生都觉得太占了华如梅的便宜，睁圆了眼珠瞪她，但是华如梅却分外高兴，觉得这一家人都亲切地把她当自己人了。于是她说明来意，她说：“陈先生，你愿不愿意到美国去看看呢？”

这可是谁也没有想到的事，像个响雷把大家镇住了。陈奂生张着嘴巴答不上来。

“这件事，我已同辛先生商量过了。”华如梅继续说：“我这次来，是邀请辛先生去美国讲学的，辛先生说他写的陈奂生确有其人，我就想请陈先生一起去，辛先生赞成，要我当面邀请你。今天见面，我更加高兴，希望陈先生能够和辛先生一起去。”

在场的人，鸦雀无声，都盯着辛主平，一眨都不眨。

辛主平把头朝陈奂生一扬说：“去，我们一起去，不要疑三惑四，玩玩嘛！华先生邀请我们去，一切都听她安排，没有问题。”

华如梅马上点头说：“我回美国以后，就把邀请信，到大使馆签证用的文件和飞机票寄来。你们这边的事，辛先生会同你一起办，也请张乡长支持……”说到这里，忽然想起了什么，抿嘴一笑说：“到时候我负责送他上飞机回国，决不会丢了，也不会拐走……”因为有个留学生赴美求学，是偶然碰到的一位来华旅游的美国老太慨作经济担保的，当时不少人猜不出这位老太用意何在，几乎怀疑是奴隶贩子呢。华如梅想着这个故事，便忍不住要说笑话。

别说我们的信息传得慢，“陈奂生要出国”这件事，却像一个开山炮，一下子大家都听见了。乡里边的有线广播，当作重点新闻播了两次。是张乡长亲口授的文稿。当天晚上，陈家村上的男男女女，像认新媳妇一样挤到陈奂生家来。大家争着说话，喳啦喳啦像一群出棚鸭，吵得谁都不知道谁在说什么。奂生家地方小，挤得大家一身汗，年轻人大喊气闷，要痛快痛快。王生发来了，一高兴，就说到他家里去闹一闹。大家巴不得，自然蜂拥而去。短短一段路上，几个女青年起哄，拉着陈奂生打转，说是教他跳舞，否则到了美国要做阿木林。进了王家，大家也不坐下来，有的问陈奂生晓不晓得到美国去有多远，坐飞机怕不怕？有的说不用坐飞机，也不用走一步，美国就在地底下，挖个洞钻下去就到了。有人说到了美国，听不懂他们的话怎么办？有人说这倒不要紧，世界上哑子聋聱有的是，活得反而省心。有人说美国的女人屁股大，奶子大，穿了背心短裤满街跑，奂生你当心看了红眼。有人说这个不要紧，奂生别的世面没见过，这方面也生了一男一女，坐得住禅的了。有人说这件事完全不要紧，充其量多带几瓶眼药水。最要当心的是黑社会里那些人，身上都有枪，还有炸弹、火箭筒，动不动就杀人。你陈奂生到了美国，脾气一定要改改，不要做投煞青鱼，一投投到人家枪口上，丢了性命白损！……这时候人人大谈美国，似乎大家都是美国通，都到美国去过，没去过的就只有陈奂生一人了。他们毕竟比陈奂生有见识，至少看过一些美国电影电视片。有人太看不起陈奂生，竟说："奂生，你到了美国，不曾见过的东西就太多啦，你可不能再出洋相，像上次住招待所那样，连沙发也要爬上去跳跳。"王生发神气地说："这一趟奂生可不会了，只要看看我这个家，这种装潢，这种设备，好东西哪样没有，电视上看到美国人家里的格局，也不过这样吧，有什么大不了！"陈奂生听了，也觉得腰杆子硬邦邦的，挺不在乎地说："就算自家要不起，也总见过吧！就算还有不曾见过的，也总听说过吧，唔！"

正说的热闹，忽听大喝一声："我来了！"大家一怔，回头看去，进来的是陆龙飞。大家轰的一声喊："陆龙飞，你说说。"陆龙飞说："我还说什么，陈奂生你这个家伙，生辰八字怎么排的，神仙也算不出你是什么命。到美国去！谁料到他还有这一着。这一着可厉害了，搞得好，老来享福；搞坏了，后患无穷。"说到这里，神情变得十分严肃，全场都安静下来听他讲。"我们是共产党领导的国家，是全世界著名的政治大国，你陈奂生到美国去，不管是为了什么，美国人都会怀疑你有什么政治目的。"有人嘘道："别胡扯了，又不是陈奂生自己要去的，是他们来请的。"陆龙飞说："你才胡扯，他们来请就更复杂，大概就是看中他忠厚，容易利用。况且请他去的又不是真正的美国人，只是住在美国的中国人，谁又能担保她不被美国政府怀疑是共产党早先派去的呢！"大家没有想到这一点，只好听他的。陆龙飞继续说道："况且还邀请了辛主平，辛主平这个人可厉害啦！你们看，他写了陈奂生的小说，好几年了，我们只当是一个姓高的写的，都没想到竟是他。回想当年他在我们村上劳动的时候，就是一个摸不出他深浅的人。你们想，陈奂生出去可以没有目的，他出去会没有目的吗？他要和奂生一同出去，我看就是为了隐蔽自己。万一出了什么事情,就往奂生身上一推,他一走了之。奂生走得了吗?他天南地北都分不清!"他说得那么严重,陈奂生听得眼睛都直了。王生发笑骂道:"陆龙飞,你不要作孽。陈奂生你别听他瞎说,这几年到美国去的人,成千上万,回来的人个个都头颅长在颈项上。可惜那个女先生不请陆龙飞去,要是请。他脚底里揩油,去得才快呢。"陆龙飞做了个鬼脸,滑稽地说:"杀我的头也不去,那里的资本家剥削工人,人民生活在水深火热之中。我又没有本领去解放他们,也不想去受那个罪!"王生发大声说:"你们不要听他胡说八道,要玩就玩吧,陈奂生陈奂生,我看你最难办的是穿什么衣裳到美国去,带些什么去送人,山芋花生米总拿不出手了吧!等我有了空,找我商量商量,我能帮忙总归帮。你去了美国,给我看看美国人玩哪些东西,赌钱发明些什么新花样?回来的时候我别的不要你送,送几副美国最好的扑克牌给我就行。"……

从这一天开始,陈奂生这个名字,便从落进的谷底迅速升腾起来,重新成为挂在空中的明星。谈论他的人,从全村扩展到全乡,过了几天,县报也发了"陈奂生将应邀访美"的消息,于是全县成为美谈。有些好事的人,再去找写他的小说看,书店里一本也没有,连图书馆居然也只有《"漏斗户"主》一篇。还有人赶去找陈奂生,以为他总有,谁知陈奂生一向没把这当一回事,一张纸也拿不出。来人以为他不肯拿出来,要藏在家里做传家宝,愿意出高价买他的。陈奂生十分后悔说:"以前倒是有人寄来过,总以为没有用,拿来生煤球炉引火烧掉了。"

只有一个陈正清,皱着眉头对陈奂生说了几句扫兴的话。他说:"奂生呀!你可要当心啊,人家请你去,你可不能让别人当猴子玩!"这位陈老师读过《红楼梦》,他是想到了刘姥姥。然而使他皱眉的远不止此,因为刘姥姥倒还不曾丧失人格国格啊!

陈正清老师的思考并非没有道理，但未免失之狭隘，因为世界是如此博大，情况可以如他所判，也完全可能始料不及。比如华如梅老师的邀请决无那种动机，再则陈奂生虽然当面受了点化，也还并不懂怎样才算被人当猴子耍。即使陈正清本人，也未见得被人耍了就觉察。

同样是人，观念不同如水火。陈奂生老矣，已经是一块成型的铸铁，一榔头打下去，连痕迹都没有。陈正清的话，对他的影响也是如此。他不会矫饰自己，也决无防人之心。不管在家还是出国，他只会把自己赤裸裸袒露在大家面前。

二

消息传播出去，反响十分热烈。群众真正发动起来了，都要看陈奂生怎样出国。天天有人来打听他几时动身，都准备得怎么样了。好像陈奂生变成了大姑娘，找定了对象马上要结婚，大家急等着吃喜酒似的。弄得陈奂生昏头昏脑，也以为迎亲的花轿立时三刻就会来。自己还不知道怎样梳妆打扮才合适，想买穿戴不知道买现成的还是买了料子回来做，想买料子又不知道该买什么料做什么款式。主意打不定怕花冤枉钱就什么也不买；不买又怕花轿来抬他的时候没办法上轿。左也不是，右也不是，晚上睡觉像只猢狲，放个屁的时光翻三个身，弄得老婆也睡不好。老婆本来因奂生要离家不快活，现在见他中了邪似的，知道已全不把自己放在心上了，十分气恼，干脆就踢他的屁股，还大彻大悟地说："早先听人喊反修反修，我还不晓得修是什么东西呐，现在可晓得了，就是你这种样子，活该拉出去斗！"奂生也不理她。几天下来，奂生瘦了，老婆又心疼，安慰他说："要你烦什么心呢。辛老师同你一道去，该怎么样他会关照你的，你耐心等他来就是了。"可是辛老师不来，十天不来，半月不来，一个月也不来。奂生叫儿子写信去问，回信也没有。急得陈奂生像热锅上的蚂蚁。儿子说："辛老师现在是作家，是只白脚花狸猫，到处乱跑，哪会坐在家里呢，写去的信，只怕还躺在桌子上睡觉呢！"陈奂生埋怨道："乡下的事情，辛老师都是晓得的，再拖下去，要刈麦了，我还有空到外国去玩吗？上趟城都没得工夫！"

儿子听了，半晌才慢吞吞地说："这倒不碍，有得去，你去好了。我就怕人家是随口说的好听话，说过就忘记了。我们呢，还当是真的，一直呆等。再说又是大家都知道的事情，落了空，可笑话了！"

陈奂生听了，不再吭声。因为外面的确已经有了议论。热潮高涨了几天，没有燃料继续加进去，便冷却下来，一思考，许多人忽然不相信这会是真的；那个女教授同陈奂生非亲非故，为什么要请他到美国去玩？就是从坏处想，她又看中他什么呢？骗出去卖掉他只怕也没有人要，他不就老死胚一个了吗！请他去一趟美国总要很多很多钱，光一张飞机票往返就要几千块，女教授就算有钱，放在袋里又不会咬她的肉，干吗要花掉它，除非有神经病！嘿！好！你看她一走就没有下文了。这才对！人家是说的客气话，不能当真的！操，只有傻瓜才相信，全是瞎缠！

于是大家就不再相信了，倒反埋怨陈先生，说都是他惹的事，害大家空欢喜。刻薄的人，还笑话陈奂生癞蛤蟆想吃天鹅肉。其实哪里轮得到他呢！不过还好得没有真去，真要去了，还不晓得会落个什么下场呢！

陈奂生虽笨，也晓得这是有意损他。别的不说，辛主平这个人，他无论如何也是信得过的，跟他同去，尽可放心。不过现在没有消息来，就只好生闷气。这横竖是他习惯了的，闷气生得再多，肚子也不会爆炸。

接着夏忙了，一开镰刈麦，大家累得只顾流汗，嘴里就没有那么多涎水说空话了。过了夏忙，便没有人再提这件事。偶尔有人记起来，也只淡淡一笑，懒得说什么。只陈奂生还牢记着，却不敢说出来。有时闲了，就呆呆看着天边，怎么也猜不出去美国有多远。倘若要去，据说一定要坐飞机。飞机每天都有从这里飞过，陈奂生从来认为理所当然，现在竟忽然怀疑起来，天上空空的，一无所有，是什么把飞机托住了不掉下来呢？难道人真能坐着它上天去吗？

临近农历八月半，早稻已经黄熟，晚稻已莠齐扬花灌浆，依旧没有消息来。中秋节吃团圆饭，三杯酒下肚，陈奂生忍不住了，不免长叹一声。儿子问他为什么，奂生来不及回答，他老婆就说他害相思病。陈奂生瞪了她一眼，被她猜中心思恼火，骂她“你懂个屁”！心里却窝囊地想：“要是决定今年娶媳妇，八月半前头就该说定了①。到现在没有信息来，兆头不好，年内办不成事情了。”

真是出国难，比娶媳妇还难。这一阵听别人说这说那，陈奂生也晓得去一趟美国花的钱，该比替儿子娶媳妇还多。说到底难还是难在钱上面。

所以，陈奂生就想：大概那个华先生后悔了，她舍不得花那么多的钱。有时候却又想：“她也笨，与其花那么多钱请我去玩一趟，倒不如送给我派点正经用场。”可是他不会说出来，他晓得这想法有点贱，他懂得一个人要靠自己劳动才是正道。

其实这一切都是多余的想法，山重水复疑无路，柳暗花明又一村。过了三个月，他就跟着辛主平从上海飞到香港。还在香港住了三天，才飞往太平洋彼岸。从香港机场走出来的时候，陈奂生原也明明知道这里是香港，周围的人也是黄皮肤、黑

---

① 当地风俗如此，这里作譬喻用。

头发、乌眼珠，可是一开口，都像车道上滚铁桶一样“咯通、咯通”，一句都听不懂。陈奂生便觉得上了当，认为这些人装得像中国人，其实是外国人。竟疑心已经到了美国。辛主平告诉他说，他们说的是广东话。陈奂生还不信，说广东话怎么会像听不懂的外国话呢？难道广东也是外国吗？辛主平听他这么说，不禁想起自己到各地讲课时碰到的难题，因为他的普通话讲得十分蹩脚，也常常被取笑为外国人的。于是就说：“你把他们当外国人，只怕他们听你说起常州话来也当是外国人呢。你还不知道，过了长江到蚌埠，那里的人就叫我们是蛮子，越往南说话就越蛮，我们是小蛮子，现在碰到大蛮子了。”陈奂生只好叹气，反又觉得到美国去的难处并不是不会美国话，因为不出国也一样听不懂中国话。

陈奂生当然还是第一次坐飞机，他在上海机场看那飞机同一节火车车厢那么大，总觉得它飞不起来。真要能飞得上天倒怪了。可是不容他多想，飞机已开始移动，然后就发疯一样大声吼着向前冲，路边的草地往后退得比疾风推云还快，吓得陈奂生一把抓住了辛主平的肩膀。这也是身不由己，纯属多余；因为如果摔死，何止辛主平一个，有的是伴，不会寂寞的。

后来从香港往美国飞，飞机更大了，坐了三百几十号人，等于载了整整两个生产队的人，陈奂生倒不怕了。一则有了经验，二则也想到这不是他陈奂生一条性命的事。好比“文化大革命”中生产队里的大锅饭，要冷大家冷，要热大家热，亏不了哪一个。哪一个也占不了便宜，用不到陈奂生劳神。再说这飞机上了天空，竟像坐在家里一样，比汽车、火车都稳，稳得动也不动，陈奂生于是很放心，能够顾盼自如了。他听辛主平的指点，朝飞机外面看去，竟是万里晴空，上下左右，一色碧青。这架飞机，就像悬挂在一个大碧球的中心，好像在飞，又好像不在飞，前进得十分缓慢。初看的时候，景色不但迷人，而且叫人吃惊。后来才晓得下面是太平洋，难怪碧色比天空还深些。看得久了，便很单调。又觉得飞机飞得这样慢，几时才能到美国？陈奂生知道急不得，就端坐闭目养神，想起离家日远一日，不知家里的人，现在怎么样了。再过一二十天，就要过春节了。原说要把那只最大的猪杀了过节的，不知杀了没有？能有几成肉？等他回去的时候，不晓得还有他吃的没有？陈天子爱吃肉，还要拣精的，杀了猪就惬意了。就怕他吃坏肚子……想着想着，一阵疲劳涌上心头，连连打呵欠，想也想不动了，直想睡过去，一个瞌睡接一个瞌睡，原来飞机震速很快，不易觉察，坐的时间长了就很累。辛主平拍拍他的肩膀，指指后面有几排座位空着，还未有人想到去占领，便同着他过去把座位旁的扶手一一往上扳，嵌进靠背间的空隙里。扳掉三个，四张坐椅便联成一张可以躺着睡觉的床了。于是两人各占了一张。陈奂生的两只脚，已经坐得麻酸了，一躺下去，十分轻快，不到三分钟就呼呼睡着了。

他这一睡，竟睡到了美国。飞机在旧金山机场停下前，辛主平才把他叫醒。一听说快要到了，还以为辛主平骗人呢。

过了美国海关，就碰到了来迎接他们的华如梅先生。大家都很高兴，陈奂生一面高兴一面又觉得好诧异，他睁大了眼睛盯住华如梅看了好久，似乎不相信她果然会等在这里接他们。华如梅也像唱歌一样高声说："嗨，接到你们了。我就怕你们赶不上那班飞机呢。"辛主平说："怎么会呢，约定了的日子，能耽误吗。"华如梅就把陪她来的一位美国男人介绍给他们说："这就是文柯华。"辛主平一听，就记起华如梅以前讲到她丈夫的名字，知道他是一位著名的学者，便连忙同他握手；只是不晓得他懂不懂中国话，只得"嗨"了一声算是招呼。文柯华却从容地用中国话说："你们好，昨天我们这儿还下雨，今天知道你们要来，太阳就出来欢迎你们。"辛主平见他懂华语，便马上愉快地说：

"好极了，今天美国的太阳出来为中国的客人劳神，十分谢谢。"他的机智的语言使文柯华哈哈大笑说："喔，同作家交朋友的人总是赢家，随时都有妙语连珠。"大家寒暄了片刻，文柯华又对陈奂生说："陈先生，我和我的妻子都钦佩你的为人，欢迎你来作客。我想我是你的一个亲戚，按照习惯的说法，是中国的女婿。所以你不用客气。"这么一说，气氛更加和谐。华如梅真像小妹似的靠着陈奂生，抚了抚他的衣裳说："陈先生，你这副穿戴很合适。中山装，中国气派；浅灰色，显得精神。不穿皮鞋，穿旅游鞋，可最好了。它使人想起软底靴的鞋底，老棉鞋的鞋帮，都有中国传统在里边……看你这打扮，稳稳当当的，就像你的人一样。"

说着，夫妇俩帮着提了行李，一起出门上车。文柯华开车，华如梅告诉说替他们租了一套公寓房子，生活还方便，如果吃不来美国菜，可以买了生的自己烧。辛主平忙说："不要紧的，我们吃东西都很随便。"华如梅说："反正想怎样吃就怎样吃，要吃什么就吃什么。总得吃好吃饱，可不能饿瘦了回去。"辛主平不禁一笑说："你放心，我们不会做漏斗户的。"这句话通到大家的回忆，又笑了一阵。华如梅说："我也实在不会照顾人，不知道你们会不会烧了吃。"陈奂生插嘴说："会，只怕没有烧，不怕不会烧，尽管放心。"辛主平也说："我都当过几十年单身汉，自己不烧哪来吃。"华如梅点点头说："我知道的，从国内来的人，都会照料自己的生活。"

说着这些，汽车在一爿中国饭馆门前停下来。原来早就商量好了，他们要请两位客人在这里吃饭，算是接风。四个人走进门，便有一位年轻的中国姑娘上前招呼，领他们在一张舒适的桌子边坐下来，然后便去替他们沏茶。华如梅继续她的话头，她专对陈奂生说："陈先生，你不要怕陌生，其实这里的中国人很多，还有专门住中国人的中国街。这爿饭店也是中国人开的。一百多年前，到这里来的中国人，十有八九都是同你一样的辛辛苦苦劳动人，他们来了以后，吃尽千辛万苦，才站住脚跟的。说不定当年有许多人都当过漏斗户呢。”陈奂生听罢“啊”了一声，心想这就怪了。像我这种人，从前到美国来不希奇，现在反倒希奇。大家当做了不得的大事情，这算是什么毛病？

华如梅又说：“这里还传下来许多故事呢。”她指着窗外说：“你们看那边，一座高房子，那尖屋顶像个箭头一样竖在高空——看见了吗？那是电报大楼。可是这里的人谣传说，这是一个钉头，是从中国钉过来的一只钉，把地球钉穿了才冒出头来。我想这正好可以看到当年华侨创业的顽强精神。”文柯华接上说：“OK，非常动人的故事。”这些知识，陈奂生还是第一次听到，顿时长了八分豪气，觉得到美国来玩一趟，也是理所当然的事，不是自古以来就有的吗！

大家说得热闹，全不曾注意到那位招待他们的中国姑娘，给他们沏了茶之后，就一直站在桌后专注地听着，连菜单都忘了递上来。这时候竟忍不住笑着走上一步，低声对华如梅说：“华先生，他们来啦！”

华如梅定睛一看，一醒道：“黄芳，咦，我怎么没注意你，你在这里打工吗？”见黄芳点头，便高兴地说：“巧极了，黄芳，我来给你介绍，这就是辛先生，这就是陈先生。我早就同你们说过了，这就是他们哪！”然后便对辛主平和陈奂生说：“她叫黄芳，是国内名牌大学中文系毕业生，工作几年了，去年才带了孩子来伴读。她的爱人叫许宁，在这里读比较文学博士，就是他，我已经同学校当局商量好了，请他来照应你们。”

辛主平看着黄芳说：“好极了，好极了，以后要多请你们照应呢。”

黄芳的身材高挑挑的，虽然做了母亲，体型却还像个姑娘。这时她挺高兴地说：“辛先生，你可别客气，许宁就是你的老朋友沈永老师的学生。我来的时候还住在沈老师家里，沈老师就谈起你要来，所以许宁早就知道了。就是学校里不请我们，我们也会来照应先生的。”

她说得很热情，这时候因为已过了午时，店里没有旁的食客了，所以只有他们的谈话声，容易吸引注意。有个中年人从里面走出来，看是来了什么人。黄芳就叫道：“周先生，国内有客人来了。”等周先生走近，黄芳就介绍说：“这是文教授和华教授，这两位呢，是他们从中国请来的客人。辛先生是作家，陈奂生呢，是大名鼎鼎的农民，国内许多人都知道他。”然后转过来又介绍说：“这就是我们店的周老板。”周老板一顿，然后眼珠一转，有经验的人一眼就看出他一无所知，但是他的嘴已像浸在润滑油里一样直溜，他马上连贯地说：“久仰大名，久仰大名，我听许多国内来的客人谈起过你。现在你们也来了，欢迎欢迎，以后多请光临。我们一定优待，我请黄小姐特别款待你们。”他高高兴兴说了一通废话，然后便高高兴兴地点点头告退。他有意让人知道他习惯于这样的客串，让别人既能够保持兴趣又不对他抱希望。

客套过去了。他们便高高兴兴进餐，主人因为要开车，不喝酒，但是请客人喝，还问客人要喝什么酒，可以自己挑。辛主平要了两杯威士忌，给了陈奂生一杯。陈奂生看那杯里只有几口酒，很不起眼，心想外国人怎么这样小气呢。华如梅看出来了，便要了一瓶，请他们喝。陈奂生喝了几盅，心胸十分畅快。当华先生同辛主平谈起，这几年旧金山，同五年前有哪些变化时，辛主平倒只说了句：“不大看得出，但一样漂亮。”陈奂生却抢过话头说：“我看同香港差不多。”华如梅很有兴趣地问：“哪些地方差不多呢？”辛主平怕他答不上来，便笑着说：“大概是一样有山，一样有海，一样有高楼大厦吧！”陈奂生摇摇头，很有把握地说：“不是的，不是的，我是说它们都像一个大蚂蚁窝。”

一句话说得三个人你看看我，我看看他，面面相觑，一时都说不出话来。因为他们都没见过大蚂蚁窝。如果他们要问"为什么像大蚂蚁窝"，首先就要问明白"大蚂蚁窝是什么样子"。

陈奂生见大家不开口，以为赞成他的话，就发挥道："你们说希奇不希奇，放着宽宽大大的地方不住，却到海边沿上的山坳坳里来。房子造得密簇簇，一层层拔得攀上天，千百十万人硬拼着性命挤在一起，这不就像蚂蚁在壁角落里做窝吗！"他说完，文先生很高兴地称赞说："陈先生，你说得很好，像个蚂蚁窝，这个说法挺新鲜。"华如梅说："那么上海呢？不也是蚂蚁窝吗？"陈奂生怔住了，他没有到过上海，这趟乘飞机，从火车站到飞机场，穿过上海一只角，不曾下来看，就像他们没见过蚂蚁窝一样，不好回答。辛主平知道这一点，便笑嘻嘻地说："上海没有山，也看不见海，是宽宽荡荡的大平原。"说到这里，心头忽然一闪亮，明白了陈奂生说这话的观点，忍不住笑出声来。华如梅问他笑什么，他连连摇头说："没有什么，没有什么。"却看看陈奂生有滋有味地想："好家伙，人家是在'海边沿上的山坳坳里'，是在'墙壁角落里做窝'，而你陈奂生的家乡，自然就在世界的中央啰！"

吃完饭出来，主人就送客人去公寓。汽车开七八分钟就到了。那公寓是座三层楼房，同旁边几座连成一线，门前有三四丈宽的草坪，间有几棵疏疏朗朗的树，草坪边沿，还镶上一排花。很惹看，却不识得。走进屋，地面一层，有四套房间，各占一角。辛主平和陈奂生住的，进门右手第一套就是。华如梅拿钥匙开了门，引大家进去，里面有一间卧室，一间起坐，一间衣帽间，厨房、卫生间一应俱全，果然宽敞方便。陈奂生来不及注意这一点，他先被屋内的陈设吸引住了。原来这儿不但普通家具和零星用品应有尽有，还有大号的电视机和冰箱，炊具、清洗池和餐具，都是配套的，白的雪白，亮的雪亮，吓得人不敢用它。

陈奂生忙问道："这是谁的家，主人呢？"华如梅不懂道："你讲谁？"陈奂生很不好意思道："华先生，你太客气了，我们不能把你们夫妻赶跑了，让我们住。我们住了也困不着！"华如梅说："不是的，陈先生，这是替你们租的房子。"陈奂生说："不对，我不相信，明明这是一家人家住着的，怎么倒说是租的房子呢？倘若真是租的，哪里会有这许多家什呢？"三个人这才听明白了。辛主平忙说："是租的，是租的，在美国租房子，常常有这些东西的。"陈奂生把手一指厨台上的几卷干面说："这吃的也在租的里面吗？"这一驳把辛主平的嘴驳哑了。文先生有趣的说："没有错，这也在租的里面。"华如梅连忙解释道："陈先生，我晓得你们今天来，自然要准备一下，这里没有的东西，我家有就拿来用，没有就买一点。吃的东西自然都是买来的，这倒也不光是客气，要是不先买了，你们来后立时三刻也买不全。这里买东西要跑很远的路，都开了汽车去，所以横竖还是要我同你们去买的，何不先替你们买了呢。你们住下来以后，也不能天天上菜场，每星期顶多去一次，要买足一星期的食品，回来放在冰箱里存起来。我恐怕不会每星期有空陪你们去。许宁会帮忙的——就是刚才饭店里那位黄芳的丈夫，他知道你们来了，就会来看你们。"陈奂生忙说："那倒用不着，我们在乡下，上街买一趟菜，往返也要走七八里呢。"华如梅说："这里忒远，二三十公里呢！"陈奂生"啊"了一声还想说下去，辛主平轻轻推了他一下，接过去说："好，反正来了也不客气了，一切听主人安排。华先生，文先生，你们很忙，今天快耽搁你们大半天了，赶快请回吧。"华如梅说："回去了，回去了。你们一路辛苦，赶快洗洗就休息。你们绕地球走了半圈，白天黑夜都弄颠倒了，会有几天不习惯，等你们休养够了，再商量别的事情吧。"

辛主平把华如梅夫妇送出门，华如梅又想起一件事来说："对了，辛先生，屋里只有一张现成的床，还有一张呢，把那张长沙发拉出来就行了，可以两用的。被铺有几套，尽够用。”辛主平连连说：“好，没有问题。”他已晓得陈奂生是困惯硬板床的，睡席梦思难入梦境，又怕困软了骨头吃不起苦，一路住宾馆，都把被铺摊在地毯上睡。他倒是睡得很香，辛主平睡不着，他明白这是在什么历史条件下养成的习惯，倒弄得他辗转难眠。

辛主平和陈奂生，都很累了，华如梅夫妇走后，真想马上躺下睡觉。但进入一个新的环境，像吃了一副兴奋剂，舍不得就睡，便翻箱倒柜，看看主人究竟替他们置备了哪些家底。结果发现，食柜里米、面、饼干、面包、油、盐、糖、酒、酱油、黄油、胡椒都有。醋不是忘了买，是拿错了，多了瓶酱油。冰箱里有牛肉、鸡蛋、蔬菜、豆腐、葱、姜、蒜头、饮料，一应俱全，光水果便买了苹果、橘子、香蕉、葡萄四种，连肥皂、牙刷牙膏、清洁用纸和擦桌子洗碗的抹布都全有了，处处可以看出主人待客的细心。陈奂生说：“这不连年货都办了么！”（他不禁又想起快过年了）辛主平也叹道：“想不到华先生一个学者，会这样细心照料别人。”

正感叹间，有人打电话来，辛主平一接，对方就说：“我是许宁，找辛先生。”辛主平来前就听老友沈永讲到他，所以很亲切。许宁说黄芳打电话回来，知道他们来了，要来看望，辛主平连忙答应。挂断电话只三四分钟，许宁就来了，原来他就住在公路斜对面的公寓里。他长得胖乎乎的，白白净净，厚道中透出一股聪慧的秀气，一看就叫人喜欢。他也像华如梅一样，知道客人累了，只是专门来打个招呼，要他们有事就找他，不用客气，然后就走了，留也留不住，他怕影响他们休息。

晚上陈奂生打好地铺，还没脱衣，忽然有一种又轻又柔的东西盖到他脸上，遮住了光线，陈奂生非常非常舒服，舒服得再也不想什么了。过不多久，觉得身子像吊在半空里晃动，原来自己又上了飞机，他记不起是什么时候上飞机的，但是明白他想过要坐了飞机回家。他想：“飞到哪儿了？”便往窗外看去，果然飞机又挂在大碧球里了，这一次却飞得快极了，一忽儿就到了世界中心陈家村。陈奂生看见了自家的一间楼房和三间破屋，但是没有机场，飞机没法停下来，只得像只大鸟一样绕着村庄转圈子，陈奂生急得团团转，想不顾死活跳下去。但是窗门都打不开，出了一身黄汗，又流掉许多眼泪，弄得软瘫无气了，只得重新把脸贴在窗玻璃上往下看。这时屋子里的人都站到外面来看飞机，他看见了老婆、儿子、女儿和陈天子，还有陈正清、陆龙飞、王生发和陈浩松、陈荣大，等等。他大声喊他们的名字，他们却像聋子一样没有反应，全昂头呆呆地朝着飞机转，陈奂生气得把头扭过了也不想看，却看见辛主平横身睡在四张坐椅上，一动也不动。陈奂生认为辛主平自然懂得怎样走下飞机的，可他竟一声不吭，不帮陈奂生的忙。陈奂生很气，就叫醒他，叫不醒就用手去推他，推他不动，陈奂生就抚他的额头，额头冰冷，抚抚鼻孔，竟没有气，原来辛主平死了。陈奂生大哭道："辛老师，你死了，叫我陈奂生一个人怎么回去呀！"

这一声大叫，终于把沉睡中的辛主平吵醒了。他以为出了什么事，连忙竖起身来看陈奂生，陈奂生却像有睡神护身一般，依然呼呼大睡，雷打不动。他似乎专为吓醒别人才做梦。

三

为了让客人好好休息，整整两天，华如梅没有来；近在咫尺的许宁和黄芳也没有来；但都来过电话。电话里也是一片价劝休息。好像辛主平和陈奂生都是豆腐做的，坐了一天多飞机就把骨头架子坐散了。其实到了一个新地方，最气闷的就是坐在家里。

没有陪他们玩，还说是照顾他们，闷煞也说不得。幸好想着脚还生在自己身子上，两个人便辜负了主人的美意，出门荡街头看风景。不过陈奂生毕竟老实，他不肯走远，有辛主平在一起，他并不怕认不得路回来，只是觉着越往远处走地皮越发软，踏下去不实在。

大概主方也是约定了的，只让客人歇两天，所以第三天早上，辛主平刚起身，许宁就打电话来，说如果客人休息够了的话，他就来拜访。过了三四分钟，就敲了休息够了的客人的门进来了。他一进门，就散发出一股奶味。同他的相貌一配合，觉得他真还像是个孩子。而且是挺惹人喜欢的孩子，一个刚从母亲的怀抱里吃饱了奶的孩子。他打过招呼就说，今天下午他和黄芳都有空，想请两位客人出去玩玩，然后在他家便饭。他说这是很方便的，一点不专为客人花费什么，所以用不着推辞。他先把退路堵住，叫客人只好答应。谁知应声刚落，电话铃又响，自然是华如梅打来的了。一开口也是请客人晚上去她家中便饭。看来他们并没有说好这顿晚饭该谁请。许宁已走在前头，客人就没法再答应。可是华如梅一听许宁约了，便叫许宁接电话。说她请客要谈公事，许宁不但不可以挡路，而且必须用车送客人一起到她家去作客。许宁没有料到这一着，不曾利用伟大祖国的文化，先筑起顽抗的隅。事到临头，只好俯首听命，连声允诺。放下电话筒，那天真的眼珠也调皮地一转说："好呀，我请你们吃中饭，华先生同我抢晚上，我抢不过她，就抢她的先！"

他殷殷地把客人邀回家里，出来开门的是他妻子黄芳。原来黄芳本是下午四点以后上班，今天为了客人打算不去的。听许宁一说，便文静地笑道："华先生真是好极了，她舍不得我误工呢。"于是请客人坐下，倒茶。两岁的女儿珂尼见了他们不用介绍，都叫爷爷。辛主平比陈奂生小六岁，不喜欢当爷爷。当爷爷就老了，但偏常常有人叫他爷爷。他只是认输。陈奂生不怕老，顶好当太公。可还是第一次有人叫他爷爷。一听就动了真感情，手就插到袋里去，想摸出点什么来给孩子做见面礼。但那只手进了袋却拔不出来了，因为实在未做准备。其实谁也没有理会他摸袋袋的意思，所以一点不觉得他有什么尴尬。

许宁和黄芳都很会烧菜，那洋酒也极醇香，上口不辣，却有后劲。辛主平识得那酒，说在中国卖一百四十元一瓶。陈奂生真正吃了一惊，他原也知道外国东西样样都贵，没想会贵到这个程度。那么，这牛肉、这鱼、这虾、这鸡……又该多少钱呢？他不便问，呆了片刻，转了个弯说："你们家爹娘都是大干部吧，一年要拿多少钱出来才够你们念书？"辛主平听了，忍不住第一个笑，又连忙摇头说："不是的，不是的……"许宁接着说："不能靠父母，父母的官做得再大，也供应不起；当然，贪官除外。我是靠公费。光公费也不够，还靠争取这里学校的奖学金。黄芳来了，我们两个还都打工，才能够维持。"

提到打工，正在烧菜的黄芳忽然问道："你们昨天报上看到消息没有，我在餐馆听见两位中国客人说有条新闻报道辛先生和陈奂生到美国访问的事。"

"真的吗，在什么报上？"大家不约而同地问。

"嗨，当时我忙得不得了，没顾上问，后来一转身，要问的时候，客人已走了。"

许宁寻思说："是什么报呢？"便去找家里订的一张报纸看。辛、陈两人也无心吃酒，空张着嘴巴等报上的消息吃。

可是许宁不曾查出来，便扫兴地说："不会吧，谁的消息这样灵通？辛先生、陈先生来了还没有出过门呢！"

陈奂生说："门是出过的，不过也没有碰到熟人。"

辛主平唔了一声，心想，陈奂生在旧金山逛街碰到熟人，就更是新闻了。

大家瞎猜了一阵，也没有结果。

吃过饭，喝茶、聊天、抽香烟。没觉得有多久，黄芳便去上班了。许宁便把孩子送到邻居家托管(每小时两块美金),等到回来,华如梅的电话也来了。于是由许宁开车一同去华家。华家单独住一幢二层楼小洋房,四周有绿树、鲜花和草地环绕,幽美清爽。相比之下,停在路侧的小汽车倒像是垃圾桶,不大雅观了。

华如梅今天请客,实际上是正式把辛、陈两位客人介绍给学校中有关的负责人和专家,方便今后交往。再一个呢,还要同辛主平商量把今后的活动确定下来。她早已拟就一个计划,并且已同有关方面联系过。按照这个计划,辛主平将去十所大学参观和讲学,在旧金山和湾区停留一段时间之后,便沿太平洋洋岸南下圣得巴巴拉、洛杉矶直到圣地亚哥。然后折回旧金山参加一个全美东方文化研究年会,再飞往芝加哥、底特律、安娜堡、纽约、纽黑文和波士顿。所到之处,都会有大学有关部门接待。但考虑到辛主平在大部分城市都有朋友,难免会有意外逗留;所以东部地区各城市的到达时间,可以去了安娜堡的密西根大学以后再决定。这实际上是一次边讲学、边访友、边参观的旅行,自然是极轻松愉快的。只要辛主平同意了,马上就要落实下去,以便行动。所以,这一餐饭,吃得正儿八经,到的人虽不多,但言笑极有分寸。不过到后来,大家把注意力集中到陈奂生身上的时候,每个人的思路都突然活跃起来。他们都读过辛主平写陈奂生的小说,每个人发现自己还是第一次能够同作家和这位作家写的小说里的人物共聚一堂。他们一致称赞华如梅这种邀请行动本身就是文学史上的一个创举,对于文学理论研究开拓了一个全新的魔方。也许会使各种观点有所发展,也许会把一切都打乱了重建,也许它证明一切理论都是胡说,也许它会使作家对自己塑造的人物莫名其妙……当然,他们不便当着辛主平和陈奂生的面大声说出来。但是他们都对身边的人低声交换意见,辛主平和陈奂生还是听到了。陈奂生听不懂但知道他们是善意的，所以也乐呵呵地笑。辛主平当然是听懂了，他意外地发现陈奂生这次来也许比自己还重要。华如梅笑着低低地告诉他在座一位专家的意见，说他带了陈奂生来是一种大胆的行动，像带着一面镜子让人透视他自己。他的作品的成功和失败的程度将在每个人的眼里显出不同，这个例子会波及整个文学评论。

“也许可以把所有作品放在这把火里烧一烧，看看究竟有多少含金量。”华如梅得意地悄悄说。

对于陈奂生的热情议论，从黄芳打了电话来渐臻高潮。黄芳的电话是打给华如梅的，说当地华文报纸昨天的确登过陈奂生、辛先生应邀访美的消息。她在打工的那个中国餐馆老板周先生，看过报纸就托她邀请辛先生和陈先生明天去晚餐。还想请文先生，华先生也去。所以她来征求意见，是否可以答应。华如梅正在兴头上，马上就说：“这有什么不好答应的，只要周先生请吃，就去。”挂断电话，就当场宣布新闻，满座轰动。文柯华把手一摊说：“餐馆老板请客，一定吃得好，可惜我没有口福，明天上午就走了。”原来他今年轮休，应温哥华大学聘请去讲学半年。华如梅笑笑说：“你不参加最好，你吃得太多，你去了会让我们吃不饱。”说得大家哈哈大笑。

到了明天傍晚，华如梅开车来接辛、陈两位，竟把许宁也邀了去。许宁不肯，说周老板没有请他。华如梅说：“文柯华委托你代表他赴宴，你不肯做文柯华的代表吗?”许宁像被一座山压了一压似的说：“好好，文先生叫我去，我怎能不去。”

坐在车上，华如梅问许宁道：“黄芳知道不知道周先生为什么请客?”许宁摇摇头说：“不知道。大概是看了报上的消息吧。”华如梅又问：“看到了消息为什么请客呢?”许宁睁着天真的眼睛想了片刻说：“大概他也喜欢结交名人。”华如梅不置可否地笑笑说：“这个周老板，什么意思？好，我们不管他，横竖他不会在菜里放毒药。”一路闲聊，很快就到了餐馆。刚下车，餐馆门就打开，周老板满面堆笑，和黄芳一同迎接他们，开口就说：“喔，陈先生、辛先生，本人有眼不识泰山，原来两位是鼎鼎大名的人物。要不是报上登出来，几乎当面错过。今天特地请你们来，表表心意。你们肯再来小店坐坐，我很荣幸。”说完，又同华如梅、许宁一一招呼，还查问文先生怎么没有来。一面说，一面邀入室内，领大家走到一张漂亮的桌子旁。那儿先有一位先生坐着，这时已站了起来，周老板就介绍说：“这位是我们的名记者杰克逊先生，他会讲中国话，爱吃中国菜，还常常看中国书。他今天就是特地来看陈奂生先生的。”说着便笑，对陈奂生道：“陈先生，你的名气比辛先生还大，人家看了辛先生写你的小说，只记得陈奂生。你是中国最有名气的农民。”他说得挺认真，捧得陈奂生胡天胡地。杰克逊却马上接着说：“周先生说得很好，陈先生你这次访问美国，是很有价值的，我想替你拍几张照做个纪念，可以吗？”华如梅已经明白了几分，坦然笑着说：“这有什么不可以的，反正大家在这里用餐，尽有时间。杰克逊先生高兴拍就多拍几张好了。”说话归说话，动作归动作，这时候已经吃开了，周老板举起酒杯第一个敬的就是陈奂生。陈奂生的杯子刚和周老板碰上就是耀眼的一烁，他愣然还没有醒过来，杰克逊已经在喊“OK，Very good”。然后那照相机又连续亮了几次，把每个人都拍进去了。华如梅特别高兴，站起来走到陈奂生旁边说：“我跟陈先生合影一张，说不定能沾光在报纸上露露脸呢！”

今天周老板准备的肴馔也真不错，每上一碗菜，常常就问陈奂生：“味道怎么样，是不是真正的中国味道？”陈奂生也只得充美食家，连连点头。而周老板刺激他胃口的时候，杰克逊就刺激他的眼睛。他的适应性倒挺强，第二次就习惯了，眼睛眨都不眨，挺上镜头。

吃吃喝喝，大约也有个把小时，自然也说了许多说过便忘的废话。值得一提的还是周老板表示出来的爱国心。他说他爱他的祖国，因为祖国是他的衣食父母。后来谈到他的创业史，他又说在美国赚钱很不容易，他尽力为他的顾客服务，因为顾客是他的衣食父母。这些话在吃了他的人回程车中引起了一点议论，许宁说周老板把祖国和顾客是一样看待的了。辛主平说今天我们吃了他的，就不知道谁是谁的父母了。最后还是华如梅更懂周老板，认为一个商人把祖国和顾客看得一样重要已经不差了。怕的倒是周老板虽然爱祖国，肚子里祖国的语言文字已经用不转，所以只好都拿“衣食父母”来胡扯。

华如梅不开车，让许宁开，因为许宁没有喝酒。华如梅喝了。所以她的兴致挺高，这时候又笑着说：“再也没想到，陈先生，今天周老板请客是对着你来的，我们都是陪客。”许宁诧异道：“他怎么这样看重陈先生？”华如梅看看辛主平说：“倒是那位记者挺直爽，他说‘陈先生访问美国，很有价值’。陈先生，周老板要出钱买你下来呢！”辛主平这才有点明白，哈哈笑道：“对对，奂生，我不及你值钱，我赞成先卖掉你。”陈奂生知道都是说笑，不但不着急，也开玩笑说：“我还值什么钱，肉都老了，周老板买了去烧也烧不烂。还是先卖你吧。”

毕竟是华如梅了解美国社会，到明天上午，吃过早饭不久，许宁就笑着送了报纸来给辛主平和陈奂生。居然在第一版右下方登了陈奂生一张很大的相片，他坐在酒宴桌旁，正在同周老板（侧面像）碰杯，挺有点气派。照片配有杰克逊的文章，许宁译给他们听，约有三四百字。别人只约略提到，几乎是专门写陈奂生的。写他应邀访美，一下飞机就到周老板的中国餐馆吃饭。周老板知道他是中国最著名的农民代表人物，特地宴请他，并由某某等作陪。宴会中，陈奂生先生说周老板餐馆的菜很好吃，是真正正宗的中国菜味道云云。

辛主平听了，哈哈大笑道："这个周老板，真是无孔不入，原来他要陈奂生替他做广告。奂生，你也是交好运，周老板免费替你宣传，你在美国的名气也大了。"

陈奂生心里高兴，却抗议道："名气关我什么事！我要名气做什么？还不是照样种田！"

许宁也反驳辛主平说："辛先生，华先生刚才电话里也对我说起：周老板利用陈先生替他的餐馆做广告，应该叫周老板付陈先生广告费！"

辛主平听了，一拍手大叫道："对了对了，应该应该！"

陈奂生弄清了为什么周老板要付广告费之后，却坚决反对说："这算什么话！我又不曾出力气，也不曾破费什么，我只出张嘴巴白吃了他一顿，还能再去敲他的竹杠！"

辛主平思想一通百通，马上提醒说："你花了时间呀！就是在中国，也说'时间就是金钱'呢！"

陈奂生忠厚地说："吃饭花掉的时间也算金钱吗？那么困觉困脱的时间呢？"

许宁叹息一声说："唉，陈先生，你就是老实，也是天生的，没法说。可周老板不是厚道的人，眼乌珠只认钱。你不同他计较，他事情一过也不会念你的情。"

不管怎么说，陈奂生立场坚定，决不做那种事。心里想："人多读了书，常常就会出点这种歪主意，不好信的。"

下午华如梅来陪他们出去逛街，也说了广告费的话，明白陈奂生不能理解，只好叹气说："让周老板白沾光，那个杰克逊，不知拿了多少钱呢。"

今天逛街似乎是辛、陈两位开始正式活动，所以华如梅和许宁都陪同。以后就不会这样了。

对陈奂生来说，他从来没有见过如此丰富的商品市场，他东看看，西看看，总是掉在后面。嘴里老是说："乖乖，真是要什么有什么，见都没见过。”辛主平说：“比你当采购员的时候，在地区那个市里看过的百货公司，当然规模要大得多啰。”陈奂生说：“不能比，不能比，人家的布店，一匹匹布从地上堆到天花板高，像仓库一样的。衣裳呢，一摆就是十几间屋……”华如梅问他要不要买什么。他说：“不要不要，这里的东西太贵。”辛主平开玩笑说：“奂生，我也学吴书记，买顶帽子送你做个纪念好不好。”奂生说：“不要不要，我又不开帽子店。”华如梅说：“辛先生说得对，陈先生难得来，应该送你一点纪念品。”说罢，就买了一只石英电子表送他说：“这个你没有，出门人很需要。你拿着用吧。横竖你不必动它，它一直会走。电池用完了换一个就行。”许宁问道：“陈先生你出来，带几套衬衫短裤来？”陈奂生说：“两套。”许宁说：“少了，我们这里一星期去洗衣房洗一次衣服，如果每天换一套，得七套才行。两天换一次，也要有四套。我买两套送你吧。”陈奂生一跳说：“不要，刚才我看过了，最便宜的衬衫十五块一件，短裤也要六块，我省下钱来回去买，一套好变四套！”……

后来回到公寓里，许宁走时留下一包东西给他。陈奂生取出一看，是两套内衣。连忙追到门口，还给许宁说：“你还是个学生子，又不在赚钱，怎么能送我这样贵的东西呢。”许宁说：“没有关系，这也是难得的呀！”陈奂生不肯要，许宁说：“买都买了，你别客气，我以后就不买了。”陈奂生仍不肯要，说：“这样吧，这新的你拿回去，拿两套旧的给我替换就行了。我又不一直在这里，回家就有了嘛！”许宁笑着坚持道：“这个不行，怎么可以拿旧衣服送人呢。”结果还是把新衣留下了。

从此，辛主平除了写稿、讲课，一有空就和陈奂生一起出门参观。他和陈奂生不一样，最喜欢的是大自然的风光。在旧金山，他们到过如长虹横贯半空的金门大桥，在大桥北堍的高处，览尽了湾区美丽的景色。由此往北便是红杉林州立公园，群山起伏，林木挺拔高大，冠盖触云天。往往数株环生成簇，犹如合力擎天一般，使人肃穆。还游了金门公园，这个公园极大，从市内一直伸到太平洋岸边，树林草坪，曲溪幽径，鲜花芳草，层层叠叠。走到西边尽头，风大洋阔，惊涛击岸，震动山岳。山头苍松，被刮得朝后扭弯了脖子，树梢像一把把用过的旧扫帚。海上有礁石小岛，从望远镜里看到有海狮群居其上，挤在一起睡觉。陈奂生说那分明是一窝白猪。但如果真是白猪，定然饿死，那里寸草不生，全靠下海捉鱼吃。

有一天晚上，他们驰上加州勃克莱大学背后的高山，看旧金山湾区的灯火五光十色，幽明相间，变幻无穷，隐约中好像到处都藏着迷人的精灵，使人扑下去粉身碎骨都心甘情愿……而斯丹佛大学的一位教授，则不顾来客是否信任他的技术，开着小飞机把他们带上高空……这样一来，就像主人们终于找到了一个办法，他们把太平洋和旧金山湾区左护右拥的一块风水宝地，缩成一框真实的油画送给迷恋着它的客人了。

一切都赏心悦目。想不到离开旧金山的前一天，出乎意外发生了一件吓坏陈奂生的严重事件。那天阳光灿烂，天气转暖，许宁照例陪着他们逛公园，转过一片树林，便是一个大草坪，陈奂生忽然一哆嗦，脸色灰白，像看见了无常鬼一般，两眼直瞪瞪看着草坪喊道："嗨，你们看！"

大家朝那边看去，并没发现有什么异样可怕的东西。只辛主平微微一笑，晓得陈奂生惊怪的是什么。

陈奂生见大家没有反应，他疑惑自己眼睛看花了，便问道："那里是什么东西？也是海狮吗？旧金山的海狮像一群白猪，怎么这里倒像是一群躺着的人呢？"

辛主平忙说："是人，是人。"他不愿让奂生大惊小怪。

陈奂生却对自己的眼睛恢复了信心，他极不满辛主平的麻木，大摇其头说："这许多男男女女脱得只穿一条短裤头困在一起，成什么体统！乱得一塌糊涂！”

“他们在晒太阳！”

“我看见的，是晒太阳！”陈奂生不满这种解释；他也并不问为什么要脱到这种样子去晒。他自己年轻的时候也干这种事，那是夏天在戽水，热得连短裤也脱。但是不能有女人在旁边。如今这些人又不在戽水，竟脱得这种样子，而且男女混在一起，怎么做得出！特别是女的，脸皮怎么这样厚？真是戳眼睛！

于是陈奂生掉过头去，再也不肯看，他的心灵是那么圣洁，真怕眼睛被戳瞎了。

可是走了几丈路，再一抬头，天老爷，那些晒太阳的男女竟成群向他走过来，为首的一个人已经在向他招呼：“陈先生，陈先生，你好。”陈奂生一看，原来是在周老板那里陪他吃饭的杰克逊。他更加大吃一惊道：“杰先生，天又不热，你不要命啦！”

可是杰克逊全不理睬，只是呵呵笑着向他的男女赤裸朋友喊话，那发音也很简单，连陈奂生也听出来，反反复复喊着：“陈奂生，陈奂生……”于是那些光着身子的肉墙就笑嘻嘻地直向陈奂生围拢过来。陈奂生忽然想起陆龙飞说书，常常说起两军对峙，常常要摆出阵势，例如一字长蛇阵，八卦阵，天门阵等等，这莫非是美国人摆的妖魔阵吗？想到这里，便再也忍受不住，他的神经铿锵一声绷断，大叫一声昏倒过去……

他当然不会完蛋。但从此朋友们谈起这件事，要么过于荒唐，要么过于严肃，再也无法调和。

大约花掉一个月，他们两个人，经许多朋友帮忙，坐着汽车（这些汽车像接力赛跑的运动员，逐段更换），沿太平洋西海岸走走停停，停停走走，凡有可看的，一处处看过去，环绕穿插，一滴不漏。从旧金山一直玩到圣地亚哥。他们走过一千多公里长的区域，到处都是树林、草地、花圃，宽阔的高速公路，碧绿的海水，金黄的沙滩和峻严的岸壁。无论是城市或小镇、或孤零零的住宅，周围都有草坪、花坛和树木。在圣得巴巴拉，这个仅有六七万人的小城，布置得尤其出色。每一块草坪，每个花坛，每棵树木都经过精心的栽培，修剪得赏心悦目，而且无不别具一格，婀娜多姿，各放异彩。千家万户，联成宽广的一片。放眼看去，竟不见边际，使人叹为观止。辛主平看傻了眼，起初还用照相机拍摄，后来干脆不拍了，说："这么大面积的风景，拍几张照片反映不出来。可惜没有摄像机，有摄像机我就要一路拍下来。拍它一个全集！"接着又叹息说："其实，这样大面积的美景，我国也是有的，可惜每一幢房子的主人会用围墙围起来，一条条围墙就像蚕吃桑叶一样，把大面积的美丽景色分割成一个个灰色的小圈圈，过路人除了看到高处的树梢和偶尔出墙的红杏以外，便是拒人于千里之外的板着面孔的墙壁！"于是不由吟道："美被封闭而消失，美因宰割而丑陋！"

他毕竟是个作家呢。

可是，他的情绪并没有鼓动起陈奂生更浓的兴趣。越到后来，陈奂生越沉默，越迷茫。在圣地亚哥北面临海的一个小镇里，吃过中饭，几个人站在海边聊天，有一位朋友问道："陈先生，你有什么想法？"

陈奂生十分认真地问道："田呢？"

他一路都在寻找种植着庄稼的土地，竟一块都没有找到。

"吃什么？"他见别人不懂，便提足底气补充说。

四

出门旅行，虽然一点正经事都不做，却分外吃力。陈奂生初到美国，在旧金山活动的十多天中，一切都觉得新鲜，情绪过于兴奋，但以后的旅程，看到的东西同旧金山差不多，又对大自然的风景兴趣不大，似乎是被辛主平拖着不得不同去走走，就特别容易疲劳。所以，等到旅程结束，飞回旧金山，在机场降落时，他竟叹了口气说："总算回家来了。"辛主平听了不觉一笑，想说句笑话，问陈奂生几时把家搬到旧金山来的，但并没有说出来。在过道出口处，就碰到开车来接他们的许宁。许宁开口就说："你们今天回来，巧极了，华先生邀请你们到她家里去吃年夜饭，她正在准备着呢。"辛主平一顿，看看陈奂生说："不错，是大年夜了。"陈奂生敲敲头说："该死，我老昏了，怎么连过年都会忘记。"于是在汽车里，一路便想着老婆孩子，不知他们怎么过年。辛主平猜中他的心思，看了看手表说："现在已是下午两点，我们那里大概刚过零点，已是大年初一，陈家村上的开门炮仗，乒乒乓乓闹得震天响了。"陈奂生好像没有听见，全无反应。他奇怪自己以前怎么竟没有想到会在外面过年呢？这算什么，野鬼似的。他觉得肚子里的心、肝、肺、腑噗噜噗噜张了翅膀往外飞，飞得剩了个空壳壳。他需要他的老婆、儿子、女儿、陈天子……需要抱住一个亲人在怀里，他才是实实在在的人，否则便虚得像团云，像阵雾，飘飘然果然是灵魂出窍。所以，车子在另一座公寓门口停下来，许宁领他进去的并不是原来的那套房间，他居然没有马上看出来。

原来这里的房子是按日出租的。他们离开旧金山那一天，住房就退掉了。知道他们今天回来，才预先租定了另一套。所以，辛主平觉得陈奂生说出"总算回家来了"那句话，就特别滑稽。

坐下来不久，许宁就想起一件大事说："对了，陈先生，周老板的餐馆门口，把你登在报上的那张照片画出来了，还写上你说的话：'这是真正中国菜的味道。'黄芳说这一阵生意果然特别好。"陈奂生不信道："瞎说。"辛主平兴奋地说："那可好，应该去看看，我去把它照下来。"许宁说："去接你们的时候，原就想好回来路上拐过去让你们看看的，后来倒忘记了。"……正说着，华如梅打了电话来，说她今天请他们吃年夜饭的方式不得不改变。因为学校里的中国研究中心有一个“派对”，有许多中国留学生参加，也邀请了辛先生和陈先生，希望大家在一起过年。要许宁也去。华先生说她5点钟会来同他们会合了一起去，她会多带几份菜，连许宁也不必再去准备。原来这“派对”就是朋友们聚会的意思，聚会当然难免要吃顿东西，办法是靠每人带一点去，放到一起，就蔚为大观了。不用哪一个做主人请客，便有一顿丰盛的美餐。陈奂生听他们这么一介绍，想起聚沙成塔、积少成多的老话。知道是中国人的老办法，自己也是很内行的，不过现在国内已经不时兴了。要吃就吃公家，还在乎私人凑那么点份子吗！就是私人请客，几百块钱一桌全无所谓，倘叫客人也带了东西来凑，那就什么事情也做不成，世界非混沌不可。想不到外国人倒不学这种先进经验，还用老办法。这叫陈奂生觉得又奇妙，又兴奋。

那天晚上的“派对”，十分热闹，除了有许多留学生参加，还来了一些学习和研究中国文化的白种人。特别使陈奂生高兴的是，中国留学生里边有不少在此伴读的妻子，大都带了孩子来参加，少则一个，多则两个三个。一个个都白白胖胖的，像米花团一样，滚到他脚边来叫他爷爷。叫得他心里开花，一时间把远在世界中心的老婆孩子都忘记了。他想中国人实在了不起，不管到什么地方，都能生根发芽，繁衍子孙，将来地球上住不下，住到别球上去的第一个一定也是中国人。所以，有人问他对国内的计划生育有什么意见，他就说：“其实多生也有多生的好处，虽然做爹娘的活着的时候多吃点苦，死后供饭总有得吃，不会做饿煞鬼了。”

还有一件有趣的事情，就是进门的时候，每人都被要求报出自己的生肖，然后领了一个硬板纸做的所属生肖别在左胸。等到吃完饭，主持人便要求大家按相同生肖集合，属鼠的归一组，属牛的归一组，属虎、属兔、属龙、蛇、马、羊、猴、鸡、犬、猪的都分开成十二个组。然后要每个组出节目表演。主持人指着墙上说："什么生肖在什么地方集合，墙上有标记！"

大家便忙乱起来，不一刻，都找到了自己的位置。然后相互一看，发现牛组集中的地方，只站着一个陈奂生和三个一公尺高矮的男孩。旁边的鼠组，却是最庞大的群体，分给他们的地盘站不下，侵占到牛、猪的地界上来了。有人大叫道："牛怎么这样少呀！还都是公牛呢。"有人说："母牛都在奶牛场，不让来！"陈奂生刚才因为加州的白葡萄酒容易上口，多喝了几杯，底气足了，兴头高了，脑筋也灵活起来，他就高声说："牛是农家宝，最珍贵的东西，不好多的！"有几个人就朝他拍手说："幸亏陈先生专门从国内赶来，否则我们这里连一条像样的牛都没有。"陈奂生说："那是不错的，牛要到美国来顶难了。你说一架飞机能坐几头牛呢，它可不比老鼠呀！"大家听了都高兴地笑，还说老鼠所以这样多，是因为飞机票优待它们，说不定还是偷越国境者。老鼠小组就有人出面反驳，说十二生肖鼠为首，没有特别能耐也轮不到它坐这个位置。现在出国难，而出国人中间属鼠的最多，这便证明他们的确优秀。另外组里有人耻笑说："国内正在除四害，你们缺少藏身之处，只好逃出来。"鼠群中有人答道："佼佼者不见容于世，在我国历史上屡见不鲜，悲夫。"另一人却不以为然道："悲观大可不必，坏事是可以变成好事的。老鼠在国内是一害，到了美国，就变国内之害为敌国之害，就像孙行者钻进了铁扇公主的肚皮里一样，我们把美国咬出一个破洞来，也就帮助了共产主义去战胜资本主义。"主持人叫道："不要扯皮了，你们组的人最多，又是为首的生肖，那就第一个表演节目吧。"鼠组里有几个人商量了一下，便站出一个人来说："我们一轮一轮来，现在先出一个，我朗诵一首自己创作的打油诗，你们听着：'千不该，万不该，属了老鼠真倒霉；一举一动都犯罪，口口声声是祸害。谁想跑到美国来，老板靠我发大财！'完了，请大家鼓掌。"大家吵起来说："这算什么节目，胡说八道，哪个老板靠你发财呀？"朗诵的人马上回敬，他先弯着舌头说了句美国话，然后译成中国话道："请不要忘记，我们的事业是从一只老鼠开始的。"然后加重语气说："米——老——鼠。"大家哄笑。

顺着次序，该轮到牛组出节目，三只小牛很积极，都争着表演。但是许多人都在喊"陈奂生，陈奂生……"陈奂生连连摇手。主持人走过来说："陈先生，大家早就知道你的大名，这次碰到你，都很高兴，你就随便什么表演一个吧。"陈奂生说："我又不会唱歌跳舞，又不会讲故事，要嘛种田给你们看。"大家听了就笑。陈奂生也笑道："我这条公牛在国内还好耕耕田，到了这里田也看不见，一点没有用了，母牛还好挤点奶出来。"有人叫道："有用，没有公牛，光母牛也没有牛仔出来啊！"陈奂生正要回话，忽然有人提议说："陈先生，你有一个精彩的节目，很有名气的，为什么不拿出来？"陈奂生不知道何所指，那人便说："跳沙发。"大家哄笑。那人接着说："在沙发上跳三跳，最精彩了！"陈奂生等静下来，看了看辛主平，正经地说："许多人都说我在沙发上跳的，都造谣，我没有跳。辛老师也没有写我跳。这一段，我要辛老师一个字一个字念给我听过。他的确没有写我跳。不晓得你们念书的人怎么会念出跳来的。我告诉你们吧，辛老师那一段写得也不活灵，还要改好一点。"许多人抢着问："怎么改呢？"陈奂生想也没想就说："我背着沙发站直了，把屁股像舂米榔头一样舂下去……"他这么一说，全场鼓起掌来，连站在龙组的辛主平和华如梅也鼓掌。华如梅还悄悄对辛主平说："你讲陈先生不会说话，他不是蛮会说吗？"辛主平说："这几年他当了家长，靠自己的本领去养活全家，也练出口才来了。不过今天特别兴奋，只怕是多喝了点。"

陈奂生受到大家称赞，更加神采飞扬，像又喝了一杯酒，卷着点舌头大而豁之说："现在还跳什么，那时候不曾看见过沙发，是实实在在的。这几年开放下来，样样见过了。"有人问道："那么到美国来呢？也不希奇吗？"陈奂生目空一切地说道："也没有什么大不了，不过是房子高点，马路阔点，汽车多点，东西贵点，其实房子为啥要造得那么高呢？空地有的是，矮点不行吗？虽然乘电梯，高了，上下也犯难。马路造得那么阔，把正经田地都占了，粮食还要不要增产？中国要照这个样子就会饿死人！汽车多了也不能当饭吃……"说着说着忽然把下面的话忘记了，停下来想一想，嘻嘻一笑说："希奇事情倒也有，我到这里来一个多月了，走了许多地方，也不曾看见一块种庄稼的田。总说美国工业发达，我连一个烟囱都找不着。碰着的人，都不像种田的、做工的。除了知识分子，就是生意码子，都是说嘴郎中，不出力气的。一天到夜，尽是开着汽车这里那里乱窜玩耍的人。吃饭买东西全记账，硬牌牌一照，签一个名字行了。好像家里都开了银行……真不知道他们哪儿来这么许多钱！最滑稽的是，他们一个个尽有好衣裳穿，不晓得为啥下贱，却要脱得只剩条短裤像只白猪一样困在野地里……"他一边想着一边说，大家跟着一直笑，一直称赞，又热烈又融洽。到后来陈奂生不说了，脑子里只是想：中国人真好，到了外国都变成一家人似的，不像在国内那样乌鸡白眼乱斗，斗得颈毛啄落，嘴巴流血。还要摔钵头砸铁锅欺侮老婆。其实一个人没有老婆不行。出来还只个把月，都改相了？孩子他妈明明不在身边，怎么老是眼花错看人，她那气息都沾到鼻子上来，那么浓，浓得身上一阵阵热起来想脱衣服……有时候真是光了身子最惬意……

陈奂生真了不起，他一跳就从人圈中跳到云雾里，神游到另一个境界里去了。于是周围的声响，便像是从隔音板后面传过来似的，隐隐约约，似有似无。后来听见辛主平在讲话，他努力想听清楚，摇了几次头，还是晕，只听着“十二生肖……鸡翅膀……龙……腾飞……四不像……”便觉得辛主平说错了，十二生肖里没有四不像，四不像是姜太公的坐骑，不在生肖里面，他就懒得花力气再听下去……

其实辛主平是在说“飞”，他说十二生肖里面，唯一有翅膀的就是鸡，当然靠它飞靠不住，那靠什么呢，靠那条龙。龙其实最讨厌不过了，它做过几千年封建王朝的标志。可是中国人偏偏称赞它，说它会腾飞，还自称是龙的传人。近年来大肆宣扬，真算自身不觉丑。龙是什么样子，谁也没有见过，全靠想象，想条出来的龙，也奇怪，它的头面像牛，身子像蛇，鳞片像鱼，脚爪像鸡，完全是个四不像。偏偏没有让它长翅膀，又怎么会飞！我这个属龙的也真像龙，什么东西都懂一点，没有一样真正懂得透，也十足是个四不像。

辛主平不会飞，陈奂生却飞起来了，他坐上了那只小飞机，沿着太平洋的海岸去寻找那块太阳底下躺着一群光了身子的男男女女……

早晨醒过来他头脑还是昏沉沉的，身子软绵绵地懒得动，累得好像一夜天白睡了。一睁眼发现自己不在地上，却睡在沙发上了，才明白是这一夜天把骨头困软了，同别的全无关系。

往后几天，辛主平忙着开会，华如梅既要参加会议，还要上课，更是忙碌。许宁也没有时间常陪陈奂生玩，除了去周老板门口看他的肖像以外，要去的地方全去过了。再去已没有意思，陈奂生也玩够了，口口声声不想出去。大家商量下来，就让陈奂生自由活动。怕他出去了认不得回来，便写了几张住地的街名宅号，分别放在他的衣服、裤子袋里，叫他找不着路就坐的士回来。或者去找中国饭店，中国饭店到处都有，都懂中国话，陈奂生可以到那儿去问路，万无一失。还给了他一些钱，要他随身带些，用得着就用，没有关系。

“不过，身上不要多带钱。”许宁劝告说，“当心碰到抢钱的人。”

“大白天街上会有强盗吗？”陈奂生大吃一惊，终于记起了这里是黑暗的资本主义社会。

“不是的，都是些黑人小青年。”许宁说。

陈奂生想：“对了，黑人受压迫，没有吃，自然要造反。造反就不管三七二十一，革命不是请客吃饭，会连累无辜的人……总说世界上还有三分之二的人没有解放，大概这些黑人就是了。还有呢，那些光身子躺在草坪上的人，说不定就是没有衣服穿吧！”最后便想到了自身的危险，就问：“警察不管吗？”

“管不了那么多。那些小黑人并不是真正的强盗，只是想抢几个钱去买大麻过瘾。就像中国的犟叫花子，并不犯大罪，捉了过几天就放出来了。不过，你身上钱多，碰上了自然也抢走，该你倒霉。”

原来如此，那自然还是不带为好。陈奂生这样想，却被许宁猜中了，他接下去就说：“但是也不能一个钱都不带。”

“为什么？”

“如果他们拦住你讨钱，发现你一个钱也没有，就会打你，让你吃点苦头。所以你还是带一二十元在身上好，他们抢到一天过瘾的钱，也就满足了。”

陈奂生听了，心里忐忑不安，一面点头，一面觉得还是不出去的好，免得发生意外。许宁说得轻飘，一二十元美金对陈奂生可不是少数，用来应付犟叫花子太吃亏了。于是他不肯单独往外跑，不要那“自由”活动。许宁有空陪他，就出门走走，否则就闷困，困不住就上许宁家去坐。反正靠得很近，碰到断路的逃也来得及。

黄芳挺好，孩子也极亲昵，陈奂生去了，就陪他说话，留他吃酒吃饭，还总专门为他多烧两样菜，叫陈奂生尽吃，不要客气。在美国，吃的费用不大。黄芳每星期打四个半天工，这时候许宁就守在家里，因为孩子需要人照看。所以不管陈奂生什么时候去，他家里总有人。有时候气闷，许宁便把孩子和他一起带上汽车开了上公园兜一转，也去黄芳打工的那个中国餐馆吃过一顿饭，却没有看见周老板。有时上超级市场买菜，陈奂生发现这里荤菜素菜的价格同国内大不一样。比如一斤菠菜的价钱，几乎等于十二个鸡蛋，无论如何也想不通。许宁说这是现代化生产，却也说不明白现代化生产为什么鸡蛋会这样便宜，总要从鸡屁股里生下来呀！

这样过了一星期，陈奂生就同这一家人有了感情，他同他们在一起很自在，因为他比他们大了一辈年纪，因此不自卑。等辛主平的会开完了，要往芝加哥去，陈奂生已打定主意留下不去了，就在这里等辛主平回来后一起回国。辛主平劝了半天，他不听，说横竖到处差不多，省点路费吧，他在这里歇息。别的不想看了，只想到乡下去看看美国农民怎样过日子，不晓得这里当官的允许不允许。许宁一挥手说："这里当官的不管这种事，只管去好了。"华如梅说："别的不难，就是不容易找到农民。我还不晓得有谁认识农民的，等我到学校去问问再说。"陈奂生诧异极了，说："别的难找，农民还会找不到吗？"华如梅笑道："陈先生，这里的农民可少了，一百个人里只有一个，难得有机会认识他们的。乡下村子也没有，都是一家一户分散开来住，离得很远。许多都住在树林子里，寻都寻不着呢。"说着，见陈奂生似乎还不相信，便补充道："好好，我想办法找一家让你去看。"辛主平咂咂嘴说："那就留下来？"这么一说，大家顿了一顿，想想究竟还有什么不妥。最聪明的还是许宁，他说："陈先生留下来，可以住在我家里，省得他一个人住了冷清，也彼此有个照应，好不好。"短短几句话，解决了陈奂生留下后的一切困难，光是房租，每天就省掉二十美元。华如梅觉得这样很好，便问“住得下吗?”许宁笑道:“反正一样是住。”原来陈奂生已把困不惯沙发床困地板的事情在他家说过了,所以许宁说了这么一句很风趣的话。辛主平一听,也会意地笑了。

于是决定下来。到辛主平走的那天,许宁开车送他上了飞机场,回家就把陈奂生连人带物一起搬回自己家里。

陈奂生原不是不会动脑筋的人,当年做“漏斗户”主的时候,对于粮食的生产和分配,就有极精妙独特的想法。这几年独立自主谋划一家的事业,虽然有许多失误,跟不上时代的步伐,但毕竟也增长了许多见识。看看做做,比比想想,脑筋比以前灵活得多。这趟从国内走到国外,见闻广博,逼着他不得不动足脑筋。虽然还难免有失误的地方,但也算有一个飞跃的长进了。如果还像从前,他定然一切唯辛主平的马首是瞻,东东西西,跟着他玩就是了,决不会自己拿定主张同他分开的。他现在留下来的原因,最重要的却没有说出来,可见他不是一条“投煞青鱼”了。他看到许多留学生在这里的生活比国内好得多,费用也高得多,他们大都是靠业余打工赚钱来维持的,既然如此,他陈奂生为什么也不动动脑筋呢!他这趟出来虽然一切都不用自己掏钱,但时间倒的确就是金钱,浪费不起。在国内当农民的时候,还不知道时间和金钱这笔账怎样算,到了这里就一清二楚了。工资是一小时一小时计算的。最低四元一小时……算得陈奂生的屁股坐不住,听说一块值人民币五元,四元就变二十,一天干四小时就是八十,一个月下来两千四百,乖乖,发财真不难。陈奂生平生不是没有发财机会,只是脑筋死,都错过。现在已过去了一个多月,损失已达两三千元,再不抓紧时机,便又要错过,这大概也是最后一次机会了,错过后只怕永不再来。所以哪管抓了尾巴发笔小财,也比全部错过为好。否则真连自己也对不起。况且周老板那里又是一条现成的路。

所以,在许宁家住到第三天,他就向这对小夫妻提出来,说他在这里闲得骨头痛，有没有办法找个零工做做。省得抚膝馒头白吃饭，能赚几个不也好吗；况且他又不是做不动，在家里又是做惯的。虽说年纪大了几岁，一般生活还不放在心上呢。怕就怕闲着，倒会闲出毛病来。

许宁和黄芳乍听他想打工，倒都一怔，后来听他说得那么地道，仔细替他想想，也觉得合情合理。但是一则他不懂美国话，二则他的护照，打工也不合法，怕弄出差错来，担负不起，没办法答应他。后来一打听，因为有些工种工资低，劳动强度高，没有人愿意干，老板只得找非法打工人。移民局考虑到市场需要，也只好张一只眼闭一只眼，所以非法打工也就没有什么危险。刚巧周老板的生意兴隆起来，要增加一个厨师下手拣菜和洗碗，每月工钱一千美金，每周工作五天，每天八小时。黄芳认为这对陈奂生倒是个绝好的机会。周老板大概总会用他，便同许宁商量。许宁在美国住了五年，一直打工，自然不觉得有失身份。但想到陈奂生是华如梅先生请来的客人，一定要先征求她的意见。于是就打了电话。华如梅听了笑得很欢，说这有什么不好呢，让陈先生晓得在美国打工是怎么回事，也不算白来一趟啊！但是，他们都认为不能让陈奂生去当月头工，累垮了可不是玩的。顶多每天四小时。黄芳就去找周老板说。周老板一听陈奂生要来打工，连连摇头说："不行不行。"黄芳问为什么，周老板尴尬了半晌，指着外面说："门口挂着他的广告画，是他称赞我们的菜是真正的中国味道。如果客人发现他是在这里打工的人，那他的称赞还有什么意思，这岂不倒了我的牌子！"黄芳说："这有什么关系，陈先生是在厨房里做事，食客又看不见，会倒什么牌子！他也是你的客人呢，你请他吃过饭，也要讲讲交情嘛！"周老板只是不肯点头。等了几天，找不到人，厨房里又忙不过来，周老板想到黄芳的话也有理，才同意让陈奂生去。每周一到周五下午六点到十点打工四小时，每小时工资四块半；但绝不能进入餐厅，上下班都走后门直接进厨房。

黄芳回来同陈奂生说了，隔天奂生就跟黄芳一同去上班。这时候周老板的脸孔就像一块铁板，眼睛看着陈奂生头顶上一方天，交代了他规定的几条守则，不容陈奂生回嘴，就叫他快去洗碗。陈奂生活到这把年纪，也早晓得一个人可以有几副面孔，所以并不在意。好在是同黄芳在一爿店里，总还有个照应。

五

陈奂生一有事情做，就不再东想西想，完全定下心来了。华如梅先生送给他的那只表，现在可派了用场，如果没有它，陈奂生就不得不去买一只。否则就不知道什么时候去上班，什么时候落班。最最重要的是，在上班以后，一面洗碗，一面看看那表上的针慢慢转圈子。一个小时过去，就晓得赚了四元五角美金，绝对有把握。不比种田，秧苗插开了，一直要到稻子打下来晒干扬净才晓得究竟有几个收入，真是路漫漫而遥远兮，叫人走得又累又没劲。这儿却一分钟一个钟头都有一种刺激性，叫陈奂生觉得兴奋，觉得有劲。干了几天，许宁和黄芳问他累不累，他说："一点不累，这又不花力气，别说是我，就连我那没有用的老婆也干得了。"这时候有人打电话来，原来是辛主平。他在芝加哥有点想念陈奂生，问他现在怎么样了。许宁调皮，自己不说，叫陈奂生接电话。陈奂生已经看惯了别人如何在电话里对讲，并不希奇，接过话筒就提高喉咙说自己一切都很好，叫辛主平只管放心，尽可游四方。他不心焦。许宁一家待他很好。比住在自己家里还好，住多久他也愿意住下去。他们都不曾把打工的事告诉辛主平，省得噜苏。

又过了两天，陈奂生就拿到了一星期的工钱。一共九十元，他在肚里换算成人民币，算成四百五十元。明明是实在的事，总觉得很不真实。陈奂生在大腿上拧了一把，拧痛了，晓得自己不在梦里，是醒着。晓得自己是在人间，不在天上。可此事只应天上有，怎么轮到他陈奂生呢？而且只是洗洗碗，那碗也不比中国的难洗，凭什么洗洗就洗出那么多钱来呢！这这这……况且他只洗了五个半天，二十个小时呀！倘若在家里种田，吃三个月苦头还不知道赚得到赚不到这些钱呢。这世界上的事哪能叫人想得通！原来就疯狂！不疯狂，为什么待一些人那么讨巧，待另外一些人又那么刻薄呢！他陈奂生一直看着别人快快活活发财的，怎么忽然自己也一跤跌到米囤里来了呢？莫非毕竟是坐了飞机上过天，在大碧球里挂了一天一夜吗！……陈奂生左思右想，越想越糊涂。其实事情很简单，他脑筋很正常，很容易想明白，只不过他不敢把它想明白罢了。想明白了他就白活了，还是不想明白的好。

许宁和黄芳因为陈奂生果然能够适应新的环境，打工打得顺利平安，也很高兴。陈奂生星期五晚上领了工资回来，他们就替他开庆祝会，烧了龙虾和小牛肉。星期天决定什么也不干，大家一起出去玩，他们先开车到最大的一个超级市场去买菜。陈奂生晓得美国菜贵，但因为自己赚了钱，白吃许宁家的于心不安，所以在出口处抢着付了钱。许宁不让，他不依，就只好由他。后来到了车上，许宁告诉他，他吃饭有一笔专门的费用，是华先生找得来的。在许宁家吃多少，许宁会向华先生"算账"。多下来的还要还给他，因为是他省下来的，所以他抢着付菜钱完全没有道理。许宁于是顺便取笑他说："你别以为拿了点工资就像发了财一样。要花起来一花就光的，不像在家乡，当年拿到了六百块奖金就不得了，你还是节省点，留着回国去，那倒经用。"

车子开了约有一小时，大概走了很远，才到了一块地方。许宁说这儿是一个公园。但是没有见到门和围墙。也不用买票。汽车可以一直开进去，然后在一处停下来。三个大人带了一个孩子慢慢散步。陈奂生看看这里同别的地方也差不多，不知道为什么要赶这么多路来这儿。许宁说这儿离市区远，来的人少，清静些。又一处处指着说这儿有许多特别的设施，孩子到这儿来特别好玩，有专门为孩子设的溜冰场、游泳池，甚至有一个池塘是专供孩子钓鱼的。公园周围都是森林，不许打猎。许多动物看见人一点不害怕，常常会跑到公园里来玩。

正说着，黄芳停下来，悄悄地说："看，你们看那边。"大家朝她指的方向看去，就看见有几只鹿在林中吃草。陈奂生问："那就是野鹿吗？"许宁说是。陈奂生说："它要是不怕人，为什么不跑出来。"说着就要走过去。许宁忙拦住他说："鹿天生胆小，你不要惊吓它。"这时候一只松鼠，从草地上爬过来，一路觅食，抬头看见了陈奂生他们，不再前进，也不退缩，后脚一横，前脚一撑，踞箕而坐，乌珠儿朝着他们滴溜溜地转，像在打鬼主意骗他们似的。陈奂生来后，不止见过一次了。想不明白美国的松鼠为什么这样多，现在一触动，忙问："这松鼠也不许捕捉吗？"许宁说："当然。""鸽子呢？""也是。"陈奂生摇摇头说："一大群一大群，我还以为是有人养的呢，原来都是野生的。"许宁点点头说："野生动物都受到保护，不但这样，有些住在树林边头的人家，还在离家不远的地方定点放一点饲料引动物来吃。还有许多人家特地做了鸟窝放在树上让鸟栖止。"说到这里，许宁指指近旁河里说："你看，那白的是天鹅，当然受到保护，黑的是野鸭子，也是受到保护的。"陈奂生笑着说："美国人也真是见识浅，连野鸭子都当做宝贝了。你看这鸭子长得多肥，我看它肥得飞不动了！"说着就用手挥动，连声喊"啊！啊！啊！"那野鸭子却像聋子似的，反应也没有。陈奂生怀疑说："这不是野鸭子，是家鸭子。"许宁反问道："怎么是家鸭子呢？"陈奂生说："野鸭子会飞，家鸭子不会飞，这鸭子是不会飞的。"许宁细细看了一阵，极有趣的说:“真的不会飞了吗?”陈奂生以为他不相信,便又舞着手臂去赶,那鸭子只慢慢往河心游去,就是不飞。许宁便再问道:“能飞不能飞真就是家鸭和野鸭的区别吗?”

“当然啰!”陈奂生回答道,“野鸭子要是不会飞,早就被捉尽杀绝了,哪里还留得下种来,所以不会飞的定然是家鸭子。家鸭各有主,旁人才不便捉。”

许宁哈哈笑起来说:“不错不错。这些野鸭子,本来是受法律保护的。可是它们太不经心,饱食终日,不动脑筋。长得像肥鹅一样,再也飞不起来,变成了家鸭子了。”

“爸爸我要吃鸭子。”孩子立刻说。

“对,家鸭子就可以杀了吃,又肥又嫩。”许宁说。

大家笑着,陈奂生不禁想起陈正清当年取笑他的话,说他长胖了,等到胖得肚脐眼突出来了就可以杀了吃。这就像野鸭子肥得飞不动一样……又听许宁继续说道:“野鸭子上当了,它成了家鸭子法律就不保护它,因为人类是看不起那些驯服了的畜牲的!”

这些话,黄芳是懂的,因为他们夫妻长在一起,一言一行,都知道对方的含义是什么。陈奂生并不懂,但他也有自己的体验,所以又似乎悟了一点什么。因此就说:“贪懒当然不好啊!别说鸭子,就是人,也总要靠自己劳动吃饭。否则有谁看得起!”

陈奂生这么说了,许宁不禁多看了他一眼,同黄芳使了一个眼色,夫妻俩似有同感。许宁叹息了一声,心里说:“这就是陈奂生说的话,因为他一生辛苦劳动。这又不该是陈奂生说的话,因为他该明白,他的祖宗世世代代都靠自己劳动吃饭,有谁看得起!他自己当过‘漏斗户’主,即使他咬紧牙关、拼着命去劳动,为什么仍旧连肚子都吃不饱?……那么靠自己劳动吃饭还靠得住吗?如果靠得住,他为什么又长期饿着呢?他经过了那么多，为什么仍旧不明白？他究竟是原来就没有翅膀，还是长了翅膀被剪掉了呢——他可从来也没有肥过啊！”

临近中午，许宁就叫大家往树林子那边去，自己回头开车过来。树林边沿一带，散散落落有些石凳石桌供人休息，还有一处处架着铁条的野灶，已经有人生火烧东西吃。走近一看，原来是把切成片子的牛肉放在铁条上生烤，香味极浓，吊人胃口。许宁开车来了，就把买的牛肉片、面包、樱桃汁、啤酒统统拿到石桌上，黄芳便趁别人烤过的热灶，把牛肉片放上去烤。烤熟一片吃一片，十分惹吃。陈奂生觉得很有趣，想起小时候替别人家放牛，和小伙伴们偷了玉米棒、洋芋、芋头在野地里生火煨了吃的往事，津津有味。他惬意地说了句：“好好好，日脚过得像白相[1]一样有趣。”说得许宁夫妻俩相视而笑。黄芳忍不住称赞说：“陈先生，其实你挺会讲，我们刚来的时候，也觉得美国人过日脚挺会白相。”

回来的时候，已垂夜了。刚吃过晚饭，华如海打电话来，问陈先生在不在，好不好，但是没有要他接电话，让许宁告诉他，总算找到了一个农民，已经约好了下星期六到那里去。陈先生那一天要不要打工？不打工最好，大家可以陪他一起去。

陈奂生听许宁说了，连忙点头。

星期一平平过去，星期二上午十点多点，陈奂生不声不响出去了，没有回来吃中饭。到五点半仍不见人影。许宁和黄芳着急了，还有半小时应该上班打工，陈奂生是从不塌班的，看来今天一定出了什么事。但究竟会是什么呢？认不得回来的路了？小流氓拖住他掏腰包了？碰到不正经女人被缠住了？还是给什么车撞了呢？越猜心越慌，想去寻又没寻处。许宁只得开车先把黄芳送去饭店，然后打算慢慢顺着街道去找。谁知到

① 白相：常州土话，即玩耍。

了饭店，黄芳进去穿工作服就在厨房里碰到了陈奂生。黄芳来不及问他，连忙回出来告诉许宁，许宁却已开车沿街找去了。黄芳只得由他去。她也没有工夫再回厨房去问陈奂生，因为餐室里已等着她招呼食客。她一面忙着，一面想着陈奂生的奇怪行动，心神不定。过了八点钟，黄芳见陈奂生落班了，忙问他今天怎么了。陈奂生有点尴尬地顿了一顿说："昨天周老板对我横说竖说，店里缺人手，要我再加一班，一天做八个钟头，我推来推去推不脱，只好答应下来。本来想告诉你们一声，又……又不好意思……唉，我这个人，实在……"他这么一支吾，黄芳自然明白了。想了一想，别的什么也没说，只告诉他，许宁只怕还在四处找他呢。陈奂生听了，连声喊"哎呀"，手脚无措，不知如何是好，真做了对不起人的事情了。正在这个时候，许宁推门进来，一见陈奂生，就站住不动，直往外吐气。陈奂生连忙跑近去说："都是我不好，都是我不好。"许宁来不及理他，就去打电话告诉华如梅。因为她已经知道了，也在着急呢。

打完电话，许宁才在附近一张空凳子上坐下来，长长叹了口气，对陈奂生说："原也晓得你不会出事的，就只怕万一……各处去找了，就忘记你已经在这里，也真好笑。"说罢，真的笑起来了。他就是这样的好脾气。

陈奂生又把刚才对黄芳说的话断断续续说了一遍，只想着自己尴尬，做错了事，要检讨检讨……还是黄芳过来问了许宁，才知道他的肚皮还饿在背上呢；幸亏孩子已经交给邻居看护了，否则会哭破喉咙呢。陈奂生这才找到了一个赎罪的机会似的，连忙要请客，但想到周老板关照过不许他进餐室，又没有了办法。幸亏黄芳也到了下班时间，大家就一起回家。上了车，许宁一面开车一面想，先觉得陈奂生的思想挺滑稽，很可笑。但想着想着便笑不出来了，只觉得他可怜。觉得这世界好悲凉，最后出奇平静地对他说："陈先生，你也是给人管怕了，什么事情都不敢自己做主做。我们可是敬重你的人。你想做什么，只要有能力做，做得动，不伤身体，尽管做好了，不必瞒着我们的。说明了，就省得我们瞎担心。”陈奂生这才真正放心，好像这一来就过了明路了，明天开始可以大大方方上班。觉得这一对年轻夫妻待他真好。这一阵他碰到的尽是好人，也是他交的一步好运。

做了两天全日工，陈奂生刚下班回家，许宁就接到辛主平的电话。辛的情绪显然很好，语言听来轻快。他说他前天就离开了芝加哥，现在到了密西根大学。

“这儿冷极了，零下十几度。漫山遍野堆的雪，太阳底下融了一点，水蒸气升腾上天，马上又结成雪花落下来。你们看见过太阳光下落雪吗，晶亮晶亮，一闪一闪，真难得！”他赞赏地说，“但是室内很暖和，每个窗前都装一个大电炉，热得可以经常打开小半扇窗透新鲜空气。绝对舒服，绝对浪费，没经过的人绝对不相信。我算见过世面了。我也浪费，横竖是浪费美国的电，哈哈。”他说得很开心，竟讲起故事来：“这里的地名是ANN Arbor，据说中国人在这里大做文章。台湾来的同胞译它做安娜堡，大陆来的同胞称它为安阿伯，真有趣。毕竟是大陆同胞的文化根基厚，把美国的地名同化过去了。阿伯阿叔的，叫得多好听。叫安娜就肉麻死了，那是个外国女人的名字，妖形怪状的……”说得许宁陪着他哈哈大笑。笑过了，辛主平才问：“奂生呢？他好吗？”

“他很好。”

“叫他接电话。”

许宁朝奂生眨眨眼，把电话递给他。奂生接过来就说：“辛老师，我晓得了，你倒很快活。”

“你不快活吗？你想家了吧？”

“我不想家，家有什么好想的。”陈奂生说，“还怕老太婆给人抢走吗?”

“那就好,那就好。我就怕你一个人冷静,害相思病。你在做什么呢?你顶好多出去跑跑,玩玩,找点事情做做,帮许宁烧烧饭,带带孩子,散散心,不要焦急,我尽量早点回来就是了。”

“你打算过多少时光回来?”奂生连忙问,他最关心的就是这件事。

“少则四十天,多则两个月……”

陈奂生听了很安心,但还要补充说:“辛老师,不要紧的,你只顾做你的事好了。两个月就两个月,一过就过去了。我不会心焦的。我总归能把日脚消磨过去。我晓得我坐不住,闲了骨头痛。我随便做点什么都好的,你只管放心。”说得许宁和黄芳都痴痴地笑,原来陈奂生也学得很鬼了。他明明把打工的事告诉了辛主平,只怕辛主平倒被他蒙住了没听懂呢。

那一夜陈奂生很兴奋,他困在床上长久困不着,心里边一直在算账,再有两个月,能打多少工,赚多少钱?如果只有四十天,又能打多少工,赚多少钱?算清了两个月的,忘记了四十天的;算清了四十天的,又忘记了两个月的。算来算去算腻了,才困着。

星期天上午八点半,华如梅开了车子到许宁家来,这是事先约好了去农场参观的。星期四晚上华如梅就在电话里通知了。但这时候华如梅却说情况有了变化。好不容易找到的那个农民,本来表示欢迎大家去;可是昨天来电话说他的牛病了,正在医治,所以没有空招待客人了。希望他们暂时不要去,等牛病治好了再约时间。这样,今天就只好不去了。幸而有一位教授刚巧在场听到,说他有一个亲戚也有农场,不过主要是靠养鸡的,养了五六万只鸡生蛋卖,可以介绍去看看。华如梅就请他联系,倒很容易联系上了,约了今天去,那就去看看养鸡场吧。

陈奂生并不知道那个农民说的“牛病了”是什么意思，但从他的习惯出发，认为的确是一件大事，理所当然没工夫招待客人，只是觉着希奇，现在国内耕田都用拖拉机了，怎么美国农民倒用起牛来？那还算什么发达！后来听说去看生产鸡蛋的鸡场，就分了心，不去问牛的事，却想起蛋的事来。他早就晓得鸡蛋很便宜，但上星期在超级市场买菜，许宁指着那一盒一打的鸡蛋告诉他说，有位同学从中部地区写信来，那儿有一个超级市场前一阵贴出广告，从×号到×号半个月内，凡到他那儿去的人都可以免费拿一打鸡蛋。陈奂生总以为那老板发了痴，许宁却说那老板很精明，因为绝少有人会耗费汽油开车去白拿一打鸡蛋。去了定然就买了下一周的食品，老板很容易从中多赚一打鸡蛋钱。不管陈奂生信不信这邪门，但鸡蛋不值钱这个事实是确信无疑了；所以他很想去看看鸡蛋究竟是怎样生产出来的。

其实陈奂生感兴趣的问题对华如梅和许宁夫妻都是共同的。他们也从未参观过鸡场，所以大家都兴致勃勃驱车前去，连小孩也带上。一面还说这都是陈先生带来的新节目；如果陈先生不来，他们大概永远不会想到去看鸡场和农场。

陈奂生坐汽车，一向不留神，坐久了往往就睡着。这一次想起华先生说美国的农民很难找，连村庄都没有，都是单家独户分散住的，寻都寻不着，便一路仔细看去，想认出一家像是农民的房子来，结果呆看了许久，从眼旁闪过的要嘛是有钱人住的小洋房，要么就是装着面粉厂那样大管子、高圆筒的小工厂，一间农舍都不见。后来厌倦了，希望鸡场快点到。可是车子横开竖开，好像永远也开不到头，心焦得很，便问还有多远。华如梅笑道：“快了，快了。”然后补充说：“我们到那地方，差不多就从上海到常州。”陈奂生想想，真好白相。从前在家里，看那些干部到外面去乱窜，说参观什么的，还不就是玩。现在自己也出来乱窜了，窜得那么远，一窜窜到地球对面来，倒也惬意。一个人活着也应该这样玩玩，一直做牛做马为什么？

后来车子终于在一处有几幢房子的野地里停下来，然后朝房子走去。房子不多，也不漂亮，就像国内农村里的大仓库，一共三幢。大的两幢，约有十五六丈长，八九丈宽，另有一些小屋，附在厂房周围。光看那外表，可算在美国看到的最蹩脚的房子了。

一只鸡都看不见，只闻着鸡屎臭。

走到靠近房屋，才看见有一个人走出来，华如梅就用美国话同他讲了几句。然后告诉陈奂生说："鸡场的主人有事情出去了，这位是主人的儿子。他晓得我们要来的。"于是主人的儿子就同来人一一握手。陈奂生看他虽然是白种人，但个子也很矮小，倒同他的职业很协调，因为大个子养鸡总有点滑稽。他开门见山，马上就介绍他的鸡场。说三个厂房里一共养了六万三千只鸡，每天吃六点三吨饲料，生蛋大约四万七八千个（四千打左右）。几个数字一报，规模就出来了。

陈奂生听说养了那么多，心想这要用多少人呢？便脱口问道："一个人能养几只鸡？"

小主人听不懂，许宁就译给他听。他听了就笑着告诉许宁，意思是说他们的设备不算好，如果用电脑，一个人可以养几百万只。

听来很像说海话。陈奂生不肯信，就问他养鸡要做些什么事？他简单回答说："处理鸡蛋。"就不说了。

陈奂生见他不肯说，以为他有秘密，又追问道："还做些什么呢？"

他想了想仍旧说："处理鸡蛋。"

大家听了很不满意。华如梅用美国话换一个方式问道："上午做什么呢？"

小主人看看她，似乎怀疑她听觉不好，便提高声音说："处理鸡蛋！"

华如梅也提高声音再问："下午呢，又做什么？"

"处——理——鸡——蛋！"他很觉得好笑，知道不是语言隔膜，而是大家不懂，就领大家到厂房里去看。

那儿满眼是鸡，叽叽喳喳闹成一片，都装在三尺长、二尺宽、一尺来高的铁丝笼里。每笼十六只，在人字架上从上到下斜着叠了四层，每一层笼笼连接，排成一个人字形的长条；厂房里就这样并列着六个人字形长条，长条和长条中间，留有两三尺阔的工作过道。整整齐齐，很像老式的纺纱车间，只不过此鸡声不是那机声罢了。

小主人就指着现状介绍。原来这里的机械虽然简单，已经完全自动化了。每只鸡笼壁上，装有两只染了红色的自来水嘴。鸡进笼以后，受到红色的引诱，用嘴去啄，水便从水嘴里流出来。不啄就不流。这样就使鸡饮水自动化了。饲料则由传送带从笼边经过，随时可供啄食。如果生了蛋，也会自动从笼底滚到笼边另一条帆布传送带上，直接送到处理鸡蛋的地方。而鸡屎粪则因笼子是斜叠在人字架上的，每层笼底并不重叠，直接落入人字架底下的坑里去了，每年只需清除一次就行。

只有"处理鸡蛋"才用得到人力。传送带运出来的鸡蛋，要经过洗涤，剔除破蛋，分别大小和装盒，装箱几个步骤。虽都用机器，还必须人力把关和辅助操作。大家这才明白，怪不得小主人只有回答"处理鸡蛋"那句话。

看过以后，大家才觉得自己刚才做了傻瓜。可是偏不甘心，却滑稽地学着小主人的口气，怪声怪气地连续说着："处理鸡蛋，处理鸡蛋，处——理——鸡——蛋！"连华如梅也学着嚷嚷，全成了小孩子，倒像错处全在别人身上。陈奂生最聪明了，还说："美国人巧的地方巧，笨的地方也真笨。"

“怎么呢？”

“养鸡能不用人工，处理鸡蛋倒大排场。其实何必呢，在中国就用不着，还不是一样卖。”陈奂生煞有介事地说。

陈奂生显然错了，中国那套生意经自然不能拿到美国来用。可是大家竟不假思索，一味顺着他说对。好像硬是要美国的鸡场老板学中国经验。

这一来陈奂生可得意了，嘴巴也活络起来，神气地说：“美国人促狭，鸡替他生蛋，他拿鸡当囚犯，一世关在铁笼子里，到头来还吃一刀，投胎投在美国，也是倒霉！”

“投在中国就好了，‘文化大革命’里我在乡下，养鸡就让它满天飞，灶台上随便拉屎，简直封了王！”许宁附和。

“对对对，”陈奂生马上抢着说，“我们养鸡就像养宝贝。小孩子拔根鸡毛，大人也骂。倘给野猫叼走了，就像割掉自身一块肉。处处都护着它，哪有像美国人这样把它作贱的！他们还把鸡当鸡看吗？屁！”

不把鸡当鸡看，那当什么看呢？这种话已经够荒唐的了。可是华如梅却马上赞成并且引申道：“陈先生说对了，他们没有把它当鸡看，只当做生蛋的机器，成千上万活生生的生命他们视而不见，不讲一点人道主义。”

“妙极了，我还以为他们人道主义得很呢。”许宁夸张地说，“现在我明白了，人道主义应该对‘大多数’讲，鸡是大多数，对鸡不讲，就没有人道主义。他们对松鼠野鸭子讲，就是对少数讲，也就是对资产阶级讲，不对劳动人民讲。诸位，劳动人民和鸡，只有投胎投在中国最惬意！”

黄芳一直没讲话，这时推推许宁说：“劳动人民是劳动人民，鸡是鸡，别……”

“我反正说中国好。”许宁不服。

大家笑着胡扯，乱说一通，热闹极了。连小孩也甩着两只手，一连喊“鸡鸡鸡……”。

分手的时候，华如梅还笑了一阵，她大概好久没有这么纵情了。最后抚抚脸说：“今天大家都高兴得疯了。”算是告别。

六

陈奂生胸怀好生之德，对美国鸡的悲惨遭遇忿表不平，他如果有能力，定会把这些生了翅膀不会飞的可怜虫从铁笼子里解放出来，带回鸡的西方极乐世界——他的家乡——去的。

然而遗憾的是，陈奂生自己也不知不觉像鸡一样被关起来了。不过关住他的不是鸡场的铁笼子，而是周老板的厨房。他埋着头洗碗兼打杂。如果周老板需要他，他可以从八小时延长到九小时、十小时。他并不是财迷，当年拿了六百块奖金就受良心折磨，更不曾为了个人发财去拖累吴书记。但现在这四元五角美金一小时的工资却真正打动了他的心，他在这里干十天的收入，回去干一年也及不上，轰动一时的六百元奖金，在这里花二十七个小时就赚到了。差距之大先是叫人吃惊，然后便是不信，等到相信了，就一阵阵心酸，只觉得自己活得太窝囊。陈奂生并不想发洋财，不过确实也穷怕了。年纪又一年老一年，不多久就要靠儿子过日子了。这可不容易，儿子好了还要媳妇好呢。他眼里见过几个老人是有后福的呢！最靠得住的还是自己啊！现在有机会赚点钱，以后就不必愁了。儿子媳妇好就好，不好，老夫妻俩可以单独过。

有了这个想法，他自然要多打工，而且一个钱也舍不得花，尽量积起来。

“这里东西贵，花钱不合算；留了回去用最合算。”他这样对自己说。

许宁和黄芳心里并不赞成奂生做全日班，只是为了尊重他，不便说。碰到加班加点，就不得不劝他。毕竟是上了年纪的人了，还能像“投煞青鱼”那样不顾一切么！陈奂生嘴里唯唯诺诺，但经不起周老板一开口，就忍不住答应下来。就像那鸡在笼子里关惯了，对笼子也有了感情。许宁夫妇也不能过分唠叨，只希望辛主平早些回来，免得陈奂生长此下去吃不消。这同陈奂生的心思刚巧相反，陈奂生现在最希望辛主平在外面事情多得不能脱身，推迟回来，可以让他打工打一个痛快。

刚巧这时候辛主平又打了电话来。电话原是许宁接的，许宁原想说说奂生的事。可是一提到奂生，辛主平就抢过话头说他就是不放心奂生，他怕他一个人住长了冷清、无聊、想家，待不下去，他要找奂生谈谈。于是许宁只好把话筒传给奂生。奂生也急于要探听辛主平什么时候回来，也想说些让辛主平放心的话，可是他当然不是辛主平的敌手，辛主平马上掌握了发言权，而且一言堂到底。陈奂生听了可开心了，原来辛老师十分关心他，猜中了他的心思。他要说的话全都由辛老师代说了。辛主平因为要推迟回来，便把陈奂生当孩子般哄，说来一趟美国如何不容易，来了以后应该如何充分利用机会。劝他多玩玩，多见识见识，最后居然竟说：“真正玩腻了，你可以问问许宁他们可有地方去打工。我看这里的留学生都打工，有机会你也可以去打打。看看资本家怎样剥削你，也可以受点教育嘛！”说得陈奂生忍不住笑，连声说“好的好的好的……”。他还有什么话要说呢，不都全了吗。于是“啪”一声就把电话挂了。

许宁不便说什么了，只好背着奂生打电话给华如梅。华如梅上次同奂生一起参观了鸡场，觉得他比自己设想的更有见地，印象就比以前更深刻了。听到许宁如此说，便告诉许宁，最近艾教授夫妇要到中国去讲学，往返一个月，想找个可靠的人看家。没别的事，料理料理两只狗，一只猫，和几十盆花木就是了。那儿有吃有住，还出工钱。陈奂生如果愿意去，倒合适。

许宁和陈奂生说了，可是奂生不想去。因为那儿的工钱不见底，大概不会有在饭店打工赚得多。但是他也不好意思说不去，辜负华如梅一番好意。他一面吃饭一面想着怎样给华如梅答复，猛不防啃着的鸡脚骨不知怎么在牙齿上扭了一扭，“咯”地响了一声，觉着痛，抽出来一看，骨头没有嚼碎。再塞进去嚼，牙齿不敢碰它了。原来是一颗牙嚼开了，裂成两爿，都还竖在牙龈上。小的一爿，一碰就摇，一摇就痛，痛得不能嚼。

于是陈奂生就没有心思去想如何答复华如梅了。一夜天困过来，就犯牙周炎。等到打工了回来，左面脸颊肿起来了，嘴里“嗞啰嗞啰”直往牙龈上吸气。因为那里火热，吸点凉气就惬意些。

许宁听见他吸气，注意他时，那左颊已像发酵馒头一样，异常突出。忙问：“陈先生你怎么了?”陈奂生还不肯说，被追问了几次，才承认牙齿咬碎了。许宁一摸他额角，觉着烫手，原来有热度，拿体温表一量，三十八度七。许宁就紧张了，问他除了牙痛，还有什么地方不舒服，他就说头晕。“什么时候头晕的?”他说中午就不好过了。可是他却打完了工才回来，不要命了。许宁觉得牙痛不见得发烧，恐怕还有别的病。即使牙痛，痛到发烧的程度也很严重，应该找医生诊治。他晓得华如梅替陈奂生买了医疗保险的，问陈奂生放在什么地方。奂生不知道哪一张是，只指指一只小箱子，叫许宁自己去认。反正所有的证件都归在那里边。许宁自然很快就找到了；但细细一看，在保险项目中，几十种病都列入了，偏偏牙病没有列入。原来通常都是如此，理由大概也同中国的一样，叫做“牙痛不会痛死人，叫爹叫娘无人问”。可是有病总该赶快医，何况病人是客，身在异乡，如果发生些差错，主人的责任就重大了。

许宁马上想把奂生送医院，打算自己替他付医药费，所以先不告诉华如梅，免得华如梅抢走付钱的权利。谁知陈奂生不领情，赖在地铺上不肯起身，嘴里咕噜咕噜说："这算什么毛病！这要算毛病，毛病就多了！这点毛病要上医院，医生要忙煞了！省省吧，保险没事，别烦了，还是多困一瞪觉。"一面说，一面咝啰咝啰抽气，好像空气要涨价了，抢购似的。许宁提醒他道："当年你卖油绳，病倒在火车站，要不是碰到吴楚，送你去看病，你会好得那么快？"奂生听了倒反把这当做根据说："那一次发热都发昏了头，我也不曾吃药，还不是困过一夜就好了！"

许宁拗不过他，况且又是夜里，这病也未见得要马上去医院挂急诊，天亮了再说吧。

可是陈奂生这一趟不争气，困了一夜天，颊还肿，牙还痛，烧还发。他任务在身，还想去上班。许宁不许，他还说："再去试试看，吃不消，下午就去看。"许宁一把拉住说："要看就上午去，下午我有事，不能陪你。"架着他就上车。一面开车一面也生气了，觉得这老头怎么连好歹都不懂，不爱惜自己倒也罢了，总不能一点不替别人想想吧！便也平板着脸说："有病总要医，你一个人又不认识去医院，就是认识了，找到了医生也听不懂你的话。否则也用不到我陪你去。我也很忙呢，不是随便什么时候能抽得出身来的。"陈奂生听了，也觉得自己忒任性了，不敢再吭声。

到了医院，自然一切都听医生的话。原来美国的医生，倒没有中国医生的生意好，因此看病不讲究速度，竟耐心地左问右问，横查竖查。约摸个把钟头，才算给了药。还说先试一试，今天晚上打电话把服药后的变化告诉他（许宁记下了电话号码），然后再决定明天的治疗。

如此过了三天，到第四天上，体温正常了，牙肿消除了，痛也不痛了。只是软瘫无力，坐着都吃力。毕竟年纪大了，不像年轻人那样容易恢复，还有那裂开的牙齿，小的半爿经过几天折磨，总算大慈大悲脱落了。但留下那大的半爿，棱角如快刀尖锥，锋利得很，常常把舌头刺刮得痛，吃东西便受罪，只好叹气。

这期间华如梅又来过电话，问陈奂生去不去教授家看家。听到奂生病了，就抽空来探望，才知道陈奂生前一阵打工过于辛苦，积劳成疾，倒很过意不去，觉得自己也有责任。便力劝不要再去打工，到艾教授家去要安逸得多，钱自然少一些，但不辛苦。舒舒服服的，还能把身体养壮了呢。黄芳趁机也告诉说，周老板晓得奂生病了，他们不能一天没有人帮厨，第二天就另外找到了人。那人年轻力壮，做起事来挺利索，所以周老板也叫奂生以后别去了。

到了这步田地，陈奂生也没有别的选择了。做老板的果然都黑心，你替他做，他付你钱，别的全不管。你做死活该。怪不得共产党要打倒他们。这也算亲身体验到了。可是现在共产党还不曾打到美国来，自己只好白吃眼前亏。还是许宁和华先生肯帮忙，不能敬酒不吃吃罚酒，于是便答应下来。约好过了两天由华如梅陪他去，因为还有四五天艾教授夫妇就动身了，奂生要先去熟悉熟悉。

大局定下来，奂生的心也就定了。心一定，情绪也好了，连腰板也硬朗起来，只是那半爿破牙，棱角依旧，吃东西不由得皱眉头。越觉得它碍事，它就越碍事，陈奂生就想趁这两天有空闲，想到医院里去把它拔掉了重新装一个。

他认为这是很容易的事，下午见许宁有空，便向许宁说了，要许宁再陪他到医院去一趟。

许宁听了坐着没有动，看了奂生片刻，才问道："还痛吗？"

"它倒不痛了，弄得舌头痛。"

"要紧不要紧？"

"要紧倒不要紧，就是不惬意。"

"看可以去看。"许宁斟酌说，"不过换一个牙齿很贵。"

“要几个钱?”陈奂生不大在乎地问,自以为兜肚里有的是钱,装个牙齿不算什么。

“大概五百到六百。”许宁告诉他说。

“嗨,海话,怎会要那么多！美金?”

“当然,美国不用人民币。”

奂生说不下去了,想了半天,还是不相信,又问了一声:“真的吗?”

“真的。”许宁说得非常诚恳,他晓得这使人难以相信。

陈奂生早就在病中算过账了:他一共打工十三天,第一周五天,每天四小时,后来的八天,每天八小时,加班加过六小时,总加起来,一共九十小时,拿到的工钱是四百零五元。没想到装一颗牙装不起,只够装大半只,大半只不就在原地竖着吗,还拔什么呢!

这可真比当年住了五元钱一夜招待所还吃惊。钞票从来很珍贵,油盐糖酱都要节省点过日子,为什么到了有些关口上却像废纸一样甩出去呢?他再也不肯信,仍旧要问:“金的吗?全是金的,一个牙齿也不值这么多钱呀!”

许宁点点头说:“你不知道,这全不关金子的事,却是工资有高有低。高的极高,低的极低,你拿的就是最低的。所以美国人不愿干,才轮得到你去。高的呢,说不到边,比如我们学校,同样当教授的,低的一年三四万,高的就有二十万。二十万的教授就是医学院里的。他们除了教书还帮学校的医院赚钱呀！这还不算多,算起来每小时也只一百元。纽约的律师事务所,你要是请一个普通律师工作一小时,要付九十五元。如果是高级律师,就要四百五十元。这还不算高,每年也不过一百万吧。有些出名的运动员、歌唱家,一年二三百万多的是哩。他们每个人也同你我一样,只有一副牙齿,他们如果装一颗牙,付五六百块钱,算什么回事情呢,牯牛身上拔根毛嘛！医院里收费，不能拿你的收入做标准，要拿他们的收入做标准，因为医生要过的是他们那样的生活，不是你的生活呀！”

陈奂生听了，半天说不出一句话。许宁讲的这些事情，把他的思路完全弄乱了。老话说“千言万语，不知从何说起”，他这是千头万绪，不知从何想起了。

“这是实在的，但很难相信，我以前也不敢相信呢。”许宁说，“你想想，你在这里打工，每月赚八百元美金，这是最低的工资了。可是在国内，谁的工资也没有你的高。这里最穷的人都成了我们那儿最富的人，你说希奇不希奇？可是这种最富的人却又装不起一个牙齿，他要不吃不喝干二十多天才凑得齐那个数目，可他却无时无刻不认为自己正在赚大钱而拼命去干……你真正不能够这样想下去，除非你准备发疯。”

陈奂生不会发疯，他也没有本领这样想下去。但是他却很容易明白自己吃了亏，他干活是替周老板赚钱，如果吃饭、住宿、穿衣都要出钱，别说一个月，三个月、四个月只怕也装不上一颗牙，他瞎起的什么劲呢！还是歇歇吧。到艾教授那儿看完家，差不多也可以回国了。那里钱少一点就少一点，有吃有住，省些许宁的开销……他想到这里，忽然一惊，先就出了汗，忙问许宁道：“我上趟看病，你替我付了多少钱呢？”他盯着许宁，真怕许宁说出一个大得自己还不出的数目来。

许宁看着他的样子不禁笑起来，心想陈奂生真是老实人，便连忙安慰他说：“没有几块钱，不要放在心上。你看的那个病，是在保险范围里边，吃的是消炎药，连同牙周炎一起消了，所以并不算医了牙病。”

到了约定的日期，华如梅果然来了，刚巧许宁也有空，三个人便一同驱车去艾教授家。艾教授家在一面小山坡的半腰里，单独一座二层楼小洋房。花树绕屋，门前屋后还有大片空地。青草长得密密实实，像地毯一样整齐地铺平着，四周隔了五六十丈，才有别的房子。华如梅也介绍说："他们家环境比我家好得多。"陈奂生心里就想："这真是神仙住的地方。"

他们下车刚走了几丈路，艾教授夫妇从窗里早已看到，便开门迎了上来。他们都比华如梅年纪轻，大约不满五十岁，虽是白种人，艾教授却能说中国话。他非常高兴地对陈奂生说："我和我的妻子都看过写你的小说。我很钦佩你的勤劳和诚朴，我们想不到会在自己家里看到你，更想不到你愿意来帮助我们看家。非常感谢你。我是一个信仰上帝的人，我想这是上帝替我做出的一次很有意义的安排。"

一切都是事前讲好了的，主客见了面果然十分融洽，陈奂生虽然有点陌生，但也觉得新鲜和舒服。本着既来之、则安之的精神，就留下来了。艾教授领着他屋里屋外转了一圈，顺便就交代了他们离家后委托陈奂生要做的事情。简单说来无非是养好两狗一猫，管好几盆花草，其余不过是叫他料理好自己的饮食起居罢了。然后还问他可有什么困难，陈奂生早有疑问，这时便问道："你们孤单单住在这里，不怕冷清吗？"艾教授一呆说："我们有两个人呀，怎么是孤单呢？"陈奂生笑笑说："我说错了，你们住在这里不怕吗？"

"怕什么？"

"这房子没有围墙，窗玻璃几张台面大，半夜三更歹徒进来抢东西容易得很……"陈奂生不安地说，他设想假如发生了这样的事，怎么负得了责任？

谁知艾教授听了哈哈一笑说："陈先生，你只管放心。我是一个穷人，歹徒不会进来抢东西的。"

"你还穷？"

"穷穷穷，我家里没有几块钱，也没有珍宝和古董。只有那些书、家具和我们夫妻俩的日常穿戴，送人都不要，有谁来抢。"艾教授愉快地说。

“真的吗?”

“当然。”

“我不相信,”陈奂生看住他,摇摇头说,“你真是一个穷人吗? 光看这房子,这摆设……”

艾教授笑笑,抚了抚奂生的肩胛说:“当然啰,钱也有一些,值钱的东西也有一些,都不放在家里,在银行的保险柜里。”

陈奂生听了舒口气说:“这样我就放心了。”

可是当天晚上就出了一件出乎意料的事。

那天早上陈奂生起身迟了,走进厨房就看见艾教授夫妻两个神色不安地低声在商量什么,陈奂生马上觉得一定出了什么事。正要问,艾教授也猜到了,连忙就说;“不忙不忙,是出了点事。”

“什么事?”

“你的鞋子脱在过道里,晚上被狗咬掉了一只后脑勺。”艾教授深表歉意地说。

“真的吗?”陈奂生不相信。狗吃他的鞋子做什么呢? 昨天进门来,因为到处都铺了地毯,所以大家都把鞋脱在过道里才走进来的。“夜里怎么狗会到过道里去呢? 过道两头都有门,晚上不关吗?”

“门是关的。”艾教授说,“可惜昨天没有来得及告诉你,每天睡觉以前,都要把狗放在过道守夜,这样我们可以睡得更安稳,你以后也要这样做。”

“也奇怪,你们的鞋不脱在过道里吗?”陈奂生不解。

“一样,只是因为你那双鞋的气味是陌生的,所以狗就咬。今天我要让他熟悉你的气味,晓得你是自家人,就不会咬了。”

陈奂生倒抽一口冷气,这才明白歹徒真要进来也不是那么容易的。

“陈先生,我和我的妻子正在商量去买一双赔给你。”艾教授说，“但你的鞋子是中国的产品，我们的商店里恐怕没有卖，不知道可不可以买另外一种式样的？”

陈奂生听了，一时无从回答。他平生穿过几种鞋，一是自制的草鞋，这里当然不合适穿。中华人民共和国的劳动人民已经当家做主几十年了，不能够穿了草鞋在美国被人笑话。第二种鞋就是老婆做的布鞋，现在老婆远在天边，呼叫不应，怎么叫她做！第三种就是帆布胶底鞋，当年做采购员买过一双，穿了脚臭，之后再也不买。这狗咬的是第四种，是平生穿得最舒服的一双，还能有什么可以替代它的呢。他不知道，说不出。但是他知道他不要的东西，那是在出国前买那双鞋的时候就决定的，所以他就说：“我不穿皮鞋！”

“为什么独不穿皮鞋呢？”艾教授对这份说明非常奇怪。

“唔，就是不穿！”陈奂生认定地说，但讲不出理由。他知道理由是很多的，多了就复杂，复杂了就难于表达。

“嫌它硬？”

“没穿过，不晓得。”

“嫌它亮？”

“也未必。”

“那又为什么？”

“不习惯。”

“穿穿就习惯了。”

“老百姓穿官靴，难看。”

“啊！”艾教授注视着他片刻才说：“陈先生你真怪，倒还一直不曾变。其实从前穿了草鞋革命的人都早穿上了皮鞋。他们都习惯了，都舒服惯了，现在谁也不肯再去穿草鞋。你为什么不穿？”

“那是他们福气，”奂生老老实实说，“我没有这份福。我看见过几个穿了皮鞋出纰漏的人，一个不当心路面的凹凸，一拐就把脚踝拐脱了臼。一个不当心路面太光滑，一跤摔断了股腿骨……”

艾教授听了不禁笑出声来。

陈奂生却正经地说：“你看，没有福气的人就是倒霉，路面凹凸他倒霉，路面光滑也倒霉……”

但是没有鞋穿总不行。当天下午，艾教授还是陪了陈奂生上市场去买鞋。说也奇怪，美国的鞋市场，虽然花色品种很多，但能配上陈奂生的朴素胃口的，还只有皮鞋。在艾教授的一再怂恿下，终于买了一双不滑，不硬，不显眼的软皮软底皮鞋。七十六块美金。艾教授抢着付了，说这是理所当然，应该由他赔给奂生的。

陈奂生穿上那皮鞋，试着走路，竟是又软又轻，一步踏下去，便如固定在地面上，不打滑塌，十分舒服。也就不肯再客气了。他任艾教授付钱，一则是这么大的价钱他舍不得，再则呢，中国也有个老传统，叫做“狗咬一口，白米三斗”，既然“打狗要看主人面”，自然“狗咬应该主人赔”了。

两个人回到家，艾教授马上把两条狗放出来，朝它们吆喝了几声，又教它们嗅奂生的气味。那狗低低叫了几声，似乎什么都懂得了，竟伸出舌头在奂生身上东舔西舔，表示亲昵。奂生倒有点畏缩，他知道“狗面亲家公”，翻脸不认人，但是艾教授却一再敦促他说：“陈先生，陈先生，把手伸出来，让它舔，让它舔！”奂生被逼不过，心里想：“好，咬掉了我的手指头，你给我劳保！”硬硬心肠，把手伸给狗，准备痛一痛。谁知那狗已认做他是主人，便显出了十足的奴性，不光舔他的舌头温柔，就连牙齿也是软的了。那尾巴飞快地甩来甩去，一味讨奂生的欢心。奂生便去拿那双咬坏的鞋子塞到它们面前去，它们再不敢咬，只是埋着头低低地哼哼，就像犯过错误做检讨，那嗯拗嗯拗的叫声似乎是说“再也不敢了，再也不敢了……”哄得奂生也开心起来。

艾教授指着栗色的狗说："它叫杜鲁门。"又指着另一只黑狗说："它叫尼克松。你叫它们的名字，它们就听你的话。这两个名字很容易记，它同美国两位总统的名字一样。"

"要死了！"陈奂生脱口说出一句粗话，他太吃惊了："怎好给狗起总统的名字呢？"

"为什么不可以呢，我一样爱他们呀！"艾教授毫不在意说，"比如我的儿子名叫乔治，他也是美国独立后第一位总统的名字，我也一样爱他们呀！"

"啊！……"陈奂生目瞪口呆，嘴里不说，心里却想："荒唐，天底下还有这种道理吗？"

艾教授看了陈奂生的样子，便想到了什么，笑道："这有什么呢，我替我的儿子和狗爱起什么名字就起什么名字，就像总统爱替自己起什么名字就起什么名字一样，这是各人的自由。"

"这就算自由？"

"当然。"艾教授说，"谁也没有妨碍谁。"

"为什么偏偏给狗取总统的名字呢？"

"为什么偏偏不能呢？"

"总统是总统，狗是狗呀！"

"哦。"艾教授想了想说，"我明白你的意思，不过我要问你，如果在一百年前就有两只狗的名字叫杜鲁门和尼克松，那么，后来的两位总统为什么偏偏要取一个狗一样的名字呢？"

"他们怎样会晓得有过这种狗名呢？"

"这个不重要，重要的是名字总会一再重复出现，所以重复是极普通的事情。你们中国人最有趣的是喜欢抓住随便什么比出贵贱来，如果把皇帝的名字给了狗，会杀头。可是在我们这儿只会笑一笑，说声'OK'就完了。"

陈奂生听了，倒当头吃了一棒。当年陆龙飞替他那送上门来的小儿取名“天子”，总以为了不得，现在看来，这“天子”二字也可以替小狗命名的；不但不希奇，竟觉得从前“以为希奇”的思想太滑稽。

七

陈奂生到任三天，艾教授夫妇就飞往中国去了。剩下一幢舒适的住宅，配上美丽如画的环境，让陈奂生一个人伴着两只狗一只猫居住，阔气极了。当皇帝又怎么样！真有点不可思议。假使陈奂生是一个漂亮的姑娘，狗和猫变成了白兔，那么，这里也就是月宫了。陈奂生真舒服。没有人来打扰他，也不必做多少事，又安稳，又悠闲，完全是神仙过的日子。不过，做神仙也有做神仙的苦恼，陈奂生固然年纪大了，按理应该比嫦娥更耐得寂寞，无奈他比嫦娥多吃了人间烟火食，同芸芸众生有许多拖拖拉拉的关系。一旦离群索居，猛然会害怕世界上的人都死光了。所以，过不了几天，他就发现这舒服日子是很难过的。他连嫦娥也不如，嫦娥寂寞，还可以婆娑起舞，陈奂生却一无排遣，对着狗和猫，就像对着语言不通的外国人一样无法交流情感。况且陈奂生一向欢喜的是牛、猪、羊、鸡、鸭等带来实惠的东西，从不喜欢猫、狗，因为它们是些串门走户，诲淫诲盗的东西，是些娼妓和嫖客，从来没有结果的。可是除了它们还有什么呢？只有那草坪。艾教授教过他怎样用剪草机，要他记住每星期六剪一次草坪，这是附近居民的公约，不可以违反的。那么，星期天到星期五又做什么呢？星期天许宁开了车来带他去买菜，买了再把他送回来，别的就什么也没有了。就只能够与猫狗为伍。电视机是有的，开出来都是说外国话的人，越看越气闷。音响也有，就是不知道怎么开。连汽车（而且一共有两辆）都停在车库，瞪着眼欺侮陈奂生不能动它分毫……生活实在太丰富了，但同陈奂生全不相干，就像未来更加丰富的生活同现代人全不相干一样。电话铃有时会响起来，华如梅、许宁、辛主平都打过。有时则是打给艾教授或夫人的，全是外国话，像天书一样。有一次竟是艾教授打来的。陈奂生听出确是他的声音，但绝不肯相信。艾教授不是到中国去了吗？电话里的艾教授哈哈大笑，说他就是从中国打来的电话。陈奂生还是不相信，看了看自己的表，问艾教授现在什么时候了？艾教授说下午四点，陈奂生一算，相差八个多小时，便点点头相信了。他晓得电走得比飞机快，算下来差不多，艾教授的确是从中国打来的。只是不晓得电线用什么办法渡过太平洋来，它又不像飞机那样有翅膀。

为此陈奂生很动心，他家里如果有电话，他从这里打出去，过了八个多小时，就可以同家里所有的人说上话了。倘有哪个孩子不学好，打不着也可以训一顿。

剪过第一次草坪，隔天许宁同他去买了菜回来，许宁的汽车刚开走，陈奂生忽然觉得这一切太笑话了。那么大一块土地不种菜，让荒草占据了，还要花时间修饰它。要菜吃呢，却又开了汽车奔那么远的路去花钞票买，聪明有学问的外国人为何愚蠢无知到这种地步呢！吴书记把园子荒着，的确是没有空去整治，艾教授呢，有空去买菜，有空到中国去旅行，为什么就没有空翻掉草皮种菜呢？

陈奂生想了一想，唔，明白了，他们美国没有共产党领导，知识分子看不起体力劳动。哪里肯握着锄头柄去种菜！不过倘有别人帮他们种，让他们不用花钱吃新鲜的现成食，一定很高兴。别说他们，就连吴书记那样的大官，我帮他种了菜，还不是很见情分吗！他现在退休下来，还幸亏有那块菜畦种着消遣，还省了不少开销呢。

想到这里，陈奂生便觉得如果草坪变成了菜畦的话，这里就真是人间天堂了。当然种菜要有种籽，或者幼苗，都不曾见什么地方有得卖。不过以后会去参观农场，到了农场就不愁没有；还要拣好吃的种。陈奂生来了美国，吃到了荷兰豆角，芦笋和兰花菜，挺爱吃。他家乡从未见过，要种就种这三样。看现在的天时，也像家乡的春天，如果把地翻转来，正是种菜的好季节。可是艾教授家里，是不会有锄头铁耙的，剪草机有一部（只能修剪），拖拉机就没有了（想不到要翻地）。光看这一点，外国教授就不及中国教授富有；中国教授大都在田里劳动过。现在固然不干了，说不定家里倒还存点种田旧家什。真可惜艾教授生在美国，没到田里去干过活，否则也会有种田旧家什，就用不到陈奂生犯愁了。

明知没有，陈奂生还是不甘心，有意无意在壁根壁角寻寻觅觅，希望找到点代用品。发现铁质的工具不少，都放在汽车间里，大都叫不出名字，也没有一件能够翻地做垅的。不过心里有个念头在盘算，过日子就不像以前那么嫌它长。

如此过了两个多星期，毫无进展，许宁已经来过两趟；再有两趟，艾教授夫妻也该回家了。虽然无聊，时间毕竟照样往后退走，陈奂生也就灰心了。想不到那天下午喂猫，猫躺在一顶看柜顶上懒懒地叫着不起身，陈奂生要去赶它，怕碰碎看柜门上的玻璃，不免看了一看；谁知透过玻璃，竟发现柜里像古董一样供着一把亮锄①。陈奂生大喜过望，不敢相信，用手背擦擦眼睛再看，一点不错，的的确确有一把亮锄，而且是全新的，不是旧家什。不知道艾教授为什么要这东西，还像宝贝一样放着。陈奂生便拿出来细看。他别的不在行，这行可懂。他不相信这一把亮锄有什么特别值得珍贵的地方，完全同普通的一样，在中国要多少铁匠就给你打多少。如果陈奂生自作主张拿

---

① 亮锄：一种很轻巧的锄头

来用坏了，艾教授回来见怪，他也赔得起。于是他没有顾虑，但是却找不到一根东西做柄。只得先用手握了亮锄的脑头去草坪角上坌坌试试，果然管用。陈奂生高兴极了，就用双手捏着一口气锛脱了大约一个平方米的草坪，累得出了一身汗才歇。心里想："好，有了它就行，明天想办法找个柄装上，锄起来就轻松爽快了。"

于是他心满意足，夜饭美美地吃了一顿，正吃得酒足饭饱，坐在沙发上一面看电视一面打饱嗝，不几分钟就打起呼噜来。后来隐隐约约听到电话铃响，他想去接，但忽又想到自己已经睡着了，睡着了再听见电话响，一定不是真的，大概是做梦。梦里的电话接他做什么，不理它。于是一动不动死困。谁知那铃声也发了牛脾气，一个劲不停地响下去。终于使陈奂生惊醒过来，明白那是真的，连忙起身去接，却是许宁打来的。许宁就问他刚才哪里去了？奂生说："没有到哪里去呀！"许宁说："没有到哪里去怎么不接电话，是睡着了吧！"奂生被击中要害，看了看电视屏幕上刚显示出七点半钟，便赖账说："没有困着，我不坐在这里看电视吗！"许宁说："那为什么听不见电话铃响呢？"陈奂生正找不到话说，刚好电视里也在打电话，就说："我还当电视里响的呢。"说罢，自己也笑起来。许宁也笑了，却不驳他，只是告诉他说："明天要到农场去，一大早我和华先生就来接你一起去，你要提早把猫狗喂饱，门窗关严实。去了好放心，要一整天时间呢！"

陈奂生听了，连连答应。他高兴地想："真是凑巧，去了农场回来，兴许就柄也有了，菜籽也有了，还来得及帮艾教授种熟一块菜畦呢！"

陈奂生原本习惯早起，这一阵休息够了，精神好得三更就醒在床上了。听许宁说一大早就来，他就起得比平时更早。一切都料理停当，太阳出得半山高了，许宁和华如梅才来。陈奂生上车的时候，心里还在想，早晓得他们来得这样迟，我还可以锛掉一点皐皮呢。白白等他们浪费时间。

华如梅把陈奂生送来以后，一直没有再来看过他，很觉抱歉，连连说："陈先生，实在对不起，竟抽不出时间来看你。我总是很忙，我在学校里，这里跑到那里，一天到夜没有歇息。我的同事问我忙什么，为什么不坐下休息休息。我自己也说不出在忙什么，我只是觉得总有事情等着我去做，就坐不下来。"陈奂生看看她说："你太辛苦，也太瘦。"华如梅说："瘦些好，胖了人发呆，我没有工夫去运动，我就一天到夜跑来跑去，也是锻炼身体。"许宁一边开车一边听，这时插嘴说："华老师，听说学校要聘任你当住院部主任，你做不做——做了就更加忙了。"华如梅犹犹豫豫地说："就是啦，做了呢，就没有空研究什么了；要不做呢，又想着这样的位置，中国人是难得有机会担任的，这也是为中国人争口气的事啊！"许宁听了笑着说："我知道了，你是会担任的。"华如梅也笑了，自言自语说："什么国籍不国籍，中国人总是中国人，心总向着中国的。不知道为什么国内有些人却向往着外国，总有原因的吧！"许宁哈哈笑道："众所周知的原因。"陈奂生倒也有所感触，长吁了一口气说："出来看看，我们呀，穷是也真穷！"许宁说："怪谁呢！怪国民党，国民党把大陆的金银财宝都带到台湾去了，所以台湾很富。"陈奂生问道："那么美国呢？为什么也这样富？"许宁说："自然也是抢来的啰！""抢谁的呢？""抢全世界的，它不是头号帝国主义吗？"陈奂生想想说："以前也总听人这样说，我想总也有根据的。不过像华先生、文先生、艾教授……他们总不曾去抢吧？""那自然。""我也看出来了，上次到鸡场去，他们那里几个人养几万只鸡。要是我们呢，只怕要两三百个人才能养那么多呢，所以我晓得他们每个人生产出来的东西明显比我们多得多。换了我，也一样会富啰！"许宁听了，回头看了看陈奂生，大加称赞道："陈先生，我刚才尽是胡扯。你说得对极了。穷也好，富也好，根子的确被你看清了。”华如梅也说：“陈先生你真不错，等会到农场去看看，大概就更明白了。我在美国这许多年，也正是看了鸡场才体验到的呢。”

他们这样谈谈说说，约摸两个小时，才到了参观的农场。陈奂生一下车，看到了以前往鸡场去的路上见识过的小洋房和装着面粉厂那样大管子、高圆筒的小工厂，便惊喜道：“咿呀，这就是农场呀！”

话音刚落，屋子里跑出来两只大狗，直奔到客人身边来。紧接着，主人在门口出现了，呼啸了一声，那狗便围着客人蹦蹦跳跳，亲昵起来。陈奂生现在同狗打交道也有了经验，知道它们是绝对服从命令听指挥的，所以不管它们怎样表现，全不放在眼里。

主人大约不满五十，高大而和善，他不用介绍，走过来首先就同陈奂生握手，然后就讲陈奂生听不懂的话。华如梅翻译说：“他很抱歉，上一次因为牛病了，耽误到今天才能请你来。”陈奂生忙问：“牛好了吗？”华如梅再翻给主人听，主人点点头，然后又说了一些话，意思是他很欢迎客人来。但是农场实在并没有什么可以看的。他把手摆了一摆，表示无非是一大片土地，空荡荡的，一眼就看完了。他笑着，陪大家走向离房屋不远处的一架拖拉机跟前，说现在正在播种玉米，拖拉机后面是拖的播种机，并排列着二十个传种子的斗，把种子播入泥土。如果哪一个口子漏播了一穴，电脑就马上显示给人知道，可以随时补上。陈奂生把那机器看了好久，也看不懂，但听讲过倒明白了。只是看着那一大片土地，有点吃惊。问主人的农场有多少亩地，主人大约知道要问，事先就算过，说相当于中国的四千五百亩。

“几个人种呢？”

主人竖起两个指头："我们夫妻两个。"他看陈奂生很惊异的神色，便补充说他还有一个儿子，已经分居出去另外经营一个农场了，不过对父母还能帮忙。除此以外，他们不雇工，如果来不及，可以和各种专业公司（例如施肥、除草、收割等等，都有专业公司）订合同，由他们负责按时来耕作。

陈奂生听着，想起包产到户以后大队里组成的管水、治虫等专业组，包揽各家各户的治虫、水利，也就是专业公司的意思了。倒也并不难懂。不过这里的气派，一家几千亩，中国哪里行得通！中国人多，一个人只能占一亩来地，像这里一占几千亩，剩下来没有地的农民到哪里去？怎么活？是不是又要土改呢？听华如梅说，美国人一百个里边只有一两个农民，还有九十八个做什么去了呢？他们能走，我们倒没有地方去，要是也有地方走，留下来的人就好多种些了。

看看想想，好像参观一下子就完结了。陈奂生想看看牛，主人笑笑指着北方林边的一些矮子，似乎太远了，没有意思领客人去看。却同华如梅和许宁说了几句，原来他认为还是去看看养猪场最好。于是大家跟他走到形似小面粉厂旁边的大平房门口，打开大门才知道里面是一个很大的养猪场。有一点同陈奂生在家乡看到的猪场一样，也是七八条或十一二条拦成一圈的，不同的是饮水和喂食和鸡场一样都自动化了。饮水装置差不多同鸡场一样，喂饲料就比较复杂，每个圈里竖着一只铁皮罐，粉碎过的饲料从罐底四周传入食槽，猪能随时吃到而不能踩到。铁皮罐顶又有通道和平房外小工厂的圆筒形高塔相连，原来那就是饲料的仓库。如果圈内铁罐空了，饲料就会自动从仓库输给，那个小工厂就是专门粉碎饲料的，粉碎后直接输入仓库，所以整个过程用不到人工。那些猪不吃青饲料，圈内自然干净得多，每天定时按一下水龙头冲洗冲洗就行了。陈奂生看了长久不发一言，后来他摇摇头说："这样养猪，我们也养不起。”这是指吃得太好。过了一会儿又摇摇头说：“我们那里，只介绍一个人能养三十只猪，五十只猪，八十只猪，好像从没有人想到养猪可以不用人力。”

因为陈奂生全能看懂，不用多介绍，主人显然认为碰到了内行，很是高兴。领着客人往自己家里走的时候，才说到他曾到过中国两次，也到过江苏。他说江苏很好，很热闹。他指指自己的农场，说那儿在这么大一片土地上，可以住几千个人，不像这儿那样空旷和冷清。

许宁翻译给陈奂生听的时候，陈奂生郁闷了片刻才说：“他们这样种田，还能学吗？我们人那么多，照他们这样种，大家就没有田种了。”说完，不禁叹息。

他可是只会种田啊，没有田种他怎办法？

也许农场的主人们认为到他那儿去参观是极可笑的，因为一切都一目了然，没有任何耐看的东西。所以客人来了往往不先请进屋，却先领他们匆匆转一个圈，算是完成了任务再邀入家中款待。

陈奂生进门一看，自然又大出意外，这家的陈设，虽然和华如梅、艾教授家不同，但一样富丽堂皇，那个客厅，比两家更宽敞，茶几上已经放了水果、糖、果核仁……这时候女主人从里间出来了，她比她丈夫年轻，而且漂亮得很。她同客人一一见礼，然后笑着说了几句话，便走过去倒咖啡。华如梅告诉陈奂生，刚才女主人邀请他们在这里午餐，她正在厨房里替我们做菜和点心。

陈奂生立刻想起他想看看农场的菜畦。可是场主听了翻译以后双手一摊说他们没有菜畦，他们从来不种菜。他们吃的菜都是去超级市场买来的，就连猪肉、牛肉也如此，他们从不自己杀了吃，都成批卖出去，自己再买肉吃。整个农场只有一样自制食品，就是奶酪。

这简直太荒唐，陈奂生无论如何不相信。

“居然从来不种菜?”陈奂生像受了欺骗，眼球都鼓起来了。

可是主人弄不明白农场为什么一定要种菜。

“自己总要吃嘛!”陈奂生理由十足地说，“在我们那里，不要说乡下农民，就是城里的工人和干部，只要屋边有空地，也都种菜。许多人家把鸡棚做在阳台上；鸡屎臭归臭，鸡蛋就不要花钱去买了。你有这么大的家业，难道连这点算计都没有吗?”

主人认真弄懂了他的意思以后，似乎觉得很新鲜，便说了一大串话。他说他当然有计算。他们家经常一共只两个人生活，吃很少一点蔬菜。种菜只需很小一块地方，用机器耕种不合算，用人工又抽不出时间。种下去之后还要随时关心栽培它，弄得精力不集中，影响大事业。所以在他看来买菜吃就最合算了。他想不明白中国的农民为什么一定要种菜，特别是城里人，他们为什么也去那样做。他们哪来那么多时间和精力?如果有的话为什么去做那种鸡毛蒜皮的事情，为什么不集中到事业上去赚更多的钱呢?

他毕竟是外国人，虽然他到过中国，却并不了解中国，不曾学到东西，受我们的同化。

可是陈奂生也不会受他的影响，而且决不赞成他的意见。

“连农场都不种菜，你不种，他不种，大家都不种，哪里来菜吃呢?”陈奂生驳他。

“如果大家都不种，我就种，把农场的土地全种上菜。”

“反又倒过来了!”陈奂生摇摇头咕噜说，“你们外国人过日子像开玩笑。”但是这句话没有译过去。

他们就这样一边吃，一边说话。桌上都是外国菜，半生不熟，一股奶味。怪不得外国人身上有那股气味，连许宁也有，都吃多了牛奶。大家都称赞主人家的奶酪好吃，很新鲜。陈奂生尝了一口却再也不敢吃。

此来似乎一无收获。

临走的时候，陈奂生仍旧忍不住问道：“那么，有没有菜籽呢？”

主人笑着摇摇头，对陈奂生的执著精神很有点钦佩。

回车路上，华如梅问陈奂生要菜籽做什么。陈奂生说：“种菜呀，艾教授那里空地多得很，我替他种点菜，省得去买不好吗？”

“算了吧！”华如梅说，“你又不长在他家。你种上了，一走，就没有人管了。”

“不见得。”陈奂生摇摇头说，“我当年替吴书记开的那几垅菜畦，现在吴书记还种着呢。”

“艾教授不是吴书记。”许宁插嘴说，“他不是农民出身，他不但不会种菜，连见都没见过，没有兴趣的。”

“不见得。”奂生说，“他连种田家什也有呢！”

“种田家什？”

“是呀，我找到一把亮锄。”

华、许两个人都不知道亮锄是什么东西，就没有说下去。许宁接着说：“就是有兴趣也没有空，种几盆花，养了猫、狗，也常常要请人照应呢！”

陈奂生摇摇头说：“外国人究竟是怎么想的，一说是想赚更多的钱，划不来为种菜分心。可是艾教授那么大一块空地放在那里尽长草，又有什么出息？”

华如梅听他说这句话，心里一动，似乎联想到了些什么，还不曾想明白。许宁却笑道：“人家是各打各的算盘，各奔各的前程，极有主见的。告诉你吧，刚才我没有译给你听，农场主人还说，他不但买菜吃，就连粮食也是买了吃的呢。”

“他不是种粮食吗？”

“种。但是他划不来为两个人的口粮去买加工粮食的机器。”

陈奂生一时无语。

华如梅忽然笑道：“对了，你还记得做采购员的时候买了原料，借板车运到火车站去的事吗？”

陈奂生叹气道：“记得那倒霉事做啥呢！最好忘了。”

华如梅却哈哈笑着说：“那件事很有意思的，不应该忘记。只要联起来多想想，就连眼前的情形也明白了。”

陈奂生似有所悟，但心中窝囊不快。好像受了欺侮，嘴里不说，肚里却想，可惜来不及了，倘若住得长久，我偏种块菜畦让他们瞧瞧。

回到艾教授宅前，时间还早。华如梅因为一直没有来看过奂生，早上接他的时候又急促，响了几次喇叭把奂生叫出来上车就走了。现在就和许宁一起下了车，陪奂生进去，想看看他在这里生活得怎么样，会不会有意想不到的困难。她从小说里看到奂生是个知趣的人，有难处怕他不肯讲出来。

两个人进去巡视一周。屋子里收拾得清清爽爽，动用家什，也放得条条贴贴；几盆花草，挺有精神，鲜崭崭叫人眼目清亮；那猫和狗见了奂生也极其亲昵。华如梅高兴地说：“陈先生，你真不错，挺能干的。”正说着，许宁忽然指指窗外说：“哎呀，陈先生，那草皮是你锄掉的吗？”

这么一说，华如梅也看见了，马上想起刚才汽车里听陈奂生说“一大块空地放在那里尽长草”的话，心里便动过，现在可一清二楚了。忙说：“陈先生，你可不能锄，那草不是天生的，是特地买来铺上的，一平米几十块美金呢。”

陈奂生大吃一惊道：“真的吗？”

“当然啰！”许宁马上说。

“还不光是钱呢。”华如梅说，“他们这一带，住户有公约的，规定要保护好草坪，还要修剪得整整齐齐。艾教授不是说明白的吗，要是不定期修剪，草长高了，周围住户就会批评，说这家人家没有教养。才厉害呢！更别说把草坪弄坏了！”

陈奂生想不到要做点好事竟出了纰漏，而且好像挺严重，一时目瞪口呆，无话可说。呆了好久，才想着一句话说：“一平米草皮这么贵呀！”

华如梅点点头说：“是很贵的。幸好你锄掉不多，还好！过几天我去买来补上吧。”

“倒真是闯祸了。”陈奂生自言自语地说，“一平米草皮几十美金，说给人听谁相信，只美国有这种希奇事！怪不得不要种菜了，种上了菜又值几个钱呢！倒真正是草比菜珍贵了。我发的什么傻，还锄了草皮想种菜呢！才真叫白花力气，才真叫闯祸害人……”他感情激动的时候，就有这么一股真真挚挚的唠叨劲。

华如梅和许宁见他这种样子，自然不便再说什么。但水有源，树有根，不埋怨陈奂生，也总得找个替罪羊。究竟怎么会发生锄草皮这样的严重事故呢？追思之后，便想到了“犯罪”工具。许宁问道：“陈先生，你说艾教授家里真有锄掉草皮的工具吗？”

“有呀。”陈奂生醒过来说。便从角落里去摸出那把亮锄来，一路用手抹掉上面的泥巴，给他们看道：“这不是么！”

华、许两人都想不到艾教授家里会有农具家什，一时竟无从说起。

过了片刻，许宁还不相信说：“你是从哪里找到的？”

陈奂生指指书房里那顶柜说：“像宝贝一样供在那里。”

许宁大吃一惊，他记得仿佛也曾见过，忙说：“这可是艾教授觅来的古董啊！”

他的话刚说完，华如梅已经笑得转不过气来了，连忙接着说：“我晓得了，我晓得了……”

她晓得什么呢？大家等她说。她喘了口气对奂生说："这就叫亮锄吗？"奂生点了头，便接下去说："我记起来了，是放在那顶柜里的，不要紧，这不是古董。"

"那为什么当宝贝一样呢？"许宁问。

"这是艾教授看过红楼梦的纪念品。"华如梅越想越觉得好笑地说，"艾教授是物理学家，却喜欢看小说。看了红楼梦，就问过我，说贾府的佣工说林黛玉是一个出气大了会把她吹倒的弱女子，她怎么有气力去挖一个土坑葬花？她拿什么工具去挖呢？拿得动吗？这个问题我也没办法回答。不知道曹雪芹怎么想的，后来有一次艾教授去中国回来，就带回了这个东西。他说他看到的中国锄土工具，算这一种最轻了，大概林黛玉葬花用的就是它。他还看到葬花的戏，戏台上黛玉掮的果然同它一样，就不知道叫什么名字，原来就是亮锄。"

这么一说，连陈奂生也轻松了。

大家又说了些闲话，才和陈奂生告别回去。临走还谆谆告诫他千万别再去动那草皮，连锄掉的地方也别再去动，让华如梅叫人来办，把陈奂生轻视得像个连草都不会要弄的小孩子。

他们走后，陈奂生坐在门槛上灰心丧气呆想了一阵子，明白此地无英雄用武之地，便狠狠地下了决心，将来回去要种点好菜让他们看看。在这个鬼地方，就只好收兵了。便拿起亮锄放到水龙头上去冲洗得干干净净，抹干了，仍旧像宝贝一样供到柜窗里去。

到下一个星期天，许宁来带陈奂生去买菜时便同了一个白种人来，看了看草坪锄坏的情形，量准了尺寸。过了两天，便独自开车载了草皮来，细细地补了半天，像补地毯一样补得看不出痕迹。然后浇了水，用手势向奂生示意要连续像他那样浇几天，便笑笑离开了。

草坪补好了，陈奂生的心上却被划出了一条痕。只要朝草坪看一眼，便觉着心口痛。他猜想补好这草坪一定花了不少钱，可是华如梅不但不肯说，还叫他赶快忘掉这件事。愈是这样，他就愈忘不掉，弄得神不守舍，逐渐萎顿下来。于是便十分的想家，想老婆，想儿女，想陈天子，想家里的猪、羊、鸡、兔……就巴望艾教授和辛主平快点回来，应该是回国的时候了。金窝、银窝，毕竟不及家中草窝！

他没有失望，过了不久，他就和辛主平双双坐上了旧金山飞上海的飞机。

陈奂生舍不得花钱，几乎什么都没有买。因为钱在这里不经用，回去就经用了，何必做傻瓜在这里胡花呢。不过他想起王生发是向他开过口的，他哪里晓得美国人赌钱的新花样呢！回去见了面，空口说白话又不好意思，所以买了两副扑克牌，打算送给他。许宁看见了，却说："这不是美国做的扑克牌，是台湾来的。"因为壳子上印着呢，不过是英文罢了。陈奂生知道了当然不舒服，中国人到美国来买了中国造的扑克回去做礼品，岂非多此一举吗！不过幸亏王生发也不识英文，糊糊算了。另外还买了一件宝贝，就是荷兰豆、兰花菜和芦笋的菜籽。那是陈奂生当正经大事拉了许宁跑了好几个超级市场才买到的，都只餐桌上的食盐那么一小包。陈奂生想到这是家乡没有的东西，回去种成功了，才真算来过美国一趟。再则也是在这里没有种成，偏要憋口气回去种出来让大家看看。

因为把菜籽看得很珍贵，陈奂生一直把它放在上装的夹里口袋里，去飞机场的时候，他还检查过，还在。可是飞机起飞以后，再摸一摸，忽然没有了。一摸没有，二摸没有，三摸还是没有。于是搜遍全身，翻转随身带的小包，还是没有。

哪里去了呢？莫非刚才登机的时候摸护照和飞机票带出来掉了吗（因为那个袋专放重要物品）？

哪里去了呢？……

陈奂生顿时烦躁得冒出汗来，他朝窗外看看，飞机已经在云层上面。要是火车，到下一站停住时他还能跳下来回过去找。飞机可不会停，停下来就是上海了。

中国文库·文学类

（已出图书）

【第一辑】

鲁迅选集　　鲁　迅著 …………………………… 人民文学出版社
郭沫若选集　　郭沫若著 …………………………… 人民文学出版社
茅盾选集　　茅　盾著 …………………………… 人民文学出版社
巴金选集　　巴　金著 …………………………… 人民文学出版社
老舍选集　　老　舍著 …………………………… 人民文学出版社
曹禺选集　　曹　禺著 …………………………… 人民文学出版社
冰心选集　　冰　心著 …………………………… 人民文学出版社
朱自清选集　　朱自清著 …………………………… 人民文学出版社
徐志摩选集　　徐志摩著 …………………………… 人民文学出版社
萧红选集　　萧　红著 …………………………… 人民文学出版社
赵树理选集　　赵树理著 …………………………… 人民文学出版社
郁达夫选集　　郁达夫著 …………………………… 人民文学出版社
沈从文小说选　　沈从文著 …………………………… 人民文学出版社
子　夜　　茅　盾著 …………………………… 人民文学出版社
家　　巴　金著 …………………………… 人民文学出版社
倪焕之　　叶圣陶著 …………………………… 人民文学出版社
围　城　　钱锺书著 …………………………… 人民文学出版社
财主底儿女们　　路　翎著 …………………………… 人民文学出版社
太阳照在桑干河上　　丁　玲著 …………………………… 人民文学出版社
暴风骤雨　　周立波著 …………………………… 人民文学出版社
青春之歌　　杨　沫著 …………………………… 中国青年出版社
林海雪原　　曲　波著 …………………………… 人民文学出版社
红旗谱　　梁　斌著 …………………………… 中国青年出版社
红　日　　吴　强著 …………………………… 中国青年出版社
冬天里的春天　　李国文著 …………………………… 人民文学出版社
沉重的翅膀　　张　洁著 …………………………… 人民文学出版社
活动变人形　　王　蒙著 …………………………… 人民文学出版社

白鹿原　　陈忠实著 ………………………… 人民文学出版社
毛泽东诗词选　　毛泽东著 ………………………… 人民文学出版社
艾青诗选　　艾　青著 ………………………… 人民文学出版社
贺敬之诗选　　贺敬之著 ………………………… 人民文学出版社
郭小川诗选　　郭小川著 ………………………… 人民文学出版社
余光中诗选　　余光中著 ………………………… 中国青年出版社
沈从文散文选　　沈从文著 ………………………… 人民文学出版社
白洋淀纪事　　孙　犁著 ………………………… 人民文学出版社
可爱的中国　　方志敏著 ………………………… 人民文学出版社
随想录　　巴　金著 ………………… 生活·读书·新知三联书店
文化苦旅　　余秋雨著 ………………………… 东方出版中心
欧洲文论简史　　伍蠡甫　翁义钦著 ………………… 人民文学出版社
欧洲文学史　　杨周翰等著 ………………………… 人民文学出版社
中国文学史　　游国恩等主编 ………………………… 人民文学出版社

【第二辑】

丁玲选集　　丁　玲著 ………………………… 人民文学出版社
戴望舒选集　　戴望舒著 ………………………… 人民文学出版社
沙汀选集　　沙　汀著 ………………………… 人民文学出版社
艾芜选集　　艾　芜著 ………………………… 人民文学出版社
林徽因选集　　林徽因著 ………………………… 人民文学出版社
骆驼祥子　　老　舍著 ………………………… 人民文学出版社
懒寻旧梦录(增补本)　　夏　衍著 …… 生活·读书·新知三联书店
胡风回忆录　　胡　风著 ………………………… 人民文学出版社
保卫延安　　杜鹏程著 ………………………… 人民文学出版社
野火春风斗古城　　李英儒著 ………………………… 人民文学出版社
上海的早晨　　周而复著 ………………………… 人民文学出版社
烈火金刚　　刘　流著 ………………………… 中国青年出版社
一代风流　　欧阳山著 ………………………… 人民文学出版社
创业史　　柳　青著 ………………………… 中国青年出版社
李自成(第一卷)　　姚雪垠著 ………………………… 中国青年出版社
青春万岁　　王　蒙著 ………………………… 人民文学出版社
将军吟　　莫应丰著 ………………………… 人民文学出版社
野葫芦引：南渡记　东藏记　　宗　璞著 ………… 人民文学出版社

钟鼓楼　刘心武著 …………………………………… 人民文学出版社
尘埃落定　阿　来著 ………………………………… 人民文学出版社
白门柳　刘斯奋著 …………………………………… 中国青年出版社
梁遇春散文选　梁遇春著 …………………………… 人民文学出版社
孙犁散文选　孙　犁著 ……………………………… 人民文学出版社
季羡林散文选　季羡林著 …………………………… 人民文学出版社
周涛散文选　周　涛著 ……………………………… 人民文学出版社
史铁生散文选　史铁生著 …………………………… 人民文学出版社
北京乎——现代作家笔下的北京
　　姜德明编 ………………………… 生活·读书·新知三联书店
臧克家诗选　臧克家著 ……………………………… 人民文学出版社
舒婷的诗　舒　婷著 ………………………………… 人民文学出版社
海子的诗　海　子著 ………………………………… 人民文学出版社
张天翼童话选　张天翼著 …………………………… 人民文学出版社
高士其童话选　高士其著 …………………………… 人民文学出版社
中国俗文学史　郑振铎著 …………………………………… 商务印书馆
中国鲁迅学通史　张梦阳著 ………………………… 广东教育出版社
论红楼梦思想　冯其庸著 ………………………… 黑龙江教育出版社
中国现代小说史　杨　义著 ………………………… 人民文学出版社

【第三辑】

废名选集　废　名著 ………………………………… 人民文学出版社
陈映真自选集　陈映真著 ………………… 生活·读书·新知三联书店
京华烟云　林语堂著 ………………………………… 现代教育出版社
大　波　李劼人著 …………………………………… 人民文学出版社
六十年的变迁　李六如著 …………………………… 人民文学出版社
小城春秋　高云览著 ………………………………… 人民文学出版社
苦菜花　冯德英著 …………………………………… 人民文学出版社
黄河东流去　李　凖著 ……………………………… 人民文学出版社
平凡的世界　路　遥著 ……………………………… 人民文学出版社
芙蓉镇　古　华著 …………………………………… 人民文学出版社
浮　躁　贾平凹著 …………………………………… 人民文学出版社
绿化树　张贤亮著 …………………………………… 人民文学出版社
曾国藩　唐浩明著 …………………………………… 人民文学出版社
古　船　张　炜著 …………………………………… 人民文学出版社
第二十幕　周大新著 ………………………………… 人民文学出版社

刘以鬯小说自选集　　刘以鬯著 ……………………… 百花文艺出版社
金牧场　　张承志著 ………………………………… 人民文学出版社
红高粱家族　　莫　言著 …………………………… 人民文学出版社
梦家诗集　　陈梦家著 ………………………………………… 中华书局
穆旦诗文集　　穆　旦著 …………………………… 人民文学出版社
周作人散文　　周作人著 …………………………… 人民文学出版社
何其芳散文选集　　何其芳著 ……………………… 百花文艺出版社
上海屋檐下　法西斯细菌　　夏　衍著 …………… 人民文学出版社
风雪夜归人闯江湖　　吴祖光著 …………………… 人民文学出版社
王国维文学论著三种　　王国维著 ……………………… 商务印书馆
中国小说史略　　鲁　迅著 ………………………… 人民文学出版社
现代中国文学史　　钱基博著 ………………… 中国人民大学出版社
中国文学批评　中国散文概论
　　方孝岳著 ……………………………… 生活·读书·新知三联书店
咀华集　咀华二集　　李健吾著 …………………… 人民文学出版社
鲁迅和中国文化　　林　非著 ……………………… 南开大学出版社
唐代科举与文学　　傅璇琮著 ……………………… 陕西人民出版社
中国诗学　叶维廉著 ………………………………… 人民文学出版社
迦陵论诗丛稿　　叶嘉莹著 ……………………………… 中华书局
台湾文学史
　　刘登翰　庄明萱　黄重添　林承璜主编 ……… 现代教育出版社